GUY DE MAUPASSANT

STARK WIE DER TOD

EIN LEBEN

Mit 144 Illustrationen
zu den
Originalausgaben von
André Brouillet und
A. Leroux

MOEWIG VERLAG KG
MÜNCHEN

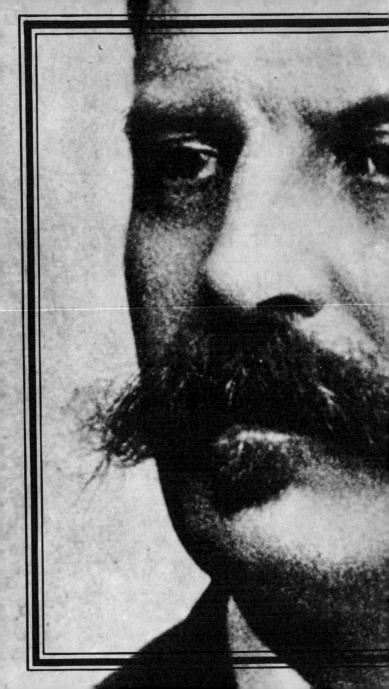

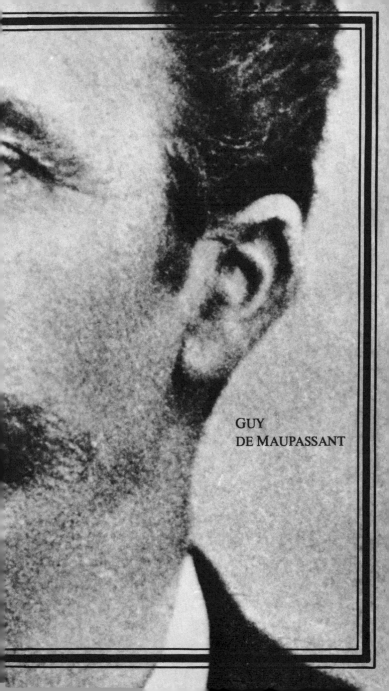
GUY
DE MAUPASSANT

Herausgegeben von R. W. Pinson
Neubearbeitung nach der ersten deutschen Gesamtausgabe
unter Hinzuziehung der Originalausgaben von 1883 und 1889
Titel der Originalausgaben: »Fort comme la Mort« – »Une Vie«

© Copyright 1977 by Moewig Verlag KG, München
Gesamtausstattung: Creativ Shop München
Adolf und Angelika Bachmann, München
Satz: Knauer Layoutsatz GmbH, Stuttgart
Druck und Bindung: Nuova Stampa di Mondadori, Cles
Printed in Italy
ISBN 3-8118-0031-0

Ein Leben

I

Als Jeanne mit dem Packen ihrer Koffer fertig war, trat sie ans Fenster. Der Regen wollte und wollte nicht aufhören.

Die ganze Nacht war er auf Dächer und Fenster niedergerauscht. Der niedere, wäßrig schwere Himmel schien einfach geplatzt zu sein. Er ergoß sich völlig auf die Erde und verdünnte sie zu Brei, sie schmolz wie Zucker. Schwüle Schauer prasselten wuchtig vorüber. Das Gurgeln und Schlurren der angeschwellten Rinngewässer durchhallte die öden Räume der Straßen, deren Häuser wie Schwämme all die Nässe einsogen und nach innen weitergaben, so daß alle Wände, vom Boden bis zum Keller, feucht angelaufen waren.

Gestern hatte Jeanne endlich das Klosterpensionat verlassen, war endgültig in ein freies Leben eingetreten, ihre Hände waren bereit, nach allem Glück des Daseins zu greifen, das sie in Träumen schon so nahe vor sich sah. Jetzt hatte sie nur Angst, der Vater könnte den Augenblick der Abfahrt hinausschieben, wenn es sich nicht aufhellte; zum hundertsten Mal an diesem Morgen betrachtete sie prüfend den Horizont.

Richtig, da hätte sie fast vergessen, den Kalender in die Reisetasche zu stecken. Sie nahm das nach Monaten geteilte Papptäfelchen von der Wand; inmitten einer Zeichnung las man da in Goldbuchstaben die Jahreszahl 1819. Jetzt strich sie mit dem Bleistift die vier ersten Monate weg. Jeder Heiligenname bekam seinen festen Strich, bis zum 2. Mai: an dem Tag hatte sie das Kloster verlassen.

Durch die Tür rief jemand: „Jeanette!"

Sie antwortete: „Nur herein, Papa!" und der Vater stand vor ihr.

Baron Simon-Jacques Le Perthuis des Vauds war noch ganz der typische Edelmann des achtzehnten Jahrhunderts, schrullenhaft und voll Güte.

Er war ein begeisterter Anhänger des J. J. Rousseau, er verehrte die Natur. Busch, Feld und Getier liebte er zärtlich, wie man Frauen liebt.

Als echter Adeliger verabscheute er triebmäßig das Schreckensjahr 1793, aber seine natürlichen Neigungen machten ihn zu dem, was man in seiner Jugend einen „Philosophen" genannt hatte. Was seine politischen Anschauungen betraf, so neigte er aus seiner ganzen Erziehung heraus zum Liberalismus und hegte gegen Tyrannen einen höchst harmlosen Haß, der sich in hochtönenden Reden genug tat.

Seine größte Kraft und seine größte Schwäche war seine Güte, eine Güte, die nie wußte, wie sie mit doch nur zwei Armen genug liebkosen, schenken, ans Herz drücken sollte. Wie die Güte des Allschöpfers goß sie sich schrankenlos aus. Es mußte da bei ihm eine Willenshemmung ausgeschaltet sein, es war wie eine Lücke in seiner Energie, war fast ein Laster.

Als echter Verfechter seiner Ansichten hatte er sich für seine Tochter einen weitausschauenden Erziehungsplan zurechtgelegt, nach dem sie unbedingt glücklich, gut, gradsinnig und warmfühlend werden mußte.

Bis zum zwölften Lebensjahr war sie daheim geblieben, dann

wurde sie, ob auch die Mutter weinte, dem Herz-Jesu-Pensionat anvertraut.

Nach seiner Weisung war sie dort in strenger Abgeschlossenheit weltfern und weltfremd aufgezogen worden. Man wußte nichts von ihr, und sie wußte nichts vom Leben. Als Siebzehnjährige sollte man sie ihm in unberührter Keuschheit wieder übergeben, damit er sie dann in ein Meer poetisch durchwärmter, sinniger Einsicht tauchen könne: umgeben von tragendem Gefilde, im Beobachten der Erde und ihrer Empfängnis, wollte er die junge Seele dem großen Geheimnis öffnen, sie durch den Anblick des harmlos unbekümmerten Liebestreibens der Tierwelt, im Anschauen der ruhig waltenden Gesetze des Lebens allmählich wissend machen.

Als sie endlich das Kloster verlassen durfte, leuchtete sie von angesammelter Lebenskraft und hochgespanntem Streben nach jeder Art von Glück. Sie war auf dem Sprung, alle Freuden zu erraffen, alle bezaubernden Fügungen des Schicksals über sich ergehen zu lassen, die sie sich in der Muße ihrer Tage, in langen Nächten, in einsamer Hoffnung so oft ausgemalt hatte.

Sie glich einem Bildnis von Veronese. Das leuchtende Blond ihres Haars schien gleichsam auf die Körperhaut abgefärbt zu haben. Diese Hautfarbe war ausgesprochen aristokratisch, kaum daß ein schwach rosiger Schimmer zu merken war. Feine Flaumhärchen ließen jeden Umriß noch zarter erscheinen wie blassen Samt, der im Strahl des Sonnenlichtes nur schwach zu sehen war. Die Augen waren schwarzblau wie bei den derben holländischen Tonfiguren.

Am linken Nasenflügel hatte sie ein winziges Schönheitswärzchen, ein zweites rechts am Kinn; aus diesem zweiten Wärzchen kräuselten sich ein paar so lichte Härchen, daß sie auf der lichten Haut kaum zu sehen waren. Der Wuchs war hoch und geschmeidig, ihre Brüste reif. Die klare Stimme klang manchmal beinahe zu scharf, aber ihr frisches Lachen war voll ansteckender Lustigkeit. Gern erhob sie die Hände an die Schläfen, wie um das Haar glatt zu streichen.

Jetzt lief sie auf den Vater zu, fiel ihm um den Hals, gab ihm einen Kuß und sagte: „Also wir fahren!"

Er lächelte, schüttelte das weiße, halblange Haar und wies nach dem Fenster: „Wie kann man denn bei solchem Wetter fahren?"

Da bettelte sie mit zärtlichen Schmeicheltönen: „Du, Papa, fahren wir doch nur, bitte, bitte! Du wirst sehen, nachmittags kriegen wir das schönste Wetter!"

„Aber Mutter wird nicht wollen!"

„O doch, da sei ganz ruhig, das mache ich schon."

„Wenn du das auf dich nimmst, meinetwegen."

Da stürzte sie ins Zimmer der Baronin. Sie hatte ja den Tag der Abreise zuletzt gar nicht mehr erwarten können.

Seit ihrem Eintritt ins Pensionat war Jeanne aus Rouen nicht herausgekommen, denn der Vater wollte sie bis zu dem von ihm festgesetzten Zeitpunkt von jeder Zerstreuung fernhalten. Nur zweimal hatte man sie auf je vierzehn Tage nach Paris mitgenommen, aber das war ja wieder nur eine Stadt, und ihr ganzes Sinnen und Trachten war auf das Landleben gerichtet.

Jetzt sollte sie den Sommer auf dem Familiengut „Les Peuples" verbringen. Es war ein altes Schloß, hoch auf der Steilküste bei Yport. Sie versprach sich unendliche Wonnen vom ungebundenen Leben draußen, im Hause am Meeresufer. Es war auch schon eine abgemachte Sache, daß sie dieses alte Schloß bekommen sollte, um dort ständig zu wohnen, wenn sie erst verheiratet wäre.

Dieser Regen, der seit gestern abend unablässig niederströmte, tat ihr den ersten großen Schmerz ihres Lebens an.

Aber schon drei Minuten später verließ sie stürmisch das Zimmer ihrer Mutter und erfüllte das ganze Haus mit dem hallenden Rufe: „Papa, Papa, Mama ist einverstanden, laß einspannen!"

Jeanne wollte gerade in den Wagen steigen, als die Baronin am Fuße der Treppe anlangte. Es stützte sie von der einen Seite ihr Mann, von der anderen ein athletisch gewachsenes Kammermädchen aus dem normannischen Ländchen Caux. Dem Aussehen nach hielt man sie für eine Zwanzigjährige, obwohl sie kaum achtzehn war. Sie wurde in der Familie fast wie eine zweite Tochter behandelt, denn sie war Jeannes Milchschwester. Sie hieß Rosalie.

Ihre Hauptaufgabe war, ihre Herrin beim Gehen zu stützen. Diese war infolge einer Herzerweiterung, die sie mit viel Gejammer ertrug, in den letzten Jahren ganz unförmlich dick geworden.

Laut pustend betrat die Baronin endlich die Rampe des alten Herrenhauses, warf einen Blick auf den überschwemmten Hof und murmelte: „Ob das jetzt einen Sinn hat!"

Ihr immer lächelnder Gemahl erwiderte: „Es war ja Ihr Wille, Frau Adelaide."

Da sie nun einmal den prunkvollen Namen Adelaide trug, gebrauchte er ihn nie, ohne das Wörtchen „Frau" voranzuschicken, das, etwas spöttisch, ersterbende Demut ausdrücken sollte.

So ging sie denn wieder weiter und stieg mühselig in den Wagen, der sich unter ihrer Last in allen Federn bog. Der Baron setzte sich neben sie. Jeanne und Rosalie nahmen den Rücksitz ein.

Die Köchin Ludovika schleppte jetzt Berge von Mänteln herbei, die man sich über die Knie breitete. Dann brachte sie noch zwei Körbe, die zwischen den Beinen durch unter die Sitze geschoben wurden, schließlich kletterte sie auf den Bock, setzte sich neben den alten Kutscher Simon und zog eine riesige Decke über den Kopf. Der Hausmeister und seine Frau riefen Abschiedsgrüße und schlossen die Wagentüren. Dabei erhielten sie die letzten Weisungen wegen des Gepäcks, das in einem Karren nachkommen sollte. Und zu guter Letzt: Abfahrt!

Vater Simon duckte sich unter dem Regenguß, verschwand ganz im Kutschermantel mit dem dreifachen Kragen. Kläglich prasselte der Regen an die Wagenscheiben und überflutete die Straße.

Die Pferde griffen in kraftvollem Trabe aus, und so rollte der Reisewagen schnell die Hafenmauer entlang, an den mächtigen Schiffen vorbei, deren Maste mit Rahen und Takelwerk wie kahle Bäume trüb gen Himmel standen. Dann ging es gemächlicher auf langer Vorstadtstraße den Riboudet-Berg hinan.

Jetzt fuhr man durch Wiesenland. In überschwemmten Mulden sah man von Zeit zu Zeit hinter trüben Wasserschleiern leichenhafte Weiden, die ihre Äste kraftlos hängen ließen. Die Hufe plantschten, und der Wagen rollte wie auf den vier Sonnen eines Feuerwerks von gelbem Straßenkot. Niemand sprach. Wie die Landschaft schien auch die Seele regennaß daniederzuliegen. Mütterchen lehnte sich ganz zurück und schloß die Lider. Der Baron betrachtete mit müden Blicken das eintönige, aufgeweichte Land. Rosalie hielt ein Bündel auf den Knien und döste nach Art des Landvolks gleich einem wiederkäuenden Tier vor sich hin. Nur Jeanne war es bei diesem lauen Geriesel wie einer Zimmerpflanze zumute, die man endlich wieder einmal ins Freie stellt. Wie ein undurchdringliches Laubdach beschirmte Freude ihr Herz, daß kein Tröpfchen Traurigkeit durchsickern konnte. Sie redete zwar auch kein Wort, doch hätte sie hellauf singen mögen, oder den Arm hinausstrecken, um Regenwasser aus der hohlen Hand zu trinken. Sie erlebte ganz die Lust, vom mächtig ausgreifenden Trabe der Pferde mit fortgerissen zu werden, draußen die gottverlassene Landschaft zu sehen und sich inmitten dieses Gusses geborgen zu fühlen.

Unter dem unerbittlichen Regen dampften die Rücken der Pferde wie von kochendem Wasser.

Die Baronin sank allmählich in Schlaf. Ihr von sechs regelmäßigen Korkzieherlocken umrahmtes Gesicht nickte immer tiefer, und die wuchtigen Wellen ihres dreifachen Kinnes leisteten nur matten Widerstand; diese Fleischwogen verloren sich in der hohen See des Busens. Bei jedem Einatmen wurde der Kopf ein wenig gehoben, dann sank er wieder zurück. Die Wangen bliesen sich auf, während zwischen den halb geöffneten Lippen ein gewaltiges Schnarchen hervorbrach. Ihr Mann neigte sich zu ihr und legte in die über dem aufgetriebenen Leib gefalteten Hände ganz sachte eine kleine Lederbrieftasche.

Diese Berührung weckte sie auf. Mit starrem, schlaftrunkenem Blick betrachtete sie diesen Gegenstand und konnte nicht gleich klug daraus werden. Die Brieftasche entglitt ihr und öffnete sich im Fallen. Goldstücke und Banknoten rollten oder flatterten in alle Winkel des Wageninneren. Da wurde sie erst völlig wach, und ihr lustiges Mädel brach in schallendes Gelächter aus.

Der Baron las das Geld auf und legte es ihr wieder in den Schoß: „Meine Liebe, das da bleibt uns noch vom Meierhof Eletot. Ich habe ihn verkauft, um mit dem Geld „Les Peuples" instandsetzen zu lassen, wo wir jetzt häufig wohnen werden."

Sie zählte sechstausendvierhundert Francs und steckte sie seelenruhig in die Tasche.

Von den ererbten einunddreißig Höfen war nun der neunte verkauft. Immerhin warf ihr Grundbesitz noch gegen zwanzigtausend Francs Jahresertrag ab und hätte bei besserer Verwaltung ganz leicht auch dreißig einbringen können.

Bei ihrer einfachen Lebensführung wären mit dieser Summe ganz gut alle Ausgaben zu bestreiten gewesen, hätten sie nicht gar so „löchrige Hände" gehabt. Ihre große Güte war an allem schuld. So verdampfte ihnen jede Geldsumme wie eine Lache im Sonnenschein. Das Geld versickerte, verrollte, verschwand einfach, kein Mensch wußte wie. Jeden Augenblick sagte einer der Ehegatten: „Ich weiß nicht, wie das zugeht, heut hab' ich hundert Francs ausgegeben und doch keine größeren Einkäufe gemacht."

Dieses leichte Schenken war übrigens beinahe ihr größtes Glück, in diesem Punkte stimmten beide in rührender und eigentlich großartiger Weise überein.

Jeanne fragte: „Ist mein Schloß schön geworden?"

Der Baron antwortete fröhlich: „Wirst schon sehn, Kleine."

Nun regnete es doch immer schwächer; dann war es nur mehr eine Art Nebel aus tanzendem Wasserstaub. Die Wolkenglocke schien höher und weißer zu werden. Plötzlich glitt durch einen vom Wagen aus unsichtbaren Spalt ein langer, schräger Sonnenstrahl auf die Wiesen nieder.

Durch klaffende Wolken erschien der blaue Himmelsgrund. Dann wurde die Öffnung immer breiter, wie wenn ein Schleier zerreißt. Ein reiner, schöner Himmel goß sein tiefes, klares Blau über die Welt. Ein frisch süßer Hauch glitt herein, wie der frohe Seufzer der Erde. Wenn man an Gärten oder Gehölzen vorüberfuhr, hörte man machmal schon das Jubilieren eines Vogels, der sein Gefieder trocknen ließ.

Es wurde Abend. Im Wagen schlief jetzt alles, nur Jeanne nicht. Zweimal hielt man vor Gasthöfen, um die Pferde verschnaufen zu lassen und ihnen ein wenig Hafer mit Wasser zu reichen.

Die Sonne war untergegangen, in der Ferne klang Glockengeläute. In einem Dörfchen wurden die Wagenlampen angezündet. Auch am Firmament flammte die dichte Schar der Sterne auf. Von Zeit zu Zeit zeigten sich erleuchtete Häuser, bohrten einen feurigen Punkt ins Dunkel. Mit einem Mal stieg hinter einem Hügel durch Fichtengeäst der rote, riesige Mond empor und hing wie schlaftrunken am Horizont.

Die Luft war so mild, daß die Wagenfenster herabgelassen waren. Vom Überschwang ihrer Träume ermüdet, übersättigt von glückleuchtenden Bildern, schlummerte Jeanne nun auch.

Manchmal, wenn sie eine Körperlage zu lange beibehalten hatte, schlug sie wegen der schmerzhaften Starre die Augen auf. Dann schaute sie durchs Fenster und sah in der hellen Nacht hohe Bäume vor einem Bauernhof vorübergleiten, oder Kühe da und dort im Feld liegen und die Köpfe heben. Dann versuchte sie eine neue Stellung einzunehmen und einen halb verschwebenden Traum wieder einzufangen. Aber das unaufhörliche Wagengeratter übertönte alles, überwältigte ihr Denken. Sie schloß die Augen und fühlte sich wie zerschlagen.

Doch nun hielt man. Männer und Frauen mit Laternen standen vor den Wagentüren. Vater und Rosalie mußten die ganz erschöpfte Baronin förmlich tragen. Sie stöhnte vor Qual und wiederholte nur mit verhauchender Stimme: „Ach Gott, ach Gott, Kinder, Kinder!"

Sie wollte weder essen noch trinken, legte sich gleich zu Bett und schlief sofort ein.

Jeanne und der Baron nahmen also zu zweit das Abendessen ein. Lächelnd sahen sie einander an und reichten sich über den Tisch weg die Hände. Beide überkam eine kindische Freude; sie mußten gleich einen Rundgang durch das wiederhergestellte Schloß antreten.

Es war eines jener hohen, weiträumigen Herrenhäuser, wie man sie in der Normandie findet, so ein Mittelding zwischen Bauernhof und Schloß. In den grauen Mauern aus ehemals hellem Stein hätten ganze Geschlechter mit Kind und Kindeskind reichlich Platz gehabt. Ein riesiger Hausflur verband die beiden großen Tore der zwei Längsfronten und zerlegte das Gebäude in zwei Teile. Eine Doppelstiege überspannte brückenartig diese Vorhalle, so daß sich die beiden Treppenflügel erst wieder in der Höhe des ersten Stockwerkes vereinigten. Im Erdgeschoß betrat man rechts das riesige Wohnzimmer. Es war mit Wandteppichen geschmückt, auf denen Astwerk mit stolzierenden Vögeln zu sehen war. Die mit kunstvoll gesticktem Stoff bezogenen Möbel zeigten Bilder zu den Fabeln von Lafontaine. Jeanne fuhr in freudigem Schreck zusammen, als sie einen Sessel wiederfand, den sie schon in ihrer frühen Kindheit so sehr geliebt hatte, die Geschichte vom Fuchs und vom Storch war darauf zu sehen.

Aus dem Wohnzimmer gelangte man in das mit alten Büchern umstellte Lesezimmer und in zwei weitere, gegenwärtig unbenutzte Räume. Links war das Speisezimmer mit einer neuen Täfelung, die Wäschekammer, Anrichte, die Küche und noch ein kleiner Raum mit einer Badewanne.

Die ganze Länge des ersten Stockwerkes durchlief ein Gang. Dorthin gingen die zehn Türen von zehn Zimmern. Ganz hinten rechts war Jeannes Stube. Sie traten ein. Der Baron hatte den Raum neu einrichten lassen, wobei er nur alte Möbel und Wandteppiche verwendet hatte, die unbenutzt auf dem Dachboden gelagert hatten.

Uralte Wandstickereien flämischer Herkunft belebten den Raum mit seltsamen Bildern.

Aber als Jeanne gar ihr Bett erblickte, brach sie in ein Freudengeschrei aus. Das Lager wurde an seinen Ecken von vier mächtigen Vogelgestalten aus Eiche getragen, die schwarz und wachsglänzend wie Wächter ihres Schlafes dastanden. Die beiden Längsseiten waren mit Schnitzwerk bedeckt, das zwei breite Gewinde aus Früchten und Blumen darstellte. Vier fein kannelierte Säulen mit korinthischem Kapitell trugen einen Sims, auf dem sich Rosen mit Amoretten verschlangen.

Wie ein Denkmal stand es großartig da und erschien trotz des strengen Tons des altersdunklen Holzes leicht und zierlich.

Die Decke und der Bezug des Betthimmels leuchteten wie herausgeschnittene Stücke Himmel. Sie waren aus alter, tiefblauer Seide angefertigt, die da und dort, wie Sterngefunkel, goldgestickte Lilien trug.

Als Jeanne diese Herrlichkeit nach Herzenslust bewundert hatte, hob sie den Leuchter und sah sich die Wandteppiche näher an, weil sie wissen wollte, was sie vorstellten.

Ein junger Edelmann und eine junge Dame, höchst seltsam grün, rot und gelb gekleidet, plauderten unter einem blauen Baum, auf dem weiße Früchte reiften. Ein dickes weißes Kaninchen rupfte graues Gras.

Gerade über diesen Gestalten bemerkte man in steif angedeutetem Hintergrund fünf runde Häuschen mit spitzen Dächern und ganz hoch, fast schon im Himmel, stand eine rote Windmühle. Große, stilisierte Blumen, die eher wie Astwerk aussahen, überspannten das ganze Bild.

Die zwei anderen Teppiche ähnelten ganz dem ersten, nur daß man aus den Häusern vier Männlein in flämischer Kleidung hervorkommen sah, die zum Zeichen des Erstaunens und höchster Verärgerung die Arme gen Himmel reckten.

Aber auf dem letzten Teppich war irgendeine tragische Sache dargestellt. Das Kaninchen fraß zwar immer noch, aber dicht dabei lag der junge Mann und schien mausetot zu sein. Die junge Dame durchstach sich eben den Busen mit einem Schwert, die Früchte des Baumes waren schwarz geworden.

Jeanne gab es schon auf, die Bilder zu deuten, als sie in einer Ecke ein mikroskopisch kleines Tierlein entdeckte, das vom Kaninchen, wäre es lebendig gewesen, wie ein Kräutlein hätte verschlungen werden können. Aber es stellte einen Löwen dar. Da erkannte sie, daß es sich hier um die traurige Historie von Pyramus und Thisbe handelte. Obgleich sie nun über die naive Ausführung der Bilder lächeln mußte, war sie doch glücklich, von dieser Liebesgeschichte so nahe umgeben zu sein. Das würde zu ihr immer von ihren innig gehegten Hoffnungen sprechen und allnächtlich ihren Schlaf mit uraltem, sagenhaftem Liebesflüstern erfüllen.

Die übrigen Möbel waren ein Gemenge der verschiedensten Stilarten. Es waren Stücke, wie sie jede Generation den Nachkommen hinterläßt, so daß alte Familienhäuser zuletzt beinahe Museen werden, wo der mannigfaltigste Hausrat nebeneinander fortdauert. Da ragte eine prachtvolle, messinggepanzerte Kommode aus der Zeit Ludwigs XIV. zwischen zwei Armstühlen aus der Zeit Ludwigs XV., die noch ihre mit Blumensträußchen gezierten Seidenbezüge aufwiesen. Ein Schreibtisch aus Rosenholz stand dem Kamin gegenüber, wo unter der Glasglocke eine Empireuhr ihren Platz hatte.

Diese Uhr hatte die Gestalt eines Bienenkorbes von Bronze, der auf vier Marmorsäulchen über einem Gärtlein vergoldeter Blumen ruhte. Durch einen schmalen Spalt kam ein dünnes Pendel aus dem Bienenkorb hervor und ließ unaufhörlich eine kleine Biene mit Emailflügeln über dem Beet hin und her fliegen.

Das Zifferblatt aus bemalter Fayence war in eine Seite des Bienenkorbes eingelassen.

Die Uhr hub an, Mitternacht zu schlagen. Der Baron gab seiner Tochter einen Kuß und zog sich zurück.

Nur wider Willen ging Jeanne zu Bett. Sie ließ einen letzten Blick über ihr Zimmer schweifen, dann löschte sie das Licht. Das Bett stieß nur mit dem Kopfende an die Wand, zu Linken hatte es ein Fenster, durch das Mondlicht hereinfiel und über den Fußboden einen Fleck flüssigen Glanzes ausgoß.

Blasser Widerschein sprenkelte die Wände, blasser Widerschein liebkoste schwach die Liebesgeschichte des Pyramus und der Thisbe.

Vor dem anderen Fenster, wohin das Fußende des Bettes zeigte, erblickte Jeanne einen großen Baum, der ganz in dem milden Licht schwamm. Sie drehte sich auf die Seite, schloß die Augen – schlug sie aber nach einiger Zeit wieder auf.

Sie meinte immer noch das Rütteln des Wagens zu fühlen, in ihrem Kopf ratterte und rollte es wie zuvor. Erst blieb sie unbeweglich liegen, in der Hoffnung, so endlich Schlaf zu finden, aber die Unrast ihres Geistes griff bald auch auf ihren ganzen Körper über.

Sie verspürte ein krampfhaftes Zucken in den Beinen, da stand sie auf. Barfuß und mit bloßen Armen, im langen Hemd, das sie ganz gespenstisch erscheinen ließ, durchschritt sie das über den Fußboden ergossene Licht, öffnete das Fenster und sah hinaus.

Die Nacht war fast taghell, und das Mädchen erkannte die Landschaft wieder, die es einst in früher Kindheit so sehr geliebt hatte.

Da dehnte sich zunächst ein breiter Rasen, der in der Nachtbeleuchtung buttergelb erschien. Zwei Baumriesen standen wie auf den Zehenspitzen vor dem Schloß Wache, eine Platane im Norden, eine Linde im Süden.

Ganz hinten, wo die große Rasenfläche zu Ende war, wurde die Besitzung durch ein kleines, regelmäßig gestutztes Gehölz begrenzt. Dann stellten noch fünf Reihen uralter Ulmen eine schützende Wand gegen die Seestürme dar. Der immer wütende Meereswind hatte ihnen Stamm und Äste verdreht, ihnen von Krone und Rinde ganze Stücke abgerissen, gleichsam weggenagt, hatte ihre Häupter zu dachartig abfallenden Kegeln zerfressen.

Diese Art Park war rechts und links von zwei langen Alleen riesiger Pappeln begrenzt, oder ,,Pappen'', wie die Leute sagten. Diese Baumgänge schieden den Wohnsitz der Herrschaft von den zwei zugehörigen Pachthöfen; auf dem einen saß die Familie Couillard, auf dem anderen die Familie Martin.

Hinter der eingefriedeten Anlage erstreckte sich eine breite, unbebaute Fläche, die nur mit stachligem Ginster bestanden war und wo Tag und Nacht der Wind pfiff und sein Wesen trieb. Dann fiel es plötzlich mit lotrechter, weißer Wand hundert Meter tief zum Meer ab, unmittelbar in die rollenden Wogen.

Jeanne sah in der Ferne die lange, schillernde Wasserfläche, die im Sternenschein zu schlummern schien.

Im Frieden der sonnenfernen Stunden stiegen alle Gerüche der Erde zu ihr empor. Ein kletternder Jasmin am Fenster unter dem ihren hauchte unaufhörlich betäubenden Duft, der sich mit dem leichten Geruch des sprießenden Laubes mischte. Langsam wallten Windwogen vorüber und brachten starke, würzige Seeluft und schleimige Ausdünstung von Tang.

Das junge Mädchen gab sich zunächst einfach dem Glück des Atemholens hin. Der Frieden der Landschaft durchdrang sie.

Alle Tiere, die erst abends wach werden und ihr unbekanntes Dasein in der Nachtstille bergen, erfüllten das Halbdunkel mit geräuschloser Regsamkeit. Große Vögel ruderten stumm und rasch durch die Luft und glichen Flecken oder Schatten. Ein Gesumm unsichtbarer Insekten streifte das Ohr. Im tauigen Gras und auf dem Sand der veröteten Gartenwege gab es ein gedämpftes Laufen und Rennen. Nur ein paar melancholische Unken riefen ihren kurzen, eintönigen Klang zum Mond empor.

Jeanne wurde das Herz so weit, es war ihr, als ob sich ihr Inneres auch mit solch murmelnden Stimmen erfüllte, als ob es darin mit einem Mal auch von tausendfach lauernden Begierden wimmelte, die dem Getier glichen, das ringsum sein Wesen trieb. Sie fühlte sich dieser Nachtstimmung innerlich verwandt, der weiche, weißliche Mondschein überrieselte sie mit überirdischen Schauern, sie fühlte das Pulsen unfaßbarer Hoffnung, gleichsam den Anhauch eines ganz großen Glückes.

Sie hing nun wieder Liebesträumen nach. Liebe! Seit zwei Jahren empfand sie mit immer bänglicherer Spannung das Nahen dieser Macht. Jetzt stand ihr die Bahn der Liebe frei, sie brauchte ihn nur zu finden, ihn!

Wie wird er wohl sein? Darüber war sie sich nicht recht im klaren, sie stellte sich auch gar nicht solche Fragen. Es sollte eben er sein, das war genug.

Doch so viel wußte sie, daß sie ihn von ganzer Seele anbeten und daß er sie aus aller Macht lieben würde. An einem Abend wie diesem werden sie dann im leuchtenden Sternstaubregen dahinwandeln, werden Hand in Hand, aneinandergeschmiegt einherschreiten, werden einer des anderen Herzschlag und Körperwärme fühlen, ihre Liebe wird aufgehen in der süßen Klarheit der Sommernacht. Als ein Herz und eine Seele werden sie einfach schon durch die Kraft ihrer Hingabe wechselseitig in die geheimsten Tiefen ihres Innenlebens hinabtauchen können.

Und diese heitere Ruhe unzerstörbarer Lebensbande wird ewig, ewig währen. Da war es ihr, als trete er dicht an sie heran,

22

und es überlief sie vom Scheitel bis zur Sohle mit halbbewußtem Sinnenschauer. Instinktiv drückte sie die Arme an die Brust, wie wenn sie ihr Traumbild an sich pressen wollte. Ihre der unbekannten Zukunft leidenschaftlich dargebotenen Lippen empfanden eine Berührung, von der ihr fast die Sinne schwanden, wie von einem glühenden Kuß der erwachenden Natur.

In der Stille der Nacht hörte sie jetzt plötzlich Menschenschritte hinter dem Schloß. In der Überspanntheit ihrer Seele bekam sie da einen Anfall vom Glauben ans Unerhörte, an unmögliche Glücksfügung, an romantische Schicksalsgunst. Sie dachte: „Wenn er es wäre?" Sie horchte fieberhaft dem taktmäßigen Schreiten. Sie war gewiß, er würde vor dem Tor anhalten, er würde Gastfreundschaft erbitten.

Als die Schritte vorüber waren, fühlte sie Trauer wie um wirklich getäuschtes Hoffen. Aber immerhin machte sie sich die Tollheit solcher Hirngespinste klar und lachte sich selber aus.

Da wurde sie ruhiger und ließ ihren Geist auf verständigeren Traumbahnen schweifen, suchte die wirkliche Zukunft zu erraten, führte auf festerem Grund das Bauwerk ihres künftigen Lebens auf.

Mit ihm wird sie hier leben, im stillen Schloß über dem Meer. Gewiß wird sie zwei Kinder bekommen, einen Sohn für ihn, eine Tochter für sie selber. Da sah sie schon die Kleinen auf dem Rasen zwischen Platane und Linde umhertollen, während sie und er, als Mutter und Vater, mit verklärten Augen jeder ihrer Bewegungen folgten und dazwischen über die Kinder hin leidenschaftliche Blicke tauschten.

Über diesen lange ausgesponnenen Träumereien hatte der Mond seine Bahn ganz durchlaufen und wollte ins Meer hinabtauchen. Die Luft wehte kühler. Im Osten wurde der Horizont bleich. Im Meierhof rechts krähte ein Hahn. Andere Hähne antworteten aus dem linken Hof. Durch die Verschalung der Hühnersteige gedämpft, schienen ihre Stimmen gleichsam aus weiter Ferne zu kommen. Im unendlichen Himmelsgewölbe, das in kaum merklichen Übergängen weiß geworden war, schwanden die Sterne.

Irgendwo wurde ein zaghafter Vogelruf wach. Aus dem Laub tönte jetzt schüchternes Gezwitscher, dann wurde es keck, schallte laut und froh, sprang von Ast zu Ast, von Baum zu Baum.

Plötzlich fühlte sich Jeanne in Lichtflut getaucht. Sie hob den Kopf, der in ihren Händen geruht hatte, mußte aber vor dem blendenden Glast der Morgenröte die Augen wieder schließen.

Ein purpurner Wolkenberg, der hinter der großen Pappelallee halb verborgen war, warf Blutschein auf die erwachte Erde.

Da brach es langsam durch den Wolkenflimmer, zerstach tausendfach die Bäume mit Feuerspitzen, goß Feuersglut über die Fläche des Festlandes und über den Ozean aus, am Horizont war der flammende Ball erschienen.

Jeanne überkam ein wahnsinniges Glücksgefühl. Ihr armes Herz ging gleichsam unter in rasender Wonne, die Welt war doch so schön daheim! Es war ja ihre Sonne! Ihre Morgenröte! Ihr Lebensmorgen! Aufstieg ihrer Hoffnung! Sie warf die Arme in den leuchtenden Raum und hätte die Sonne umhalsen mögen. Sie wollte etwas sagen, irgend etwas hinausrufen, das auch so göttlich schön sein sollte wie dieses Anbrechen, Aufbrechen des Tages, aber ihr ohnmächtiger Überschwang blieb stumm und starr. Da legte sie wieder den Kopf in die Hände und fühlte, wie ihr die Tränen kamen. So weinte sie vor Wonne.

Als sie den Kopf wieder hob, war der herrliche Glanz des werdenden Tages schon erloschen. Auch in ihr selber war es ruhiger geworden, sie war etwas matt, gleichsam abgekühlt. Bei offenem Fenster legte sie sich aufs Bett, dämmerte noch ein paar Augenblicke vor sich hin und fiel dann in so tiefen Schlaf, daß sie um acht Uhr das Rufen des Vaters überhörte und erst bei seinem Eintritt erwachte.

Er wollte ihr alle Verschönerungen im Schloß, an ihrem Schloß zeigen. Die dem Festland zugekehrte Front war vom Fahrweg durch einen großen, mit Apfelbäumen bestandenen Hof getrennt. Dieser von den benachbarten Dorfgemeinden unterhaltene Fahrweg schlängelte sich von Hof zu Hof und traf eine halbe Meile weiter die Landstraße, die von Le Havre nach Fécamp führt. Ein schnurgerader Baumgang verband das hölzerne Gittertor mit der Auffahrt. Beiderseits reihten sich Wirtschaftsgebäude, die aus Meerkies erbaut und mit Stroh gedeckt waren. Von den Meierhöfen waren sie durch Gräben getrennt.

Die Dächer waren erneuert, alles Holzwerk aufgefrischt, die Mauern ausgebessert, die Innenräume neu gemalt. Der alte, verwitterte Herrensitz war nun mit lichten Flecken übersät. Silbrig schimmerten neue Fensterläden und frisch verputzte Stellen im stumpfen Grau der mächtigen Front.

Die andere Längsseite, in der sich das eine von Jeannes Fenstern befand, sah über das Parkgehölz und die windzerzauste Ulmenwand weit in die See hinaus.

Jeanne und der Baron besichtigten Arm in Arm jede Kleinigkeit, kein Winkel blieb ungewürdigt. Dann wandelten sie langsam in den langen Pappelalleen auf und ab, die den sogenannten Park begrenzten. Zwischen den Baumreihen war Gras gewachsen und sah nun wie ein grüner Teppich aus. Der gestutzte Busch am Rande der Wiese war ganz reizend, da schlängelten sich schmale Wege, nur durch Laubwände getrennt. Das Mädchen schrak vor einem Häschen zusammen, das plötzlich auffuhr, über die Böschung hopste und dann gestreckten Laufes im Meerschilf gegen die Küste zu verschwand.

Nach dem Frühstück erklärte die immer noch erschöpfte Frau Adelaide, weiter ruhen zu wollen, und so machte der Baron seiner Tochter den Vorschlag, nach Yport hinunterzugehen.

Sie durchschritten zuerst den Weiler Etouvent, zu dem auch die Besitzung „Les Peuples" gehörte. Drei Bauern grüßten wie alte Bekannte.

In einem gewundenen, kleinen Tal betraten sie das Gehölz, mit dem der Abhang zum Meer bestanden war.

Bald zeigte sich das Dorf Yport. Auf den Türschwellen saßen Frauen mit Flickarbeit und sahen auf, als die beiden vorübergingen. Die abschüssige Straße mit dem Rinnsal in der Mitte und den Kehrichthaufen vor den Türen roch kräftig nach Salzbrühe. An den Hüttentüren trockneten braune Netze, an denen da und dort wie kleine Silbermünzen glänzende Schuppen hingen. Aus dem Inneren der Wohnlöcher drang der typische Geruch kinderreicher Familien, die in einem einzigen Raum zusammenleben.

Ein paar Tauben spazierten den Rinnstein entlang und suchten ihren Lebensunterhalt.

All dies erschien Jeanne merkwürdig, wie eine Theaterdekoration.

Aber als sie nun um eine Mauerecke bog, erblickte sie das Meer. In mattblauer Glätte dehnte es sich, soweit das Auge reichte. Am Strand blieben sie stehen und genossen dieses Bild.

Segel glitten weit draußen wie weiße Flügel vorüber. Rechts und links ragte die riesige Steilküste. Auf einer Seite hemmte eine Art Vorgebirge den Blick, während sich nach der anderen die Küstenlinie ins Endlose entwickelte, bis sie nur als kaum wahrnehmbarer Strich verschwamm.

In einer der nächstgelegenen Bruchstellen der Küstenwand sah man einen Hafen und Häuser. Winzige Wellen, eine Schaumkrause des Meeres, rollten leise auf den Kies.

Die Fischerboote waren auf das Rundgeröll des Ufers hinaufgezogen, lagen auf der Seite und boten ihre gewölbte, teerglänzende Wange dar. Ein paar Fischer rüsteten sie eben für die Ausfahrt zur Zeit der Abendflut.

Ein Seebär trat heran und bot Fische zum Kauf. Jeanne erstand eine Barbe, die sie selber nach Hause tragen wollte.

Da empfahl sich der Mann noch ihren Diensten für Spazierfahrten auf See, wobei er, damit sie sich seinen Namen nur ja merken sollten, diesen immer wieder vorsagte: „Lastique Josephin Lastique . . .“

Der Baron versprach, er würde schon an ihn denken.

Sie schlugen den Heimweg nach dem Schloß ein. Da Jeanne vom Schleppen des mächtigen Fisches müde wurde, schoben sie ihm Vaters Spazierstock durch die Kiemenöffnung, jeder faßte ein Ende des Stockes, und so stiegen sie fröhlich die Uferhöhen hinan, plauderten wie sorglose Kinder, ihre Stirnen umwehte der frische Wind, und ihre Augen strahlten, während die Barbe, die nun auch ihren beiden Armen schwer erschien, mit dem fettigen Schweif über das Gras fegte.

2

Nun begann für Jeanne ein Leben der entzückendsten Ungebundenheit. Sie las und träumte nach Herzenslust oder strich mutterseelenallein in der Gegend umher. Träumerisch wandelte sie langsam die Straßen dahin oder jagte in übermütigen Sätzen die verschlungenen Täler hinab, deren Abhänge in goldne Vliese blühenden Ginsters eingehüllt waren. In der Sonnenglut wurde der starke, süße Geruch des gelben Blütengewirres noch durchdringender und berauschte sie wie duftender Wein, und zum dumpfen Ton der Wellen, die fern auf den Sand rollten, wiegte sich ihre Seele auch in hohem Wogengang.

In weicher Benommenheit streckte sie sich manchmal aufs üppige Gras eines Hanges. Dann wieder, wenn sie bei einer Biegung des Tals, wie aus der Tiefe eines begrasten Trichters, den Dreiecksausschnitt des blauen, sonnenbeglänzten Meeres erblickte, an dessen Horizont ein Segel stand, erhob sich in ihr ein Freudensturm, wie beim geheimnisvollen Nahen eines hohen Glücks, das vogelgleich über ihr zu kreisen schien.

In der milden Schönheit des meerfrischen Landes mit den von ruhigem Rund begrenzten Fernblicken überkam sie Liebe zur Einsamkeit, und sie blieb oft so lange auf dem Rücken eines Hügels sitzen, daß die kleinen wilden Kaninchen ihr zuletzt fast über die Füße hüpften.

Oft kam sie oben längs der Küstenwand ins Laufen und Stürmen. Alles in ihr schwang und zitterte von der Wonne dieser Bewegung, die mühelos war wie jene der Fische im Wasser und der Schwalben in der Luft.

Wie man Samen aussät, so säte sie allerorten künftige Erinnerungen; die keimten und trieben so tiefe Wurzeln, daß sie erst mit dem Tod ausgerissen wurden. Ihr war, als würfe sie Aussaat ihres Herzens in alle Furchen dieser kleinen Täler.

Mit wahrer Leidenschaft begann sie Seebäder zu nehmen. Sie war kräftig, verwegen und kannte die Gefahren des Meeres noch nicht. So schwamm sie so weit hinaus, daß man sie aus den Augen verlor. Ihr war so wohl in diesem kaltklaren, blauen Gewässer, das sie schaukelnd trug. Wenn sie weit vom Ufer war, legte sie sich auf den Rücken, verschränkte die Arme über der Brust, und ihr Blick verlor sich im tiefen Azur des Himmels, durch den ein Schwalbenflug schoß oder der weiße Schwung einer Möwe. Man hörte nur das entfernte Murmeln der Strandwellen. Das wirre Gesumm des Treibens am Lande war hier draußen, im verschlungenen Auf und Ab der Wogen, fast nicht mehr wahrzunehmen. Dann fuhr Jeanne in toller Lust in die Höhe, stieß gellende Rufe aus und schlug das Wasser mit den Armen.

Wenn sie sich einmal gar zu weit hinausgewagt hatte, holte ein Boot sie zurück. Wenn sie dann heimkam, war sie ganz blaß vor Hunger, aber frisch und beweglich. Lächeln saß auf ihren Lippen, und ihre Augen waren voll Glück.

Der Baron trug sich mit großartigen landwirtschaftlichen Plänen. Er wollte Versuche anstellen, den Fortschritt fördern, neue Maschinen erproben, fremde Viehrassen heimisch machen. Über all das redete er stundenlang mit den Bauern, aber die schüttelten nur den Kopf, sie hatten kein Zutrauen zu seinen Neuerungen.

Oft fuhr er auch mit den Seeleuten von Yport aufs Meer hinaus. Als er die Höhlen, Quellen und Felsnadeln der Gegend besichtigt hatte, wollte er wie ein schlichter Seemann Fischfang treiben.

Wenn eine Brise wehte und das windgeschwellte Segel das bauchige Boot über die Wellen gleiten ließ, wenn von jeder Bordseite bis zum Meeresgrund eine riesige Angelschnur schleifte, der die Makrelen scharenweise nachjagten, dann hielt er in höchster Spannung, mit zitternder Hand den dünnen Strick, dessen Zucken ihm verriet, wenn ein Fisch angebissen hatte und wieder loskommen wollte.

Bei Mondschein fuhr er hinaus, um die Netze aufzunehmen, die am Vortage ausgelegt worden waren. Es war ihm eine Lust, dem Knacken des Mastbaums zu lauschen, mit tiefem Genuß atmete er den pfeifenden, steifen Nachtwind ein. Er hatte lange zu kreuzen, um die Bojen aufzufinden; sein Anhaltspunkt war dabei ein Felsenkamm, der Helm eines Kirchturms oder der Leuchtturm von Fécamp. Es war ihm ein besonderer Genuß, in der ersten Glut der aufgehenden Sonne regungslos zu verharren, während an Deck die klebrigen, fächerbreiten Rücken der Rochen glänzten und der fettige Bauch des Steinbutt. Bei Tisch erzählte er dann mit Begeisterung von seinen Ausfahrten. Mütterchen aber berichtete, wie oft es die große Pappelallee auf und ab gelaufen war, die rechts, gegen den Hof der Couillard zu gelegene; die andere war nicht sonnig genug.

Sie sollte sich „Bewegung machen", und so oblag sie ihren Marschübungen mit größter Ausdauer. Sobald die Nachtkühle vorüber war, erschien sie an Rosaliens Arm. Dabei war sie in einen Mantel und zwei Schals eingewickelt und erstickte fast unter einer schwarzen Kapuze, über die noch eine rote gestrickte Haube gestülpt war.

Beim Gehen zog sie den schwerer beweglichen linken Fuß etwas nach, so daß von ihrem Hin- und Rückweg zuletzt je eine staubige Spurfurche von abgestorbenem Rasen zu sehen war. Immer wieder nahm sie die endlose Wanderung auf, die in schnurgerader Linie von der einen Schloßecke zu den ersten

Bäumen des Gehölzes führte. An beiden Enden der Bahn hatte sie sich eine Bank aufstellen lassen. Alle fünf Minuten hielt sie inne und sagte zu ihrer stützenden Begleiterin, dem armen, geduldigen Dienstmädchen Rosalie: „Setzen wir uns, Mädel, bin etwas müde." Bei jedem Halt ließ sie auf der Bank entweder die Wollhaube zurück oder den einen oder den anderen Schal, dann die Kapuze, dann den Mantel; all das ergab zuletzt an beiden Enden der Allee zwei Haufen von Kleidungsstücken, die Rosalies freier Arm kaum umspannen konnte, wenn man zum zweiten Frühstück ins Schloß zurückkehrte.

Nachmittags nahm die Baronin ihre Rennerei in gemäßigtem Tempo wieder auf, machte auch längere Ruhepausen, schlief sogar ein paarmal ein Stündchen auf einem niedrigen Sofa, das man hinausgerollt hatte.

Das also bezeichnete sie als „ihre Leibesübung", ganz wie sie auch von „ihrer Herzerweiterung" sprach.

Vor zehn Jahren war sie wegen Atemnot bei einem Arzt gewesen, der hatte etwas von „Herzerweiterung" verlauten lassen. Seitdem hatte sich dieses unverstandene Wort in ihrem Kopf festgesetzt. Unerbittlich zwang sie den Baron, Jeanne oder Rosalie, ihr Herz abzutasten, dessen Schlag durch die Fettmassen des Busens kein Mensch mehr fühlen konnte. Sie wollte aber nichts davon hören, sich neuerlich von einem Arzt untersuchen zu lassen, sie fürchtete, er könnte bei ihr weitere Krankheiten entdecken. Sie griff so sehr nach jeder Gelegenheit, immer wieder „ihre" Herzerweiterung aufs Tapet zu bringen, daß dieses Leiden als ihr ausschließlicher Besitz erschien, als ihr ganz besonderes Vorrecht.

Der Baron sagte: „Die Herzerweiterung meiner Frau", Jeanne: „Mamas Herzerweiterung", so wie sie von Mamas Kleid, Hut oder Regenschirm zu reden pflegten.

In ihrer Jugend war sie sehr hübsch gewesen, schlank wie eine Gerte. Nachdem sie aber als Walzertänzerin in Männerarmen aller Uniformarten des Kaiserreichs gelehnt hatte, verfiel sie darauf, den Roman der Frau von Staël, Corinna, zu lesen; da mußte sie weinen, und von dem Eindruck des Buches kam sie nicht mehr los.

Je unförmlicher ihr Leib in die Breite ging, in desto poetischere Höhen schwang sich ihre Seele empor. Als sie durch ihre Fettleibigkeit ganz und gar an den Lehnstuhl gefesselt war,

schweiften ihre Träume durch die leidenschaftlichsten Liebesabenteuer, in die sie sich selbst als Heldin hineindachte. Sie
hatte Lieblingsgestalten, die sie in ihren Phantastereien immer
wieder anrief, wie eine aufgezogene Spieldose immer die gleiche Weise zum besten gibt. Alle schmachtenden Romanzen, in
denen von gefangenen Frauen die Rede ist, die gern ein
Schwälblein wären, trieben ihr todsicher die Tränen in die Augen. Sie hatte sogar eine Schwäche für manches schlüpfrige
Liedchen von Béranger, wenn es sich nur in bedauernden
Rückblicken auf geschwundene Jugendzeiten erging.

Oft verharrte sie stundenlang ganz unbeweglich, völlig in ihre
Träumerei versunken. ,,Les Peuples" gefiel ihr gerade darum so
gut, weil es für die Geschichten, die sie sich erzählte, den pas-
sendsten Hintergrund abgab, weil sie sich durch die Wäldchen
der Umgegend, durch die rauhe Heide und die Nähe des Meeres an Romane von Walter Scott erinnert fühlte, in denen sie
seit ein paar Monaten lebte und webte.

An regnerischen Tagen blieb sie auf ihrem Zimmer und be-
trachtete ihre sogenannten Reliquien. Das waren alte Briefe,
Briefe ihres Vaters an ihre Mutter, Briefe des Barons aus ihrer
Brautzeit und noch viele mehr.

Sie bewahrte sie in einem Mahagonischreibtisch auf, an dessen Ecken Sphinxe aus Messing zu sehen waren. Mit einem ganz
besonderen Tonfall sagte sie: ,,Rosalie, mein Mädel, bring' mir
das Fach mit den ‚Erinnerungen'." Das junge Ding schloß dann
auf, zog das Fach heraus und stellte es auf einen Sessel, der neben dem Sitz ihrer Herrin stand. Diese begann langsam Brief
um Brief zu lesen, wobei sie das Papier von Zeit zu Zeit mit einer Träne benetzte.

Jeanne nahm manchmal Rosaliens Stelle ein und führte Mütterchen spazieren. Dabei erzählte diese von ihrer Kindheit. Das
junge Mädchen fand in diesen alten Geschichten ihr eigenes
Wesen wieder und staunte über die Ähnlichkeit im Zuge der
Gedankengänge, über die innere Gleichartigkeit des Hoffens
und Sehnens. Denn jedes Menschenherz meint in ganz besonderer Weise so viele Empfindungen erlebt zu haben, die schon
die frühesten Wesen erzittern ließen und noch die Herzen der
letzten Männer und Frauen werden rascher schlagen lassen.

Das langsame Tempo ihres Hin- und Zurückgehens bestimmte auch das Tempo dieser Erzählung. Manchmal brach

die Mutter wegen Atembeklemmung für eine Weile ab. Dann setzte Jeannes Denken mit mächtigem Sprung über die begonnene Liebesgeschichte weit hinaus, stürmte in die freudenvolle Zukunft hinein, wiegte sich auf dem Meer ihrer Hoffnungen.

Als sie eines Nachmittags auf der näheren Bank ausruhten, bemerkten sie plötzlich am anderen Ende des Baumganges einen dicken Priester, der auf sie zukam.

Er grüßte schon von weitem, setzte eine lächelnde Miene auf, grüßte wieder, als er auf drei Schritt heran war und rief: „Nun, wie geht es immer, verehrte Frau Baronin?" Es war der Dorfpfarrer.

Mütterchen war im aufgeklärten Jahrhundert geboren, war zur Zeit der Revolution von einem ziemlich ungläubigen Vater erzogen worden, und so ging sie nur selten zur Kirche, aber vermöge einer tiefsitzenden, echt weiblichen Sympathie für alles Religiöse fühlte sie sich zu Geistlichen hingezogen.

Sie hatte Picot, ihren Pfarrer, vollständig vergessen und wurde rot, als sie ihn erblickte. Sie entschuldigte sich, daß sie ihn nicht zuerst besucht habe, aber der gute Mann schien ihr das nicht übelzunehmen. Er betrachtete Jeanne, beglückwünschte sie zu ihrem guten Aussehen, nahm Platz, legte seinen Dreispitz auf die Knie und wischte sich die Stirn. Er war sehr dick, hochrot im Gesicht, und der helle Schweiß rann ihm in den Hals. Jeden Augenblick zog er ein riesiges, kariertes Schnupftuch aus der Tasche, das schon ganz vollgesogen war, und fuhr sich über Gesicht und Hals. Aber kaum war der nasse Leinenfleck in den schwarzen Tiefen seines Priesterkleides verschwunden, erschien seine Haut schon wieder ganz von Tröpflein bedeckt, die auf das runde, mit ehrwürdigem Kleid umhüllte Bäuchlein niederfielen und dort den Staub, der unterwegs angeflogen war, in kreisförmigen Fleckchen haften ließen.

Als rechter Bauernpfarrer war er lustig, duldsam, schwatzhaft und überhaupt ein guter Kerl. Er gab Anekdoten zum besten, sprach über seine Pfarrkinder und schien gar nicht gemerkt zu haben, daß die beiden Damen seinem Gottesdienst noch nicht beigewohnt hatten. Bei der Baronin lag dies sowohl an ihrer körperlichen Trägheit wie an der Verschwommenheit ihres religiösen Empfindens, Jeanne aber war im Kloster mit Kirchenfrömmigkeit so überfüttert worden, daß sie selig war, von dergleichen Dingen nichts mehr zu hören.

Der Baron erschien auf der Bildfläche. In seinem pantheistischen Glauben waren ihm alle Dogmen gleichgültig. Er kannte den Pfarrer vom Sehen. Er war sehr liebenswürdig zu ihm und lud ihn zu Tisch.

Der Geistliche erwarb rasch ihrer aller Gunst. Er verfügte über jene unbewußte Verschlagenheit, die bei berufsmäßiger Beeinflussung anderer auch den Unbedeutendsten zuteil wird, besonders wenn sie anderen gelegentlich als offizielle Macht entgegenzutreten haben.

Die Baronin verwöhnte ihn geradezu. Vielleicht war da der Zug natürlicher Verwandtschaft im Spiele; jedenfalls gefiel ihrer pustenden Fettleibigkeit das blutrote Gesicht und der kurze Atem des dicken Mannes.

Beim Nachtisch wurde er höchst jovial und aufgeknöpft, wie sich dergleichen zu Ende fröhlicher Schmausereien einzustellen pflegt. Er war so recht der bei seinem Gläschen Wein harmlos fröhliche Pfarrer.

Plötzlich tat er, als wenn er einen glänzenden Einfall hätte und rief: „Aber da habe ich Ihnen ja noch ein neues Pfarrkind vorzustellen, Herrn Vicomte von Lamare!"

Die Baronin hatte alle Adelsgeschlechter der Provinz im kleinen Finger, und so fragte sie: „Gehört er zur Familie der Lamare von der Eure?"

Der Priester verneigte sich: „Gewiß, Gnädige, es ist der Sohn des im vorigen Jahr verstorbenen Vicomte Jean von Lamare."

Frau Adelaide war ganz vernarrt in alles, was adelig war und bestürmte den Pfarrer mit weiteren Fragen. So erfuhr sie, daß der junge Mann zur Bezahlung der väterlichen Schulden sein Schloß verkauft und sich dann in einem der drei Höfe, die er in Etouvent besaß, eine kleine Wohnung eingerichtet hatte. Dieser Besitz warf alles in allem fünf- bis sechstausend Livres ab. Aber der Vicomte war von Natur aus sparsam und bedächtig und wollte zwei, drei Jahre in seinem bescheidenen Landhaus so eingezogen leben, daß er genug zurücklegen konnte, um in der Welt seinem Rang entsprechend aufzutreten und dann ohne Schulden oder Hypothekarlasten eine vorteilhafte Heirat einzugehen.

Der Pfarrer sagte noch: „Ist ein ganz reizender Junge, und solid und gesetzt! Langweilen tut er sich freilich tüchtig in der Gegend hier."

Der Baron sagte: „Führen Sie ihn doch bei uns ein, Hochwürden, da hat er wenigstens etwas Zerstreuung."

Dann redete man von anderen Dingen.

Als man nach dem Kaffee ins Wohnzimmer hinübergehen wollte, bat der Pfarrer um die Erlaubnis, noch ein bißchen in den Garten gehen zu dürfen, da er gewohnt sei, sich nach dem Essen etwas Bewegung zu machen. Der Baron ging mit. Langsam schritten sie die beleuchtete Stirnseite des Schlosses entlang, dann machten sie kehrt und gingen zurück. Des einen Schatten war mager, des anderen rundlich, mit einem Pilzhut. Diese Schatten wandelten bald vor, bald hinter ihnen, je nachdem sie auf den Mond zugingen oder ihm den Rücken kehrten. Der Pfarrer kaute eine Art Zigarette, die er aus der Tasche gezogen hatte. Mit ländlicher Unbefangenheit ließ er sich über deren Nützlichkeit aus: „Das treibt ein bißchen ab, ich verdaue nämlich etwas schwer."

Dann sah er plötzlich zum Himmel, wo das lichte Gestirn hinglitt, und äußerte: „Dieser Anblick wird einem nie zu viel." Hierauf trat er ins Haus, um sich von den Damen zu verabschieden.

3

In ehrerbietig zarter Rücksicht gegenüber ihrem Pfarrer gingen am nächsten Sonntag die Baronin und Jeanne zur Messe. Nach dem Hochamt paßten sie ihn ab, um ihn für nächsten Donnerstag zu Mittag einzuladen. Er verließ die Sakristei in Begleitung eines hochgewachsenen, eleganten, jungen Mannes, der ihn vertraulich am Arm führte. Als er die zwei Frauen erblickte, rief er mit einer Gebärde freudigsten Staunens: „Na, das konnte sich ja nicht besser schicken! Gestatten Sie, Frau Baronin, und Sie, Fräulein Jeanne, daß ich Ihnen Ihren Nachbarn, Herrn Vicomte von Lamare, vorstelle."

Der Vicomte verneigte sich, sagte, wie lange er schon gewünscht habe, mit den Damen bekannt zu werden und begann dann sehr gewandt zu plaudern. Er zeigte geselligen Schliff. Er hatte das Glück, eines jener Gesichter zu besitzen, von denen Frauen träumen und die allen Männern unangenehm sind. Schwarzes Lockenhaar umschattete eine glatte, sonnverbrannte Stirn. Die weiten Bogen der Brauen waren so regelmäßig, wie mit dem Pinsel gezogen, und ließen die dunklen Augen mit der etwas bläulich getönten Hornhaut tief und gefühlvoll erscheinen.

Seine dichten, langen Wimpern verliehen seinem Blick die leidenschaftliche Beredsamkeit, die in glänzenden Gesellschaftsräumen stolze, schöne Damen verlegen macht und auf der Gasse das kleine Dienstmädchen mit dem Einkaufskorb sich umzuwenden zwingt.

Die schmachtende Schönheit dieses Auges ließ an Tiefe der Gedanken glauben und jedes Wörtchen bedeutend erscheinen.

Der dichte, glänzend weiche Bart verhüllte die etwas zu stark entwickelte Kieferpartie.

Man schied mit viel schönen Redensarten.

Zwei Tage danach machte Herr von Lamare seinen Antrittsbesuch.

Gerade benutzte man zum ersten Mal eine Bank aus unbehauenen Stämmen, die am selben Morgen unter der großen Platane, gerade vor den Fenstern des Salons, aufgestellt worden war. Der Baron wollte als Gegenstück noch eine Bank unter der Linde anbringen lassen. Aber Mütterchen haßte alle Symmetrie und widersprach dieser Absicht. Der Vicomte sollte nun auch seine Meinung abgeben und pflichtete der Baronin bei.

Dann redete er von der Landschaft, die er höchst „malerisch" fand, er habe auf einsamen Spaziergängen die entzückendsten Motive entdeckt. Wie zufällig begegneten von Zeit zu Zeit seine Augen Jeannes Augen, und ihr wurde ganz seltsam zumute unter diesem raschen Blick, der schnell wieder abgewendet wurde und von liebkosendem Anschwärmen und erwachender Neigung sprach.

Der im Vorjahr verstorbene Vater des Herrn von Lamare hatte nun gerade einen nahen Freund des Herrn von Cultaux gekannt, dessen Tochter Mütterchen war. Aus der Entdeckung dieser Bekanntschaft ergab sich eine endlose Erörterung verwandtschaftlicher Beziehungen, ehelicher Verbindungen der verschiedenen Familien und der Zeitpunkte, zu denen sich das alles ereignet hatte. Die Baronin tummelte ihr Gedächtnis wie ein Paradepferd, entwickelte in auf- und absteigender Linie alle möglichen Familiengeschichten und führte, ohne das geringste zu versehen, im Labyrinth der Genealogien einen wahren Eiertanz auf.

„Sagen Sie mal, Vicomte, haben Sie von den Saunoy von Varfleur gehört? Der älteste Sohn, Gontran, hat ein Fräulein von Coursil geheiratet, eine Coursil-Courville, der jüngere hat eine Cousine von mir, ein Fräulein von der Roche-Aubert, die mit den Crisange verschwägert war. Dieser Herr von Crisange war nun der beste Freund meines Vaters und hat sicher den Ihren auch gekannt."

„Gewiß, Gnädige. Dieser Herr von Crisange ist emigriert, und sein Sohn hat sein ganzes Vermögen verloren."

„Eben der. Als Graf von Erétry, der Mann meiner Tante, gestorben ist, wollte er die Witwe zur Frau haben, aber die mochte ihn nicht, weil er zu schnupfen pflegte. Da fallen mir gerade die Viloise ein; wissen Sie vielleicht, was aus denen geworden ist? Wegen ungünstiger Vermögensverhältnisse haben sie um das Jahr 1813 die Gegend von Tours verlassen und sind in die Auvergne übersiedelt; seitdem habe ich nichts mehr von ihnen gehört."

„Gnädige, ich glaube, der alte Marquis ist durch einen Sturz vom Pferde umgekommen. Die eine Tochter ist mit einem Engländer verheiratet, die andere mit einem angeblich sehr reichen Kaufmann, namens Basolle, der sie verführt hatte."

Sie sprachen wieder einmal Namen aus, die sie schon in früher Kindheit aus den Reden alter Verwandter aufgeschnappt und behalten hatten. Und die Heiraten dieser ebenbürtigen Familien erschienen ihnen da als bedeutungsvolle Ereignisse von allgemeiner Tragweite. Sie redeten von Leuten, die sie nie gesehen hatten, wie wenn sie ihnen genau bekannt wären. Und irgendwo, in anderen Gegenden, redeten diese Leute in gleicher Weise von ihnen; und so fühlten sie sich ihnen über alle Entfernung hinweg vertraulich nahe, fast befreundet, fast verschwägert, nur weil sie zur selben Klasse, zur selben Kaste gehörten, gleichwertigen Blutes waren.

Da der Baron seiner Anlage nach ein ziemlicher Sonderling war und auch vermöge seiner Erziehung die Überzeugungen und Vorurteile seiner Standesgenossen durchaus nicht teilte, so

kannte er die Familien in der Nachbarschaft fast gar nicht und mußte erst beim Vicomte über sie nähere Erkundigungen einholen.

Herr von Lamare gab gerne Bescheid: „Oh, es ist nicht viel los mit Adel in unserm Bezirk." Im gleichen Tonfall hätte er erklärt, es gäbe wenig Wildkaninchen in der Gegend. Dann zählte er auf. In der nächsten Umgebung gab es nur drei Familien: da war einmal der Marquis von Coutelier, so was wie ein Oberhaupt des normännischen Adels; der Vicomte von Briseville und seine Gemahlin, Leute von höchst vornehmer Abstammung, die aber sehr für sich lebten; schließlich Graf von Fourville, eine Art Rauhbein, dessen Frau sich angeblich zu Tode härmen mußte und der in seinem Teichschloß Vrillette ein Jägerdasein führte.

Ein paar Emporkömmlinge hatten da und dort Herrschaften käuflich erworben und verkehrten nur untereinander. Der Vicomte kannte sie nicht.

Er verabschiedete sich. Sein letzter Blick galt Jeanne, wie wenn er ihr einen besonderen, zärtlicheren, innigeren Abschiedsgruß zugedacht hätte.

Die Baronin fand ihn reizend und vor allem äußerst korrekt. Väterchen antwortete: „Gewiß, ein äußerst wohlerzogener junger Mensch."

Für die nächste Woche lud man ihn zum Abendessen. Seitdem kam er regelmäßig ins Haus.

Meist erschien er gegen vier Uhr, suchte Mütterchen in „ihrer" Allee auf und bot ihr den Arm, wenn sie sich „ihre Bewegung" machen sollte. Wenn Jeanne nicht aus war, stützte sie die Baronin von der anderen Seite, und alle drei gingen langsam den schnurgeraden Weg unablässig auf und nieder. Selten richtete er das Wort an das junge Mädchen. Aber sein schwarzsamtenes Auge traf oft Jeannes Auge, das wie aus blauem Achat erschien.

Ein paarmal gingen die beiden mit dem Baron nach Yport hinunter.

Eines Abends am Strand sprach sie Vater Lastique an, ohne die Pfeife aus dem Mund zu geben (eher war er ohne Nase zu denken). „Bei so 'nem Winde, Hr Bron, kemma gutt morchen bis an Etretat ran und zruck ooch, wie geschmeert."

Jeanne legte die Hände aneinander: „O Papa, möchtest du nicht?"

Der Baron wandte sich zu Herrn von Lamare: „Halten Sie mit, Vicomte? Wir könnten drüben zu Mittag essen."

So wurde der Ausflug gleich beschlossen.

Jeanne war schon mit der Sonne wach. Sie wartete, bis der beim Anziehen bedächtigere Vater fertig war, und dann schritten sie im tauigen Gras aus, durchquerten erst die Wiesenfläche, dann das von Vogelgesang durchzitterte Gehölz. Der Vicomte und Vater Lastique saßen schon auf einer alten Schiffswinde.

Zwei andere Seeleute halfen beim In-See-Gehen. Die Männer drängten ihre Schultern aus aller Kraft gegen die Bordwandung. Mühsam ging es auf der Kiesfläche vorwärts. Lastique schob Rollen aus getrantem Holz unter den Kiel, dann nahm er seinen Platz an der Bordwand wieder ein und sang mit gedehnter Stimme wieder sein endloses „Ohee Hopp!", das den Rhythmus ihres gemeinsamen Andrückens bestimmen sollte.

Aber als man nun endlich den abschüssigen Teil erreicht hatte, glitt das Boot mit einem Mal los. Mit einem gewaltigen Geräusch, das wie Zerreißen von Leinwand klang, fuhr es über die runden Kiesel nieder. Im Schaum der kleinen Wellen hielt es plötzlich still, alle stiegen ein, dann schoben die zurückbleibenden Seeleute das Boot ganz ins Wasser hinaus.

Eine leichte, anhaltende Brise, die vom offenen Meer herwehte, streifte, kräuselte die Fläche des Wassers. Das Segel wurde aufgezogen, rundete sich ein wenig, und schon glitt das Boot still dahin, vom Seegang kaum gewiegt.

Zuerst fuhr man weiter hinaus. Am Horizont verschwamm die niedersteigende Wölbung des Himmels mit dem unendlichen Ozean. Auf der anderen Seite lag der lotrechten Steilküste eine gewaltige Schattenflur zu Füßen, in die da und dort besonnte Rasenhänge eingeschnitten waren. Ganz weit rückwärts standen hinter dem weißen Hafendamm von Fécamp braune Segel in die Höhe, aber vor sich sahen sie einen gerundeten, seltsam durchlöcherten Felsen, der fast aussah wie ein riesiger Elefant, der seinen Rüssel in die Fluten taucht. Dieses Naturspiel heißt ,,kleine Pforte von Etretat".

Jeanne war etwas betäubt von der einwiegenden Macht der Wellen. Sie hielt sich mit einer Hand an der Bordwand und sah ins Weite, und da schien es ihr, als wären in der ganzen Schöpfung nur drei Dinge wahrhaft schön: Licht, Raum und Wasser.

Niemand brach das Schweigen. Vater Lastique saß am Steuer und hielt die Segelleine. Von Zeit zu Zeit holte er unter der Bank eine Flasche hervor und tat einen Zug. Dabei rauchte er unaufhörlich seine kleingebissene Pfeife, die man sich gar nicht kalt denken konnte. Immer entstieg ihr ein dünner Rauchfaden, während ein anderer aus dem Mundwinkel kräuselte. Doch nie sah man den alten Seebären seinen kohlschwarz angerauchten Tonkopf stopfen oder neu in Brand zu setzen. Manchmal faßte er die Pfeife, nahm sie aus dem Mund und dann spie er aus dem gleichen Mundwinkel, wo sonst der Rauch hervorkam, einen langen Strahl braunen Speichels.

Der Baron saß vorne und sah, gleichsam als zweiter Matrose, nach dem Segel. Jeanne und der Vicomte saßen nebeneinander, beide etwas verwirrt. Eine unbekannte Macht zwang ihre Blicke zusammen. Sie schlugen die Augen immer zur gleichen Zeit auf, wie durch innere Verwandtschaft vom Tun des anderen unterrichtet. Es umwob sie ja schon der feine, ungreifbare Hauch keimender Zärtlichkeit, der sich so rasch zwischen zwei jungen Leuten entwickelt, wenn der Bursch nicht übel und das Mädchen hübsch ist. Ihr Beisammensein beglückte sie, vielleicht weil sie einander dachten.

Die Sonne stieg höher, als wollte sie das weite Meer da unten bis zu ferneren Horizonten überschauen. Aber dann hüllte sie sich neckend in einen leichten Dunst, der sie nur wie durch Schleier strahlen ließ. Diese durchsichtige Nebelbank lag sehr tief, ließ alles ganz deutlich, aber wie mit Goldton erscheinen und verlieh der Fernsicht sanfteren Umriß. Mit glühenden Speeren warf das Gestirn nach dieser leuchtenden Dunsthülle, daß sie hinzuschmelzen begann, alles Nebelnde verdampfte und schwand, als endlich die volle Kraft der Sonne hervorbrach. Das spiegelglatte Meer begann im grellen Licht zu funkeln.

Ganz ergriffen murmelte Jeanne: „Wie schön . . .“ Der Vicomte antwortete: „Ja, das ist schön.“ Dieses heitere Morgenlicht rief in ihren Herzen gleichsam ein Echo wach.

Mit einem Mal entdeckte man die großen Felsbogen von Etretat. Die Steilküste scheint da mit zwei Beinen ins Meer hinauszuwaten. Durch dieses natürliche Tor könnten die größten Schiffe fahren, spitz und weiß ragte vor der ersten Torsäule eine Felsnadel in die Höhe.

Es wurde gelandet. Der Baron watete mit einem Tau ans Ufer und versicherte das Boot. Währenddessen nahm der Vicomte Jeanne in die Arme, um sie trockenen Fußes an Land zu bringen. Ganz erregt von dieser kurzen Umarmung, stiegen sie nebeneinander den harten Uferkies hinan, und da hörten sie, wie der alte Lastique zum Baron sagte: „Wär’ ooch ’n scheen’s Paar . . .“

In einem kleinen Gasthaus am Strand nahmen sie das Mittagsfrühstück ein, und das war ganz reizend. Auf dem Meer draußen war jeder so überwältigt gewesen, daß er nicht hatte reden können; jetzt, bei Tisch, wurden sie gesprächig, schwatzten wie Kinder auf einem Ferienausflug.

Die geringsten Kleinigkeiten erweckten endloses Gelächter.

Bevor Vater Lastique sich zu Tisch setzte, barg er seine Pfeife sorgsam in der Mütze – aber sie rauchte noch. Da gab es gleich etwas zu lachen. Eine Fliege fühlte sich offenbar von der Röte seiner Nase mächtig angezogen und setzte sich immer wieder darauf; die Bewegungen, mit denen er sie vertrieb, waren zu bedächtig, um sie zu erhaschen. So setzte sie sich auf einen Musselinvorhang, auf dem schon viele ihrer Schwestern Spuren hinterlassen hatten, um von dort gierig nach der glühenden Seemannsnase zu spähen, denn sie flog gleich wieder los, um sie von neuem heimzusuchen.

Bei jedem Reiseflug des Untierchens brach unsinniges Gelächter los, und als der Alte, dem das ewige Gekitzel lästig wurde, gar murmelte: „Teifel, die is ostinat", da lachten Jeanne und der Vicomte bis zu hellen Tränen, wanden sich und meinten zu ersticken, weil sie sich die Servietten in den Mund gestopft hatten, um nicht ganz laut herauszuplatzen.

Nach dem Kaffee schlug Jeanne einen Spaziergang vor. Der Vicomte erhob sich sofort, der Baron aber wollte sich lieber wie eine Eidechse auf dem Strandkies in die Sonne legen: „Geht nur, Kinder, in einer Stunde komme ich wieder hierher."

Sie gingen auf dem kürzesten Weg zwischen den paar Dorfhütten durch, dann kamen sie an einem kleinen Schloß vorbei, das mehr wie ein Bauernhof aussah. Schließlich traten sie in ein baumloses Tal ein, das sich langhin erstreckte.

Die Bewegung des Meeres hatte beide in eine weiche Stimmung versetzt, hatte sie aus dem seelischen Gleichgewicht ge-

45

bracht. Von der starken, salzigen Seeluft waren sie so ausgehungert, daß sie dann das kleine Mahl in einen wahren Rausch von Behagen versetzt und das Übermaß des Gelächters endlich ganz matt gemacht hatte. Jetzt war ihnen ganz seltsam zumute; sie hätten wie toll durch die Felder jagen mögen. Jeanne fühlte ein Sausen in den Ohren und drehte sich in einem Wirbel ungekannter Empfindungen.

Verzehrende Sonnenglut lastete auf ihren Scheiteln. Beiderseits der Straße bogen sich in der Hitze schnittreife Getreidefelder. Es schien nicht weniger Heuschrecken zu geben als Halme im Gras; von überall her, aus dem Weizen, aus dem Roggen, aus dem Strandschilf ließen sie ihren dürftigen, durchdringend scharfen Laut ertönen.

Keine andere Stimme stieg zum glutheißen Himmel auf, dessen Blau ins Gelbliche schillerte, wie wenn er, gleich überhitztem Metall, plötzlich in Rotglut übergehen wollte.

Weiter rechts erblickten sie ein Gehölz; dorthin gingen sie.

In einem Einschnitt führte ein schmaler Baumgang auf hochstämmigen Waldbestand zu, in den kein Sonnenstrahl eindrang. Beim Betreten des Wäldchens überlief es sie feuchtkalt, sie schauerten und fühlten eine Beklemmung auf der Brust. Weil Licht und Luft fehlten, gab es da auch keine Grasnarbe, nur dichtes Moos deckte den Boden.

Sie drangen weiter vor. Da sagte sie: ,,Da drüben wäre ein Plätzchen zum Sitzen." Zwei morsche Bäume waren nämlich gestürzt, und durch die Bresche der Laubwand fiel ein wahrer Lichtregen nieder. Die Wärme hatte Rasenkeime wachgerufen, Löwenzahn und allerlei Schlinggewächs waren aufgesproßt, winzige weiße Blüten umhauchten mit ihren feinen Pünktchen den Rasen wie Nebelduft, Fingerhut flammte wie steiles Feuerwerk. Dieser lichterfüllte heiße Schacht mitten im eisigen Schatten der schweren Laubmassen war dicht belebt von Schmetterlingen, Bienen, dicken Hummeln und riesigen Glasflüglern, die wie Fliegenskelette aussahen. Neben tausend fliegenden Insekten waren da rote, schwarzgefleckte Marienkäfer, unheimlich grün schillernde, dann schwarze, gehörnte Käfer – all das wirrte durcheinander.

Sie setzten sich an eine Stelle, wo ihre Köpfe im Schatten, die Füße in der Sonne waren. Sie blieben ganz in das Anschauen dieses wimmelnden Lebens versunken, das die Kraft eines Sonnenstrahls erweckt hatte. Jeanne sagte mit weicher Stimme: „Wie ist einem wohl, wie schön ist's im Freien! Manchmal möchte ich eine Mücke oder eine Biene sein, um auch so ins Innerste der Blumen hineinzukriechen."

Sie sprachen nun jeder von sich selber, von ihren Gewohnheiten und Neigungen, und die Worte kamen in dem leisen, vertraulichen Ton gegenseitiger Geständnisse über ihre Lippen. Er sagte, wie sehr er schon des leeren Gesellschaftreibens müde sei, seines ganzen inhaltlosen Daseins. Es sei doch immer das gleiche, nichts Wahres, Aufrichtiges.

Die Gesellschaft! Diese hätte sie wohl kennenlernen mögen, aber sie war im voraus überzeugt, daß sie mit dem Leben auf dem Lande gar keinen Vergleich aushalten könne.

Je näher sich die Herzen kamen, desto förmlicher nannte man sich „Herr" und „Fräulein", aber desto mehr lächelten sich auch die Augen zu und hingen aneinander. Eine neue Art Güte schien in beide eingekehrt zu sein, ein umfassenderes Gefühlsleben. Sie nahmen Anteil an vielen Dingen, die ihnen früher ganz gleichgültig gewesen waren.

Sie kehrten an den Strand zurück, aber der Baron hatte einen Spaziergang zur „Jungfernhöhle" unternommen, die irgendwo im höchsten Kamm der Steilküste zu besichtigen war. Sie warteten im Gasthause.

Er kam erst um fünf Uhr, denn er hatte noch einen tüchtigen Gang die Küste entlang unternommen.

Man stieg wieder ins Boot. Bei Rückenwind fuhr es ungemein sanft, ohne die mindeste Erschütterung dahin, ohne daß man überhaupt merkte, daß man vorwärts kam. Der Wind blies in langsamen, lauen Stößen, die sekundenlang das Segel strafften, um es dann gleich wieder schlaff an den Mast zurückfallen zu lassen. Das trübdunkle Wasser schien erstorben. Matt nach so viel ergossener Glut glitt die Sonne den Bogen ihrer Bahn hinab, nahte sacht dem Meer.

Wieder ließ die überwältigende Stille und Größe des Meeres alle verstummen. Endlich sagte Jeanne: „Wie gerne möchte ich reisen!"

Der Vicomte erwiderte: „Ja, aber allein zu reisen ist traurig, man soll mindestens zu zweit sein, um sich gegenseitig alle Eindrücke mitteilen zu können."

Sie dachte darüber nach: „Das ist richtig . . . aber doch gehe ich so gern allein spazieren . . ., es tut so wohl, ganz einsam zu träumen . . ."

Er ließ lange seinen Blick auf ihr ruhen: „Man kann auch zu zweit träumen."

Sie schlug die Augen nieder. War das eine Andeutung? Sie betrachtete den Horizont, wie wenn sie mit ihren Blicken noch über ihn hinaus wollte, und sagte dann langsam: „Nach Italien möchte ich . . . und nach Griechenland . . . ach ja, nach Griechenland . . . und nach Korsika! Dort muß es so wild und schön sein!"

Er wieder hatte eine Vorliebe für die Schweiz, weil es da Seen und geschnitzte Holzhäuser gäbe.

Sie sagte: „Nein, ich möchte lieber ganz unberührte, neue Länder sehen, so wie Korsika, oder uralte Länder voll geschichtlicher Erinnerungen, wie Griechenland. Es muß schön sein, die Spuren der Völker zu finden, die wir seit unserer Kindheit aus der Geschichte kennen, und die Orte selbst zu sehen, wo diese großen Ereignisse stattgefunden haben."

Der Vicomte war nüchterner und erklärte: „Mich zieht es sehr nach England; in dem Land ist viel zu lernen."

Dann schweiften sie plaudernd über die ganze Breite der Erde vom Nord- und Südpol bis zum Äquator und besprachen die Vorzüge jeder Gegend und schwärmten besonders von den phantastischen Landschafts- oder Lebensformen gewisser Völker, wie der Chinesen oder Lappen. Aber das schönste Land der Welt sei und bleibe doch ihr Frankreich. Da sei das Klima so gemäßigt, frisch im Sommer, mild im Winter, die Felder so reich bestellt, die Wälder so grün, die großen Ströme zögen so ruhevoll dahin, und vor allem würde da die bildende Kunst in einem Grad gepflegt wie nirgendwo seit Athens Blütezeit.

Dann schwiegen sie.

Die tiefer sinkende Sonne schien zu bluten. Vom äußersten Rand des Meeres bis zum Kielwasser der Barke zog sich eine breite Bahn von Licht, stand eine blendende Säule aus Glanz und verklärter Flammenpracht.

Der letzte Atem des Windes verzitterte, jedes Wasserrillchen wurde glatt. Das unbewegte Segel ragte in rotes Licht. Unendlicher Frieden wiegte diese Raumweiten ein, verschluckte allen Lärm, alles Geräusch dieses großen Miteinander von Wasser, Luft und Sonne. Unter dem hohen Himmel wölbte die See, die bräutliche Riesin, den durchsichtig schimmernden, flüssigen Leib, dem Feuerball, dem flammenden Geliebten entgegen, der zu ihr niederglitt. Er rollte rascher und wurde purpurn in der Begier nach ihrer Umarmung; jetzt berührte er sie, und allmählich zehrte sie ihn auf.

Da wehte ein kühler Hauch vom Horizont heran, ein Schauer zitterte über den bewegten Busen des Wassers, wie wenn das in das Weltmeer eingegangene Gestirn einen Seufzer der Erleichterung ausgestoßen hätte und dieser nun auf der ganzen Erde zu fühlen wäre.

Die Dämmerung dauerte nur kurze Zeit, bald entfaltete die Nacht den von Gestirnen durchsiebten Mantel. Vater Lastique griff zu den Rudern. Da merkte man, daß die See phosphoreszierend leuchte. Jeanne und der Vicomte sahen nebeneinander in den schwingenden Lichtschein, den das Boot hinter sich ließ; sie träumten kaum mehr, sahen nur verloren ins Wasser, sogen in wunderbarem Wohlgefühl mit jedem Atemzug diesen Abend ein. Jeannes Hand ruhte auf der Bank, da legte sich wie zufällig ein Finger ihres Nachbarn daneben, so daß er ihre Haut berührte. Sie bewegte sich nicht, war von dieser leichten Tastempfindung freudig überrascht und verwirrt.

Als sie abends wieder in ihrem Zimmer war, fühlte sie sich seltsam aufgewühlt und so weich, daß alles ihr Tränen in die Augen trieb. Sie betrachtete die kleine Pendeluhr, und da war ihr, als fliege die winzige Biene wie ein Herzschlag auf und nieder, wie der Schlag eines Freundesherzens. Sie dachte daran, daß dieses Ührchen der Zeuge ihres ganzen Lebens sein würde, daß alle ihre Freuden, alle ihre Leiden von diesem raschen, regelmäßigen Tik-Tak würden begleitet werden. Da hielt sie die vergoldete Fliege an, um einen Kuß auf ihre Flügel zu drücken. Sie mußte etwas küssen! Es fiel ihr ein, daß sie ganz hinten in einer Lade einmal eine alte Puppe versteckt hatte; sie kramte sie vor und wurde bei ihrem Anblick froh, wie beim Wiederfinden einer angebeteten Freundin. Sie drückte sie fest an die Brust und mit glühenden Küssen bedeckte sie die gemalten Wänglein und die gekrauste Flachsperücke des alten Spielzeugs.

Sie hielt es in den Armen und versank in Träumerei.

War also wirklich er der von tausend geheimen Stimmen verheißene Gemahl, den die göttlich gütige Vorsehung plötzlich auf ihrem Lebenspfad hatte auftauchen lassen? War er nun wirklich das für sie geschaffene Wesen, dem sie ihr ganzes Sein widmen würde? Waren sie ein einander vorbestimmtes Paar, dessen Zärtlichkeit sich treffen, sich umarmen, sich unlöslich verschlingen sollte, damit das große, unbekannte Etwas entstehe: Liebe? Sie verspürte noch nicht den stürmischen Aufschwung ihres ganzen Wesens, dieses Emporquellen aus der Tiefe, als das die sich die Leidenschaft vorstellte. Immerhin kam es ihr vor, als beginne sie ihn zu lieben, denn manchmal wurde sie fast ohnmächtig bei dem Gedanken an ihn, und sie dachte beständig an den neuen Freund. Seine Gegenwart rührte ihr Herz auf, sie wurde rot und bleich, wenn sie sein Blick traf, sie schauerte beim Klang seiner Stimme.

In dieser Nacht schlief sie nur wenig.

Und nun bemächtigte sich ihrer von Tag zu Tag immer mehr eine dumpfe, verwirrende Sehnsucht nach dem Erleben der Liebe. Sie fragte sich immer, befragte auch Orakelblumen, Wolken und das Los in die Luft geworfener Geldstücke.

Eines Abends aber sagte Vater: „Morgen früh mach' dich schön." Sie fragte: „Warum denn, Papa?" Aber er sagte nur: „Ein Geheimnis."

Als sie nun am nächsten Morgen frisch, in hellem Kleid das Empfangszimmer betrat, war der ganze Tisch mit Konfektschächtelchen bedeckt; auf einem Sessel lag ein Riesenstrauß.

Ein Wagen fuhr in den Hof. Darauf war zu lesen: „Ratte, Zuckerbäcker, Fécamp. Spezialität: Hochzeitessen." Mit Hilfe eines Zuckerbäckerjungen öffnete die Köchin Ludivine rückwärts am Wagen eine Klapptür und entnahm dem Inneren viele flache Körbe, die angenehme Düfte verbreiteten.

Jetzt erschien der Vicomte von Lamare. Seine Hosen saßen knapp wegen der Spannriemchen, die unter den zierlich kleinen Lackstiefeln durchgezogen waren. Der lange Leibrock mit der engen Taille ließ aus dem Ausschnitt den Spitzenbrustlatz vorquellen. Eine feine, mehrmals um den Hals geschlungene Krawatte nötigte ihn, seinen schönen braunen Kopf mit dem Ausdruck ernst vornehmer Würde recht hoch zu tragen. Er säh ganz anders aus als sonst, machte diesen befremdlichen Eindruck, den in Festtagskleidern auch die nächsten Bekannten auf uns machen. Jeanne war ganz starr und sah nach ihm, wie wenn sie ihn noch nie erblickt hätte, sie fand, daß er fabelhaft vornehm aussehe, Edelmann vom Scheitel bis zur Sohle.

Er verneigte sich lächelnd. „Also, Fräulein Gevatterin, sind Sie bereit?"

Sie stammelte: „Aber zu was denn, was ist denn?"

„Gleich wirst du's sehen!" sagte der Baron.

Der Wagen fuhr vor, Frau Adelaide stieg an Rosaliens Arm in vollem Staat die Treppe herunter. Rosalie schrak vor der Eleganz des Herrn von Lamare so zusammen, daß Väterchen flüsterte: „Schaun Sie mal, Vicomte, mir scheint, Sie machen eine Eroberung an unserem Dienstmädchen." Er wurde rot bis über die Ohren, tat, als habe er nicht gehört, griff nach dem riesigen Blumenstrauß und überreichte ihn Jeanne. Sie nahm ihn mit wachsendem Erstaunen entgegen. Alle vier stiegen in den Wagen. Die Köchin Ludivine brachte der Baronin zur Stärkung noch eine Tasse kalter Brühe und erklärte: „Gnädige, man möcht sagen, eine Hochzeit."

Bei den ersten Häusern von Yport stieg man aus, und als man nun auf der Dorfstraße weiterging, sah man überall Seeleute in neuen Kleidern, deren Bügelfalten noch zu erkennen waren, aus ihren Häusern kommen. Sie grüßten, schüttelten dem Baron die Hand und schlossen sich ihnen hinten an, wie bei einer Prozession.

Der Vicomte hatte Jeanne den Arm geboten und marschierte mit ihr an der Spitze des Zuges.

Vor der Kirche machte man halt; da wurde das große silberne Kruzifix kerzengerade von einem kleinen Ministranten herausgetragen und davor ging noch ein in Weiß und Rot gekleideter Junge mit dem Weihwasserbecken, darin der Weihwedel steckte.

Dann kamen drei alte Kirchensänger, von denen der eine hinkte, dann ein Schlangenhornbläser, dann der Pfarrer, dessen Spitzbäuchlein den mit dem Kreuz bestickten Goldbrokat der Stola tüchtig durchwölbte. Er grüßte mit Lächeln und Nicken. Dann ging er, halbgeschlossenen Auges, unter dem Barett blinzend, die Lippen im Gebet bewegend, seinem festlich aussehenden Generalstab nach, dem Meere zu.

Am Strand harrte eine dichte Menschenmenge rings um ein neues, bekränztes Boot. Mast, Segel und Takelwerk waren mit langen Bändern bedeckt, die im Winde flatterten, und rückwärts leuchtete in goldenen Lettern der Name des Schiffes: Jeanne.

Vater Lastique war der Eigentümer des neuen Bootes, das vom Geld des Barons gebaut worden war. Jetzt kam er dem Festzug entgegen. Mit einem Schlage nahmen alle Männer ihre Mützen ab. Und eine Reihe frommer Weiber, die in großfaltige schwarze Kapuzmäntel eingehüllt waren, knieten beim Anblick des Kreuzes im Kreise nieder.

Der Pfarrer ging zwischen den zwei Ministranten auf das eine Ende des Schiffes zu, während am anderen Ende die drei alten Kantoren, den Blick höchst ernsthaft in das Meßbuch gerichtet, aus vollem Halse in das Morgenleuchten hinausplärrten. In ihren weißen Gewändern sahen ihre unrasierten Gesichter doppelt schmutzig aus.

Jedesmal, wenn sie Atem schöpften, brüllte nur das Schlangenhorn weiter, und die grauen Äuglein des Bläsers verschwanden ganz hinter den aufgeblähten Backen. Sogar die Haut der Stirn und des Halses erschien durch sein Aufblasen wie vom Fleisch abgehoben.

Das durchsichtige, reglose Meer wollte gleichsam in frommer Sammlung der Taufe seines neuen Schiffleins beiwohnen; leise schlurrend, wie ein Rechen über Kies streicht, ließ es fingerhohe Wellen heranrollen. Mit weitgespannten Flügeln fuhren große weiße Möven im Bogen durch das Himmelsblau und kamen dann in gerundetem Gleitflug fast bis auf die Köpfe der knienden Menge hernieder, als ob sie mitansehen wollten, was da vorging.

Nach einem fünf Minuten lang geheulten Amen hörte das Singen endlich auf. Mit fetter Stimme gackerte der Priester ein paar lateinische Brocken, von denen man nur die volltönenden Endsilben deutlich hören konnte.

Dann tat er den Umgang um die Barke, wobei er sie mit Weihwasser besprengte, schließlich blieb er mit seinem Oremus an der Bordwand stehen, gerade dem Paar der Taufpaten gegenüber, das Hand in Hand regungslos verharrte.

Die schönen Züge des jungen Mannes bewahrten ihren ruhigen Ernst, dem jungen Mädchen aber war es, als schnüre ihm die plötzliche Erregung die Kehle zusammen. Jeanne meinte umzusinken, und es befiel sie ein solches Zittern, daß ihr die Zähne klapperten. Das Traumbild, das sie seit geraumer Zeit verfolgte, war nun wie in einer Vision sichtbare Wirklichkeit geworden. Der Ausdruck „Hochzeit" war gefallen, jetzt stand

52

ein segnender Priester vor ihnen, Männer im Ornat psalmodierten, war das nicht ihre Trauung?

Verrieten sie ihre Finger durch ein unwillkürliches Zucken, war die Glutwelle von ihrem Herzen durch alle Adern bis zu seinem Herzen gelangt? Begriff er den Vorgang, wurde er auch von Liebesrausch überwältigt? Oder kannte er aus reicher Erfahrung einfach die Tatsache, daß keine Frau ihm widerstehen konnte? Sie empfand plötzlich, daß er ihre Hand drückte, zuerst ganz sachte, dann stärker und stärker, als ob er sie zerbrechen wollte. Niemand merkte seiner unbewegten Miene etwas an, als er jetzt sagte, ja er hatte es ganz deutlich gesagt: „Ach Jeanne, wenn Sie wollten, wäre das unsere Verlobung."

Langsam ließ sie den Kopf sinken, und das konnte wohl ein Ja bedeuten. Ein paar Tropfen Weihwasser netzten ihre Finger, denn der Priester war mit der Einsegnung des Schiffes noch nicht fertig.

Jetzt aber war es aus. Die Frauen standen wieder auf. Auf dem Rückweg löste sich jegliche Ordnung. Das Kruzifix verlor in den Händen der Buben seine ganze Würde. Es raste dahin, schwankte rechts und links, oder bog sich nach vorne über, als wenn es auf die Nase fallen wollte. Der Priester, der nun keine Gebete mehr sprach, galoppierte hinterdrein. Die Sänger und der Bläser waren durch ein Seitengäßchen verschwunden, um nur schneller ihre Meßkleider loszuwerden, und die Seeleute liefen gruppenweise davon. Alle jagte ein Gedanke, gleichsam ein Küchenduft und Dampf im Kopf, daß sie lange Beine machten, es lief ihnen schon das Wasser im Munde zusammen, der Magen knurrte in freudiger Erwartung.

Ein gutes Mittagessen harrte ihrer auf dem Schlosse.

Im Hof, unter den Apfelbäumen, war eine große Tafel aufgeschlagen. Sechzig Personen saßen da, lauter Seeleute und Bauern. In der Mitte der einen Längsseite die Baronin zwischen den beiden Pfarrern, dem von Yport und ihrem eigenen. Gegenüber der Baron zwischen dem Ortsvorsteher von Yport und dessen Frau, einem ältlichen Landweibe, das nach allen Seiten viele Grüße nickte. Ihr Gesicht war in die gewaltige normannische Haube ganz schmal eingezwängt und sah wie ein Hühnerkopf mit weißem Kamme aus, das Auge war kreisrund, ewig erstaunt. Sie aß mit raschen, kleinen Bissen, als ob sie den Inhalt ihres Tellers mit der Nasenspitze aufpickte.

Jeanne saß neben ihrem Mitpaten und schwamm in einem Meer von Glück. Sie sah nichts mehr, wußte von nichts mehr. Sie schwieg, ihr war ganz wirr im Kopf vor Seligkeit.

Sie fragte ihn: „Wie ist eigentlich Ihr Vorname?"

Er sagte: „Julien. Das wußten Sie nicht?"

Doch sie antwortete nicht, sondern dachte nur: „Wie oft werde ich diesen Namen sagen!"

Nach dem Essen überließ man den Hof den Seeleuten und begab sich auf die andere Seite des Schlosses. Am Arme des Barons machte die Baronin ihre gewohnte Bewegung, die ihr so lieben zwei Priester gingen mit. Jeanne und Julien gingen bis zum Parklabyrinth und betraten dessen enge, dicht umlaubte Wege. Da ergriff er plötzlich ihre Hände: „Sagen Sie, wollen Sie meine Frau sein?"

Sie senkte wieder den Kopf, und als er stammelte: „Antworten Sie, ich flehe Sie an!" da schlug sie sanft die Augen zu ihm auf. Er las die Antwort in ihrem Blick.

4

Eines Morgens trat der Baron in Jeannes Zimmer, noch ehe sie aufgestanden war, setzte sich auf das Fußende des Bettes und sagte: „Der Vicomte von Lamare hat um dich angehalten."

Sie hätte gern ihr Gesicht unter der Decke versteckt.

Der Vater fuhr fort: „Wir haben uns die Antwort für später vorbehalten." Sie keuchte in würgender Aufregung. Nach einer minutenlangen Pause fügte der Baron lächelnd hinzu: „Wir wollten nichts tun, ohne vorher mit dir Rücksprache zu nehmen. Die Mutter und ich, wir sind nicht gegen diese Heirat, wollen dich aber durchaus nicht dazu drängen. Du bist viel reicher als er, aber wenn es sich um Lebensglück handelt, sollen Geldfragen keine Rolle spielen. Er hat gar keine Verwandten mehr; wenn er dich also heiratet, so tritt er als Sohn in unsere Familie ein, bei einem anderen aber würdest du, meine Tochter, zu fremden Leuten kommen. Der Bursche gefällt uns. Würde er dir gefallen . . . was meinst du?"

Sie errötete bis an die Haare und stammelte: „Ich möchte schon, Papa." Da sah ihr Väterchen ganz tief in die Augen und murmelte, immer noch lachend: „Mir dämmerte so was, mein Fräulein."

Bis zum Abend lebte sie in einem wahren Rausch, wußte nicht, was sie tat, griff mechanisch nach ganz falschen Dingen und fühlte in den Beinen schwere, schlappe Müdigkeit wie nach einem Marsch.

Gegen sechs Uhr, sie saß gerade mit Mütterchen unter der Platane, erschien der Vicomte.

Jeanne bekam ein verrücktes Herzklopfen. Der junge Mann näherte sich, ohne Erregung zu verraten. Als er ganz nah herangekommen war, erfaßte er die Finger der Baronin und streifte sie im Kusse. Dann erhob er die bebende Hand des jungen Mädchens und drückte mit vollen Lippen einen langen, zärtlichen, dankbaren Kuß darauf.

Und so begann die strahlend glückliche Brautzeit. Sie plauderten ungestört in einer Ecke des Salons oder saßen auf der Rasenböschung hinter dem Park, wo die wilde Heide beginnt. Manchmal gingen sie in Mütterchens Allee auf und ab. Dabei sprach er von ihrem zukünftigen Leben, sie hielt den Blick auf die staubige Spur gesenkt, die der Fuß der Baronin dort eingegraben hatte.

Da die Sache nun einmal entschieden war, wollte man sie rasch zu dem natürlichen Abschluß bringen. Man einigte sich also dahin, daß die Feierlichkeit in sechs Wochen, am 15. August, stattfinden sollte; unmittelbar darauf würde das junge Paar die Hochzeitsreise antreten. Als man Jeanne fragte, welches Land sie am liebsten sehen wollte, entschied sie sich für Korsika, wo man gewiß ungestörter wäre als in den italienischen Städten.

Sie sahen dem Augenblick ihrer Vereinigung ohne allzulebhafte Ungeduld entgegen. Sie waren wie in eine Wolke köstlicher Vorfreude eingehüllt, und so genossen sie tief den feinen Reiz bescheidenster Liebkosungen, eines Druckes der Finger oder der leidenschaftlichen Blicke, bei denen so lange Auge in Auge ruht, daß die Seelen in einander zu fließen scheinen, in eine dumpfe Unruhe versetzte sie auch der unbestimmte Drang nach der großen, letzten Umarmung.

Es wurde beschlossen, niemanden zur Hochzeit einzuladen, außer Tante Liese, einer Schwester der Baronin, die als Pensionärin in einem Kloster zu Versailles lebte.

Nach dem Tode ihres Vaters hatte die Baronin die Schwester bei sich behalten wollen. Aber die alte Jungfer litt an der fixen Idee, daß sie allen im Wege, daß sie unnütz und lästig sei, und so zog sie sich in eines jener Klöster zurück, die an traurige, vereinsamte Leute Wohnungen vermieten.

Von Zeit zu Zeit verbrachte sie ein bis zwei Monate in der Familie ihrer Schwester.

Es war ein kleines Weiblein, das wenig sprach, immer im Hintergrund blieb, sich nur bei den Mahlzeiten zeigte und sich dann wieder in sein Zimmer zurückzog; dort steckte es den ganzen Tag.

Sie sah gutmütig und recht ältlich aus, obwohl sie erst zweiundvierzig Jahre zählte. Der Blick war weich und betrübt. Schon als kleines Kind wurde sie kaum je geküßt, da sie weder hübsch noch lebhaft war, sie hockte immer sanft und still im Winkel. Auch nachher wurde sie immer zurückgesetzt. Als sie ein erwachsenes Mädchen war, kümmerte sich kein Mensch um sie.

Sie hatte nicht mehr zu bedeuten als ein Schatten oder ein Alltagsgerät, ein lebendes Stück Hausrat, das man immer sieht, ohne weiter viel danach zu fragen.

Ihre Schwester hatte es sich schon im Hause ihrer Eltern angewöhnt, sie als ganz verkümmertes, unbedeutendes Geschöpf anzusehen. Man tat sich ihr gegenüber keinerlei Zwang an. Es steckte gutmütige Verachtung hinter dem Betragen, das man sich ihr gegenüber angewöhnt hatte. Sie hieß eigentlich Lisa und fühlte selbst, daß ihr dieser elegante Mädchenname gar nicht zu Gesicht stand. Als man sah, daß sie nicht heiraten würde, daß sie bestimmt nie heiraten würde, da machte man aus Lisa Liese. Seit Jeannes Geburt war sie „Tante Liese" geworden, eine demütige Verwandte, peinlich rein und schauerlich schüchtern, sogar ihrer Schwester und dem Schwager gegenüber. Die beiden liebten sie wohl, aber es lag in dieser beiläufigen Neigung viel freundlichste Gleichgültigkeit, unbewußtes Mitleid und etwas natürliches Wohlwollen.

Wenn die Baronin von fernen Jugendzeiten sprach, gebrauchte sie zur Bestimmung eines Zeitpunktes manchmal den Ausdruck: „Es war zur Zeit, als Liese das durch den Kopf geschossen ist."

Man ließ sich nicht weiter über die Sache aus, was ihr denn „durch den Kopf geschossen" war, blieb im Dämmerlicht der Familiengeheimnisse.

Eines Abends war nämlich die damals zwanzigjährige Lisa einfach ins Wasser gesprungen, kein Mensch wußte warum. Kein Anzeichen in ihrer Art zu sein und sich zu geben, hatte eine solche Narrheit voraussehen lassen. Halbtot hatte man sie aufgefischt. Die Eltern und Verwandten schlugen entrüstet die Arme über dem Kopf zusammen, aber statt nach der geheimnisvollen Ursache dieser Handlung zu forschen, fanden sie sich damit ab, davon zu sprechen, es müsse ihr eben „etwas durch den Kopf geschossen sein", ganz wie man den Unfall des Pferdes „Coco" erwähnte, das sich kurz vorher auf holprigem Weg ein Bein gebrochen hatte, so daß man es hatte erschießen müssen.

Seit dieser Zeit hielt man Lisa, oder bald Liese, für ziemlich schwachsinnig. Die milde Verachtung, die sie den Nahestehenden einflößte, sickerte allmählich auch in die Herzen aller anderen Personen, die mit ihr in Berührung kamen. Mit dem feinen Instinkt der Kinder spürte das auch die kleine Jeanne, kümmerte sich gar nicht um sie, kroch nie zu ihr ins Bett, um ihr einen Kuß zu geben, betrat nie ihr Zimmer. Nur die gute Rosalie, die dieses Zimmer notdürftig instand hielt, schien überhaupt zu wissen, wo Tante Lieses Zimmer lag. Wenn sie früh ins Eßzimmer trat, ging die „Kleine" wohl aus alter Gewohnheit auf sie zu und bot ihr die Stirn, aber dabei hatte es sein Bewenden.

Wenn jemand mit ihr sprechen wollte, ließ er sie durch einen Dienstboten holen. Wenn sie nicht da war, kümmerte man sich nicht weiter um sie, nie dachte man an sie, kein Mensch wäre auf den Gedanken verfallen, beunruhigt zu fragen: „Was ist denn das, heute früh habe ich Liese noch nicht gesehen." Sie machte sich so ganz klein. Sie war eines jener Wesen, die selbst ihren Nächsten unerforschtes Land bleiben und bei ihrem Tod in der Familie weder Lücke noch Leere hinterlassen, eines jener Wesen, die sich weder im Dasein, noch in den Lebensgewohnheiten, noch in der Liebe ihrer Umgebung ein Plätzchen zu sichern wissen.

Das Aussprechen der Worte „Tante Liese" weckte so gut wie keine Gefühlsregung in der Seele des Betreffenden. Ganz so sagte man „die Kaffeekanne", „die Zuckerdose".

Sie trippelte immer mit lautlosen Schrittchen einher, verursachte nie ein Geräusch, stieß nie an irgend einen Gegenstand an, schien vielmehr allen Dingen die Eigentümlichkeit mitzuteilen, gar keinen Ton hervorzubringen. Ihre Hände mußten wohl aus einer Art Watte bestehen, so leicht und zart faßte sie alles an.

Etwa Mitte Juli traf sie ein. Die Vorstellung dieser Heirat warf sie ganz aus dem Gleichgewicht. Sie brachte eine Menge Geschenke mit, die, da sie von ihr stammten, kaum beachtet wurden.

Schon an dem auf ihre Ankunft folgenden Tag merkte man gar nicht mehr, daß sie überhaupt da war.

In ihr aber gärte ungewöhnliche Erregung und ihre Blicke wichen nicht von dem Brautpaar. Mit dem erstaunlichsten Feuereifer, mit fieberhaftem Fleiß stürzte sie sich in die Arbeit an der Ausstattung. Wie eine einfache Hausnäherin hockte sie über ihrer Stichelei oben in dem Zimmer, wo keiner sie je aufsuchte.

Jeden Augenblick kam sie zur Baronin und wies ihr selbstgesäumte Taschentücher, Mund- und Handtücher, deren Monogramm sie gestickt hatte: „Ist es so recht, Adelaide?" Mütterchen warf dann einen lässigen Blick auf das betreffende Stück und antwortete: „Plag dich doch nicht so, meine arme Liese."

Gegen Ende des Monats ging nach einem schwülen Tag abends der Mond auf, und es gab eine verklärte, laue Nacht, die verwirrt, weich und schwärmerisch macht, und die verborgenste Tiefe und Schönheit der Seele wachrufen will. Durch die offenen Fenster des stillen Wohnzimmers wehten von den Feldern sanfte Düfte herein. Im Lichtkreis, den der Lampenschirm auf den Tisch zeichnete, spielte die Baronin mit ihrem Manne Karten, ohne recht bei der Sache zu sein. Tante Liese saß zwischen den beiden und strickte. Die jungen Leute lehnten im Fenster und sahen in den mondhellen Garten hinaus.

Linde und Platane streuten ihre Schatten auf die riesige Rasenfläche, die sich blaßleuchtend bis an den tiefschwarzen Parkbusch hinzog. Vom berückenden Zauber dieser Nacht umstrickt, wandte sich Jeanne zu ihren Eltern: „Väterchen, wir ge-

hen noch ein bißchen auf die Wiese da vorne." Ohne vom Spiel aufzusehen, sagte der Baron: „Geht nur, Kinder", und dachte schon wieder nur an den nächsten Stich.

Sie traten ins Freie und begannen langsam auf dem großen weißen Rasen dahinzuschreiten, bis sie rückwärts beim Busch angelangt waren.

Die Nacht rückte vor, ohne daß sie daran dachten, ins Haus zurückzukehren.

Die Baronin war müde und wollte in ihr Zimmer hinaufgehen. Sie sagte: „Man muß unser Pärchen rufen."

„Ach laß sie nur", erwiderte er, „draußen ist es so schön! Liese wartet schon auf sie, nicht wahr, Liese?"

Das alte Mädchen schlug die unruhigen Augen auf und antwortete mit seiner schüchternen Stimme: „Gewiß, ich werde auf sie warten."

Väterchen half der Baronin aufstehen, und da er auch von der Tageshitze ganz schlaff war, sagte er: „Ich gehe auch schlafen." Und so ging er mit seiner Frau fort.

Da erhob sich nun auch Tante Liese, ließ die begonnene Handarbeit, ihren Wollknäuel und die große Nadel auf der Seitenlehne des Armsessels liegen, legte sich ins Fenster und sah in die zauberhafte Nacht hinaus.

Die zwei Verlobten gingen endlos zwischen Parkbusch und Schloßrampe auf dem Rasen hin und her. Ihre Finger waren innig verschlungen. Sie sprachen nicht mehr, sie wußten gar nichts mehr von sich, waren ganz eins mit der wunderbaren Stimmung, die in klaren Schleiern um die Landschaft wob.

Plötzlich bemerkte Jeanne im offenen Fenster den Umriß der alten Jungfer, der sich im Lampenlicht scharf abzeichnete.

„Was, Tante Liese sieht her . . ."

Der Vicomte hob den Kopf und sagte kühl, ohne sich das mindeste dabei zu denken: „Ja, Tante Liese sieht her . . ."

Und dann träumten sie weiter, gingen wieder langsam auf und nieder und hatten sich lieb.

Aber Tau bedeckte das Gras, und so durchschauerte es sie mit leichter Kühle.

„Gehen wir jetzt", sagte sie. Und so kehrten sie ins Haus zurück.

Als sie das Wohnzimmer betraten, hatte Tante Liese ihre Stickerei wieder aufgenommen. Die Stirn war tief auf die Ar-

beit gesenkt, ihre mageren Finger zitterten ein wenig, wie von großer Müdigkeit.

Jeanne trat hinzu: „Tante, jetzt gehn wir schlafen."

Das alte Fräulein wandte ihr die Augen zu, sie waren rot, wie verweint. Die zwei beachteten dies nicht. Aber der junge Mann merkte plötzlich, daß die zierlichen Schühchen des jungen Mädchens ganz naß waren. Unruhe befiel ihn, und er fragte in seiner zärtlichen Besorgnis: „Ist Ihnen nicht kalt an Ihren lieben kleinen Füßen?"

Da fingen die Finger der Tante mit einem Mal so an zu zittern, daß ihre Handarbeit zu Boden fiel; der Wollknäuel rollte weit weg aufs Parkett. Jäh verbarg sie ihr Gesicht in den Händen und brach in lautes, krampfhaftes Schluchzen aus.

Die Brautleute betrachteten sie maßlos überrascht, ganz starr vor Staunen. Plötzlich kniete Jeanne nieder, breitete die Arme aus und sagte immer wieder ganz erschüttert: „Aber was hast du, was hast du, Tante Liese?"

Da antwortete die Arme stotternd und mit tränenerstickter Stimme, wobei sich ihr Körper vor Qual ganz zusammenkrampfte:

„Ja, weißt du, wie er dich gefragt hat . . . ist Ihnen nicht kalt an . . . an . . . an Ihren lieben kleinen Füßen . . . zu mir . . . hat . . . man nie solche Dinge gesagt . . . mir nie . . . nie . . ."

Der überraschten Jeanne tat sie leid, doch unterdrückte sie nur mit Mühe das Lachen bei der Vorstellung, ein Liebhaber würde der Liese süße, zärtliche Dinge sagen. Der Vicomte hatte sich abgewendet, um seine Heiterkeit zu verbergen.

Aber da stand die Tante auf, ließ Wolle und Strickzeug auf dem Lehnsessel liegen und lief ohne Leuchter auf die dunkle Treppe hinaus, um sich zu ihrem Zimmer hinzutasten.

Die jungen Leute waren allein; belustigt und gerührt sahen sie einander an. Jeanne murmelte: „Die arme Tante! . . ." Julien erwiderte: „Sie muß heute abend im Kopf nicht ganz richtig sein."

Sie hielten sich bei den Händen und konnten sich nicht entschließen auseinanderzugehen. Sachte, ganz sachte tauschten sie den ersten Kuß vor dem leeren Sessel, von dem eben Tante Liese aufgesprungen war.

Am nächsten Tage dachten sie kaum mehr an die Tränen der alten Jungfer.

In den letzten vierzehn Tagen vor der Hochzeit fühlte sich Jeanne ziemlich ruhig und ausgeglichen, nahezu etwas erschöpft von so viel süßer Erregung.

Auch am Morgen des entscheidenden Tages blieb ihr keine Zeit zu innerer Einkehr. Sie empfand nur im ganzen Körper ein Gefühl der Leere, wie wenn ihr Fleisch, ihr Blut, ihre Knochen unter der Haut weggeschmolzen wären. Wenn sie etwas anrührte, merkte sie, daß ihre Finger heftig zitterten. Erst im Chor der Kirche, während des Hochamtes, kam sie wieder völlig zu sich.

Verheiratet! So war sie nun verheiratet! Die Folge der Dinge, der Bewegungen, der Ereignisse, die sich seit Tagesanbruch abgespielt hatten, kamen ihr wie ein Traum, wie ein richtiger Traum vor. Es gibt Augenblicke, wo alles um uns herum so verändert scheint, daß sogar die Gebärden neue Bedeutung bekommen. Selbst die Tagesstunden scheinen den gewöhnlichen Platz verändert zu haben.

Sie war wie betäubt, vor allem maßlos erstaunt. Noch gestern war in ihrem Leben alles beim alten gewesen. Die ständige, große Hoffnung, die über ihrem Dasein leuchtete, war nur eben nähergekommen, erschien greifbarer. Als junges Mädchen war sie zu Bett gegangen, doch jetzt war sie Frau!

Sie hatte also die Schranke überschritten, die sie von der Zukunft schied, mit aller Wonne und allem Glück, von dem sie früher immer träumte. Sie fühlte, daß ihr ein Tor offen stand. In das Heiligtum des Erwartenden sollte sie nun eintreten.

Die Feierlichkeit ging ihrem Ende zu. Man betrat die fast ganz leere Sakristei; es war ja niemand eingeladen worden. Dann kam man wieder heraus.

Als sie in der Kirchentür erschienen, ließ ein Krach die Braut heftig zurückfahren, die Baronin stieß einen lauten Schrei aus: die Bauern hatten eine Gewehrsalve abgegeben. Auf dem Weg bis „Les Peuples" hörte das Gekrache nicht auf.

Für die Familie, die Pfarrer von Etouvent und Yport, den Bräutigam und die Trauzeugen – behäbige Landwirte aus der Umgebung – wurde eine kleine Erfrischung aufgetragen.

Dann spazierte man im Garten, in Erwartung der Hauptmahlzeit. Der Baron, die Baronin, Tante Liese, der Ortsvorsteher und Abbé Picot wandelten in Mütterchens Allee auf und ab. In der Allee gegenüber las der andere Geistliche sein Brevier, wobei er mit großen Schritten hin- und herging.

Von der anderen Seite des Schlosses her hörte man die lärmende Heiterkeit der Bauern, die sich unter den Apfelbäumen bei Obstmost gütlich taten. Aus der ganzen Gegend drängten sich sonntäglich gekleidete Menschen im Hof zusammen. Burschen und Bauerndirnen jagten und hetzten im Hof hintereinander her.

Jeanne und Julien durchquerten den Parkbusch, erstiegen die Böschung und sahen beide stumm aufs Meer hinaus. Es war ein wenig kühl, obwohl es doch erst Mitte August war. Es wehte Nordwind, und die gewaltige Sonne glänzte hart im tiefblauen Himmel.

Um vor dem Wind Schutz zu finden, überschritt das junge Paar die Heide nach rechts hin, um in das bewaldete Schlängeltal zu gelangen, das gegen Yport zu abfällt. Sobald sie den Jungwald erreicht hatten, streifte sie kein Hauch mehr, und sie bogen vom Weg in einen schmalen Steig, der ins Dickicht führte. Sie konnten da kaum nebeneinander gehen. Nun fühlte sie, wie ein Arm langsam, langsam um ihren Leib glitt.

Sie keuchte, das Herz schlug ihr bis zum Hals hinauf, sie konnte kaum atmen. Sie sagte nichts. Niedere Zweige liebkosten ihnen das Haar. Oft mußten sie sich bücken, um durchzukommen. Sie riß ein Blatt ab, an der Unterseite kauerten, wie zarte rote Schälchen, zwei Sonnenkäferlein.

Da sagte sie naiv und gleichsam etwas beruhigt: ,,Oh, ein Ehepaar.‘‘

Julien streifte ihr Ohr mit den Lippen: ,,Heute abend werden Sie meine Frau.‘‘

Obgleich sie bei ihrem Aufenthalt auf dem Lande so mancherlei erfahren hatte, hatte sie doch nur die ideale Seite der Liebe im Sinn und so überraschten sie diese Worte. Seine Frau? War sie es denn noch nicht? Da bedeckte er ihr nun Hals und Stirne mit raschen Küßchen. Jeder dieser Mannesküsse, an die sie nicht gewöhnt war, erschütterte sie, und sie bog unwillkürlich den Kopf zurück, um Liebkosungen auszuweichen, die sie doch beseligten.

Aber da waren sie schon am Waldrand. Sie blieb stehen, ganz verwirrt, daß man schon so weit vom Haus entfernt war. ,,Kehren wir um‘‘, sagte sie.

Er zog den Arm zurück, mit dem er ihren Leib umschlossen hatte, und als sie sich beide wandten, wandten sie sich die Ge-

65

sichter zu, fühlten jedes des anderen Atem und so sahen sie sich an, sahen sich mit festem, scharfem, durchbohrendem Blick an, mit dem Seele in Seele zu dringen meint. Sie forschten in ihren Augen, hinter ihren Augen, in unzugänglichen Wesensgründen. Mit stummer, hartnäckiger Frage warfen sie beide das Tiefenlot in des anderen Herz. Was würden sie einander werden? Wie würde sich das Leben gestalten, in das sie nun mitsammen eintraten? Welche Freuden, welches Glück oder welche Enttäuschungen hielten sie sich gegenseitig bereit, bereit für das unauflösliche Miteinander des Ehelebens? Beiden war es da, als hätten sie sich noch nie angesehen.

Mit einem Mal legte Julien seine beiden Hände auf die Schultern seiner Frau und überfiel sie mit einem festen, tiefen Kuß, wie sie noch keinen bekommen hatte. Der Kuß drang ihr bis in Mark und Geblüt und es packte sie ein so geheimnisvoller Schauer, daß sie Julien leidenschaftlich zurückstieß und bald rücklings niedergefallen wäre.

„Gehen wir weg, gehen wir weg!" stammelte sie.

Er antwortete nicht, sondern faßte ihre Hände und behielt sie in den seinen.

Auf dem ganzen Weg bis zum Hause sprachen sie kein Wort mehr. Der Rest des Nachmittags wurde ihnen lang. Bei Einbruch der Nacht ging man zu Tisch. Abweichend vom normannischen Brauch war die Mahlzeit kurz und einfach. Alle Teilnehmer fühlten sich durch ein gewisses Unbehagen gehemmt. Nur die zwei Geistlichen, der Bürgermeister und die vier geladenen Pächter zeigten ein wenig von der derben Lustigkeit, die sich bei Hochzeiten schickt.

Das erstorbene Lachen wurde endlich durch einen Ausspruch des Bürgermeisters auferweckt. Es ging auf neun Uhr, man wollte eben den Kaffee nehmen. Draußen, unter den Apfelbäumen des Vorderhofes, hub der ländliche Tanz an. Durch das offene Fenster überblickte man das ganze Festtreiben. Lampions, die an den Zweigen angebracht waren, ließen das Blattwerk grünspanfarbig erscheinen. Bauernkerle und ihre derben Mädel sprangen im Rundtanz, wobei sie eine wilde Melodie gröhlten. Die begleitende Musik besorgten höchst schwächlich zwei Geiger und ein Klarinettist, denen ein großer Küchentisch als Plattform diente. Manchmal überschrie der stürmische Gesang der Bauernjugend völlig den Klang der In-

strumente. Die dünne, von der entfesselten Gewalt der Menschenstimmen zerstückte Musik schien in kleinen Fetzchen, in zerrissenen Notenteilchen vom Himmel herabzuflattern.

Aus zwei großen Fässern schenkte man bei flammenden Fackeln der Menge ein. Zwei Mägde hatten vollauf zu tun, immer die Gläser und Näpfe in einem Becken zu spülen und sie dann, noch wassertriefend, unter die Hähne zu halten, aus denen das rote Schnürchen des Weines oder das goldfarbige des reinen Apfelmostes rann. Und die durstigen Tänzer, die ruhigen Alten und verschwitzte Mädchen drängten sich dort, streckten die Arme vor, um auch irgend ein Gefäß zu ergreifen und sich bei zurückgelegtem Kopf in langen Zügen das bevorzugte Getränk zu Gemüte zu führen.

Ein Tisch war mit Brot, Butter, Käse und Würsten beladen. Von Zeit zu Zeit schlang jeder einen Bissen hinunter und beim

Anblick dieser gesunden, strotzenden Luft unter dem erleuchteten Laubdach, empfanden die gelangweilten Teilnehmer der Mahlzeit im Saal wohl das Verlangen, auch an dem Tanz teilzunehmen, aus diesen bauchigen Fässern zu trinken und dazu eine Schnitte Butterbrot mit roher Zwiebel zu kauen.

Der Vorsteher schlug mit dem Messer den Takt zu der Tanzweise und rief: „Donnerwetter! Da geht's zu wie auf der Hochzeit von Kanada, möcht' man sagen."

Ein Zucken verhaltenen Gelächters lief über aller Mienen. Aber der Abbé Picot, der geschworene Feind der weltlichen Obrigkeit, griff die Bemerkung auf: „Sie meinen wohl die Hochzeit von Kana." Aber der andere lehnte die Belehrung ab. „Nein, Herr Pfarrer, ich weiß schon, was ich meine, wenn ich sage Kanada, ist's Kanada."

Man erhob sich von Tisch und ging in den Salon hinüber. Dann mischte man sich ein wenig unter das aufgepulverte Volk. Hierauf zogen sich die Geladenen zurück.

Zwischen dem Baron und der Baronin kam es zu einer Art halblaut geführten Wortwechsels. Frau Adelaide, kurzatmiger denn je, schien ihrem Mann abzuschlagen, worum er sie bat. Schließlich sagte sie fast laut: „Nein, mein Freund, ich kann nicht, ich weiß nicht, wie ich's anfangen sollte."

Da ging Väterchen rasch von ihr weg und näherte sich Jeanne. „Willst du noch ein bißchen mit mir in den Garten, Kleine?" Ganz aufgeregt antwortete sie: „Wie du willst, Papa." Sie gingen hinaus.

Als sie vor die Tür traten, die gegen das Meer zu ging, packte sie ein schwacher, unfreundlicher Wind. Ein kalter Sommerwind, in dessen Duft es schon herbstelte.

Am Himmel jagte Gewölk, das die Sterne bald bedeckte, bald wieder freigab. Der Baron schloß den Arm seiner Tochter eng an sich und drückte ihr innig die Hand. So gingen sie einige Minuten vor sich hin. Er schien zaghaft und verwirrt zu sein. Endlich faßte er sich ein Herz:

„Kleinchen, ich muß eine schwierige Aufgabe übernehmen, die eigentlich der Mutter zukäme. Aber da sie sich nicht dazu verstehen will, muß ich wohl einspringen. Ich weiß nicht, wie viel dir von den natürlichen Bedingungen des Daseins schon bekannt ist. Es gibt da Geheimnisse, die man vor den Kindern sorgfältig verbirgt, besonders vor Mädchen, weil die Seele der

Mädchen rein bleiben muß, makellos rein, bis zu dem Augenblick, da wir sie dem Mann in die Arme legen, der sie glücklich machen wird. Dessen Sache ist es, den Schleier zu lüften, der das süße Geheimnis des Lebens verhüllt. Aber wenn sie noch nicht die leiseste Ahnung haben, so stoßen sie oft empört die etwas rauhe Wirklichkeit zurück, die statt des Erträumten auf sie zukommt. Verletzt in ihrer Seele, verletzt sogar an ihrem Leibe, weigern sie dem Gemahl, was das Gesetz, das Gesetz der Menschen und das Gesetz der Natur, ihm als unbedingtes Recht zuspricht. Mehr kann ich dir nicht sagen, liebstes Kind, aber merke dir nur das eine, vergiß es ja nicht, daß du ganz deinem Gatten angehörst."

Wieviel wußte sie eigentlich? Was erriet sie nur? Ein Zittern hatte sie befallen, der Druck einer lastenden Schwermut, die wie ein Vorgefühl war. Sie kehrten ins Haus zurück. Vor einem überraschenden Anblick blieben sie in der Tür des Salons stehen. Frau Adelaide schluchzte am Herzen Juliens.

Ihre Tränen drangen mit Blasebalggeräusch gewissermaßen zugleich aus Nase, Mund und Augen. Der junge Mann war verdutzt und verlegen. Sehr linkisch stützte er die dicke Frau, die sich in seine Arme gestürzt hatte, um ihm ihr einziges, liebes, ihr angebetetes Töchterchen recht ans Herz zu legen.

Der Baron eilte auf die Gruppe zu. „Ach, nur keine Szene, ich bitte Sie, nur sich das Herz nicht schwer machen." Er faßte seine Frau und setzte sie in einen Lehnsessel, während sie sich die Tränen trocknete. Dann wandte er sich zu Jeanne: „Also Kleine, gib schnell der Mutter einen Kuß und geh zu Bett."

Sie war auch nahe daran, in Tränen auszubrechen. Sie küßte rasch ihre Eltern und lief davon. Tante Liese hatte sich schon in ihr Zimmer zurückgezogen. Der Baron und seine Frau blieben mit Julien allein. Dieses Beisammensein war so gezwungen, daß keiner ein Wort über die Lippen brachte. Die zwei Männer standen in Gesellschaftskleidung mit verlorenem Blick da, Frau Adelaide war mit nachzitterndem Schluchzen in ihren Sessel gesunken. Da diese Befangenheit unerträglich wurde, begann der Baron von der Reise zu sprechen, die die jungen Leute in ein paar Tagen antreten sollten.

Jeanne ließ sich auf ihrem Zimmer von Rosalie entkleiden, die weinte wie eine Dachtraufe. Ihre Hände griffen unsicher nach Bändchen und Stecknadeln, ohne sie fassen zu können; so erschien sie aufgeregter als ihre Herrin. Aber Jeanne machte sich über die Tränen der Magd weiter keine Gedanken. Es kam ihr vor, als sei sie in eine andere Welt eingetreten, auf einen anderen Planeten verschlagen, von allem geschieden, was sie gekannt und geliebt hatte. In ihrem ganzen Denken, ihrem ganzen Leben schien alles auf den Kopf gestellt. Es kam ihr sogar der sonderbare Gedanke: „Habe ich meinen Mann lieb?" Er kam ihr nämlich mit einem Mal wie ein Fremder vor, den sie kaum kannte. Vor drei Monaten hatte sie keine Ahnung gehabt, daß er überhaupt auf der Welt war und jetzt war sie seine Frau. Warum eigentlich? Warum stürzte man so schnell und unversehens in die Ehe wie in eine Grube, die sich plötzlich im Wege auftut?

Als sie ihr Nachtkleid angelegt hatte, schlüpfte sie ins Bett. Die Bettücher fühlten sich etwas kühl an; das verstärkte den Eindruck des Kalten, Traurigen, Einsamen, das seit zwei Stunden auf ihrer Seele lastete.

Rosalie lief schluchzend fort, und Jeanne wartete. Angstvoll erwartete sie mit verkrampftem Herzen dieses Etwas, das sie schon geahnt hatte und das ihr auch vom Vater in unbestimmten Ausdrücken angekündigt worden war. Sie wartete auf die geheimnisvolle Einweihung in das, was das große Geheimnis der Liebe sein mochte.

Ohne daß sie einen Schritt auf der Treppe gehört hätte, klopfte es dreimal sachte an die Tür. Sie fuhr voll Grauen zusammen und antwortete nicht. Es klopfte wieder, dann vernahm sie das Geräusch, wie die Türklinke niedergedrückt wurde. Sie verbarg den Kopf unter der Decke, wie wenn ein Räuber eingedrungen wäre. Leise knarrten Schuhe auf dem Parkett und plötzlich berührte jemand ihr Bett.

Nervös fuhr sie auf und stieß einen unterdrückten Schrei aus. Dann warf sie die Decke vom Gesicht und erblickte Julien, der lächelnd vor ihr stand und sie ansah. „Ach, wie haben Sie mich erschreckt!" sagte sie. „Haben Sie mich denn nicht erwartet?" Sie gab keine Antwort. Er trug noch Gesellschaftskleidung. Seine Züge zeigten den ruhigen Ernst eines schönen und seiner Schönheit bewußten jungen Mannes. Da schämte sie sich entsetzlich, in Gegenwart dieses tadellos angezogenen Herren so im Bett zu liegen.

Sie wußten nicht mehr, was sie sagen, was sie tun sollten. Sie

wagten einander nicht einmal mehr anzusehen in dieser bedeutungsvollen, entscheidenden Stunde, von der das häusliche Glück des ganzen weiteren Lebens abhängt.

Vielleicht ahnte er doch die ganze Gefahr dieser Entscheidungsschlacht und spürte, welche geschmeidige Selbstbeherrschung, welche verschlagene Kunst zarter Liebkosung nötig sind, um nicht in solch überfeinertem Jungfrauengemüt, das in einer Traumwelt heranreifte, irgend etwas zu verwüsten, was nicht mehr gutzumachen wäre, irgendeine tiefste Scham dumm und roh zu zerknittern.

So faßte er sanft ihre Hand, küßte diese, kniete wie vor einem

Altar an ihrem Bett nieder und murmelte mit hingehauchter Stimme: „Werden Sie mich liebhaben?" Da war sie mit einem Mal beruhigt, hob den spitzenumwölkten Kopf vom Kissen und lächelte: „Ich habe Sie ja schon lieb, mein Freund." Er nahm die kleinen, schmalen Finger seines Weibes in den Mund, so daß seine Stimme ganz verändert klang: „Wollen Sie mir zeigen, daß Sie mich liebhaben?"

Da wurde ihr wieder ganz wirr. Die Reden des Vaters fielen ihr ein, und ohne recht zu begreifen, was das bedeutete, sagte sie unter dem Druck dieser Erinnerung: „Ich bin Ihr eigen, mein Freund."

Er bedeckte ihr Handgelenk mit feuchten Küssen, dann richtete er sich langsam auf, kam ihrem Gesichte näher, da begann sie es wieder zu verstecken.

Plötzlich warf er einen Arm übers Bett und umschlang ihren Leib durch die Decken hindurch. Der andere Arm glitt unter das Kissen und hob es mit ihrem Kopf auf. Ganz, ganz leise sagte er: „Wollen Sie mir also ein kleines Plätzchen neben sich einräumen?"

Da packte sie ein Angstgefühl, ein Angstgefühl aus unbewußten Tiefen, und sie stammelte: „O noch nicht, bitte bitte!"

Er schien enttäuscht, etwas verletzt und sagte, zwar immer noch in flehendem Ton, aber doch etwas schroffer: „Warum erst später, zuletzt kommt es ja doch soweit?"

Wegen dieses Wortes grollte sie ihm, aber fügsam und in ihr Los ergeben, wiederholte sie: „Ich bin Ihr eigen, mein Freund."

Da verschwand er eilig im Ankleideraum. Sie hörte deutlich seine Bewegungen am Knistern der fallenden Kleidungsstücke, am Klingeln der Münzen in der Tasche, dann das eine, dann das andere „Trapp" der abgeworfenen Schuhe.

Jetzt ging er plötzlich in Unterhosen und Socken rasch quer durchs Zimmer, um seine Taschenuhr auf den Kaminsims zu legen, lief hurtig in den Nebenraum zurück, trieb dort noch einige Zeit sein Wesen, und nun kehrte sich Jeanne rasch nach der anderen Seite, weil sie spürte, daß er kam.

Sie fuhr zusammen, als wollte sie sich aus dem Bett werfen, als sie jäh an ihrem Bein das Hereingleiten eines anderen, kalten, behaarten Beines fühlte. Außer sich barg sie das Gesicht in den Händen und, um nicht vor Angst und Entsetzen laut zu schreien, vergrub sie sich tief in die Kissen.

Obwohl sie ihm den Rücken zukehrte, nahm er sie doch gleich in die Arme und küßte ihr gierig den Hals, die lose Spitzenborte ihres Häubchens und den gestickten Rand des Hemdes.

In starrem Schrecken rührte sie sich nicht. Sie fühlte, wie eine starke Hand nach ihrem Busen griff, den sie zwischen den Ellbogen verbarg. Fassungslos keuchte sie unter dieser tierischen Berührung. Übermächtig wurde in ihr der Trieb, auf und davon zu laufen, durch das ganze Haus zu rennen, bis sie sich irgendwo einschließen könnte, daß sie nur dieses Mannes ledig wäre.

Er rührte sich nicht mehr. Ihr Rücken empfand die Wärme seines Körpers. Da legte sich wiederum ihr Schreck und es fiel ihr ein, sie brauche sich ja nur umzuwenden und schon könnte sie ihn küssen.

Schließlich schien er die Geduld zu verlieren und sagte mit betrübter Stimme: „Sie wollen also nicht mein kleines Frauchen werden?" Sie flüsterte durch die Finger: „Bin ichs denn nicht?" Seine Antwort schmeckte schon etwas säuerlich: „Aber nein, meine Liebe, seien sie doch vernünftig, Sie halten mich nicht zum Narren."

Der unzufriedene Ton seiner Stimme ging ihr zu Herzen; da wandte sie sich ihm zu, um ihn um Verzeihung zu bitten.

Er aber schlang beide Arme wie in wütendem Heißhunger um ihren Leib. Mit raschen Küssen und Bissen, mit den Küssen eines Rasenden, fuhr er ihr über Gesicht und Brustansatz, daß ihr unter dieser Flut von Liebkosungen schwindelte. Sie hatte die Arme voneinander getan, wußte nicht mehr, was sie oder was er tat, sie konnte nichts mehr denken, nichts begreifen. Aber plötzlich zerriß sie scharfer Schmerz, stöhnend wand sie sich in seinen Armen, indes er sie gewaltsam zu eigen nahm.

Was geschah dann weiter? Sie erinnerte sich kaum mehr daran, sie wußte gar nichts mehr von sich. Es kam ihr nur vor, als ob ihre Lippen einen Hagel dankbarer Küsse auszuhalten hätten.

Dann mußte er zu ihr sprechen, und sie mußte antworten. Dann erneuerte er seine Versuche, aber sie wies sie entsetzt zurück. Bei ihrem Wehren berührte sie an seiner Brust jene gleiche rauhe Behaarung, die sie schon an seinem Bein gefühlt hatte und schauderte zurück.

Endlich wurde er der fruchtlosen Mühe müde und lag regungslos auf dem Rücken.

Sie aber kam jetzt dazu, ihren Gedanken nachzuhängen. In die innerste Seele hinein reichte ihre Verzweiflung. Welch ernüchterndes Erwachen aus lieben, langgehegten Traumvorstellungen von unsagbaren Seligkeiten, wie Seifenblasen waren die zerplatzt. Sie dachte: „Also das nennt er ‚seine Frau sein‘, das da, das!"

Lange verblieb sie in diesem Zustand vernichteter Hoffnung und ließ ihr Auge unstet über die Wandteppiche, über die alte Liebessage gleiten, die rings ihr Zimmer umgab.

Aber da Julien gar nicht mehr sprach, sich gar nicht mehr rührte, wandte sie ihm langsam ihren Blick zu. Da sah sie, daß er schlief! Mit halb geöffnetem Mund, ruhigen Antlitzes, schlief er! Schlief!

Sie konnte das gar nicht fassen, dieses Einschlafen empfand sie als tiefere Beleidigung als vorhin seine rohe Gewalt; wie die erste beste wurde sie behandelt. In einer solchen Nacht vermochte er zu schlafen? Was sich da zwischen ihnen beiden abgespielt hatte, war am Ende für ihn nichts Neues mehr? Oh, lieber hätte sie Schläge, neuerliche Vergewaltigung über sich ergehen lassen, hätte unter einer Flut widerlichster Liebkosungen in tiefe Bewußtlosigkeit versinken mögen!

Auf einen Ellbogen gestützt, blieb sie starr über ihn gebeugt und horchte auf den leisen Atem, der zwischen seinen halbgeöffneten Lippen hervordrang und manchmal fast schon wie Schnarchen war.

Der Tag brach an, erst trüb, dann rosig, dann mit blendendem Glanz. Julien schlug die Augen auf, gähnte, reckte die Arme, sah seine Frau an und lächelte. Dann fragte er: „Hast du gut geschlafen, Schatz?"

Sie merkte, daß er sie jetzt duzte und erwiderte in fassungslosem Staunen: „O ja, Sie auch?" Er sagte: „Danke, recht gut." Dann wandte er sich ihr zu, küßte sie und begann schließlich ruhig zu plaudern. Er entwickelte ihr Lebenspläne, die auf große Sparsamkeit hinausliefen. Dieses Wort kehrte mehrmals wieder, worüber sich Jeanne sehr wunderte. Sie hörte ihm zu, ohne den Sinn der Worte recht aufzufassen, schaute ihn an, empfand eine rasche Flucht von tausend Gedanken, die ihren Geist nur mit der Flügelspitze streiften.

Es schlug acht Uhr. „Also, jetzt heißt es aufstehen", sagte er, „wir machen uns lächerlich, wenn wir lange im Bett bleiben."

Und schon war er draußen. Als er fertig angezogen war, half er seiner Frau liebenswürdig beim Anziehen. Er litt es nicht, daß Rosalie gerufen würde.

In der Schwelle hielt er sie zurück. „Weißt du, wir können jetzt du zueinander sagen, aber vor den Eltern warten wir besser noch damit. Bei der Rückkehr von unserer Hochzeitsreise macht sich das viel zwangloser."

Sie kam erst zum zweiten Frühstück herunter. Der Tag verlief wie gewöhnlich, wie wenn sich gar nichts geändert hätte. Es war nur eben ein Mann mehr im Hause.

5

Vier Tage später traf der Reisewagen ein, in dem sie nach Marseille fahren sollten.

Nachdem der Angstkrampf des ersten Abends überstanden war, hatte sich Jeanne schon an Juliens körperliche Nähe gewöhnt, an seine Küsse und Liebkosungen. Gegen nähere Vereinigung aber empfand sie immer noch entschiedenen Abscheu.

Sie fand ihn schön und hatte ihn lieb, sie fühlte sich wieder glücklich und vergnügt.

Der Abschied war kurz und wurde keinem schwer. Nur die Baronin erschien aufgeregt; im Augenblick der Abfahrt legte sie der Tochter eine gespickte, bleischwere Börse in die Hand: „Da hast du so ein kleines Nadelgeld, du junge Frau", sagte sie.

Jeanne steckte sie in die Tasche und die Pferde zogen an.

Gegen Abend sagte Julien: „Wieviel ist in der Börse von deiner Mutter?" Sie dachte gar nicht mehr daran und leerte sie in ihren Schoß. Ein wahrer Goldstrom verbreitete sich da: zweitausend Francs. Da klatschte sie in die Hände. „Dafür kaufe ich mir ganz verrückte Sachen", damit schloß sie das Geld wieder fort.

Nach achttägiger Reise bei schrecklicher Hitze kamen sie in Marseille an. „Roi-Louis", ein kleines Dampfboot, das über Ajaccio nach Neapel fuhr, trug sie am nächsten Tag auf Korsika zu.

Korsika! Macchia! Banditen! Berge! Napoleons Heimat! Jeanne war es, als kehre sie der Wirklichkeit den Rücken, um mit wachen Sinnen in ein Traumland einzuziehen.

Sie standen nebeneinander an Deck und ließen die Felsküsten der Provence an sich vorübergleiten. Vom glühenden Sonnenlicht war der mächtige Azurton, war das ganze unbewegte Meer gleichsam festgeronnen, hart geworden, und dehnte sich unendlich unter der fast unwahrscheinlichen Bläue des Himmels.

Sie sagte: „Erinnerst du dich noch an unsere Spazierfahrt im Boot des alten Lastique?"

Statt aller Antwort küßte er rasch ihr Ohr.

Die Räder des Dampfers schlugen das Wasser, störten seinen trägen Schlag. Soweit das Auge reichte, dehnte sich nach rückwärts das schnurgerade Kielwasser des Schiffes als endlose Schaumspur, als blasse Schleppe, in der die aufgewühlte Flut wie Champagner perlte.

Plötzlich sprang ein Faden vom Vordersteven entfernt eine riesige Fischgestalt, ein Delphin, aus dem Wasser und tauchte kopfüber wieder unter. Jeanne stieß zuerst einen Schreckensruf aus und warf sich an Juliens Brust. Dann lachte sie über ihre Furcht und hielt in ängstlicher Spannung Ausschau, ob das Tier sich nicht wieder zeigen würde. Nach ein paar Sekunden schnellte es wieder in die Höhe wie ein riesiges Spielzeug mit Federantrieb. Es sank von neuem und fuhr wieder in die Höhe. Dann waren es zwei, dann drei, dann sechs, die das schwerfällige Schiff mit lustigen Sprüngen zu umtanzen schienen, als ob sie den ungeheuren Bruder, den Holzfisch mit den Eisenflossen, begleiten. Sie schwammen nach links hinüber, kamen dann wieder nach der rechten Bordseite, bald alle zugleich, bald einer nach dem anderen; es war wie ein Spiel, ein lustiges Jagen. In großem Bogen schwangen sie sich durch die Luft, dann plumpsten sie einer hinter dem anderen ins Wasser zurück.

Jeanne klatschte in die Hände, zuckte bei jedem Auftauchen der ungeheuren, biegsamen Schwimmer in wonnigem Gruseln zusammen. Wie diese Wasserriesen, schnellte und hüpfte ihr das Herz in toller Kinderlust empor.

Mit einem Schlag waren sie weg; ganz fern, gegen das hohe Meer zu, tauchten sie noch einmal auf. Dann waren sie nicht mehr zu erblicken, und Jeanne empfand ein paar Sekunden lang einen richtigen Kummer über ihr Verschwinden. Der Abend kam, ein ruhiger, sanfter, strahlend heller Abend voll Glück und Frieden. Kein Hauch in der Luft, kein Rillchen am Wasser. Diese unendliche Stille des Meeres und des Himmels überwältigte die schwachen Menschenseelen, daß ihren Spiegel auch kein Fältchen kräuselte.

Die gewaltige Sonne versank ruhig da drüben gegen das unsichtbare Festland von Afrika zu, Afrika, das brennende Land, dessen Gluthauch man schon hier zu fühlen meinte. Aber als das Gestirn verschwunden war, streifte ihre Wangen so etwas wie eine kühle Liebkosung, die noch lange keine Windesahnung war.

Sie wollten nicht in die Kabine hinuntergehen, wo man all die schauerlichen Gerüche der Postschiffe verspürte. In Decken gehüllt, legten sie sich Seite an Seite an Deck nieder. Julien schlief gleich ein; aber Jeannes Augen blieben offen, die Neuheit des Reiselebens ließ sie nicht einschlafen. Das gleichförmige Rauschen der Räder wiegte sie ein, und sie sah auf zu den Scharen der Sterne, deren Licht in diesem reinen südlichen Himmel so klar und scharf, wie aus tiefen Wassern, blitzte und funkelte.

Gegen Morgen schlummerte sie doch ein. Geräusch, Geschrei weckte sie auf. Singend wuschen die Matrosen das Schiff. Sie rüttelte ihren Mann, der noch wie ein Stein schlief, und so standen sie auf.

Gleich war sie wieder wie berauscht vom Würzgeschmack des salzigen Morgendunstes, den sie bis in die Fingerspitzen spürte. Überall das Meer! Aber da vorne schien im grauenden Morgen etwas Dunstiges, Verschwommenes, so etwas wie eine Anhäufung spitzer, seltsam zerfranster Wolken auf den Fluten zu ruhen. Dann zeigte sich dieses Etwas deutlicher. Die Formen hoben sich schärfer vom heller werdenden Himmel ab, eine lange Reihe gehörnter, seltsamer Berge tauchte empor: Korsika, noch von leichtem Schleier umhüllt!

Dahinter ging die Sonne auf und ließ jeden Vorsprung der Felskämme mit schwarzen Schlagschatten plastisch werden. Dann flammten alle Gipfel, während der Rest der Insel in kühlem Nebeldampf verharrte.

Der Kapitän erschien an Deck. Es war ein vom harten Salzwind braun gedörrtes, durch und durch gegerbtes, ganz verrunzeltes altes Männlein mit einer Stimme, die dreißig Jahre Kommandorufe im Sturmgeheul heiser geschrien hatten, sagte er zu Jeanne:

„Na, riechen Sie schon die Bestie da drüben?"

In der Tat spürte sie einen starken, sonderbaren Geruch wildwachsender aromatischer Pflanzen. Der Kapitän fuhr fort:

„So blüht nur Korsika, hat besonderes Parfüm, wie jede schöne Frau. Nach zwanzig Jahren würd' ich die Insel auf ein paar Seemeilen daran erkennen. Bin auch von dort. Der auf Sankt Helena soll auch immer vom Duft seiner Heimat reden. Ist ein Verwandter von mir."

Der Kapitän nahm den Hut ab und grüßte über die Weite des Ozeans weg den Gewaltigen, den gefangenen Kaiser, der sein Verwandter war.

Das ergriff Jeanne so, daß sie bald in Tränen ausgebrochen wäre.

Dann streckte der Seemann den Arm gegen den Horizont und sagte: „Die Blutklippen!"

Julien stand neben seiner Frau und hielt sie umschlungen. Beide sahen in die Ferne, um den bezeichneten Küstenfleck zu entdecken. Endlich bemerkten sie einige pyramidenförmige Felsen, um die das Schiff bald herumfuhr, worauf es in eine riesige, ganz stille Bucht hineinglitt, die eine Gruppe hoher Gipfel umstand und deren unterste Hänge wie moosbedeckt erschienen.

Der Kapitän zeigte auf dieses Grün und sagte: „Die Macchia."

Beim Weiterfahren schien der Ring der Berge sich hinter dem Schiff wieder zu schließen. Langsam schwamm es in einem

so durchsichtig blauen See, daß manchmal der Grund herauf-
schimmerte.

Plötzlich war im innersten Winkel der Bucht die schneeweiße
Stadt zu sehen, am Fuße der Berge spiegelte sie sich in der Flut.

Einige italienische Schiffchen ankerten im Hafen. Vier, fünf
Barken strichen am „Roi-Louis" entlang, um seine Passagiere
aufzunehmen.

Julien raffte das Gepäck zusammen und fragte dabei seine
Frau ganz leise: „Es genügt doch, wenn ich dem Aufwärter zwei
Sous gebe?"

Seit acht Tagen legte er ihr jeden Augenblick solche Fragen
vor, was ihr immer einen Stich gab. Sie sagte etwas gereizt:
„Wenn man nicht sicher weiß, wieviel man geben soll, gibt man
lieber zuviel."

Er hatte immer Streit mit Kellnern und Hotelportiers, mit
Kutschern und Verkäufern; und wenn er endlich durch tausend
Tüfteleien wirklich den geringsten Preisnachlaß erzielt hatte,
pflegte er händereibend zu sagen: „Weißt du, ich laß' mich nicht
gern übers Ohr hauen."

Sie zitterte immer vor dem Augenblick, da es ans Bezahlen
der Rechnungen ging. Sie hörte schon im voraus seine Einwen-
dungen gegen jeden Posten und litt unter diesem demütigenden
Feilschen. Bis in die Haare errötete sie vor dem verächtlichen
Blick der Hausdiener, mit dem sie ihrem Mann nachsahen,
wenn er ihnen ein zu karg bemessenes Trinkgeld in die Hand
gedrückt hatte.

Auch diesmal stritt er mit dem Matrosen, der sie ans Land ge-
rudert hatte.

Der erste Baum, den sie erblickte, war eine Palme!

Sie stiegen in einem großen, leeren Gasthof ab, der an der
Ecke eines weiten Platzes gelegen war, und bestellten ein Mittagessen.

Als der Nachtisch verzehrt war, stand Jeanne auf, um ein bißchen in der Stadt umherzustreifen. Da schloß sie Julien in die
Arme und flüsterte ihr zärtlich ins Ohr: „Wir könnten uns ein
bißchen niederlegen, mein Kätzchen, nicht?" Sie war sehr überrascht: „Niederlegen? Aber ich fühle mich gar nicht müde!" Er
umschlang sie fest. „Ich hab' Hunger nach dir. Du weißt schon.
Volle zwei Tage! . . ."

Helle Schamröte stieg ihr ins Gesicht: „Aber doch nicht jetzt!

Was möchten die Leute sagen? Wie sieht denn das aus? Getraust du dich, dir bei hellem Tage ein Zimmer anweisen zu lassen? Bitte, nicht, Julien!"

Aber er ließ sie gar nicht ausreden: „Großartig! Was geht mich das an, was die Leute im Hotel sagen oder denken. Ich werd' dir gleich zeigen, wie man das macht."

Und schon hatte er geklingelt.

Sie sagte nichts mehr. Mit niedergeschlagenen Augen saß sie da. Seelisch und körperlich lehnte sie sich gegen die unstillbare Gier ihres Gatten auf und gab ihr nur mit Ekel, mit einem Gefühl der Demütigung nach, da sie daran etwas tierisch Erniedrigendes, mit einem Wort eine Beschmutzung sah.

Ihre Sinne waren noch nicht erwacht, und doch behandelte sie ihr Mann, als teile sie schon seine begehrliche Hitze.

Als der Kellner erschien, verlangte Julien, er solle sie auf ihr Zimmer führen. Der Mann war ein richtiger Korse, dessen Krausbart bis an die Augen reichte. Erst begriff er nicht, was man von ihm wollte und beteuerte immer wieder, das Quartier würde bis zum Einbruch der Nacht ganz in Ordnung sein.

Julien wurde ungeduldig und gab ihm Aufklärungen: „Nein, sofort. Wir sind von der Reise ermüdet, wir wollen ruhen."

Da lächelte der Hausknecht in seinen Bart – Jeanne hätte in die Erde sinken mögen. Als sie eine Stunde später wieder herunterkamen, wagte sie an keinem Menschen vorüberzugehen. Sie meinte, man würde hinter ihrem Rücken lachen und tuscheln. Innerlich grollte sie Julien, weil ihm dafür jedes Verständnis fehlte, weil ihm solche feine Scham, solche jugendliche Keuschheit fremd war. Sie fühlte zwischen ihm und sich etwas wie einen Schleier, merkte zum ersten Mal, daß zwei Menschen sich nie bis in die Seele hinein durchdringen, bis zum tiefsten Grunde des Bewußtseins, daß sie immer nur nebeneinander hergehen, daß sie sich wohl manchmal umschlingen, aber nie wahrhaft ineinander aufgehen können, daß in seinem Innenleben jeder einsam bis zum Tode geht.

Drei Tage verweilten sie in dieser kleinen Stadt, die sich tief in ihrem blauen Golf birgt; die Schirmwand ihrer Berge hält jeden Windhauch ab, und so herrscht da eine Hitze wie in einem Backofen.

Nun arbeiteten sie den weiteren Reiseplan aus. Um auch auf den schwierigsten Steigen durchzukommen, beschlossen sie,

Pferde zu mieten. Sie wählten also zwei magere, unermüdliche Korsenhengstchen mit feurigen Augen und machten sich eines Morgens bei Tagesanbruch auf den Weg. Sie hatten einen Führer, der auf einem Maultier ritt, das auch mit Lebensmitteln beladen war, denn Gasthäuser kennt man nicht in diesem wilden Land.

Die Straße führte erst den Golf entlang, bog aber bald in ein kurzes Tal ein, das ins Hochgebirge einschnitt. Oft durchquerte man fast ausgetrocknete Gießbachfurchen. Eine Art Rinnsal zuckte gerade noch unter den Steinen, wie ein verstecktes Tier, und ließ schüchternes Glucksen hören.

Das unbebaute Land erschien ganz nackt und wüst. Das hohe Gras, mit dem die Hänge der Berge bestanden waren, hatte in dieser Zeit brennender Sonnenhitze eine ganz gelbe Farbe. Manchmal ging ein Bergbewohner vorüber, oder ritt auf einem kleinem Pferd vorbei oder auf einem Eselchen, das nicht größer erschien als ein Hund. Alle hatten rückwärts ein geladenes Gewehr umgehängt, alte rostige Waffen, die aber in ihren Händen höchst gefährlich waren.

Der scharfe Duft der aromatischen Pflanzen, der die Insel einhüllt, ließ hier die Luft geradezu dick erscheinen. Die Straße stieg langsam im weiten Faltenzug des Gebirges an.

Gipfel aus rosenfarbenem oder blauem Granit brachten Märchentönung in die Landschaft. Die Wogen der emporgequollenen Erdmassen haben hier so gewaltige Ausmaße, daß die Wälder von riesigen Kastanien, mit denen die untersten Hänge bedeckt waren, nur wie grünes Buschwerk aussahen.

Manchmal reckte der Führer den Arm gegen die steilen Höhen und sagte einen Namen. Jeanne und Julien erkannten immer zunächst gar nichts, dann entdeckten sie endlich doch ein graues Etwas, das einem Häuflein vom Gipfel abgerollter Steine glich. Es war dies ein Dorf, ein kleiner Weiler, aus Granitblöcken erbaut, der wie ein Schwalbennest fast unsichtbar an der riesigen Felswand hing und klebte.

Das ewige Schrittreiten wurde Jeanne zuviel. „Also jetzt ein bißchen flott!" rief sie und setzte ihr Pferd in Galopp. Da sie aber keinen Hufschlag hinter sich vernahm, drehte sie sich um und brach in tolles Gelächter aus: ganz hinten hockte ihr Mann bleich auf seinem nun auch galoppierenden Pferdchen, hielt krampfhaft dessen Mähne und hüpfte seltsam auf und ab. Ge-

82

rade seine Schönheit, mit der er zum „eleganten Reiter" wie geschaffen schien, ließ sein Ungeschick und seine Angst noch lächerlicher hervortreten.

Hierauf fielen sie in leichten Trab. Der Weg zog sich jetzt zwischen zwei unendlichen Buschwäldern hin, die wie ein Mantel den ganzen Hang umhüllten.

Das war die berühmte, undurchdringliche Macchia; sie bestand aus immergrünen Eichen, Wacholder, Meerkirsche, Mastix, immergrünem Wegdorn, Schneeballsträuchern, Myrte und Buchsbaum, die durch dazwischen wuchernde Gewächse völlig verfilzt waren. Da spannte sich kletternde Klematis, schlängelte sich Geißblatt, standen riesige Farne, dann gab es da noch Rosmarin, Lavendel, Brombeeren, die auf dem Rükken der Berge ein unentwirrbares Vlies bildeten.

Sie waren hungrig. Inzwischen war der Führer auch herbeigekommen und brachte sie jetzt zu einer jener reizenden Quellen, wie man sie in steilen Wänden öfters findet: ein dünner, runder Strahl eisigen Wassers bricht aus einem Felslöchlein hervor, und immer hat irgendein Wanderer ein Kastanienblatt so hineingesteckt, daß der winzige Born bis in den Mund fließen kann.

Jeanne empfand ein solches Glücksgefühl, daß sie laute Freudenrufe nur mühsam zurückhalten konnte.

Sie ritten weiter, und es ging jetzt bergab. Der Weg führte um den Golf von Sagona herum.

Gegen Abend kamen sie durch das griechische Dorf Cargèse, das seinerzeit von Flüchtlingen gegründet worden ist. Beim Brunnen bildeten große, schöne Mädchen eine seltsam anmutige Gruppe. Man bemerkte ihre schlanken Hände, die Zartheit ihres Wuchses, den vornehmen Schwung der Hüftenlinie. Da Julien ihnen „guten Abend" zugerufen hatte, antworteten sie mit singender Stimme in der melodischen Sprache des verlassenen Heimatlandes.

Als sie in dem weltverlorenen Orte Piana ankamen, waren sie, wie im Altertum, einfach auf die Gastfreundschaft Unbekannter angewiesen. Jeanne erlebte einen wahren Schauer freudiger Spannung, während sie auf das Öffnen der wildfremden Haustür wartete, an die Julien gepocht hatte. Oh, das war schon eine richtige Reise mit all den überraschenden Zwischenfällen, wie sie einem auf ungeahnten Pfaden begegnen!

Sie waren an das Haus eines jungen Ehepaares geraten. Man empfing sie genau so, wie wohl die alten Patriarchen den gottgesandten Fremdling mochten aufgenommen haben; sie schliefen auf einem Maisstrohsack in einem uralten Haus, in dessen Balkenwerk lange Holzwürmer auf und nieder rennen mochten, denn Bretter und Bohlen waren ganz zerfressen und zerstochen, und es rauschte darin, wie wenn etwas Lebendes seufzte.

Bei Sonnenaufgang brachen sie auf. Aber ihr Ritt stockte bald vor einem wahren Wald von Felstürmen und Nadeln aus purpurrotem Granit. Da waren Kegel, Säulen, Dachreiter; die Zeit, der nagende Wind und der scharfe Gischt des Meeres hatten die erstaunlichsten Gestalten zuwege gebracht.

Die sonderbaren Felsen ragten schmal, schraubenartig oder hakenförmig, in phantastisch verzerrten, unerhörten Formen bis zu einer Höhe von dreihundert Metern empor. Sie erinnerten an Bäume, Strauchwerk, an Tiere, Menschen, Monumente, an Mönchskutten oder gehörnte Teufel, an riesenhafte Vögel – kurz, sie bildeten ein Volk von Ungetümen, eine Menagerie schrecklichster Traumgestalten, die der Wille irgendeiner launenhaften Gottheit versteinert haben mochte.

Jeanne konnte gar nicht mehr sprechen, so voll war ihr das Herz; sie griff nach Juliens Hand und drückte sie. Vor dieser Größe und Schönheit überkam sie ein Drang, irgendwen zu lieben.

Als sie aus diesem Chaos heraustraten, entdeckten sie plötzlich einen neuen Golf, um den sich eine ununterbrochene Mauer aus blutrotem Granit herumzog. Diese Scharlachfelsen spiegelten sich im Meer.

Jeanne stammelte: „Ach, Julien!" Sonst fand sie keine Worte; sie war so hingerissen, daß sie kaum atmen konnte. Große Tränen rannen ihr aus den Augen. Verständnislos sah er sie an und fragte: „Ja, was hat denn mein Kätzchen?"

Sie trocknete sich die Wangen, lächelte und sagte dann mit etwas unsicherer Stimme: „Ach, nichts . . . nur Nervosität . . . ich weiß nicht . . . es hat mich so gepackt. Ich bin so glücklich, daß mir bei jeder Kleinigkeit das Herz übergeht."

Solche Frauenstimmungen waren ihm ein Buch mit sieben Siegeln. Was wußte er denn von all den Erschütterungen solch leidenschaftlicher Wesen, deren Nerven angespannt waren wie klangbereite Saiten, die ein Nichts in wahnsinnigen Schrecken setzen konnte, die in höchster Begeisterung wie im entsetzlichsten Unglück niederbrachen, die oft eine ganz gestaltlose Empfindung völlig aus der Bahn zu werfen, mit rasender Freude oder mit Verzweiflung zu erfüllen vermochte.

Diese Tränen erschienen ihm einfach lächerlich, und da er immer nur auf den schlechten Weg achtete, sagte er: „Paß doch lieber auf dein Pferd auf!"

Auf einem kaum mehr gangbaren Pfad stiegen sie ganz zu diesem Golf hinunter, dann wendeten sie sich nach rechts, um in das düstere Ota-Tal einzudringen.

Gleich zu Anfang wurde der Weg ganz fürchterlich. Julien schlug vor: „Wir könnten absitzen, nicht?" Sie war dazu mit Freuden bereit und ganz entzückt über die Aussicht, wieder zu Fuß gehen und nach der inneren Erschütterung, die in ihr abklang, mit ihm allein sein zu können.

Der Führer ritt mit den Tieren voran; sie gingen mit kleinen Schrittchen nach.

Der Berg erschien jetzt in seiner ganzen Höhe durch eine enge Kluft zerspalten, in die der Saumpfad einbog. Erst führte der Weg am Grunde der Schlucht zwischen ungeheuren Felsmauern neben einem starken Wildbach entlang. Die Luft ist eisig, der Granit sieht schwärzlich aus, und das Streifchen Himmelsblau, ganz hoch oben, erscheint ganz seltsam und unwahrscheinlich.

Ein plötzliches Geräusch ließ Jeanne zusammenfahren. Sie hob die Augen. Es flog ein riesenhafter Vogel aus einem Felsloch. Mit den ausgebreiteten Flügeln schien er beide Wände der Eisklamm zu streifen. Er stieg zum Blau empor, wo er verschwand. Es war ein Adler.

Weiterhin gabelt sich der Bergspalt; man klettert zwischen zwei Abgründen in scharfem Zickzack hinauf. Gewandt und voll Übermut eilte Jeanne voran, trat Geröll in die Tiefe, beugte sich verwegen über den Rand des Weges, um hinabzusehen. Er folgte etwas atemlos und hielt die Augen auf den Boden geheftet, weil er sich nicht schwindelfrei fühlte.

Mit einem Mal wurden sie von Sonnenflut übergossen, und meinten, der Hölle entronnen zu sein. Sie waren durstig; da folgten sie einer feuchten Spur durch eine Halde wirrer Blöcke bis zu einer ganz kleinen Quelle, die von Ziegenhirten in einen hohlen Stock gefaßt worden war. Ein Moosteppich deckte rings den Boden. Jeanne kniete nieder, um zu trinken. Julien tat desgleichen.

Als sie das kühle Naß einsog, faßte er sie um den Leib und suchte ihr den Platz am Ausfluß des Röhrchens zu rauben. Sie leistete Widerstand, ihrer beider Lippen schlugen, stießen, verdrängten einander. Unter dem Ringen verbissen sie sich abwechselnd in das Ende des dünnen Röhrchens. Den Strahl kalten Wassers faßten sie immer wieder, um ihn gleich wieder freizugeben. Der Strahl brach und stellte sich wieder her; Gesicht und Hals, Kleider und Hände wurden ihnen benetzt. Wie kleine Perlen leuchteten Tröpfchen in ihren Haaren. Und Küsse mischten sich ins Strömen des Wassers.

Plötzlich hatte Jeanne einen Einfall, wie er nur Verliebten kommt. Sie nahm den Mund voll des klaren Quells, und mit aufgeblähten Wangen deutete sie ihrem Julien an, sie wolle ihn Lippe an Lippe tränken.

Mit ausgebreiteten Armen und rückgeworfenem Kopf bot er lächelnd Mund und Kehle dar; mit einem Zug trank er diese lebende Quelle leer, und glühende Begierde erwachte in seinen Eingeweiden.

Mit einer Zärtlichkeit, die ihm an ihr ganz neu war, lehnte sich Jeanne an ihn. Ihr Herz schlug laut, ihre Brüste strafften sich, ihre Augen verschwammen weich. Sie flüsterte kaum hörbar: „Julien . . . ich liebe dich!" Dann zog sie ihn an sich, warf sich rücklings auf die Erde und barg das schamrote Antlitz in die Hände.

Er stürzte sich zu heftiger Umarmung über sie. Sie keuchte in aufgeregter Erwartung. Plötzlich stieß sie einen Schrei aus: der Sinnenrausch, den sie begehrte, hatte sie wie ein Blitz durchfahren.

Es dauerte sehr lange, ehe sie die Höhe erreichten, weil sie ihr Herzklopfen und eine hingegebene Mattigkeit nicht loswerden konnte. Erst am Abend kamen sie nach Evisa, zu einem Verwandten ihres Führers, namens Paoli Palabretti.

Das war ein hochgewachsener, etwas vorgeneigter Mann mit dem bekümmerten Gesichtsausdruck der Lungenkranken. Er führte sie in ihr Zimmer, ein höchst trauriges Zimmer mit nackten Steinwänden; aber in dieser Gegend, wo man keinerlei Wohnschmuck kennt, durfte dieser Raum für schön gelten. Der Mann suchte ihnen eben in korsischer Mundart – einem Brei aus Italienisch und Französisch – die Freude begreiflich zu machen, mit der er ihnen Gastfreundschaft gewährte, als ihn eine helle Stimme unterbrach; herein stürzte eine kleine Frau mit sonnenwarmer Hautfarbe, großen schwarzen Augen, schmalem Oberleib und Zähnen, die immer lachend hervorblitzten. Sie küßte Jeanne, schüttelte Julien die Hand und sagte immer wieder: „Guten Tag, guten Tag, junge Herrschaften, geht es Ihnen gut?"

Sie nahm ihnen ihre Hüte und Umhangtücher ab und umfaßte das ganze Bündel mit einem Arm, den anderen trug sie in der Binde; dann schaffte sie sich freien Spielraum, indem sie zu ihrem Mann sagte: „Geh mit ihnen spazieren bis zur Essenszeit."

Herr Palabretti gehorchte sogleich und zeigte den jungen Leuten das Dorf, wobei er zwischen ihnen herschritt. Seine Rede war so schleppend wie sein Gang, er hustete oft und wiederholte bei jedem Anfall: „Die Luft vom Tal ist frisch, sie ist mir auf die Brust gefallen."

Auf kaum wahrnehmbarem Pfad führte er sie zu einer Gruppe ungeheurer Edelkastanien. Plötzlich blieb er stehen

88

und sagte in seiner eintönigen Sprechweise: „Hier ist mein Vetter Giovanni Rinaldi von Matteo Lori getötet worden. Sehen Sie, da bin ich bei Giovanni gestanden, als auf einmal Matteo dagestanden ist, zehn Schritte von uns. ‚Giovanni!' ruft er, ‚geh nicht nach Albertacce, geh nicht, oder ich mach dich tot, ich sag dir's!'

Ich nehm Giovanni beim Arm: ‚Geh nicht hin, er tut's.'

Es war wegen einem Mädel, dem sind sie beide nachgelaufen, Paulina Sinacupi.

Aber Giovanni fängt an zu schreien: ‚Ich geh doch, Matteo, du wirst mir's nicht verwehren.'

Da nimmt Matteo sein Gewehr, bevor ich meines von der Achsel kriege, und drückt ab.

Giovanni macht mit beiden Füßen einen gewaltigen Satz, wie ein Kind, wenn's über die Schnur springt, ja gerade so, meine Herrschaften, und dann fällt er mit aller Wucht auf mich zurück, daß mir mein Gewehr aus der Hand rutscht und bis zu der großen Kastanie da unten wegrollt.

Giovannis Mund ist weit offen gestanden, aber gesagt hat er kein Wort mehr, er war tot."

Die jungen Zuhörer betrachteten in sprachlosem Erstaunen diesen Augenzeugen eines Verbrechens, das er ihnen so seelenruhig erzählt hatte. Endlich raffte sich Jeanne zur Frage auf: „Und der Mörder?

Paoli Palabretti mußte lange husten, dann fuhr er fort: „Er ist ins Gebirge. Das Jahr darauf hat ihn mein Bruder umgebracht, Sie wissen ja, mein Bruder Filippo Palabretti, der Bandit."

Jeanne schauderte: „Ihr Bruder? Ein Bandit?"

Im Auge des phlegmatischen Korsen zuckte ein stolzes Leuchten auf. „Ja, Gnädige, ein berühmter noch dazu. Sechs Gendarmen hat er zur Strecke gebracht. Zugleich mit Nicolo Morali ist er gefallen, als man sie im Niolo umzingelt hatte, nach sechstägigem Kampf, und als sie schon bald Hungers gestorben wären."

Dann fügte er mit ergebener Miene hinzu: „Das ist schon mal so bei uns zulande."

Im gleichen Tonfall hatte er vorhin gesagt: „Die Luft vom Tal ist frisch."

Dann gingen sie zum Essen, und die kleine Korsin behandelte sie, wie wenn man seit zwanzig Jahren bekannt wäre.

Doch Jeanne wurde eine gewisse Unruhe nicht los. Würde sie in Juliens Armen wieder die seltsame, überstarke Erschütterung der Sinne erleben, wie unten auf dem Moosteppich an der Quelle?

Als man sie im Zimmer allein gelassen hatte, bebte sie bei der Vorstellung, sie könnte unter seiner Umarmung wieder fühllos bleiben. Aber bald sollte sie darüber beruhigt werden, und so wurde dies ihre erste Liebesnacht.

Als am nächsten Morgen die Stunde des Abschieds schlug, konnte sie sich von dem schlichten Haus kaum trennen; es war ihr, als hätte darin ein neues Glück und ein neuer Lebensabschnitt für sie begonnen.

Sie zog das Frauchen ihres Gastgebers in ihr Zimmer und schickte voraus, sie wolle ihr durchaus kein Geschenk machen, bestand aber darauf, ihr gleich nach der Rückkehr von Paris aus ein kleines Andenken zu schicken. Sie wurde böse, als die andere ablehnen wollte. Der Wunsch, dieses kleine Andenken zu senden, gewann in ihren Augen eine fast abergläubische Bedeutung.

Die junge Korsin wollte lange nichts davon hören, wollte nichts annehmen. Endlich gab sie nach: „Also schicken Sie mir eine kleine Pistole, aber eine ganz kleine."

Jeanne machte große Augen. Die andere sagte ihr ganz leise, wie ein süßes, zartes Geheimnis: „Ich will meinen Schwager damit umbringen." Lächelnd wickelte sie rasch den Verband ab, der den arbeitsunfähigen Arm umgab, und zeigte, wie ihr weißes, gerundetes Fleisch von einem nun fast vernarbten Dolchstoß völlig durchbohrt war. Sie sagte: „Wenn ich nicht ebenso stark wäre wie er, hätte er mich umgebracht. Mein Mann ist nicht eifersüchtig, er kennt mich. Außerdem ist er krank, Sie wissen ja, und da hat er ruhiges Blut. Übrigens bin ich eine anständige Frau, Gnädige, aber mein Schwager glaubt allem Gerede. Er ist eifersüchtig im Namen meines Mannes; er wird mich gewiß nicht in Frieden lassen. Wenn ich dann eine so kleine Pistole hätte, wär ich ganz ruhig; ich könnte mich ja rächen."

Jeanne versprach, die Waffe zu schicken, umarmte ihre neue Freundin zärtlich und setzte ihre Reise fort.

Der übrige Teil ihrer Hochzeitsfahrt war nur noch ein einziger Traum, eine endlose Umarmung, berauschende Zärtlichkeit. Sie hatte für nichts mehr Augen, weder für die Landschaften, noch für die Leute oder die Ortschaften, denen man weiterhin begegnete. Sie sah nur noch ihren Julien.

Da begann nun die kindische, entzückende Epoche verliebter Torheit mit all den köstlich dummen Wörtchen, deren Sinn nur ihnen bekannt war, mit der zierlich kosenden Neubenennung jeden Buges und Einbuges und jeder Heimlichkeit ihrer Körper, auf denen ihre Lippen so gerne ruhten.

Da Jeanne die Gewohnheit hatte, auf der rechten Seite zu schlafen, war ihre linke Brust beim Erwachen oft unbedeckt. Das hatte Julien bemerkt, und so nannte er diese „Fräulein Guck-in-die-Luft" und die andere „Fräulein Hab-mich-lieb", weil diese rosige Blütenknospe Küsse inniger zu empfinden schien.

Die tiefe Straße zwischen den beiden wurde zu „Mütterchens Allee", weil seine Lippen da immer spazieren gingen. Eine andere, geheimere Straße wurde als „Weg nach Damaskus" bezeichnet, womit auf die Umkehr im Tale Ota angespielt war.

Bei der Ankunft in Bastia mußte man den Führer entlohnen. Julien suchte in den Taschen nach Geld. Da er die richtigen Münzen nicht finden konnte, sagte er zu Jeanne: „Du gibst ja ohnehin gar nichts aus von den zweitausend Francs von der Mutter, laß sie mich tragen; in meinem Gürtel sind sie sicherer aufgehoben, und ich brauche nicht erst Geld zu wechseln."

Da reichte sie ihm ihre Börse.

Sie fuhren nach Livorno hinüber, besuchten Florenz, Genua und die ganze Riviera.

Eines Morgens, da der Mistral wehte, waren sie wieder in Marseille. Seit ihrer Abfahrt von „Les Peuples" waren zwei Monate verstrichen. Man schrieb den 15. Oktober.

Jeanne schauerte in den starken, kalten Windstößen zusammen, die von da oben aus der fernen Normandie zu kommen schienen. Ihr wurde schwer ums Herz. Julien kam ihr seit einiger Zeit ganz verändert vor, müde, gleichgültig. Eine unbestimmte Angst stieg in ihr auf.

Sie zog die Rückreise noch vier Tage hin, konnte sich nicht entschließen, diesen Sonnenlanden den Rücken zu kehren. Es schien ihr, die Rundfahrt durchs Land der Seligkeit sei zu Ende.

Endlich fuhren sie doch weg.

In Paris sollten sie noch alle Einkäufe besorgen, die zu ihrer

völligen Einrichtung auf „Les Peuples" nötig waren. Jeanne freute sich schon auf all die Wunderdinge, die sie, dank Mütterchens Geschenk, mitbringen würde; aber vor allem fiel ihr doch die kleine Pistole ein, die sie der jungen Korsin in Evisa versprochen hatte.

Am Tage nach ihrer Ankunft in Paris sagte sie zu Julien: „Bitte, Schatz, gib mir Mamas Geld zurück, ich will einkaufen gehen."

Verdrießlich wandte er sich ihr zu: „Wieviel brauchst du?"

Überrascht stammelte sie: „Aber . . . wie du willst."

Er fuhr fort: „Ich gebe dir hundert Francs. Wirf nur kein Geld zum Fenster hinaus."

Verwirrt und verlegen wußte sie gar nicht mehr, was sie sagen sollte. Schließlich brachte sie zögernde Worte über die Lippen: „Aber . . . ich hatte dir dieses Geld doch nur aufzubewahren . . ."

Er unterbrach sie: „Gewiß, natürlich. Ob's in meiner Tasche liegt oder in deiner, ist doch ganz gleich; mein Geld und dein Geld, das ist doch jetzt alles eins. Ich enthalte dir's ja nicht vor, ich gebe dir doch diese hundert Francs."

Sie nahm die fünf Goldstücke, ohne weiter ein Wort zu verlieren, wagte aber kein weiteres Geld zu verlangen, und so kaufte sie nur die Pistole. Acht Tage später traten sie die Rückreise nach „Les Peuples" an.

6

Familie und Dienerschaft warteten vor dem weißen Gatter mit den roten Ziegelpfeilern. Der Postwagen hielt an, und es gab endlose Umarmungen. Mütterchen weinte. Auch Jeanne wurde weich und wischte sich zwei Tränen ab. Vater ging unruhig ab und zu.

Während dann das Gepäck abgeladen wurde, ging es vor dem Kamin im Wohnzimmer ans Erzählen. Mit überströmenden Worten berichtete Jeanne von ihrer Reise. In einer halben Stunde war, bis auf ein paar Kleinigkeiten, die beim raschen Vortrag vergessen wurden, eigentlich alles gesagt.

Dann ging die junge Frau daran, ihr Gepäck zu öffnen. Rosalie, die auch recht aufgeregt war, half ihr dabei. Als man dies erledigt hatte, als nun die Wäsche, die Kleider, die kleinen Geräte für Putz und Körperpflege an Ort und Stelle waren, ließ das junge Stubenmädchen die Herrin allein; etwas müde sank Jeanne in einen Sessel.

Sie legte sich die Frage vor, was sie jetzt anfangen solle. Sie suchte eine Beschäftigung für ihren Geist, eine Arbeit für ihre Hände. Sie hatte keine Lust, wieder in das Wohnzimmer hinunterzugehen, wo die Mutter schon schlaftrunken dasaß. Einen Augenblick dachte sie daran, spazieren zu gehen; aber die Landschaft sah so trist aus, daß sie schon bei einem Blick durchs Fenster lastende Schwermut im Herzen fühlte.

Da wurde ihr erst klar, daß sie nichts mehr zu tun hatte, nie mehr etwas zu tun haben würde. Ihre ganze Jugendzeit im Kloster war mit allem Sinnen und Trachten ganz auf die Zukunft gerichtet gewesen. Das immerwährende Hin und Her ihrer Hoffnungen füllte damals ihre Stunden so sehr aus, daß sie den Flug der Zeit gar nicht merkte. Kaum hatte sie dann das düstere Gemäuer verlassen, in dem ihre blendenden Hoffnungen aufgeblüht waren, war die Liebe, der sie mit hochgespannter Erwartung entgegensah, sofort an sie herangetreten. In wenigen Wochen war ihr der Mann ihrer Träume begegnet; sie hatte sich in ihn verliebt, hatte ihn rasch entschlossen geheiratet. Gleichsam auf seinen Armen hatte er sie in raschem Ritt entführt, ohne ihr Zeit zum Überlegen zu lassen.

Aber nun sollte die liebe Wirklichkeit der ersten Ehetage Alltagswirklichkeit werden, die allem unbestimmten Hoffen einen Riegel vorschob, der süß unruhigen Erwartung des Unbekannten ein für allemal ein Ende macht. Ja, es war aus mit aller Erwartung.

Da blieb ihr also nichts mehr zu tun übrig, weder heute, noch morgen, noch jemals wieder. Sie empfand dies dumpf an einer gewissen enttäuschten Stimmung, am Hinwelken ihrer Traumwelt.

Sie stand auf und preßte die Stirn gegen die kalten Scheiben. Nachdem sie so eine Weile zu den düsteren Wolken emporgesehen hatte, entschloß sie sich doch zum Ausgehen.

War das noch die gleiche Landschaft, der gleiche Rasen, die gleichen Bäume wie im Mai? Wo blieben die durchsonnte Fröhlichkeit des Laubes und die grünen Geheimnisse der Grasflächen, in denen Löwenzahn flammte, wilder Mohn blutete, Orakelblumen strahlten, und wie an unsichtbaren Fäden sonderbare gelbe Schmetterlinge zackig auf und nieder flogen? Der ganze Rausch dieser duftschweren, von Lebensstäubchen geschwängerten Luft war wie weggeblasen.

Mager zitterten die fast nackten Pappeln längs der von langem Herbstregen aufgeweichten Alleen, die ein Teppich gelber Blätter deckte. Die schwachen Äste bewegten sich im Wind mit wippenden letzten Blättern, die jeden Augenblick auch in den Raum entflattern wollten. Den ganzen Tag ging es wie ein endloser Regen, der einem die Tränen in die Augen trieb. Gleich großen Goldstücken löste sich das letzte Laub, flirrte, wirbelte und fiel nieder.

Sie ging bis zum Parkbusch. Darin sah es ganz trostlos aus, wie in einem Sterbezimmer. Die grüne Wand, die diese niedlichen, geschwungenen Gänge voneinander geschieden hatte, daß jede ganz heimlich schien, die war in alle Winde verweht. Wie Spitzenborten aus dünnem Holz rieben die Sträucher ihr eng verstricktes, armseliges Gezweig aneinander, und wie Todesseufzer tönte das Rauschen der dürren Blätter, die sich am Boden im Winde rührten und rollten und zu Häufchen schichteten.

Winzige Vögel hüpften umher, piepten vor Kälte und suchten ein geschütztes Plätzchen.

In der treuen Hut des dichten Walles von Ulmen, der den Seewind abfing, prangten Linde und Platane noch in vollem Blätterschmuck, der im Anhauch der ersten Fröste bei jedem der beiden Bäume die ihm gemäße Herbstfarbe angenommen hatte: die Linde war wie in roten Samt, die Platane in rotgelbe Seide gehüllt.

Jeanne ging langsam in Mütterchens Allee, längs des Hofes der Couillard, auf und ab. Es lastete auf ihr gleichsam das Vorgefühl der Leere des langweiligen, eintönigen Lebens, das jetzt beginnen sollte.

Dann setzte sie sich auf die Rasenböschung, wo Julien ihr zum ersten Mal von Liebe gesprochen hatte; da verharrte sie in gestaltloser Träumerei, fast ohne jeden greifbaren Gedanken, bis ins innerste Herz ermattet, nur mit dem einen Wunsch, sich hinzulegen und zu schlafen, um diesen trüben Tag doch zu überstehen.

Plötzlich bemerkte sie eine Möwe, die windgetragen den Himmel durchschnitt. Da fiel ihr der Adler ein, den sie da unten auf Korsika, im düsteren Ota-Tal gesehen hatte. Es durch-

zuckte ihr Herz die Erkenntnis: da war etwas Schönes und ist vorbei. Mit einem Schlag stand ihr wieder die leuchtende Insel vor Augen, mit den wilden Würzdüften, mit ihrer Sonnenglut, in der Orangen und Zitronen reiften; sie sah die Berge mit den rosigen Gipfeln, die tiefblauen Golfe und durchtosten Klüfte.

Da würgte sie die regennasse, karge Landschaft ringsumher, in der trauriger Blätterfall herrschte und graue Wolken vor dem Wind am Himmel dahinjagten, würgte sie mit so hartem Griff, benahm ihrem Hoffen so ganz den Lebensatem, daß sie schnell ins Haus zurücktrat, um nicht laut aufzuschluchzen.

Mütterchen nickte in der einschläfernden Wärme des Kamins; sie war die Melancholie dieser Tage gewöhnt, spürte sie gar nicht mehr. Vater und Julien hatten einen Spaziergang unternommen, wobei sie auch Geschäftliches besprechen wollten. Die Nacht brach herein und streute düstere Schatten über das große Wohngemach, das hie und da vom Schein des aufflakkernden Feuers erhellt wurde.

Durch die Fenster konnte man im schwindenden Licht eben noch die schmutzige Landschaft des Spätjahrs unterscheiden und den grauen Himmel, der auch wie mit Kot überzogen aussah.

Bald erschien der Baron und Julien hinter ihm. Kaum war der erstere in das dämmerige Zimmer eingetreten, klingelte er und rief: „Schnell, schnell, Licht! Hier wird einem ganz traurig zumute."

Er setzte sich vor den Kamin. Während seine nassen Stiefel dicht bei der Flamme dampften und in der Hitze trocknende Erdkrusten von den Sohlen fielen, rieb er sich fröhlich die Hände und sagte: „Ich meine bestimmt, wir bekommen Frost; gegen Norden hellt sich der Himmel auf, heute abend ist Vollmond, in der Nacht wird's tüchtig anziehen."

Dann wandte er sich zu seiner Tochter: „Na, sag' mal, Kleine, bist du froh, daß du wieder in der Heimat bist, in deinem Hause, bei den Alten daheim?"

Diese schlichte Frage erschütterte Jeanne aufs tiefste. Mit Tränen in den Augen warf sie sich in die Arme des Vaters und küßte ihn krampfhaft, wie wenn sie ihn um Verzeihung zu bitten hätte. Sie mochte sich noch so sehr bemühen, heiter zu sein, sie war doch zum Umsinken matt und niedergeschlagen. Dabei dachte sie wohl daran, wie oft sie sich die Freude ausgemalt hatte, ihre Eltern wiederzusehen. Sie staunte selbst über diese plötzliche Trägheit ihres Herzens. Es war ganz so, als ob man beim Wiedersehen mit Menschen, an die man in der Ferne oft gedacht hat, während man sich doch ihres täglichen Umganges entwöhnte, eine Art Stillstand der Liebeskräfte durchzumachen hätte, bis die Bande des gemeinsamen Lebens wieder fest geknüpft sind.

Das Essen erschien endlos, kaum einer sprach ein Wort. Julien schien seine Frau ganz vergessen zu haben.

Im Wohnzimmer ließ sie sich dann beim prasselnden Feuer einwiegen. Mütterchen schlief völlig ein. Als die beiden Männer bei einer Auseinandersetzung die Stimmen hoben, erwachte Jeanne einen Augenblick aus ihrem Halbschlaf und suchte mit innerer Anstrengung den schweren Druck dieser unzerreißbaren Kette von Gewohnheiten abzuwerfen, die auch ihre Seele erwürgen wollte.

Das Feuer im Kamin, das untertags schwach rötlich erschienen war, wurde jetzt hell, knatterte frisch und lebhaft. Es warf starke Blitzlichter über die verblichenen Bezüge der Armstühle, über Fuchs und Storch, über den trübsinnigen Reiher, über Zikade und Ameise.

Der Baron rückte näher zum Feuer und spreizte lächelnd die Finger gegen die lebhaft brennenden Scheite: ,,Na, heute abend hat's tüchtig angefangen. Es friert, Kinder, es friert.'' Dann legte er die Hand auf Jeannes Schulter und wies auf die Flammen: ,,Siehst du, Mädelchen, das ist doch das Beste in der Welt, der häusliche Herd, der Herd, um den alle unsere Lieben vereinigt sind. Dagegen kommt nichts an. Aber wir könnten schlafen gehen. Ihr müßt ja zum Umfallen müde sein, Kinder.''

Als die junge Frau wieder oben in ihrem Zimmer war, konnte sie gar nicht begreifen, wie diese zweite Rückkehr an einen Ort, den sie doch zu lieben meinte, von jener ersten so verschieden sein konnte. Warum fühlte sie sich in der Berührung mit diesem Haus, dieser geliebten Landschaft, mit allem, was bis dahin ihr Herz hatte höher schlagen lassen, wie wundgerieben?

Doch plötzlich fiel ihr Blick auf die kleine Pendeluhr. Die kleine Biene flatterte immer noch von links nach rechts, von rechts nach links, vollführte über den vergoldeten Blumen unermüdlich die gleiche rasche Bewegung. Im Anblick dieses kleinen mechanischen Werkchens, das Leben vortäuschte,

100

fühlte sich Jeanne von einer Welle warmen Gefühls durchflutet. Das kleine Ding, das ihr die Stunde zusang und wie ein schlagendes Herzchen war, rührte sie zu Tränen.

Als sie Vater und Mutter wieder umarmt hatte, war sie sicher nicht so ergriffen gewesen. Das Gefühl hat Abgründe, die der Kontrolle des Verstandes immer spotten werden.

Zum ersten Mal seit ihrer Verheiratung war sie in ihrem Bett allein; Julien hatte Müdigkeit vorgeschützt und sich in einem anderen Zimmer niedergelegt. Es war übrigens längst ausgemachte Sache, daß jeder der beiden Gatten sein eigenes Schlafzimmer haben sollte.

Sie konnte lange nicht einschlafen, konnte es nicht recht fassen, daß sie nun nicht mehr einen anderen Körper an dem ihren fühlen sollte. Sie war das Alleinschlafen gar nicht mehr gewohnt, auch störte sie der bös pfeifende Nordwind, der am Dach rüttelte.

Am Morgen erwachte sie von einem gewaltigen Lichtschein, der ihr Bett wie mit Blut übergoß. Die reifbedeckten Fensterscheiben waren so tiefrot, wie wenn der ganze Horizont in Flammen stünde.

Sie warf einen langen Schlafrock über, lief ans Fenster und öffnete es. Ein gesunder, prickelnder Eiswind brach ins Zimmer, peitschte ihr die Haut mit scharfem Frost, daß ihr die Augen übergingen. Am purpurnen Himmel erschien hinter den Bäumen, wie das blutunterlaufene, gedunsene Gesicht eines Trunkenboldes, die große Sonnenscheibe. Der Erdboden war mit weißem Reif bedeckt und so hart und trocken, daß er unter den Schritten der Leute in den Meierhöfen beinahe metallisch klang. In dieser einen Nacht waren die letzten belaubten Zweige der Pappeln auch ganz kahl geworden; und jenseits der Heide erschien der lange, grünliche Streif des Meeres von lichten Schaumlinien unterbrochen.

Unter den Windstößen verloren Linde und Platane auch schnell ihre Laubhülle. Bei jedem Vorübersausen des eisigen Windes wirbelten Massen der vom plötzlich einfallenden Frost gelockerten Blätter wie Vogelschwärme in die Luft. Jeanne kleidete sich an und ging aus. Da sie sonst nichts anzufangen wußte, besuchte sie die Hofpächter.

Die Martins hoben die Arme zum Himmel und die Bäuerin küßte sie auf die Wange, dann nötigte man sie, ein Gläschen

101

Kornschnaps zu trinken. Sie begab sich in den anderen Hof. Die Couillards hoben die Arme zum Himmel, die Bäuerin schmatzte sie auf die Ohren, und sie mußte ein Gläschen Johannisbeerlikör nehmen.

Dann gingen sie frühstücken.

Sonst verlief der Tag wie der gestrige, nur daß das Wetter nicht mehr feucht, sondern frostig war. Und die anderen Tage dieser Woche ähnelten diesen zwei Tagen, und alle Wochen des ganzen Monats ähnelten der ersten.

Immerhin wurde nach und nach ihre Sehnsucht nach fernen Landschaften minder brennend. Die Gewohnheit überzog ihr Leben mit einer Hülle aus Verzicht und Bescheidenheit, wie manche Gewässer alle Dinge mit einer Steinkruste bekleiden. In ihrem Herzen regte sich wieder ein wenig Teilnahme für die tausend gleichgültigen Vorfälle des in starren Gleisen verlaufenden Daseins, für die kleinlichen, armseligen, immer wiederkehrenden Geschäfte des Alltags. Eine gewisse nachdenkliche Schwermut wurde in ihr groß, eine leise Lebensmüdigkeit. Was fehlte ihr denn? Was wollte sie eigentlich? Das wußte sie selbst nicht. Sie hatte keinerlei gesellschaftlichen Ehrgeiz, war gar nicht vergnügungssüchtig, nicht einmal erreichbare Genüsse schienen ihr erstrebenswert. Was sollten das auch für Genüsse sein? Wie die vom Alter verbleichten Armstühle im Wohnzimmer verblichen allmählich auch alle Dinge der Welt, ihr Glanz erlosch, alles bekam einen blassen, vergilbten Ton.

Ihre Beziehungen zu Julien hatten sich von Grund auf verändert. Seit ihrer Rückkehr von der Hochzeitsreise war er wie ausgewechselt, war wie ein Schauspieler, der seine Rolle zu Ende gespielt hat und nun sein gewöhnliches Aussehen wieder annimmt. Er kümmerte sich fast gar nicht mehr um sie, sprach sogar kaum mehr mit ihr. Seine ganze Liebe war spurlos verschwunden, nur in seltenen Nächten kam er zu ihr.

Er schaltete und waltete jetzt mit größter Machtvollkommenheit in allen Geldangelegenheiten und im ganzen Hauswesen, erhöhte die Pachtzinse, feilschte mit den Bauern, schränkte die Ausgaben ein, und bei dem Gehaben eines bäuerlichen Landedelmannes hatte er auch keine Verwendung mehr für den Glanz und Firnis des Bräutigams.

Ewig trug er einen ganz fleckigen, uralten Jagdanzug aus Samt mit Messingknöpfen, den er sich irgend einmal als junger

Mann angeschafft hatte. In der Lässigkeit eines Menschen, der es nicht mehr nötig hat, Gefallen zu erwecken, unterließ er es, sich zu rasieren, so daß ihn sein langer, schlecht gestutzter Bart unglaublich entstellte. Auch seine Hände waren jetzt vernachlässigt. Nach jeder Mahlzeit trank er vier bis fünf Gläschen Kognak.

Als Jeanne zärtliche Vorhaltungen wagte, fuhr er sie grob an: „Laß mich gefälligst in Ruhe, ja?" So ließ sie es dabei bewenden.

Sie wunderte sich selbst, wie leicht sie sich in all diese Veränderungen hineingefunden hatte. Er war einfach ein Fremder für sie geworden, ein Fremder, dessen Seele und Herz verschlossene Welten blieben. Sie dachte oft darüber nach, woher es denn komme, daß sie einander so begegnet waren, sich in einem Sturm von Zärtlichkeit geliebt und geheiratet hatten, und daß sie sich nun mit einem Mal fast ebenso unbekannt gegenüberstanden, als wenn sie nie Seite an Seite geschlafen hätten.

Warum litt sie nicht tiefer unter dieser Vernachlässigung? War das so im Leben? Hatten sie sich ineinander getäuscht? Behielt ihr die Zukunft gar nichts mehr vor?

Wenn Julien schön, gepflegt, glänzend, verführerisch geblieben wäre, vielleicht hätte sie dann sehr gelitten!

Es war beschlossene Sache, daß das junge Paar vom Neujahrstag an allein sein sollte. Vater und Mutter wollten einige Monate in ihrem Haus zu Rouen verbringen. Die jungen Leute sollten diesen Winter „Les Peuples" nicht verlassen, um sich völlig einzurichten und sich recht gut an den Ort zu gewöhnen, wo sich ihr Leben abspielen würde. Vorher mußte aber Julien seine Frau noch den paar Nachbarn vorstellen. Dies waren die Briseville, Coutelier und Fourville.

Doch das junge Paar konnte noch keine Besuche abstatten, denn bis dahin war es noch nicht möglich gewesen, des Malers habhaft zu werden, der das Wappen auf der Kutsche ändern sollte.

Der Baron hatte nämlich seinem Schwiegersohn den alten Familienwagen überlassen. Aber Julien hätte um keinen Preis der Welt darin bei den Nachbarschlössern vorfahren mögen, bevor das Wappen der Perthuis des Vauds nicht kunstgerecht mit dem der Lamare geviertelt wäre.

Nun war aber in der ganzen Gegend nur noch ein einziger

Mann der Träger echter heraldischer Tradition, ein Maler namens Bolbec, genannt Bataille; der war ständig auf irgendeinem der zahlreichen normannischen Kastelle damit beschäftigt, den unschätzbaren Zierat kunstvoll an den Wagentüren anzubringen.

Endlich sah man an einem Dezembermorgen nach dem Frühstück, wie ein Individuum das Gartentor öffnete und auf dem Hauptweg herankam. Es trug einen Blechkasten auf dem Rükken. Das war also Bataille.

Man führte ihn ins Speisezimmer und tischte ihm auf, wie einem großen Herrn; denn durch seinen eigentümlichen Kunstzweig, seinen ständigen Verkehr mit dem ganzen Adel der Gegend, seiner Kenntnis der verschiedenen Wappen, der herkömmlichen, ehrwürdigen Bezeichnungen ihrer wesentlichen Züge, durch all dies war er selbst zu einer Art personifizierter Wappenkunde geworden, und jeder Edelmann drückte ihm gerne die Hand.

Man brachte sofort Papier und Bleistift herbei, und während er noch aß, skizzierten der Baron und Julien ihre geviertelten Wappen. Die Baronin war immer Feuer und Flamme, sobald solche Dinge aufs Tapet kamen und gab jetzt auch ihre Meinung ab. Sogar Jeanne beteiligte sich am Gespräch, wie wenn irgendein geheimnisvoller Anteil an solchen Dingen plötzlich in ihr wach geworden wäre.

Ohne sich beim Frühstück stören zu lassen, entwickelte Bataille seine Ansichten, nahm manchmal den Bleistift zur Hand und warf etwas aufs Papier, führte Beispiele an, beschrieb alle Herrschaftswagen der ganzen Umgegend. Dabei ging von seiner Person, seiner Denkweise, sogar vom Klang seiner Stimme adelige Atmosphäre aus.

Es war ein Männlein mit kurzem grauen Haar, farbenfleckigen Händen und roch nach Terpentin. Irgendeinmal sollte er ein häßliches Sittlichkeitsvergehen sich haben zuschulden kommen lassen; aber die Hochachtung seitens aller adeligen Familien hatte diesen Flecken längst getilgt.

Als er mit dem Kaffeetrinken fertig war, führte man ihn in den Wagenschuppen und entfernte das Wachstuch, das die Kutsche einhüllte. Bataille sah den Wagen prüfend an, tat dann einen ernsthaften Ausspruch über die Maße, in denen er unter solchen Umständen seine Zeichnung glaubte halten zu müssen,

und nach einem neuerlichen Gedankenaustausch ging er endlich ans Werk.

Trotz der Kälte ließ sich die Baronin einen Sessel bringen, um ihm bei der Arbeit zuzusehen. Dann ließ sie sich eine Wärmflasche holen, weil sie eiskalte Füße bekam. Hierauf begann sie ruhig mit dem Maler zu plaudern, fragte ihn nach Familienbeziehungen, die ihr noch unbekannt waren, nach Todesfällen und Geburten und ergänzte durch diese Nachrichten den allgemeinen Stammbaum in ihrem Kopf.

Julien saß rittlings auf einem Sessel neben seiner Schwiegermutter. Er rauchte seine Pfeife, hörte zu und verfolgte mit den Blicken das Auftragen seiner Adelsfarben.

Der alte Simon kam vorüber. Er trug einen Spaten auf der Schulter, denn er wollte im Gemüsegarten arbeiten. Da blieb auch er stehen, um diese Malerarbeit zu begutachten. Da Batailles Ankunft schon in den beiden Meierhöfen ruchbar geworden war, standen bald die beiden Pächterinnen rechts und links da; ganz hingerissen riefen sie von Zeit zu Zeit: „Da braucht's schon ein Geschick, daß einer so'n Zeug fertigbringt!"

Die Wappenschilder an beiden Wagentüren wurden erst am nächsten Tag gegen elf Uhr fertig. Sofort war alle Welt zusammengetrommelt. Man zog den Wagen aus dem Schuppen, um besser urteilen zu können.

Das Werk war tadellos gelungen. Bataille heimste reichliches Lob ein, nahm seinen Blechkasten wieder auf den Rücken und zog damit ab. Der Baron, seine Frau, Jeanne und Julien waren diesmal in einem Punkt derselben Meinung, nämlich daß der Maler ein hochbegabter Mensch sei, der unter anderen Umständen gewiß ein wirklicher Künstler geworden wäre.

Aber aus Sparsamkeit hatte Julien noch weitere Reformen eingeführt, die ihrerseits wieder Veränderungen nach sich zogen.

Der alte Kutscher war zum Gärtner gemacht worden. Julien hatte es selbst übernommen, den Wagen zu führen. Die Wagenpferde hatte er verkauft, um die Auslagen für ihr Futter zu ersparen.

Aber man brauchte noch jemanden, der die geliehenen Pferde halten mußte, während die Herrschaften abgestiegen waren, und so hatte man einen kleinen Kuhhirten, namens Marius, als Diener ausstaffiert.

Um über Pferde verfügen zu können, hatte Julien in den Pachtvertrag der Couillard und der Martin eine Sonderklausel eingefügt, die sie, gegen Nachlaß der Abgabe an Geflügel, verpflichtete, einmal monatlich an einem von der Herrschaft zu bestimmenden Tag je ein Pferd zur Verfügung zu stellen.

So hatten denn die Couillard eine große falbe Mähre herangeführt, die Martin aber einen winzigen, langhaarigen Schimmel. Diese beiden Tiere wurden zusammengespannt, und Marius, der in einer alten Livree des Vaters Simon ganz verschwand, führte dieses merkwürdige Paar vors Haus.

Julien hatte sich herausgeputzt und wieder eine straffe Haltung angenommen. Aber mit seinem langen Bart sah er doch sehr gewöhnlich aus.

Er betrachtete das Gespann, den Wagen und den kleinen

Diener und war von allem ganz befriedigt; das neugemalte Wappen war ihm die Hauptsache.

Die Baronin kam am Arm ihres Mannes die Treppe herunter und stieg mühsam in den Wagen. Sie setzte sich und lehnte sich in die vielen Kissen, die auf ihrem Platz vorbereitet waren. Dann erschien Jeanne. Erst lachte sie über die Zusammenstellung der Pferde, den Schimmel bezeichnete sie als Enkelkind des Falben. Dann aber erblickte sie gar Marius, dessen Gesicht in dem hohen Kokardenhut so vergraben war, daß der Zylinderrand erst an der Nasenspitze Halt gewann. Seine Hände staken spurlos tief in den Ärmeln. Wie Weiberröcke umflatterten die Schöße der Livree seine Beine, und nur ganz unten lugten die in Siebenmeilenstiefeln steckenden Füße seltsam hervor. Als sie nun noch bemerkte, wie er den Kopf zurückwerfen mußte, um etwas zu sehen, wie er bei jedem Schritt das Knie hob, als gälte es einen breiten Fluß zu überschreiten, wie er gleich einem Blinden bei jedem Befehl in ein hilfloses Zappeln und Tappen geriet und sich in der Überfülle seiner Kleidung selber nicht finden konnte, da packte sie ein unwiderstehliches, schallendes Gelächter.

Der Baron drehte sich um, betrachtete nun auch das ganz verdonnerte Männlein und wurde sofort von dem Lachen angesteckt. Er wollte seine Frau aufmerksam machen, brachte aber kein Wort mehr heraus. „Sch–sch–tschau Ma–Ma–Marius an! Nein, ist der komisch, mein Gott, ist der ko–komisch!"

Da beugte sich die Baronin aus dem Wagenfenster, wurde aber von einem solchen Lachkrampf befallen, daß die ganze Kutsche wie auf dem holprigsten Wege in allen Federn tanzte und schütterte.

Julien wurde blaß und fragte: „Was habt ihr denn zu lachen, ihr seid wohl verrückt!"

Jeanne sank ganz erschöpft auf eine Stufe der Freitreppe, aber der schreckliche Lachkrampf wollte sich noch immer nicht beruhigen. Der Baron mußte sich auch niedersetzen. Aus dem Wagen drang ein krampfhaftes Pusten, ein ununterbrochenes Gackern: die Baronin drohte zu ersticken. Plötzlich begann es auch im umfangreichen Rock des Marius verdächtig zu zucken; er hatte offenbar begriffen, worum es sich handelte und lachte nun aus voller Kraft im tiefen Abgrund seines Hutes.

Das war Julien zuviel und er stürzte auf ihn los. Mit einer

Ohrfeige schlug er dem Jungen den Riesenhut herunter, daß er auf den Rasen rollte. Dann wandte er sich zu seinem Schwiegervater und stieß mit zornbebender Stimme hervor: „Ich meine, Sie wären der letzte, der da lachen dürfte. Es wäre nicht so weit mit uns gekommen, wenn Sie nicht Ihr Geld zum Fenster hinausgeworfen hätten. Wer ist denn schuld, wenn Sie nichts mehr haben, wenn Sie zugrunde gerichtet sind?"

Das war ein eisiger Guß auf ihre Fröhlichkeit, das Lachen verstummte sofort. Kein Mensch sprach ein Wort. Jeanne war jetzt das Weinen nahe; still setzte sie sich neben ihre Mutter. In stummer Bestürzung nahm der Baron den zwei Frauen gegenüber Platz. Julien setzte sich auf den Bock und zog das greinende Kind zu sich hinauf, dessen Wange angeschwollen war.

Die Fahrt war trübselig und erschien ihnen lang. Alle schwiegen. Die drei im Wagen waren befangen und beschämt, und wollten einander nicht eingestehen, was sie innerlich beschäftigte und recht bekümmert vor sich hinsehen ließ. Sie spürten wohl, daß sie von nichts anderem hätten reden können, so sehr hielten sie traurige Gedanken gefangen, und so wollten sie lieber schweigen, als diesen schmerzlichen Gegenstand berühren.

Im ungleichen Trab des großen und des kleinen Pferdes fuhr der Wagen an Einzelhöfen vorbei, setzte schwarze Hühner in Schrecken, daß sie vor den Pferden dahinjagten und schließlich seitwärts in Hecken tauchten. Manchmal lief dem Gefährt ein heulender Wolfshund nach und kehrte dann mit gesträubtem Pelz zu seiner Hütte zurück und wandte sich dort um, weil er ihnen noch nachbellen wollte. Ein langbeiniger Bursche in kotigen Holzpantinen schlenkerte mit den Händen in den Taschen lässig daher, während der Wind seine blaue Bluse im Rücken bauschte. Er wich zur Seite, um den Wagen vorbeizulassen und nahm linkisch die Mütze ab, wobei die platt am Schädel klebenden Haare sichtbar wurden.

Zwischen Hof und Hof setzte immer wieder die Ebene ein, die da und dort in der Ferne andere Höfe erkennen ließ.

Endlich bog man von der Straße in eine große Fichtenallee ab. Kotige, tief ausgefahrene Wagengleise ließen die Kutsche sich neigen und entlockten Mütterchen ein Angstgeschrei. Am Ende des Baumganges stieß man auf ein geschlossenes weißes Gatter. Marius lief, um es zu öffnen, und man umfuhr eine riesige Rasenfläche, um im Bogen bei einem hohen, breiten, trüb-

110

seligen Gebäude anzulangen, dessen Fensterläden geschlossen waren.

Plötzlich tat sich die Mitteltür auf. Es erschien ein alter Diener mit roter, schwarzgestreifter Weste, die halb unter seiner Dienstschürze verschwand. Der Greis war lahm und stieg mit seitlichen Schrittchen die Stufen der Freitreppe herab. Er ersuchte um die Namen der Besucher und führte sie in ein weiträumiges Empfangszimmer, dessen immer geschlossene Läden er mit Mühe öffnete. Die Möbel staken in Überzügen, Stutzuhr und Kandelaber waren mit Leinwand umhüllt; eine Luft wie

111

von anno dazumal, eine eisige, feuchte Moderluft tränkte Lungen, Herz und Haut mit hoffnungsloser Traurigkeit.

Man setzte sich und wartete. Schritte auf dem über dem Salon liegenden Gang verrieten ungewohntes Hasten. Die überraschte Schloßherrschaft warf sich offenbar so eilig als möglich in vollen Staat. Das dauerte aber lange. Mehrmals hörte man klingeln. Jemand lief eine Treppe hinunter und wieder hinauf.

In der durchdringenden Kälte mußte die Baronin niesen und konnte gar nicht wieder aufhören. Julien ging auf und ab. Jeanne saß verdrossen neben ihrer Mutter. Der Baron lehnte am Marmorkamin und hielt die Stirn gesenkt.

Endlich drehte sich eine der hohen Türen in den Angeln und dahinter zeigte sich der Vicomte Briseville nebst Gemahlin. Zwei kleine Persönchen von zierlicher Magerkeit tänzelten herein; ihr Alter war nicht zu erkennen. Sie erschienen feierlich und befangen. Die Frau trug ein buntgemustertes Seidenkleid und ein bebändertes Alte-Damen-Häubchen; sie sprach schnell mit ihrem säuerlichen Stimmchen auf die Gäste ein.

Der Gemahl war in einen pompösen Gehrock eingepreßt und grüßte mit eingebogenen Knien. Seine Nase, seine Augen, seine vom Zahnfleisch entblößten Zähne, seine Haare, die wie mit Wachs überzogen schienen und sein schönes Staatskleid – all dies glänzte, wie nur Gegenstände glänzen, mit denen man höchst sorgsam umgeht.

Als die ersten Willkommensformeln und nachbarlichen Begrüßungen ausgetauscht waren, wußte kein Mensch mehr, was er noch reden sollte. Da wechselte man ohne ersichtlichen Grund neuerliche Glückwünsche. Man hoffte beiderseits, diese ausgezeichneten Beziehungen pflegen zu können. Gegenseitige Besuche waren ja die beste Anregung, wenn man das ganze Jahr auf dem Lande lebte.

Über all dem drang die feuchtkalte Zimmerluft bis ins Mark, machte alles ganz heiser. Die Baronin, die ihr Niesen noch nicht ganz losgeworden war, begann jetzt auch noch zu husten. Da gab der Baron das Zeichen zum Aufbruch. Die Briseville aber wollten sie zurückhalten. „Aber wie denn? Sie wollen schon gehen? Bleiben Sie doch noch ein Weilchen." Aber Jeanne war schon aufgestanden, obwohl Julien abwinkte, weil er den Besuch zu kurz fand.

Man wollte dem Diener klingeln, damit er den Wagen vorfahren lasse. Aber die Glocke war verdorben. Da stürzte der Hausherr selber hinaus und kam dann mit der Meldung zurück, die Pferde seien im Stall eingestellt worden.

Da hieß es warten. Jeder zerbrach sich den Kopf, um irgendein Wort, einen Satz zu finden. Man sprach von dem regnerischen Winterwetter. Jeanne fragte mit unwillkürlichem Schauder, was sie in ihrer Einsamkeit das ganze Jahr nur anfingen. Aber die Briseville wunderten sich, wie man nur so fragen könne; sie waren ja immer beschäftigt, hatten sehr viel an ihre zahlreichen adeligen Verwandten zu schreiben, die über ganz Frankreich hin verstreut waren, verbrachten ihre Tage in mikroskopisch geringfügigem Tun, behandelten einander mit der gleichen umständlichen Förmlichkeit wie Fremde und pflogen majestätischen Meinungsaustausch über die unbedeutendsten Angelegenheiten.

Unter der hohen, geschwärzten Decke des großen, unwohnlichen Empfangsraumes, der mumienhaft in Leinwand gewickelt war, kam es Jeanne plötzlich vor, als sei dieser kleine Mann, diese kleine Frau in ihrer sauberen Tadellosigkeit nur je eine Adelskonserve.

Endlich fuhr der Wagen mit den ungleichen Mähren am Fenster vorüber. Aber nun war wieder Marius verschwunden. Er hatte jedenfalls angenommen, er sei bis zum Abend frei und mochte einen Spaziergang in die Felder gemacht haben.

Julien war wütend und ersuchte, ihn zu Fuß nachzuschicken. Nach vielen, vielen Höflichkeitsbezeigungen schlug man den Weg nach „Les Peuples" ein.

Jeanne und ihr Vater standen wohl noch unter dem seelischen Druck der Roheit, die Julien bewiesen hatte. Aber das hielt sie nicht ab, kaum daß sich die Wagentür hinter ihnen geschlossen hatte, wieder in Gelächter auszubrechen und das Gehaben und den Tonfall der Briseville nachzuäffen. Der Baron spielte den Vicomte, Jeanne dessen Gemahlin, aber die Baronin fühlte sich dadurch ein wenig in ihren heiligsten Gefühlen verletzt und sagte: „Ihr solltet euch nicht so über sie lustig machen, es sind äußerst korrekte Menschen von bester Familie." Aus Rücksicht auf Mütterchen stellte man die Unterhaltung ein, aber von Zeit zu Zeit sahen Vater und Jeanne einander an und verfielen unwillkürlich in die komische Weise. Da verneigte er sich feierlich und sagte getragenen Tones: „Gnädige

113

Frau, Ihr Schloß zu ‚Les Peuples' mag wohl recht kalt sein, da doch der gewaltige Wind vom Meer es den ganzen Tag heimsucht?" Jeanne wieder suchte einen Ausdruck verkniffener Würde anzunehmen und flötete mit zittrigen Kopfbewegungen, die an das Gewackel tauchender Enten erinnerten: „Oh, mein Herr, hier habe ich das ganze Jahr immer etwas zu tun. Wir haben auch so viele Verwandte, an die wir schreiben müssen. Und dann legt auch Herr von Briseville alle Geschäfte auf meine schwachen Schultern. Er selbst betreibt mit Abbé Pelle wissenschaftliche Forschung. Sie arbeiten zusammen an einer Kirchengeschichte der Normandie."

Da mußte nun auch die Baronin lächeln, aber es ging ihr doch gegen den Strich, und so sagte sie milde: „Es ist nicht recht, daß ihr euch über Standesgenossen lustig macht."

Aber plötzlich hielt der Wagen. Julien schrie jemandem nach rückwärts etwas zu. Da beugten Jeanne und der Baron sich aus

den Wagenfenstern und sahen ein sonderbares Wesen, das heranzukugeln schien. Marius rannte ihnen nach, so schnell es gehen wollte, aber seine Beine verfingen sich in der unterrockartigen Faltenfülle der Livree, er war wie blind unter dem Riesenhut, der ihm auf dem Kopf herumtanzte, seine Ärmel schwang er wie Windmühlenflügel, er plantschte atemlos durch breite Pfützen, stolperte über jeden Stein am Weg, zappelte, hüpfte und war schon über und über mit Kot bedeckt.

Als der Kleine beim Wagen angelangt war, beugte sich Julien hinunter, packte ihm beim Kragen und zerrte ihn zu sich herauf. Dann ließ er die Zügel fahren und drosch mit geballter Faust auf den Hut des Jungen ein, daß es wie Trommelschlag dröhnte und der Zylinder ihm bis auf die Schultern rutschte. Da drinnen heulte der Bube, suchte zu fliehen, vom Bock zu springen, während sein Herr ihn mit einer Hand festhielt und mit der anderen immer noch auf ihn losschlug.

Jeanne stammelte außer sich: „Vater . . . O Vater!" und die Baronin griff in ihrer Empörung krampfhaft nach dem Arm ihres Mannes. „Aber lassen Sie das doch nicht zu, Jacques." Da riß der Baron die vordere Fensterscheibe herunter, packte seinen Schwiegersohn beim Ärmel und rief ihn mit zornzitternder Stimme an: „Wie lange wollen Sie das Kind noch schlagen?"

In fassungslosem Staunen drehte sich Julien um: „Ja, sehen Sie denn nicht, wie der Lump die Livree zugerichtet hat?"

Doch der Baron, dessen Kopf nun zwischen dem Herren und dem kleinen Diener vorstand, sagte: „Ach was! Man darf nicht so roh sein." Da wurde Julien wieder böse: „Lassen Sie mich gefälligst mit solchen Dingen in Frieden, das geht Sie nichts an!" und schon hob er wieder die Hand. Aber die packte ihm sein Schwiegervater so jäh und drückte sie so heftig herunter, daß sie ans Sitzbrett des Kutschbockes schlug, dabei schrie er ihn an: „Wenn Sie nicht augenblicklich aufhören, steige ich aus und werde Ihnen das ganz gründlich einstellen!" Da beruhigte sich der Vicomte mit einem Schlag, zuckte stumm die Achseln und schlug auf die Pferde ein, die in raschen Trab fielen.

Die beiden Frauen saßen totenblaß ganz starr da, und man hörte deutlich das schwere Herzklopfen der Baronin.

Beim Abendessen war Julien liebenswürdig, wie wenn nichts vorgefallen wäre. Jeanne, ihr Vater und Frau Adelaide waren in ihrem ruhigen Wohlwollen nur zu bereit, Unschönes zu verges-

115

sen; sie waren ihm dankbar für seine freundliche Art, und so überließen sie sich mit dem Behagen Genesender ihrer heiteren Stimmung. Als Jeanne das Gespräch wieder auf die Briseville brachte, stimmte auch ihr Mann in ihre Scherze ein, fügte aber schnell hinzu: „Macht nichts, vornehm wirken sie doch."

Man unterließ weitere Besuche, um nicht die Marius-Frage wieder aufs Tapet zu bringen. Man kam dahin überein, den Nachbarn Neujahrskarten zu schicken und die Besuche bei ihnen bis zu den ersten milden Tagen des nächsten Frühjahrs aufzuschieben.

Weihnachten kam heran. Der Pfarrer, der Bürgermeister und seine Frau waren Mittagsgäste. Auch zum Neujahrsfest wurden sie eingeladen. Das waren die einzigen Zerstreuungen in der eintönigen Folge ihrer Tage.

Vater und Mütterchen sollten am 9. Januar „Les Peuples" verlassen. Jeanne wollte sie zurückhalten, aber Julien stimmte

nicht recht ein, und angesichts dieser immer mehr zutage tre-
tenden Kühle seines Schwiegersohnes ließ der Baron von
Rouen einen Postwagen kommen.

Es war am Vortag der Abreise, alles war schon gepackt. Helles Frostwetter war eingetreten. Da beschlossen Jeanne und ihr
Vater, nach Yport hinunterzugehen, wo sie seit der Rückkehr
von Korsika nicht mehr gewesen waren.

Sie gingen durch den Wald, in dem Jeanne an ihrem Hoch-
zeitstag eng umschlungen mit dem dahingeschritten war, dessen
Lebensgefährtin sie werden sollte. Sie ging jetzt mit dem Vater
durch den Wald, in dem Juliens erste Liebkosung sie mit einer
Vorahnung der Sinnenliebe durchschauert hatte, die sie erst im
wilden Ota-Tal kennenlernen sollte, an jener Quelle, deren
Wasser sie unter Küssen tranken.

Da gab es nun kein Laub, keine Schlingpflanzen mehr, nur
das Knacken dürrer Zweige und das trockene Geknister winter-
lich kahlen Buschwerks.

Sie betraten das Dörfchen. In den öden, stillen Gassen roch
es immer noch nach Meer, Tang und Fischen. Immer noch waren wetterbraune Riesennetze zum Trocknen aufgespannt, hingen vor den Türen oder waren über den Strandkies gebreitet.
Das kaltgraue Meer mit seiner ewig dröhnenden Schaumlinie
begann zu ebben und legte gegen Fécamp zu am Fuße der
Küstenwand grünliche Felszähne bloß. Die großen Boote, die
längs der Küste auf der Seite lagen, glichen ausgeworfenen Fi-
schleichen. Der Abend brach herein, die Fischer gingen gruppenweise nach dem Hafendamm. Schwerfällig schritten sie in
ihren mächtigen Transtiefeln einher. Den Hals hatten sie mit
dicken Wollenschals umwickelt, eine Literflasche Branntwein
trugen sie in der einen Hand, in der anderen eine Schiffslaterne.
Lange gingen sie um die liegenden Boote herum und brachten
mit echt normannischer Bedächtigkeit alles zur Ausfahrt Nö-
tige an Bord: Netze, Bojen, ein großes Brot, einen Topf Butter,
ein Glas und die bauchige Flasche. Dann stießen sie das aufge-
richtete Boot ins Wasser. Geräuschvoll fuhr es über die Strand-
kiesel nieder, durchschnitt den Kranz der Brandung und stieg
mit einem Wellenrücken empor, schaukelte einige Augenblik-
ke, entfaltete seine großen, braunen Schwingen und mit seinem
Lichtlein an der Mastspitze verschwand es in der Nacht.

Aber die hochgewachsenen Frauen der Seeleute, deren harte

Knochen durch die dünnen Kleider vorstanden, warteten noch die Ausfahrt des letzten Fischers ab. Dann kehrten sie ins schlafende Dorf zurück und störten die Nachtstille der dunklen Gassen mit ihren scharfen Stimmen.

Regungslos sahen der Baron und Jeanne zu, wie diese Leute im Düstern verschwanden, sich so jede Nacht in den Rachen des Todes wagend, bloß um nicht Hungers zu sterben, wobei sie in solchem Elend lebten, daß das ganze Jahr kein Fleisch auf den Tisch kam.

Der Baron geriet im Angesicht des Ozeans in schwärmerische Stimmung, er murmelte: „Es ist schön und schrecklich zu-

gleich. Wie großartig ist doch dieses Meer, auf das jetzt Dunkel herabsinkt und wo so viele Menschen in Lebensgefahr schweben! Nicht, Jeanette?"

Sie antwortete mit eisigem Lächeln: „So schön wie das Mittelmeer ist's doch nicht." Aber der Vater antwortete ganz entrüstet: „Das Mittelmeer! Olivenöl oder Zuckerlimonade, Blauwasser im Waschtrog. Da schau dir ein Meer an, wie schrecklich es ist mit seinen Schaumkämmen! Und dann denk an all die Menschen, die da hinausgefahren sind, man kann sie schon nicht mehr sehen."

Jeanne gab seufzend nach: „Ja, wenn du willst." Aber das Wort „Mittelmeer", das ihr auf die Lippen gekommen war, hatte ihr wieder einen Stich ins Herz gegeben, und mit einem Schlag war ihr ganzes Denken in ferne Gegenden versetzt, ins Zauberland ihrer Träume.

Statt durch das Wäldchen heimzukehren, folgten Vater und Tochter der Straße und stiegen die Höhe langsameren Schrittes hinan. Sie sprachen wenig; die Trauer des nahen Scheidens lag schon schwer auf ihnen.

Manchmal, wenn sie die Einfassungsgräben der Gehöfte entlanggingen, wehte ihnen der Geruch zerquetschter Äpfel ins Gesicht, dieser Geruch des frischen Obstweins, der um diese Jahreszeit über dem ganzen normannischen Gefilde zu schweben scheint, oder es traf sie ein fetter Stalldunst, der gute warme Gestank, der dem Kuhdung entsteigt. Ganz hinten im Hof verriet jedesmal ein erleuchtetes Fensterchen das Wohnhaus des Bauern.

Da war es Jeanne, als würde ihre Seele weiter, als erfasse sie jetzt auch unsichtbare Dinge. Und im Anblick der kleinen Lichtchen, die über das weite Land, zwischen Feldern, verstreut waren, empfand sie klar und lebendig die Vereinsamung aller Wesen, die alles trennt, auseinanderreißt, gewaltsam von dem entfernt, was ihnen lieb wäre.

Da sagte sie mit einer Stimme, aus der ein schmerzliches Verzichten klang: „Es ist nicht immer leicht, zu leben."

Der Baron seufzte: „Was ist da zu tun, mein kleines Mädel, da hilft nun nichts."

Am nächsten Tag fuhren Vater und Mütterchen weg, und Jeanne und Julien blieben allein.

7

Nun begannen die Karten einen Platz im Leben des jungen Paares einzunehmen. Täglich spielte Julien nach dem Mittagessen ein paar Partien Mariage mit seiner Frau. Dabei rauchte er seine Pfeife und brachte es nach und nach auf sechs bis acht Gläschen Kognak. Dann ging sie in ihr Zimmer hinauf, und während der Regen an die Scheiben prasselte oder der Wind daran rüttelte, stickte sie mit verbissener Beharrlichkeit an einem Kleidbesatz. Wenn ihr die Augen müde wurden, hob sie den Blick und betrachtete in der Ferne das bewegte Meer. Wenn sie so eine Weile verloren hinausgestarrt hatte, nahm sie wieder ihre Handarbeit auf.

Sonst hatte sie gar nichts zu tun, da Julien die Führung des Hauswesens völlig an sich gerissen hatte, um seine Herrschsucht und Sparwut ganz austoben zu können. Er war jetzt ein unbarmherziger Geizhals, gab nie Trinkgelder, beschränkte die Kost auf das äußerste Mindestmaß. So hatte sich Jeanne, seitdem sie nach „Les Peuples" gekommen war, jeden Morgen einen kleinen normannischen Kuchen backen lassen; Julien aber strich diese Ausgabe und nötigte sie, sich mit geröstetem Brot zu begnügen.

Sie schwieg, um Auseinandersetzungen, Wortgefechte und offenen Streit zu vermeiden. Aber jeden neuen Zug von Knauserei empfand sie wie einen Nadelstich. Sie war aus einer Familie, wo man dem Geld keinerlei Bedeutung beimaß, und so erschien ihr schmutzige Kargheit besonders niedrig und verächtlich. Wie oft hatte sie ihr Mütterchen sagen hören: „Aber das Geld ist doch zum Ausgeben da!" Julien wiederholte jetzt früh und spät: „Wirst du dich denn nie gewöhnen können, das Geld nicht zum Fenster hinauszuwerfen?" Jedesmal, wenn er von einem Arbeitslohn oder einer Rechnung ein paar Sous abgezwackt hatte, ließ er das Geld lächelnd in seine Tasche gleiten und sagte: „Wer das Kleine nicht ehrt . . ."

An manchen Tagen verfiel Jeanne aber doch wieder ins Träumen. Sachte ließ sie die Arbeit sinken und mit schlaffen Händen und verträumten Blicken nahm sie eine der romantischen Abenteuergeschichten auf, in denen sie sich als Backfisch gefallen hatte. Aber plötzlich riß sie dann Juliens Stimme, der etwa Vater Simon einen Befehl gab, aus ihrer Verträumtheit. Dann griff sie wieder nach ihrer Geduldarbeit und dachte: „All das ist vorbei", und eine Träne fiel auf ihre Finger, die emsig die Nadel ins Gewebe steckten.

Rosalie, die früher so lustig gewesen war und den ganzen Tag gesungen hatte, schien auch ganz verändert. Ihre vollen Wangen hatten den frischroten Glanz verloren, waren fast eingefallen, manchmal geradezu erdfarben.

Jeanne fragte sie oft: „Bist du krank, Mädel?" Die junge Magd antwortete immer: „Aber nein, gnädige Frau." Es stieg ihr dabei eine Röte in die Wangen, und sie suchte baldmöglichst zu verschwinden.

Sie lief und sprang nicht mehr wie einst, sondern ließ schwer die Füße nachschleifen. Auch ihre Gefallsucht war weg; vergeblich zeigten ihr jetzt die Hausierer ihre Seidenbänder, ihre Miederleibchen oder mannigfaltigen Riechfläschchen vor. Sie kaufte nichts mehr bei ihnen.

Das weiträumige Haus mit den langen, grauen Regenflecken klang gleichsam unheimlich hohl.

Ende Januar trat Schneefall ein. Von Norden sah man dickes Gewölk über das düstere Meer herandringen, und dann begann das Niedersinken der weißen Flocken. In einer einzigen Nacht war die ganze Ebene tief begraben, und die Bäume erschienen am Morgen in Schlagschaum von Eis gehüllt.

In hohen Stiefeln, mit struppigem Bart, lag Julien den ganzen Tag hinten im Grenzgraben des Parkbusches und lauerte auf Strichvögel. Von Zeit zu Zeit hallte ein Schuß ins eisige Schweigen der Heide, dann flogen aus den hohen Bäumen kreisende Schwärme erschreckter Raben auf.

Wenn Jeanne es vor Langeweile gar nicht aushalten konnte, trat sie auf die Freitreppe hinaus. Aus weiter Ferne wehten Geräusche des Lebens über die düsterbleiche Schneedecke herüber.

Dann hörte sie wieder nur gedämpftes Gemurr vom Meer her und spürte das fast körperlose, unablässige Niedergleiten der vereisten Wasserstäubchen.

Unter dem endlosen Fall des dichten, gewichtlosen Flaums wuchs die Schneeschicht immer höher.

An so einem bleichen Morgen saß Jeanne regungslos in ihrem Zimmer und wärmte sich die Füße am Kaminfeuer, während Rosalie, die sich von Tag zu Tag immer mehr verändert hatte, langsam das Bett in Ordnung brachte. Plötzlich vernahm Jeanne hinter sich ein schmerzliches Stöhnen. Ohne den Kopf zu wenden, fragte sie: ,,Was hast du denn?"

Das Mädchen antwortete wie immer: ,,Aber nichts, gnädige Frau", aber ihre Stimme klang ganz gebrochen, wie die einer Sterbenden.

Jeanne dachte schon an ganz andere Dinge, als ihr auffiel, daß sie das Mädchen da hinten nicht mehr arbeiten hörte. Sie rief: ,,Rosalie!" Nichts rührte sich. Da glaubte sie, die Magd sei leise aus dem Zimmer gegangen und rief stärker: ,,Rosalie!" Schon streckte sie den Arm nach der Klingel aus, als ein tiefes Ächzen, das dicht neben ihr ausgestoßen wurde, sie entsetzt zusammenfahren ließ.

Die junge Dienstmagd saß totenbleich mit weit aufgerissen Augen am Boden, lehnte den Rücken gegen das Bettgestell und streckte die Beine von sich.

Jeanne stürzte auf sie zu: „Aber was hast du denn, was hast du denn?"

Die andere sprach kein Wort, machte keine Gebärde. Sie starrte ihre Herrin mit dem Blick einer Wahnwitzigen an und keuchte, wie von schauerlichen Schmerzen zerfleischt. Dann spannte sich plötzlich ihr ganzer Leib, sie sank auf den Rücken und verbiß einen Schrei aus tiefster Not.

Da regte sich etwas unter ihrem Rock, der straff die voneinandergespreizten Schenkel umspannte. Und von dort ging auch gleich ein eigentümliches Geräusch aus, ein Schlurfen, das

Luftziehen einer halb erwürgten Menschenkehle. Dann gab es ein gedehntes Katzengejaule, einen schwachen und schon so schmerzlichen Klageton, den ersten Notruf des Kindes, das ins Leben und Leiden eintritt.

Jetzt begriff Jeanne, was vorging, und sie verlor völlig den Kopf, lief zur Treppe und schrie: „Julien, Julien!"

Er antwortete von unten: „Was willst du?"

Sie stieß nur die Worte hervor: „Es ist was mit Rosalie . . ."

Julien stürmte herauf, indem er immer ein paar Stufen auf einmal nahm, trat wild ins Zimmer, hob dem jungen Ding mit einem Ruck die Kleider auf und entblößte ein greuliches, klebriges Stückchen Fleisch, das sich in Runzeln und Falten zog und winselnd zwischen zwei nackten Schenkeln zappelte.

Mit bösen Gesicht richtete er sich wieder auf und stieß seine ganz verzweifelte Frau aus dem Zimmer: „Das geht dich nichts an. Geh weg. Schick mir Ludivine und Vater Simon."

An allen Gliedern zitternd betrat Jeanne die Küche. Dann wagte sie nicht mehr hinaufzugehen und begab sich in den Salon, in dem seit der Abreise ihrer Eltern nicht mehr geheizt wurde. In banger Spannung harrte sie dort weiterer Nachrichten.

Bald sah sie den Diener weglaufen und fünf Minuten später mit der Witwe Dentu, der Dorfhebamme, wiederkommen.

Dann herrschte auf der Treppe große Bewegung, wie wenn man einen Schwerverwundeten trüge. Julien kam, seiner Frau zu sagen, daß sie wieder in ihr Zimmer könne.

Sie zitterte noch immer, wie wenn sie einen bösartigen Unfall mit angesehen hätte. Sie setzte sich wieder vors Feuer. Dann fragte sie: „Wie geht es ihr?"

Julien rannte nervös und geistesabwesend im Zimmer herum; er schien einen Zornesausbruch niederzukämpfen. Zuerst gab er keine Antwort. Ein paar Sekunden darauf blieb er stehen und fragte: „Also, was willst du mit dem Mädel anfangen?"

Sie wußte nicht, was er meinte, und sah ihn fragend an: „Wie? Was willst du damit sagen? Ich weiß doch nicht!"

Da schrie er plötzlich wütend auf: „Wir können doch nicht einen Bastard im Haus behalten."

Nun wußte Jeanne gar nicht, was sie darauf sagen sollte. Nach langem Schweigen aber meinte sie: „Aber lieber Freund, man könnte das Kind ja in Pflege geben?"

Er ließ sie nicht ausreden: „Und wer wird's zahlen? Du vielleicht?"

Da dachte sie wieder lange nach und suchte eine Lösung. Schließlich sagte sie: „Aber der Vater des Kindes wird sich seiner annehmen. Wenn er Rosalie heiratet, ist alles erledigt."

Da schien Julien die Geduld völlig zu reißen; zornig brüllte er: „Der Vater! . . . Der Vater! . . . Kennst du ihn vielleicht, den Vater! . . . Nein? Na, siehst du, was dann? . . ."

Jeanne sagte in warmer Erregung: „Aber er wird doch das Mädchen nicht einfach im Stich lassen! Das wäre ja feig! Wir erfragen seinen Namen und gehen zu ihm, dem Kerl, und er wird schon Farbe bekennen müssen."

Julien war ruhig geworden und ging nun wieder auf und ab: „Meine Liebe, den Namen des Mannes will sie nicht sagen, und dir wird sie ihn ebensowenig anvertrauen wie mir . . . und wenn nun der Mensch von ihr nichts wissen will? . . . Begreife doch, daß wir nicht mit einer ledigen Mutter und ihrem Bastard unter einem Dach wohnen können!"

Jeanne ließ nicht locker: „Dann ist der Mann ein Schuft. Aber wir müssen einfach erfahren, wer es ist, und dann werden wir es ihm schon zeigen."

Julien war hochrot geworden und geriet wieder in Zorn: „Aber was soll bis dahin geschehen . . .?"

Sie wußte keine Antwort und fragte: „Was schlägst du vor?"

Jetzt rückte er mit seiner fertigen Ansicht heraus: „Mir scheint die Sache ganz einfach. Ich möchte ihr ein Stück Geld geben und sie mit ihrem Balg zum Teufel schicken."

Aber die junge Frau widersprach empört und entrüstet: „Das wird nie geschehen. Das Mädchen ist meine Milchschwester, wir sind zusammen aufgewachsen. Sie hat einen Fehltritt begangen, schlimm genug für sie. Aber deshalb werde ich sie nicht auf die Straße setzen, im Notfall sorge ich selber für das Kind."

Julien brach los: „So werden wir einen netten Ruf kriegen, denk doch an unseren Namen, unsere Beziehungen! Überall wird man uns nachsagen, daß wir dem Laster Unterschlupf gewähren, daß wir Dirnen beherbergen. Kein anständiger Mensch wird mehr den Fuß über unsere Schwelle setzen. Du bist total verrückt!"

Sie blieb ganz ruhig. „Niemals lasse ich Rosalie aus dem Hause jagen. Wenn du sie nicht behalten willst, wird sie meine

126

Mutter wieder in Dienst nehmen. Und schließlich werden wir ja doch erfahren, von wem sie das Kind hat."

Da lief er wütend aus der Stube und schlug die Tür hinter sich zu, dabei schrie er: „Ihr Frauen seid einfach blöd mit euren Ansichten!"

Am Nachmittag besuchte Jeanne die Wöchnerin in ihrem Dachstübchen. Von der Witwe Dentu betreut, lag das junge Geschöpf mit weit offenen Augen regungslos im Bett, während die Pflegefrau das Neugeborene in den Armen wiegte.

Beim Erblicken ihrer Herrin brach Rosalie in Schluchzen aus, barg ihr Gesicht in den Kissen, von grenzenloser Verzweiflung durchschüttert. Jeanne wollte sie küssen, aber sie duldete es nicht und zog das Leintuch vors Gesicht. Da legte sich die Wärterin ins Mittel. Sie mußte ihr Gesicht wieder freigeben, und so ließ sie, immer noch weinend, aber sanft ergeben, die Liebkosung über sich ergehen.

Ein armseliges Feuerchen brannte im Kamin, das Kindchen weinte. Jeanne wagte nicht, von dem Kleinen zu reden, um nicht wieder einen solchen Weinkrampf hervorzurufen. Sie hielt die Hand der Magd und wiederholte mechanisch: „Es wird schon wieder gut werden." Das arme Mädchen sah verstohlen nach der Hebamme, zuckte beim Geschrei des Säuglings zusammen. Der nachzitternde Schmerz brach sich noch manchmal in einem krampfhaften, halb erstickten Schluchzen Bahn, während man die zurückgedrängten Tränen in ihre Kehle niederrinnen hörte.

Jeanne küßte sie noch einmal und flüstere ihr ganz leise ins Ohr: „Wir werden schon dafür sorgen, mein Mädel." Da darauf ein neuer Tränenstrom hervorbrach, lief sie eilig fort.

Jeden Tag kam sie wieder, und jeden Tag brach Rosalie beim Anblick ihrer Herrin in Schluchzen aus.

Das Kind wurde zu einer Nachbarin in Pflege getan.

Julien sprach kaum mehr mit seiner Frau, wie wenn es ihr sehr nachtrüge, daß sie das Mädchen nicht hatte entlassen wollen. Als er eines Tages die Sache wieder zur Sprache brachte, zog Jeanne einen Brief der Baronin aus der Tasche, worin diese verlangte, man möge ihr doch das Mädchen gleich senden, wenn man es nicht auf „Les Peuples" behalten wolle. Da schrie Julien zornig: „Deine Mutter ist ebenso verrückt wie du." Aber er kam nicht mehr darauf zurück.

Nach vierzehn Tagen konnte die Wöchnerin schon aufstehen und ihren Dienst wieder versehen.

Da ließ Jeanne nun eines Morgens niedersitzen, faßte sie bei den Händen, sah sie durchdringend an und sagte: „Schau, Mädel, jetzt erzähl mir alles, wie es war."

Rosalie begann zu zittern und stammelte: „Was denn, gnädige Frau?"

„Von wem ist das Kind?"

Da wurde die junge Magd wieder von furchtbarster Verzweiflung gepackt; sie suchte mit aller Gewalt die Hände frei zu bekommen, um ihr Gesicht darin zu verbergen.

Aber Jeanne küßte die Widerstrebende und tröstete sie: „Es ist freilich ein Unglück. Aber was ist da zu machen, Mädel? Du warst eben schwach; aber das ist schon so viel anderen geschehen. Wenn dich der Vater des Kindes heiratet, denkt kein

Mensch mehr daran. Wir können ihn auch in unsere Dienste nehmen."

Rosalie ächzte wie auf der Folter und wollte sich immer wieder losreißen und davonlaufen.

Jeanne fuhr fort: „Ich begreife ganz gut, daß du dich schämst, aber du siehst ja, daß ich dir gar nicht böse bin, daß ich ganz freundlich mit dir rede. Nur zu deinem Besten frage ich dich um den Namen des Mannes, weil ich an deinem Kummer merke, daß er dich verlassen will, und gerade dies möchte ich verhindern. Schau, Julien wird zu ihm gehen, und wir werden ihn dahin bringen, dich zu heiraten. Und da ihr beide dann in unseren Diensten stehen werdet, werden wir ihn schon zwingen, dich auch glücklich zu machen."

Diesmal fuhr Rosalie so gewaltsam zurück, daß sie sich wirklich losreißen konnte. Wie eine Wahnsinnige lief sie davon.

Beim Abendessen sagte Jeanne zu Julien: „Ich wollte Rosalie doch dazu bestimmen, mir den Namen ihres Verführers zu sagen. Ich habe gar nichts ausgerichtet. Versuch es du noch einmal, damit wir den Lumpen zwingen können, sie zu heiraten."

Aber Julien wurde sofort wieder böse: „Merk dir ein für allemal, ich mag von der ganzen Geschichte nichts mehr hören. Du hast das Mädel behalten wollen – meinetwegen, aber laß mich mit ihr in Ruhe."

Seit der Entbindung schien er noch jähzorniger zu sein. Er hatte sich angewöhnt, nur noch in schreiendem Ton mit seiner Frau zu sprechen, als wenn ein unaufhörlicher Zorn an ihm fräße. Sie aber redete jetzt ganz leise, war unendlich sanft und verträglich, um jedem Streit aus dem Wege zu gehen; oft weinte sie des Nachts im Bett.

Trotz seiner ständigen Gereiztheit hatte ihr Mann den seit ihrer Rückkehr vernachlässigten Liebesverkehr mit ihr wieder aufgenommen; fast jede dritte Nacht kam er auf ihr Zimmer.

Rosalie war bald ganz hergestellt und erschien minder traurig, nur machte sie den Eindruck der Kopflosigkeit, als bedränge sie eine geheime Angst.

Noch zweimal rannte sie davon, als Jeanne sie wieder ausfragen wollte. Julien wurde auf einmal liebenswürdiger. In der jungen Frau stiegen unbestimmte Hoffnungen auf, sie hatte wieder heitere Augenblicke, obwohl sie im geheimen an merkwürdigen Übelkeiten litt. Es war noch immer kein Tauwetter eingetreten. Seit bald fünf Wochen wölbte sich ein hellblauer Kristallhimmel über der glatten, hartglänzenden Schneefläche; bei Nacht flimmerten in der grimmig kalten Unendlichkeit die Sterne wie Reif. Hinter einem Vorhang bereifter Bäume schienen die verstreuten Bauernhäuser hinten im Viereck ihrer Höfe wie in weißen Nachthemden eingeschlafen. Weder Mensch noch Vieh kam mehr über die Schwelle. Nur die dünnen Rauchsäulchen, die kerzengerade in die eisige Luft stiegen, verrieten das verborgene Leben.

Die Ebene, die Hecken, die Ulmbäume der Einfriedigungen – all das schien tot, im Frost abgestorben. Von Zeit zu Zeit hörte man die Bäume krachen, wie wenn ihre dichtgefaserten Glieder von der Kälte zersprengt würden. Manchmal löste sich wirklich ein dicker Ast und fiel zu Boden. Seine Säfte waren im unwiderstehlichen Anhauch des Winters Eis geworden, und dieses Eis hatte das Holzgewebe zerrissen und zerbrochen.

In banger Spannung erwartete Jeanne die Wiederkehr lauer Lüfte. Der strengen Kälte schrieb sie all die Anfälle dumpfen Leidens zu, die sie durchzumachen hatte.

Bald konnte sie nichts mehr essen, es ekelte ihr vor jeder Speise. Dann wieder ging ihr Puls mit rasender Geschwindigkeit. Bald hatte sie nach ihren schwachen Mahlzeiten ein Gefühl der Übersättigung, alle Übelkeiten eines überladenen Magens. Ihre Nerven waren immer gespannt, immer in Erregung. So konnte sie nie zur Ruhe kommen, und diese ständige Aufregung wurde geradezu unerträglich.

Eines Abends sank das Thermometer noch tiefer, und als sie vom Essen aufstanden, rieb sich Julien die halberstarrten Hände (er knauserte so mit dem Holz, daß das Speisezimmer nie recht durchwärmt war), schauerte zusammen und flüsterte: „Heute nacht wird's wohltun, nicht allein im Bett zu liegen, nicht wahr, mein Kätzchen?"

Er lachte wieder einmal sein gutes Jungenlachen, wie in ihren Flitterwochen, und Jeanne fiel ihm um den Hals. Aber ihr war gerade an dem Abend so gar nicht wohl, sie fühlte so viele schmerzhafte Beschwerden, war so eigentümlich nervös, daß sie ihn unter Küssen ganz leise bat, er möge sie lieber allein schlafen lassen. Sie schilderte ihm in ein paar Worten ihren Zustand: „Ich bitte dich recht sehr, mein Schatz, glaub mir, ich bin gar nicht recht beisammen. Morgen ist mir sicher besser."

Er bestand nicht auf seinem Wunsch: „Wie du willst, meine Liebe, wenn du krank bist, mußt du dich pflegen."

Dann redete man von anderen Dingen.

Sie ging bald zu Bett. Ausnahmsweise ließ Julien in seinem Zimmer einheizen. Als man ihm meldete, daß es „tüchtig prasselte", küßte er seine Frau auf die Stirn und ging.

Das ganze Haus schien die Wirkung des Frostes zu spüren. Knisternd drang die Kälte durch die Steinwände. Jeanne fröstelte in ihrem Bett.

Zweimal stand sie auf, um Scheite ins Feuer zu legen und noch Kleider, Röcke, Tücher zusammenzuraffen und über ihre Decke zu häufen. Nichts konnte sie erwärmen, ihre Füße wurden ganz starr, während ihre Beine der ganzen Länge nach von andauernden nervösen Zuckungen befallen wurden, so daß sie sich immerfort herumwarf und bei völliger Erschöpfung doch nicht Ruhe finden konnte.

Jetzt klapperten ihr die Zähne, ihre Hände zitterten. Es schnürte ihr die Brust zusammen, das Herz tat gewaltige dumpfe Schläge und schien manchmal zu stocken. Sie keuchte wie gewürgt.

In dem Maße, wie die alles bezwingende Kälte ihr bis ins Mark drang, überkam ihre Seele eine schreckliche Angst. Ihr war noch nie so gewesen. Sie hatte die Empfindung, vom Leben aufgegeben zu sein, als hätte sie nur noch den letzten Atemzug zu tun.

Sie dachte: „Ich werde sterben ... ich sterbe ..."

Von Entsetzen gepackt, sprang sie aus dem Bett und klingelte nach Rosalie, wartete ein Weilchen, läutete nochmals, wartete wieder. Dabei bebte sie vor Kälte.

Die junge Magd kam nicht. Ohne Zweifel lag sie noch im bombenfesten Schlaf vor Mitternacht, den nichts stören kann. Da verlor Jeanne völlig den Kopf und stürzte barfüßig auf die Treppe hinaus.

Geräuschlos stieg sie hinauf, fand die rechte Türe, öffnete sie und rief: „Rosalie!" Dann schritt sie weiter ins Zimmer, stieß an das Bett, tastete es ab und erkannte, daß niemand darin lag. Ja, es war leer und eiskalt, offenbar hatte da niemand geschlafen.

Überrascht dachte sie: „Was?" Bei solchem Wetter läuft das Mädel schon wieder draußen herum!"

Aber ihr Herzschlag wurde mit einem Mal so wild und ge-

waltsam, daß sie zu ersticken meinte. So stieg sie mit weichenden Knien herab, um Julien aufzuwecken.

Sie stürmte in sein Zimmer. Es hetzte sie die Vorstellung, ihr Tod stehe bevor, und so wollte sie ihn noch einmal sehen, ehe es dunkel um sie würde.

Im Schein des verglimmenden Feuers erblickte sie neben dem Kopf ihres Mannes Rosaliens Kopf auf dem Kissen.

Bei dem Schrei, den sie ausstieß, fuhren die beiden in die Höhe. Im Entsetzen über diese Entdeckung war sie eine Weile ganz starr. Dann lief sie fort, in ihr Zimmer zurück. Da aber Julien ihr in Schreckenstönen „Jeanne" nachgerufen hatte, packte sie eine gräßliche Angst, ihn sehen zu müssen, seine Stimme, seine Entschuldigungen, seine Lügen hören, seinen Blick ertragen zu müssen. Da stürzte sie wieder hinaus, die Treppe hinunter.

Jetzt rannte sie in der Dunkelheit vor sich hin, auf die Gefahr, die Stufen hinabzurollen und sich auf den Steinen Hals und Bein zu brechen. Es jagte sie der unwiderstehliche Drang, zu fliehen, nichts mehr zu hören, niemanden mehr zu sehen.

Als sie unten angelangt war, setzte sie sich auf eine Stufe. Sie war immer noch barfuß und im bloßen Hemd. So blieb sie ganz verloren sitzen.

Julien war aus dem Bett gesprungen und zog sich hastig an. Sie hörte seine Bewegungen, sein Hin- und Hergehen. Sie fuhr auf, um vor ihm zu fliehen. Schon kam er die Treppe herunter und rief: „So hör doch, Jeanne!"

Nein, sie wollte nicht hören, sich von ihm nicht einmal mit den Fingerspitzen berühren lassen. Sie jagte davon, wie vor einem Mörder, und stürzte ins Speisezimmer. Dort suchte sie einen Ausgang, ein Versteck, eine dunkle Ecke, eine Zuflucht vor ihm; so kauerte sie sich unter den Tisch. Aber schon öffnete er die Tür mit Licht. Dabei rief er immer wieder: „Jeanne!" Da sprang sie wieder auf wie ein gehetztes Wild, tat einen Satz in die Küche, wurde von ihm zweimal um deren ganzen Raum herumgejagt. Als er sie aber wie eine Beute fast ergriffen hatte, riß sie die Tür zum Garten auf und stürmte ins Freie.

Ihre nackten Beine versanken manchmal bis zum Knie im Schnee, aber gerade diese eisige Berührung verlieh ihr plötzlich eine vor nichts zurückschreckende Entschlossenheit. Obwohl sie doch unbekleidet war, spürte sie gar keine Kälte. Sie fühlte nichts mehr, so sehr hielt der seelische Krampf ihren Körper in Bann. Ihr Lauf war ein weißes Huschen auf der weißen Fläche.

Sie rannte durch eine der Alleen, durchquerte den Parkbusch, sprang über den Graben und eilte in die Heide hinaus.

Es war eine mondlose Nacht. Wie Funkensaat schimmerten die Sterne im Schwarz des Himmelsgrundes. Aber die Ebene war doch von trübem Licht erhellt, verharrte in gefrorenem Schweigen, in starrer Ruhe.

Jeanne lief rasch weiter, ohne Atem zu schöpfen, ohne von sich zu wissen, ohne irgendeinen Gedanken zu fassen. Mit einem Mal stand sie am Rand, wo es hundert Meter tief zum Meer abfiel. Da hielt sie instinktmäßig inne und kauerte nieder; es war kein Gedanke und kein Wille mehr in ihr.

Aus dem finsteren Loch vor ihr hauchte sie das unsichtbare, stumme Meer mit den Salz- und Tangdüften der Ebbe an.

In diesem körperlichen und geistigen Zusammenbruch verharrte sie lange Zeit. Dann begann sie plötzlich zu zittern, so wahnsinnig zu zittern, wie ein Segel im Winde flattert. Unter dem Anstoß unwiderstehlicher Kräfte bebten und zuckten ihre Hände, ihre Arme, ihre Füße in hastigen Stößen. Mit einem Mal ging ihr eine klare, erdrückende Erkenntnis ihrer Lage auf.

Dann zogen vergangene Eindrücke an ihrem inneren Auge vorüber. Diese Fahrt mit ihm, im Boot des alten Lastique, die Gespräche von damals, das Keimen der Liebe in ihrem Herzen, die Taufe des Bootes; dann ging sie weiter zurück, bis zu der traumschweren Nacht bei der Ankunft auf „Les Peuples". Und jetzt! und jetzt! Oh, ihr Leben war zerbrochen, es war aus mit

aller Freude, mit all der Erwartung unmöglicher Herrlichkeiten. Sie sah nur die schauerliche Zukunft vor sich, sah nur Martern, Verrat und Verzweiflung. Besser gleich sterben, dann war es wenigstens aus.

Aber da schrie eine Stimme in der Ferne: „Hier ist es, da sind ihre Fußspuren, nur schnell, schnell herkommen!" Es war Julien auf der Suche nach ihr.

Nein, den wollte sie nicht wiedersehen. Aus dem Abgrund vor ihr schlug jetzt ein schwaches Geräusch an ihr Ohr, das Vergleiten des Meeres zwischen den Klippen.

Schon stand sie da, und jeder Nerv war angespannt zum Todessprung. Sie warf den Abschiedsgruß der Verzweifelten ins Leben zurück, stöhnte das letzte Wort der Sterbenden, das letzte Wort der jungen Soldaten, die mit aufgerissenem Leib auf dem Schlachtfeld verbluten: „Mutter!"

Plötzlich durchfuhr sie der Gedanke an ihr Mütterchen. Sie sah sie schluchzen. Sie sah, wie ihr Vater neben ihrem zermalmten Leichname kniete. In einer Sekunde erlebte sie den vollen Schmerz, die Verzweiflung ihrer Eltern.

Da sank sie schlaff in den Schnee zurück und machte auch keinen Fluchtversuch mehr, als Julien und Vater Simon, denen Marius eine Laterne nachtrug, sie bei den Armen zurückrissen, denn sie hatte dicht über dem Abgrunde gelegen.

Sie taten mit ihr, was sie wollten, denn sie konnte sich nicht mehr rühren. Sie fühlte nur, daß man sie wegtrug, sie zu Bett brachte, sie mit brennheißen Tüchern rieb. Von dem, was weiter geschah, blieb ihr keine Erinnerung; sie verlor völlig das Bewußtsein.

Dann aber quälte sie ein Fiebertraum – oder war es Wirklichkeit? – Sie lag in ihrem Zimmer im Bett. Es war wohl lichter Tag, aber sie konnte nicht aufstehen. Warum nur? Das wußte sie nicht. Da hörte sie nun ein feines Geräusch auf dem Fußboden, ein leichtes Kratzen und Trippeln, und plötzlich lief eine Maus, eine kleine graue Maus schnell über ihre Bettdecke. Gleich darauf kam eine zweite, dann eine dritte, die mit ihren lebhaften, zierlichen Schrittchen auf Jeannes Brust zukam. Die Kranke fürchtete sich nicht vor den Tierchen, sie wollte sie greifen, aber ihre Hand konnte sie nicht fassen, so schnell sie auch zufuhr.

Da kamen jetzt immer neue Mäuse, zehn, zwanzig, Tausende

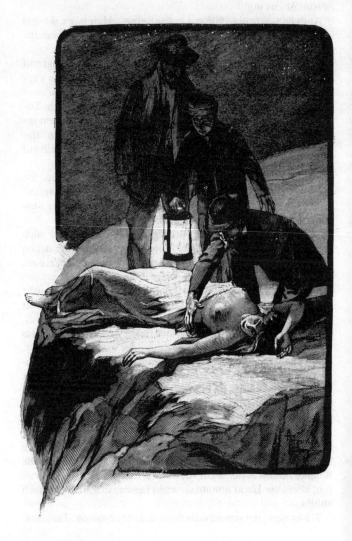

aus allen Ecken hervor. Sie klommen die Säulchen des Betthimmels hinauf, liefen über die Wandteppiche, bedeckten das ganze Lager. Bald krochen sie auch unter die Decken. Jeanne spürte, wie sie ihr über die Haut liefen, sie an den Beinen kitzelten, über ihren ganzen Körper auf und ab spazierten. Sie sah das Gekribbel vom Fußende des Bettes herankommen, um wieder unter die Decken, gegen ihre Kehle zu dringen. Da wehrte sie sich, fuhr mit den Armen in die Luft, um eines der Tiere zu greifen, aber immer schlossen sich ihre Fäuste leer.

Sie hielt es nicht mehr aus, wollte fliehen, schrie – da war es ihr, als hielte man sie gewaltsam fest; ja, muskulöse Arme umschlangen sie und lähmten ihre Kräfte, und doch sah sie niemand.

Sie hatte jedes Zeitbewußtsein eingebüßt. Das ganze mochte lange, sehr lange angedauert haben.

Dann aber kam ein Erwachen, ein Erwachen in zerschlagener Mattigkeit und Müde, aber doch ein süßes Erwachen. Sie fühlte sich so schwach. Sie schlug die Augen auf und war gar nicht weiter erstaunt, ihr Mütterchen an ihrem Bett sitzen zu sehen. Dann war noch ein dicker Mann da, der ihr unbekannt war.

Wie alt war sie eigentlich? Das wußte sie nicht und meinte noch ein ganz kleines Mädchen zu sein.

Der dicke Mann sagte: ,,Sehen Sie, das Bewußtsein kehrt zurück." Da begann Mütterchen zu weinen. Der dicke Mann fuhr fort: ,,Aber, aber, nur Ruhe, Frau Baronin, ich versichere Ihnen, ich bürge jetzt für den weiteren befriedigenden Verlauf. Aber sprechen Sie nichts, gar nichts mit ihr. Sie soll schlafen."

Und Jeanne war es, als lebte sie noch lange Zeit in einem Halbschlummer, der sofort zu tiefem Schlaf wurde, sobald sie irgend etwas zu denken versuchte. Sie hatte auch gar kein Verlangen, irgendwelche Erinnerungen wachzurufen, wie wenn sie eine dumpfe Angst vor der Wirklichkeit gehabt hätte, die ihr jetzt wieder aufdämmerte.

Nun erblickte sie aber eines Tages beim Aufwachen Julien, der allein an ihrem Bett saß. Da kam mit einem Schlag alles wieder; ein Vorhang ging auf und ihr früheres Leben lag klar vor ihrem Sinn und Auge.

Das traf wie ein zermalmender Schlag ihr Herz; da wollte sie wieder auf und davon. Sie warf die Decken ab, sprang aus dem Bett und sank um, da ihre Beine den Dienst versagten.

Julien stürzte auf sie zu. Aber sie brach in ein Geheul aus, damit er sie ja nicht berühre. Sie wand und wälzte sich, um sich von seinem Griff zu befreien. Die Tür ging auf. Tante Liese lief herbei, dann die Witwe Dentu, dann der Baron und schließlich, in atemloser Verzweiflung, ihr Mütterlein.

Man brachte sie wieder zu Bett. Heuchlerisch schloß sie sofort die Augen, um nicht sprechen zu müssen und in Ruhe nachzudenken.

Mutter und Tante bemühten sich um sie, fragten in banger Sorge: „Verstehst du uns jetzt, Jeanne, kleine Jeanne? Hörst du uns?"

Aber sie stellte sich taub, gab keine Antwort; sie merkte sehr wohl, daß der Tag sich seinem Ende zuneigte. Es wurde Nacht. Die Pflegerin nahm an ihrem Bett Platz und reichte ihr von Zeit zu Zeit zu trinken.

Wortlos trank sie, aber sie schlief nicht mehr. Mühselig suchte sie sich die Dinge zurechtzulegen, aber sie konnte doch aus all dem nicht recht klug werden. Sie hatte gleichsam Löcher in ihrer Erinnerung, große, weiße Lücken, in die sich die Ereignisse nicht eingegraben hatten.

Allmählich, nach langer Bemühung, hatte sie doch die ganze Kette der Tatsachen wieder beisammen. Mit verbissener Hartnäckigkeit dachte sie darüber nach.

Mütterchen, Tante Liese, Vater – alle die waren gekommen, also mußte sie schwer krank gewesen sein. Aber Julien? Was hatte er gesagt? Was mochte er ihnen nur gesagt haben? Waren ihre Eltern von allem unterrichtet? Und Rosalie? Wo war die? Aber was sollte sie selbst jetzt anfangen, was nur anfangen? Da blitzte ihr ein Gedanke auf – einfach mit Vater und Mutter nach Rouen zurückkehren, es würde alles wie früher werden. Sie wäre eben Witwe und alles wäre in Ordnung.

Da wartete sie nun und lauschte auf alles, was um sie her geredet wurde. Sie verstand alles sehr wohl, ohne es sich irgend anmerken zu lassen. Mit geduldiger List kostete sie diese Wiederkehr der Vernunft aus.

Als sie endlich abends mit der Baronin allein war, rief sie ganz leise: „Mütterchen!" Sie wunderte sich über den Klang der eigenen Stimme, er schien ihr ganz verändert. Die Baronin ergriff sie bei den Händen: „Mein Töchterchen, meine Jeanne, liebe! Mein Töchterchen! Du erkennst mich?"

„Ja, Mütterchen, mußt aber nicht mehr weinen. Wir haben lange miteinander zu reden. Hat dir Julien gesagt, warum ich in den Schnee hinausgerannt bin?"

„Ja, mein Kleinchen, du hast ein starkes, sehr gefährliches Fieber gehabt."

„Das meine ich nicht, Mama. Nachher habe ich dann das Fieber bekommen, das ist schon richtig. Aber hat er dir auch gesagt, wieso ich dieses Fieber bekommen habe und warum ich davongelaufen bin?"

„Nein, mein Schatz."

„Ich habe nämlich Rosalie bei ihm im Bett gefunden."

Die Baronin meinte, sie rede immer noch irre und streichelte sie sanft.

„Schlaf nur, mein Kleinchen, beruhige dich, versuch zu schlafen."

Aber Jeanne wiederholte hartnäckig: „Glaub mir, Mamachen, ich bin bei klarer Vernunft, ich rede keinen Unsinn mehr, wie ich's wohl die Tage her getan haben mag. Eines Nachts war mir nicht wohl, und ich bin Julien holen gegangen. Rosalie lag bei ihm im Bett. Da habe ich vor Leid den Kopf verloren und bin in den Schnee hinausgerannt, um von der Klippe ins Meer zu springen."

Aber die Baronin sagte nur wieder: „Ja, mein Kleinchen, du bist recht krank gewesen, recht krank."

„Das meine ich nicht, Mama, ich meine, ich habe Rosalie bei Julien im Bett gefunden, und so will ich nicht mehr bei ihm bleiben. Du nimmst mich nach Rouen mit und alles wird wie früher."

Die Baronin erinnerte sich der Weisung des Arztes, ihrer Tochter in allem nachzugeben und antwortete: „Ja, mein Kleinchen."

Aber da verlor die Kranke die Geduld: „Ich merke schon, daß du mir nicht glaubst. Hole Väterchen, der wird schon einsehen, daß man mich jetzt ernst nehmen muß."

Mühselig stand Mütterchen auf, griff nach ihren beiden Stökken und ging schleppenden Schrittes aus dem Zimmer. Nach ein paar Minuten kam sie mit dem Baron zurück, der sie stützte.

Sie saßen an ihrem Bett nieder, und Jeanne begann zu erzählen. Sie enthüllte alles, sprach sanft mit schwacher Stimme, aber legte das Geschehene mit großer Klarheit dar. Sie schilderte Ju-

139

liens sonderbares Benehmen, seine Rücksichtslosigkeit, seinen Geiz, schließlich seine Untreue.

Als sie zu Ende war, erkannte der Baron, daß sie nicht phantasiert hatte, wußte aber nicht, was er von dem allen denken, was er demgegenüber beschließen, was er darauf erwidern sollte.

Er faßte zärtlich ihre Hand, wie in der guten alten Zeit, als er sie noch mit Geschichten in Schlaf redete. „Hör, mein Schatz, wir müssen da sehr vorsichtig verfahren, klug vorgehen. Nur nichts übereilen, suche bei deinem Mann auszuhalten, bis wir zu einem Entschluß gekommen sind . . . Versprichst du mir das?" Sie flüsterte: „Weil du es willst; aber wie ich gesund bin, bleibe ich nicht mehr hier."

Dann murmelte sie ganz leise: „Wo ist jetzt Rosalie?"

Der Baron erwiderte: „Sie wird dir nicht mehr unter die Augen treten . . ." Aber sie ließ sich nicht mit Redensarten abspeisen. „Wo ist sie?" Das will ich wissen."

Da mußte er eingestehen, daß sie noch im Hause sei. Aber er versicherte ihr, das Mädchen würde gehen.

Unmittelbar nach dem Verlassen des Krankenzimmers suchte der in seinen väterlichen Gefühlen tief verwundete Baron in flammendem Zorn Julien auf und herrschte ihn an: „Mein Herr, ich verlange Rechenschaft von Ihnen wegen Ihrer Aufführung meiner Tochter gegenüber. Sie haben sie mit Ihrer eigenen Dienstmagd betrogen. Das ist eine doppelte Gemeinheit."

Aber Julien spielte die gekränkte Unschuld, leugnete im Brustton tiefster Ehrlichkeit, tat Schwüre, rief Gott zum Zeugen an. Welchen Beweis hatte man übrigens gegen ihn? War Jeanne nicht verrückt? Hatte sie nicht eben ein Nervenfieber überstanden? War sie bei Ausbruch ihrer Krankheit nicht des Nachts in einem Fieberanfall in den Schnee hinausgerast? Und gerade inmitten dieses Anfalls, während sie fast nackt im Haus herumlief, wollte sie ihr Dienstmädchen im Bett ihres Mannes gefunden haben!

Er wurde zornig, drohte mit gerichtlicher Klage, geriet außer sich vor Entrüstung. Der Baron verlor demgegenüber seine Selbstsicherheit, entschuldigte sich, bat um Verzeihung und streckte ihm seine ehrliche Hand hin, in die Julien nicht einschlagen wollte.

Als Jeanne die Antwort ihres Mannes erfuhr, blieb sie ganz ruhig und sagte nur: „Er lügt, Papa, aber wir werden ihn schon überführen."

Zwei Tage lang war sie sehr schweigsam, verharrte in tiefem Nachdenken, lauschte inneren Eingebungen.

Am dritten Tag aber verlangte sie Rosalie zu sehen. Der Baron weigerte sich, das Mädchen bei ihr erscheinen zu lassen, und sagte, sie wäre schon fort. Doch Jeanne ließ nicht locker und sagte immer wieder: „Dann müßt ihr sie eben holen lassen."

Schon wollte sie zornig werden, als der Doktor eintrat. Man weihte ihn völlig ein, damit er als Schiedsrichter entscheiden könne. Aber Jeanne brach in äußerster Gereiztheit plötzlich in Tränen aus und stieß fast schreiend hervor: „Ich will mit Rosalie reden, ich will mit ihr reden!"

Da faßte der Arzt ihre Hand und sagte leise: „Beruhigen Sie sich, gnädige Frau, jede Aufregung könnte ernste Folgen haben. Sie sind guter Hoffnung."

Das traf sie wie ein Schlag vor die Stirn und schon kam es ihr vor, als rege sich etwas in ihr. Dann verharrte sie in tiefem Schweigen, hörte auch nicht, was um sie her gesprochen wurde, so sehr war sie in Nachdenken versunken. Die ganze Nacht konnte sie nicht schlafen, die neue, sonderbare Vorstellung hielt sie wach, daß da, in ihrem Leib, ein Kind lebe. Sie war traurig, daß es Juliens Kind war und voll Unruhe, es könnte seinem Vater ähnlich werden. Als es wieder Tag war, ließ sie den Baron rufen. „Väterchen, mein Entschluß steht ganz fest. Ich will alles wissen, jetzt erst recht, du verstehst mich: ich will es, und du weißt, daß man mir bei meinem Zustand den Willen tun muß. Jetzt höre gut zu. Du wirst den Herren Pfarrer holen lassen. Den brauche ich, damit Rosalie nicht lügt. Wenn er dann da ist, läßt du sie herkommen und bleibst mit Mütterchen hier. Vor allem sieh zu, daß Julien keinen Verdacht schöpft."

Eine Stunde darauf trat der Priester ins Zimmer. Er war noch fetter geworden, pustete ebenso stark wie Jeannes Mutter. Er setzte sich neben diese in einen Lehnstuhl, daß sein Bauch zwischen seinen gespreizten Knien niederhing. Zunächst ließ er einen Scherz vom Stapel: „Na, Frau Baronin, mir scheint, wir zwei werden auch nicht magerer, wir haben uns da nichts vorzuwerfen."

Dann wandte er sich zum Bett der Kranken: „Ja, ja, was höre

ich denn, meine junge Dame, wir sollen demnächst wieder eine Taufe haben? Ha, ha, ha! . . . Aber diesmal wird kein Boot getauft." In salbungsvollem Ton fügte er hinzu: „Da bekommt unser Vaterland einen neuen Verteidiger." Nach kurzem Überdenken der Sachlage sagte er noch: „Oder eine brave Hausfrau und Mutter" – er verneigte sich vor der Baronin – „wie Sie, gnädige Frau."

Aber da ging die Mitteltür auf. Man sah Rosalie. Sie war in

142

Tränen aufgelöst, außer sich vor Aufregung und klammerte sich an den Türrahmen, um nicht eintreten zu müssen, während der Baron sie hineindrängen wollte. Endlich riß ihm die Geduld, und er schleuderte sie mit einem brutalen Ruck ins Zimmer. Da schlug sie schluchzend die Hände vors Gesicht und blieb so mitten im Zimmer stehen.

Bei ihrem Anblick war Jeanne jäh in die Höhe gefahren, ihr Gesicht war bleicher als das Leintuch; ihr fliegender Herzschlag ließ das dünne, dicht anliegende Hemd erzittern. Sie konnte nicht sprechen, es würgte sie so, daß sie nach Atem rang. Endlich stieß sie keuchend hervor: „I . . . ich brauche dich . . . gar nicht weiter . . . auszufragen. Es ist . . . mir schon genug, dich so vor mir zu sehen . . . dein . . . deine . . . deine Schande . . . wie du dich vor mir schämen mußt."

Sie mußte Atem schöpfen, dann fuhr sie fort: „Aber ich will alles erfahren, alles . . . alles. Ich habe den Herrn Pfarrer kommen lassen, damit es wie bei der Beichte ist, hörst du?"

Rosalie stand unbeweglich da, und zwischen ihren verkrampften Fingern kam nun fast ein Gebrüll hervor.

Den Baron überkam der Zorn, er riß ihr die Hände vom Gesicht und schleuderte sie gegen das Bett, daß sie dort in die Knie sank. Dabei schrie er: „Rede doch . . . antworte."

Wie eine büßende Magdalene kauerte sie auf der Erde, ihr Häubchen saß schief, die Schürze schleifte am Boden, das Gesicht barg sie gleich wieder in die Hände, sobald der Baron sie ihr freigab.

Dann redete ihr der Pfarrer zu: „Also, meine Tochter, höre auf das, was man zu dir spricht und antworte dann. Wir wollen dir nichts Übles tun; aber man muß wissen, was vorgegangen ist."

Jeanne beugte sich weit aus dem Bett und sah sie an. Sie sagte: „Es ist also wahr, daß du in Juliens Bett lagst, als ich euch überrascht habe." Rosalie stöhnte durch die dicht geschlossenen Finger: „Ja, gnädige Frau."

Da brach nun plötzlich die Baronin in ein lautes Weinen aus, das sie zu ersticken drohte. Dieser geräuschvolle Weinkrampf begleitete Rosaliens Schluchzen.

Jeanne aber hielt die Augen scharf auf die Magd gerichtet und fragte: „Seit wann?"

Rosalie stammelte: „Seit'r kommen is."

Jeanne begriff nicht gleich. „Seitdem er gekommen ist . . .
Also . . . seit . . . dem Frühjahr?"

„Ja."

„Seit er zum allerersten Mal hier in dieses unser Haus gekommen ist?"

„Ja."

Es drängten sich Jeanne nun so viel Fragen auf die Lippen,
daß sie mit fliegender Rede sie kaum rasch genug aussprechen
konnte:

„Aber wie ist es nur dahin gekommen? Wie hat er es von dir
verlangt? Wie hat er dich genommen? Was hat er dir denn gesagt? In welchem Augenblick, wie hast du ihm nachgegeben?
Wie hast du dich ihm hingeben können?"

Aber jetzt nahm Rosalie die Hände vom Gesicht, es packte
sie nun auch ein fieberhafter Drang, auf all das zu antworten, alles herauszusagen:

„Weeß ich doch selber nich! Am Tache, wie er hat hier das
erstemal gegessen, da is'r i'mein Zimmer gekommen. Am
Dachboden hat'r sich versteckt gehabt. Ich hab' mich nicht traut
schreien, daß nur keine Geschichte nich wird. Er hat bei mir gelegen; da hab' ich gar nich mehr gewußt, was ich mache, in dem
Augenblick. Er hat mit mir anfangen können, was er gewollt
hat. Ich hab' dann nichts gesagt, weil ich'n fesch gefunden
hab! . . ."

Da schrie Jeanne auf:

„Aber . . . dann . . . dein Kind . . . das ist also von ihm?"

Rosalie schluchzte auf: „Ja."

Dann schwiegen beide.

Man vernahm nur noch das Weinen der Baronin und der
Magd.

Unter der Last dieser Dinge fühlte Jeanne auch, daß ihr die
Augen übergingen. Lautlos rollten ihr die Tränen über die
Wangen.

Das Kind des Dienstmädchens hatte den gleichen Vater wie
ihr eigenes Kind! Ihr Zorn war verraucht. Es durchdrang sie
jetzt nur ein dumpfes Gefühl düsterer, träger, abgründiger,
unendlicher Verzweiflung.

Die Stimme, mit der sie endlich weiterfragte, klang ganz anders, war voll Tränen, war einfach die Stimme einer weinenden
Frau: „Und wie wir . . . da . . . von da unten . . . von unserer

Reise zurückgekommen sind . . . wann hat er da wieder angefangen?"

Die junge Magd war nun ganz an die Erde hingesunken und stammelte: Am . . . am ersten Abend . . . ist'r dagewesen."

Jedes Wort krampfte Jeanne das Herz zusammen. Also am ersten Abend, am Abend der Heimkehr nach „Les Peuples" hatte er sie um der Dirne willen verlassen. Deshalb also mußte sie allein schlafen!

Nun wußte sie genug, wollte nichts weiter hören. Sie schrie: „Geh weg! geh weg!" Da aber Rosalie in völliger Vernichtung sich nicht rührte, rief Jeanne ihren Varer an: „Führ sie weg, schlepp' sie fort." Aber der Pfarrer, der bisher geschwiegen hatte, hielt nun eine kleine Predigt für angebracht:

„Hast da sehr übel gehandelt, meine Tochter, sehr übel, und der liebe Gott wird dir das sobald nicht vergeben. Denk an die Hölle, die dir bevorsteht, wenn du von nun an dich nicht tadellos aufführst. Jetzt hast du ein Kind, jetzt mußt du ordentlich sein. Frau Baronin wird sicherlich etwas für dich tun, wir werden schon einen Mann für dich finden . . ."

Er hätte gewiß noch lange fortgeredet, aber der Baron packte Rosalie wieder bei den Schultern, riß sie auf, schleppte sie bis zur Tür und warf sie wie ein Bündel Kleider auf den Gang.

Als er zurückkam, war er bleicher als seine Tochter. Der Pfarrer aber nahm wieder das Wort: „Was soll man dagegen tun? Hierzulande sind alle so. Es ist zum Verzweifeln, aber man kann dagegen nicht ankämpfen, natürliche Schwachheit will eben ein bißchen nachsichtig beurteilt sein. Hier heiratet kein Mädchen, ohne schwanger zu sein, niemals, glauben Sie mir, Gnädige." Lächelnd fügte er hinzu: „Es ist wie ein ortsüblicher Brauch." Dann fiel er wieder in den Ton der Entrüstung: „Sogar die Kinder fangen schon an. Denken Sie sich, voriges Jahr erwischte ich auf dem Friedhof zwei Kleine, die bei mir noch den Katechismus lernen, Bub und Mädel! Ich habe die Eltern verständigt. Wissen Sie, was die mir gesagt haben? ‚Was sollen wir dabei tun, Hr' Pfarrer, von uns haben sie die Schweinereien nich gelernt. Da könn' wir nix machen'. Na, sehen Sie, Herr Baron, Ihr Dienstmädel hat's eben geradeso gemacht wie die andern." . . .

Dem Baron aber ging dieses Geschwätz schon so auf die Nerven, daß er ihm in die Rede fuhr: „Das Mädel? Was schert mich

145

das Mädel? Über Julien bin ich empört. Er hat sich niederträchtig benommen, und ich nehme meine Tochter einfach zurück, nach Hause!"

Er lief im Zimmer herum und geriet in immer heftigere Erregung, schließlich schrie er ganz außer sich: ,,Ja, es ist hundsgemein, meine Tochter so zu betrügen! Der Mensch ist ein Schuft, ein Lump, ein hergelaufener Gauner. Das sage ich ihm ins Gesicht, ohrfeigen werde ich ihn, mit meinem Stock prügle ich ihn tot!"

Aber der Priester, der neben der ganz in Tränen aufgelösten Baronin saß, nahm bedächtig eine Prise und überlegte, wie er seines Mittleramtes am besten walten könne. Endlich sagte er: ,,Schaun Sie, Herr Baron, wenn wir ehrlich sein wollen, so hat er auch nur getan, was alle Welt tut. Kennen Sie viele treue Ehemänner?" Mit spöttischer Milde fügte er hinzu: ,,Ich wette, daß Sie selber auch Ihre Stücklein aufgeführt haben. Hand aufs Herz, ist's wahr oder nicht?" Diese Worte verfehlten nicht ihre Wirkung. Der Baron hielt vor dem Priester mit seiner Zimmerwanderung inne. Der aber fuhr fort: ,,Aber ja, Sie waren auch nicht besser als die anderen. Wer weiß, ob Sie nicht auch einmal von so einem kleinen Mädchen genippt und gekostet haben. Ich sage Ihnen, ein jeder hat's getan. Deswegen ist Ihre Frau doch glücklich gewesen und war Ihrer Liebe immer gewiß. Habe ich nicht recht?"

Der Baron rührte sich nicht, er wußte nicht mehr, was er denken sollte. Natürlich hatte der andere recht. Ja, er hatte es auch so gemacht und oft genug, so oft er nur gekonnt hatte. Er hatte sich auch nicht gescheut, das eheliche Wohnhaus zu entweihen, wenn die Dienstmädchen seiner Frau nur hübsch waren. Ein Kostverächter war er nicht gewesen! War er darum schon ein Lump? Warum beurteilte er Juliens Aufführung so streng, da er doch nie daran gedacht hatte, seine eigene sittlich verfehlt zu finden?

Auch die Baronin, die noch vom Schluchzen ganz außer Atem war, fühlte den Schatten eines Lächelns auf den Lippen, weil sie der Seitensprünge ihres Herrn Gemahls gedachte. Sie gehörte zu den gefühlsweichen Frauen, deren Gutmütigkeit leicht in Rührung umschlägt und denen Interesse für irgendwelche Liebessachen einfach Lebensbedürfnis ist.

Jeanne war kraftlos zurückgesunken, ihre Arme hingen

schlaff herab. Sie starrte vor sich hin, in schmerzliches Träumen verloren. Ein Wort Rosaliens war ihr wieder eingefallen, verletzte sie in tiefster Seele, drang ihr bohrend ins Herz: „Ich hab' nichts gesagt, weil ich ihn fesch gefunden hab'."

Sie hatte ihn auch fesch gefunden, und nur darum hatte sie sich ihm ergeben, hatte sich fürs ganze Leben gebunden, hatte jeder anderen Hoffnung entsagt, all den geahnten Möglichkeiten des Lebens, dem unbekannten Morgen. Sie war in diese Ehe hineingetaumelt, in dieses morastige Loch, in dem sie bis zu diesem Elend, dieser Trauer, dieser Verzweiflung herabgesunken war – und all das nur darum, weil sie ihn, ganz wie Rosalie, fesch gefunden hatte!

Die Tür wurde wütend aufgerissen. Auf der Schwelle erschien Julien mit wilder, böser Miene. Er hatte Rosalie auf der Treppe stöhnen hören und wollte jetzt erfahren, was vorgehe; denn ihm schwante, daß da etwas gegen ihn zusammengebraut würde, daß das Mädchen offenbar geschwatzt habe. Beim Anblick des Priesters aber blieb er wie versteinert stehen.

Er fragte mit bebender Stimme, aber sonst ganz ruhig: „Was ist das? Was gibt es denn?" Der Baron, der eben noch so aufgebracht gewesen war, wagte nichts zu sagen. Die Logik des Priesters hatte ihn eingeschüchtert, und er mußte fürchten, daß auch sein Schwiegersohn ihm sein eigenes Beispiel vorhalten werde. Mütterchen verstärkte ihr Gewimmer, Jeanne aber stützte sich im Bett auf und sah keuchend den an, der ihr so grausames Leid zugefügt hatte: „Das ist, daß wir jetzt alles wissen, alle Ihre Gemeinheiten seit . . . seit dem Tag, wo Sie den Fuß über unsere Schwelle gesetzt haben . . . das ist, daß das Kind unseres Dienstmädchens Ihnen geradeso angehört wie . . . wie . . . das meine . . . sie werden Geschwister sein . . ."
Bei dieser Vorstellung überwältigte sie der Schmerz, sie sank in die Kissen zurück und schluchzte herzzerreißend.

Er stand da mit offnem Mund, wußte nicht, was er sagen oder tun sollte. Doch der Pfarrer sprang wieder ein.

„Aber schaun Sie, schaun Sie nur, meine liebe junge Frau, das dürfen wir uns nicht so zu Herzen nehmen, nur vernünftig sein." Er stand auf, trat an ihr Bett und legte seine lauwarme Hand der Verzweifelten auf die Stirn. Diese Berührung machte sie seltsam weich. Sofort schwand ihre gebäumte Leidenschaft in weiche Müdigkeit dahin, wie wenn die kräftige Hand des

147

Bauernpfarrers, die gewohnt war, entsühnende Gebärden, trö-
stende Liebkosungen zu spenden, auch auf sie geheimnisvolle
Kräfte der Stillung übertragen hätte.

Das rundliche Männlein stand immer noch neben ihr, jetzt
fuhr es fort: „Verehrte junge Frau, man muß immer bereit sein,
zu vergeben. Nun ist Ihnen ja wirklich ein großes Unglück widerfahren, aber Gott hat es in seiner unendlichen Güte gleich
durch ein großes Glück gutgemacht, Sie sollen ja Mutter werden. Dieses Kind wird Ihr Trost sein. In dessen Namen be-
schwöre ich Sie, Herrn Julien seine Verirrung zu vergeben. Das
wird zwischen Ihnen beiden ein neues Band darstellen, wird
eine Gewähr seiner künftigen Treue bieten. Kann Ihr Herz
demgegenüber in Entfremdung verharren, dessen leibliches
Werk Sie in sich tragen?"

Sie war außerstande zu antworten, fühlte sich so ganz zertre-
ten und zermalmt, vom Schmerz so erschöpft, daß sie weder für
Zorn, noch für Erbitterung Kraft übrig hatte. Sie war völlig ab-
gespannt, die Nerven waren ihr wie durchschnitten, sie dämmerte nur noch so vor sich hin; es war das gar kein Leben mehr.

Der Baronin erschien jeder nachhaltige Groll als unfaßbare
Ungeheuerlichkeit, wie ihre Seele überhaupt länger dauernder
Anspannung unfähig war. So flüsterte sie: „Schau, Jeanne."

Da ergriff der Pfarrer die Hand des jungen Mannes, zog ihn
zum Bett und legte sie in die Hand der jungen Frau. Dann gab er
den beiden Händen einen kleinen Klaps, wie um sie recht für
alle Zeit zusammenzufügen. Dann fiel er aus seinem berufsmä-
ßigen Predigerton und sagte mit zufriedener Miene: „Also, das
wäre erledigt, glaubt mir, es ist besser so."

Die einen Augenblick vereinten Hände, trennten sich gleich
wieder. Julien wagte seine Frau nicht zu küssen, so berührte er
mit den Lippen die Stirn seiner Schwiegermutter und nahm den
Arm des Barons, der sich das gefallen ließ, weil er im Grunde
seines Herzens über die Beilegung der Sache sehr erfreut war.
Sie verließen zusammen das Zimmer, um eine Zigarre zu rauchen.

Dann schlief die erschöpfte Kranke ein, während der Priester
und die Baronin mit leiser Stimme gemächlich plauderten.

Der Pfarrer führte das Wort, ließ sich über seine Ansichten
weitläufig aus. Die Baronin nickte immer wieder zum Zeichen
der Zustimmung. Schließlich faßte er das Ergebnis ihrer Aus-

sprache zusammen: "Also abgemacht, Sie geben dem Mädchen den Meierhof Barville, und ich übernehme es, ihr einen braven, ordentlichen Mann zu finden. Oh, bei einem Vermögen von zwanzigtausend Francs werden sich genug Interessenten einstellen. Nur die Qual der Wahl werden wir haben."

Jetzt lächelte die Baronin wieder beglückt. Zwei Tränen hingen noch auf halbem Weg an ihren Wangen; deren feuchte Rollspur war schon eingetrocknet.

Sie sagte eifrig: "Barville ist bei niedrigster Schätzung zwanzigtausend Francs wert. Aber das Vermögen wird dem Kind gutgeschrieben. Die Eltern sollen nur den lebenslänglichen Nutzgenuß haben."

Jetzt erhob sich der Pfarrer, drückte der Baronin die Hand und sagte:

„Bitte, bleiben Sie nur, Frau Baronin, bleiben Sie doch nur; ich weiß, was es heißt, wenn einem das Gehen schwerfällt."

Beim Verlassen des Zimmers begegnete er Tante Liese, die nach der Kranken sehen wollte. Sie merkte gar nichts, und man sagte ihr auch nichts. So erfuhr sie von der ganzen Sache kein Wort – wie gewöhnlich.

8

Rosalie war aus dem Haus, und Jeanne hatte nun die qualvolle Zeit ihrer Schwangerschaft weiter zu überstehen. Die Vorstellung, Mutter zu werden, erweckte in ihrem Herzen keinerlei freudigen Widerhall, dazu hatte zuviel Kummer auf ihr gelastet. Ohne jede Neugier erwartete sie ihr Kind. Es bedrückte sie dumpfe Befürchtung weiteren Unheils.

Unmerklich war es Frühling geworden. Die nackten Bäume zitterten im immer noch kühlen Wind, aber im feuchten Gras der Gräben, in denen die Blätter vom Vorjahr faulten, erschienen schon die ersten Primeln. Über der ganzen Ebene mit ihren Einzelhöfen zwischen den durchweichten Feldern stieg feuchter Duft wie ein Hauch gärenden Lebens auf. Eine Unzahl winziger grüner Spitzchen brach aus der braunen Erde und wurde von der Sonne durchleuchtet.

Rosalie war durch eine beleibte Frau ersetzt, die einer wandelnden Festung glich und jetzt die Baronin auf ihren eintönigen Spaziergängen längs der Allee stützte, wo die Spur des nachschleifenden Fußes immer feucht blieb.

Väterchen führte die jetzt schon schwerfällig gewordene Jeanne. Sie war immer leidend. Ihre andere Hand umklammerte in ewiger Unruhe Tante Liese, die in Erwartung des bevorstehenden Ereignisses gar nicht mehr wußte, wo ihr der Kopf stand. Sie fühlte sich tief aufgewühlt von einem Naturgeheimnis, das ihr ewig unbekannt bleiben sollte.

So gingen sie stundenlang dahin, ohne ein Wort zu sprechen, während Julien weite Ritte über Land unternahm, an denen er mit einem Mal Geschmack gefunden hatte.

Nichts störte mehr das Einerlei ihres Daseins. Einmal machten der Baron, seine Frau und Julien einen Besuch bei den Fourville, die Julien schon sehr gut zu kennen schien, ohne daß man recht wußte wieso. Eine weitere Staatsvisite wurde mit den Briseville gewechselt, die immer noch in ihrem Dornröschenschloß festsaßen.

Eines Nachmittags trabten zwei Reiter, ein Herr und eine Dame, in den Vorhof des Schlosses. Sofort stürzte Julien ganz aufgeregt in Jeannes Zimmer. ,,Komm schnell, schnell herunter. Die Fourville sind da. Sie kommen ganz einfach als Nachbarn, wissen ja von deinem Zustand. Sag, daß ich nicht zu Hause bin, aber gleich zurückkomme. Ich muß mich ein bißchen schön machen."

Recht erstaunt ging Jeanne hinunter. Da war eine blasse junge Frau mit schönen, schmerzgeprägten Zügen, brennenden Augen und einem Haar von so düsterem Blond, als sei nie ein Sonnenstrahl darauf gefallen. Ruhig stellte sie ihren Mann vor; der sah mit seinem mächtigen roten Schnurrbart wie ein riesiger Menschenfresser aus. Dann fuhr sie fort: ,,Wir hatten mehrfach Gelegenheit, Herrn von Lamare zu begegnen. Wir haben von ihm gehört, wie leidend Sie sind. Da wollten wir nicht länger zögern, Ihnen ohne alle Umstände unseren nachbarlichen Besuch abzustatten. Sie sehen, wir sind einfach herübergeritten. Übrigens hatte ich unlängst die Freude, den Besuch Ihrer verehrten Eltern zu empfangen."

Sie brachte das mit unendlicher Leichtigkeit vor, ganz zwanglos und doch in vornehmster Haltung. Jeanne erlag diesem Zauber und sah sofort mit schwärmerischer Anbetung zu ihr auf. ,,Jetzt habe ich eine Freundin", dachte sie. Hingegen machte der Graf Fourville den Eindruck eines Bären, der zufällig in einen Salon geraten ist. Als er Platz genommen hatte, legte er seinen Hut auf den nebenstehenden Sessel, wußte dann lange nicht, was er mit seinen Händen anfangen sollte, stützte sie auf seine Knie, dann auf die Seitenlehnen des Armsessels, verschränkte schließlich die Finger wie zum Gebet.

Plötzlich trat Julien ein. Jeanne staunte ihn an, denn er war gar nicht wiederzuerkennen. Er hatte sich rasiert, war schön, elegant, verführerisch wie in den Zeiten ihres Brautstandes. Er drückte die behaarte Tatze des Grafen, der bei seinem Kommen erst aufzuwachen schien, und küßte die Hand der Gräfin, deren elfenbeinfarbene Wangen sich rosig behauchten.

Nun sprach er. Er erschien liebenswürdig wie einst. Seine großen Augen hatten ihr zärtlich weiches Leuchten wiederbekommen. Eben noch waren seine Haare glanzlos spröde gewesen, nun hatten sie mit einem Mal unter der Bürste und duftendem Öl leichte, schimmernde Wellung angenommen.

152

Im Augenblick des Aufbruchs wandte sich Gräfin Fourville an ihn mit der Frage: „Mein lieber Vicomte, wollen Sie Donnerstag mit mir ausreiten?"

Er murmelte mit einer Verbeugung: „Aber gewiß, Gnädige." Sie aber faßte Jeannes Hand und sagte mit warmer, eindringlicher Stimme, indem sie ihr herzlich zulächelte: „Oh, wenn Sie wieder ganz wohl sind, dann galoppieren wir zu dritt durchs Land. Das wird reizend, möchten Sie?"

Mit leichter Bewegung nahm sie die Schleppe ihres Reitkleides auf. Leicht wie ein Vogel schwang sie sich in den Sattel, während ihr Mann nach linkischem Gruß sein hohes Pferd bestieg, mit dem er einem Zentauren glich.

Als sie um die Ecke des Gatters verschwunden waren, rief Julien, der ganz begeistert schien: „Sind das reizende Leute! Diese Bekanntschaft wird uns sehr nützlich sein."

Jeanne war auch froh, ohne zu wissen warum. Sie antwortete: „Die junge Gräfin ist entzückend, ich fühle, ich werde sie liebgewinnen. Aber der Mann ist so ganz anders, er sieht wie ein rechter Rohling aus. Wie bist du denn mit ihnen bekanntgeworden?"

Er rieb sich fröhlich die Hände: „Ganz zufällig bin ich bei den Brisevilles mit ihnen zusammengekommen. Der Mann sieht ja etwas rauhborstig aus. Er ist Jäger mit Leib und Seele, aber ein Adeliger von echtem Schrot und Korn."

So verlief die Mahlzeit fast fröhlich, wie wenn ein geheimes Glück ins Haus eingezogen wäre.

Bis Ende Juli ereignete sich nichts Neues. Aber an einem Dienstag abend saßen sie gerade unter der Platane um ein Holztischchen mit einer kleinen Flasche Kognak und zwei Gläschen für die Herren, als Jeanne plötzlich beinahe aufschrie, totenblaß wurde und beide Hände gegen den Unterleib preßte. Ein jäher, scharfer Schmerz hatte sie mit einem Mal durchzuckt und war sogleich wieder geschwunden.

Aber nach zehn Minuten durchfuhr sie wieder ein Schmerz, der dauerte länger und war etwas weniger heftig. Nur mühsam gelangte sie ins Haus zurück, Vater und Gatte mußten sie fast tragen. Die kurze Strecke von der Platane bis auf ihr Zimmer schien ihr endlos. Unwillkürlich ächzte sie und bat, haltzumachen, sie niedersitzen zu lassen, so sehr quälte sie ein unerträgliches Gefühl von Schwere im Unterleib.

Ihre Zeit war eigentlich noch nicht gekommen, aber da man etwas Anormales befürchten mußte, wurde ein Wägelchen bespannt, und Vater Simon fuhr im schnellsten Tempo nach dem Doktor.

Er traf um Mitternacht ein und erkannte gleich die Anzeichen einer Frühgeburt.

Als Jeanne im Bett lag, hatten ihre Schmerzen etwas nachgelassen, aber dafür würgte sie eine furchtbare Angst. Ihr ganzes Wesen brach verzweifelt zusammen wie in einer Vorahnung, in einer geheimnisvollen Berührung des Todes. Es gibt solche Augenblicke, wo er so nahe an uns vorbeistreift, daß unser Herz vor seinem Anhauch ein eisiger Schauder packt.

Das Zimmer war voller Leute. Mütterchen war in einen Lehnsessel hingegossen und kämpfte mit Erstickungsanfällen. Der Baron lief kopflos herum, brachte mit zitternden Händen irgendwelche Gegenstände herbei, dazwischen bestürmte er den Doktor um Auskunft über den Zustand der Kranken. Julien ging mit geschäftiger Miene auf und ab, aber sein Geist blieb ruhig. Am Fußende des Bettes stand die Witwe Dentu und hatte genau das Gesicht aufgesetzt, das dieser Augenblick erforderte, das Gesicht einer vielerfahrenen Frau, die nichts mehr in Staunen oder Schrecken setzen kann. Sie war ja Krankenpflegerin, Hebamme und Totenfrau in einer Person, empfing die Menschen in ihren Armen, wenn sie in die Welt kamen, hörte ihren ersten Schrei, wusch mit erstem Wasser ihr ganz zartes Fleisch, wickelte sie in das erste Linnen, beachtete aber dann mit der gleichen Seelenruhe das letzte Wort, das letzte Röcheln, das letzte Zucken derer, die dahingehen, nahm bei ihnen, an ihrem verbrauchten Körper, mit Schwamm und Essig die letzte Waschung vor, umhüllte sie mit den letzten Tüchern: so hatte sie allen Wechselfällen von Tod und Leben gegenüber einen unerschütterlichen Gleichmut errungen.

Die Köchin Ludivine und Tante Liese hielten sich bescheiden bei der Vorzimmertür verborgen.

Von Zeit zu Zeit ächzte die Kranke leise auf.

Zwei Stunden lang konnte man der Meinung sein, das Ereignis werde vielleicht noch lange auf sich warten lassen, aber gegen Tagesanbruch setzten die Schmerzen mit größter Heftigkeit ein und wurden bald ganz furchtbar.

Während Jeanne mit zusammengebissenen Zähnen gewaltsame Schreie doch nicht zurückhalten konnte, mußte sie immer an Rosalie denken, die nicht gelitten, die kaum aufgestöhnt hatte, deren Kind, der Bastard, ohne Qual noch Marter ans Licht gedrungen war.

In ihrer armen, wirren Seele hörte sie nicht auf, zwischen sich und der Magd Vergleiche zu ziehen. Sie fluchte Gott, den sie bis dahin für gerecht gehalten hatte; sie war empört darüber, daß das Schicksal offenbar die Schuldigen begünstigte, empört über die Verlogenheit der Leute, die da Redlichkeit und Rechttun priesen.

Manchmal wurden die Anfälle so heftig, daß in ihr jedes Denken erlosch. Ihre ganze Kraft, ihr Leben, ihr Bewußtsein waren dann nur dazu da, zu leiden.

In den Minuten nachlassender Qual konnte sie das Auge von Julien nicht abwenden, und da würgte sie ein anderer, ein seelischer Schmerz. Sie dachte des Tages, da ihr Dienstmädchen an eben diesem Bett niedergesunken war, weil ihr ein Kind zwischen den Beinen hervordrang, der Bruder des kleinen Geschöpfes, das ihr nun so grausam die Eingeweide zerriß. Ein unbarmherzig klares Erinnern stellte ihr mit hartem Umriß vor, wie sich ihr Mann angesichts jenes hingestreckten Weibes benommen hatte: jede Gebärde, jeden Blick, jedes Wort. Und jetzt vermochte sie in ihm so deutlich zu lesen, wie wenn seine Bewegungen die Schriftzeichen seiner Gedanken wären. Sie las darin die gleiche verdrießliche Gleichgültigkeit ihr gegenüber wie gegenüber der anderen, spürte, wie der männische Egoist jede Sorge abschüttelte und die Vaterschaft nur als ärgerliche Störung empfand.

Aber schon packte sie ein so furchtbarer Krampf, ein so grausamer Würgegriff, daß sie nur noch dachte: „Ich muß sterben, ich sterbe!"

Da erfüllte ihre ganze Seele eine wütende Auflehnung, ein Drang, ihren Fluch, ihren bitteren Haß gegen ihre ärgsten Feinde hinauszuschreien: gegen den Mann, der sie zugrunde gerichtet hatte, gegen das Kind, das unbekannte, das ihr jetzt ans Leben wollte.

In letzter Kraft spannte sie sich an, um diese Last von sich zu werfen. Da war ihr plötzlich, als würde ihr Leib mit einem Mal völlig leer, und ihr Leiden wich.

Die Wärterin und der Arzt waren über sie gebeugt und hantierten da etwas. Sie trugen etwas fort. Bald zuckte sie vor einem erstickten Geräusch zusammen, wie sie es schon einmal gehört hatte. Dann aber drang dieser schwache, schmerzliche Schrei, das dünne Quäken des Neugeborenen, ihr wunderbar in das Herz, in die Seele, in ihren ganzen, zerquälten Körper, und mit unbewußter Gebärde wollte sie die Arme danach ausstrecken.

Eine Flut namenloser Wonne brach in sie ein; auf sonniger Höhe war ihr ein neues Glück erblüht, und sie flog stürmisch dahin empor. In der Frist einer Sekunde empfand sie ein solches Gefühl der Befreiung, des Friedens, war glücklich, so glücklich wie noch nie. Ihr Herz, ihr Fleisch lebte wieder auf, sie fühlte, daß sie nun Mutter war!

Sie wollte ihr Kind sehen! Als Frühgeburt hatte es weder Haare noch Nägel, aber als sie das kleine Wesen sich verziehen und den Mund auftun sah, als sie sein Wimmern hervorstoßen hörte, als sie das häßliche, faltige, armselige Geschöpf anrührte und fühlte, daß es lebte: da überkam sie eine unendliche Freude. Sie begriff, sie sei jetzt gerettet und habe keinen Anfall von Verzweiflung mehr zu fürchten. Sie wollte an das winzige Ding

da so viel Liebe wenden, daß sie sich sonst um gar nichts mehr würde zu sorgen brauchen.

Von diesem Zeitpunkt an beherrschte sie nur der eine Gedanke an ihr Kind. Mit einem Schlag wurde sie eine fanatische Mutter und trieb die Sache um so höher, als sie doch in ihrer Liebe, in ihren Lebenshoffnungen so arg enttäuscht worden war. Die Wiege mußte immer neben ihrem Bett stehen; als sie dann aufstehen durfte, saß sie tagelang beim Fenster vor der leichtgebildeten Liegestatt, die sie in Schwingungen setzte.

Sie war eifersüchtig auf die Amme. Wenn das kleine Wesen durstig die Arme nach der plumpen, blaugeäderten Brust ausstreckte und mit lechzenden Lippen den braunen, runzligen Hautknopf faßte, betrachtete sie blaß und zitternd die starke ruhige Bauernfrau und hatte Lust, ihr das Söhnchen wegzureißen und auf die Brust, an der er so gierig trank, loszuschlagen, sie mit den Nägeln zu zerfleischen.

Um den Sohn zu schmücken, ließ sie es sich nicht nehmen, eigenhändig feine, ja überladene Tragkleidchen zu sticken. In eine Wolke von Spitzen wurde der Kleine eingehüllt, prachtvolle Häubchen wurden ihm aufgesetzt. Das war jetzt ihr einziger Gesprächsstoff. Wenn man auch von ganz anderen Dingen redete, so fiel sie einem unbedenklich ins Wort und nötigte einen, die wundervolle Ausführung einer Windel, eines Lätzchens oder Bändchens zu bewundern. Ohne auf das zu achten, was um sie her geredet wurde, geriet sie über kleine Wäschestücke in Begeisterung, die sie lange in der erhobenen Hand hin und her wendete, um ihren Anblick besser zu genießen. Dann fragte sie plötzlich: „Er wird doch auch schön sein mit dem da?"

Der Baron und Mütterchen lächelten nur über diese leidenschaftliche Mutterliebe, aber Julien fühlte sich dadurch in seinen Gewohnheiten gestört, spürte, daß seine Herrscherstellung durch die Ankunft dieses allmächtigen, schreienden Tyrannen erschüttert sei. Unbewußt war er eifersüchtig auf dieses winzige Menschlein, das ihn vom Vorzugsplatz im Haus verdrängt hatte, und so sagte er immer nur in Zorn und Ungeduld: „Sie ist einfach unausstehlich mit ihrem Fratzen!"

Bald wurde diese Liebe so übermächtig in ihr, daß sie nächtelang an seiner Wiege saß und kein Auge von ihm wandte, während er schlief. Da sie sich bei dieser leidenschaftlichen, schon krankhaften Versenkung ganz zu verzehren drohte, sich gar keine Ruhe mehr gönnte, immer schwächer und magerer wurde und sogar zu husten begann, befahl der Arzt, sie von ihrem Sohn zu trennen.

Sie lehnte sich heftig dagegen auf, weinte und flehte; aber man blieb taub gegen ihre Bitten. Jeden Abend wurde das Kind zur Amme gebracht. Aber Nacht für Nacht stand die Mutter auf, ging barfuß bis zu der Tür der Amme und hielt das Ohr ans Schlüsselloch, um zu lauschen, ob ihr Kleines ruhig schlafe, ob es nicht aufwache und etwas brauche.

So fand sie einmal Julien, als er spät von einem Essen bei den

Fourvilles heimkam. Seitdem sperrte man abends ihr Zimmer ab, um sie zu zwingen, im Bett zu bleiben.

Ende August fand die Taufe statt. Der Baron war Pate, Tante Liese Patin. Das Kind erhielt die Namen Peter Simon Paul. Paul sollte sein Rufname werden.

Anfang September reiste Tante Liese sang- und klanglos ab; ihre Abwesenheit wurde so wenig bemerkt wie ihre Anwesenheit.

Eines Abends nach dem Essen erschien der Pfarrer. Er war sichtlich verlegen, wie wenn ihn ein Geheimnis drückte. Nach kurzem Herumgerede ersuchte er die Baronin und deren Gemahl. ihm ein paar Augenblicke Unterredung zu gewähren.

Die drei entfernten sich langsamen Schrittes und gingen bis ans Ende des großen Baumganges, wobei sie eifrig redeten, während Julien, der mit Jeanne allein geblieben war, dieses Geheimtun mit Erstaunen, Unruhe und Ärger aufnahm.

Als sich der Pfarrer verabschiedete, bestand er darauf, ihn zu begleiten, und sie verschwanden miteinander in der Richtung auf die Kirche, die gerade zum Angelus läutete.

Es war kühl, fast kalt und so kehrte man bald in den Salon zurück. Alle dämmerten schon ein wenig vor sich hin, als Julien plötzlich mit rotem Kopf entrüstet hereinstürzte.

Ohne an Jeannes Anwesenheit zu denken, schrie er schon von der Tür aus seine Schwiegereltern an: „Verdammt noch einmal! Ihr seid wohl verrückt geworden! Zwanzigtausend Francs wollt ihr diesem Mädel nur so hinschmeißen!"

Alle waren so überrascht, daß niemand antwortete. Zornbrüllend fuhr er fort: „Wie kann man nur so blöd sein! Sollen wir denn keinen Sou von euch erben?"

Inzwischen hatte der Baron seine Fassung wiedererlangt und suchte ihm Einhalt zu gebieten: „Schweigen Sie doch! Bedenken Sie, daß Sie das in Gegenwart Ihrer Frau sagen."

Aber er stampfte mit den Füßen vor Wut: „Das kümmert mich einen Dreck, übrigens weiß sie ja, wie es steht. Da wird ein Diebstahl an ihr begangen."

Ganz betroffen sah Jeanne ihn verständnislos an. Sie stammelte: „Was ist denn los?"

Da wandte sich Julien an sie, rief sie als Zeugin auf, da sie ja wie er in berechtigten Gewinnaussichten getäuscht werde. Er weihte sie hastig in die Verschwörung ein, die darauf abzielte,

159

Rosalie mittels der Schenkung des Hofes Barville, der mindestens zwanzigtausend Francs wert sei, an den Mann zu bringen. Er wiederholte: ,,Aber deine Eltern sind ja verrückt, geradezu reif fürs Irrenhaus! Bedenke, zwanzigtausend Francs! Zwanzigtausend Francs! Die haben ja keinen Funken gesunden Menschenverstand mehr! Zwanzigtausend Francs für einen Bastard!"

Ganz kühl, ohne die geringste Zornwallung, hörte Jeanne ihn an. Sie staunte selber über ihre Ruhe. Alles, was nicht ihr Kind betraf, war ihr jetzt gleichgültig.

Der Baron rang nach Atem, wußte nicht, was er antworten sollte. Endlich brach er auch los, er stampfte mächtig auf und schrie: ,,Wissen Sie denn, was Sie da reden? Das wird denn doch zu arg. Wer ist denn schuld, daß wir dieser ledigen Mutter eine Mitgift geben müssen? Von wem hat sie denn das Kind? Und Sie wollten es seinem Schicksal überlassen!"

Julien staunte über die Heftigkeit des Barons und sah ihn forschend an. Ruhigen Tones nahm er das Gespräch wieder auf: ,,Fünfzehnhundert Francs wären mehr als genug. Hier haben sie alle Kinder, bevor sie heiraten. Ob gerade von dem oder jenem, das tut nichts zur Sache, meiner Meinung nach. Wenn Sie aber einen Ihrer Pachthöfe herschenken, so schädigen Sie uns nicht nur an unserem Vermögen, sondern Sie bekunden damit auch vor allen Leuten, was geschehen ist. Sie hätten zum mindesten die Rücksicht auf unseren und damit auch Ihren Namen und unsere gesellschaftliche Stellung nicht aus den Augen verlieren sollen."

Er sprach mit strenger Stimme als ein Mann, der weiß, daß er das gute Recht und die Vernunft auf seiner Seite hat. Diese überraschende Logik warf den Baron ganz aus dem Sattel, und so blieb er mit offenem Mund vor ihm stehen. Sofort machte sich Julien diesen taktischen Vorteil zunutze und hielt mit seinen Schlußfolgerungen nicht hinter dem Berge: ,,Glücklicherweise ist in der Sache noch nichts geschehen. Ich kenne den

Burschen, der sie heiratet; es ist ein braver Mensch, mit dem sich reden läßt. Ich nehme das auf mich."

Sogleich verließ er das Zimmer. Offenbar hatte er Angst vor einer Fortsetzung des Gespräches und war selig über das allgemeine Schweigen, das er für einen Ausdruck der Zustimmung nahm.

Kaum war er weg, schrie der Baron in maßloser Überraschung und noch ganz außer sich: „Na, was zuviel ist, ist zuviel!"

Aber als Jeanne das entsetzte Gesicht ihres Vaters ansah, brach sie plötzlich in ein Gelächter aus; es war das helle Kinderlachen, mit dem sie früher irgendeinen komischen Vorgang begleitet hatte.

Sie mußte immer wieder sagen: „Vater, Vater, hast du gehört, wie er das ausgesprochen hat: Zwanzigtausend Francs?"

Jeannes Mutter war das Lachen auch immer so nahe als das Weinen, und als sie sich jetzt den zornroten Kopf ihres Schwiegersohnes vorstellte und seine entrüsteten Ausrufungen und seinen heftigen Widerstand gegen den Plan, das von ihm verführte Mädchen mit Geldern abzufinden, die ihm nicht gehörten, da schüttelte sie gleich wieder ihr prustendes Gelächter, das ihr die Tränen in die Augen trieb. Sie war auch glücklich über Jeannes frohe Laune. Der Baron wurde angesteckt und platzte nun auch heraus. Es war wie in vergangenen schönen Zeiten: sie lachten zu dritt, bis sie ganz krank waren.

Als sie etwas ruhiger wurden, sagte Jeanne: „Es ist doch merkwürdig, mir kann das gar nichts mehr anhaben. Er ist mir jetzt wie ein Fremder. Ich kann gar nicht glauben, daß ich seine Frau bin. Ihr seht, ich unterhalte mich köstlich über ... seine ... seine ... seine unfeinen Züge."

Lächelnd und noch ganz gerührt küßten sie einander, ohne recht zu wissen, warum.

Als aber zwei Tage später Julien nach dem Mittagessen ausgeritten war, schlich sich ein stattlicher Bauernbursch vorsichtig durchs Gittertor, wie wenn er in einem Versteck seit früh diesen günstigen Augenblick abgepaßt hätte. Dann drückte er sich sachte den Grenzgraben der Couillard entlang, bog um das Schloß herum und näherte sich mißtrauisch mit leisen Schritten dem Baron und den beiden Frauen, die wieder unter der Platane saßen. Der junge Mensch mochte zwei- bis fünfundzwanzig Jahre alt sein und trug eine funkelnagelneue blaue Bluse mit

161

starren Falten und bauschigen Ärmeln, die an den Handgelenken zugeknöpft waren.

Bei ihrem Anblick hatte er die Mütze abgenommen und kam nun unter verlegenen Verbeugungen näher.

Sobald er in Hörweite war, stammelte er: „Gehorsamster Diener, Herr Baron, Frau Baronin und die ganze Gesellschaft." Da man ihn nicht anredete, verkündete er: „Ich bin nämlich Desider Lecoq."

Da dem Baron dieser Name nichts sagte, fragte er: „Was wünschen Sie?"

Angesichts der Nötigung, seinen Fall des langen und breiten auseinanderzusetzen, erreichte die Verlegenheit des Bruschen einen noch höheren Grad. Er hob und senkte den Blick, sah bald das Schloßdach an, dann wieder die Mütze, die er in den Händen hielt: „Der Pfarrer hat da nämlich ein bißchen was gesagt wegen der gewissen Sache ..." Dann schwieg er wieder, aus Angst sich zu verplappern und sich irgendwie das Geschäft zu verderben.

Der Baron verstand ihn noch immer nicht: „Was denn für eine Sache? Ich weiß von nichts."

Da entschloß sich der andere doch, damit herauszurücken, und flüsterte: „Die Geschichte mit Ihre Magd ... mit der Rosalie ..."

Jeanne hatte erraten, um was es sich handelte. So nahm sie ihr Kind in die Arme, stand auf und ging fort. Der Baron sagte: „Kommen Sie näher," indem er auf den Sessel wies, von dem sich seine Tochter erhoben hatte.

Der Bauer setzte sich sofort, indem er murmelte: „Sind sehr gietig." Dann wartete er, wie wenn er gar nichts mehr zu sagen gehabt hätte. Nach einem ziemlich langen Schweigen brachte er es doch über sich, den Mund aufzutun. Er hob den Blick zum blauen Himmel und sagte: „Recht 'n scheenes Wetter bei so 'ner Jahreszeit. Gut fier die Erde, weil schon ausgesät is." Darauf versank er wieder in Schweigen.

Dem Baron riß die Geduld. Er ging mit scharfem Ton gerade auf die Sache los: „Also, Sie heiraten Rosalie?"

Sofort zeigte sich der Mann sehr beunruhigt, diese Art ging seinem normannischen Schlaumeiertum ganz gegen den Strich. Sein Mißtrauen wurde wach, und so antwortete er etwas lebhafter: „Kommt ganz drauf an, kann sein, daß ja, kann sein, daß nich, kommt ganz drauf an."

Aber der Baron ärgerte sich über diese Antworten: „Zum Teufel, antworten Sie gerade heraus: Kommen Sie deswegen, ja oder nein? Nehmen Sie das Mädel, ja oder nein?"

In seiner Verwirrung starrte der Mann immer nur seine Stiefel an: „Wenn's is, wie der Hr' Pfarrer sagt, nehm ich sie; wenn's is, wie der Hr' Julien sagt, nehm ich sie nich."

„Was hat Ihnen denn Herr Julien gesagt?"

„Hr' Julien hat mich gesagt, ich kriege funfzehnhundert Francs; aber der Hr' Pfarrer hat mich gesagt, ich kriege ihrer zwanzigtausend. Ich will schon für zwanzigtausend, aber ich will nich für funfzehnhundert."

Als die Baronin, die ganz in die Kissen ihres Lehnsessels vergraben war, das ängstliche Gehaben des derben Burschen beobachtete, begann sie leise zu lachen, daß ihr Sessel ins Zittern kam. Verdrießlich sah sie der Bauer von der Seite an, er wußte nicht, was es da zu lachen gab. Er wartete.

Der Baron, dem dieses Feilschen sehr peinlich war, machte dem rasch ein Ende: „Ich habe dem Herrn Pfarrer gesagt, Sie bekommen auf Lebenszeit den Hof Barville, und dann soll er auf das Kind übergehen. Der Besitz ist zwanzigtausend Francs wert. Was ich gesagt habe, habe ich gesagt. Abgemacht oder nicht?"

163

Da lächelte der Mann mit demütig zufriedener Miene und wurde plötzlich sehr mitteilsam: „Oh, da sache ich nich nee. Bloß eben das war mich zuwider an die ganze Sache. Wie mich der Hr' Pfarrer das hat gesacht, gleich hab ich gewollt, und ich hab mir auch gedacht: Tust mal dem Hr'n Baron 'n Gefallen, der wird dich das schon gedenken. Is doch wahr, eene Hand wascht die andre. Aber da is Hr' Julien zu mich gekommen, un da war's auf einmal nur funfzehnhundert. Sag ich mich: Fragst eben selber und bin hergegangen. Will damit nichts gesagt haben, hatte Zutrauen. Aber man will eben wissen. Gut rechnen zu rechter Zeit, gibt dann später keen Streit; is nich wahr, Hr' Baron?"

Der Redefluß war gar nicht aufzuhalten. Der Baron fuhr endlich dazwischen: „Wann wollen Sie heiraten?"

Da wurde der Mann sofort wieder verlegen und ängstlich. Schließlich sagte er zögernd: „Mach' wr' nich erst 'n kleenes Papierchen, nich?"

Jetzt aber wurde der Baron ernstlich böse: „Der Teufel soll Sie holen! Sie kriegen doch den Heiratskontrakt in die Hand. Was wollen Sie noch?"

Doch der Bauer ließ nicht locker: „Na, ich meen, so vorher kennt wr' doch so was machen, schaden kann's nich."

Der Baron stand auf, um die Sache zu einem Abschluß zu bringen: „Antworten Sie ja oder nein, und zwar sofort. Wenn Sie nicht wollen, brauchen Sie es nur zu sagen. Ich habe noch einen Bewerber in Aussicht.

Da überkam den listigen Normannen die Furcht vor dem Konkurrenten. Er streckte die Hand hin, wie nach einem Kuhhandel: „Schlagen Sie ein, Hr' Baron, abgemacht. 'n Schuft, wer nich dabei bleibt."

Der Baron gab den Handschlag, dann rief er Ludivine. Der Kopf der Köchin erschien beim Fenster: „Bringen Sie eine Flasche Wein." Man stieß miteinander an, um die Sache zu begießen. – Der Bursch zog leichteren Schrittes ab.

Julien erfuhr nichts von diesem Besuch. Der Heiratsvertrag wurde ganz im geheimen abgefaßt. Sobald einmal das Aufgebot ergangen war, fand die Hochzeit an einem Montagmorgen statt.

Eine Nachbarin trug dem jungen Paar den Säugling in die Kirche nach, als beste Gewähr ihres künftigen Wohlstandes. Kein Mensch hielt sich darüber auf. Desider Lecoq wurde einfach beneidet. Mit leisem Schmunzeln sagte man nur: „Der hat mal allerlei in die Ehe mitbekommen, der Glückspilz!" Von Entrüstung keine Spur.

Mit Julien kam es zu einem schrecklichen Auftritt, weshalb seine Schwiegereltern „Les Peuples" vorzeitig verließen. Jeanne sah sie ohne allzu tiefe Trauer scheiden, da Paul ihr ein unerschöpflicher Quell von Glück geworden war.

9

Da Jeanne sich ganz von ihrem Wochenbett erholt hatte, beschloß man, den Besuch der Fourville zu erwidern und auch beim Marquis von Coutelier vorzusprechen.

Bei einer Versteigerung hatte Julien einen ganz leichten Wagen erstanden, der nur ein Pferd brauchte; so konnte man zweimal im Monat ausfahren.

An einem klaren Dezembertag wurde eingespannt, und nach zweistündiger Fahrt über die normannische Hochfläche senkte sich der Weg in ein kleines Tal, an den Hängen bewaldet und am Grund angebaut.

Dann zeigten sich an Stelle der braunen Äcker bald nur Wiesen, die schließlich in ein Sumpfland übergingen, dessen Schilf jetzt ganz trocken stand und mit langen Blättern wie mit braunen Bändern rauschte.

Hinter einer scharfen Talbiegung zeigte sich plötzlich das Schloß Brillette. Auf der einen Seite lehnte es sich an den bewaldeten Hang, auf der anderen bespülte sein Gemäuer der ganzen Breite nach ein großer Teich, den drüben ein Wäldchen hochstämmiger Fichten begrenzte, mit dem die jenseitige Talwand bestanden war.

Man fuhr über eine altertümliche Zugbrücke und durch ein mächtiges Renaissanceportal in den „Ehrenhof". Dann hatte man ein zierliches Schloß im gleichen Stil des frühen siebzehnten Jahrhunderts vor sich. Die Steinmauern waren mit Rahmenwerk aus roten Ziegeln durchsetzt und an den Ecken mit schiefergedeckten Türmchen geziert.

Julien erklärte Jeanne alle Teile des Schlosses. Man sah, daß er hier seit langem völlig heimisch war. Dabei benahm er sich beinahe als Hausherr, zeigte sich ganz entzückt von der Schönheit des Baues: „Schau dir nur das Portal an! Großartig, so was zu bewohnen, nicht? Die ganze andere Front geht aufs Wasser, und da ist eine breite Freitreppe bis zum Teich hinunter. Vier Boote sind dort vertäut, zwei für den Grafen, zwei für die Gräfin. Da drüben, rechts, wo die Pappelreihe steht, dort ist der Teich zu Ende, dort kommt der Fluß heraus, der bei Fécamp ins Meer fließt. Die ganze Gegend wimmelt von Wasservögeln. Der Graf kennt kein größeres Vergnügen, als da zu jagen. Das ist mal ein echter Herrensitz von großem Zuschnitt."

Indessen hatte sich die Haustür geöffnet, und es erschien die bleiche Gräfin und ging lächelnd den Besuchern entgegen. Sie trug ein langes Schleppkleid wie die Schloßherrinnen alter Zeiten. Sie sah so recht aus wie die schöne „Dame vom See" und schien für dieses alte Grafenschloß geradezu geschaffen.

Von den acht Fenstern des Empfangszimmers gingen vier aufs Wasser und den mit dunklem Nadelholz bestandenen Hang jenseits des Teiches.

Die schwarzgrünen Uferbäume ließen ihn tief und glanzlos düster erscheinen. Wenn der Wind ging, klang das Ächzen der Bäume wie klagende Stimmen aus dem Moor.

Die Gräfin faßte Jeanne bei beiden Händen, als ob sie ihre

Jugendfreundin gewesen wäre, dann mußte sie sich auf einen niederen Sessel setzen, während Julien, der seit fünf Monaten wieder all seinen Salonschliff hatte, in zwangloser Ruhe lächelnd plauderte.

Er sprach mit der Gräfin von ihren gemeinsamen Ausritten. Sie neckte ihn ein wenig mit seinen zweifelhaften Reitkünsten und nannte ihn „Ritter Holper-Stolper", er gab die Neckerei zurück, indem er sie „Amazonenkönigin" taufte. Plötzlich fiel dicht unter dem Fenster ein Schuß, so daß Jeanne leise aufschrie. Der Graf hatte eine Knäkente erlegt.

Seine Frau rief ihn sogleich herbei. Man hörte Rudergeräusch, das Anstoßen eines landenden Bootes, und dann erschien der gestiefelte Riese mit zwei triefnassen Hunden, deren rötliche Haarfarbe an die seine erinnerte. Die Tiere legten sich auf den Teppich vor der Türe.

Bei sich daheim schien er sich ungezwungener zu bewegen. Er war offenbar entzückt, die Besucher zu sehen. Er ließ im Kamin Holz nachlegen, ließ Madeira und Zwieback bringen. Plötzlich rief er aus: „Aber Sie essen doch bei uns, keine Widerrede." Jeanne, die immer an ihr Kind dachte, wollte nicht. Aber er drang in sie. Als sie immer noch nicht nachgab, machte Julien eine zornige Gebärde. Da bekam sie Angst, seine böse, zänkische Laune wieder wachzurufen. Es war ihr zwar die ärgste Seelenqual, daß sie Paul erst morgen wiedersehen sollte, aber sie nahm die Einladung an.

Der Nachmittag verlief ganz reizend. Zuerst ging man die Quellen anschauen. Sie brachen am Fuß bemooster Felsen hervor und flossen in ein natürliches Becken, dessen klares Wasser wie kochend wallte. Dann machte man im Boot eine Rundfahrt auf schmalen Kanälen, die in einen Wald dürren Schilfes eingeschnitten waren. Der Graf ruderte, seine zwei Hunde neben sich, die mit witternden Nasen dasaßen. Bei jedem Ausgreifen hob sich das große Boot und schoß nach vorne. Jeanne ließ manchmal die Hand ins Wasser hängen und freute sich der eisigen Frische, die ihr von den Fingerspitzen bis ans Herz drang. Ganz hinten saß neben Julien die in Tücher gehüllte Gräfin, und beide lächelten wie glückliche Menschen, die in seliger Stunde keiner Worte mehr bedürfen.

Langer frostiger Windesatem verkündigte den Anbruch des Abends. Von Norden her fuhr es in das dürre Schilf. Die Sonne war hinter den Fichten niedergegangen. Der Himmel schien mit seltsamen, winzigen Scharlachwolken übersät, deren bloßer Anblick schon ein Kältegefühl erweckte.

Man kehrte in den weiträumigen Salon zurück, in dessen Kamin ein ungeheures Feuer flammte. Schon von der Schwelle aus erfreute die Eintretenden ein Gefühl von Wärme und Behagen. In einer Anwandlung froher Laune nahm der Graf seine Frau in die athletischen Arme, hob sie wie ein Kind an seinen Mund und gab ihr als gemütlicher braver Mann zwei tüchtige Küsse auf beide Wangen.

Lächelnd betrachte Jeanne den gutmütigen Riesen, der nur wegen seines Schnauzbartes als Unmensch galt. Sie dachte: „Wie falsch man doch alle Menschen beurteilt." Als sie dann fast unwillkürlich Julien ansah, stand er in erschreckender Blässe bei der Tür und starrte den Grafen an. Beunruhigt trat sie an ihren Mann heran und fragte leise: „Bist du krank? Was hast du denn?" Er antwortete unwirsch: „Nichts, laß' mich in Ruhe. Mir war vorhin kalt."

Als man ins Speisezimmer ging, ersuchte der Graf, seine Hunde hereinlassen zu dürfen. Sie setzten sich sofort zu beiden Seiten ihres Herren nieder. Jeden Augenblick steckte er ihnen einen guten Bissen zu und streichelte ihnen die langen, seidenweichen Ohren. Die Tiere streckten die Schnauzen vor, wedelten mit dem Schweif, waren außer sich vor Freude.

Als Jeanne und Julien nach dem Essen aufbrechen wollten, hielt sie Herr von Fourville noch zurück, um ihnen einen Fischzug bei Fackelschein zu zeigen.

Er ließ seine Gäste sowie die Gräfin auf die Freitreppe hinaustreten, die zum Teich hinabführte, er selbst bestieg ein Boot, von einem Diener begleitet, der eine brennende Fackel und ein Wurfnetz trug. Die Nacht war hell und schneidend frisch, der Himmel wie mit Goldstaub bestreut.

Hinter dem Kahn krochen seltsam bewegte Feuerstreifen über das Wasser, die Fackel warf tanzenden Lichtschein ins Röhricht, beleuchtete grell die hohe Fichtenwand. Offenbar weil sich der Kahn gedreht hatte, schoß jetzt das riesenhafte, unheimliche Schattenbild eines Mannes an diesem erhellten Waldrand empor. Der Kopf überragte die Bäume und verlor sich in der Himmelshöhe, die Füße tauchten tief in den Teich hinab. Jetzt erhob das ungeheure Wesen die Arme, wie wenn es

170

nach den Sternen greifen wollte. Sie fuhren jäh empor, diese Arme, dann sanken sie nieder. Zugleich hörte man einen fernen Schlag auf die Wasserfläche.

Da nun das Boot sich wieder langsam drehte, schien die gespenstige Riesengestalt den Wald entlangzurennen, den die Fackel bei dieser Drehung ins Licht hob. Dann tauchte die Erscheinung in dunkle Fernen, kam aber plötzlich kleiner mit deutlich erkennbaren, wunderlichen Bewegungen an der Seewand des Schlosses wieder zum Vorschein, aber mit schärferem Umriß.

Da hörte man die rauhe Stimme des Grafen: „Gilberte, acht hab' ich!" Die Ruder peitschten das Wasser. Der gewaltige Schatten stand jetzt unbeweglich an der Mauer, nur wurde er allmählich niederer und dünner. Der Kopf schien in die Schultern zu sinken, die Schultern enger zusammenzurücken. Als nun Herr von Fourville die Stufen der Freitreppe hinanstieg, während ihm der Diener die Fackel nachtrug, war der Schatten einfach ein treues Abbild seiner Gestalt und machte alle seine

Bewegungen nach. Im Netz trug er acht dicke, zappelnde Fische.

Als Jeanne und Julien, in geliehene Mäntel und Decken vermummt, auf dem Heimweg waren, sagte Jeanne fast unwillkürlich: „Ist das ein lieber Mensch, dieser Riese!" Julien, der den Wagen lenkte, antwortete: „Das schon, aber in Gesellschaft beherrscht er sich nicht genug."

Acht Tage später fuhren sie zu den Couteliers, die als erste Adelsfamilie der Provinz galten. Ihre Besitzung Reminil lag dicht bei dem großen Flecken Cany. Das neue Schloß, das unter Ludwig XIV. erbaut worden war, war ganz versteckt in einem großartigen, mit Mauern umgebenen Park. Auf einer Anhöhe sah man noch die Überreste des alten Schlosses. Livrierte Diener ließen die Besucher in einen Raum von überwältigender Pracht eintreten. In der Mitte stand auf einer Art Säule eine riesige Schale aus der Porzellanfabrik zu Sèvres, und in die Tragsäule war unter geschliffener Glasplatte ein eigenhändiger Brief des Königs eingelassen, worin Marquis Leopold Hervé Josef Germer von Varneville, von Rollebosc, von Coutelier ersucht wurde, dieses Geschenk seines Souveräns entgegenzunehmen.

Jeanne und Julien waren gerade in die Betrachtung dieses Königsgeschenkes vertieft, als der Marquis und die Marquise eintraten. Diese war gepudert und gab sich im Bewußtsein ihrer gesellschaftlichen Aufgabe sehr liebenswürdig, im Bestreben, herablassend zu erscheinen, aber auch sehr geziert. Ihr Mann war ein dicker Mensch mit weißem, strack hinaufgekämmtem Haar, der in seiner Stimme, in jeder Bewegung und seiner ganzen Haltung einen Hochmut merken ließ, der einem seine ganze Bedeutung vor Augen stellen sollte.

Es waren Menschen voll Förmlichkeit, bei denen Geist, Gefühle und Worte sich immer wie auf Stelzen bewegten.

Sie führten allein das Wort, ohne dem Besuch Zeit zur Erwiderung zu lassen, mit kühlem Lächeln schienen sie immer nur der ihnen durch Geburt auferlegten Pflicht zu obliegen, den niederen Adel der Gegend höflich aufzunehmen.

Jeanne und Julien benahmen sich sehr unbeholfen, machten krampfhafte Anstrengungen, den Wirten zu gefallen, waren sehr verlegen, daß sie immer noch blieben und wußten doch nicht, wie sie sich verabschieden sollten. Aber die Marquise machte auf die einfachste, natürlichste Weise dem Besuch ein

172

Ende, indem sie im rechten Augenblick das Gespräch versiegen ließ, ganz wie eine Königin bei der Audienz höflich entläßt.

Auf dem Heimweg sagte Julien: „Wenn dir's recht ist, machen wir sonst keine Besuche mehr; mir persönlich genügen die Fourville." Jeanne war derselben Meinung.

Langsam verging der Dezember, der schwarze Monat, das düstere Loch in der Tiefe des Jahres. Wie im Vorjahr begann ein rechtes Stubenleben. Doch empfand Jeanne dabei keinerlei Langeweile, sie war stets um den kleinen Paul beschäftigt, den Julien unruhig und verdrießlich immer nur von der Seite ansah.

Gar oft, wenn Jeanne das Kind in den Armen hielt und es so stürmisch liebkoste, wie das nur eine Mutter kann, reichte sie es dem Vater hin: „Küß' ihn doch; es sieht aus, als wenn du ihn gar nicht gern hättest." Dann streifte er mit vorsichtiger Lippe das kahle Köpfchen des Säuglings und hielt den übrigen Körper krampfhaft weggebogen, wie wenn er um keinen Preis mit den zappelnden geballten Fäustchen in Berührung kommen wollte. Dann ging er immer rasch weg, wie von unbewußtem Widerwillen vertrieben.

Von Zeit zu Zeit kamen der Bürgermeister, der Arzt und der Pfarrer zu Tisch und manchmal wieder die Fourville, zu denen man in immer innigere Beziehungen trat.

Der Graf schien den kleinen Paul abgöttisch zu lieben. Während der ganzen Dauer seiner Besuche, auch wenn er ganze Nachmittage blieb, hielt er das Kind auf dem Schoß. Mit seinen mächtigen Tatzen berührte er es so zart, kitzelte seine Nasenspitze mit seinen Schnurrbartenden, dann küßte er es mit wahrer Leidenschaft, ganz wie eine Mutter tut. Er litt sehr unter seiner Kinderlosigkeit.

Im März war das Wetter sonnig, trocken und beinahe mild. Gräfin Gilberte regte wieder Ausritte zu viert an. Jeanne war der endlosen Abende und Nächte, der immer gleichen, eintönigen Tage doch recht müde, und so willigte sie freudig ein; eine Woche lang unterhielt sie sich mit der Arbeit an ihrem Reitkleid.

Dann ritten sie wirklich aus. Sie hielten sich immer zu zweit, vorne die Gräfin mit Julien, der Graf mit Jeanne hundert Schritt dahinter. Diese zwei plauderten ruhig wie rechte Freunde. Zwischen ihren schlichten Herzen, ihren geraden Naturen hatte sich wirklich gute Freundschaft entwickelt; die andern zwei sprachen oft leise, brachen auf einmal in heftiges Gelächter aus, sahen sich manchmal an, als wenn ihre Augen Dinge zu sagen hätten, die ihre Lippen nicht zu sagen wagten. Ganz unvermittelt fielen sie in wilden Galopp, es jagte sie ein Drang zu fliehen, weit, weit weg zu gehen.

Dann schien Gilberte recht reizbar zu werden. Oft trug ein Windhauch ihre Stimme in schneidend scharfen Tönen ans Ohr der rückwärts Reitenden. Dann lächelte der Graf und sagte zu Jeanne: „Manchmal ist meine Frau ein bißchen schlecht aufgelegt."

Als eines Abends auf dem Rückweg die Gräfin ihrer Stute arg zusetzte, indem sie ihr erst die Sporen gab und sie dann mit raschem Ruck zurückhielt, hörte man, wie Julien mehrmals sagte: „Seien Sie doch vorsichtig, nur vorsichtig, das Tier wird mit Ihnen durchgehen." Sie antwortete: „Und wenn auch, das ist doch nicht Ihre Sache." Das kam so hell und hart heraus, schmetterte so scharf geprägt übers Gefilde, daß man den Eindruck hatte, die Worte müßten körperlich fest in der Luft dahinschweben. Das Tier bäumte sich, schlug aus, hatte Schaum vor dem Maul. Plötzlich schrie der Graf beunruhigt aus aller Kraft seiner Lungen: „So paß doch auf, Gilberte!" Da packte sie einer jener Anfälle nervöser Laune, worin Frauen vor nichts haltmachen; wie ihm zum Trotz schlug sie brutal mit der Reitpeitsche das Tier zwischen die Ohren, daß dieses sich wütend bäumte, dann beim Niederfallen einen furchtbaren Satz nach vorne tat und aus aller Kraft seiner sehnigen Beine über die Ebene hinschoß.

Zuerst ging es über einen Wiesengrund, dann querfeldein, daß die schwere, nasse Ackererde wie Staub in die Höhe fuhr. Das Tier raste dahin, daß man nun Pferd und Reiterin kaum mehr auseinanderhalten konnte.

Julien blieb in seiner Überraschung stocksteif stehen und schrie nur verzweifelt: „Frau Gräfin, Frau Gräfin!"

Aber der Graf stieß ein Geknurr aus, beugte sich auf den Hals seines schweren Pferdes und warf es mit dem vollen Druck seines Leibes nach vorne. Mit Geschrei, mit Faust und Sporen, trieb er es bald zu so besinnungslosem Dahinrasen an, daß der riesige Reiter das schwere Tier zwischen den Schenkeln zu tragen und wie zum Fluge mitzureißen schien. Schnurgerade stürzten sie in unglaublicher Schnelligkeit dahin. Weit, weit sah

Jeanne die Fernbildchen der beiden Eheleute in sausender Flucht immer winziger, undeutlicher und schließlich unsichtbar werden, wie wenn zwei Vögel einander jagen und zuletzt vom Horizont eingesaugt und verschlungen sind.

Julien war bei alledem immer hübsch im Schritt geritten. Jetzt kam er an Jeanne heran und murrte wütend vor sich hin: „Die muß heute toll sein."

Dann ritten beide den Freunden nach, die hinter einer Erdwelle verschwunden waren.

Nach einer Viertelstunde sahen sie diese zurückkommen, und bald war man wieder beieinander.

Hochrot im Gesicht und schweißbedeckt, kam der Graf strahlend, mit triumphierendem Gelächter heran und hielt mit eisernem Griff das bebende Pferd seiner Frau am Zügel. Ihr Gesicht war noch bleicher als sonst, die Züge schmerzlich verkrampft. Mit einer Hand hielt sie sich an der Schulter ihres Gatten, wie wenn sie Angst gehabt hätte, aus dem Sattel zu sinken.

An diesem Tag erfaßte Jeanne die Tiefe der Leidenschaft, mit der der Graf an seiner Frau hing.

Im darauffolgenden Monat erschien die Gräfin heiter wie noch nie. Sie kam öfter nach „Les Peuples", hatte immer etwas zu lachen und küßte Jeanne in überquellender Zärtlichkeit. Es

175

war, als sei ihr Leben durch einen geheimen Zauber irgendwie verklärt. Auch ihr Mann schwamm in eitel Seligkeit und ließ sie nicht aus den Augen. In verdoppelter Liebesglut suchte er jeden Augenblick ihre Hand oder ihr Kleid zu berühren.

Eines Abends sagte er zu Jeanne: „Wir sind jetzt so glücklich; noch nie ist Gilberte so lieb gewesen. Sie ist nie mehr schlecht gelaunt oder böse. Ich fühle, daß sie mich liebt. Bis jetzt war ich dessen nicht sicher."

Auch mit Julien war eine Veränderung vorgegangen; er war fröhlicher, ausgeglichener, wie wenn ihre Freundschaft beiden Familien Glück und Frieden beschert hätte.

Der Frühling kam sehr bald und brachte vorzeitige Wärme.

Von den milden Morgen bis zu den lauen, ruhigen Abenden lockte die Sonne aus der ganzen Breite der Erde Keime und Triebe hervor. Es geschah ein überwältigendes, plötzliches Aufbrechen und Aufschießen, ein mächtiges Knospensprengen, ein heißer Sturm von Wachstum, wie er manchmal die Natur so gewaltig erschüttert, daß man in jenen gesegneten Jahren meinen könnte, der Welt sei neue Jugend beschieden.

Dieses gärende Leben warf dumpfe Wirrnis in Jeannes Seele. Irgendein Blümchen im Grase vermochte sie in plötzliche Entrückung zu versetzen, in eine süße Schwermut, in träumerische Weichheit, die stundenlang anhielt. Dann überkamen sie schmeichelnde Erinnerungen aus ihren ersten Liebestagen. Das bewirkte in ihrem Herzen keineswegs ein Aufblühen neuer Liebe zu Julien; das war aus, gründlich aus, für immer. Aber im schmeichelnden Anhauch des lenzduftenden Windes, der tief in ihr Fleisch drang, wurde ihr so sonderbar zumute, wie wenn ihr Leib dem zärtlichen Lockruf eines unsichtbaren Wesens nachgeben wollte.

Sie freute sich der Einsamkeit und überließ sich gern der Wärme des Sonnenlichtes, worin es sie mit verdämmernden Lustempfindungen, mit gestaltlos hellen Wonnen durchrieselte, die keinen Gedanken wachriefen.

Als sie so eines Morgens vor sich hinträumte, tauchte eine Vision in ihr empor, das rasch verwehende Bild jenes übersonnten Waldloches inmitten des düsteren Laubwerks, in jenem Gehölz bei Etretat. Dort hatte sie zum ersten Mal empfunden, wie ihren Körper in der Nähe des Jünglings, der sie damals liebte, ein Zittern überkam. Es war das schüchterne Sehnen ihres Herzens.

Dort hatte sie gemeint, mit einem Mal all ihre leuchtende Zukunftshoffnung greifbar nahe vor sich zu sehen.

Da wollte sie nun dieses Wäldchen wiedersehen, eine schwärmerische Wallfahrt dahin unternehmen, an die sie abergläubische Hoffnungen knüpfte, als könnte eine solche Rückkehr an diesen Ort in ihrem jetzigen Dasein eine Änderung hervorrufen.

Julien war am frühen Morgen ausgeritten, sie wußte nicht wohin. Sie ließ also den kleinen Schimmel des Pächters Martin satteln, auf dem sie jetzt manchmal ritt, und trabte fort.

Es war einer jener ruhigen Tage, an denen sich weit und breit nichts regt, nicht Halm noch Blatt. In alle Ewigkeit scheint die Natur in regloser Stille verharren zu wollen, wie wenn der Wind gestorben wäre. Sogar die flügelnde, surrende Welt der Insekten ist wie ausgetilgt.

Still goß die mächtige Sonne heiße, goldendunstige Ruhe über die Welt. Jeanne ließ jetzt ihren Klepper Schritt gehen und gab sich selig der wiegenden Bewegung hin. Von Zeit zu Zeit sah sie empor, um irgendein weißes Wölkchen zu betrachten, das wie ein Pappelflöckchen oder ein bißchen Rauch einsam, vergessen, da oben mitten im blauen Himmel stand. Sie stieg in das Tal hinab, das zwischen den Felsbogen, die man Tore von Etretat nennt, in das Meer mündet und trat sachte ins Wäldchen ein.

Durch das noch schüttere Laub regnete Licht. Sie suchte den Fleck, ohne ihn zu finden, irrte auf den schmalen Wegen herum.

Plötzlich bemerkte sie beim Überschreiten einer langen Waldstraße ganz hinten zwei Reitpferde, die an einen Baum gebunden waren; sie erkannte die Tiere sofort: sie gehörten Gilberte und Julien. Sie war der Einsamkeit überdrüssig, und so fühlte sie sich von dieser unvorhergesehenen Begegnung ganz beglückt und setzte ihr Pferd in Trab.

Als sie bei den geduldig wartenden Tieren angelangt war, die an solch langes Stillestehen gewöhnt sein mochten, rief sie nach den beiden, deren Pferde das waren. Keine Antwort.

Auf dem niedergetretenen Rasen lagen zwei Reitpeitschen und ein Damenhandschuh. Da hatten sie also gesessen, dann waren sie fortgegangen, und die Pferde waren hier stehengeblieben.

Sie wartete eine Viertelstunde, zwanzig Minuten. Wo sie nur

bleiben mochten? Da sie abgestiegen war und regungslos an einem Baumstamm lehnte, flatterten zwei Vögel, ohne sie zu bemerken, dicht neben ihr ins Gras. Der eine zappelte heftig, umhüpfte den anderen mit zuckend erhobenen Flügeln, piepsend und wie zum Gruß nickend, und plötzlich begatteten sich die zwei.

Das überraschte Jeanne, wie wenn sie von diesen Dingen gar nichts gewußt hätte, dann dachte sie: aber freilich, es ist ja Frühling. Jetzt aber brach sich ein anderer Gedanke Bahn, vielmehr ein Verdacht. Wieder betrachtete sie den Handschuh, die zwei Reitpeitschen und die zwei Pferde, die sich selbst überlassen waren. Sie stieg rasch wieder auf, ein unwiderstehlicher Drang zu fliehen war über sie gekommen.

Auf dem Heimweg fiel sie in Galopp. In ihrem Kopf arbeitete es heftig; da wurden Schlüsse gezogen, Zusammenhänge aufgedeckt, verschiedene Umstände in neues Licht gestellt. Wie hatte sie nur so blind sein können? Warum hatte sie sich so gar keinen Reim darauf gemacht, was die häufige Abwesenheit Juliens und das Aufleben seiner äußerlichen Verfeinerung, das Schwinden seiner Übellaunigkeit zu bedeuten hätten? Jetzt kamen ihr auch Gilbertes Anfälle nervöser Gereiztheit in den Sinn, die übertriebenen Liebkosungen ihr gegenüber und schließlich, in letzter Zeit, die selige Entrücktheit, in der sie lebte und von der sich der Graf beglückt fand.

Sie ritt nun im Schritt weiter; es galt ja sehr ernsthafte Überlegungen anzustellen, und die rasche Gangart verwirrte das Denken.

Nachdem die erste Aufregung vorüber war, wurde ihr Herz wieder fast ganz ruhig, fühlte weder Eifersucht noch Haß, nur Ekel und Verachtung. Julien kam ihr dabei kaum mehr in den Sinn, dem traute sie längst alles zu. Aber der doppelte Treubruch ihrer angeblichen Freundin empörte sie tief. Waren denn alle Menschen niederträchtig, verlogen und falsch? Tränen traten ihr in die Augen. Oft weint man um Illusionen ebenso bitterlich wie um Tote.

Sie kam aber doch zu dem Entschluß, sich nicht aufzuregen, ihre Seele jeder Neigung zu Menschen ihres Alters, ihrer Gesellschaft zu verschließen und nur noch ihren kleinen Paul und ihre Eltern zu lieben. Die Nähe der übrigen wollte sie ruhigen Angesichtes ertragen.

Gleich bei ihrer Rückkehr stürzte sie zu ihrem Söhnchen, trug es in ihr Zimmer und konnte eine volle Stunde nicht aufhören, es mit leidenschaftlichen Küssen zu bedecken.

Julien erschien wieder beim Abendessen, voll lächelnder Liebenswürdigkeit und zarter Rücksicht. Er fragte: „Vater und Mutter kommen doch dieses Jahr wieder her?"

Diese Artigkeit empfand sie so dankbar, daß sie ihm darum fast das heute im Wald Entdeckte vergab; es überkam sie eine heftige Sehnsucht nach den zwei Wesen, die ihr nach Paul die liebsten auf Erden waren. Sie konnte es gar nicht erwarten, sie wiederzusehen und verbrachte den ganzen Abend damit, ihnen zu schreiben, daß sie doch recht bald kommen sollten.

Sie kündigten ihr Eintreffen für den 20. Mai an. Es war der 7.

Sie erwartete sie mit wachsender Ungeduld, da sie, ganz abgesehen von ihrer Kindesliebe, das Bedürfnis hatte, Herz an Herz mit ehrlichen Menschen zu leben, mit offener Seele zu reinen Wesen ohne Niedertracht zu reden, die ihr Leben lang in Tat, Gedanken und Begierden immer nur gerade Wege gewandelt waren.

Inmitten der innerlich so ganz außer Rand und Band geratenen Menschen ihrer jetzigen Umgebung stand sie mit ihrem unbeirrten Gewissen gleichsam ganz allein; und obgleich sie mit einem Mal alle Künste der Verstellung erlernt hatte, so daß sie der Gräfin mit ausgestreckter Hand und lächelnden Mundes entgegentrat, fühlte sie doch, wie um sie her eine gewisse Leere entstand, wie eine gewisse Menschenverachtung in ihr wuchs und ihr ganzes Wesen überwuchern wollte. Kleine Berichte und Wahrnehmungen über Vorgänge in der Gegend trugen sehr dazu bei, dieses Gefühl der Nichtachtung und des Ekels zu verstärken.

Die Tochter der Couillard hatte neulich ein Kind bekommen und jetzt sollte die Hochzeit sein. Die Magd der Familie Martin, eine Waise, war schwanger; ein fünfzehnjähriges Ding aus der Nachbarschaft war schwanger; eine Witwe, ein armseliges, hinkendes, verwahrlostes Wesen, das im Dorf nur „die Dreckliese" hieß, so entsetzlich schmutzig war sie – die war auch schwanger.

Jeden Augenblick erzählt man sich neue Fälle von Schwangerschaft, oder man sprach über den bedenklichen Seitensprung eines Mädchens, irgendeiner verheirateten Bäuerin, die

Kinder hatte, oder den eines angesehenen reichen Pächters. Das heiße Frühjahr schien wie in den Pflanzen, so auch in den Menschen alle Säfte in Aufruhr zu bringen.

Jeannes erloschenes Sinnenleben rührte sich nicht mehr. Ihr tief verwundetes Herz, ihre in sich zurückgescheuchte schwärmerische Seele, die allein regten sich im Anhauch der lauen, zeugungsschweren Winde. Sie lebte nur noch in Träumen, fühlte sich erregt und gesteigert, ohne Begierden zu empfinden. Für fleischliches Verlangen war sie völlig abgestorben und wandte ihre ganze Leidenschaft nur an Traumgesichte. So stand sie dieser schmutzigen Tierheit mit fassungslosem Staunen gegenüber, mit einer Abneigung, die in Haß umschlagen wollte.

Die Paarung der Lebewesen empörte sie jetzt wie etwas Widernatürliches. Ihr Groll gegen Gilberte galt durchaus nicht der Tatsache, daß sie ihr den Mann genommen hatte, sondern daß auch sie in den breiten Sumpf getaumelt war.

Eine solche Frau war doch von anderem Schlag wie dieses grobe Landvolk, bei dem die gemeinen Triebe die Oberhand hatten! Wie hatte sie sich nur so wegwerfen können gleich vertiertem Gesindel?

An dem Tag, da ihre Eltern ankommen sollten, steigerte Julien ihren Abscheu vor diesen Dingen, indem er ihr lustig als höchst komische und ganz natürliche Sache erzählte, daß gestern der Bäcker ein Geräusch im Backofen gehört habe, während an diesem Tag doch nicht gebacken wurde; er hatte gemeint, daß sich eine herumstreifende Katze hineinverlaufen habe, und habe – seine Frau darin gefunden, die „gerade anderes zu tun hatte, als Brot zu backen".

Er fuhr fort: „Der Bäcker hat das Ofenloch verstopft, und die drin wären bald erstickt. Aber der kleine Junge der Bäckerin ist bei den Nachbarn herumgelaufen und hat's gesagt, daß er zugeschaut habe, wie der Schmied mit der Mutter hineingeschlüpft sei."

Julien versicherte lachend, das sei ein würdiges Seitenstück zu Lafontaines Versnovellen. „Die Kerle geben einem Liebesbrot zu essen."

Von dem Augenblick an brachte Jeanne keinen Bissen Brot mehr über die Lippen.

Als der Postwagen vor dem Hause hielt und des Barons glückstrahlendes Gesicht am Wagenfenster erschien, wogte der

jungen Frau Brust und tiefste Seele von einem heißen Sturm der Liebe, wie sie ihn noch nie empfunden hatte.

Aber sie wurde ganz starr und wäre bald umgesunken, als sie ihr Mütterchen erblickte. In diesem Winterhalbjahr war die Baronin um zehn Jahre gealtert. Ihre ungeheuren schlaffen Hängebacken waren purpurrot, geradezu blutunterlaufen. Ihr Blick schien erloschen. Nur wenn man sie beiderseits stützte, konnte sie sich überhaupt noch rühren. Ihr mühsamer Atem klang jetzt pfeifend, und sie rang ständig so nach Luft, daß man in ihrer Nähe ein Gefühl schmerzlichster Beklemmung nicht loswerden konnte.

Der Baron, der sie täglich vor Augen gehabt hatte, ahnte nichts von diesem Verfall. Wenn sie über ihr ewiges Asthma und ihre wachsende Unbehilflichkeit klagte, antwortete er nur: „Aber Liebste, so war es ja immer mit dir, seitdem ich dich kennte."

Nachdem Jeanne ihre Eltern in deren Zimmer geleitet hatte, floh sie in ihr eigenes, um sich nach dem entsetzlichen Schrek-ken recht auszuweinen. Dann suchte sie den Vater auf und warf sich noch tränenden Auges an seine Brust: „Ach, wie Mutter verändert ist! Was hat sie denn, sag doch, was hat sie denn?" Er erwiderte ganz überrascht: „Meinst du? Was fällt dir ein! Aber nein. Ich bin doch die ganze Zeit mit ihr beisammen gewesen und kann dir versichern, daß ich sie gar nicht schlecht aussehend finde, vielmehr ganz wie sonst."

Abends sagte Julien zu seiner Frau: „Deine Mutter steckt auch in keiner guten Haut. Mir scheint, sie hat etwas weg." Da Jeanne in Tränen ausbrach, wurde er böse. „So hör doch auf, ich sage ja nicht, sie ist verloren. Du bist in allem so übertrieben, einfach verrückt. Sie ist eben verändert, bei ihrem Alter schließlich eine ganz natürliche Sache. Mehr hab' ich nicht sa-gen wollen."

Acht Tage danach dachte sie selbst nicht mehr daran. Sie hatte sich an das jetzige Aussehen ihrer Mutter gewöhnt; viel-leicht drängte sie auch ihre Befürchtungen gewaltsam zurück, wie man in eigensüchtigem Trieb, aus natürlichem Bedürfnis nach ungestörter Seelenruhe, so gerne alle Ängste und drohen-den Sorgen verdrängt.

Die Baronin, die nun gar nicht mehr gehen konnte, kam jetzt täglich nur eine halbe Stunde ins Freie. Wenn sie ein einziges Mal „ihre" Allee abgeschritten hatte, konnte sie schon nicht weiter und bat, sie auf „ihre" Bank setzen zu lassen. Wenn sie sich außerstande fühlte, ihren Spaziergang zu Ende zu führen, sagte sie: „Genug für heute, meine Herzerweiterung macht mir die Beine bleischwer."

Sie lachte kaum mehr, lächelte nur zu Dingen, über die sie sich im Vorjahr gewiß noch geschüttelt hätte. Aber da ihre Au-

182

gen noch ganz vortrefflich waren, las sie tagelang in der „Corinna" oder in Lamartines Gedichtbuch „Meditationen." Manchmal ließ sie sich das Fach mit den „Erinnerungen" bringen. Hierauf schüttete sie die alten Briefe, die ihr so lieb waren, in ihren Schoß, stellte das Schubfach auf ihren Sessel, betrachtete langsam jede einzelne ihrer „Reliquien" und legte sie dann an ihren Platz zurück. Wenn sie aber allein, wirklich mutterseelenallein war, dann küßte sie manches Stück, wie man Haarlocken geliebter Toter küßt.

Manchmal, wenn Jeanne rasch eintrat, fand sie die Mutter in Tränen, trauervollen Tränen. Sie rief: „Was hast du denn, Mütterchen?" Da seufzte die Baronin tief und sagte: „Meine Reliquien sind schuld. Da rührt man an so liebe Dinge, mit denen es nun ganz vorbei sein soll! Dazu die Menschen, an die man kaum mehr gedacht hat, und die plötzlich wieder vor einem stehen. Man sieht und hört sie wie einst, und das wirkt ganz furchtbar auf einen. Es wird dir später auch nicht erspart bleiben."

Wenn der Baron in solch melancholischen Augenblicken herzutrat, flüsterte er: „Glaub mir, meine liebe Jeanne, verbrenn deine Briefe, alle Briefe, auch die deiner Mutter und die von mir, alle. Wenn man alt wird, gibt es nichts Ärgeres, als die Luft seiner Jugend in die Nase zu kriegen." Aber Jeanne bewahrte ihre Briefe auch auf, sammelte Material zu ihrem „Reliquienschrein", und so verschieden sie sonst von ihrer Mutter war, folgte sie in diesen Dingen einem anererbten Trieb traumfreudiger Gefühlsseligkeit.

Ein paar Tage später mußte der Baron geschäftlich verreisen. Das Wetter war herrlich. Milde, sternfunkelnde Nächte folgten ruhigen Abenden, klare Abende strahlend hellen Tagen, und diese strahlenden Tage flammenden Morgenröten. Mütterchens Befinden besserte sich bald. So vergaß Jeanne Juliens Liebelei und Gilbertens Verrat und fühlte sich fast wunschlos glücklich. Die ganze Gegend stand in Duft und Blüten, und das gewaltige Meer leuchtete still vom Morgen bis zum Abend im Schein der Sonne.

Eines Nachmittags nahm Jeanne den kleinen Paul auf den Arm und ging durch die Felder. Bald sah sie ihr Söhnlein an, bald wieder die mit Blumen durchwirkten Grasbänder längs der Straße und war in grenzenlosem Glücksgefühl wie gelöst. Jeden Augenblick küßte sie ihr Kind, drückte es leidenschaftlich an

sich. Dann fühlte sie sich von einem kräftigen Feldgeruch gestreift, und es vergingen ihr fast die Sinne vor unendlichem Wohlgefühl. Nun gab sie sich Zukunftsträumen hin. Was würde ihr Sohn werden? Bald wünschte sie ihn einst als großen Mann zu sehen, berühmt und mächtig. Bald mochte sie ihn lieber schlichten Wesens, damit er in zärtlicher Hingebung immer bei ihr bliebe, für sein Mütterlein immer offene Arme habe. Wenn in ihrer Liebe der mütterliche Selbstsinn die Oberhand hatte, so wollte sie, er solle nur ihr Sohn, nichts als ihr Sohn bleiben. Wenn aber ihre von Leidenschaft beschwingte Vernunft zu Worte kam, verlangte ihr Ehrgeiz, er solle eine Rolle in der großen Welt spielen.

Sie setzte sich auf einen Grabenrand und versenkte sich in die Betrachtung des Kindes. Ihr war, als hätte sie es noch nie angesehen. Sie erstaunte bei der plötzlichen Vorstellung, daß dieses kleine Wesen einmal groß sein, daß es festen Schrittes einhergehen, einen Bart haben und mit tönender Stimme reden würde.

In der Ferne rief man nach ihr. Sie hob den Kopf und sah Marius herzulaufen. Sie meinte, es sei Besuch gekommen und erhob sich, etwas ärgerlich über die Störung. Aber der Junge kam in Riesensätzen heran und schrie schon von weitem: „Gnädige Frau, der Frau Baronin ist sehr übel."

Da wurde ihr, wie wenn einem ein Tropfen kalten Wassers den Rücken herabrinnt. Mit wirrem Kopfe rannte sie nach Hause.

Von weitem erblickte sie schon einen Haufen Leute unter der Platane. Sie stürzte dorthin, die Gruppe öffnete sich – da sah sie ihre Mutter am Boden liegen. Ihr Kopf ruhte auf zwei Bettkissen, das Gesicht war ganz blau, die Augen geschlossen, und die Brust, die seit zwanzig Jahren keuchend geatmet hatte, regte sich nicht mehr. Die Amme nahm der jungen Frau das Kind aus den Armen und trug es fort.

Mit verstörter Miene fragte Jeanne: „Was ist denn geschehen? Wieso ist sie gefallen? Lauft doch um den Doktor!" Als sie sich umwandte, bemerkte sie den Pfarrer, den man irgendwie auch verständigt haben mußte. Er erbot sich zur Hilfeleistung und stülpte eifrig die Ärmel seines Priesterrockes auf. Aber weder Essig, noch Kölnisch Wasser wollten da helfen. „Man sollte sie entkleiden und zu Bett bringen", sagte der Priester.

Der Pächter Josef Couillard, Vater Simon und Ludivine faßten gleich an, wobei auch Pfarrer Picot das seine tat. So wollte man die Baronin wegtragen. Aber als sie ein wenig vom Boden aufgehoben wurde, fiel der Kopf schwer zurück, und das Kleid, das sie angefaßt hatten, zerriß so schwer und unförmig war der aufgetriebene Leib geworden. Jeanne schrie auf vor Grauen. Man ließ die schlaffe Leibesmasse wieder auf die Erde nieder. Man mußte aus dem Salon einen Lehnstuhl holen und sie hineinsetzen; erst als dies gelungen war, konnte man sie endlich fortschaffen. Schritt für Schritt stiegen sie die Auffahrt, dann die Treppe hinan. Als sie in ihrem Zimmer angelangt waren, legten sie die Baronin auf ihr Bett. Die Köchin brauchte eine Ewigkeit zum Entkleiden. Aber da kam gerade im rechten Augenblick die Witwe Dentu. Wie der Priester schien sie „den Tod von weitem zu riechen", flüsterte sich die Dienerschaft zu.

Josef Couillard ritt mit verhängtem Zügel um den Arzt. Da der Pfarrer sich zur letzten Ölung rüsten wollte, flüsterte ihm die erfahrene Witwe zu: „Müssen sich nicht bemühen, Hochwürden, mit der ist es aus, auf meinen Blick können Sie sich verlassen."

Jeanne war wie wahnsinnig, flehte jeden um Hilfe an, wußte nicht, was sie nur noch tun oder versuchen, welches Mittel sie noch anwenden sollte. Zur Sicherheit sprach der Priester die Absolutionsformel.

Zwei Stunden wartete man bei dem violetten, leblosen Leib. Jeanne war jetzt in die Knie gebrochen und schluchzte in verzehrender Qual und Angst.

Als endlich die Türe aufging und der Doktor dastand, war es ihr, als trete Heil, Trost und Hoffnung ein. Sie stürzte auf ihn zu und erzählte ihm stammelnd, was ihr über den Vorfall bekannt war: „Sie ist wie alle Tage spazieren gegangen . . . sie war ganz wohl . . . sehr wohl sogar . . . zum Frühstück hat sie eine Fleischsuppe und zwei Eier gegessen . . . plötzlich ist sie hingefallen . . . da ist sie so schwarz im Gesicht geworden . . . Sie sehen ja . . . dann hat sie sich nicht mehr gerührt . . . Wir haben alles mögliche versucht, um sie ins Leben zurückzurufen . . . alles . . . alles . . .“ Sie schwieg, weil sie die verstohlene Handbewegung wahrnahm, mit der die Wärterin dem Arzt bedeutete, es sei vorbei, ganz vorbei. Aber sie wollte das nicht verstehen und fragte angstvoll immer wieder: „Ist es ernst? Meinen Sie, es ist ernst?“

Er sagte endlich: „Ich fürchte sehr . . . daß es . . . zu Ende ist. Sie müssen Ihren ganzen Mut zusammennehmen, nur Mut!“

Da tat Jeanne die Arme voneinander und stürzte über ihre Mutter hin.

Eben kam Julien nach Hause. Er blieb sprachlos stehen, die Sache war ihm sichtlich ungelegen. Er ließ keinen Laut des Schmerzes oder der Verzweiflung hören. Das ganze kam ihm so überraschend, daß er nicht sofort die vorschriftsmäßige Miene und Haltung zuwege brachte. Er murmelte: „Das habe ich erwartet, ich hab' gleich gemerkt, daß es zu Ende geht.“ Dann zog er sein Taschentuch, wischte sich die Augen, kniete nieder, schlug ein Kreuz, leierte irgend etwas her und wollte beim Aufstehen auch seine Frau aufheben. Aber sie hielt die Leiche mit beiden Armen umfaßt und legte sich fast auf sie und drückte Kuß um Kuß auf den Mund. Man mußte sie wegtragen. Sie war wie wahnsinnig.

Nach einer Stunde ließ man sie wieder ans Totenbett. Da war nichts mehr zu hoffen. Das Gemach war schon ganz als Sterbezimmer hergerichtet. Julien führte in einer Fensternische ein

186

leises Gespräch mit dem Pfarrer. Die Witwe Dentu hatte sich's in einem Lehnstuhl bequem gemacht; sie war ja an Nachtwachen gewöhnt und fühlte sich in jedem Haus daheim, sobald dort der Tod eingedrungen war. Jetzt schien sie schon ein wenig zu schlummern.

Die Nacht brach herein. Der Pfarrer ging auf Jeanne zu, faßte ihre Hände und sprach ihr Mut zu, indem er auf dieses untröstliche Herz salbungsvolle kirchliche Tröstungen niederträufeln ließ. Er sprach von der Entschlafenen, pries sie in geistlicher Ausdrucksweise, und indem er die unechte Trauer der Priester zur Schau trug, der ein Leichnam eine wohltuende Vorstellung ist, erbot er sich, die Nacht in Gebeten am Totenbett zuzubringen.

Jeanne lehnte unter krampfhaftem Schluchzen ab. In dieser Nacht des Scheidens wollte sie allein, ganz allein sein. Julien trat vor: „Aber das geht doch nicht, wir bleiben alle beide hier." Sie schüttelte nur den Kopf, konnte kein Wort mehr hervorbringen. Schließlich konnte sie doch sagen: „Es ist meine Mutter, meine Mutter. Ich will allein bei ihr wachen." Der Arzt raunte den anderen zu: „Laßt sie nur gewähren, die Wärterin kann ja im Nebenzimmer bleiben."

Der Priester und Julien gaben nach, beide dachten an ihr gutes Bett. Dann kniete auch Abbé Picot nieder, verrichtete ein Gebet, stand wieder auf und sagte im Tone, mit dem er das „Dominus vobiscum" zu sprechen pflegte: „Sie war eine Heilige."

Jetzt fragte der Vicomte mit seiner gewöhnlichen Stimme: „Wirst du nicht etwas essen?" Jeanne gab keine Antwort, sie wußte gar nicht, was er meinte. Er wiederholte: „Du solltest aber doch etwas zu dir nehmen, damit du bei Kräften bleibst." Sie antwortete mit völlig geistesabwesender Miene: „Laß doch gleich Papa zurückkommen." Da ging er aus dem Zimmer, um einen reitenden Boten nach Rouen zu schicken.

Sie aber verharrte in einer schmerzlichen Starre, wie wenn sie der innen steigenden Flut verzweiflungsvollen Abschiedswehs erst in jenem letzten Alleinsein alle Schleusen öffnen wollte.

Schatten füllte das Zimmer und warf über die Tote seine Dämmerschleier. Witwe Dentu begann mit ihrem leichten Schritt kaum hörbar ab und zu zu gehen, wobei sie verdeckte Dinge holte oder mit geräuschlosen Bewegungen da und dort im Zimmer verteilte. Hierauf zündete sie zwei Kerzen an und stellte sie sachte auf das mit einem weißen Tuch bedeckte Nachttischchen am Kopfende des Bettes.

Jeanne schien nichts zu sehen, nichts zu fühlen, nichts zu begreifen. Sie wartete nur auf den Augenblick, da sie allein sein durfte. Julien kam vom Abendessen zurück und fragte nochmals: „Du ißt wirklich nichts?" Seine Frau schüttelte verneinend den Kopf.

Er setzte sich mit einer Miene, die eher Ergebenheit als Trauer ausdrückte und verharrte in Schweigen.

So saßen sie alle drei unbeweglich und fern voneinander.

Schließlich stand Julien auf und näherte sich Jeanne: „Willst du jetzt allein bleiben?" In unwillkürlicher Wallung nahm sie seine Hand: „Ja, ja, laßt mich allein."

Er küßte sie auf die Stirn, indem er flüsterte: „Ich werde ein paarmal nach dir sehen." Darauf verließen er und die Witwe Dentu das Zimmer.

Jeanne schloß die Tür, dann öffnete sie weit die beiden Fenster. Berückend lauer Hauch wehte ihr ins Gesicht: Sommerabend zur Zeit der Heumahd. Das gestern gehauene Gras des großen Rasens lag im Mondschein da.

Dieser süß liebkosende Eindruck tat ihr weh, schnitt ihr wie ein Hohn ins Herz.

Sie ging an das Bett zurück, faßte eine der kalten leblosen Hände und begann ihre Mutter zu betrachten.

Sie war nicht mehr aufgetrieben, wie im Augenblick des Anfalls. Jetzt schien sie friedlicher zu schlafen, als sie je getan hatte. Die im Abendhauch zitternde Flamme veränderte jeden Augenblick die Schatten in ihrem Gesicht; es schien sich zu regen, schien zu leben.

Jeanne verschlang sie mit ihren Blicken, aus tiefstem Kindheitsdämmer blitzten eine Menge Erinnerungen auf.

Sie erinnerte sich daran, wie ihr Mütterchen sie im Sprechzimmer des Klosters besucht hatte, sie sah wieder die Bewegung, mit der sie ihr das Papiersäckchen voll Backwerk hinhielt, und sonst eine Menge kleiner Züge, kleiner Ereignisse, kleiner Liebkosungen, gewisse Lieblingsworte, manchen Tonfall, eigentümliche Bewegungen, die Fältchen um die Augen beim Lachen, hörte den asthmatischen Seufzer nach dem Niedersitzen.

So saß sie ganz versunken da und wiederholte bis zur Selbstbetäubung: „Sie ist tot" – das ganze Grauen ging ihr auf, das in diesem Wort steckt. Diese Liegende da – Mama – Mütterchen – Frau Adelaide, die sollte tot sein? Sie wird sich also nicht mehr bewegen, wird nicht mehr sprechen, nicht mehr lachen, nie mehr Väterchen bei Tisch gegenübersitzen, nie mehr sagen: „Guten Tag, Jeanette." War sie wirklich tot?

Die Leute werden sie in eine Kiste legen und die zunageln und einscharren und damit ist dann alles vorbei. Man wird sie nie wiedersehen. Ist das überhaupt möglich? Sie soll ihre Mutter nicht mehr haben? War es auszudenken? Dieses liebe, tiefvertraute Gesicht, das sie beim ersten Öffnen der Augen erblickt und vom ersten Öffnen der Arme geliebt, diese Seele, in die sie so viel Liebe ergossen hatte, dieses unersetzlich einzige Wesen, die Mutter, der dem Herzen wichtigste Mensch – der war verschwunden! Jetzt durfte sie nur noch ein paar Stunden ihr Gesicht, ein regungsloses, unbeseeltes Gesicht ansehen, dann nichts, nichts mehr – eine bloße Erinnerung.

In einem Anfall grauenhafter, bodenloser Verzweiflung brach sie in die Knie, verkrallte sich ins Bettuch und zerrte krampfhaft daran. Die Lippen preßte sie fest aufs Bett und schrie mit herzzerreißender Stimme, die von Decken und Kissen gedämpft wurde: „Ach Mama, meine arme Mama, Mama!"

Als sie aber den Würgegriff des Wahnsinns spürte, ganz so wie in jener Nacht, da sie in den Schnee hinausgeflohen war, fuhr sie auf und lief zum Fenster, um dort Kühle zu trinken, in langen Zügen frische Luft zu saugen, die etwas anderes war, als die Luft dieses Lagers, der Dunstkreis dieser Toten.

Der gemähte Rasen, die Bäume und die Heide und da drüben das Meer, sie alle ruhten in schweigendem Frieden, schliefen im weichen Zauberglanz des Mondes. Ein Hauch dieser milden, beruhigenden Stimmung drang auch in Jeannes Seele und langsam rollten Tränen über ihre Wangen.

Dann setzte sie sich wieder auf den Rand des Bettes und faßte die Hand ihres Mütterchens, wie wenn das nur krank gewesen wäre und sie hätte bei ihm als Krankenpflegerin einige Zeit zu wachen gehabt.

Vom Schein der Kerzen war ein dickes Insekt angelockt worden. Wie eine Kugel schlug es an die Wände, taumelte von einem Ende des Zimmers zum anderen. Jeanne wurde durch das

Surren seiner Flügel abgelenkt und sah auf, aber sie bemerkte immer nur einen Schatten, der unstet über die Stubendecke tanzte.

Dann hörte sie es nicht mehr. Nun bemerkte sie aber das leichte Tiktak der Wanduhr und noch ein schwaches Geräusch, vielmehr ein kaum wahrnehmbares Gesumme. Es war Mütterchens Taschenuhr, die man in der Tasche ihres Kleides vergessen hatte, das über einem Sessel am Fußende des Bettes lag: das Ührchen ging noch immer. Jeannes Schmerz wurde wieder scharf und bitter, als sie in dumpfen Sinnen das stillestehende Herz der Mutter mit dem kleinen Mechanismus zusammendachte, der nicht stehengeblieben war.

Sie sah nach der Zeit. Es war kaum zehn Uhr. Da packte sie ein entsetzliches Grauen vor der langen Nacht, die sie hier verbringen sollte.

Andere Erinnerungen stiegen auf: sie dachte an ihr eigenes Leben – an Rosalie – an Gilberte – an die bitteren Enttäuschungen, die ihrem Herzen beschieden gewesen waren. Alles war also nur Elend, Kummer, Unglück und Tod. Alles betrog, alles log, alles schuf allen Leid und Tränen. Wo gab es ein wenig Ruhe und Freude? Gewiß in einem anderen Leben! Wenn die Seele die irdischen Prüfungen bestanden hatte. Die Seele! Sie begann über dieses unergründliche Geheimnis zu grübeln, erträumte sich kurzerhand höchst poetische Vorstellungen, die anderen, nicht minder unbestimmten Mutmaßungen gleich wieder weichen mußten. Wo war denn jetzt die Seele ihrer Mutter? Die Seele dieses reglosen, eiskalten Körpers? Vielleicht weit, weit weg. Irgendwo im Raume? Aber wo? Verweht wie der Duft einer verdorrten Blume? Oder umherirrend wie ein unsichtbares Vögelchen, das seinem Käfig entflogen ist?

Zu Gott heimgerufen? Oder ins dumpfe Triebwerk neuer Schöpfungen aufgelöst, in Keime eingegangen, die eben aufbrechen wollten?

Vielleicht ganz nahe? In diesem Zimmer, rings um dies leblose Fleisch, das sie verlassen hatte! Plötzlich fühlte sich Jeanne wie von einem Atem berührt, wie wenn ein Geist vorüberglitte. Da packte sie Angst, furchtbare Angst, ein solches Entsetzen, daß sie sich weder zu rühren, noch auch zu atmen wagte, noch sich umzusehen. Das Herz schlug ihr bis zum Halse hinauf.

Mit einem Mal nahm das unsichtbare Insekt seinen Flug wieder auf und begann von neuem surrend, wirbelnd an die Wände zu stoßen. Ein heftiger Schauer überlief sie vom Scheitel bis zur Sohle. Dann aber merkte sie, daß es nur das Summen des Flügeltierchens war, und so wich ihr Schreck. Sie stand auf und sah sich um. Ihr Blick fiel auf den mit Sphinxen verzierten Schreibtisch, der die „Reliquien" enthielt.

Da wurde ein sonderbarer, zärtlicher Gedanke in ihr übermächtig: in dieser letzten Totenwacht wollte sie wie ein Andachtsbuch die Briefe lesen, die der Verstorbenen so lieb gewesen waren. Ihr war, als erfülle sie so eine zarte, heilige Pflicht kindlicher Pietät, die in der anderen Welt ihrem Mütterchen Freude machen müsse.

Da war der alte Briefwechsel ihrer Großeltern, die sie nicht mehr gekannt hatte. Über den Leichnam ihrer Tochter hin wollte sie den Arm nach ihnen ausstrecken, in dieser Trauernacht den Weg zu ihnen finden, wie wenn auch sie mit ihr trauerten. Von jenen längst Gestorbenen und der, die eben dahingeschwunden war, sollte sich zu ihr, die noch auf Erden weilte, gleichsam eine geheimnisvolle Liebeskette schlingen.

Sie stand auf, klappte das Verschlußbrettchen des Schreibtisches auf und entnahm dem unteren Schubfach ein Dutzend Paketchen vergilbter Papiere, die sorgsam verschnürt und aneinandergereiht waren.

Sie legte sie alle aufs Bett und, um der Toten noch etwas Liebes zu tun, ihr zwischen die Arme. Nachdem so den raffiniertesten Ansprüchen ihres überspannten Gefühls genügt war, begann sie zu lesen.

Es waren die wohlbekannten ehrwürdigen Episteln, die man in altvererbten Schreibtischen eingesessener Familien findet und aus denen einem die Luft eines anderen Jahrhunderts entgegenweht.

Der erste Brief begann: „Meine Teure!", ein anderer „Meine werthe Enkelin", dann „Meine liebe Kleine", „Mein Herzblatt", „Meine angebetete Tochter", „Mein liebes Kind", „Meine liebe Adelaide", „Meine liebe Tochter", je nachdem die Blätter dem Kind, dem jungen Mädchen und später der jungen Frau galten. Und all das war so voll naiver, leidenschaftlicher Zärtlichkeit, voll von tausend gemütlichen Einzelheiten, von jenen schlicht bedeutenden Ereignissen im engsten Familienkreise, die Außenstehenden so nichtig erscheinen: „Vater hat die Grippe. Das Dienstmädchen Hortense hat sich den Finger verbrannt. Der Kater ‚Mauserich' ist tot. Die Tanne rechts von der Einfahrt ist gefällt worden. Mutter hat auf dem Heimweg von der Kirche ihr Gebetbuch eingebüßt, sie meint, es ist ihr gestohlen worden."

Es war da auch von Jeanne unbekannten Leuten die Rede, aber sie erinnerte sich dunkel, daß in ihrer Kindheit deren Namen vor ihr genannt worden waren.

Diese Einzelheiten ergriffen sie als tiefe Offenbarungen, wie wenn sie so mit einem Schlag in Mütterchens Vergangenheit, in das geheimste Leben ihres Herzens eingeweiht wäre. Sie sah den daliegenden Körper an, und plötzlich begann sie, laut für die Tote zu lesen, wie um sie zu zerstreuen und zu trösten.

Der reglose Leichnam schien davon beglückt.

Brief auf Brief ließ sie vor dem Bett zu Boden gleiten. Sie gedachte sie ihr in den Sarg zu legen, wie man mit Blumen tut.

Sie löste die Verschnürung eines neuen Briefbündels, das eine andere Handschrift zeigte. Sie begann zu lesen: „Ich kann ohne deine heißen Küsse nicht mehr leben. Ich liebe dich zum Tollwerden."

Mehr stand nicht da; keine Unterschrift.

Verständnislos besah sie nun die Rückseite des Briefbogens. Da war ganz deutlich zu lesen: „An Frau Baronin Le Perthuis des Vauds."

Nun öffnete sie den folgenden Brief: „Komm' heute abend, sobald er aus dem Hause ist. So haben wir eine Stunde für uns. Ich bete Dich an."

In einem anderen Brief stand: „In vergeblicher Begierde nach Dir habe ich eine fieberrasende Nacht verbracht. Ich hielt Deinen Leib in meinen Armen, Dein Mund lag an meinen Lippen, Deine Augen an meinen Augen. Dann wieder wollte ich in einem Wutanfall aus dem Fenster springen, weil ich mir vorstellte, daß Du in eben der Stunde an seiner Seite schliefst, daß er Dich nach Lust und Laune besitzen durfte . . ."

In äußerster Verwirrung begriff Jeanne kein Wort von alledem.

Was war denn das? Wem galten diese Liebesschwüre und von wem gingen sie aus? Sie las weiter, fand immer neue Ergüsse heißester Leidenschaft, Verabredung heimlicher Zusammenkünfte mit Mahnungen zur Vorsicht und zum Schluß immer die vier Worte: „Bitte verbrenn' diesen Brief!"

Endlich entfaltete sie ein nichtssagendes Blättchen, in dem nur eine Einladung zum Essen dankend angenommen wurde, aber es war die gleiche Schrift und war unterzeichnet: Paul von Ennemare. Das war derselbe, den der Baron, wenn die Rede auf ihn kam, nur als „mein armer alter Paul" bezeichnete und dessen Frau die beste Freundin der Baronin gewesen war.

Mit einem Mal wandelte Jeanne ein schwankender Zweifel an, der sogleich zu felsenfester Gewißheit erstarrte. Der Mann war der Geliebte ihrer Mutter gewesen.

Das stieg ihr so zu Kopf, daß sie mit plötzlichem Ruck die schmachvollen Blätter wegschleuderte, wie ein giftiges Tier, das an ihr hätte emporkriechen wollen. Sie lief zum Fenster und begann herzbrechend zu weinen, daß ihr ein schreiendes Schluchzen die Kehle zerriß. Dann brach sie ganz in sich zusammen und sank an der Mauer nieder. Sie barg ihr Gesicht im Fenstervorhang, damit man ihr Stöhnen nicht höre. So klagte sie in abgründiger Verzweiflung.

So wäre sie vielleicht die ganze Nacht dagelegen, aber ein Geräusch von Schritten im Nebenzimmer ließ sie jäh aufspringen. Vielleicht war es der Vater? Und all die Briefe lagen auf dem Bett und auf dem Fußboden! Er brauchte nur einen zu öffnen und erfuhr diese Sache, er!

Mit einem Satz war sie wieder beim Bett, raffte mit beiden Händen die alten, vergilbten Papiere zusammen, die Briefe der Großeltern und die des Liebhabers und die noch nicht entfalteten und auch jene, die noch sauber verschnürt in den Schreibtischfächern lagen – alle warf sie in ganzen Haufen in den Kamin. Dann nahm sie eine Kerze vom Nachttisch und steckte den Briefberg in Brand. Eine gewaltige Flamme loderte empor und erhellte das ganze Zimmer, die Lagerstatt und den Leichnam mit grellem, tanzendem Lichtschein, daß sich auf dem weißen Bezug der Rückwand des Bettes zittrig der Umriß des starren Antlitzes abzeichnete und die Linien des hochaufgetriebenen Leibes unter der Decke.

Als im Herd nur noch ein Häuflein Asche übrig war, setzte sie sich wieder ans offene Fenster. Sie wagte ja nicht mehr recht, dicht bei der Toten zu weilen. Wieder begann sie zu weinen, indem sie das Gesicht mit den Händen bedeckte. Dabei stöhnte

sie in hoffnungsloser, hilfloser Klage: „Ach, meine arme Mama, ach, meine arme Mama!"

Da kam ihr ein schauerlicher Gedanke: am Ende war die Mutter nur scheintot, jeden Augenblick konnte sie sich aufrichten und zu sprechen beginnen! – Wird sie die Mutter dann noch so liebhaben können, da sie jetzt um das abscheuliche Geheimnis weiß? Konnte sie ihre Lippen mit der gleichen reinen Hingabe küssen? Vermochte sie ihr die gleiche heilige Zärtlichkeit zu bewahren? Nein. Das war unmöglich geworden! Dieser Gedanke zerriß ihr das Herz.

Die Nacht verdämmerte, die Sterne erblichen. Es kam die kühle Stunde vor Tag. Der Mond schickte sich an ins Meer zu sinken und goß Perlmutterglanz über die weite Fläche.

Da packte Jeanne die Erinnerung an die Nacht, die sie bei ihrer Ankunft auf „Les Peuples" auch am offenen Fenster durchwacht hatte. Wie lag das weit ab, wie war doch alles so ganz anders geworden, wie sah jetzt ihre Zukunft aus!

Und schon wurde der Himmel rosenrot, Farbe der Liebe, der Freude, reizender Anmut säumte die Wolken. In tiefem Staunen starrte sie die Naturerscheinung an. Ein unfaßbares Wunder war ihr dies leuchtende Erblühen des Tages. Sie konnte nicht begreifen, daß auf einer Erde, wo die Sonne in solcher Pracht aufging, doch weder Freude noch Glück wohnen sollten. Ein Geräusch an der Tür ließ sie zusammenfahren. Es war Julien. Er fragte: „Wie geht's? Bist du nicht gar zu müde?"

Sie stammelte „Nein" und war glücklich, nicht mehr allein zu sein. „Jetzt geh' dich ausruhn," sagte er. Mit langem, müdem Kusse, in dem alle Qual und Zerbrochenheit ihres Herzens lag, nahm sie von der Mutter Abschied. Dann ging sie auf ihr Zimmer.

Der Tag verfloß in der traurigen Geschäftigkeit, die einem ein Toter im Hause aufnötigt. Gegen Abend traf der Baron ein. Er weinte sehr.

Am nächsten Tag fand das Begräbnis statt.

Nachdem sie zum letzten Mal ihre Lippen auf die eiskalte Stirn gedrückt und der Toten das Sterbekleid angezogen und mitangesehen hatte, wie der Sarg zugenagelt wurde, zog sich Jeanne zurück. Jeden Augenblick konnten die Trauergäste eintreffen.

Als erste kam Gilberte und warf sich schluchzend der Freun-

din an die Brust. Vom Fenster aus sah man, wie Wagen durchs Gittertor hereinkamen, wendeten und nach einer Weile im Trab wegfuhren. Schon wurden in der großen Vorhalle Stimmen laut. Allmählich füllte sich das Zimmer mit Damen in Schwarz, ihr unbekannten Damen. Die Marquise von Coutelier und die Vicomtesse von Briseville küßten Jeanne.

Plötzlich merkte sie, daß Tante Liese schüchtern hinter sie trat. Sie umhalste sie mit solcher Wärme, daß das alte Mädchen fast in Ohnmacht fiel.

Julien trat ein, völlig in Schwarz und sehr elegant. Er tat sehr geschäftig und empfand über den Zudrang der Gäste sichtliche Genugtuung. Mit leiser Stimme holte er über irgend etwas den Rat seiner Frau ein. Vertraulich fügte er bei: „Der gesamte Adel ist erschienen, das ganze läßt sich sehr gut an." Mit einem tiefernsten Gruß gegen die Frauen ging er wieder hinaus.

Während der Trauerfeierlichkeit blieben nur Tante Liese und Gilberte bei Jeanne zurück. Die Gräfin küßte sie fortwährend, indem sie rief: „Meine Liebe, Arme! Arme! Liebe!"

Als Graf Fourville vom Begräbnis zurückkam, um seine Frau abzuholen, weinte er, wie wenn er die eigene Mutter verloren hätte.

10

Es kamen nun traurige Tage, trostlos trübe Tage. Wie immer, wenn ein ganz nahestehender Mensch auf Nimmerwiederkehr verschwunden ist, schien das Haus so leer, jede Stunde bohrte Stacheln ins Fleisch, weil man immer wieder auf Gegenstände stieß, welche die Tote gern gebraucht hatte. Jeden Augenblick fällt einem irgend eine Erinnerung wie Felslast aufs wunde Herz. Da steht ihr Lehnstuhl, ihr Sonnenschirm ist im Vorzimmer vergessen worden, ihr Trinkglas ist auch noch nicht weggeschlossen. In allen Zimmern liegen Gegenstände aus ihrem Besitz: ihre Schere, ein Handschuh, das Buch, mit der Spur ihrer unbeholfen gewordenen Finger und tausend Kleinigkeiten, die schmerzliche Bedeutung bekommen, weil die Erinnerung an tausend kleine Geschehnisse damit zusammenhängt.

Auch ihre Stimme verfolgt einen geradezu, man meint sie zu hören. Man möchte irgendwohin fliehen, dem Bann dieses Hauses entrinnen. Doch gilt es auszuharren, weil andere Wesen bleiben und leiden.

Dabei wurde Jeanne auch den Druck ihrer Entdeckung nicht mehr los; diese Vorstellung lastete bergschwer auf ihr. Ihr zermalmtes Herz konnte nicht gesunden. Nun war ihr in ihrer Einsamkeit auch noch dieses furchtbare Geheimnis böse Gesellschaft, und ihr letzter Glaube, ihr letztes Vertrauen waren dahin.

Bald darauf reiste der Vater ab. Er empfand das Bedürfnis, etwas Bewegung und Luftveränderung in sein Leben zu bringen, aus dem schwarzen Kummer aufzutauchen, in dem er völlig zu versinken drohte.

In dem weiträumigen Hause, das gewohnt war, von Zeit zu Zeit einen seiner Besitzer verschwinden zu sehen, nahm das Leben nun wieder seinen ruhigen, regelmäßigen Fortgang.

Da wurde aber Paulchen krank. Jeanne kam darüber fast um den Verstand, verbrachte zwölf Nächte ohne Schlaf, beinahe ohne Nahrung.

Das Kind genas, aber die Mutter blieb unter dem entsetzlichen Eindruck, das Söhnchen könnte ihr sterben. Was sollte sie dann anfangen? Was sollte dann aus ihr werden? Ganz allmählich keimte in ihrem Herzen die leise Sehnsucht nach einem zweiten Kind. Bald drang dieser Wunsch auch in ihre Träume, ein Stück ihrer einstigen Zukunftspläne ergriff wieder völlig Besitz von ihr. Schon als Mädchen hatte sie sich ja immer von zwei kleinen Wesen, einem Knaben und einem Mädchen, umspielt gesehen. Dieser Wunsch wurde eine wahre Besessenheit.

Doch seit dem Vorfall mit Rosalie hatte sie mit ihrem Mann keine Gemeinschaft mehr. Unter den gegenwärtigen Umständen erschien eine Wiederannäherung unmöglich. Julien liebte eine andere, und sie wußte darum. Bei der bloßen Vorstellung, wieder seinen Liebkosungen ausgesetzt zu sein, packte sie heftiger Ekel.

Aber der Drang, noch einmal Mutter zu werden, wurde so

stark in ihr, daß sie zuletzt selbst diesen Widerwillen überwunden hätte. Aber sie konnte sich nicht vorstellen, wie ihre Beziehungen wieder aufgenommen werden könnten. Sie wäre vor Scham und Demütigung gestorben, wenn sie ihre Absichten hätte irgendwie zur Schau tragen müssen. Er wieder schien gar nicht mehr an sie zu denken.

Sie hätte wohl verzichtet, aber da begann sie Nacht für Nacht von einem Töchterchen zu träumen. Sie sah, wie es unter der Platane mit Paul spielte. Manchmal trieb es sie, vom Bett aufzustehen und, ohne ein Wort zu reden, ihren Mann auf seinem Zimmer aufzusuchen. Zweimal schlich sie bis vor seine Zimmertür. Aber sie bekam Herzklopfen vor Scham und lief davon.

Der Baron war fort, Mütterchen war tot. Jeanne hatte jetzt niemanden mehr, den sie um Rat fragen, dem sie ihre geheimsten Gedanken anvertrauen konnte.

Da faßte sie den Entschluß, Pfarrer Picot aufzusuchen und ihn unter dem Siegel des Beichtgeheimnisses in ihre schwer durchführbaren Pläne einzuweihen.

Sie kam gerade dazu, wie er in seinem mit Obstbäumen bestandenen Gärtchen Brevier las.

Nachdem man ein paar Minuten von gleichgültigen Dingen geredet hatte, stammelte sie errötend: „Hochwürden, ich möchte beichten."

Er war ganz starr vor Staunen und rückte die Brille höher, um sie genauer ansehen zu können, dann begann er zu lachen. „Na, Sie müssen gerade auch keine Todsünden auf dem Gewissen haben." Da verlor sie ganz ihre Haltung und sagte: „Das nicht . . . aber ich möchte Sie um einen Rat bitten . . . aber die Sache ist mir so . . . peinlich, daß ich mich nicht getraue, so ganz gewöhnlich mit Ihnen darüber zu reden."

Da gab er sofort seine gemütliche Alltagsmiene auf und nahm sein Priestergesicht an: „Also mein Kind, ich will Sie im Beichtstuhl anhören, gehen wir hinüber."

Aber sie hielt ihn zaghaft zurück. Sie hatte plötzlich Bedenken, von diesen etwas genierlichen Dingen in der tiefen Stille einer leeren Kirche zu reden.

„Oder nein . . . lieber nicht, Herr Pfarrer . . . ich kann . . . ich könnte . . . wenn Sie nichts dagegen haben . . . Ihnen hier sagen, warum ich gekommen bin. Schaun Sie, wir könnten uns dort in die kleine Laube setzen.

Langsamen Schrittes gingen sie hin. Sie suchte nach Ausdrücken, nach einem Anfang. Sie setzten sich.

Dann begann sie wie bei einer Beichte: „Hochwürden", hierauf stockte sie und setzte von neuem an: „Hochwürden . . ." dann schwieg sie wieder in äußerster Verwirrung.

Mit über dem Bauch verschränkten Armen saß er wartend da. Da er ihre namenlose Verlegenheit bemerkte, wollte er ihr Mut machen: „Nun, nun, meine Tochter, mir scheint, Sie getrauen sich nicht mit der Sprache heraus, haben Sie doch keine Angst!"

Endlich brachte sie es über sich, wie sich ein Feigling blindlings in eine Gefahr stürzt: „Hochwürden, ich möchte noch ein Kind." Er antwortete nicht, da er sie nicht verstand. Da suchte sie ihm die Sache zu erklären, verstrickte sich dabei aber heillos in ihren Worten.

„Jetzt stehe ich allein im Leben, mein Vater und mein Mann vertragen sich nicht, meine Mutter ist tot . . . und . . . und", schaudernd sagte sie ganz leise die Worte: „. . . Unlängst hätte ich beinahe mein Kind verloren! Was wäre dann aus mir geworden?"

Sie schwieg. Der Geistliche sah sie verständnislos an:

„Nun ja, doch zur Sache!"

Sie wiederholte: „Ich möchte noch ein Kind haben."

Da lächelte er, weil er an die saftigen Scherze der Bauern denken mußte, die sich vor ihm weiter keinen Zwang antaten. So antwortete er mit schalkhafter Kopfbewegung: „Mir scheint, das läge doch wohl nur bei Ihnen, nicht?"

Sie schlug ihre unschuldigen Augen zu ihm auf, dann stotterte sie ganz verwirrt: „Aber . . . wissen Sie . . . seit dem . . . Sie wissen schon, das mit der Magd, da leben wir ganz getrennt, mein Mann und ich."

Er war so an das ungeregelte Geschlechtsleben und die sexuelle Würdelosigkeit der Landleute gewöhnt, daß ihn diese Enthüllung in Erstaunen setzte. Plötzlich glaubte er zu erraten, wo die junge Frau wirklich der Schuh drückte. Voll wohlwollenden Verständnisses für ihre Not sah er sie von der Seite an: „Ja, ich begreife vollkommen. Ich kann mir vorstellen, daß Ihr . . . Ihr Witwentum Ihnen auf die Dauer schwerfällt. Sie sind jung, sind gesund. Es ist schließlich ganz natürlich, vollkommen natürlich." Seine joviale Landpriesternatur war wieder oben auf und so lächelte er und tätschelte sachte Jeannes Hand: „Ist Ihnen erlaubt, durch kirchliche Gebote vollkommen erlaubt: Fleischliches Tun begehre nur innerhalb der Ehe. Nun sind Sie doch verheiratet, nicht? Wozu wären Sie aber verheiratet? Doch nicht zum Rübenstechen?"

Diesmal hatte sie zuerst nicht begriffen, wo er mit seinen Anspielungen hinauswollte. Aber sobald sie ihr durchsichtig wurden, war sie entsetzt, wurde purpurrot, Tränen traten ihr in die Augen.

„Ach, Herr Pfarrer, was sagen Sie da? Was denken Sie von mir? Ich schwöre Ihnen ... ich schwöre Ihnen ..." Vor Schluchzen konnte sie nicht weiterreden.

Er war überrascht und versuchte sie zu trösten: „Nun, nun, ich wollte Ihnen nicht wehtun. Ich habe nur ein bißchen gespaßt; das darf man in allen Ehren tun. Aber verlassen Sie sich auf mich. Ich werde mit Herrn Julien reden."

Jetzt wußte sie gar nicht mehr, was sie sagen sollte. Wenn sie es gewagt hätte, würde sie seine Vermittlung nun doch noch abgelehnt haben, weil sie fürchtete, er werde durch seine ungeschickte Plumpheit nur alles verderben. Aber das wagte sie nicht. Sie stammelte: „Danke, Hochwürden!" und lief fort.

Darüber vergingen acht Tage. Die ganze Zeit verbrachte sie in Angst und Unruhe.

Eines Abends sah Julien sie mit einer so sonderbaren Miene an, hatte so ein gewisses Lächeln um die Mundwinkel, wie immer, wenn er frivol gestimmt war. Er zeigte ihr gegenüber sogar eine gewisse Galanterie, in der, kaum merklich, etwas Ironie lag. Als sie dann in Mütterchens Allee spazierengingen, sagte er ihr leise ins Ohr: „Mir scheint, wir sind wieder gut miteinander."

Sie gab keine Antwort. Sie forschte auf dem Boden nach einer gewissen geraden Linie, die man jetzt schon kaum mehr erkennen konnte, da darüber Gras gewachsen war. Es war die Spur vom Fuß der Baronin, die da allmählich verging, wie eine Erinnerung vergeht. Jeannes Herz krampfte sich zusammen, versank in Trauer. Sie kam sich im Leben ganz verloren vor, niemand stand ihr mehr nahe.

Julien fuhr fort: „Mir ist das sehr erwünscht, ich wollte dir nur nicht nahetreten."

Die Sonne sank, die Luft war mild. Jeanne überkam der

Drang, an einer Freundesbrust aus Herzensgrund zu weinen, jemanden fest zu umschlingen und flüsternd alle Qual in seine Seele zu ergießen. Ein Schluchzen stieg ihr in die Kehle. Sie öffnete die Arme und sank an Juliens Brust.

Sie weinte, weinte. Verdutzt sah er von oben ihr Haar an, da ihr Gesicht sich an seinem Herzen barg. Er legte sich die Sache dahin zurecht, daß sie ihn eben noch liebe und drückte einen herablassenden Kuß auf ihre blonden Flechten.

Wortlos gingen sie ins Haus zurück. Er folgte ihr auf ihr Zimmer und verbrachte die Nacht bei ihr.

So wurden ihre früheren Beziehungen wieder aufgenommen. Er sah darin eine durchaus nicht unangenehme Pflicht. Sie ließ das als ekelhafte, peinliche Notwendigkeit über sich ergehen und war fest entschlossen, wieder ein Ende zu machen, sobald sie nur erst schwanger wäre.

Aber nun merkte sie, daß die Liebkosungen ihres Mannes irgendwie anders waren. Sie waren vielleicht raffinierter, aber nicht so rückhaltlos. Er war zu ihr eher wie ein vorsichtiger Liebhaber, nicht wie ein unbekümmerter Ehemann.

Sie stutzte, beobachtete. Dann erkannte sie bald, daß alle seine Umarmungen gerade innehielten, bevor sie befruchtet sein konnte.

Da flüsterte sie eines Nachts, als sie Lippe an Lippe lagen: „Warum gibst du dich mir nicht mehr ganz wie früher?"

Er grinste: „Dummerl, daß du kein Bäuchlein kriegst."

Sie zuckte zusammen: „Warum willst du denn keine Kinder mehr?"

Er blieb ganz gelähmt vor Überraschung: „Was? Was sagst du da? Na, du bist wohl ganz verrückt geworden! Noch ein Kind? Das könnte einem gerade noch fehlen! Ich denke, es ist schon an dem einen reichlich genug, so ein Schreihals, um den sich dann das ganze Haus dreht, und der einen noch dazu so viel Geld kostet! Noch ein Exemplar? Da möcht ich mich schön bedanken!"

Da küßte und umarmte sie ihn, umwand ihn mit heißen Liebesschlingen und sagte ganz leise: „Ach, ich bitte dich so sehr, laß mich noch einmal Mutter werden."

Da wurde er böse, wie wenn sie ihn tödlich beleidigt hätte: „Na, du wirst wirklich toll. Verschone mich gefälligst mit deinen Dummheiten"

Sie schwieg und nahm sich vor, ihm das Glück ihrer Träume mit List abzugewinnen.

Sie suchte ihre Umarmungen möglichst zu verlängern, tat, wie wenn sie von rasender Liebesglut besessen wäre, umschlang ihn in simulierten Wallungen krampfhaft mit beiden Armen. Sie gebrauchte alle möglichen Kunstgriffe. Aber er verlor nie seine Selbstbeherrschung und vergaß sich nicht ein einziges Mal.

Aber ihr hartnäckiges Verlangen ließ ihr keine Ruhe, bis sie sich über alle Rücksichten hinwegsetzte und sich entschloß, ohne nach rechts oder links zu sehen, einfach auf ihr Ziel loszugehen. Darum suchte sie noch einmal Pfarrer Picot auf.

Er hatte eben sein Mittagsmahl eingenommen und war hochrot im Gesicht, da ihm nach dem Essen immer das Blut zu Kopfe stieg. Schon bei ihrem Eintritt rief er ihr entgegen: „Also?" Er wollte den Erfolg seiner Unterhandlungskünste brühwarm erfahren.

In ihrem Vorsatz, alle verschämte Scheu beiseite zu lassen, antwortete sie ohne Zaudern: „Mein Mann will keine Kinder mehr." Das interessierte den Priester sehr, und er drehte seinen Sessel ihr völlig zu, um mit echt geistlicher Neugier in Geheimnissen des Ehebettes herumzustöbern – das war's ja gerade, was ihm seine Tätigkeit als Beichtvater etwas schmackhaft machte. Er fragte: „Wieso denn?" Als sie das erklären sollte, geriet sie trotz ihrer kühlen Entschlossenheit wieder ins Stottern: „Nämlich . . . er . . . will nicht . . . daß ich Mutter werde."

Der Pfarrer verstand sie, er kannte diese Dinge. Mit der ganzen Begehrlichkeit des Hungernden fragte er jetzt um jede Einzelheit, wollte alles genau wissen.

Dann dachte er einen Augenblick nach. Hierauf entwickelte er ihr mit so ruhiger Stimme, wie wenn er vom günstigen Saatenstand geredet hätte, einen schlauen Kriegsplan, bei dem alle Möglichkeiten in Betracht gezogen waren: „Es gibt in diesem Falle nur ein Mittel, mein liebes Kind: Sie müssen ihm einreden, daß Sie in anderen Umständen sind. Das wird ihn unvorsichtig machen, und so wird die Sache wirklich eintreten."

Sie wurde rot bis zu den Augen. Aber da ihre Absicht feststand, ließ sie sich durch nichts abschrecken. „Aber . . . wenn er mir's nicht glaubt?"

Doch der Pfarrer wußte schon, mit welchen Mittelchen man

die Menschen packt und leitet: „Erzählen Sie jedermann, daß Sie wieder ein Kind erwarten. Dann wird er schließlich doch auch daran glauben."

Dann fügte er hinzu, gleichsam, um sich wegen dieser List zu rechtfertigen: „Sie sind dabei in Ihrem Recht; die Kirche duldet die Beziehung zwischen Mann und Frau nur im Hinblick auf die Erzielung von Nachkommenschaft."

Sie befolgte den schlauen Ratschlag und teilte vierzehn Tage später Julien mit, daß sie sich schwanger glaube. Er fuhr auf: „Unmöglich. Das ist nicht wahr!"

Sie sagte ihm sogleich, welches Symptom ihr diese Vermutung nahelege. Aber er beruhigte sich wieder. „Ach was! Wart noch eine Weile. Wird schon wieder kommen."

Von da ab fragte er jeden Morgen: „Na?" Aber immer antwortete sie: „Noch immer nicht. Ich müßte mich sehr irren, wenn ich nicht schwanger wäre."

Nun wurde er auch unruhig. Er sagte immer wieder: „Hol mich der Teufel, ich begreife nicht, wie das möglich war. Ist mir einfach unverständlich, aber schon total unverständlich!"

Einen Monat später verkündete sie die große Neuigkeit allen Leuten, außer der Gräfin Gilberte; in diesem einen Fall verschloß ihr doch eine zarte, triebhafte Scham den Mund.

Seitdem Juliens Unruhe wach geworden war, hielt er sich von seiner Frau fern. Dann aber fand er sich grollend mit der Sachlage ab und sagte: „Na, was da am Weg ist, hätt auch daheim bleiben können."

Von da an nahm er die nächtlichen Besuche bei seiner Frau wieder auf. Die Voraussicht des Pfarrers behielt völlig recht. Sie wurde schwanger.

Da durchströmte sie wild triumphierende Freude. Jeden Abend versperrte sie ihre Zimmertür. Der unbekannten Gottheit, die sie verehrte, gelobte sie in dankbarer Wallung ewige Keuschheit.

Von neuem fühlte sie sich fast glücklich und wunderte sich selbst, wie rasch ihr Schmerz um die Mutter nachgelassen hatte. Sie hatte gemeint, diese Wunde werde nie vernarben, und nun, nach kaum zwei Monaten, wollte sie sich schon schließen. Es blieb ihr nur eine sanfte Schwermut wie ein trüber Schleier über ihrem Leben. Sie konnte sich nicht vorstellen, wie jetzt noch irgendein äußeres Ereignis in ihr Leben tiefer eingreifen sollte.

207

Ihre Kinder würden eben heranwachsen und sie liebhaben. Sie würde ruhig und zufrieden dahinleben, ohne sich um ihren Mann zu kümmern.

Ende September machte Pfarrer Picot eine feierliche Visite in einem neuen Priesterrock, an dem ausnahmsweise nur die Suppenflecke von kaum einer Woche zu sehen waren. Er stellte seinen Nachfolger Tolbiac vor. Das war ein ganz junger Priester, klein und mager, mit schwarzen Ringen unter den tiefliegenden Augen, die leidenschaftliche Heftigkeit verrieten.

Der alte Pfarrer war zum Dekan in Goderville ernannt worden.

Jeanne fühlte aufrichtigen Trennungsschmerz. Das Gesicht des dicken Männleins war in so viele Erinnerungen der jungen Frau verwoben. Er hatte sie getraut, hatte Paul getauft und ihre Mutter begraben. Sie konnte sich Etouvent gar nicht vorstellen, ohne daß sein rundes Bäuchlein an den Meierhöfen hinstrich. Sie liebte ihn, weil er heiter und natürlich war. Seine Beförderung schien ihm nicht viel Freude zu machen. Er sagte: ,,Es kommt mir schwer, schwer an, Frau Gräfin. Seit achtzehn Jahren sitze ich hier am Ort. Nicht daß die Einkünfte der Rede wert wären, und sonst taugt die Gemeinde auch nicht viel. Die Männer haben an Religion nur gerade das Nötigste beibehalten, und die Weiber, die Weiber führen einen üblen Lebenswandel, keine Haltung in der ganzen Bande. Die Mädel treten mir erst dann zum Traualtar, wenn sie eine Pilgerfahrt zu unserer lieben Frau vom runden Bauch hinter sich haben, und die Jungfernkränze stehen hierzulande nicht hoch im Preise. Macht nichts, ich hab das Nest doch gern gehabt.‘‘

Der neue Pfarrer ruckte ungeduldig hin und her und wurde rot. Er sagte schroff: ,,Bei mir muß das ganz anders werden.‘‘ In seinem schäbigen, aber reinlichen Priesterkleid sah das magere, dünne Männlein wie ein kleiner Junge aus, der sich vor Wut nicht zu fassen weiß.

Abbé Picot sah ihn von der Seite an, was bei ihm immer ein Zeichen heiterer Laune war, und fuhr fort: ,,Sehen Sie, lieber Amtsbruder, wenn Sie dergleichen verhindern wollen, müssen Sie einfach alle Ihre Pfarrkinder anbinden lassen – und das möcht’ noch nichts helfen.‘‘

Der kleine Priester erwiderte mit schneidender Stimme: ,,Wir werden ja sehen.‘‘

Der alte Pfarrer aber schnupfte mit Behagen und sagte dann: „Wenn Sie älter werden und auch Ihre Erfahrungen machen, werden Sie alles ruhiger ansehen. Mit Ihren jetzigen Ansichten können Sie höchstens die letzten Gläubigen aus der Kirche treiben, mehr werden Sie nicht erreichen. Die Leute hier sind kirchengläubig, aber in anderen Stücken nun einmal wie die lieben Hündlein: sehen Sie sich vor! Mein Gott, wenn mir ein Mädel über der Predigt ein bißchen dicklich vorkommt, sag ich mir einfach: Das gibt eben wieder ein Pfarrkind mehr, und ich suche sie unter die Haube zu bringen. Daß sie Fehltritte tun, schauen Sie, das können Sie nicht hindern. Aber Sie können dann den Burschen vornehmen und durchsetzen, daß er die junge Mutter nicht verläßt. Sehen Sie nur zu, daß die jungen Leute heiraten, Herr Amtsbruder, um das andere kümmern Sie sich ja nicht."

Der neue Pfarrer antwortete grob: „Unsere Ansichten gehen nun einmal auseinander, lassen wir die Sache dahingestellt sein." Da wurde dem Pfarrer Picot das Herz recht schwer. Er dachte an sein Dorf, an das Meer, auf das man vom Pfarrhaus Aussicht hatte, an die trichterförmig eingeschnittenen Tälchen, in denen er beim Brevierlesen dahingewandelt war, indes er in der Ferne die Schiffe gleiten sah.

Die zwei Priester nahmen Abschied. Der alte küßte Jeanne, die fast in Tränen ausgebrochen wäre.

Eine Woche später kam Pfarrer Tolbiac wieder auf Besuch. Er redete von seinen in Durchführung begriffenen Reformen ganz wie ein Fürst, der die Zügel der Regierung in die Hände nimmt. Dann ersuchte er die Gräfin, ja nur den Sonntagsgottesdienst nicht zu versäumen und zu allen Kirchenfesten die Kommunion zu nehmen. „Wir beide sind nun einmal die gesellschaftliche Spitze der Gegend; wir müssen sie beherrschen und in unserem Wandel durchaus vorbildlich sein. Um mächtig und angesehen zu sein, müssen wir im Einklang vorgehen. Wenn sich Kirche und Schloß in die Hände arbeiten, wird Fischerhütte und Bauernkate uns fürchten, uns gehorchen."

Religion war für Jeanne reine Gefühlssache. Sie hatte jene träumerische Gläubigkeit, über die Frauen kaum hinauskommen. Nur aus alter Gewohnheit, noch vom Kloster her, kam sie halbwegs ihren kirchlichen Verpflichtungen nach. Ihre tiefste Überzeugung war seit langem durch des Barons spöttischen Unglauben untergraben.

Pfarrer Picot war mit dem wenigen zufrieden gewesen, das sie geben konnte und hatte ihr nie Vorhaltungen gemacht. Da sie aber sein Nachfolger beim Gottesdienst am letzten Sonntag vermißt hatte, war er gleich unruhig mit strengem Tadel herbeigeeilt.

Sie wollte mit dem Pfarrer nicht brechen und versprach, was er verlangte; dabei behielt sie sich innerlich vor, nur in den ersten Wochen Eifer zu zeigen, um ihm einen Gefallen zu tun.

Aber nach und nach gewöhnte sie sich ans Kirchengehen und geriet unter den Einfluß des mageren Priesters mit seiner herrschsüchtigen Makellosigkeit. Als Mystiker bestach er sie durch glutvolle Verstiegenheit. Seine unbeugsam rauhe Sittenstrenge, seine Nichtachtung gegenüber allem weltlich-sinnlichen Treiben, der Ekel, mit dem er auf gemeine Menschensorgen herabsah, seine ganz auf Gott gerichtete Inbrunst, seine jugendlich rauhe Unerfahrenheit, seine harten Reden, sein unbeugsamer Wille – all dies gab Jeanne eine anschauliche Vorstellung davon, wie wohl die alten Märtyrer gewesen sein mochten. So ließ sich die viel enttäuschte Dulderin durch den starren Fanatismus dieses halb kindlichen jungen Menschen verführen, der sich als Diener des Himmels fühlte.

Er leitete sie zum Heiland, dem großen Tröster, zeigte ihr, wie die frommen Entzückungen der Religion alle ihre Leiden besänftigen würden. So kniete sie denn demütig im Beichtstuhl nieder, fühlte sich klein und schwach vor diesem Priester, der doch wie ein fünfzehnjähriges Bürschchen aussah.

Aber in der ganzen Gegend war er bald sehr verhaßt.

Unerbittlich streng gegen sich selbst, zeigte er auch anderen gegenüber die schärfste Unduldsamkeit. Besonders eine Sache erfüllte ihn immer wieder mit Ekel, Zorn und Entrüstung: die Geschlechtsliebe. In seinen Predigten redete er darüber in den heftigsten, nüchtern deutlichsten Ausdrücken, wie es Brauch der Kirche ist, und überschüttete seine derb bäuerische Zuhörerschaft mit rollenden Perioden, die gegen Fleischeslust donnerten. Er zitterte, stampfte mächtig mit den Füßen vor Wut, es quälten ihn die Phantasiebilder, die er in seiner zornigen Rede wachrief.

Die großen Burschen und Mädel warfen sich über das Kirchengestühl weg duckmäuserische Blicke zu. Die alten Bauern, die einem Späßchen über solche Dinge immer geneigt sind, ta-

210

delten die Unduldsamkeit des neuen Pfarrers, wenn sie nach dem Gottesdienst neben der Bäuerin im schwarzen Mantel und dem Sohn in der blauen Bluse wieder zu ihrem Hof gingen. Die ganze Gegend war aus dem Häuschen.

Man flüsterte einander zu, wie streng er sich bei der Beichte zeige, welche schlimmen Bußen er auferlegte. Wenn er gar darauf beharrte, Mädchen, deren Keuschheit ein wenig gelitten hatte, durchaus die Absolution zu verweigern, wurde die Sache geradezu ins Lächerliche gezogen. Beim Hochamt an den großen Kirchenfesten gab's endloses Gekicher, wenn junge Leute offenkundig in ihren Bänken sitzen blieben, statt wie die anderen das Abendmahl zu nehmen.

Bald verfiel er darauf, Liebespaare bei ihren Zusammenkünften aufzuscheuchen, wie Jäger Wilddieben nachstellen. In mondhellen Nächten stöberte er sie in Grenzgräben, hinter Scheunen oder auf den Hängen der kleinen Täler im Seeschilf auf.

Einmal fand er zwei, die bei seinem Anblick nicht auseinanderfuhren. Umschlungen gingen sie in einem steinigen Tal dahin und küßten sich.

Der Pfarrer schrie: „Wollt ihr wohl aufhören, ihr Bauerngesindel!"

Da drehte sich der Bursche um und antwortete: „Kümmern Sie sich um Ihre Sachen, Herr Pfarrer, das da geht Sie nichts an."

Da raffte der Pfarrer Steine auf und warf sie nach ihnen, wie man bei Hunden tut. Lachend liefen die beiden davon. Aber am nächsten Sonntag nannte er sie in offener Kirche mit Namen.

Seitdem gaben alle Burschen im Dorf den Kirchenbesuch auf.

Alle Donnerstage war der Pfarrer im Schloß zu Tisch geladen und kam oft auch unter der Woche, um sich mit seinem bußfertigen Pfarrkind auszusprechen. Jeanne teilte jetzt seine schwärmerischen Entzückungen, redete von übersinnlichen Gegenständen, kurz, handhabe das ganze uralte, vielfältige Rüstzeug religiöser Auseinandersetzungen. Sie gingen gewöhnlich in der Lieblingsallee der verstorbenen Baronin auf und nieder, indem sie über Christus, die heilige Jungfrau und die Kirchenväter wie über alte Bekannte sprachen. Manchmal blieben sie stehen, um sich gegenseitig tiefsinnige Fragen vorzu-

legen, über deren Erörterung sie in grenzenlose Mystik gerieten. Sie verlor sich dabei in poetischer Ausmalung, ihre Phantasie sandte wahre Feuerwerke zum Himmel. Er war viel bestimmter, argumentierte wie ein von fixen Ideen besessener Winkeladvokat, der in Mußestunden die Quadratur des Zirkels mathematisch ableiten will.

Julien behandelte den neuen Pfarrer mit der größten Hochachtung und wiederholte unablässig: „Der ist mein Mann, der macht keine Zugeständnisse!" Er ging fleißig zur Beichte und Kommunion, setzte alles daran, als leuchtendes Beispiel dazustehen.

Jetzt ging er fast täglich zu den Fourville, jagte mit dem Grafen, der ohne ihn gar nicht mehr leben konnte, und ritt trotz Regen und Unwetter mit der Gräfin aus. Ihr Mann pflegte zu sagen: „Die sind total verrückt mit ihrem Herumgereite, aber meiner Frau tut es gut."

Mitte November kam der Baron zurück. Er war sehr zu seinem Nachteil verändert, war gealtert, müde, in schwarze Traurigkeit versunken, die seinem Geist die Schwingen lähmte. Vom ersten Augenblick an zeigte es sich, daß die Liebe zu seiner Tochter noch gewachsen war, als ob die paar Monate düsterer Einsamkeit seinen Hunger nach herzlicher Nähe, nach hingebendem Vertrauen und inniger Zärtlichkeit zu heißestem Verlangen gesteigert hätten.

Jeanne sagte ihm nichts von ihrem neuen Glauben, von ihrem vertraulichen Verkehr mit Pfarrer Tolbiac und der ganzen übersinnlichen Glut, die in ihr entfacht worden war. Aber gleich, als der Baron den Priester zum ersten Mal erblickte, flößte dieser ihm den heftigsten Widerwillen ein.

Als ihn die junge Frau abends fragte, wie ihm der Priester gefalle, antwortete er: „Aber der Mensch ist ja der geborene Großinquisitor! Ein ganz gefährliches Individuum."

Als er dann durch die Bauern, mit denen er auf freundschaftlichem Fuße stand, von der Unduldsamkeit des jungen Priesters hörte, von dem wahren Kreuzzug, den er auf eigene Faust gegen naturgegebene Triebe und Instinkte unternahm, da flammte in seinem Herzen ein wilder Haß auf.

Er selber gehörte der Gattung naturanbetender Freigeister an. Er war jedesmal gerührt, wenn er zwei Tiere sich gatten sah. Er kniete demütig vor einer Art pantheistischer Gottheit,

213

sträubte sich aber wild gegen die katholische Gottesidee, gegen diese kleinbürgerliche Auffassung von einem Wesen mit jesuitischem Groll und tyrannischen Rachegelüsten. So ein Gott entstellte, verdarb ihm das Bild der Schöpfung, wie er es sich nach seinen Ahnungen zurechtlegte. Ihm erschien sie als ein zwangsläufiges, grenzenloses, allgewaltiges Ganzes, war Leben, Licht, Erde, Gedanke, Pflanze, Fels und Mensch, Luft und Tier, Stern und Gott und Insekt – alles zu gleicher Zeit, in gleichem Sinn, schaffend, weil Schöpfung ihr Wesen ist, stärker als aller Wille, umfassender als jedes Denken. Es schuf immerfort ohne Zweck, ohne Verstandesgrund und ohne Aufhören in jedem Sinn und in jeder Gestalt durch den unendlichen Raum hin, unter dem Zwang zufälliger Umstände, und weil gerade eine weltwärmende Sonne nahe war.

In der Schöpfung war alles keimhaft, Gedanke und Leben entfalteten sich in ihr wie Blumen und Früchte auf den Bäumen.

So war ihm die Fortpflanzung geradezu der Inbegriff gesetzlichen Naturgeschehens, eine heilige, verehrungswürdige, göttliche Handlung, die das dumpfe, unablässige Wollen des Weltwesens ausdrückte. Von Hof zu Hof begann er einen wahren Feldzug gegen den unduldsamen Priester, der sich vermaß, das Leben zu verfolgen. Verzweifelt betete Jeanne zum Herrn, beschwor den Vater, doch abzulassen. Er aber antwortete immer: „Man muß solche Menschen bekämpfen, das ist unser Recht, unsere Pflicht. Sie sind Unmenschen." Er schüttelte sein langes weißes Haar. „Sie sind Unmenschen, sie begreifen nichts, nichts, rein nichts. Sie handeln in verhängnisvollem Wahn; sie sind ,antiphysisch'." Dieser Ruf „Antiphysisch" klang in seinem Mund wie der ärgste Fluch.

Der Priester fühlte wohl den Feind, aber da er Herr über das Schloß und die junge Frau bleiben wollte, verhielt er sich abwartend, des Endsieges gewiß.

Dann aber ergriff eine fixe Idee von ihm Besitz. Zufällig hatte er das Verhältnis zwischen Julien und Gilberte entdeckt und wollte ihm um jeden Preis ein Ende machen.

Eines Tages suchte er Jeanne auf und bat sie nach einem langen mystischen Gespräch, ihm beizustehen, das Übel in ihrer eigenen Familie zu bekämpfen und auszurotten und zwei bedrohte Seelen zu retten.

Sie verstand ihn nicht und wollte wissen, was er meine. Er

antwortete: „Die Stunde ist noch nicht da, ich komme bald wieder." Darauf ging er eilig fort.

Der Winter ging zu Ende, ein lauer, feuchter, ein „fauliger" Winter, wie man auf dem Lande sagt.

Einige Tage später kam der Pfarrer wieder und redete in dunklen Wendungen von einer jener verabscheuungswürdigen Verbindungen zwischen Leuten, die in ihrem Wandel makellos sein sollten. Diejenigen, zu deren Kenntnis solche Dinge kämen, hätten, so sagte er, die Pflicht, ihnen auf jede Weise entgegenzutreten. Daran knüpfte er hochfliegende Betrachtungen, dann faßte er Jeannes Hand und beschwor sie, die Augen zu öffnen, ihn zu begreifen, ihm zu helfen.

Diesmal hatte sie ihn wohl verstanden, aber sie schwieg im Entsetzen über die Vorstellung der unangenehmen Folgen, die sich daraus für ihr jetzt so ruhiges häusliches Leben ergeben könnten. So tat sie, als ob sie nicht wüßte, worauf der Priester angespielt habe. Da zögerte er nicht länger und sprach die Sache in dürren Worten aus.

„Frau Gräfin, ich habe eine peinliche Pflicht zu erfüllen, aber ich kann mir nicht helfen. Das göttliche Amt, das ich innehabe, gebietet mir, Sie nicht länger über manche Dinge in Unwissenheit zu lassen, die Sie verhindern können. So mögen Sie denn wissen, daß Ihr Mann mit Frau von Fourville eine sträfliche Freundschaft unterhält."

Sie senkte den Kopf, kraftlos, in alles ergeben.

Der Priester sprach weiter: „Was gedenken Sie also jetzt zu tun?"

Da stammelte sie: „Ja, was kann ich denn da tun, Hochwürden?"

Er erwiderte heftig: „Dieser sündigen Leidenschaft durch entschiedenes Dazwischentreten ein Ende machen!"

Sie begann zu weinen, dann sagte sie vergrämt: „Aber er hat mich ja schon mit einer Magd betrogen. Er hört ja auch nicht auf mich, er liebt mich ja nicht mehr. Sobald ich einen Wunsch äußere, der ihm nicht paßt, mißhandelt er mich geradezu. Was kann ich da ausrichten?"

Ohne direkt darauf zu antworten, rief der Geistliche aus: „Also Sie beugen sich dem Unrecht! Sie fügen sich! Sie sind einverstanden! Der Ehebruch weilt unter Ihrem Dach. Das dulden Sie? Todsünde geschieht vor Ihren Augen, und Sie wen-

216

den einfach den Blick ab? Sie wollen eine Ehegattin sein? Eine Christin? Eine Mutter?"

Sie schluchzte: „Was soll ich denn tun?"

Er antwortete: „Alles eher, als diese Ruchlosigkeit zulassen. Ich sage Ihnen, alles eher. Verlassen Sie ihn. Fliehen Sie dieses besudelte Haus."

Sie sagte: „Aber ich habe doch kein Geld, Hochwürden. Ich habe auch keinen Mut mehr; und dann, wie kann ich aus dem Hause gehen, ohne Beweise in Händen zu haben? Dazu habe ich überhaupt kein Recht."

Zitternd vor Erregung stand der Priester auf: „Aus Ihnen spricht Feigheit, Frau Gräfin, ich habe Sie mir ganz anders vorgestellt. Sie sind unwert, Gottes Gnade zu finden!"

Sie fiel auf die Knie: „Oh, bitte, bitte, geben Sie mich nicht auf, raten Sie mir doch!"

Er sagte kurz und scharf: „Öffnen Sie Herrn von Fourville die Augen. Es ist seine Sache, diesem Verhältnis ein Ende zu machen."

Bei dieser Vorstellung befiel sie furchtbares Entsetzen: „Aber der bringt sie ja um! Hochwürden! Und ich soll denunzieren? Das nicht, niemals!" Außer sich vor Zorn hob er die Hand, wie wenn er ihr fluchen wollte: „Verharren Sie nur in Ihrer Schmach und Sünde, denn Sie sind schuldiger als jene anderen. Sie sind eine Ehefrau, die dem Bruch ihrer Ehe Vorschub leistet. Ich habe hier nichts mehr zu suchen."

Als er fortging, bebte er am ganzen Leib vor Wut.

Ganz außer sich lief sie ihm nach; sie wollte ja gehorchen, begann schon, ihm dergleichen zu versprechen. Aber in ihm zitterte immer noch die Entrüstung nach. Mit schnellen Schritten ging er dahin, indem er zornig seinen blauen Regenschirm schwang, der fast so groß war wie er selber.

Er sah Julien beim Gatter stehen, wie er das Stutzen der Bäume überwachte. Da bog er nach links ab, um den Hof der Couillard zu durchqueren. Dabei wiederholte er: „Lassen Sie mich, Frau Gräfin, ich habe Ihnen nichts mehr zu sagen."

Gerade auf seinem Weg, mitten im Hof, umstand eine Schar Kinder – die des Pächters und ein paar aus der Nachbarschaft – die Hütte der Hündin Mirza und besah mit stummer, gesammelter Aufmerksamkeit irgend etwas, das da vorging. Mitten unter ihnen stand mit den Händen auf dem Rücken der Baron und schaute auch höchst gespannt zu. Er sah inmitten der Kinder wie ein Schullehrer aus. Als er aber von weitem den Priester bemerkte, ging er schnell weg, um ihm nicht zu begegnen und ihn weder grüßen noch ansprechen zu müssen.

Jeanne sagte in flehendem Ton: „Geben Sie mir noch ein paar Tage Zeit, Hochwürden, und kommen Sie wieder aufs Schloß. Dann werde ich Ihnen schon sagen können, welche praktischen Möglichkeiten, welchen Ausweg ich etwa gefunden habe. Dabei können wir ja das weitere besprechen und vorkehren.‟

In diesem Augenblick langten sie bei der Kinderschar an. Der Pfarrer trat hinzu, um zu sehen, was denn gar so sehr ihr Interesse errege. Die Hündin war im Begriff zu werfen. Vor ihrer Hütte zappelten schon fünf Junge um die Mutter, die sie zärtlich beleckte, indes sie schmerzdurchwühlt auf der Seite lag. Im Augenblick, da der Priester herankam, streckte sich das Tier noch einmal und ein sechstes Köterlein trat ans Licht. Freudig klatschten daraufhin all die kleinen Gassenjungen in die Hände und schrien: „Schaut's, noch einer, noch einer!‟ Es war das ein Spiel für sie wie ein anderes, ein ganz natürliches Spiel, wobei ihnen jede unreine Vorstellung ganz fern lag. Sie sahen diesem Gebären nicht anders zu als dem Fallen reifer Äpfel.

Der Pfarrer Tolbiac blieb erst ganz starr, dann aber packte ihn eine wahnsinnige Wut. Er hob seinen schweren Schirm und begann aus Leibeskräften in den Haufen der Kinder, auf ihre Köpfe, einzudreschen. Die erschrockenen Kerlchen liefen fort, so schnell sie konnten. So befand er sich plötzlich der armen Wehmutter gegenüber, die sich abmühte, sich zu erheben. Aber er ließ ihr gar keine Zeit, wieder auf die Beine zu kommen, er wußte nicht mehr, was er tat und fing nun an, das Tier mit mörderischen Hieben zu bearbeiten. Da es angekettet war, konnte es nicht fliehen und heulte entsetzlich, indem es sich unter den Schlägen wand und wehrte. Schließlich zerbrach der Regenschirm. Da er jetzt nichts mehr in Händen hatte, sprang er auf das Tier und stampfte in seiner Raserei darauf herum, zertrat und zerquetschte es ganz. Unter dem Druck kam noch ein Hündlein zur Welt. Mit einem letzten wütenden Tritt gab er dem blutigen Körper der Alten den Rest, weil er immer noch zuckte; ringsum quietschten die blinden Jungen und suchten schon die Mutterbrust.

218

Jeanne war fortgelaufen. Aber der Priester fühlte sich plötzlich beim Kragen gepackt, und er bekam eine solche Ohrfeige, daß ihm der Dreispitz vom Kopf flog. Der wütende Baron schleppte ihn bis zum Gittertor und warf ihn buchstäblich auf die Straße.

Als Herr von Perthuis sich umwandte, sah er seine Tochter schluchzend inmitten der Hündlein knien, um sie mit ihrem Rock aufzunehmen. Mit langen Schritten kam er wieder herbei und rief: „Na, da hast du den Schwarzrock! Jetzt weißt du, was das für einer ist!"

Auch die Pächter waren herzugeeilt, alles umstand das zertretene Tier. Mutter Couillard erklärte: „Wie kann einer nur so wild sein!"

Aber Jeanne hielt jetzt die sieben Jungen auf ihrem Schoß und wollte sie um jeden Preis großziehen.

Man versuchte ihnen Kuhmilch zu geben. Drei starben schon am nächsten Tag. Da durchzog Vater Simon die ganze Gegend, um eine säugende Hündin ausfindig zu machen. Er fand zwar keine, brachte aber wenigstens eine Katze zurück, von der er steif und fest behauptete, sie würde das Verlangte schon auch leisten. So tötete man denn noch drei junge Hunde und vertraute den letzten jener fremdrassigen Amme an. Die Katze adoptierte ihn, indem sie sich auf die Seite legte und ihm die Zitzen bot.

Damit der Hund die Pflegemutter durch seinen Appetit nicht ganz von Kräften bringe, wurde er schon nach vierzehn Tagen abgestillt, und Jeanne übernahm selbst die Aufgabe, ihn mittels einer Saugflasche zu nähren. Sie hatte ihn Pussi genannt, aber der Baron, in seiner Machtvollkommenheit als Haupt der Familie, änderte den Namen in „Massaker".

Der Priester kam nie wieder, aber am nächsten Sonntag schleuderte er von seiner Kanzel Fluch und Drohung gegen das Schloß, wunde Stellen müsse man mit glühendem Eisen ausbrennen, er tat zwar besonders den Baron in Bann, dem das nur Spaß machte, wies aber auch mit noch schüchterner, sehr verhüllter Anspielung auf Juliens außereheliches Verhältnis hin. Der Vicomte war außer sich vor Zorn, aber aus Angst vor einem Skandal ließ er sich nichts anmerken.

Doch von Predigt zu Predigt fuhr der Priester mit der Ankündigung seiner Rache fort, prohphezeite das Nahen der

Stunde des Herrn, in der alle seine Feinde zermalmt werden sollten.

Julien schrieb endlich dem Erzbischof einen zwar sehr verbindlichen, aber ungemein energischen Brief. Darauf erhielt der Priester einen Verweis mit Androhung schärferer Maßregeln. Von da ab behielt er seine Meinung für sich.

Jetzt konnte man beobachten, wie er mit verzückten Mienen langen Schrittes ausgedehnte Wanderungen unternahm. Gilberte und Julien gewahrten ihn auf ihren Ritten jeden Augenblick. Manchmal erschien er fern in der Ebene oder oben auf den Küstenfelsen nur als schwarzes Pünktchen, manchmal aber las er just sein Brevier in irgendeinem engen Tal, in das sie eben einbiegen wollten. Dann warfen sie die Pferde herum, um nicht an ihm vorbeireiten zu müssen.

Es war inzwischen Frühling geworden. Ihre Leidenschaft flammte da noch heller empor und trieb sie Tag für Tag einander in die Arme, bald da, bald dort, wo sich auf ihren Ritten nur ein Unterschlupf bot.

Da das Laub noch schütter und der Rasen feucht war und sie sich daher nicht wie im Sommer im Unterholz der Wäldchen verstecken konnten, so suchten sie mit Vorliebe das fahrbare Hüttchen eines Schäfers auf, das seit dem Herbst auf der Strandhöhe Vaucotte verlassen dastand.

Ganz einsam ragte da der hochrädrige Wohnwagen über den Heidegrund empor, gerade an dem Punkt des Geländes, wo der Talabfall steil zu werden begann, einen halben Kilometer von der Felsküste. Da drin konnten sie nicht überrascht werden, denn sie überschauten weithin die Ebene. Die Pferde wurden an die Deichselstangen gebunden und warteten, bis sie der Küsse müde waren.

Aber da sahen sie eines Tages veim Verlassen dieser Schutzhütte den Pfarrer Tolbiac fast ganz versteckt im Küstenschilf sitzen. Julien sagte: „Nächstens müssen wir unsere Pferde in der Schlucht lassen, die könnten uns von weitem verraten." Von da an gewöhnten sich sich an, die Pferde anzupflocken.

Doch eines Abends begegnete ihnen auf dem Heimweg nach Schloß Vrillette, wo sie beide mit dem Grafen speisen sollten, der Pfarrer von Etouvent. Er kam eben aus dem Schloß. Er trat an den Rand des Weges, um sie vorbeizulassen und grüßte, ohne ihnen ins Gesicht zu sehen.

Sie fühlten sich von einer gewissen Unruhe erfaßt, die aber bald vorüberging.

An einem stürmischen Nachmittag Anfang Mai saß Jeanne lesend beim flackernden Kamin. Da sah sie plötzlich den Grafen von Fourville zu Fuß so eilig herbeikommen, daß sie meinte, es müsse ein Unglück geschehen sein.

Sie stieg rasch hinunter, um ihn zu empfangen. Als er aber vor ihr stand, hatte sie den Eindruck, er sei wahnsinnig geworden. Er trug eine dicke Pelzmütze, die er nur im Hause aufzusetzen pflegte, und hatte seine Jägerjoppe an; dabei war er so blaß, daß sein roter Schnurrbart, der sich sonst kaum von seiner lebhaften Gesichtsfarbe abhob, grell wie eine Flamme wirkte. Seine Augen rollten weit vor und erschienen völlig ausdruckslos.

Er stammelte: „Meine Frau ist doch hier, nicht?" Jeanne verplapperte sich in ihrer Bestürzung: „Aber nein, ich habe sie heute noch gar nicht zu Gesicht bekommen."

Da sank er auf einen Sessel, wie wenn ihm die Beine gebrochen wären. Er nahm seine Kappe ab und wischte sich ein paar Mal mechanisch mit dem Taschentuch über die Stirn. Dann riß er sich plötzlich in die Höhe und ging mit vorgehaltenen Armen auf die junge Frau zu. Sein Mund war geöffnet, wie wenn er ihr ein furchtbares Leid anvertrauen wollte. Dann blieb er aber stehen, sah sie starr an und sagte wie in einem Fieberdelirium: „Aber es ist ja Ihr Mann . . . Sie auch . . ." Dann lief er fort, gegen die Küste zu.

Jeanne lief ihm nach, um ihn zurückzuhalten, rief und flehte. Todesangst schnürte ihr das Herz zusammen, sie dachte: „Er weiß alles! Was wird er tun? Ach, er soll sie nur nicht finden!"

Aber sie konnte ihn nicht einholen, und er hörte nicht auf ihre Stimme. Seines Zieles sicher, schritt er ohne Zaudern dahin. Er sprang über den Graben, setzte mit Riesenschritten über Meeresschilfbüschel hinweg und gelangte zu den Küstenfelsen.

Jeanne stand auf der baumbewachsenen Böschung und folgte ihm lange mit den Blicken. Dann verlor sie ihn aus den Augen und kehrte angstzerwühlt ins Haus zurück.

Er war nach rechts abgebogen und begann nun zu laufen. Die hohle See rollte gewaltige Wogen, pechschwarze Wolkenbäuche flogen in toller Hatz heran und vorüber, neue drängten nach. Jede Wolke aber peitschte die Küste mit wütenden Regengüssen. Der Wind pfiff und heulte, bog das Gras und legte

221

die jungen Saaten platt auf den Boden. Die großen weißen Möwen aber packte er und schleuderte sie wie Schaumflocken weit ins Land hinein.

Immer neue Hagelschauer schlugen dem Grafen ins Gesicht, daß ihm Bart und Wangen trieften. Sein Ohr war voll vom Wetterbrausen, und sein Herz stimmte in den großen Aufruhr ein.

Da drüben bot sich das Tal von Vaucotte als tiefer Einschnitt dar. Neben einem verlassenen Schäferwagen war nur eine Kleinviehhürde zu sehen. Zwei Pferde waren an die Deichsel des auf Rädern ruhenden Hauses angebunden. Was war denn bei solchem Wetter zu befürchten?

Sobald der Graf die Tiere bemerkt hatte, legte er sich platt auf den Boden und kroch auf Händen und Knien vorwärts. Mit seinem fellverhüllten Kopf und ganz von nasser Erde bedeckt, glich der riesige Körper einem furchtbaren Ungetüm. So glitt er bis an die Hütte heran und versteckte sich darunter, um durch die Ritzen der Bretterwände nicht bemerkt zu werden.

Die Pferde hatten ihn gesehen und wurden unruhig. Da

durchschnitt er langsam mit dem Messer, das er offen in der Hand gehalten hatte, ihre Zügel. Da gerade wieder ein Schauer losbrach, liefen die Tiere unter dem Peitschenhieb des Hagels davon. Der Regensturm prasselte an das schiefe Dach der Hütte und ließ sie auf ihren Rädern schüttern und schwanken.

Der Graf richtete sich jetzt in eine kniende Stellung auf, preßte sein Auge unten an den Türspalt und sah hinein.

Er rührte sich nicht mehr, er schien auf etwas zu warten. So verging eine geraume Zeit. Plötzlich sprang er auf, er war ganz von Kot bedeckt. Mit rasendem Schwung stieß er den Riegel vor, der die Tür von außen schloß, faßte die Deichselstangen und begann, das Holzgehäuse zu rütteln, wie wenn er es in Stücke brechen wollte. Nun aber spannte er sich davor, stemmte sich mit der ganzen Kraft und Schwere seines Leibes in verzweifelter Anspannung nach vorne und zog keuchend mit der Kraft eines Stieres an. So brachte er das Räderhaus samt dessen Insassen gegen den Abhang zu ins Rollen.

Die drinnen schrien, schlugen mit den Fäusten gegen die Wände, begriffen nicht, was ihnen da widerfuhr. An dem Punkt, wo der Abfall steiler zu werden begann, ließ er das leichtgebaute Holzding los; es rollte nun von selber den Berg hinunter.

Diese Abfahrt wurde immer schneller, in rasendem Tempo wurde das bretterne Wägelchen mit fortgerissen, lief, hüpfte, stolperte wie ein gehetztes Tier und stieß mit den Deichseln immer wieder an den Boden.

Ein alter Bettler, der in einem Graben kauerte, sah das Fahrzeug jähen Schwunges über seinen Kopf wegschießen; zugleich hörte er furchtbares Schreien aus dem Inneren der Kiste.

Auf einmal ging bei einem Anstoßen eines der beiden Räder verloren. Der Wagen kippte auf die Seite und begann wie eine Kugel weiterzukollern; es sah aus, als ob ein aus den Grundfesten gerissenes Haus einen Berg herabrollte. Endlich, an der Kante der letzten Steilwand, flog es im Bogen ins Leere hinaus und platzte schließlich wie ein Ei auf dem felsigen Talgrund.

Sobald das vor sich gegangen war, begann der alte Vagabund, der das beobachtet hatte, mit kleinen Schritten durchs Gestrüpp hinabzusteigen. In seiner bäuerlichen Vorsicht wagte er es aber nicht, sich dem zerbrochenen Gehäuse ohne weiteres zu nähern. So ging er zum nächsten Bauernhof, um dort den Unglücksfall zu melden.

Die Leute liefen herbei und räumten ein paar Trümmer weg. Da erkannte man zwei Menschenleiber. Sie waren gequetscht, zerbrochen, voll Blut. Die Stirn des Mannes klaffte und das ganze Gesicht war zermalmt. Der Unterkiefer der Frau hing locker nieder, er hatte sich bei einem Anstoßen abgelöst; beider zerschmetterte Glieder fühlten sich so weich an, wie wenn gar keine Knochen unter der Haut übriggeblieben wären.

Dennoch erkannte man sie und begann ein endloses Hin- und Herreden über die Ursachen des Unglücks.

Eine Frau zerbrach sich besonders darüber den Kopf, was sie nur in der Hütte zu schaffen gehabt hätten. Da berichtete der alte Bettelmann, daß sie offenbar vor dem Regen hineingeflüchtet wären und daß der furchtbare Sturm dann das Wägelchen ins Rollen und Stürzen gebracht habe. Er sagte noch, er habe selber die Absicht gehabt, dort hineinzukriechen, aber der Anblick der angebundenen Pferde habe ihn belehrt, daß der Platz schon besetzt sei.

Mit tiefer Befriedigung fügte er hinzu: „Sonst wär's mich passiert." Einer sagte: „Wär schon g'scheiter gewesen." Da wurde der Alte aber sehr zornig: „Warum wär's g'scheiter gewesen? Vielleicht weil ich 'n armer Teufel bin un die sin reich? Schaut se jetz an, wie se ausschaun!" In seinen patschnassen Lumpen, triefend und schmutzig, mit verfilztem Bart und langem Haar, das unter dem eingeschlagenen Hut niederhing, wies der Mensch mit der Spitze seines Krummstocks auf die zwei leblosen Körper und erklärte: „Bei so was sin wir alle gleich." Un-

terdes waren andere Bauern herbeigekommen und schauten
auch. Aus ihren Augen sprach Unruhe, Duckmäuserei,
Schreck, Eigennutz und Feigheit. Dann hielt man große Bera-
tung, was zu geschehen habe. In Erwartung eines Entgelts
wurde man einig, die Verunglückten in ihre Schlösser zu fahren.
Man spannte also zwei Wägelchen ein; aber da ergab sich eine
neue Schwierigkeit. Die einen wollten den Boden des Wagens
einfach mit Stroh auspolstern, die anderen waren der Ansicht,
anstandshalber müßte man Matratzen geben.

Die Frau, die schon früher geredet hatte, rief, die Matratzen
würden ganz voll Blut und müßten mit Lauge gewaschen werden.

Da antwortete ein dicker Pächter mit heiterem Vollmondge-
sicht: „Die zahlen schon gut. Je mehr's verdorben ist, desto teurer wird's." Da war ein entscheidendes Argument ausgesprochen.

Die zwei federlosen, hochrädrigen Karren setzten sich also in
Trab, der eine rechts, der andere links, und schüttelten und rüt-
telten bei jeder Wagenfurche, die zu kreuzen war, diese Überreste von zwei Wesen, die sich heiß umfangen hatten und nie
mehr zusammenkommen sollten.

Sobald der Graf gesehen hatte, daß die Hütte auf dem jähen
Hang ins Rollen geriet, war er durch Sturm und Regen, so
schnell er konnte, davongelaufen. So rannte er ein paar Stunden
dahin, überquerte Straßen, sprang Böschungen hinauf und hinunter und durchbrach Hecken. Bei Einbruch der Nacht war er
wieder daheim, ohne zu wissen, wie er dahin gelangt war.

Die entsetzte Dienerschaft stand schon wartend da und meldete, daß eben beide Pferde reiterlos angelangt seien; das Juliens war dem anderen nachgelaufen.

Da wankte Herr von Fourville und stammelte: „Bei dem
grausigen Wetter muß ihnen etwas zugestoßen sein. Alle Leute
auf die Suche!"

Er selbst ging auch wieder fort. Aber als er vor den Blicken
der Leute sicher war, versteckte er sich unter Gestrüpp und
hielt lauernd den Weg im Auge, wo die noch immer mit wilder
Leidenschaft geliebte Frau tot, sterbend oder vielleicht als
Krüppel, unheilbar entstellt, vorüberkommen mußte.

Bald fuhr auch ein Karren vorbei, der irgend eine seltsame
Last trug.

Das Gefährt hielt vor dem Schloß, dann rollte es hinein. Das war es also. Sie war es; doch eine furchtbare Angst ließ ihn wie angewurzelt stehenbleiben, alles in ihm sträubte sich dagegen, die entsetzliche Wahrheit zu erfahren. Er regte sich nicht mehr, kauerte wie ein Hase und zuckte beim geringsten Geräusch zusammen.

So wartete er eine Stunde, vielleicht auch zwei. Der Karren fuhr noch immer nicht zurück. Er sagte sich, seine Frau sei im Verscheiden. Die Vorstellung, sie sehen, ihrem Blick begegnen zu müssen, erfüllte ihn mit solchem Grauen, daß er plötzlich Angst bekam, man könnte ihn in seinem Versteck entdecken und in die Zwangslage versetzen, diesem Todeskampf beizuwohnen, so daß er bis ins Innere des Wäldchens floh. Dann aber wieder fiel ihm ein, sie könnte Hilfe brauchen, und gewiß verstehe sich niemand darauf, sie richtig zu pflegen; da kam er in rasendem Lauf zurück.

Dabei begegnete er seinem Gärtner und schrie ihm zu: „Also was ist?" Der Mann wagte nicht zu antworten. Da stieß der Graf fast heulend hervor: „Ist sie tot?" Der Diener stammelte: „Ja, Herr Graf."

Er empfand eine unendliche Erleichterung. Sein empörtes Blut, seine bebenden Muskeln wurden mit einem Mal ganz ruhig. Festen Schrittes stieg er die Stufen seiner großen Freitreppe hinan.

Der andere Karren fuhr auf „Les Peuples" zu. Jeanne sah ihn schon von weitem, bemerkte die Matratze, erriet, wessen Körper darauf liege und erfaßte so die ganze Sachlage. Das erschütterte sie derart, daß sie bewußtlos zusammenbrach.

Als sie wieder zu sich kam, hielt der Vater ihr den Kopf und netzte ihr die Schläfen mit Essig. Er fragte zögernd: „Du weißt . . .?" Sie flüsterte: „Ja, Vater." Aber als sie aufstehen wollte, ging es nicht, so große Schmerzen hatte sie.

Am selben Abend brachte sie ein totes Kind zur Welt, ein Mädchen.

Sie sah gar nichts von Juliens Begräbnis, sie erfuhr nichts davon. Bloß die Anwesenheit Tante Lieses fiel ihr nach ein, zwei Tagen auf, und in ihren Fieberphantasien suchte sie sich krampfhaft, mit unaufhörlicher Bemühung, klarzumachen, seit wann denn das alte Mädchen von „Les Peuples" weggewesen wäre, unter welchen näheren Umständen damals ihre Abreise erfolgt sein mochte. Auch in ihren lichten Augenblicken vermochte sie diese Frage nicht zu beantworten, nur so viel stand fest, daß sie die Tante nach Mütterchens Tod gesehen hatte.

228

11

Sie durfte ein volles Vierteljahr ihr Zimmer nicht verlassen. Sie war so bleich und schwach geworden, daß man allgemein meinte und erzählte, sie sei rettungslos verloren. Nach und nach aber lebte sie wieder auf. Väterchen und Tante Liese wohnten jetzt ständig auf „Les Peuples" und waren immer um die Leidende. Ihr war von der letzten Erschütterung eine Art Nervenkrankheit zurückgeblieben; beim geringsten Geräusch brach sie zusammen, und die kleinsten Anlässe konnten bei ihr lange Ohnmachten hervorrufen.

Sie fragte nie nach den näheren Umständen beim Tode Juliens. Was lag ihr an solchem Wissen! Sie wußte ja genug darüber. Alle Welt glaubte an einen Unglücksfall, aber sie gab sich da keiner Täuschung hin. Im tiefsten Herzen barg sie das qualvolle Geheimnis: ihr Wissen um den Ehebruch der beiden und den Eindruck des unerwarteten, schrecklichen Auftauchens des Grafen am Tage der Katastrophe.

Jetzt war ihre Seele ganz von weichen, wehmütigen Erinnerungen an den kurzen Liebesfrühling erfüllt, den sie ihrem Mann zu danken hatte. Jeden Augenblick durchzuckte sie unvermutet irgendeine erwachende Erinnerung; sie sah ihn wieder, wie er in ihren Brautzeiten gewesen war und auch so, wie sie ihn in den wenigen Stunden der Leidenschaft geliebt hatte, die ihr da unten in korsischer Sonne erblüht waren. Alle Fehler erschienen nun kleiner, die Härten schwanden, sogar die Untreue trat jetzt mit der wachsenden Entfernung seiner Todesstunde immer mehr zurück. Es überkam Jeanne eine Art posthumer Dankbarkeit für den Mann, der sie in seinen Armen gehalten hatte, und so verzieh sie das durchgemachte Leid und dachte nur an die Augenblicke des Glücks. Aber die Zeit verging, Monate sanken auf Monate wie ein leichter Staubschleier des Vergessens, der alle Erinnerung an Schmerz und Lust langsam einhüllte. So gehörte sie jetzt ganz ihrem Sohn.

Er wurde der Abgott, der einzige Gedanke der drei Wesen um ihn her und beherrschte sie als kleiner Tyrann. Es entstand sogar eine Art Eifersucht zwischen seinen drei Sklaven: Jeanne sah mit nervöser Unruhe die herzhaften Küsse, mit denen der Großpapa belohnt wurde, wenn er den Kleinen hatte auf den Knien reiten lassen. Tante Liese wurde von dem Knirps, der kaum reden konnte, auch schon, wie von aller Welt, herablassend, oft sogar wie ein Dienstbote behandelt. Dann ging sie in ihr Zimmer, um dort zu weinen, wobei sie die winzigen Liebkosungen, die sie sich erbetteln mußte, mit den herzlichen Umarmungen verglich, die seiner Mutter und dem Großvater vorbehalten blieben.

Über dieser unablässigen Beschäftigung mit dem Kind gingen zwei ruhige, ereignislose Jahre dahin. Bei Anbruch des dritten Winters entschloß man sich, bis zum Frühjahr in Rouen zu wohnen, und so wanderte denn die ganze Familie fort. Aber bei der Ankunft in dem feuchten, unbewohnten, alten Haus bekam

Paul eine so schwere Bronchitis, daß man schon eine Lungenentzündung befürchtete; ganz außer sich erklärten die drei Angehörigen, daß ihm die Luft auf „Les Peuples" nottue. Kaum war er wiederhergestellt, führte man ihn dahin zurück.

Es folgten nun stille, ereignislose Jahre.

Man war immer um den Kleinen, bald in dessen Zimmer, bald im großen Salon oder im Garten, man bewunderte sein erstes Stammeln, seine drolligen Ausdrücke, seine Bewegungen.

Seine Mutter nannte ihn Hänschen, aber er konnte das „S" noch nicht aussprechen, und so wurde der Kosename in seinem Mund zu Hähnchen, was unendliches Gelächter hervorrief. Der Name Hähnchen oder Hühnchen, wie Jeanne sagte, wurde beibehalten, man nannte den Jungen gar nicht mehr anders.

Da er rasch aufschoß, wurde es für seine „drei Mütter", wie der Baron zu sagen pflegte, ein leidenschaftlicher Genuß, seine Größe zu messen. Auf dem Getäfel neben der Salontür wurde eine Reihe kleiner Striche eingeritzt, die von Monat zu Monat sein Wachstum veranschaulichten. Dies hieß „Hühnchens Leiter" und spielte eine große Rolle in ihrer aller Dasein.

Dann aber eroberte sich ein neues Wesen einen breiten Raum im Leben der Familie: der Hund Massaker, um den sich Jeanne in der Sorge um ihr Kind kaum gekümmert hatte. Ludivine besorgte bis dahin sein Futter. Als Wohnung war ihm ein altes Fäßchen vor dem Stall angewiesen; da führte er angekettet ein einsames Dasein.

Als aber eines Morgens Hänschen seiner ansichtig wurde, erhob er ein Freudengeschrei und wollte das Tier gleich küssen. Mit unendlichen Vorsichtsmaßregeln führte man das Kind zum Hund, der seinerseits den Jungen selig begrüßte. Als man den Kleinen endlich von seinem neuen Freund wegführen wollte, gab es Geschrei und Tränen. Da wurde Massaker von der Kette befreit und im Hause untergebracht.

Der Hund wurde Hänschens ständiger Gefährte. Beide wälzten sich miteinander auf dem Fußboden, schliefen Seite an Seite auf dem Teppich. Bald teilte Massaker sogar das Bett seines Spielkameraden, denn er tat es nun einmal nicht anders. Jeanne wußte der Flohplage wegen manchmal keinen Rat. Tante Liese war besonders gegen den Hund; es schien ihr, als werde sie durch das Tier um jene Zuneigung des Kindes beraubt, nach der sie so heißes Verlangen trug.

Mit den Familien Briseville und Coutelier wurden spärliche Besuche getauscht. Nur Arzt und Bürgermeister unterbrachen regelmäßig die Einsamkeit des alten Schlosses. Seit der Mordtat an der Hündin und dem unabweisbaren Verdacht, daß der Priester den entsetzlichen Tod Juliens und der Gräfin verschuldet habe, betrat Jeanne keine Kirche mehr.

Pfarrer Tolbiac aber verfluchte in regelmäßigen Zeitabständen mit durchsichtigen Anspielungen das Schloß, das vom Geist des Bösen besessen sei, vom Geist der ewigen Auflehnung, vom Geiste des Irrtums und der Lüge, der Unbill, Verderbnis und Unreinheit. All dies war auf den Baron gemünzt.

Übrigens predigte der Mann vor leeren Bänken. Wenn er an Feldern vorüberging, wo Pflüger ihre Furchen zogen, hielten die Bauern nicht inne, um mit ihm zu plaudern, und wendeten sich nicht einmal nach ihm hin, um zu grüßen. Er galt auch als Zauberer, weil er die Dämonen einer besessenen Frau ausgetrieben hatte. Man sagte ihm nach, er habe Kunde geheimer Formeln zur Abwehr des Bösen Blicks, der, nach ihm, ein Blendwerk des Teufels sei. Kühe, die keine Milch gaben oder den Schweif geringelt trugen, heilte er durch Handauflegen. Durch ein paar fremdklingende Worte bewirkte er das Wiederfinden verlorener Gegenstände.

Sein enger, eifernder Geist warf sich mit fanatischer Leidenschaft auf das Studium aller theologischen Werke, die von Teufelserscheinungen handelten und von den verschiedenen Formen, in denen der Böse seine Macht kundtut, von seinen vielfachen geheimen Wirkungen, seinen verschmitztesten Einfällen und seinen gewöhnlichen Listen und Ränken. Da er fest überzeugt war, er sei auserwählt, diese gewaltige, verborgene Macht zu besiegen, so hatte er alle in den kirchlichen Handbüchern angeführten Beschwörungsformeln auswendig gelernt.

Ständig meinte er im Schatten Satans zu wandeln, immer kam ihm der Satz auf die Lippen: Er geht umher wie ein brüllender Löwe und sucht, wen er verschlingen könne.

Die geheimnisvolle Macht des Priesters umgab ihn bald mit einem Bannkreis von Furcht und Scheu. Sogar bei seinen Kollegen kam er in den Geruch der Zauberei; es waren ja unwissende Landgeistliche, für die Beelzebub Glaubensartikel war. Sie standen unter dem verwirrenden Eindruck der im Ritual angegebenen genauen Vorschriften zur Bezwingung des Teufels und glaubten, seine geheime Macht könne irgendwie in Erscheinung treten. So verschwamm ihnen die Grenze zwischen Religion und Magie, und Tolbiac galt bei ihnen ebensoviel wegen seiner rätselhaften Kräfte, die man ihm allgemein zuschrieb, wie wegen der unangreifbaren Strenge seiner Lebensführung.

Wenn er Jeanne begegnete, grüßte er nicht.

Diese Sachlage war für Tante Liese eine Quelle schwerster Beunruhigung. Die verschüchterte Seele der alten Jungfer konnte nicht begreifen, wie man nur leben mochte, ohne Kirchgang. Sie war fromm, beichtete und empfing das Abendmahl, aber niemand nahm davon Notiz.

Wenn sie mit Hans allein, ganz allein war, erzählte sie ihm leise vom lieben Gott. Er hörte mit halbem Ohr zu, solange sie ihm die Wundergeschichten des ersten Weltalters berichtete. Aber wenn sie ihm dann einschärfte, nur ja dem lieben Gott von ganzem Herzen gut zu sein, fragte er manchmal: „Wo is'r denn, Tante?" Dann zeigte sie mit erhobenem Zeigefinger zum Himmel: „Da droben, Hühnchen, darfst aber nichts verraten." Sie hatte Angst vor dem Baron.

Aber eines Tages erklärte Hühnchen rundweg: „Der liebe Gott ist überall, nur grad in der Kirche nicht." Er hatte mit Großvater die vertraulichen Offenbarungen der Tante besprochen.

Das Kind ging nun ins zehnte Jahr, und die Mutter sah wie vierzig aus. Der Bub war voll Kraft und Leben, kein Baum war ihm zu hoch. Aber mit seinen Kenntnissen war es schwach bestellt. Schulstunden langweilten ihn, er blieb nie bei der Stange. Wenn ihn aber der Baron doch einmal länger bei einem Buch festhielt, kam gleich Jeanne gelaufen und sagte: „Laß ihn jetzt doch lieber spielen, man darf das Kind nicht überanstrengen, es ist ja noch so klein." In ihren Augen war er immer noch ein halbes oder höchstens ein ganzes Jahr alt. Sie wurde sich kaum der Tatsache bewußt, daß er schon als ein kleiner Mann gehen, laufen und reden konnte. Sie lebte in ewiger Angst, er könne fallen oder sich erkälten oder durch zu viel Bewegung sich erhitzen, sich durch Überernährung den Magen verderben oder durch Unterernährung in seinem Wachstum gehemmt werden.

Als er zwölf Jahre alt wurde, ergab sich eine gewaltige Schwierigkeit: die erste Kommunion.

234

Liese kam eines Morgens zu Jeanne und machte ihr klar, daß das Kind doch nicht ohne religiöse Unterweisung und ohne Erfüllung der ersten kirchlichen Pflichten heranwachsen dürfe. Sie erging sich in tausendfacher Begründung. Ihr Hauptargument aber war: Was werden die Leute sagen? Sie meinte die Leute ihres Kreises. Die Mutter konnte sich alldem nicht ganz verschließen, wollte sich aber nicht gleich entscheiden und meinte, das habe noch Zeit.

Als sie aber einen Monat später bei der Vicomtesse Briseville Besuch machte, fragte diese ganz beiläufig: „Ihr Hans geht doch dieses Jahr zur Kommunion, nicht?" In ihrer Überraschung erwiderte Jeanne: „Gewiß, gnädige Frau." Mit diesem Wort war für sie die Sache entschieden, und ohne Vorwissen ihres Vaters ließ sie das Kind von Liese zum Religionsunterricht führen.

Einen Monat lang ging die Sache ganz gut. Aber eines Abends kam Hühnchen ganz heiser heim. Die erschrockene Mutter, darüber äußerst besorgt, fragte ihn aus und hörte, daß ihn der Pfarrer wegen schlechten Benehmens mitten in der Stunde vor die Kirchentür gewiesen hatte, wo er der Zugluft ausgesetzt gewesen war.

Von nun an behielt sie das Kind zu Hause und suchte ihm selbst das Abc der Religion beizubringen. Aber trotz aller Fürbitten Tante Lieses schloß Pfarrer Tolbiac das Kind wegen ungenügender religiöser Belehrung von der Kommunion aus.

Im folgenden Jahr wiederholte sich das gleiche Spiel. Der Baron geriet in Wut und schrie, der Junge könne sehr wohl ein anständiger Mensch werden, ohne an das dumme Zeug, an das kindische Symbol der Verwandlung des Brotes und des Weines zu glauben. So kam man überein, Hans wohl im christlichen Glauben, aber ohne kirchliche Werke zu erziehen; war er einmal mündig, so stand es ihm ja frei, den einen oder den anderen Weg zu gehen.

Als aber Jeanne einige Zeit nachher bei den Briseville Besuch machte, erhielt sie keinen Gegenbesuch. Das setzte sie in Erstaunen, da sie die pedantisch sorgsame Höflichkeit dieser Nachbarn kannte. Erst die Marquise von Coutelier enthüllte ihr in hochmütigem Ton den Grund dieses Abbrechens der Beziehungen.

Kraft der gesellschaftlichen Stellung ihres Mannes, ihres un-

anfechtbaren Titels und ihres bedeutenden Vermögens fühlte
sie sich gewissermaßen als Königin des normannischen Adels,
regierte als solche, nahm kein Blatt vor den Mund, war, je nach
den Umständen, gnädig oder ungnädig, ließ es an Ermahnun-
gen, Rügen oder Lobsprüchen nicht fehlen. Als nun Jeanne
einmal zu ihr kam, bemerkte diese Dame nach ein paar eisigen
Eingangsworten in spitzem Ton: „Die Gesellschaft zerfällt in
zwei Gruppen: in Leute, die an Gott glauben, und solche, die
nicht an ihn glauben. Innerhalb der ersten Gruppe ist jedermann, auch der Geringste, unser Freund und unsersgleichen.
Die anderen sind einfach Luft für uns."

Jeanne fühlte, daß der Angriff ihr galt und erwiderte: „Kann
man nicht an Gott glauben, ohne in die Kirche zu gehen?"

Die Marquise erwiderte: „Nein, meine Liebe, wie man
Freunde in ihren Häusern aufsucht, so gehen Gläubige in die
Kirche, wenn sie zu Gott beten wollen."

Tief verletzt erwiderte Jeanne: „Gott ist allgegenwärtig, gnädige Frau. Ich glaube aus dem Grunde meines Herzens an seine
Güte. Aber ich fühle seine Gegenwart nicht mehr, wenn gewisse Priester zwischen ihn und mich treten."

Die Marquise erhob sich: „Der Priester hält das Banner der
Kirche hoch. Wer dem Banner nicht nachfolgt, ist sein Gegner,
ist unser Gegner."

Sehr erregt war auch Jeanne aufgestanden: „Ihr Gottes-
glaube ist Parteiangelegenheit. Ich glaube an den Gott aller an-
ständigen Menschen."

Sie grüßte und ging.

Auch die Bauern redeten über sie, weil sie Hans nicht hatte
zur Kommunion gehen lassen. Selber mieden sie die Kirche,
nahmen kein Abendmahl oder höchstens zu Ostern. Aber mit
den Rangen war's eine ganz andere Geschichte. Alle wären vor
dem verwegenen Vesuch zurückgeschreckt, ein Kind außerhalb
dieser alles verpflichtenden Norm zu erziehen, denn Religion
bleibt schließlich eben doch Religion.

Jeanne merkte die Mißbilligung wohl und war innerlich empört über diese bequemen Kompromisse und den ausgeklügel-
ten Gewissensschacher, über die Furcht und Feigheit in aller
Herzen, die immer unter ehrbarster Verkleidung ans Licht trat.

Der Baron übernahm die Leitung von Hänschens Studien
und begann mit dem Lateinunterricht. Die Mutter flehte be-

ständig: „Bitte, nur nicht überanstrengen!" und strich unruhig ums Schulzimmer, weil ihr von Väterchen der Eintritt untersagt war. Sie hatte nämlich den Unterricht ständig durch solche Fragen gestört: „Hast du nicht kalte Füße, Hühnchen? Hast du vielleicht Kopfschmerzen, Hühnchen?" Oder sie unterbrach den Vater in seiner Lehrtätigkeit: „Laß ihn nicht so viel sprechen, er überanstrengt seine Kehle."

Sobald der Kleine frei war, lief er mit Mutter und Tante in den Garten, um dort zu arbeiten. Sie hatten jetzt eine besondere Vorliebe für diese Beschäftigung. Alle drei pflanzten im Frühjahr junge Bäumchen, streuten Sämereien aus, deren Keimen und Sprießen sie mit leidenschaftlichem Anteil verfolgten. Sie beschnitten Äste und banden Blumensträuße.

Am meisten Sorgfalt wandte das Bürschchen an die Aufzucht von Salatkräutern. Hans bestellte im Gemüsegarten vier große Beete. Dort zog er mit allen Künsten Rapunzel, Kopfsalat, Zichorie und alle sonstigen Arten. Mit Hilfe der „beiden Mütter", die wie Taglöhnerinnen schuften mußten, hackte, begoß, steckte er unablässig an seinen Beeten. Stundenlang knieten sie auf der Erde und beschmutzten Kleider und Hände, indem sie die Würzelchen der jungen Pflanzen in Grübchen versenkten, die sie durch kräftiges Einstoßen des Zeigefingers erzeugt hatten.

237

Hans wuchs heran. Er war nun schon fünfzehn Jahre alt, die Meßleiter im Salon zeigte einen Meter achtundfünfzig an. Dabei war er aber geistig noch ein Kind, töricht und unwissend, und seelisch verkümmerte er zwischen den zwei Weiberröcken und dem liebenswürdigen Greis aus dem vorigen Jahrhundert.

Eines Abends ließ der Baron endlich etwas von „Gymnasium" verlauten. Sofort brach Jeanne in Schluchzen aus. Tante Liese verkroch sich entsetzt in einen finstern Winkel.

Die Mutter antwortete: „Was braucht er viel zu wissen? Er soll ein Bauer werden, ein Landedelmann. Wie andere Adelige auch wird er seinen Grundbesitz selbst bewirtschaften. Glücklich wird er in diesem Hause leben und alt werden, in dem wir selbst leben und sterben werden. Ist das nicht genug?"

Aber der Baron schüttelte den Kopf: „Was wirst du antworten, wenn er als Fünfundzwanzigjähriger mit den Worten vor dich hintritt: Ich bin nichts, ich kann nichts, und daran bist du schuld mit deinem mütterlichen Egoismus. Ich fühle mich unfähig zu arbeiten, etwas Rechtes zu werden, und tauge doch nicht zu dem armseligen, glanzlosen, sterbensöden Dasein, zu dem deine blinde, törichte Liebe mich verdammt hat."

Sie weinte immer noch und rief beschwörend den Sohn zum Zeugen an: „Sag, Hühnchen, nicht wahr, du wirst mir niemals Vorwürfe machen, weil ich dich zu sehr geliebt habe?"

Das große Kind antwortete ganz überrascht: „Natürlich nicht, Mama."

„Du willst hier bleiben, nicht wahr?"

„Natürlich, Mama."

Da griff der Baron mit festem, entschiedenen Wort ein: „Jeanne, du hast nicht das Recht, so über sein Leben zu verfügen. Was du da tust, ist eine Feigheit und fast ein Verbrechen. Du opferst dein Kind deinem eigenen Glück."

Da barg sie das Gesicht in den Händen, brach in stoßweises, keuchendes Schluchzen aus und stammelte unter Tränen: „Ich habe in meinem Leben schon so viel Unglück gehabt, so viel Unglück! Jetzt, wo ich ruhig mit ihm lebe, nimmt man mir ihn weg . . . Was wird denn aus mir . . . jetzt ganz allein . . . allein?"

Der Vater erhob sich, setzte sich zu ihr, schloß sie in die Arme und sagte: „Bin ich dir nichts, Jeanne?" Da nahm sie ihn plötzlich um den Hals, küßte ihn stürmisch und stieß dann mühsam die Worte hervor: „Ja, du hast recht . . . vielleicht . . . Väterchen. Ich war verrückt, aber ich habe so viel gelitten. Ja, er soll nur ins Gymnasium gehen."

Hühnchen begriff nicht recht, was man mit ihm vorhatte; jedenfalls begann er auch zu flennen.

Da küßten und streichelten ihn seine drei Mütter und sprachen ihm Mut zu. Beim Schlafengehen war's allen schwer ums Herz, und jedes weinte im Bett, sogar der Baron, der sich bis dahin beherrscht hatte.

Man beschloß, den jungen Mann mit nächstem Schuljahr ins Gymnasium nach Havre zu schicken. Den Sommer über wurde er mehr verwöhnt als je. Die Mutter stöhnte beim Gedanken an diese Trennung. Sie stellte ihm eine Wäscheausstattung wie für eine zehnjährige Weltreise zusammen. Dann brach nach einer schlaflosen Nacht der Oktobermorgen an, an dem alle drei mit dem Jungen in den zweispännigen Wagen stiegen, der bald in raschem Trab dahinrollte.

Man war schon vorher eigens hingefahren, um ihm den Platz im Schlafsaal zu wählen. Mit Tante Lieses Hilfe verbrachte Jeanne den ganzen Tag über dem Einordnen von Wäsche und Kleidern. Da der Schrank aber nicht einmal ein Viertel des Mitgebrachten fassen konnte, suchte Jeanne den Direktor auf, damit er ihr noch einen Schrank zur Verfügung stelle. Der wieder ließ den Hausverwalter rufen. Aber dieser meinte, gar so viel Wäsche und Kleider bildeten doch eher eine Last und würden nie voll in Gebrauch kommen, und mit Berufung auf die Hausordnung schlug er die Bitte um einen weiteren Schrank rundweg ab. Die verzweifelte Mutter entschloß sich, in einem benachbarten Gasthof eigens ein Zimmer zu mieten, und legte es dem Wirt ans Herz, ihrem Hühnchen auf das leiseste Verlangen ja selbst alles zu bringen, was er nötig hätte.

Hierauf ging man zur Mole, um die Schiffe ein- und ausfahren zu sehen. Der düstere Abend brach herein, und in der Stadt flammten nach und nach Lichter auf. Man betrat ein Gasthaus, um das Abendessen einzunehmen. Aber keiner hatte Hunger. Sie sahen sich mit umflorten Blicken an, während die Schüsseln aufgetragen und fast unberührt wieder fortgenommen wurden.

Dann gingen sie langsam aufs Gymnasium zu. Von allen Seiten kamen Kinder in allen Größen in Begleitung ihrer Familien oder von Dienstboten geführt. Viele weinten. Im notdürftig beleuchteten Hof war dumpfes Schluchzen zu hören.

239

Jeannes und Hühnchens Umarmung wollte gar nicht enden. Tante Liese stand im Hintergrund und hielt das Taschentuch vors Gesicht; man vergaß sie wieder einmal. Aber der Baron, der selber weich wurde, machte dem Abschied ein Ende, indem er die Tochter am Arm fortzog. Der Wagen hielt vor dem Tor, die drei stiegen ein und fuhren in der Finsternis nach „Les Peuples" zurück.

Im Wagendunkel hörte man bisweilen unterdrücktes Weinen. Den ganzen folgenden Tag verbrachte Jeanne in Tränen. Am nächsten Morgen ließ sie das leichte Wägelchen anspannen und fuhr nach Havre. Hühnchen schien sich mit der Tatsache der Trennung schon abgefunden zu haben. Zum erstenmal in seinem Leben hatte er gleichaltrige Gefährten. Es trieb ihn so, mit ihnen zu spielen, daß er im Besuchszimmer unruhig auf dem Sessel hin- und herrutschte.

So kam Jeanne jeden zweiten Tag, und sonntags holte sie ihr

Kind zum Ausgang ab. Da sie nicht wußte, was sie in der Unterrichtszeit anfangen sollte, blieb sie von einer Pause zur anderen im Besuchsraum sitzen. Sie brachte es nicht über sich, sich aus dem Schulgebäude zu wagen. Der Direktor ließ sie zu sich bitten und empfahl, weniger häufig zu kommen. Doch trug sie diesem Wunsch keineswegs Rechnung.

Da schlug er eine schärfere Tonart an: Wenn sie weiterhin ihren Sohn hindere, in den Erholungszeiten zu spielen und ihn durch ihre ständige Anwesenheit auch von der Arbeit abhalte, dann sei er genötigt, ihr den Knaben zurückzuschicken. In diesem Sinne schrieb er auch an den Baron. Daraufhin wurde sie in ,,Les Peuples'' gleichsam interniert.

Jeden Ferientag sehnte sie weit begieriger herbei als ihr Kind. Eine ständige Unrast gärte in ihr. Auf einsamen Gängen, nur vom Hund Massaker begleitet, begann sie wie im Schlaf durch das Land zu streifen. Ganze Nachmittage saß sie auf einer Küstenklippe ins Anschauen des Meeres versunken. Manchmal ging sie durchs Gehölz bis nach Yport hinunter, auf denselben Wegen wie einst, und Erinnerung vergangener Zeiten drang auf sie ein. Wie weit, weit zurück lagen die Tage, da sie als blutjunges Ding in traumschwerem Rausch über dies Stück Erde dahingestürmt war!

Bei jedem Wiedersehen mit dem Sohn war es ihr, als läge eine zehnjährige Trennung hinter ihnen. Von Monat zu Monat wurde er männlicher, von Monat zu Monat wurde sie mehr zur alten Frau. Ihren Vater konnte man nun für ihren Bruder halten, und Tante Liese, die schon mit fünfundzwanzig welk war, aber nicht älter wurde, sah wie eine ältere Schwester aus.

Mit dem Lernen des Gymnasiasten war's schwach bestellt; er mußte Quarta wiederholen. Tertia wurde mit Ach und Krach überstanden, aber in Sekunda mußte er wieder daran glauben. Als er endlich in Prima saß, ging er ins zwanzigste Jahr.

Er hatte sich zu einem langen, blonden Burschen entwickelt, mit dichtem Backenbart und dem Anflug eines Schnurrbärtchens. Jetzt kam er, ohne abgeholt zu werden, jeden Sonntag nach ,,Les Peuples'' hinaus. Da er seit langem Reitunterricht genoß, brauchte er nur ein Pferd zu mieten und war in zwei Stunden daheim.

Schon am frühen Morgen ging ihm Jeanne mit der Tante entgegen. Auch der Baron blieb nicht zurück. Sein Rücken wurde allmählich krumm, und nun schritt er vorgebeugt als kleines Männchen einher und hielt die Hände auf dem Rücken, wie um besser das Gleichgewicht zu wahren.

So schlenderten sie gemächlich die Straße dahin, setzten sich auch bisweilen auf den Grabenrand und sahen von weitem nach dem Reiter aus. Sobald er nur als schwarzes Pünktchen über dem weißen Strich der Straße auftauchte, begannen sie schon ihre Tücher zu schwingen. Daraufhin setzte er sein Pferd in Galopp, um wie ein Sturmwind heranzubrausen. Jeanne und Tante Liese bekamen dabei jedesmal vor Angst Herzklopfen, der körperlich hilflose Großvater aber geriet in höchste Begeisterung.

Obgleich Hans nun schon einen Kopf größer war als seine Mutter, blieb er in ihren Augen ein ganz kleines Kind. Sie fragte unaufhörlich: „Hast du nicht kalte Füße, Hühnchen?" Oder wenn er nach dem Mittagessen Zigaretten rauchend vor dem Schloß auf und ab ging, riß sie das Fenster auf und rief ihm zu: „Ich bitte dich, lauf doch nicht barhaupt herum, du wirst einen Riesenschnupfen bekommen!"

Wenn er dann wieder in die Nacht hinausritt, zitterte sie vor Angst: „Reit nur nicht zu wild, mein kleines Hühnchen, sei vorsichtig, denk an deine arme Mutter. Was fang' ich an, wenn dir was zustößt?"

Aber an einem Samstag schrieb Hans, er käme morgen nicht. Freunde hätten mit ihm einen Ausflug verabredet.

Den ganzen Sonntag verbrachte die Mutter in allen Qualen drohender Ungewißheit. Am Donnerstag konnte sie es nicht länger ertragen und fuhr nach Havre.

Er kam ihr ganz verändert vor, doch sie wußte nicht, in welcher Hinsicht. Er schien sehr angeregt und seine Stimme klang viel männlicher. Auf einmal sagte er, wie wenn das ganz selbstverständlich wäre: „Weißt du, Mama, wenn du schon heute da bist, brauche ich ja diesen Sonntag nicht nach „Les Peuples" zu kommen; wir haben wieder eine Unterhaltung."

Ganz starr saß sie da und rang nach Atem, wie wenn er die Absicht geäußert hätte, nach Amerika auszuwandern. Endlich brachte sie die Worte hervor: „Ach, Hühnchen, was ist denn mir dir? Sag, was geht da vor?" Er küßte sie lachend: „Aber nichts, Mama, ich unterhalte mich mit ein paar Freunden wie andere junge Leute auch."

Sie fand darauf kein Wort der Erwiderung. Aber als sie dann allein im Wagen heimfuhr, dämmerte ihr allerlei auf. Sie hatte diesmal ihr Hühnchen, ihr kleines Hühnchen, nicht wiedererkannt. Zum ersten Mal wurde ihr klar, daß ihr Sohn schon erwachsen war, daß er ihr nicht mehr gehöre, daß er von nun an sein eigenes Leben führen werde, ohne sich um die Alten zu kümmern. Es war nicht zu glauben: dieser bärtige junge Mann, der seinen eigenen Willen zu bekunden begann, sollte das arme Kindchen sein, mit dem sie einst Salatpflänzchen umgesteckt hatte?

Durch ein Vierteljahr kam Hans nur von Zeit zu Zeit auf Besuch und war dabei offenbar wie auf Nadeln. Abends suchte er die Rückkehr immer um eine Stunde vorzuschieben. Jeanne war entsetzt, aber der Baron tröstete sie immer mit der Redensart: „Laß ihn nur, er ist eben zwanzig Jahre alt.“

Aber eines Morgens verlangte ein schäbig gekleideter, alter Mann mit deutschem Akzent „die gnädige Frau Gräfin“ zu sprechen. Nach demütigen Bücklingen und Grüßen zog er eine schmutzstarrende Brieftasche aus dem Rock und verkündete: „Ich hab da ä Papierche vor Ihnen.“ Dabei entfaltete er ein fettiges Blatt und hielt es ihr hin. Sie las es, sah den Juden starr an, las es nochmals und fragte: „Was ist's damit?“

Der Mann erging sich in dienstfertigen Erklärungen: „Ich werd' Ihnen sagen, Ihr Herr Sohn hat gebraucht ä bißl Geld, und weil ich hab' gewußt, daß Se sennen ä gute Mutter, hab' ich 'm ausgeholfen mit 'ner Kleinigkeit.“

Sie zitterte am ganzen Körper. „Aber warum hat er sich dann nicht an mich gewendet?“ Der Jude erklärte ihr höchst wortreich, es habe sich da um eine Spielschuld gehandelt, die am nächsten Tag vor der Mittagsstunde beglichen sein mußte. Und da Hans noch minderjährig sei, hätte ihm niemand etwas geborgt und ohne seine, des Juden „Gefälligkeit“ hätte der junge Mann „Schaden an seine Ehre“ erlitten.

Jeanne wollte den Baron rufen, aber sie war wie gelähmt vor Aufregung und konnte sich nicht erheben. Endlich sagte sie zu dem Wucherer: „Wollen Sie gefälligst die Klingel ziehen!“

Er wollte nicht recht, er fürchtete irgendeine Falle. Er stammelte: „Wenn ich Ihnen komm' ungelegen, kann ich kommen später.“ Sie schüttelte den Kopf. Er klingelte, und so saßen sie einander in stummem Warten gegenüber.

243

Der Baron übersah bei seinem Eintritt sofort die Sachlage. Der Schuldschein lautete auf fünfzehnhundert Francs. Er zahlte tausend, sah dem Mann scharf ins Gesicht und sagte: „Daß Sie mir nicht mehr über die Schwelle kommen!" Der andere dankte, grüßte und verschwand.

Die Mutter und der Großvater fuhren sofort nach Havre. Aber in der Schule sagte man ihnen, daß sich Hans seit einem Monat dort nicht mehr habe blicken lassen. Der Schulleiter wies vier von Jeanne unterzeichnete Briefe vor, in denen ein Unwohlsein des Schülers gemeldet und über den weiteren Verlauf der Krankheit berichtet wurde. Alle Briefe waren mit ärztlichen Zeugnissen belegt. All das war natürlich gefälscht. Völlig niedergeschmettert saßen sie da und sahen einander an.

Der Schulleiter war auch ganz entsetzt und ging mit ihnen zum Polizeikommissar, um Hans ausforschen zu lassen. Jeanne und der Baron übernachteten im Hotel.

Am nächsten Tag fand man Hans bei einer öffentlichen Dirne. Man brachte ihn nach „Les Peuples" zurück; auf dem ganzen Weg fiel kein Wort. Jeanne barg ihr Gesicht ins Taschentuch und weinte. Hans sah mit gleichgültiger Miene zum Fenster hinaus.

Im Verlauf von acht Tagen kam man darauf, daß er innerhalb des letzten Vierteljahres fünfzehntausend Francs Schulden gemacht hatte. Die Gläubiger hatten sich zunächst nicht gerührt, die wußten, daß er bald großjährig sein werde.

Es gab darüber keinerlei Auseinandersetzung. Man wollte ihn durch Milde gewinnen. Man tischte ihm die feinsten Gerichte auf, verzog und verwöhnte ihn. Es kam der Frühling. Da mietete man ihm in Yport ein Boot, damit er nach Herzenslust aufs Meer hinausfahren könne.

Man entzog ihm aber sein Pferd, damit er nicht nach Havre reite.

So ging er müßig und reizbar herum, manchmal brach die innere Roheit heftig durch. Dem Baron machte das unvollendete Studium viel Sorge. Jeanne wollte an keine neuerliche Trennung denken, legte sich aber doch auch die Frage vor, was denn aus ihm werden sollte.

Eines Abends kam er nicht heim. Er war im Boot mit zwei Seeleuten hinausgefahren. Barhaupt lief die Mutter noch in der Nacht nach Yport hinunter. Am Strand warteten einige Männer auf die Rückkehr des Bootes.

Endlich tauchte draußen ein Lichtchen auf. Schwankend kam es näher: Hans war nicht an Bord. Er hatte sich nach Havre bringen lassen.

Alle polizeilichen Nachforschungen blieben diesmal vergeblich. Die Dirne, die ihm das erstemal Unterschlupf gewährt hatte, war nun auch spurlos verschwunden; sie hatte ihre Möbel verkauft, ihre Miete bezahlt. In Hansens Zimmer auf „Les Peuples" fand man zwei Briefe des Mädchens, das rasend in ihn ver-

liebt schien. Sie sprach von einer Reise nach England. Es schien, daß sie die hierzu nötigen Mittel aufgetrieben hatte.

Die drei Schloßbewohner lebten düster und wortkarg in höllischer Seelenqual dahin. Jeannes längst ergrautes Haar war nun ganz weiß. In ihrer Herzensunschuld fragte sie sich, warum das Schicksal gerade sie so heimsuche.

Sie erhielt einen Brief vom Pfarrer Tolbiac: „Gnädige Frau!

Gottes Hand lastet schwer auf Ihnen. Sie haben Ihm Ihr Kind vorenthalten, da hat Er es nun genommen und einer Prostituierten an den Hals geworfen. Wird Ihnen diese himmlische Warnung nicht endlich die Schuppen von den Augen fallen lassen? Das Erbarmen des Herrn ist ohne Grenzen. Vielleicht wird er Ihnen vergeben, wenn Sie kommen, um vor ihm zu knien. Ich bin nur sein niederer Knecht, ich öffne Ihnen die Pforte Seiner Wohnung, wann immer Sie an deren Tore klopfen."

Lange ließ sie diesen Brief auf ihren Knien liegen. Vielleicht hatte der Priester recht. Alle Qualen religiöser Zweifel zerrissen ihr Inneres. Konnte Gott rachsüchtig, eifersüchtig sein wie Menschen? Aber wenn er nicht eifersüchtig erschiene, würde niemand ihn fürchten oder verehren. Offenbar tat er sich den Menschen mittels solcher Gefühle kund, wie sie ihnen geläufig waren, um ihnen verständlich zu bleiben. Die feige Unsicherheit, die den Kirchen alle Verstörten und Zagenden zutreibt, bemächtigte sich auch ihrer. So lief sie eines Abends bei Einbruch der Nacht zum Pfarrhaus, kniete zu Füßen des dürren Abbé nieder und flehte um Absolution.

Er versprach ihr halbes Verzeihen, da Gott über ein Dach, unter dem ein Mann vom Schlage des Barons weile, nicht die ganze Fülle seiner Gnaden ausgießen könne. Er versicherte ihr: „Sie werden gar bald Wirkungen der Göttlichen Huld verspüren."

Wirklich erhielt sie zwei Tage später einen Brief von ihrem Sohn. Nach der wahnsinnigen Qual der Ungewißheit erschien ihr dieser Brief schon als erstes Glied der rettenden Ankerkette, von der ihr der Pfarrer geredet hatte.

„Liebe Mutter! Sei ohne Sorgen. Ich halte mich in London auf, bin wohl, aber ich brauche dringend Geld. Wir haben den letzten Heller ausgegeben und müssen manchmal mit leerem Magen zu Bett gehen. Meine Begleiterin, die ich von ganzem Herzen liebe, hat ihr ganzes Hab und Gut verbraucht, um nur bei mir bleiben zu können. Es waren fünftausend Francs. Du begreifst, daß es meine Ehrenpflicht ist, ihr zunächst diese Summe zu erstatten. Es wäre also sehr lieb von Dir, wenn Du mir auf mein Erbteil von Papa etwa fünfzehntausend Francs vorschießen wolltest, da ich ja demnächst mündig werde. Du würdest mir so aus einer argen Patsche helfen.

Lebe recht wohl, liebe Mama, ich küsse Dich von ganzem

Herzen, desgleichen Großvater und Tante Liese. Ich hoffe Dich bald wiederzusehn.

Dein Sohn

Vicomte Jean von Lamare."

Er hatte an sie geschrieben! Er dachte also immer noch an sie. Daß er eigentlich nur Geld verlangte, fiel ihr gar nicht auf. Wenn er kein Geld hatte, so mußte man ihm natürlich welches schicken. Was lag an dem Geld. Er hatte an sie geschrieben!

Weinend lief sie mit dem Brief zum Baron. Auch Tante Liese mußte kommen. Wort für Wort studierte man das Blatt, das Nachricht von Hans enthielt. Jede Silbe wurde umstritten.

Jeannes Stimmung sprang von tiefster Verzweiflung zu wahrem Hoffnungsrausch um. Sie verteidigte ihren Sohn: „Er kommt zurück, er kommt bestimmt zurück, er schreibt ja wieder."

Der Baron blieb ruhiger und tat den Ausspruch: „Es bleibt bestehen, daß er uns wegen so eines Geschöpfes verlassen hat. Er liebt sie offenbar mehr, da er zwischen uns und ihr so gar nicht geschwankt hat."

Ein jäher, schauerlicher Schmerz durchzuckte Jeannes Herz. Von diesem Augenblick an entbrannte in ihr der Haß gegen diese Geliebte, die ihr den Sohn gestohlen hatte; es war ein unerbittlicher, wilder Haß, Haß mütterlicher Eifersucht. Bisher hatten all ihre Gedanken nur um Hans gekreist. Kaum streifte sie die Vorstellung, daß ein verkommenes Weib an seinem tiefen Falle schuld war. Aber die Bemerkung des Barons hatte ihr mit einem Mal diese Nebenbuhlerin vor Augen gestellt, hatte ihr deren dämonische Macht klargemacht. Sie hatte das deutliche Gefühl, daß zwischen ihr und diesem Weib ein erbittertes Ringen begann. Sie war sich bewußt, daß sie eher den Untergang des Sohnes ertragen würde, als die Nötigung, ihn mit der anderen zu teilen.

Ihre ganze Freude war mit einem Mal dahin.

Sie schickten die fünfzehntausend Francs und blieben weitere fünf Monate ohne Nachricht.

Dann erschien ein Geschäftsträger, um die Erbangelegenheit des Sohnes zu ordnen. Jeanne und der Baron machten bei ihrer Rechnungslegung keinerlei Schwierigkeiten, überließen sogar den Nutzgenuß, soweit er der Mutter zukam. Bei seiner Rückkehr nach Paris konnte er volle hundertfünfzigtausend Francs

248

einstreichen. Im nächsten halben Jahr schrieb er ganze vier Briefe, die höchst lakonisch über ihn berichteten und mit eisigen Versicherungen seiner Zärtlichkeit schlossen: „Ich arbeite", hieß es darin, „ich habe eine Anstellung bei der Börse gefunden. Ich hoffe Euch, meine Lieben, demnächst auf ‚Les Peuples' umarmen zu können." Er sagte kein Wort von seiner Geliebten, und dieses Schweigen besagte und sorgte seine Mutter mehr, als wenn er vier Seiten lang von ihr geschwärmt hätte. In der Eiskälte dieser Briefe spürte Jeanne ein unerbittlich im Hintergrund lauerndes Weib, die geschworene Feindin der Mütter: die Dirne.

Die drei Verlassenen berieten über Mittel und Wege, Hans zu retten, aber sie fanden nichts Brauchbares. Nach Paris zu fahren, erschien zwecklos.

Der Baron pflegte zu sagen: „Lassen wir seine Leidenschaft sich austoben, dann kommt er ganz von selbst zurück."

So führten sie ein jammervolles Dasein.

Hinter dem Rücken des Barons gingen Jeanne und Liese zur Kirche.

Eine ziemliche lange Zeit blieben sie ohne Nachricht, dann setzte sie eines Morgens ein Brief in ärgsten Schrecken.

„Meine arme Mama! Ich bin verloren, es bleibt mir nichts übrig, als mir eine Kugel vor den Kopf zu schießen, wenn Du mir nicht zu Hilfe kommst. Eine Spekulation, die sehr erfolgversprechend war, ist mir fehlgeschlagen und so schulde ich fünfundachtzigtausend Francs. Wenn ich nicht zahle, bin ich ehrlos, bin ruiniert, kann kein neues Geschäft anfangen. Ich bin verloren. Ich sag Dir's nochmals: eher schieße ich mir eine Kugel vor den Kopf, als diese Schande zu überleben. Vielleicht hätte ich's schon getan, wenn mich nicht die Frau aufrechthielte, von der ich niemals rede und die doch mein wahrer Schutzengel ist.

Ich küsse Dich aus Herzensgrund, meine arme Mama, vielleicht zum letzten Mal auf dieser Welt. Lebe wohl.

Hans."

Stöße von Papieren waren beigefügt und gaben genauen Aufschluß über den argen Krach.

Der Baron antwortete postwendend, man werde schon aushelfen. Dann fuhr er nach Havre, um Erkundigungen einzuziehen. Daraufhin belastete er seine Besitzungen, um für Hans Geld zu beschaffen.

Der junge Mensch schrieb drei stürmische Dankbriefe und kündigte seine bevorstehende Ankunft an. Aber er blieb aus.
So verging ein ganzes Jahr.
Jeanne wollte mit ihrem Vater schon nach Paris fahren, um einen letzten Versuch zu wagen, als sie durch einen kurzen Brief erfuhren, daß er wieder in London sei, um unter der Firma J. Delamare & Cie. eine Dampfschiffahrtsgesellschaft zu begründen. Er schrieb: „Jedenfalls werde ich ein vermögender Mann, vielleicht sogar ein reicher Mann. Dabei riskiere ich gar nichts. Ihr seht natürlich ein, wie vorteilhaft das ist. Wenn wir uns wiedersehen, werde ich mir eine schöne gesellschaftliche Stellung erworben haben. Nur im Geschäftsleben kann man es heutzutage auf einen grünen Zweig bringen."
Ein Vierteljahr darauf war die Dampfschiffahrtsgesellschaft bankrott, und ihr Direktor sollte wegen Unregelmäßigkeiten in der Buchführung gerichtlich belangt werden. Jeanne bekam eine mehrstündige Nervenkrise, dann legte sie sich zu Bett.

Der Baron fuhr wieder nach Havre, zog wieder Erkundigungen ein, hatte Besprechungen mit Advokaten und Maklern und stellte fest, daß die Passiven der Firma Delamare sich auf zweihundertfünfunddreißigtausend beliefen. Daraufhin belastete er seinen Besitz aufs neue. Auf dem Schloß „Les Peuples" und den zwei anstoßenden Meierhöfen lag jetzt eine schwere Hypothek. Als er eines Abends die letzten Formalitäten im Schreibzimmer eines Agenten regeln wollte, stürzte er vom Schlag getroffen auf den Parkettboden. Jeanne wurde durch einen reitenden Boten verständigt. Als sie eintraf, war er schon tot.

Sie brachte den Leichnam nach „Les Peuples" zurück. Sie war so niedergeschmettert, daß ihr Schmerz mehr als stumpfe Müdigkeit erschien, denn als Verzweiflung.

Pfarrer Tolbiac verweigerte trotz flehentlicher Bitten der beiden Frauen die kirchliche Einsegnung. Sang- und klanglos wurde der Baron bei Einbruch der Nacht begraben.

Hans wurde durch einen der Advokaten verständigt, die mit der Liquidation der verkrachten Firma betraut waren. Er hielt sich noch in England verborgen. Er schrieb einen Entschuldigungsbrief, er habe das Unglück zu spät erfahren. „Da Du mir jetzt aus der Not geholfen hast, liebe Mutter, komme ich nach Frankreich zurück und werde Dich bald in meine Arme schließen." Jeanne war geistig so gebrochen, daß sie offenbar die Welt nicht mehr begriff.

Aber gegen Ausgang des Winters bekam die achtundsechzigjährige Tante Liese eine Bronchitis, aus der bald eine bösartige Lungenentzündung wurde. Sanft hauchte sie ihr Leben mit den Worten aus: „Meine arme kleine Jeanne, ich will den lieben Gott bitten, er möge sich deiner erbarmen."

Jeanne ging hinter dem Leichenwagen auf den Friedhof, sah Erde auf den Sarg fallen, aber als sie zu Boden sinken wollte, weil sie aus tiefstem Herzen auch zu sterben wünschte und nicht mehr leiden wollte, nicht mehr zu denken begehrte, da nahm sie eine kräftige Bäuerin in ihre Arme und trug sie fort wie ein kleines Kind.

Jeanne hatte am Krankenbett des alten Fräuleins fünf Nächte durchwacht, und so ließ sie sich zu Hause widerstandslos von dieser unbekannten Landfrau zu Bett bringen. Ganz wohl behagte ihr deren freundlich entschiedenes Zugreifen. Vor Leid und Erschöpfung verfiel sie in einen todähnlichen Schlaf.

Gegen Mitternacht erwachte sie. Auf dem Kaminsims flakkerte ein Nachtlicht, eine Frau schlief im Lehnstuhl. Wer war das nur? Sie erkannte sie nicht. Im zittrigen Schein des Dochtes, der auf seiner Ölschicht in einem Küchenglas schwamm, beugte sie sich aus dem Bett, um die Züge der Schlummernden besser zu sehen.

Da war es ihr doch, als hätte sie dieses Gesicht schon gesehen. Aber wann und wo? Friedlich schlief die Frau mit seitlich geneigtem Kopf, ihre Haube war zu Boden gefallen. Sie mochte vierzig bis fünfundvierzig Jahre alt sein. Es war eine kräftige, vierschrötige Person mit drallen, roten Wangen. Ihre mächtigen Hände hingen beiderseits über die Armlehnen nieder. Das Haar begann zu ergrauen. Jeanne betrachtete sie hartnäckig, in der wirren Stimmung, mit der schwer Unglückliche aus fieberhaftem Schlaf auffahren.

Aber ganz bestimmt hatte sie das Gesicht schon gesehen! Vor langer Zeit oder erst unlängst? Das wußte sie nicht, und dieser Zweifel wurde quälende Besessenheit, die reizte und erregte. Leise stand sie auf, um die Schlafende ganz in der Nähe zu betrachten und schlich auf den Fußspitzen heran. Es war die Frau, die sie auf dem Friedhof aufgehoben und dann zu Bett gebracht hatte. Daran erinnerte sie sich unklar.

Aber war sie ihr nicht anderswo, in einer anderen Epoche ihres Lebens begegnet? Oder erschien ihr das nur so, weil die Erinnerung an gestern sich so trüb, wie etwas ganz Fernliegendes darbot? Wieso saß sie aber hier in ihrem Zimmer?

Die Frau hob die Lider, bemerkte Jeanne und fuhr jäh empor. Sie standen einander von Angesicht zu Angesicht so nahe gegenüber, daß Brust an Brust streifte. Die Unbekannte murrte: „Was? Aus 'm Bette? Sie könn' sich was Schönes zuziehn. Werden Sie sich wohl niederlegen!"

Jeanne fragte: „Wer sind Sie denn?"

Aber da tat die Frau die Arme auseinander, umfaßte Jeanne, hob sie wieder auf und trug sie mit mannesstarken Armen in ihr Bett. Als sie aber die Leidende sanft in die Kissen legte, wobei sie ganz dicht über Jeanne gebeugt war, fast auf ihr lag, brach sie in Tränen aus und bedeckte Jeannes Wangen, Haar und Augen mit heißen Küssen. Ihre Tränen benetzten Jeannes Wangen, indes sie stammelte: „Mein armes Fräuleinchen, Fräuln Jeanne, Sie erkennen mich also nicht wieder?"

Da schrie Jeanne: „Rosalie, mein Mädel!“ Sie umschloß ihren Hals mit beiden Armen und zog sie unter leidenschaftlichen Küssen an sich. So schluchzten sie beide, ihre Tränen rannen ineinander, ihre engverschlungenen Arme wollten sich gar nicht mehr lösen.

Rosalie gewann als erste ihre Ruhe wieder: „Jetzt müssen Sie aber vernünftig sein, sonst erkälten Sie sich noch.“ Sie zog ihr die Decken hoch und steckte sie an den Betträndern fest, schob ihr das Kissen zurecht. Aber Jeanne konnte sich lange nicht beruhigen, es durchwühlte sie ein Sturm von Erinnerungen.

Endlich brachte sie die Worte hervor: „Wieso bist du wiedergekommen, mein Mädel?“

Rosalie antwortete: „Herrgott, ich kann Sie jetzt doch nicht so mutterseelenallein lassen.“

Jeanne sagte: „Zünde mal eine Kerze an, daß ich dich recht sehen kann.“ Als nun das Licht auf dem Nachttischchen stand, betrachteten sie einander in langem Schweigen. Dan streckte Jeanne ihrem ehemaligen Dienstmädchen die Hand hin und flüsterte: „Ich hätte dich nie erkannt, mein Mädel, du hast dich recht verändert, aber ich noch mehr.“

Rosalie aber sah diese magere, weißhaarige, abgewelkte Frau an, die bei ihrem Scheiden jung, schön und blühend gewesen war und antwortete: „Na, das is wohl wahr, Frau Jeanne, verändert sind Sie aber schon sehr, mehr als gut is. Aber denken Sie auch nur: über vierundzwanzig Jahr haben wir uns nicht mehr gesehen.“

Sie schwiegen wieder, in Gedanken versunken. Endlich stieß Jeanne die Worte hervor: „Bist du wenigstens glücklich gewesen?“

Rosaliens Antwort kam nur zögernd über ihre Lippen, sie fürchtete, allzu schmerzliche Erinnerungen aufzurühren. Sie stammelte: „Aber . . . ja doch . . . Frau Jeanne. Ich dürft’ nicht gerade klagen, glücklicher als Sie bin ich schon gewesen, das ist mal sicher. Nur eins hat mich immer gewurmt, daß ich nicht hab’ hier bleiben können . . .“ Sie verstummte jäh, tief erschrocken, daß sie unwillkürlich an die wunde Stelle gerührt hatte. Aber Jeanne erwiderte mild: „Da hilft nun nichts, mein Mädel, man kann nicht immer, wie man wohl möchte. Du bist auch verwitwet, nicht?“ Dann fuhr sie mit angstvoll zitternder Stimme fort: „Hast du noch . . . . noch andere Kinder?“

„Nein."

„Und der, dein ... dein Sohn ... was ist aus dem geworden? Ist er brav?"

„Ja, gnädige Frau, ein guter Junge und stramm bei der Arbeit. Vor einem halben Jahr hat er geheiratet und übernimmt meinen Hof, und so bin ich eben wieder zu Ihnen gekommen."

Jeanne zitterte vor Bewegung. Sie flüsterte: „Da wirst du also bei mir bleiben, Mädel?"

Rosalie bejahte mit derber Entschiedenheit: „Natürlich, ich hab mir's schon so eingerichtet."

Dann saßen sie wieder eine Weile schweigend da.

Unwillkürlich mußte Jeanne zwischen ihren Lebenswegen Vergleiche anstellen, aber ganz ohne Bitterkeit. Sie nahm die ungerechte Grausamkeit des Schicksals schon mit ruhiger Ergebung hin. Sie sagte:

„Wie war dein Mann zu dir?"

„Oh, das war ein kreuzbraver Mensch, kein Müßiggänger, und das Sparen hat er ordentlich verstanden. Er ist an der Schwindsucht gestorben."

Da setzte sich Jeanne im Bett auf. Es überkam sie ein Drang, in diesen Dingen ganz klar zu sehen: „Jetzt erzähl hübsch der Reihe nach, alles, Mädel, dein ganzes Leben. Das wird mir gerade heute wohltun."

Da rückte Rosalie ihren Sessel ans Bett, setzte sich und begann von sich selbst, von ihrem Hause, ihren Bekannten zu erzählen, verweilte nach Art der Landleute liebevoll bei kleinen Einzelheiten, beschrieb ihren Hof und mußte manchmal bei Erwähnung längst vergangener Dinge hell auflachen, weil ihr dabei verwehte gute Augenblicke einfielen. Nach und nach nahm sie die lebhafte Sprechweise einer stattlichen Bäuerin an, die das Befehlen gewohnt ist. Schließlich erklärte sie: „Ja, ich hab' jetzt Grund und Boden, da kann einem nichts geschehen." Dann wurde sie wieder unsicher und sagte leise: „Schließlich hab' ich das nur Ihnen zu verdanken. Natürlich nehme ich jetzt keinen Lohn an. Nein, nein, um keinen Preis! Und wenn's Ihnen nicht paßt, geh ich eben wieder weg."

Jeanne erwiderte: „Aber du kannst mir doch nicht umsonst dienen?"

„Aber natürlich, Frau Gräfin. Was reden Sie von Geld, was wollen Sie mir Geld anbieten! Ich hab vielleicht ebensoviel wie Sie. Wissen Sie überhaupt, wieviel von dem ganzen Zeug da noch Ihnen gehört? Wo doch so viel Hypothekerei und Ausborgerei draufgeschmiert is und alle die Zinsen, die nicht bezahlt werden und jedes Vierteljahr zuwachsen? Ich sag Ihnen bei meiner Seel, Sie haben keine zehntausend Livres Einkommen mehr. Ich weiß, was ich sage: keine zehntausend. Aber ich werd Ihnen das schon in Ordnung bringen, und fix genug."

Sie war wieder in den lauten Kommandoton verfallen, war zornig und entrüstet wegen der fahrlässigen Behandlung dieser Geldsachen und des drohenden Ruins. Als gar ein leises Lächeln der Rührung über das Antlitz ihrer Herrin glitt, schrie sie empört auf:

„Da gibt's gar nicht zu lachen, Frau Gräfin, wer kein Geld mehr hat, wird gleich ein Vagabund."

Jeanne faßte wieder ihre Hände und hielt sie lange fest. Dann sprach sie langsam unter dem Druck eines Gedankens, der sie nicht losließ, diese Worte: „Ach, ich hab' eben kein Glück gehabt. Mir ist alles schiefgegangen. Ein unerbittliches Verhängnis hat über meinem Leben gewaltet." Aber Rosalie schüttelte den Kopf: „Dürfen so was nicht sagen, Frau Gräfin, dürfen so was nicht sagen. Sie waren einfach übel verheiratet, das war das Ganze. Wer wird auch so heiraten, ohne daß man den Zukünftigen kennt."

Und so redeten sie weiter wie zwei alte Freundinnen. Sie plauderten immer noch, als schon die Sonne aufging.

12

In acht Tagen schwang sich Rosalie zur unumschränkten Gebieterin des Schlosses und seiner Bewohner auf. Jeanne ergab sich in lässigem Gehorsam in den neuen Zustand. Schwach und mit nachschleppenden Beinen, wie einst Mütterchen, ging sie am Arm der Dienerin aus, die sie langsam auf und ab führte, ihr die Leviten las und ihr mit derbzärtlichen Worten zusprach, wie einem kranken Kind.

Sie plauderten immer von alten Zeiten, Jeanne mit zurückgehaltenen Tränen, Rosalie mit dem gleichmütigen Ton der harthäutigen Bäuerin. Das alte Dienstmädchen kam öfters auf die ungeordneten Finanzangelegenheiten zurück. Dann verlangte sie Einsicht in die Papiere, die ihr die ganz geschäftsunkundige Jeanne bisher nicht gezeigt hatte, weil sie sich für ihren Sohn schämte.

Eine Woche lang fuhr Rosalie täglich nach Fécamp, um sich dort von einem ihr bekannten Notar alles erklären zu lassen.

Aber eines Abends, als sie ihre Herrin zu Bett gebracht hatte, setzte sie sich ihr zu Häupten auf den Bettrand und sagte unvermittelt: „So, jetzt liegen Sie schön da, Frau Gräfin, und so wollen wir mal mitsammen reden."

Darauf entrollte sie ein Bild der Sachlage.

Nach Deckung aller Verpflichtungen blieb höchstens ein Jahreseinkommen von sieben- bis achttausend Francs übrig. Das war alles.

Jeanne antwortete: „Was soll ich da machen, Mädel? Ich spüre genau, ich werde nicht alt, und bis dahin langt es noch."

Aber Rosalie wurde böse: „Für Sie mag das ja stimmen, Frau Gräfin, aber soll Herr Hans denn gar nichts erben?"

Jeanne schauerte zusammen. „Bitte, sprich mir nie von ihm. Es tut mir gar weh, wenn ich an ihn denke."

„Ich will aber gerade von ihm reden, jetzt erst recht, weil Sie keine Kurasch haben, wissen Sie, Frau Jeanne. Er hat freilich Dummheiten gemacht, aber alles hat einmal ein Ende, er wird vernünftig werden, er wird heiraten und Kinder bekommen. Da wird er Geld brauchen, um sie großzuziehen. Und jetzt hören Sie, was ich Ihnen sage: Sie werden ,Les Peuples' verkaufen ...!" Jeanne setzte sich mit jähem Ruck im Bett auf: „,,Les Peuples' verkaufen! Was fällt dir ein? Nein, das nicht, niemals!"

Aber Rosalie ließ sich nicht irremachen: „Ich sage Ihnen, Sie werden die Besitzung verkaufen, weil es eben sein muß."

Und nun legte sie ausführlich ihre Berechnungen, Pläne und Erwägungen dar.

Sie hatte einen guten Käufer für „Les Peuples" und die zwei anstoßenden Meierhöfe gefunden. Nach Abwicklung dieser Sache würde man nur die vier in St. Leonhard gelegenen Höfe behalten, die dann, völlig lastenfrei, einen Ertrag von achttausenddreihundert Francs abwerfen würden. Man müßte dann jährlich dreizehnhundert Francs für Ausbesserungen und Erhaltungskosten beiseite legen. Dann blieben siebentausend Francs, von denen man fünftausend für laufende Ausgaben verbrauchen dürfte; so erübrige man zweitausend als Grundstock eines Notpfennigs.

Sie schloß mit den Worten: „Alles übrige ist aufgezehrt, rein weg. Und den Kassenschlüssel halt ich in Verwahrung, verstehen Sie mich? Und Herr Hans kriegt nichts, aber gar nichts. Er möchte Sie um den letzten Heller bringen."

Jeanne, die still vor sich hingeweint hatte, flüsterte nun: „Aber wenn er nichts zu essen hat?"

„Dann kann er zu uns essen kommen, wenn er Hunger hat. Bett und Teller wird ihm immer bereit gehalten. Meinen Sie, er hätte alle die Eseleien angestellt, wenn Sie ihm gleich von Anfang an keinen Kreuzer gegeben hätten?"

„Aber er hatte Ehrenschulden . . ."

„Wenn Sie nichts mehr besitzen werden, wird er ja doch noch Schulden machen. Bisher haben Sie für ihn bezahlt, meinetwegen. Aber von nun an werden Sie nichts mehr für ihn bezahlen, das sag' ich Ihnen. Und jetzt gute Nacht, Frau Gräfin."

Daraufhin ging sie fort.

Jeanne schloß kein Auge, so tief erschütterte sie die Vorstellung, daß sie „Les Peuples" verkaufen, dem Hause den Rücken kehren sollte, an dem sie mit allen Lebensfasern hing.

Als sie am nächsten Tag Rosalie ins Zimmer treten sah, sagte sie: „Mein armes Mädel, ich werde es nie übers Herz bringen, von hier fortzugehen." Aber die Magd wurde zornig: „Wird eben doch sein müssen, da hilft Ihnen nichts. Jeden Augenblick kann der Notar mit dem Käufer kommen. Sonst haben Sie in vier Jahren keinen Salatstengel mehr."

Jeanne war wie zerschmettert und sagte immer nur: „Ich werd's nicht können, niemals können."

Eine Stunde darauf übergab ihr der Postbote einen Brief von Hans, worin er zehntausend Francs verlangte. Was sollte sie tun. In ihrer Ratlosigkeit wandte sie sich an Rosalie. Die hob die Arme zum Himmel: „Na, hab' ich's nicht gesagt? Ihr zwei hättet euch schön zugerichtet, wenn ich nicht gekommen wäre!" Unter dem überlegenen Willen der Bäuerin schrieb Jeanne:

„Mein lieber Sohn! Ich kann nichts mehr für Dich tun. Du hast mich zugrunde gerichtet. Ich bin sogar gezwungen, ‚Les Peuples' zu verkaufen. Aber vergiß nicht, daß Du bei Deiner alten Mutter, der du so viel Leid angetan hast, immer eine Zuflucht finden kannst.   Jeanne."

Als der Notar mit Herrn Jeoffrin, dem ehemaligen Besitzer einer Zuckerraffinerie, eintraf, empfing sie die Herren persönlich und forderte sie auf, alles recht eingehend zu besichtigen.

Einen Monat später unterschrieb sie die Verkaufsurkunde und kaufte zugleich ein kleinbürgerliches Häuschen bei Goderville, im Weiler Batteville, an der Straße nach Montvillers gelegen.

Dann ging sie bis zum Abend in Mütterchens Allee auf und ab. In Qual und ratloser Wirrnis nahm sie von jedem Ding in diesem altvertrauten Garten herzzerreißenden Abschied, von der Linie des Horizontes, von allen Bäumen, von der wurmstichigen Bank unter der Platane, von all den so bekannten Gegenständen, die schon unverrückbar im Grunde der Augen und im Grunde der Seele zu ruhen schienen: da war der Parkbusch und die Böschung vor der Heide, wo sie so oft gesessen hatte und von wo sie an dem schrecklichen Tag, der Juliens letzter sein sollte, den Grafen Fourville hatte gegen die See zulaufen sehen, da stand auch der alte entkrönte Ulmenstamm, an den sie sich so oft gelehnt hatte – mit verzweifeltem Schluchzen nahm sie davon Abschied.

Rosalie mußte, nachdem sie sie getröstet hatte, am Arm mit Gewalt ins Haus führen.

Ein hochgewachsener Bauer von fünfundzwanzig Jahren wartete vor der Tür. Er begrüßte sie freundschaftlich wie eine alte Bekannte. „Guten Tag, Frau Jeanne, geht's Ihnen gut? Mutter hat gesagt, ich soll weger der Übersiedlung herkommen. Möcht wissen, was Sie alles mitnehmen, weil ich's doch rechtzeitig fortschaffen will, damit mir die Feldarbeit nicht in Rückstand kommt."

Es war der Sohn der Magd, Juliens Sohn uns Hansens Bruder.

Ihr war, als müsse ihr das Herz stillstehn, und doch hätte sie den Burschen umarmen mögen.

Sie sah ihn an und suchte nach Ähnlichkeiten mit ihrem Mann oder ihrem Sohn. Er war rotwangig und stark und hatte die blonden Haare und blauen Augen seiner Mutter. Und dabei sah er doch auch Julien ähnlich. Worin nur? In welcher Hinsicht? Sie wußte es nicht recht, aber im ganzen Ausdruck des Gesichts hatte er doch etwas vom Vater.

Der Bursche fuhr fort: Wär mir lieb, wenn Sie mir's gleich zeigen täten."

Aber sie wußte noch gar nicht, was sie mitfortnehmen sollte, da das neue Haus recht klein war. So bat sie ihn, Ende der Woche wiederzukommen. Von da an kümmerte sie sich um ihre

Übersiedlung, und das brachte traurigen Zeitvertreib in ihr trübes Leben, das keine Erwartung mehr kannte.

Sie ging von Zimmer zu Zimmer, zu allen Möbeln, die für sie mit wichtigen Erlebnissen verknüpft waren. Es gibt Möbel, die schon zur Familie gehören und fast ein Stück unseres Lebens ausmachen, die man seit frühester Jugend kennt und an denen die Erinnerung so vieler Freuden und Leiden haftet, aller entscheidenden Wendpunkte unseres Daseins. Als Gefährten unserer heiteren oder düsteren Stunden alterten sie mit uns und sind jetzt auch abgenutzt, ihre Bezüge sind da und dort geplatzt und ihr Unterfutter zerrissen, die Scharniere wackeln und ihre Farben sind ausgebleicht.

Sie wählte Stück für Stück, war oft unschlüssig, wie wenn es um Tod und Leben ginge, jeden Augenblick machte sie eine bereits getroffene Entscheidung wieder rückgängig, schwankte zwischen dem inneren Wert zweier Lehnsessel oder dem eines alten Schreibtisches gegenüber dem eines ehrwürdigen Nähtischleins.

Sie öffnete die Schubfächer, suchte sich die vergangenen Dinge recht lebhaft zu vergegenwärtigen, und dann sagte sie schließlich mit voller Überzeugung: „Ja, das nehm ich mit", und daraufhin wurde der betreffende Gegenstand ins Speisezimmer hinuntergeschafft.

Sie entschloß sich, die ganze Einrichtung ihres Zimmers zu behalten, das Bett, die Wandteppiche, die Standuhr, kurz alles.

Aus dem Salon nahm sie einige Sessel, die sie schon als kleines Kind besonders geliebt hatte, die mit dem Fuchs und dem Storch, der Zikade und der Ameise und dem trübsinnigen Reiher.

Als sie so alle Winkel des Hauses durchstöberte, das sie verlassen sollte, geriet sie eines Tages sogar auf den Dachboden hinauf.

Da blieb sie in starrem Staunen stehen, denn es gab hier ein Durcheinander von Gegenständen aller Art: manches war zerbrochen, anderes bloß verschmutzt, vieles ohne rechten Grund dorthin verbannt, einfach weil man keinen Gefallen mehr daran gefunden hatte oder weil man es anderweitig ersetzt hatte. Sie bemerkte tausend kleine Zierstücke, die ihr von früher her vertraut und ihr irgendwann aus den Augen gekommen waren, Kleinigkeiten, die sie so oft in Händen gehabt hatte, gleichgültige alte Dingelchen, wie man sie jahrelang herumliegen sieht, ohne sie recht wahrzunehmen. Hier auf dem Dachboden erhielten sie plötzlich die Bedeutung vergessener Zeugen, wiedergefundener Freunde, weil sie neben noch ehrwürdigeren Geräten standen und lagen, von denen sie sofort wieder wußte, wo sie sich zur Zeit der Rückkehr aus dem Pensionat befunden hatten. Sie glichen Menschen, mit denen man lange Zeit verkehrt, ohne daß sie sich je aufschließen und die plötzlich, eines schönen Abends, ohne sichtbaren Anlaß gesprächig werden und ungeahnte innere Reichtümer ausschütten.

Sie ging von einem zum anderen, und jedesmal gab es ihr einen Riß ins Herz. Sie sagte: „Sieh mal an, den Sprung in der chinesischen Tasse, den hab' ich gemacht, ein paar Tage vor meiner Hochzeit. – Da ist Mütterchens Laterne und da der Stock, den Väterchen zerbrochen hat, als er das von Regen verquollene Holzgatter damit öffnen wollte."

Es gab da auch viele unbekannte Dinge, mit denen sich für sie keinerlei Erinnerung verband, die vielleicht von den Groß- oder Urgroßeltern stammten, staubige Dinge, die einer anderen Zeit angehörten und die das Gefühl wachrufen, man sei allein übriggeblieben. Es gibt niemand mehr, der ihre Geschichte, ihre Abenteuer kennt und die Leute, die sie seinerzeit gewählt, gekauft, besessen, geliebt haben. Niemand weiß jetzt mehr, wie die Hände aussahen, die sie täglich berührt und die Augen, die behaglich auf ihnen geruht haben.

Jeanne rührte alles an, drehte es hin und her, und ihre Finger drückten sich in der dicken Staubschicht ab. So verweilte sie inmitten des alten Gerümpels, im trüben Halblicht, das durch einige Glasscheiben fiel, die in das Dach eingelassen waren.

Mit angespannter Aufmerksamkeit betrachtete sie Sessel, denen ein Bein fehlte, und grübelte, ob sie nicht mit irgendeiner Erinnerung verknüpft seien. Dann gab es da eine kupferne Wärmflasche und ein Kohlenbecken mit ausgebrochenem Boden, die ihr bekannt vorkamen, und eine Menge weggelegten Wirtschaftsgeräts.

Dann stellte sie alles zusammen, was sie mitnehmen wollte, und schickte Rosalie hinauf, um es zu holen. Die Magd weigerte sich entrüstet, das „Dreckzeug" herunterzuschaffen, aber Jeanne, die doch sonst gar keinen Willen mehr hatte, gab diesmal nicht nach, und die andere mußte sich fügen.

Eines Morgens kam der junge Bauer, Denis Lecoq, Juliens Sohn, mit seinem Karren, um eine erste Ladung wegzuführen. Rosalie fuhr mit, um das Abladen zu überwachen und die Möbel an ihre Plätze zu schaffen.

So blieb Jeanne sich selbst überlassen. Sie hatte einen furchtbaren Anfall von Verzweiflung, irrte durch die Gemächer des Schlosses, küßte in leidenschaftlich überreizter Liebe all die Dinge, die zurückbleiben mußten, die großen weißen Vogelgestalten der Wandteppiche im Speisezimmer, alte Leuchter, kurz alles, was sich ihr darbot. Sie ging von Raum zu Raum, wie wahnsinnig, mit tränenüberströmten Wangen. Dann trat sie ins Freie, um „dem Meer Lebewohl zu sagen".

Es war Ende September, ein niederer, grauer Himmel lastete schwer über der Erde. Ins Unendliche verlor sich die trostlose gelbe Flut. Lange stand sie oben auf der Steilküste und wälzte qualvolle Gedanken im Kopfe. Da nun schon die Nacht hereinbrach, ging sie ins Haus zurück. An diesem einen Tag hatte sie so viel gelitten, wie nur je in den schlimmsten Zeiten ihres Lebens.

Rosalie war schon zurück und erwartete sie. Sie war ganz begeistert von dem neuen Haus, erklärte sie, es sei viel freundlicher als der alte Riesenkasten, der nicht einmal an einer Straße gelegen sei.

Jeanne weinte den ganzen Abend.

Seitdem die Hofpächter wußten, daß das Schloß verkauft sei, schränkten sie ihr gegenüber Höflichkeit und Rücksicht auf das Mindestmaß ein und bezeichneten sie, wenn sie unter sich waren, nur noch als die „Närrische", sie wußten selbst nicht warum. Offenbar errieten diese rohen und einfachen Menschen instinktiv ihr krankhaft überreiztes und immer empfindlicher werdendes Gefühlsleben, ihre verstiegenen Träumereien, die ganze Verwirrung ihrer armen, vom Unglück durchschütterten Seele.

Am Vortage der Abreise betrat sie zufällig den Pferdestall. Ein Knurren ließ sie zusammenschrecken. Es war Massaker, an den sie seit Monaten kaum mehr gedacht hatte. Blind und gelähmt, hatte er ein bei diesen Tieren seltenes Alter erreicht. Es dämmerte auf einer Strohschütte dahin; Ludivine vergaß ihn nicht und pflegte ihn. Jeanne nahm ihn in die Arme, küßte ihn und trug ihn ins Haus. Das Tier war aufgedunsen wie ein Faß, es konnte sich auf seinen steif weggestreckten Beinen nur mühsam schleppen und bellte ganz so wie die hölzernen Spielzeughunde, die man Kindern schenkt.

Endlich brach der letzte Tag an. Jeanne hatte in Juliens ehemaligem Zimmer genächtigt, da ihr eigenes schon ohne Möbel war.

Erschöpft keuchend verließ sie das Bett, wie wenn sie weit gelaufen wäre. Der Wagen mit dem Rest der Möbel und den Koffern stand schon im Hof zur Abfahrt bereit. Dahinter stand noch ein Wägelchen, das die Herrin und die Magd wegbringen sollte.

Vater Simon und Ludivine sollten allein bis zum Eintreffen des neuen Eigentümers zurückbleiben. Dann sollten sie zu Verwandten ins Ausgeding gehen, da Jeanne ihnen eine kleine Rente ausgeworfen hatte. Überdies besaßen sie Ersparnisse. Sie waren jetzt beide uralte Diener, sehr geschwätzig und zu nichts mehr zu brauchen. Marius hatte sich verheiratet und war schon lange aus dem Hause.

Gegen acht Uhr begann es zu regnen. Es war ein feiner, eisiger Regen, der mit einer leichten Brise vom Meer kam. Man mußte Decken über das Wägelchen breiten. Aus den Baumkronen wirbelten schon Blätter.

Auf dem Küchentisch dampften Tassen mit Milchkaffee. Jeanne setzte sich zu ihrer Tasse und trank sie mit kurzen Schlukken aus, dann stand sie auf und sagte: „Also gehen wir!"

Sie nahm Hut und Schal, und während Rosalie ihr Gummischuhe anzog, sagte sie mit gepreßter Stimme: „Weißt du noch, Mädel, wie's geregnet hat, als wir von Rouen hierher gefahren sind?" ...

Ihr schwindelte. Sie fuhr sich mit beiden Händen an die Brust und stürzte bewußtlos rücklings nieder.

Eine volle Stunde lag sie wie tot da. Dann schlug sie die Augen auf und bekam einen heftigen Weinkrampf.

Als sie sich etwas beruhigt hatte, fühlte sie sich so schwach, daß sie nicht mehr aufstehen konnte. Aber Rosalie fürchtete neue Anfälle dieser Art, wenn man nicht rasch aufbreche, und so holte sie ihren Sohn herbei. Sie faßten sie, hoben sie auf und trugen sie zum Wagen. Dort setzten sie sie auf die mit Wachstuch überzogene Holzbank. Die alte Magd setzte sich daneben und hüllte sie von Kopf bis Fuß in einen dicken Mantel. Dann

spannte sie einen Regenschirm über ihrem Kopf aus und rief: „Jetzt schnell los, Denis!"

Der junge Mann kletterte auf denselben Sitz neben seine Mutter und konnte sich bei der Schmalheit des Brettes nur auf einen Schenkel niederlassen. Dann setzte er sein Pferd in raschen Trab, dessen Stöße die Frauen auf- und niederhüpfen ließen.

Als man um die Ecke der Dorfstraße bog, bemerkte man jemanden, der auf der Straße auf und ab ging und dieses Wegfahren zu belauern schien. Es war der Pfarrer Tolbiac.

Er blieb stehen, um den Wagen vorbeizulassen. Mit einer

Hand hatte er aus Angst vor dem wässerigen Weg seinen Priesterrock aufgenommen, und seine mageren, mit schwarzen Strümpfen bekleideten Beine steckten in ungeheuren, kotbedeckten Schuhen.

Jeanne schlug die Augen nieder, um seinen Blick zu vermeiden. Rosalie aber, die von allem Vorgefallenen unterrichtet war, wurde wütend. Sie murmelte: „Du Lump, du Lump!" Dann packte sie die Hand ihres Sohnes: „Hau ihm doch eins mit der Peitsche drüber!"

Aber der junge Mann ließ gerade beim Vorüberfahren das Rad seines dahinsausenden Wagens in die ausgefahrene Spurfurche fallen, und eine Säule Schlammwasser fuhr in die Höhe und beschmutzte den Priester vom Kopf bis zu den Füßen.

Rosalie war selig und drehte sich um, um ihm mit geballter Faust zu drohen, während er sich mit seinem großen Taschentuch abwischte.

So fuhren sie schon fünf Minuten dahin, als Jeanne plötzlich aufschrie: „Jetzt haben wir Massaker vergessen!"

Man mußte haltmachen. Denis stieg ab und lief um den Hund, während Rosalie die Zügel hielt.

Endlich erschien der junge Mann wieder. Er trug das unförmig dicke, enthaarte Tier und legte es zwischen die Röcke der zwei Frauen.

13

Zwei Stunden darauf hielt der Wagen vor einem Ziegelhäuschen, das an der Straße inmitten eines Gartens mit spindelförmig hochgebundenen Birnbäumen stand. In allen vier Ecken des Gartens standen mit Gaisblatt und Klematis überwachsene Gitterlauben. Den übrigen Raum nahmen kleine Gemüsebeete ein, die durch enge, von Obstbäumen umsäumte Wege geschieden waren.

Auf allen Seiten schloß den Besitz eine sehr hohe Hecke ein. Ein Feld schied ihn vom nächsten Bauernhof. Hundert Schritte weiter vorn stand eine Schmiede an der Straße. Sonst gab es erst einen Kilometer weiter andere Häuser.

Ringsum sah man nur die charakteristische Ebene des Ländchens Caux mit den gleichmäßig verstreuten Einzelhöfen, jeder von vier Doppelreihen hoher Bäume, der Einfriedung des Apfelgartens, umkleidet.

Bei ihrem Eintreffen wollte Jeanne gleich ruhen; aber Rosalie duldete es nicht, damit sie nicht wieder in ihre tiefsinnige Grübelei versinke.

Der Tischler aus Goderville war zur Stelle, um beim Einräumen behilflich zu sein. Man machte sich sofort an das Aufstellen der bereits herangeschafften Möbel; die letzte Wagenladung mußte ja den Augenblick eintreffen.

Das gab viel Arbeit und erforderte langes Überlegen und große Beratungen.

Eine Stunde später fuhr auch der Wagen mit den letzten Möbeln vor und mußte im Regen abgeladen werden.

Als es Abend wurde, war das Haus voller Unordnung, überall waren Gegenstände wahllos übereinandergestapelt. Jeanne war todmüde und schlief ein, kaum daß sie sich ins Bett gelegt hatte.

Auch an den folgenden Tagen hatte sie so viel zu tun, daß ihr für sentimentale Betrachtungen keine Zeit blieb. Es machte ihr sogar ein bißchen Freude, ihre neue Wohnung recht herauszuputzen, denn der Gedanke, daß sie hier ihren Sohn werde beherbergen dürfen, ließ sie nicht los. Das Eßzimmer wurde mit den Wandteppichen aus ihrem ehemaligen Zimmer ausgekleidet; dieser Raum diente auch als Wohnzimmer. Mit besonderer Sorgfalt richtete sie eines der beiden Zimmer im ersten Stock ein, in Gedanken nannte sie es „Hühnchens Stube".

Das Nebenzimmer war das ihre. Rosalie bewohnte einen Stock höher ein Giebelzimmer am Dachboden.

Das sorgfältig eingerichtete Häuschen war wirklich hübsch, und in den ersten Zeiten gefiel es Jeanne darin recht wohl. Aber irgend etwas fehlte ihr doch.

Eines Morgens überbrachte ihr ein Notariatsschreiber aus Fécamp dreitausendsechshundert Francs als Erlös der in „Les Peuples" zurückgelassenen Möbel, die ein Tapezierer geschätzt hatte. Als sie das Geld in Händen hielt, durchrann sie ein Wonneschauer. Kaum war der Mann fort, setzte sie eilig ihren Hut auf und wollte nach Goderville, um Hans diese unverhoffte Summe sofort zu senden.

Aber als sie rasch auf der Straße dahinschritt, begegnete ihr Rosalie, die vom Markt zurückkam. Der Magd stieg gleich ein

Verdacht auf, ohne daß sie sofort den wahren Sachverhalt erriet. Aber Jeanne konnte nichts mehr geheimhalten, und die andere erfuhr, um was es sich handelte, stellte sie den Korb auf die Erde, um nach Herzenslust schelten zu können.

Mit in die Hüften gestemmten Fäusten schrie sie ihre Herrin an. Dann faßte sie Jeanne mit dem rechten Arm, mit dem linken den Korb, und so schritt sie, immer noch wütend, dem Hause zu.

Als sie zu Hause waren, verlangte die Magd die Herausgabe des Geldes. Jeanne gehorchte, behielt aber die sechshundert Francs. Aber das Mißtrauen der Dienerin war nun einmal rege geworden, und so war die kleine List gar bald aufgedeckt und sie mußte alles hergeben.

Aber Rosalie erlaubte doch, daß dieser Restbetrag dem Sohn geschickt wurde.

Einige Tage später kam sein Dankbrief. „Du hast mir einen großen Dienst erwiesen, meine liebe Mama, denn wir waren im tiefsten Elend."

Jeanne konnte aber in Batteville nicht recht heimisch werden. Ihr war, als könnte sie dort nicht so frei und tief Atem schöpfen. Sie kam sich einsamer, verlassener, verlorener vor als bisher. Sie ging spazieren, gelangte bis zum Weiler Verneuil, kam über die „Drei Tümpel" zurück. Aber kaum war sie zu Hause, stand sie wieder auf und hatte Lust, wieder auszugehen, wie wenn sie auf ihrem Feldgang vergessen hätte, wirklich dorthin zu gehen, wohin es sie zog.

Das wiederholte sich jeden Tag, ohne daß sie den Grund dieses seltsamen Dranges begriff. Aber eines Abends kam ihr unwillkürlich ein Wort auf die Lippen, das ihr den geheimen Grund dieser Unrast enthüllte. Als man zum Abendessen niedersaß, sagte sie: „Wie sehne ich mich, das Meer zu sehen!"

Ja, das Meer fehlte ihr so sehr, mit dem sie seit fünfundzwanzig Jahren in enger Nachbarschaft gelebt hatte, das Meer mit seiner salzigen Luft, seinem grollenden Ansturm und seiner drohenden Stimme, mit seinem gewaltigen Atem, das Meer, das sie jeden Morgen aus den Fenstern von „Les Peuples" neu entdeckt, dessen Nähe sie Tag und Nacht eingesogen hatte und mit dem sie so innig vertraut war, daß sie es ganz unbewußt mit einer tiefen Liebe umfing wie einen Menschen.

Auch Massaker lebte in einem Zustand ärgster Aufregung.

Am Abend seines Eintreffens hatte er das unterste Fach des Küchenschrankes zum Aufenthaltsort gewählt, und es war unmöglich, ihn von diesem Plätzchen zu vertreiben. Da blieb er fast regungslos den ganzen Tag liegen und wälzte sich nur von Zeit zu Zeit mit dumpfem Knurren auf die andere Seite.

Aber kaum war es Nacht, stand er auf, strich mühselig an den Mauern hin und schleppte sich so bis zum Gartentor. Wenn er dann draußen seine Notdurft verrichtet hatte, kam er zurück, setzte sich vor den noch warmen Küchenofen, und sobald die beiden Frauen schlafen gegangen waren, begann er zu heulen.

So heulte er mit kläglicher, jammervoller Stimme die ganze Nacht. Manchmal hörte er eine Stunde lang auf, um dann mit um so schrillerer Klage einzusetzen. Man legte ihn vor dem Haus an die Kette, ein Fäßchen diente ihm als Hütte. Da vollführte er sein Geheul vor den Fenstern. Da er aber so gebrechlich und dem Verenden nahe war, ließ man ihn in die Küche zurück.

Jeanne konnte nicht mehr schlafen, denn sie hörte beständig das Jammern und Kratzen des alten Tieres, das sich durchaus in dem neuen Haus zurechtfinden wollte und doch fühlte, daß es nicht mehr daheim sei. Nichts konnte den Hund mehr beruhigen. Den ganzen Tag lag er im Halbschlaf, wie wenn sein erloschenes Augenlicht und die Erkenntnis seiner Gebrechen ihn von jeder Bewegung abgehalten hätten, die mit dem Tun und Treiben der übrigen Wesen zeitlich zusammengefallen wäre. Aber kaum wurde es Abend, begann er ruhelos auf- und abzuschleichen, wie wenn er nur im Dunkeln, wenn alle Wesen erblinden, sich zu regen gewagt hätte.

Eines Morgens lag er tot da, und alles atmete auf.

Es wurde nun wirklich Winter, und Jeanne fühlte sich von tiefer Verzweiflung überwältigt. Es war kein heftiger Anfall innerer Qual, unter der die Seele sich windet, sondern stumpfe, hoffnungslose Traurigkeit. Keinerlei Zerstreuung entriß sie ihrem Trübsinn, niemand kümmerte sich um sie. Die Reichsstraße, die an ihrem Hause vorbeilief, war nach rechts wie nach links meistens leer und öde. Von Zeit zu Zeit trabte ein leichter Wagen vorbei. Auf dem Bock saß dann wohl ein Mensch mit vollblütigem Gesicht; seine Bluse wurde vom Gegenwind aufgebläht und erschien wie ein blauer Ballon. Dann knarrte wieder gemächlich ein Lastfuhrwerk vorüber, oder man sah ganz weit, wie zwei Pünktchen, ein Bauernehepaar herankommen und immer größer werden, um dann, nachdem sie am Hause vorbei waren, wieder zusammenzuschrumpfen, bis sie da drüben, am letzten Ende der weißen, leicht gewellten Straßenlinie, abermals als zwei winzige Ameisen erschienen.

Als neues Gras zu sprießen begann, führte ein kleines Mädchen in kurzem Rock jeden Morgen zwei magere Kühe vorbei, die an den Grabenrändern weideten. Am Abend kam es im gleichen schläfrigen Tempo vorüber, indem es sich hinter den kaum merklich vorrückenden Tieren nur alle zehn Minuten zu einem Schrittchen aufraffte.

Jeanne träumte Nacht für Nacht, daß sie noch auf „Les Peuples" wohne.

Wie einst war sie mit Väterchen und Mütterchen beisammen, manchmal war auch Tante Liese dabei. Längst vergessene, abgetane Dinge tat sie noch einmal, so glaubte sie etwa Frau Adelaide bei ihrem Hin und Her in der Allee stützen zu müssen. Bei jedem Erwachen brach sie in Tränen aus.

Sie mußte in einem fort an Hans denken: „Was mag er jetzt

272

tun? Wie mag er jetzt sein? Denkt er überhaupt noch an mich?" Bei ihren langsamen Spaziergängen auf den tiefeingeschnittenen Karrenwegen zwischen den Einzelgehöften gingen ihr solche qualvollen Gedanken immer wieder durch den Kopf. Vor allem aber litt sie unter ihrer brennenden Eifersucht gegenüber dieser unbekannten Frau, die ihr den Sohn geraubt hatte. Nur dieser Haß hielt sie ab, irgendetwas zu unternehmen, ihn aufzusuchen, in sein Heim zu dringen. Es war ihr, als sähe sie Hansens Geliebte in der Türe stehen, und hörte ihre kühle Frage: „Was wünschen Sie?" Ihr Mutterstolz bäumte sich gegen den Gedanken einer solchen Begegnung auf. Der scharfe Stolz der makellos rein gebliebenen Frau empörte sich immer leidenschaftlicher gegen die feige Schlaffheit dieses Mannes, der sich durch die schmutzigen Kniffe und Künste fleischlicher Liebe bis in Herzensgrund hatte versklaven lassen. Die ganze Menschheit erschien ihr ekelhaft, wenn sie an all die geheimen, unreinlichen Verstrickungen der Sinne, an all das Erniedrigende dachte, das man hinter solchen unlöslichen Verbindungen erraten mußte.

Auch Frühling und Sommer verstrichen.

Aber als die langen Herbstregen wieder anfingen, mit grauem Himmel, düsteren Wolken – da fühlte sie eine solche Lebensmüdigkeit, daß sie einen entscheidenden Versuch wagen wollte, ihr Hühnchen wieder einzufangen. Die Leidenschaft des jungen Menschen mußte jetzt doch schon verraucht sein. So schrieb sie ihm einen herzbrechenden Brief:

Mein liebes Kind! Ich flehe Dich an, zu mir zurückzukehren. Denke daran, daß ich alt und krank bin und das ganze Jahr einsam mit einer Magd dahinlebe. Ich wohne jetzt in einem Häuschen an der Landstraße. Es ist hier sehr öde. Aber wenn Du da wärest, wär alles ganz anders. Du bist mein Ein und Alles auf der Welt und ich habe Dich schon sieben Jahre nicht gesehen! Nie wirst Du erfahren, wieviel ich leiden mußte und wie sehr ich auf Deine Liebe gebaut habe. Du warst mein Leben, mein Traum, meine einzige Hoffnung, meine einzige Liebe, und Du läßt mich im Stich, läßt mich allein!

Ach, komm doch wieder, mein kleines Hühnchen, komm in meine Arme, komm zu Deiner armen Mutter zurück.

Jeanne.

Ein paar Tage später traf seine Antwort ein:
Liebe Mutter! Ich würde ja so gerne zu Dir fahren, aber ich

bin ganz blank. Schick' mir ein bißchen Geld, dann komme ich. Ich hatte übrigens selbst schon die Absicht, zu Dir zu fahren, um mit Dir einen Plan zu besprechen, dessen Ausführung mir die Erfüllung Deines Wunsches ermöglichen würde.

Die Uneigennützigkeit und Zuneigung der Frau, die in den bösen Tagen, die ich durchzumachen habe, meine Gefährtin war und ist, übertreffen jede Vorstellung. Ich schulde ihr endlich die öffentliche Anerkenntnis ihrer Liebe und Aufopferung. Du wirst übrigens von ihren guten Umgangsformen angenehm überrascht sein. Sie ist sehr gebildet und liest viel. Du kannst Dir überhaupt nicht vorstellen, was sie immer für mich gewesen ist. Ich wäre der ärgste Rohling, wenn ich ihr dafür nicht meinen Dank abstatten wollte. Ich bitte Dich also um Deine Einwilligung zu dieser Heirat. Du wirst mir meine törichten Streiche verzeihen, und wir werden alle zusammen in Deinem neuen Hause wohnen.

Wenn Du sie kenntest, würdest Du Deine Einwilligung ohne Zögern geben. Ich versichere Dir, daß an ihr nichts auszusetzen ist und sie einen geradezu vornehmen Eindruck macht. Ich weiß bestimmt, Du würdest sie liebgewinnen. Ich kann jedenfalls nicht ohne sie leben.

Ich erwarte mit Ungeduld Deine Antwort, liebe Mama, wir umarmen Dich von ganzem Herzen.

Dein Sohn   Vicomte Jean von Lamare.

Jeanne blieb ganz starr vor Entsetzen. Sie ließ den Brief auf den Schoß fallen und saß lange regungslos da: sie durchschaute die List dieser Dirne, die ihren Sohn immer zurückgehalten hatte, die ihn nicht ein einziges Mal hatte kommen lassen, weil sie auf die Stunde lauerte, wo die alte, verzweifelte Mutter in der Sehnsucht nach ihrem Kind mürbe werden und in alles willigen würde.

Das Ärgste war dabei der Schmerz, daß Hans immer noch dieses Geschöpf ihr selber vorzog. Das zerriß ihr das Herz. Sie sagte sich immer wieder: „Er hat mich nicht lieb, er hat mich nicht lieb."

Rosalie trat ins Zimmer. Jeanne stammelte: „Jetzt will er sie gar heiraten."

Die Magd fuhr auf: „Frau Gräfin, das dürfen Sie nicht zugeben. Herr Hans wird doch nicht dieses Mensch von der Straße auflesen."

In all ihrer Qual war Jeanne ebenso empört. Sie sagte: „Das wird nie geschehen, Mädel. Wenn er nicht kommen will, so will ich ihn aufsuchen, und wir werden schon sehen, welche von uns beiden mehr über ihn vermag."

Sie kündigte Hans sofort ihre Ankunft an und gab einen außerhalb seiner Wohnung gelegenen Zusammenkunftsort an, sie wollte mit dem Weibsbild nicht dieselbe Luft atmen.

In Erwartung seiner Antwort traf sie ihre Vorbereitungen. Rosalie begann einen alten Koffer mit Wäsche und Kleidern ihrer Herrin anzufüllen. Aber sobald sie ein Kleid, ein altes Gartenkleid, zusammenfalten wollte, rief sie aus: „Sie haben rein nichts anzuziehen. So dürfen Sie mir nicht fahren. Man müßte sich ja für Sie schämen. Die Pariser Damen möchten Sie für eine Dienstmagd ansehen."

Jeanne ließ sie gewähren. So gingen die beiden Frauen zusammen nach Goderville. Dort wählten sie einen grünkarierten Stoff und vertrauten ihn der dortigen Schneiderin an. Dann sprachen sie beim Herrn Notar Roussel vor, der jedes Jahr vierzehn Tage nach Paris zu reisen pflegte, um bei ihm Verhaltungsmaßregeln einzuholen. Denn Jeanne war seit achtundzwanzig Jahren nicht mehr in Paris gewesen.

Er kargte nicht mit Ratschlägen, wie man den Wagen auszuweichen habe und wie man sich vor Taschendieben schützen könne. Er riet, das Geld ins Unterfutter einzunähen und nur das Nötigste bei sich zu tragen. Er sprach des langen und breiten über Gasthäuser mit mäßigen Preisen und nannte deren zwei oder drei, wo auch Damen hingehen konnten. Er empfahl auch das Hotel „Normandie", wo er selbst abzusteigen pflegte, es sei dicht beim Bahnhof gelegen. Sie könnte sich dort auf ihn berufen.

Seit sechs Jahren ging zwischen Havre und Paris schon die Eisenbahn, von der so viel die Rede war. Aber Jeanne war in der zurückliegenden Zeit so in ihren Kummer versunken, daß sie die Dampfwagen noch nicht gesehen hatte, die das ganze Land in Aufregung setzten.

Hansens Antwort blieb aus.

Sie wartete acht, vierzehn Tage, ging jeden Morgen auf der Straße dem Postboten entgegen und rief ihn mit zitternder Stimme an: „Haben Sie nichts für mich, Vater Malandain?" Und der Mann antwortete unweigerlich mit seiner von Wetter-

unbill heiser gewordenen Stimme: „Diesmal noch nichts, meine liebe Dame."

Gewiß hinderte wieder dieses Weib ihren Sohn, seiner Mutter zu antworten.

Da entschloß sich Jeanne zu sofortiger Abreise. Sie wollte Rosalie mitnehmen, aber die wollte nicht, um nicht die Reiseunkosten zu vergrößern. Ihre Herrin durfte übrigens nur dreihundert Francs mitnehmen: „Wenn Sie mehr brauchen, schreiben Sie mir's und ich geh zum Notar und laß es Ihnen schicken. Wenn ich Ihnen mehr mitgäb', möcht's ja doch nur Herr Hans einstecken."

An einem Dezembermorgen stiegen sie also in Denis Lecoqs Wägelchen, das sie zum Bahnhof bringen sollte. Bis dahin wollte Rosalie ihrer Herrin das Geleit geben.

Erst erkundigte sie sich nach den Preisen der Fahrkarten. Als aber das Gepäck besorgt und alles geregelt war, warteten sie vor diesen eisernen Linien und suchten sich klarzumachen, wie denn diese Maschine funktioniere; dieses Rätsel nahm sie so sehr gefangen, daß sie den traurigen Anlaß der Reise vergaßen.

Endlich ließ sie ein fernes Pfeifen den Kopf wenden, und sie bemerkten eine schwarze Maschine, die größer und größer wurde. Das fuhr mit fürchterlichem Lärm ein und schleppte eine lange Kette von Häuschen auf Rädern hinter sich. Ein Bediensteter öffnete eine Seitentür, Jeanne umarmte weinend Rosalie und stieg in eines der Wagenfächer.

Rosalie war ganz aufgeregt und rief: „Auf Wiedersehen, glückliche Reise!"

„Auf Wiedersehen, mein Mädel!"

Es tat wieder einen Pfiff, und die ganze Kette der Wagen begann erst langsam, dann schneller, mit einer erschreckenden Geschwindigkeit dahinzurollen.

In Jeannes Abteil schliefen zwei Herren, jeder in eine Ecke gelehnt. Sie sah, wie das Gefilde vorübereilte, die Bäume, Gehöfte und Dörfer, und war ganz verschüchtert von diesem rasenden Tempo. Sie fühlte sich in ein neues Leben, in eine neue Welt hineingerissen, die nicht mehr ihre Welt, die Welt ihrer ruhigen Jugend und ihres eintönigen späteren Lebens war.

Es war Abend, als der Zug in Paris eintraf.

Ein Träger faßte Jeannes Koffer, und sie folgte ihm atemlos, von allen Seiten gestoßen. Sie bewegte sich sehr ungeschickt in der unruhigen Menschenmenge. Aus Angst, den Mann aus den Augen zu verlieren, lief sie ihm geradezu nach.

In der Kanzlei des Hotels erklärte sie: „Ich bin an Sie von Herrn Roussel empfohlen."

Die Wirtin, eine ernsthafte Riesendame, fragte hinter ihrem Schreibtisch hervor: „Wer ist das, Herr Roussel?"

Bestürzt sagte Jeanne: „Aber doch der Notar aus Goderville, er steigt jedes Jahr bei Ihnen ab."

Die dicke Dame erklärte: „Möglich. Kenne ihn nicht. Wollen ein Zimmer?"

„Ja."

Da nahm ein Kellner ihr Gepäck und stieg vor ihr die Treppe hinauf. All dies schnürte ihr das Herz zusammen. Sie setzte sich an den kleinen Tisch und ließ eine Fleischbrühe und einen Hühnerflügel auftragen. Sie hatte seit Tagesanbruch nichts mehr gegessen.

Traurig saß sie beim Schein einer Kerze. Tausenderlei Dinge gingen ihr durch den Kopf. Sie erinnerte sich an ihren ersten Aufenthalt in dieser Stadt auf dem Rückweg von ihrer Hochzeitsreise; gerade während dieser Pariser Tage hatte sie Juliens Charakter in ersten flüchtigen Umrissen wahrzunehmen begonnen. Aber damals war sie noch jung und voll tapferer Zuversicht. Jetzt fühlte sie sich alt, unsicher, geradezu furchtsam. In ihrer Schwäche konnte sie ein Nichts aus der Fassung bringen. Als sie ihre Mahlzeit beendet hatte, trat sie zum Fenster und sah auf die belebte Gasse hinaus. Sie wäre gerne ausgegangen, wagte es aber nicht. Sie meinte, sie würde sich bestimmt verirren. So ging sie zu Bett und blies das Licht aus.

Aber der Straßenlärm, die Empfindung, von dieser unbekannten Stadt umgeben zu sein, und all die aufregenden Eindrücke der Reise ließen sie nicht einschlafen. So verrannen die Stunden. Das Getöse da draußen ließ allmählich nach, aber die unvollkommene Ruhe der Großstadtnacht ging ihr noch mehr auf die Nerven und ließ sie weiter nicht schlafen. Sie war an die abgrundtiefe Ruhe der Felder gewöhnt, die alles, Mensch und Tier und Pflanzen, in ihren Bann zwingt. Jetzt aber spürte sie sich von einer geheimen Unrast umgeben. Kaum faßbare Geräusche wühlten sich gleichsam durch die Wände der Herberge. Manchmal knackte es im Fußboden, oder es wurde eine Tür zugeschlagen, oder man klingelte irgendwo.

Gegen zwei Uhr Morgens begann sie doch einzuschlummern, da schrie plötzlich in einem Nebenzimmer eine Frauenstimme auf. Jeanne fuhr im Bett empor, dann meinte sie das Lachen eines Mannes zu hören.

Als es nun aber allmählich lichter wurde, ergriff der Gedanke an Hans ganz und gar Besitz von ihr. Beim ersten Schein des anbrechenden Tages kleidete sie sich an.

Er wohnte in der Straße „Zum wilden Mann", auf der Cité-Insel. Eingedenk Rosalies Mahnungen zur Sparsamkeit wollte sie zu Fuß hingehen. Es war schön, aber schneidend kalt. Im Schnellschritt hasteten die Leute über die Gehsteige. Sie ging so schnell sie konnte durch eine Straße, die man ihr bezeichnet hatte und an deren Ende sie sich nach rechts wenden sollte und dann nach links. Dann sollte sie auf einen Platz kommen und dort weiter fragen. Sie fand aber den Platz nicht und fragte bei einem Bäcker an, der ihr wieder ganz anders lautende Auskunft gab. Sie machte sich aufs neue auf den Weg, verlor die Richtung, irrte herum, holte neuerliche Auskünfte ein und war zuletzt ganz verloren.

Außer sich ging sie jetzt fast aufs Geratewohl dahin. Schon wollte sie einen Kutscher anrufen, als sie die Seine vor sich sah. Von nun an ging sie längs der Ufermauern.

Nach fast einstündigem Marsch bog sie in das finstre Gäßchen „Zum wilden Mann" ein. Vor einer Türe blieb sie stehen, vor Aufregung konnte sie keinen Schritt mehr tun.

Also in diesem Hause war ihr Hühnchen.

Knie und Hände zitterten ihr. Endlich trat sie ein, ging durch einen langen schmalen Flur und bemerkte die Wohnung des Hausmeisters. Sie hielt ihm eine Silberstück hin und fragte: „Möchten Sie wohl hinaufgehen und Herrn Hans von Lamare ausrichten, daß eine alte Dame, eine Freundin seiner Mutter, ihn unten erwartet?"

Der Mann antwortete: „Er wohnt nicht mehr hier."

Sie schauerte heftig zusammen und stammelte: „So! . . . wo denn?"

„Ich weiß nicht."

Ihr wurde schwindlig, sie meinte umzusinken, und es dauerte geraume Zeit, bis sie wieder sprechen konnte. Mit einer gewaltsamen Anstrengung wurde sie endlich wieder ihrer Sinne mächtig und flüsterte: „Seit wann ist er fort?"

Der Mann gab ausführlichen Bescheid. „Jetzt ist's gerade vierzehn Tage her. Ohne Sang und Klang sind sie eines Abends verschwunden. Sie waren hier überall verschuldet, natürlich haben sie keine Adresse hinterlassen."

Der armen Jeanne tanzten Flammen, jähe Blitze vor den Augen, wie wenn man in sengender Nähe Gewehre abgefeuert hätte. Aber eine fixe Idee hielt sie aufrecht, ließ sie ganz ruhig und überlegt erscheinen. Sie wollte erfahren, wie es um Hans stand, wollte ihn wiederfinden.

„Hat er denn gar nichts gesagt, als er fortgegangen ist?"

„Gar nichts, sie sind ja einfach ausgerissen, weil sie nicht zahlen wollten."

„Aber er muß doch durch jemanden seine Briefe abholen lassen?"

„Ich werd' mich schön hüten, ich geb' sie nicht her. Übrigens haben sie im ganzen Jahr keine zehn Briefe bekommen. Aber

279

zwei Tage, bevor sie weg sind, hab' ich ihnen doch einen hinaufgebracht."

Das war offenbar ihr eigener Brief. Sie sagte rasch: „Hören Sie, ich bin seine Mutter und ich wollte ihn aufsuchen. Da haben Sie zehn Francs. Wenn Sie irgend etwas über ihn erfahren, kommen Sie in das Hotel ‚Zur Normandie‘ in der Havrestraße, ich werde mich sehr erkenntlich erweisen."

Er antwortete: „Sie können sich auf mich verlassen."

Daraufhin ging sie eilig fort.

Sie begann wieder ziellos herumzuwandern. Dabei eilte sie, wie wenn sie den wichtigsten Gang hätte. Sie strich an den Mauern hin und wurde von Leuten mit Paketen angestoßen. Sie überquerte die Straßen, ohne auf heranfahrende Wagen zu achten, und wurde von Kutschern beschimpft. Sie stolperte über die Ränder der Gehsteige, die sie nicht bemerkt hatte. Völlig geistesabwesend rannte sie dahin.

Plötzlich befand sie sich in einem Garten und fühlte sich so ermüdet, daß sie sich auf eine Bank niederließ. Sie mochte dort sehr lange gesessen sein. Dabei mußte sie unbewußt geweint haben, denn die Leute blieben stehen und sahen nach ihr. Dann fühlte sie arge Kälte und stand auf, um fortzugehen, aber die Beine wollten sie kaum tragen, so matt und erschöpft war sie.

Sie hätte in einem Gasthaus gerne eine Suppe genommen, aber sie wagte in keines einzutreten. Sie empfand jetzt eine Art Furcht und Scheu, die Scham ihres Leides: Sie spürte, daß man es ihr ansähe. Jedesmal blieb sie einen Augenblick vor der Tür stehen, sah hinein, aber beim Anblick all der tafelnden Menschen lief sie ängstlich davon und nahm sich vor, lieber ins nächste Gasthaus einzutreten. Aber auch da wagte sie sich nicht über die Schwelle.

Schließlich kaufte sie bei einem Bäcker ein Hörnchen und aß es im Gehen. Sie hatte argen Durst, aber sie wußte nicht, wo sie etwas zu trinken bekommen könnte, und so unterdrückte sie dieses Gefühl.

Sie kam durch einen Torweg und befand sich in einem von Laubengängen eingeschlossenen Garten, sie erkannte ihn als das Palais-Royal.

Da jetzt die Sonne schien und ihr auch vom raschen Gehen etwas wärmer geworden war, blieb sie hier eine oder zwei Stunden sitzen.

Durch den Garten strömte eine elegante, lächelnde, plaudernde Menge, glückliche Menschen, schöne Frauen, wohlhabende Männer, deren Lebenszweck Vergnügungen sind.

Jeanne fühlte sich ganz verloren inmitten dieser glänzenden Schar und stand auf, um zu fliehen. Aber plötzlich schoß ihr der Gedanke durch den Kopf, sie könnte an diesem Ort Hans begegnen. So begann sie mit ihrem demütigen Getrippel ruhelos hin und her zu irren, wobei sie von einem Ende des Gartens zum anderen die Gesichter der Vorübergehenden musterte.

Manche drehten sich nach ihr um, andere wiesen lachend mit Fingern auf sie. Sie merkte das und eilte fort. Sie konnte sich wohl vorstellen, daß man sich über ihre unglückliche Gestalt und über das grünkarierte Kleid lustig mache, das nach Rosalies Geschmack gewählt und nach deren Angaben von der Schneiderin in Goderville hergestellt worden war.

Sie wagte die Vorübergehenden nicht einmal mehr nach dem Weg zu fragen. Dann überwand sie doch diese Scheu und fand schließlich zu ihrem Hotel zurück.

Den Rest des Tages verbrachte sie auf einem Sessel, am Fußende ihres Bettes, regungslos. Dann nahm sie, wie am Vortag, Suppe und ein wenig Fleisch zu sich. Endlich ging sie zu Bett. All dies tat sie ganz mechanisch, einfach kraft der Gewohnheit.

Am nächsten Tag begab sie sich auf die Polizeipräfektur, damit man ihr beim Auffinden ihres Sohnes behilflich sei; man wollte ihr kein festes Versprechen geben, sagte ihr aber zu, das Mögliche zu tun.

Da begann sie, in der Hoffnung, ihm zu begegnen, wieder in den Gassen umherzustreichen. Aber inmitten dieser lebhaften Menschenmenge kam sie sich verlorner, elender vor als im ödesten Gefilde.

Als sie abends ins Hotel heimkam, wurde ihr bestellt, daß ein Herr in Angelegenheit des Herrn Hans nach ihr gefragt habe und morgen wiederkommen wolle. Ihr schlug das Herz bis zum Halse hinauf, sie schloß die ganze Nacht kein Auge. Am Ende war er es selber? Ganz gewiß war er es, obwohl sie ihn nach den Schilderungen der Hotelbediensteten nicht erkennen konnte.

Gegen neun Uhr morgens klopfte es an ihre Tür, sie rief: „Herein!" tat die Arme voneinander und war bereit, dem Eintretenden an die Brust zu stürzen. Aber da stand ein Unbekannter vor ihr. Und während er sich wegen der Störung entschul-

digte und erklärte, er komme wegen einer Schuldforderung an Hans, fühlte sie, wie ihr gegen ihren Willen die Tränen hervordrangen. Sie wischte sie immer mit den Fingerspitzen fort, wie sie aus dem Augenwinkel wiederrollen wollten.

Er hatte ihre Ankunft bei der Portiersfrau in der Straße „Zum wilden Mann" in Erfahrung gebracht, und da er den jungen Mann nicht finden könne, wende er sich an dessen Mutter. Dabei hielt er ihr ein Papier hin, das sie geistesabwesend entgegennahm. Sie las 90 Francs, zog ihre Börse und zahlte.

An diesem Tag blieb sie zu Hause.

Am nächsten Tag rückten andere Gläubiger an. Sie gab alles, was sie noch bei sich hatte, bis auf etwa zwanzig Francs. Dann schrieb sie Rosalie, wie die Sachen stünden.

In Erwartung der Antwort der Magd irrte sie umher; sie wußte nicht, was sie anfangen sollte, um die trüben, endlosen Stunden hinzubringen. Zu keinem Menschen durfte sie ein herzliches Wort sprechen, kein Mensch wußte um ihr Elend. Ziellos schweifte sie umher. Ein Drang, wegzukommen, ließ ihr jetzt keine Ruhe. Sie wollte heim in ihr Häuschen an der menschenleeren Landstraße.

Noch vor wenigen Tagen hielt sie es dort vor drückender Traurigkeit gar nicht mehr aus, aber jetzt fühlte sie umgekehrt, daß sie gerade nur dort leben könne, wo sie mit schweren Klammern der Gewohnheit haftete.

Eines Abends traf endlich eine Summe von zweihundert Francs und ein Brief von Rsalie ein: „Frau Jeanne, kommen Sie augenblicklich zurück, denn ich schicke Ihnen nichts mehr. Sobald sie Nachricht von Herrn Hans bekommen, will ich ihn holen, wenn es einmal soweit ist.

Beste Grüße, Ihre Dienerin

Rosalie."

An einem frostigen Morgen, bei Schneefall, fuhr Jeanne nach Batteville zurück.

14

Von nun an ging sie nicht mehr aus, regte sich nicht mehr. Jeden Tag stand sie zur gleichen Stunde auf, sah durchs Fenster nach dem Wetter, dann stieg sie ins Wohnzimmer hinunter und setzte sich ans Kaminfeuer. Da blieb sie tagelang regungslos sitzen und ließ ihre jammervollen Gedanken willenlos schweifen. Die traurige Reihe all ihrer Leiden zog immer wieder an ihrem inneren Auge vorüber. Nach und nach wurde es dunkel in dem kleinen Raum, aber sie bewegte sich nur, um Holz nachzulegen. Dann brachte Rosalie die Lampe und rief: „Ein bißchen auf, Frau Jeanne, Sie müssen das abschütteln, sonst haben Sie heute abend wieder keinen Hunger."

Oft quälten sie fixe Ideen. Scheinbar bedeutungslose Kleinigkeiten wurden in ihrem armen, kranken Kopf zur quälenden Zwangsvorstellung, die alles andere in ihren Bann zog.

Sie lebte vor allem in der Vergangenheit, in einer fernen Vergangenheit. Ihre Gedanken kamen besonders von ihrer Kindheit und der Hochzeitsreise nach Korsika nicht los. Beim Anblick der glühenden Scheite im Kamin tauchten mit einem Mal lang vergessene Landschaftsbilder dieser Insel vor ihr auf. Sie entsann sich aller Einzelheiten, aller kleinen Ereignisse, aller Gesichter, die ihr dort begegnet waren. Der Kopf des Führers Ravoli verfolgte sie geradezu, manchmal meinte sie seine Stimme zu hören.

Dann verlor sie sich in die Erinnerung an die süßen Zeiten von Hänschens Kinderjahren, wie er sie zum Umstecken von Salatpflänzchen anhielt, wie sie neben Tante Liese auf der fetten Erde kniete und wie sie beide wetteiferten, ihre Sache ja recht gut zu machen, damit das Kind seine Freude habe; jede wollte die jungen Pflanzen geschickter herausnehmen als die andere und bessere Gärtnererfolge erzielen.

Ganz leise flüsterten ihre Lippen: „Hühnchen, mein kleines Hühnchen", wie wenn er dagewesen wäre. Bei diesem Kosenamen blieb sie in ihrer Träumerei hängen und versuchte oft stundenlang, die Buchstaben, aus denen er sich zusammensetzte, in die leere Luft zu schreiben. Auf dem Hintergrund des Feuers zog sie die Schriftzeichen ganz langsam, und es war, als stünden sie sichtbar vor ihr. Dann meinte sie, sich verschrieben zu haben, und fing mit vor Müdigkeit zitterndem Arme das H wieder an und zwang sich, den Namen ganz auszuschreiben. Wenn das fertig war, fing sie wieder von neuem an.

Schließlich konnte sie nicht mehr weiter, brachte alles durcheinander, schrieb andere Worte hin, geriet in einen Zustand der Ungeduld, der an Wahnsinn grenzte.

Alle Manien einsiedlerisch lebender Menschen befielen sie.

Die geringste Ortsänderung des nichtigsten Gegenstandes brachte sie außer sich.

Rosalie zwang sie oft zu etwas Bewegung und ging mit ihr auf der Straße spazieren. Aber nach zwanzig Minuten erklärte Jeanne: „Ich kann nicht weiter, Mädel", und setzte sich auf einen Grabenrand.

Bald war ihr jeder Schritt zuwider, und sie blieb möglichst lange im Bett.

Seit ihren Kinderjahren hatte sie an einer einzigen Gewohnheit zäh festgehalten: kaum hatte sie ihren Milchkaffee im Bett getrunken, stand sie mit einem Ruck auf. Übrigens hatte sie eine große Schwäche für diesen weißen Kaffee und hätte es besonders schwer getragen, ihn entbehren zu müssen. So pflegte sie mit etwas lüsterner Ungeduld morgens den Augenblick zu erwarten, wo Rosalie mit dem Trank ins Zimmer trat. Sobald die volle Tasse auf den Nachttisch niedergestellt war, setzte sie sich auf und schlürfte sie rasch, ja etwas gierig. Dann warf sie die Decken ab und begann sich anzukleiden.

So war es bisher gewesen. Aber nach und nach gewöhnte sie sich, noch ein paar Sekunden vor sich hinzuträumen, nachdem sie bereits den Napf auf die Untertasse zurückgestellt hatte. Hierauf streckte sie sich wieder im Bett aus; dann verlängerte sie diese träge Ruhezeit von Tag zu Tag immer mehr, bis endlich Rosalie wütend heraufkam und sie beinahe mit Gewalt anklei-dete.

Sie verriet übrigens nicht mehr die leiseste Anwandlung eines Wollens. Wann immer die Dienerin eine Weisung verlangte, eine Anfrage tat, ihre Entscheidung einholte, sagte sie nur: ,,Mach' es wie du willst, Mädel." Sie war so fest überzeugt, daß gerade sie ein ewiger Unstern verfolge, daß sie orientalischem Fatalismus verfiel. Sie war so gefaßt darauf, daß ihre Zukunfts-träume in Nichts zerrannen und ihre Hoffnungen Schiffbruch litten, daß sie nichts mehr zu unternehmen wagte und tagelang zögerte, die einfachste Sache zu tun; mit solcher Bestimmtheit nahm sie an, sie werde ja doch gerade das Falsche ergreifen und es würde nur Unheil daraus entstehen.

Jeden Augenblick sagte sie: ,,Ich hab' eben kein Glück ge-habt im Leben." Dann rief Rosalie aus: ,,Was möchten Sie erst sagen, wenn Sie ums liebe Brot sich placken und schinden müß-ten, wenn Sie um sechs Uhr aufstehen und auf Taglohn gehen sollten! Wie viele müssen so leben, und wenn sie dazu zu alt werden, krepieren sie vor Hunger."

Jeanne antwortete dann: ,,Denke doch daran, daß ich ganz allein in der Welt stehe. Mein Sohn hat mich verlassen." Da schrie Rosalie in voller Wut: ,,Na, wenn's weiter nichts ist! Was sollten die Leute sagen, wo die Söhne beim Militär sind oder gar in Amerika."

Amerika war in ihrer Vorstellung ein etwas nebelhaftes Land, wohin man geht, um reich zu werden, und von wo man nicht wiederkommt.

Dann sagte sie weiter: ,,Es kommt ohnehin immer die Zeit, wo man auseinandergehn muß, weil's mal kein gut tut, wenn alt und jung beisammen hockt." Den Schluß bildete die grausame Frage: ,,Was möchten Sie erst sagen, wenn er tot wär?"

Darauf hatte Jeanne keine Antwort mehr.

Als in den ersten Tagen des Frühlings die Luft wieder weich wurde, fühlte sie sich kräftiger, aber mit dieser erwachenden Energie tauchte sie nur um so tiefer in ihre düstere Grübelei.

Als sie eines Morgens auf den Boden gestiegen war, um etwas zu suchen, machte sie zufällig eine Kiste voll gebrauchter Kalender auf; wie es oft auf dem Lande vorkommt, hatte man sie aufbewahrt.

Ihr war, als fände sie die entschwundenen Jahre selber wieder, und so faßte sie angesichts dieses Stoßes viereckiger Papptafeln ein seltsamer Aufruhr des Gefühls.

Sie trug sie ins Wohnzimmer hinunter. Sie waren in allen Formaten vertreten. Sie begann sie in zeitlicher Folge auf dem Tisch auszubreiten. Plötzlich entdeckte sie den ersten, den sie nach „Les Peuples" mitgebracht hatte.

Lange betrachtete sie ihn. Da sah man noch, wie sie am Morgen der Abreise aus Rouen – am Vortage hatte sie das Klosterpensionat verlassen – die vorhergehenden Tage gestrichen hatte. Da brach sie in Tränen aus. Es waren laue, langsam rollende Tränen, armselige Tränen einer alten Frau im Anblick ihres elenden Lebens, das da auf dem Tische ausgebreitet lag.

Da kam ihr ein Einfall, der bald schreckliche, hartnäckig unerbittliche Besessenheit wurde. Sie wollte nach Möglichkeit Tag um Tag wiederfinden, was sie getan hatte.

Sie heftete die vergilbten Pappblätter, eines nach dem anderen, an die Tapete und verbrachte vor manchem viele Stunden mit der Frage: „Was habe ich in jenem Monat erlebt?"

Sie hatte seinerzeit wichtige Tage angestrichen, und so gelang es ihr manchmal, einen ganzen Monat im Geiste wiederherzustellen. Sie fand Schritt für Schritt in ihrer ursprünglichen Verbindung die kleinen Ereignisse wieder, die irgend einem wichtigen Erlebnis vorangegangen oder gefolgt waren.

Durch zäheste Anspannung des Gedächtnisses und mit tief gesammeltem Willen brachte sie es so weit, daß sie fast lückenlos die ersten zwei Jahre auf „Les Peuples" wiederherstellen konnte. Diese fernen Erinnerungen stellten sich mit überraschender Leichtigkeit und recht plastisch ein.

Aber die folgenden Zeiten schienen tief in Nebeln zu stecken, vermengten sich, gerieten durcheinander. Oft mußte sie unendlich lange mit gespannter Aufmerksamkeit in das Einst hinab-

289

horchen, und es gelang ihr doch nicht, festzustellen, ob diese oder jene Erinnerung in dem oder jenem Kalenderblatt zu suchen sei.

So umgaben diese Verzeichnisse entschwundener Tage den ganzen Raum, wie Bilder eines Kalvarienweges, und sie ging von einem zu anderen. Aber dann stellte sie plötzlich ihren Sessel vor eines der Blätter und verharrte bis zum Einbruch der Nacht in unbeweglicher Betrachtung, so tief war sie in ihre Nachforschungen versunken.

Aber als von der Sonnenwärme alle Säfte quollen, als auf den Feldern das Getreide in Halme schoß, als in den Obsthöfen die Apfelbäume wie mächtige rosenfarbene Kugeln dastanden und ihr Duft über die ganze Ebene wehte, da erfaßte sie eine gewaltige Unruhe.

Es hielt sie nicht mehr zu Hause. Zwanzigmal im Tage ging sie aus und ein und strich oft auf weiten Gängen an den Gehöften hin. Der Schmerz um ihr verfehltes Leben wurde fieberhafte Erregung.

Sah sie eine Orakelblume, die tief in weichem Rasen stak, einen Sonnenstrahl, der durch das Blattwerk glitt, eine Pfütze in einer Radspur, worin sich das Himmelsblau spiegelte, so fühlte sie sich erschüttert, seltsam gerührt und aufgewühlt. Es war ein Nachhall weit weggeschwundener Eindrücke aus der Zeit, da sie als traumseliges Mädchen durch das Gefilde geschlendert war.

Genau so hatte es sie durchschauert, die gleiche berauschende, betörende Süße der wieder lauen Tage hatte sie geschlürft, als noch die Zukunft vor ihrer erwartungsvollen Seele stand. Jetzt fand sie dies alles wieder, nur lag jene Zukunft abgeschlossen hinter ihr. Ihr Herz empfand immer noch diese Wonne, aber sie schmerzte sie wie ein Leiden, wie wenn die ewige Lust der verjüngten Welt ihr wehe tät.

Auch die Außenwelt schien ein wenig anders geworden. Die Sonne war offenbar nicht mehr ganz so warm wie in ihrer Jugend, der Himmel weniger blau, das Gras nicht so grün. Die Blumen waren blasser und von schwächerem Duft, sie bezauberten weniger als früher.

Manchmal aber überkam sie ein solches körperliches Behagen, daß sie wieder anfing, Luftschlösser zu bauen, zu träumen, zu erwarten. Mag das Schicksal noch so grausam gewesen sein, wenn ein schöner Tag kommt, muß man doch wieder hoffen. Von ihrer erregten Stimmung gleichsam gepeitscht, ging sie Stunde um Stunde dahin. Manchmal blieb sie plötzlich stehen und ließ sich am Rand der Straße nieder, um traurigen Gedanken nachzuhängen. Warum war sie nicht so geliebt worden wie andere? Warum waren ihr sogar die schlichten Freuden eines ruhigen Daseins versagt geblieben?

Manchmal wieder vergaß sie, daß sie alt war, daß sie nichts mehr zu erwarten hatte als ein paar trübe, einsame Jahre, weil die ganze Bahn ja schon durchlaufen war. Wie als Sechzehnjährige verlor sie sich in lockende Aussichten. Dann aber fiel die harte Wirklichkeit schwer auf sie; das traf sie wie das Niederstürzen eines gewichtigen Gegenstandes. Ganz gebrochen raffte sie sich zum Weiterschreiten auf. Langsam ging sie heim, indem sie vor sich hinsprach: ,,Ich alte Närrin, alte Närrin!"

Jetzt sagte Rosalie jeden Augenblick: ,,Aber halten Sie sich doch stille, was haben Sie nur so herumzufahren?"

Jeanne pflegte traurig zu erwidern: ,,Da hilft alles nichts, ich bin wie Massaker in seinen letzten Tagen."

Eines Morgens trat die Magd früher als gewöhnlich in ihr Zimmer, setzte die Kaffeetasse auf den Nachttisch und sagte: ,,Trinken Sie schnell aus. Denis wartet schon unten. Wir fahren nach ,Les Peuples', ich hab dort zu tun."

Jeanne meinte vor Aufregung ohnmächtig zu werden. Mit zitternden Händen kleidete sie sich an. Sie konnte es nicht fassen, daß sie ihr geliebtes Vaterhaus wiedersehen sollte.

Ein strahlendheller Himmel war über die Welt gebreitet. Der Gaul bekam Anwandlungen heiterer Laune und fiel auf kurze Zeit in Galopp. Als man in den Ort Etouvent einfuhr, konnte Jeanne vor Erregung kaum atmen. Als sie gar die Mauerpfeiler der Einfriedung erblickte, sagte sie unwillkürlich ein paarmal: ,,Oh! Oh! Oh!", denn dieses Bild kehrte in ihr das Unterste zu oberst.

Man stellte den Wagen bei den Couillard ein. Während Rosalie und ihr Sohn Geschäften nachgingen, schlugen die Pächtersleute Jeanne vor, da die Schloßbesitzer abwesend seien, einen Rundgang durchs Schloß zu machen; sie übergaben ihr die Schlüssel.

Sie machte sich allein auf den Weg. Sobald sie von der Seeseite vor dem alten Herrensitz angelangt war, blieb sie stehen, um ihn zu betrachten. Äußerlich hatte sich nichts verändert. Das grauliche Gemäuer trug an jenem Tag auf seinen verblichenen Steinmassen lächelndes Sonnenlicht. Alle Fensterladen waren geschlossen.

Ein dürres Ästchen fiel auf ihr Kleid, sie sah auf: es kam von der Platane. Sie trat an den starken Stamm mit der glatten, bleichen Rinde heran und strich liebkosend darüber hin, wie über das Fell eines Tieres. Im Grase stieß ihr Fuß an ein Stück verfaultes Holz, es war das letzte Restchen der Bank, auf der sie so oft mit den Ihren gesessen hatte, der Bank, die an dem Tag aufgestellt worden war, an dem Julien seinen Antrittsbesuch gemacht hatte.

Dann ging sie zur Doppeltür des Hausflurs und brachte sie nur schwer auf, da der wuchtige, verrostete Schlüssel sich nicht im Schlosse drehen wollte. Endlich gab die Feder mit hartem Kreischen nach. Auch der Türflügel wollte nicht gleich weichen, dann aber öffnete er sich unter ihrem Druck.

Fast in vollem Lauf eilte Jeanne gleich in ihr Zimmer hinauf. Sie erkannte es nicht wieder, da es mit heller Tapete versehen war. Aber als sie ein Fenster geöffnet hatte, weckte die geliebte Aussicht in ihr einen körperlichen Aufruhr: da war der Busch, die Ulmen, die Heide und das mit fernen braunen Segeln bestreute Meer, die von hier aus regungslos erschienen.

Dann begann sie durch das große leere Gebäude zu streichen. An den Wänden fand sie altgewohnte Flecke wieder. Vor einem kleinen Grübchen im Gipsbewurf blieb sie stehen. Das war des Barons Werk, weil er sich in Erinnerung junger Jahre, im Vorübergehen oft den Spaß gemacht hatte, mit dem Stock ein paar Fechterstiche gegen die Mauer zu tun. In Mütterchens Zimmer fand sie in einer dunklen Ecke beim Bett eine dünne Stecknadel mit goldenem Knopf wieder, die sie, wie ihr jetzt einfiel, einmal da hineingesteckt und dann jahrelang gesucht hatte. Niemand hatte sie gefunden. Sie nahm sie als unschätzbare Reliquie an sich und küßte sie.

Sie betrat alle Räume, suchte und fand fast unsichtbare Wohnspuren an den Tapeten, die man nicht erneuert hatte, erkannte auch die phantastischen Gestalten wieder, die man bei lebhafter Einbildungskraft oft im Muster der Möbelstoffe, im Geäder der Marmorplatten, im Schattendunkel verräucherter Saaldecken zu sehen meint.

292

Mit unhörbaren Schritten ging sie mutterseelenallein in dem riesigen, totenstillen Gebäude umher wie auf einem Kirchhof. Ihr ganzes Leben war da begraben.

Sie ging in den Salon hinunter. Da die Laden geschlossen waren, erschien er ganz düster. Dann gewöhnten sich ihre Augen an die Dunkelheit, und so erkannte sie allmählich die hohen Wandteppiche, auf denen Vögel einherstolzierten. Zwei Lehnsessel standen noch vor dem Kamin, wie wenn die Schloßbewohner das Zimmer eben erst verlassen hätten. Es war auch noch der eigentümliche Geruch des Zimmers zu spüren, der ein für allemal dazu gehörte, wie lebende Wesen ihren eigenen Geruch haben. Es war ein ganz schwacher, aber doch unverkennbarer Geruch, der milde, kaum faßbare Duft langbewohnter Räume. Er durchdrang Jeanne mit einem Strom von Erinnerungen wie ein berauschender Hauch der Vergangenheit. Keuchend sog sie diesen Atem vergangener Tage ein und ließ dabei ihre Augen starr auf den zwei Lehnsesseln vorm Kamin ruhen. Ihre fixe Idee ließ es zu einer wirklichen Halluzination kommen: mit einem Mal meinte sie zu sehen, oder vielmehr sie sah ganz deutlich ihre Eltern, wie sie in gewohnter Haltung ihre Füße am Feuer wärmten.

Entsetzt fuhr sie zurück und stieß mit dem Rücken an den Türrahmen; an den klammerte sie sich an, um nicht zu fallen. Ihr Blick wich dabei nicht von den zwei Lehnsesseln.

Da verschwand die Sinnestäuschung.

Ein paar Minuten verharrte sie in starrem Entsetzen. Dann erlangte sie langsam wieder die Herrschaft über sich und wollte fliehen. Sie fürchtete, wahnsinnig zu werden. Aber ihr Blick fiel zufällig auf das Stück Getäfel, an dem sie sich hielt; da bemerkte sie „Hühnchens Leiter".

In ungleichen Abständen kletterten diese leichten Zeichen die Wandbekleidung hinauf; mit dem Messer eingeschnitzte Ziffern gaben Alter, Datum und die erreichte Körperhöhe ihres Sohnes an. Bald war es die ziemlich große Schrift des Barons, dann die ihre, die etwas kleiner war, oder die zittrige der Tante Liese. Sie meinte das Kind von ehemals mit seinem Blondkopf vor sich zu sehen, wie es beim Messen sein Stirnchen an die Wand preßte.

Dann pflegte der Baron zu rufen: „Du, Jeanne, der Junge ist in sechs Wochen einen Zentimeter gewachsen."

In rasender Liebe begann sie das Holzwerk mit Küssen zu bedecken.

Aber von draußen wurde gerufen. Es war Rosalies Stimme: „Frau Jeanne, Frau Jeanne, das Essen steht schon auf dem Tisch." Ganz wirr verließ sie das Haus. Sie verstand kein Wort von dem, was man zu ihr sagte. Sie aß, was man ihr vorsetzte, hörte sprechen, ohne zu wissen, wovon die Rede war, gab den Pächtersfrauen Bescheid, die nach ihrem Wohlbefinden fragten, ließ sich küssen, küßte wohl selber die Wangen, die man ihr bot, und stieg dann wieder in den Wagen.

Als das hohe Dach des Schlosses in den Baumkronen versank, fühlte sie einen furchtbaren Riß in der Brust. Ihr Herz verkündete ihr, daß sie ihrem Hause auf ewig Lebewohl gesagt habe.

Man langte wieder in Batteville an.

In dem Augenblick, als sie ihr neues Haus wieder betreten wollte, sah sie etwas Weißes unter der Tür; der Postbote hatte in ihrer Abwesenheit einen Brief hineingeschoben. Sie erkannte sofort, daß er von Hans war und öffnete ihn angstbebend. Es hieß darin:

„Meine liebe Mama! Ich hätte Dir schon längst geschrieben, aber ich wollte nicht, daß Du unnötigerweise nach Paris fährst, da ich ja selbst dieser Tage zu Dir fahren muß. Mir ist ein großes Unglück zugestoßen, und ich bin in die schwierigste Lage geraten. Meine Frau ist vor drei Tagen von einem Mädelchen entbunden worden und liegt hoffnungslos darnieder; dabei bin ich ganz blank. Ich weiß nicht, was ich mit dem Kind anfangen soll. Bis jetzt zieht es die Hausmeisterin, so gut sie kann, mit der Saugflasche auf, aber ich fürchte, das hält das Kind nicht aus. Könntest Du Dich nicht seiner annehmen? Ich weiß tatsächlich nicht, was ich tun soll, und ich habe kein Geld, um das Kind zu einer Amme zu geben. Antworte postwendend.

Dein Dich liebender Sohn   Hans."

Jeanne sank in einen Sessel, es blieb ihr kaum die Kraft, Rosalie zu rufen. Als die da war, lasen sie zusammen den Brief noch einmal, dann saßen sie einander in langem Schweigen gegenüber.

Endlich sagte Rosalie: „Ich fahr' um das Kleine. Man kann das Wurm doch nicht dort lassen."

Jeanne antwortete: „Fahr, Mädel."

Hierauf schwiegen sie von neuem, endlich sagte die Magd: „Setzen Sie ihren Hut auf, Frau, dann gehen wir zusammen zum Notar nach Goderville. Wenn die andre sterben sollt', muß sie Herr Hans noch rasch heiraten, wegen der Kleinen, für später."

Wortlos setzte Jeanne ihren Hut auf. Ohne daß sie es eingestehen wollte, tauchte ihr Herz in tiefe Freudenflut. Es war eine bösartige Freude, die sie um jeden Preis geheimhalten wollte, eine grausige, niederträchtige Freude, um derentwillen man schamrot wird, aber die man doch in geheimer Herzenstiefe leidenschaftlich auskostet: die Geliebte des Sohnes lag im Sterben.

Der Notar gab der Magd genaue Verhaltungsmaßregeln, die sie sich mehrmals wiederholen ließ. Als sie sicher war, alles richtig begriffen zu haben, erklärte sie: „Jetzt kann ich die Sache übernehmen, da können Sie ganz ruhig sein."

Noch in derselben Nacht fuhr sie nach Paris.

Jeanne verbrachte zwei Tage in solcher Verwirrung, daß sie keinen klaren Gedanken fassen konnte. Am dritten Tag meldete Rosalie ganz kurz ihr Eintreffen an diesem Abend. Sonst stand nichts in dem Brief.

Gegen drei Uhr ließ sie das Wägelchen eines Nachbarn anspannen und sich nach dem Bahnhof Beuzeville fahren, um da auf ihre Dienerin zu warten.

Sie stand auf dem Bahnsteig und sah gespannt auf die gradlinigen Geleise, die zum Horizonte flohen und sich ganz hinten vereinigten. Von Zeit zu Zeit warf sie einen Blick auf die Bahnhofsuhr. – Noch zehn Minuten. – Noch fünf Minuten. – Noch zwei Minuten. – Jetzt sollte er da sein. Aber auf dem Bahnkörper war weit und breit noch nichts zu sehen. Plötzlich bemerkte sie einen weißen Fleck, der nun als Dampf aufwallte, dann erschien darunter ein schwarzer Punkt, der größer und größer wurde und in rasender Eile heranbrauste. Endlich mäßigte die plumpe Maschine ihren Lauf und schnaubte an Jeanne vorbei, die gierig nach den Wagentüren spähte. Ein paar taten sich auf, Leute stiegen aus, Bauern in Blusen, Bäuerinnen mit Henkelkörben, Kleinbürger in weichen Filzhüten. Endlich sah sie Rosalie, die in den Armen so etwas wie ein Bündel Wäsche trug. Sie wollte auf sie zueilen, fürchtete aber zu fallen, so unsicher stand sie mit einem Mal auf den Beinen. Die Magd bemerkte sie und trat mit ihrer gewöhnlichen ruhigen Miene auf sie zu. Sie sagte: „Guten Tag, da bin ich wieder, leicht war's nicht."

Jeanne stammelte: „Also was?"

Rosalie antwortete: „Also heut nacht ist sie gestorben. Verheiratet sind sie, da ist die Kleine." Dabei hielt sie ihr das Kind hin, das man vor lauter Weißzeug nicht sehen konnte.

Jeanne nahm es ganz mechanisch auf. Sie verließen den Bahnhof und stiegen in den Wagen.

Rosalie sagte noch: „Gleich nach dem Begräbnis kommt Herr Hans. Ich denk' morgen um die Zeit."

Jeanne flüsterte: „Hans . . ." Dann verstummte sie.

Die Sonne näherte sich dem Horizont und goß ihr klares Licht über die grünende Ebene, in der hie und da goldene oder blutrote Flecke erschienen: Raps und Mohnblüte. Unendlicher Frieden schwebte über der stillen Erde und ihrem üppigen Sprießen. Der Wagen fuhr rasch dahin, der Bauer schnalzte mit der Zunge, um sein Pferd anzutreiben.

Jeanne aber schaute gerade in die Luft, in den Himmel, den wie Raketen der Bogenflug der Schwalben durchschnitt. Und mit einem Mal empfand sie die Lebenswärme des winzigen Wesens, das da auf ihren Knien schlummerte.

Da erfaßte sie unendliche Rührung. Sie enthüllte rasch das Gesicht des Kindes, das sie noch gar nicht gesehen hatte: das war also die Tochter ihres Sohnes. Und als das schwache Geschöpf im hellen Licht seine blauen Augen auftat und den Mund bewegte, hob Jeanne das Kind auf und bedeckte es mit brennenden, leidenschaftlichen Küssen.

Aber Rosalie bemerkte in gutmütigem Polterton: „Aber, aber, Frau Jeanne, hören Sie doch auf, das Kind wird anfangen zu schreien."

Und offenbar als Schlußwort einer inneren Zwiesprache fügte sie hinzu: „Sehn Sie, das Leben ist eben nie so gut und nie so schlimm, wie einer meint."

297

Stark wie der Tod

Erster Teil

1

Durch ein Oberlicht leuchtete der Tag in das geräumige Atelier. Es war eine große viereckige Öffnung, die den Blick auf eine lichte blaue Fläche freigab, die endlose, weite Wölbung des Himmels, an dem das Auge den jähen Flug vorbeiziehender Vögel erhaschen konnte.

Kaum dringt der heitere Glanz in den ernsten, mit Vorhängen ausgeschlagenen, hohen Raum ein, so ist er weicher geworden, verdämmert über den Teppichen, verhaucht in den Vorhängen und vermag die dunklen Winkel nur wenig zu erhellen, wo einzig die Goldrahmen aufleuchten und sich wie an einem Feuer zu entzünden scheinen. Frieden und träumendes Verweilen sind diesem Raum eingeschlossen, der Frieden jener Künstlerstätten, in denen der Geist des Menschen seine Werke schafft. In diesen Mauern, wo die Phantasie gebietet und kämpft und nach dem Sturm des Kampfes erlahmt, scheint alles lässig geworden, müde und in tiefen Schlaf gesunken, gleichsam erstorben nach den Kämpfen des Lebens. Und alles ruht aus, Möbel, Vorhänge, die auf die Leinwand hingeworfenen, unvollendeten Gestalten, der ganze Raum – müde wie ihr Meister, mit dem sie leiden, an dessen täglich neu aufflammendem Ringen sie teilnehmen. Ein eigenartig lähmender Geruch von Farben, Terpentin und Tabak hat sich in den Tapeten und Möbeln eingenistet. Nur das laute Gezwitscher der vorüberjagenden Schwalben unterbricht die drückende Stille des Raums und das schwach vernehmbare, dumpfe Dröhnen der Straße, das man in Paris zu hören gewohnt ist. Nichts regt sich in diesem Raum, außer der von Zeit zu Zeit aufsteigenden, kleinen blauen Rauchwolke, die der auf dem Sofa liegende Olivier Bertin bei jedem Zug seiner Zigarette langsam zur Decke schickt.

Sein Blick, verloren in die unendliche Ferne des Himmels, sucht nach einem Motiv für ein neues Gemälde. Was soll es werden? Er weiß es selbst noch nicht.

Bertin gehört nicht zu jenen Künstlern, die von festem Entschluß und großem Selbstvertrauen sind; er war ein Zweifler, und seine unbestimmte Begeisterung erwählte sich bald diese, bald jene Art der Kunst. Er war reich und vornehm, viele Auszeichnungen waren ihm zuteil geworden, und obwohl er die Mitte des Lebens überschritten hatte, wußte er noch immer nicht, welches Ideal er verfolgte. Als Anhänger und Verteidiger der Traditionen hatte er sich um den großen Rompreis beworben, unter vielem anderen auch große geschichtliche Momente dargestellt, dann wieder nach der Moderichtung bedeutende lebende Personen gemalt. Doch als verständiger und begeisterter Mann, der voll Ausdauer und Zähigkeit an seinen wechselnden Idealen hing, wurde er von seiner Kunst, die er gründlich kannte, stets mitgerissen, und dank seinem geläuterten Geschmack und seinen bedeutenden Fähigkeiten schuf er in jedem Zweig der Malerei Meisterwerke. Vielleicht beeinflußte die begeisterte Anerkennung, mit der die Gesellschaft seine vornehmen, tadellosen und flott gearbeiteten Bilder aufnahm, seine Natur und verhinderte ihn zu werden, was er unter gewöhnlichen Verhältnissen hätte werden können. Nach dem Triumph seines ersten Auftretens hatte er stets gefallen wollen, und dieses Streben beeinflußte unbewußt seine Entschlüsse und bestimmte seine Ansichten. Im übrigen offenbarte sich diese Gefallsucht bei ihm in jeder Gestalt und förderte in mancher Hinsicht seinen Ruhm.

Seine angenehmen Umgangsformen, seine Gewohnheiten, die Sorgfalt, die er seiner eigenen Person widmete, der Ruf von seiner Gewandtheit und Körperkraft, den er sich als Fechter und Reiter erworben hatte, all das trug dazu bei, seinen wachsenden Ruhm zu vermehren. Durch seine „Kleopatra", die zuerst die Aufmerksamkeit auf sich lenkte, wurde er mit einem Schlag bekannt; Paris streute ihm Weihrauch und machte ihn zu einem jener berühmten Künstler, denen wir im Boulogner Wäldchen begegnen und die das „Institut" mit offenen Armen aufnimmt.

Auf diese Art begleitete, verwöhnte und umschmeichelte ihn das Glück bis an die Schwelle des Greisenalters.

Unter dem Einfluß des schönen Frühlingstages, dessen Wirkung sich auch draußen in der Natur bemerkbar machte, suchte er also nach einem poetischen Motiv. Ein wenig müde von seinem Frühstück und seiner Zigarre, war sein Nachdenken eher ein Träumen zu nennen; sein Blick schweifte ins Leere und zauberte rasch verschwindende Bilder herbei: reizvolle, anmutige Frauengestalten in einer Allee oder auf einer Straße, Liebespaare am Ufer des Wassers und sonstige angenehme Vorstellungen, die seinen Gedanken wohltaten. Vor seinem Auge erschienen wechselnde, farbenprächtige Bilder am Himmel, und die vorüberschwirrenden Schwalben schienen sie gleichsam wieder zu verwischen.

Er fand gar nichts! Jede einzelne Gestalt ähnelte einem Motiv, das er bereits einmal gemalt hatte; jede weibliche Gestalt, die ihm erschien, war die Tochter oder die Schwester einer anderen, die sein künstlerischer Geist schon geschaffen hatte, und die bis jetzt noch zweifelnde Befürchtung, die er seit einem Jahr hegte und darin bestand, daß seine Erfindungsgabe erschöpft und seine Begeisterung erloschen sei, festigte sich immer mehr, während er seine bisherigen Arbeiten an sich vorüberziehen ließ. Sie machte ihn unfähig, neue zu schaffen oder unbekannte zu entdecken.

Mit lässiger Bewegung stand er auf, in der Absicht, zwischen seinen alten Skizzen zu stöbern, um zu sehen, ob er nicht etwas finden werde, was ihm einen neuen Gedanken eingeben könnte.

Dichte Rauchwolken aus seiner Zigarre emporwirbelnd, begann er unter den Zeichnungen und Entwürfen zu suchen, die er in einem alten Schrank verschlossen hielt. Doch bald wurde er des fruchtlosen Umherstöberns überdrüssig, er warf seine Zigarre fort und begann ein bekanntes Lied zu pfeifen; dann bückte er sich und zog unter einem Stuhl zwei schwere Turnkugeln hervor, schob mit der anderen Hand den Vorhang vor einem Spiegel zurück, den er gewöhnlich zum Abschätzen der richtigen Stellung und Perspektive benutzte, und begann, sich selbst einer eingehenden Musterung zu unterziehen.

In den Ateliers hatte ihn seine Körperkraft berühmt gemacht, und in der Gesellschaft bewunderte man seine Schönheit; heute aber begann er die Spuren des vorgeschrittenen Alters zu empfinden. Einst war er groß und breitschultrig, nun hatte er einen Schmerbauch wie ein Biertrinker, trotzdem er täglich Fechtübungen vornahm und Spazierritte machte. Sein Kopf war noch immer interessant, unterschied sich aber dennoch von dem früheren. Das dichte, kurzgeschnittene Haar war ergraut und ließ die von grauen Brauen beschatteten schwarzen Augen noch lebhafter erscheinen. Der starke, militärisch zugestutzte Schnurrbart war braun geblieben und verlieh seiner Gestalt eine gewisse stolze und energische Haltung.

Vor dem Spiegel schlug er die Fersen zusammen, reckte seinen Körper empor und begann mit den Turnkugeln in seinen

Händen verschiedene regelmäßige Bewegungen auszuführen, wobei er mit befriedigtem Blick die Muskeln seiner Arme und seine mächtige Kraft beobachtete. Plötzlich aber sah er im Spiegel, in dem er das ganze Atelier überblicken konnte, daß sich der Türvorhang verschob und ein weiblicher Kopf zum Vorschein kam, ein weiblicher Kopf, der ihn anblickte. Jetzt wurde auch eine Stimme vernehmbar:

„Sind Sie zu Hause?"

„Gewiß", erwiderte er, sich umwendend. Dann warf er seine Turnapparate zur Erde und eilte mit etwas erzwungener Leichtigkeit zur Tür, durch die eine hellgekleidete Frauengestalt eintrat.

Sie reichten einander die Hände, und die Dame fragte:

„Haben Sie geturnt?"

„Ja; ich habe den Pfau nachgeahmt. Das ist aber wirklich eine Überraschung!"

Die Dame lachte und fuhr fort:

„Die Pförtnerloge war leer, und da ich wußte, daß Sie um diese Zeit allein zu sein pflegen, so kam ich herein, ohne mich erst anmelden zu lassen."

Der Mann blickte sie aufmerksam an.

„Alle Wetter, wie schön Sie heute sind! Wie anmutig!"

„Ja, das macht mein neues Kleid. Gefällt es Ihnen?"

„Sehr schön, sehr geschmackvoll. Wahr ist es schon, daß sich die Leute heutzutage auf die Farbenzusammenstellung verstehen."

Dabei musterte er sie von allen Seiten, betastete den Stoff und ordnete die Falten des Kleides wie ein sachverständiger Schneider, der während seines ganzen Lebens keine andere Beschäftigung kennt, als mit der Schere in der Hand die wechselnde Mode zu schaffen und die Anmut der unter Seiden- und Samtpanzer oder unter Spitzen verborgenen weiblichen Reize zu erhöhen und zur Geltung zu bringen.

„Es ist ausgezeichnet gelungen und steht Ihnen vortrefflich", sagte er nach seiner Musterung.

Die Dame freute sich über die Bewunderung, und es tat ihr gut, daß er sie schön fand und ihr seinen Beifall aussprach.

Sie war nicht ganz jung, aber immer noch schön; nicht sehr groß, ein wenig beleibt, doch von jener herrlichen Farbe, die selbst der vierzigjährigen Haut den Anschein der Frische verleiht. Sie glich der Rose, die niemals voll erblüht, bis sie endlich, überreif, in einer Stunde verwelkt.

Unter dem blonden Haar hatte sie die heitere und jugendliche Anmut der Pariser Frauen bewahrt, die niemals alt werden, eine bewunderungswürdige Lebenskraft und einen schier unerschöpflichen Vorrat an Widerstandsfähigkeit in sich bergen und zwanzig Jahre hindurch sich ewig gleich, unverwüstlich und siegreich bleiben, denn sie verwenden die größte Sorgfalt auf ihren Körper und lassen ihrer Gesundheit die größte Pflege zuteil werden.

„Nun, bekomme ich keinen Kuß?" flüsterte die Dame und hob den Schleier empor.

„Ich habe geraucht", erwiderte der Mann.

„Pfui!" rief die Dame; dann reichte sie ihm die Lippen zum Kuß und sagte: „Um so schlimmer!"

Und die Lippen begegneten sich in einem langen Kuß.

Der Mann nahm ihr den Sonnenschirm ab und half ihr das Frühlingsjäckchen ablegen wie jemand, der an solche intime Dienstleistungen gewöhnt ist. Endlich setzte sich die Dame auf das Sofa, und der Mann fragte voll Interesse:

„Wie geht es Ihrem Gatten?"

„Sehr gut; vielleicht hält er in diesem Augenblick sogar eine Rede im Parlament."

„Wirklich! Und worüber denn?"

„Vielleicht wie gewöhnlich über die Rüben oder das Rapsöl."

Der Gatte der Dame, Graf von Guilleroy, war Abgeordneter von Eure und beschäftigte sich hauptsächlich mit landwirtschaftlichen Fragen.

Die Gräfin hatte in einer Ecke des Ateliers eine Skizze erblickt, die sie noch nicht kannte; sie stand auf, schritt durch das Atelier und fragte:

„Was ist das?"

„Ein Pastellbild, welches ich soeben begonnen habe; das Porträt der Herzogin von Pontève."

„Wissen Sie", sprach die Gräfin mit ernster Miene, „daß ich Ihr Atelier schließe, wenn Sie neuerdings Frauenporträts zu malen beginnen? Ich weiß sehr gut, wohin solch eine Arbeit führt."

„Oh", meinte Bertin, „Anys Porträt malt man nicht zweimal."

„Das hoffe ich auch."

Die Gräfin unterzog das Bild einer sachverständigen Betrachtung; sie trat bald näher, bald ein wenig zurück, hielt die Hand wie einen Schirm vor die Augen und suchte die Stelle, von wo sie das Bild in der besten Beleuchtung sehen konnte. Dann gab sie ihre Zufriedenheit kund.

„Sehr gut. Das Pastell ist trefflich gelungen."

„Finden Sie?" fragte Bertin geschmeichelt.

„Ja. Diese Kunst erfordert großes Verständnis. Hier genügt es nicht, über die Farben ein wenig Bescheid zu wissen."

Seit zwölf Jahren hob die Gräfin ihre Neigung für die Kunst hervor. Sie kämpfte gegen jene Strömung an, welche die Maler dem einfachen Realismus entgegentreibt, und unter Berücksichtigung der von den eleganten Kreisen geforderten Vornehmheit eiferte sie ihren Freund zu dem ein wenig gekünstelten Idealismus an.

„Was für eine Frau ist jene Herzogin?" fragte sie.

Bertin mußte Einzelheiten berichten, jene unscheinbaren Kleinigkeiten, von der Kleidung bis zur geistigen Begabung, die die eifersüchtige Neugierde der Frauen befriedigen.

„Sucht sie Ihnen zu gefallen?" fragte sie dann plötzlich.

Der Maler lachte und verneinte bestimmt.

Nun legte sie beide Hände auf die Schultern des Malers und blickte ihm fest ins Auge. Vor Eifer glänzten die blauen Augen der Fragestellerin.

„Ist sie wirklich nicht kokett?" flüsterte sie dann.

„Wirklich nicht."

„Übrigens bin ich ganz unbesorgt. Jetzt werden Sie außer mir keine andere lieben. Für andere ist es bereits zu spät, und auch für Sie, mein armer Freund."

Ein schmerzlicher Schauer durchrieselte den Maler, wie er stets das Herz gereifter Männer erfaßt, wenn jemand auf ihr Alter anspielt. Dann murmelte er:

„Weder gestern, noch heute, noch morgen hatte ich oder werde ich jemanden außer Ihnen lieben können, Any!"

Die Gräfin erfaßte seinen Arm, kehrte zum Sofa zurück und bat ihn, sich neben sie zu setzen.

„Woran haben Sie vorhin gedacht?" fragte sie.

„Ich suche eine Vorlage für ein neues Bild."

„Was für ein Bild soll das werden?"

„Das weiß ich nicht, darum suche ich ja."

„Was haben Sie in den letzten Tagen getrieben?"

Nun mußte der Maler berichten, wer bei ihm zu Besuch gewesen war, wo er gegessen hatte und die Abende verbracht, worüber gesprochen und worüber geklatscht worden sei. Im übrigen interessierten sich beide in gleicher Weise für diese in den eleganten Kreisen heimischen Nichtigkeiten.

Die kleinen Intrigen, allbekannte oder bloß vermutete Liebesabenteuer interessierten beide. Tausend und aber tausend Mal äußerten sie ihr Urteil und ihre Ansichten über dieselben Personen und dieselben Begebenheiten – sie hatten sich, mit einem Wort, mit Leib und Seele in den trüben, unruhigen Strom versenkt, den man „Pariser Leben" nennt. Sie kannten jedes Mitglied der vornehmen Gesellschaft. Dem Mann, dem Künstler, stand jede Tür offen, während die Gräfin, die Gattin des konservativen Abgeordneten, zur vornehmen Welt gehörte. So waren denn beide Meister in der feinen französischen Unterhaltung, die mit ihrer verkappten Bosheit, nichtssagenden Witzigkeit und vornehmen Trivialität allen Personen, die an das verleumderische Geschwätz gewöhnt sind, einen besonderen Ruf verleiht.

„Wann kommen Sie zu uns?" fragte die Gräfin.

„Wann Sie es wünschen. Nennen Sie mir den Tag!"

„Am Freitag also. Herzogin Mortemain, Corbelle und Musadieu werden auch anwesend sein, um die Heimkehr meines Töchterchens zu feiern, das an dem Abend ankommt. Doch verraten Sie nichts davon; die Sache ist noch ein Geheimnis."

„Gewiß nicht! Ich bin unendlich erfreut, daß ich Annette wieder zu Gesicht bekomme. Seit drei Jahren habe ich sie nicht gesehen."

„Das ist wahr! Seit drei Jahren!"

Annette, die anfangs bei ihren Eltern in Paris erzogen wurde, war der letzte und geradezu vergötterte Liebling ihrer Großmutter, die, halb erblindet, während des ganzen Jahres in dem im Verwaltungsbezirk Eure gelegenen Schloß Roncières ihres Schwiegersohns lebte. Anfangs behielt die alte Frau das Kind nur selten, dann aber immer häufiger und häufiger bei sich; später nahmen die Eltern, die die Hälfte ihres Lebens ohnehin auf dieser Besitzung verbrachten, wo sie von allerlei wirtschaftlichen und politischen Interessen zurückgehalten wurden, ihre kleine Tochter überhaupt nicht mehr mit sich nach Paris, zumal sie das freie, ungebundene Dorfleben bei weitem der eingeschlossenen klösterlichen Existenz in der Stadt vorzog.

Seit drei Jahren war sie nicht mehr in der Stadt gewesen; denn die Gräfin hielt es für angemessener, sie ganz fernzuhalten, damit das Verlangen nach dem vornehmen Gesellschaftsleben nicht in ihr erwache, bevor sie sie als ihre erwachsene Tochter einführen könne. Die Gräfin umgab die Kleine mit zwei vorzüglichen Erzieherinnen und besuchte Mutter und Tochter häufiger denn je. Annettes Anwesenheit war der alten Frau übrigens zum Lebensbedürfnis geworden.

Früher hatte Olivier Bertin jedes Jahr sechs oder acht Wochen in Roncières verbracht; in den letzten Jahren aber war er vom Rheumatismus derart geplagt worden, daß er entlegene Badeorte aufsuchen mußte, und dieser erzwungene Aufenthalt weckte stets eine solche Sehnsucht nach Paris in ihm, daß er, zurückgekehrt, die Stadt mit ihrem pulsierenden Leben nicht wieder verlassen wollte.

Eigentlich hätte das junge Mädchen erst im Frühjahr nach Hause kommen sollen; doch war sein Vater mit einem Mal zu dem Entschluß gelangt, es je eher desto lieber zu verheiraten. Annette mußte also früher als beabsichtigt zurückkommen, damit die Begegnung mit Marquis Ferandal, der zum Gatten bestimmt worden war, stattfinden konnte. Im übrigen wurde dieser Plan sehr geheim gehalten, und Olivier Bertin war der einzige, der von der Gräfin eingeweiht worden war.

„Ihr Gatte ist also fest entschlossen?" fragte der Maler.

„Ja; ich glaube sogar, daß es ein sehr glücklicher Gedanke ist."

Dann begannen sie wieder über andere Dinge zu sprechen. Sie kamen auf die Malerei zurück, und die Gräfin wollte ihren Freund um jeden Preis bestimmen, einen Christus zu malen. Bertin lehnte ab und führte als Grund an, daß es deren bereits genug auf der Welt gebe. Die Dame aber hielt hartnäckig an ihrem Vorschlag fest und begann schließlich ungeduldig zu werden.

„Oh, wenn ich malen könnte, würde ich Ihnen schon zeigen, was für eine Idee mir vorschwebt; sie ist ganz neu und sehr kühn. Man nimmt den Erlöser gerade vom Kreuz, und der Mann, der seine Hände losgelöst hat, läßt den Körper fallen; dieser sinkt auf die umstehende Menge; das Volk müßte die Arme ausstrecken, um den Körper aufzufangen. Haben Sie meine Absicht begriffen?"

Der Maler hatte begriffen; ja, die Auffassung der Gräfin erschien ihm sogar originell; doch huldigte seine Stimmung der gegenwärtigen Mode, und als er seine nachlässig auf dem Sofa ausgestreckte Freundin betrachtete und die mit feinen Schuhen

310

und durchsichtigen Seidenstrümpfen bekleideten Füße sah, rief er eifrig aus:

„Sehen Sie, nun habe ich's, was ich malen muß! Das ist das Leben: der unter dem Kleidersaum hervorlugende Frauenfuß. Da kann man alles hineinmalen: Wirklichkeit, Poesie, Verlan-

gen. Nichts ist schöner und anmutiger als ein Frauenfuß, und wie geheimnisvoll ist seine Umgebung, das unter dem Kleid verborgene Bein!"

Bertin hatte sich nach türkischer Art auf den Boden gesetzt, den Schuh erfaßt und in einer plötzlichen Eingebung heruntergezogen. Von seiner ledernen Hülle befreit, bewegte sich der Fuß der Gräfin wie ein kleines unruhiges Tier, das in seiner Überraschung wegen der unverhofften Befreiung nicht weiß, was es anfangen soll.

„Wie fein, vornehm und fleischig", bewunderte Bertin, „viel fleischiger als die Hand. Any, lassen Sie Ihre Hand sehen!"

Die Gräfin trug lange, bis zum Ellbogen reichende Handschuhe, die sie am Rand erfaßte und schnell herunterzog, als streife sie die Haut vom Leib einer Schlange. Der auf diese Art plötzlich sichtbar gewordene weiße, volle, runde Arm konnte kühne Gedanken wecken.

Dann reichte sie ihm die Hand. An den weißen Fingern glänzten Ringe, und die spitz zugeschnittenen rosigen Nägel an dieser anmutigen kleinen Frauenhand glichen Liebeskrallen.

Zärtlich streichelte und bewunderte Olivier Bertin die Hand. Er bewegte jeden Finger einzeln, wie ein kleines fleischiges Spielzeug und sagte:

„Merkwürdig! Was für ein liebes, kluges und gewandtes kleines Ding, das alles tut, was man will! Es schreibt Bücher, stickt Spitzen, erbaut Häuser und Pyramiden, konstruiert Dampfmaschinen, bereitet süßes Backwerk, oder es spendet süße Umarmungen, was die schönste Beschäftigung ist . . ."

Er zog jeden Ring einzeln herunter, und als er beim Ehering angelangt war, sprach er lächelnd:

„Das Gesetz! Bezeugen wir ihm unsere Hochachtung!"

„Narr!" erwiderte die Gräfin etwas verletzt.

Bertin war stets ein wenig ironisch; seine Denkart besaß jene französische Eigentümlichkeit, die bei den ernsthaftesten Empfindungen einen gewissen Hohn spüren läßt. Häufig betrübte er seine Freundin, ohne es zu beabsichtigen, weil er die bis ins Kleinste gehenden feinen Gefühle der Frauen nicht zu erfassen und die Grenze, bis zu welcher sich die Freiheiten des Mannes erstrecken, nicht zu unterscheiden vermochte. Besonders ärgerte es die Gräfin, wenn ihr Freund in allzu vertraulicher Weise, mit einer Art Prahlerei, über ihr langes Verhältnis sprach,

312

das er inzwischen stets „die schönste Liebe des neunzehnten Jahrhunderts" zu nennen pflegte.

Nach einer Weile fragte die Gräfin:

„Werden Sie uns, nämlich mich und Annette, in die Kunstausstellung begleiten?"

„Selbstverständlich."

Dann erkundigte sich die Gräfin nach den besten Bildern des Salons, der in zwei Wochen eröffnet werden sollte. Plötzlich sagte sie, als hätte sie sich mit einem Mal erinnert, daß sie noch etwas zu besorgen hatte:

„Schnell, geben Sie mir meinen Schuh! Ich muß gehen."

Sinnend hatte Bertin mit dem leichten Gegenstand gespielt und ihn von allen Seiten betrachtet.

Jetzt bückte er sich, küßte den Fuß, der zwischen dem Kleid und dem Teppich förmlich zu schweben schien, und schob den Schuh wieder hinauf. Die Gräfin erhob sich und trat an den Tisch, auf dem neben einem eingetrockneten Tintenfaß ältere und jünger datierte Briefe mit aufgerissenen Umschlägen unordentlich herumlagen. Neugierig musterte sie diese, stöberte unter den Papieren herum und hob die zuoberst liegenden auf, um die unteren auch sehen zu können.

Bertin war ihr nachgegangen und fragte jetzt:

„Wollen Sie eine noch größere Unordnung machen?"

Die Gräfin gab keine Antwort, sondern fragte:

„Wer ist der Herr, der die ‚Badenden Frauen' kaufen will?"

„Ein Amerikaner, den ich nicht kenne."

„Haben Sie sich über den Preis für die ‚Straßensängerin' geeinigt?"

„Ja, im Betrag von zehntausend Franken."

„Sie haben ganz recht getan; das Bild ist sehr niedlich, aber nichts Besonderes. Leben Sie wohl, mein Freund!"

Sie reichte Bertin die Wange, auf die er einen Kuß drückte; dann sprach die Gräfin leise:

„Freitag, um acht Uhr. Begleiten Sie mich nicht hinaus, Sie wissen, ich liebe das nicht! Leben Sie wohl!"

Damit verschwand sie hinter dem Türvorhang.

Als sie gegangen war, zündete Bertin eine Zigarette an und schritt in dem Atelier langsam auf und ab. Die ganze Vergangenheit dieses Verhältnisses zog an ihm vorüber. In seiner Erinnerung tauchten einzelne, längst entschwundene Details auf, die wieder andere Augenblicke erweckten, und diese Verkettung der Erinnerungen bereitete ihm ein besonderes Vergnügen.

Zu jener Zeit, als der Stern Bertins am Himmel der Pariser Kunstwelt bemerkbar wurde, begannen die Maler die Gunst des Publikums zu gewinnen, und ein ganzes Stadtviertel füllte sich mit den herrlichsten Palästen, die sie sich mit einigen Pinselstrichen erworben hatten.

Im Jahre 1864 kehrte Bertin aus Rom zurück, vermochte jedoch einige Jahre hindurch weder Ruf noch Erfolge zu erringen; im Jahre 1868 aber stellte er seine „Kleopatra" aus, und wenige Tage später begannen ihn Kritik und Publikum auf den Händen zu tragen.

Nach dem Krieg, im Jahre 1872, als der Tod Henry Reynaults seine Berufsgenossen auf einen besonderen Ruhmessockel erhob, wurde Bertin mit seiner kühn ausgeführten „Jokaste" zu den Verwegenen gezählt, obwohl ihre geistvolle, originelle Ausführung selbst den Beifall der Akademiker errang. Als er im Jahre 1873 aus Afrika zurückkehrte, trug ihm seine „Algerische Jüdin" nicht nur den ersten Preis ein, sondern hob ihn sogar hoch über die anderen empor, während ihn das im Jahre 1874 gemalte Porträt der Herzogin von Salia in den Augen der vornehmen Welt zu dem ersten Porträtisten der Gegenwart machte.

Von diesem Tag an war er der Lieblingsmaler der Pariser und der gewandteste, berufenste und natürlichste Darsteller der Anmut, Haltung und Natur der Pariserinnen. Innerhalb weniger Monate wetteiferten die Modedamen von Paris um die Gunst, von ihm gemalt zu werden. Er war nicht leicht zugänglich und ließ sich bedeutende Summen zahlen.

Da er nun in Mode war, besuchte er wie die anderen Salonhelden die vornehme Gesellschaft, und so sah er eines Tages bei der Herzogin von Mortemain eine in Trauer gekleidete Frau, die sich gerade, als er gekommen war, entfernte. Diese Begegnung bezauberte ihn wie ein Phantasiegebilde.

Er erkundigte sich nach der Dame und erfuhr, daß dies die Gräfin von Guilleroy, die Gattin eines vornehmen Großgrundbesitzers und Abgeordneten aus der Normandie, sei, um ihren Schwiegervater traure und eine ebenso geistreiche wie gefeierte und gesuchte Weltdame sei.

Unter dem Eindruck des Zaubers, den dieser Anblick auf ihn ausübte und der sein Künstlerauge gefesselt hielt, rief er aus:

„Ah! Dies ist eine Frau, deren Porträt ich allzu gerne malen würde!"

Diese Äußerung hörte die Gräfin am nächsten Tag, und noch am selben Abend erhielt der Maler ein wohlduftendes Schreiben mit folgendem Inhalt:

„Mein Herr!

Soeben verläßt mich die Herzogin von Mortemain mit der Versicherung, daß Sie geneigt wären, mein bescheidenes Angesicht durch Ihre Meisterhand zu verewigen. Gern würde ich Sie damit betrauen, wenn ich sicher sein dürfte, daß Ihre Äußerung nicht bloß leere Worte gewesen sind, und daß Sie in mir etwas sehen, was Ihnen würdig erscheint, durch Sie festgehalten und idealisiert zu werden.

Genehmigen Sie, mein Herr, die Versicherung meiner vorzüglichen Hochachtung.

Anna von Guilleroy."

In seiner Antwort fragte Bertin an, wann er der Gräfin einen Besuch abstatten dürfe, worauf er für den nächsten Montag zum Frühstück eingeladen wurde.

An dem bestimmten Tag erschien Bertin im ersten Stockwerk eines der großen und verschwenderisch eingerichteten neuen Paläste des Boulevard Malesherbes. Er ging durch den mit blauer Seide tapezierten und mit weißen und goldenen Schnitzereien eingerahmten geräumigen Salon und wurde in ein im Geschmack des vorigen Jahrhunderts eingerichtetes elegantes Damenzimmer geführt, dessen reizvoll gemusterte und in weichen Farben ausgeführte Tapeten im Watteaustil offenbar von verliebten Arbeitern entworfen und angefertigt worden waren.

Bertin setzte sich gerade, als die Gräfin eintrat. Sie war so leicht durch das Nebenzimmer geeilt, daß der Maler ihr Nahen gar nicht wahrgenommen hatte und bei ihrem Anblick ganz überrascht war. Die Gräfin streckte ihm freundlich die Hand entgegen und fragte:

„Es ist also wahr, daß Sie mein Porträt malen wollen?"

„Ich werde glücklich sein, meine Gnädige, wenn Sie es mir gestatten."

In ihrem einfachen, schwarzen Kleid sah die Gräfin sehr

schlank und jung aus; doch verlieh es ihrem Auftreten einen tiefen Ernst, den das von dem hellblonden Haar umrahmte, lächelnde Antlitz kaum mildern konnte. Auch der Graf war mit einem kleinen sechsjährigen Mädchen an der Hand eingetreten.

„Mein Gatte", stellte die Gräfin vor.

Es war ein kleiner Herr ohne Schnurrbart, mit einem faltenreichen Gesicht und glattrasiertem Kinn. Das zurückgekämmte lange Haar, seine höfliche Haltung und zwei tiefe Falten um den Mund, die sich bis zum Kinn hinabsenkten und solchen Leuten eigentümlich sind, die häufig in der Öffentlichkeit sprechen, erinnerten an einen Prediger oder Schauspieler.

Mit einem den Redner verratenden Wortschwall dankte er dem Maler für seine Liebenswürdigkeit. Schon längst wollte er seine Gattin malen lassen und natürlich nur Herrn Olivier Bertin darum bitten, wenn er keine abschlägige Antwort befürchtet hätte, da er sehr gut wisse, wie überhäuft er mit Aufträgen sei.

Nach vielen Höflichkeitsphrasen auf beiden Seiten einigte man sich endlich dahin, daß der Graf seine Gattin am nächsten Tag in das Atelier des Malers begleiten werde. Zwar schwankte man anfangs, ob es nicht ratsamer sei zu warten, bis die Gräfin die tiefe Trauer, die sie gegenwärtig trug, abgelegt habe; doch erklärte der Maler, daß ihm sehr daran gelegen sei, den ersten Eindruck, den die Gräfin auf ihn gemacht habe, festzuhalten, ebenso wie den auffallenden Gegensatz, der zwischen dem von dem Goldhaar beleuchteten, lebhaften feinen Gesicht und dem düstern Ernst des Kleides ruhe.

Am nächsten Tag erschien also die Gräfin mit ihrem Gatten, am dritten Tag aber mit ihrem Töchterchen, das vor einen mit Bilderbüchern beladenen Tisch gesetzt wurde.

Seiner Gewohnheit nach benahm sich Olivier Bertin sehr zurückhaltend. Die vornehmen Damen der großen Welt machten ihn, weil er sie nicht kannte, ein wenig befangen. Er hielt sie für einfältig, falsch, heuchlerisch, gefährlich, faul und stolz. Dank dem hohen künstlerischen Ruf, dessen er sich erfreute, seinem unterhaltenden Geist, seiner eleganten Athletengestalt und seinem energischen braunen Gesicht hatte er bei den Damen der Halbwelt viele Abenteuer gehabt. Er zog sie und den freieren Umgang mit ihnen jedem anderen vor. Die vornehmen Kreise suchte er wegen des Ruhmes und nicht aus Neigung auf.

Der Aufenthalt hier schmeichelte seiner Eitelkeit, denn er wurde gefeiert und erhielt Bestellungen. Er verkehrte unter den vornehmen Damen und ließ es auch gelegentlich an Schmeicheleien nicht fehlen, ohne daß er darum der einen oder der anderen den Hof machte. In ihrer Gegenwart wagte er weder einen derben Witz noch eine zweideutige Redensart, denn er hielt sie für ungemein prüde, und so zwang er sich, ihnen gegenüber schroff und vornehm zu erscheinen. Sooft die eine oder die andere Dame in seinem Atelier erschien, empfand er trotz des herablassenden Benehmens, mit dem sie nach seiner Gunst

trachteten, jenen Rangunterschied, der eine völlige Gleichstellung des Künstlers mit der adeligen Dame unmöglich machte. Hinter dem Lächeln und der Bewunderung, die bei Frauen immer etwas gekünstelt sind, vermutete er die gar nicht zu verbergende eigenartige Zurückhaltung solcher Personen, welche von höherer Abstammung zu sein glauben. Dieses Bewußtsein erzeugte bei dem Maler eine gewisse Schroffheit; sein Benehmen war vornehm, beinahe hochmütig, und sein männlicher Stolz verriet, daß er sich, dank seinem Geist und seiner Begabung, für ebenso hochstehend halte wie jene infolge ihrer Herkunft. Mit einem gewissen Erstaunen sagte man von ihm: „Ein ausnehmend intelligenter Mann!" Diese Bewunderung schmeichelte ihm, verletzte ihn aber auch, denn sie deutete auf die ihm gezogenen Grenzen hin.

Dieser absichtliche, feierliche Ernst des Malers machte Gräfin Guilleroy befangen, und sie fand keinen Gesprächsstoff, über den sie mit diesem für geistreich geltenden, kalten Menschen hätte plaudern können.

Nachdem die Gräfin ihre kleine Tochter hinter den Bilderbüchern verschanzt hatte, ließ sie sich in einem Lehnsessel vor dem begonnenen Bild nieder und bemühte sich, ihrem Gesicht einen den Anordnungen des Malers entsprechenden Ausdruck zu geben.

Ungefähr in der Mitte der vierten Sitzung unterbrach der Maler plötzlich die Arbeit und fragte:

„Was bereitet Ihnen das meiste Vergnügen im Leben?"

Die Gräfin geriet ein wenig in Verlegenheit.

„Das weiß ich wirklich nicht. Weshalb fragen Sie?"

„Ich möchte, daß diese Augen einen heiteren, freudigen Gedankengang verraten, was ich bis jetzt nicht sehen konnte."

„Nun, so plaudern Sie mit mir, denn ich schwatze sehr gern."

„Können Sie heiter sein?"

„Gewiß."

„So wollen wir miteinander plaudern, Madame!"

Er sprach diese Worte sehr ernst; dann begann er von neuem zu malen und dabei über Verschiedenes zu sprechen, als suche er ein Thema, das beiden sympathisch wäre. Zuerst äußerten sie wechselseitig ihre Meinungen über bekannte Personen, und dann sprachen sie über sich selbst, was gewöhnlich die angenehmste und anziehendste Unterhaltung ist.

Als sie am nächsten Tag wieder zusammenkamen, fühlten sie sich behaglicher, und da Bertin erkannte, daß es ihr Vergnügen bereite, erzählte er ihr Erlebnisse und Erinnerungen aus seinem Künstlerleben.

Die Gräfin war an das geistreiche Geplauder der Salongelehrten gewöhnt, und darum überraschte sie diese ein wenig phantastische Begeisterung, die rückhaltlos und in spöttischem Ton über alles sprach; doch setzte sie die Unterhaltung sofort in demselben Ton, mit derselben feinen und kühnen Eleganz fort.

Durch ihr heiteres Gemüt, ihre Offenheit und Einfachheit hatte die Gräfin den Maler in acht Tagen für sich gewonnen und entzückt. Bertin vergaß vollständig seine Vorurteile gegen vornehme Damen und hätte sehr gern den Beweis geführt, daß man Zauber und Gemüt nur bei ihnen finden könne. Während des Malens blieb er bald vor der Leinwand stehen, bald neigte er sich vorwärts, bald zurück, wie ein Mensch, der im Innern einen Kampf besteht, und dazwischen flossen seine Lippen von vertraulichen Mitteilungen über, als ob er die vor ihm sitzende schöne blonde Frau in Trauer, die ihm lachend zuhörte und mit solchem Eifer und Wärme antwortete, daß sie sich jeden Augenblick von ihrem Sitz erhob, schon seit langer Zeit kennen würde.

Zuweilen entfernte sich der Maler von ihr, schloß das eine Auge, neigte sich vornüber, um das ganze Wesen seines Modells eingehend zu studieren; dann trat er wieder ganz dicht an sie heran, um sich jeden Schatten des Gesichts, seinen flüchtigsten Ausdruck einzuprägen. Er wollte das erfassen und wiedergeben, was in einem weiblichen Antlitz mehr als der Schein ist, was der Ausdruck der idealen Schönheit und Widerschein ihrer inneren Wesenheit ist, der Widerschein jener merkwürdigen, bald anziehenden, bald abstoßenden Eigenartigkeit, die es möglich macht, daß die gleiche Frau von dem einen Mann wahnsinnig geliebt, von dem anderen dagegen gar nicht beachtet wird.

An einem Nachmittag stellte sich das kleine Mädchen mit sehr ernster Miene vor das Bild und sagte:

„Sage mal, das ist wohl Mama?"

Geschmeichelt durch diese naive Anerkennung, die der Ähnlichkeit seines Werkes zuteil wurde, hob Bertin die Kleine in seine Arme empor und küßte sie.

An einem anderen Tag war das kleine Mädchen sehr schweigsam; aber plötzlich begann es zu sprechen und sagte in leisem, traurigem Ton:

„Mama, ich langweile mich."

Diese erste Klage rührte den Maler so sehr, daß er am nächsten Tag einen ganzen Spielwarenladen in sein Atelier bringen ließ.

Die kleine Annette war überrascht und befriedigt. Klug und bedachtsam ordnete sie das Spielzeug, um immer nur das zur Hand zu nehmen, was ihr gerade gefiel. Von diesem Augenblick an liebte sie den Maler, wie Kinder zu lieben pflegen, mit jener instinktiven und schmeichelnden Neigung, die sie so lieblich und anziehend erscheinen läßt.

Gräfin von Guilleroy saß dem Maler sehr gern. Sie hatte in diesem Winter keinerlei Zerstreuung, da sie wegen der Trauer keine Gesellschaften besuchen und empfangen konnte. Sie verschrieb sich daher mit Leib und Seele dem Atelier.

Sie war die Tochter eines sehr reichen und gastfreundlichen Pariser Großhändlers, der vor mehreren Jahren gestorben war, und einer leidenden Frau, die die Hälfte des Jahres im Bett zubringen mußte. Aus diesem Grund war das Mädchen schon in ganz jungen Jahren eine vollkommene Hausfrau geworden. Sie verstand es, Gäste zu empfangen, zu lächeln und zu plaudern, verstand es, die Leute zu unterscheiden und unter ihnen zu wählen; sie wußte, was sie mit dem einen und mit dem anderen sprechen sollte, sie war mit einem Wort scharfsinnig und rücksichtsvoll. Als Graf von Guilleroy um ihre Hand anhielt, war sie sich sofort über die Vorteile im klaren, die dieser Bund ihr brachten, und als vernünftiges Mädchen willigte sie ohne jede Widerrede ein, denn sie wußte sehr gut, daß man nicht alles haben kann, und daß jede Sache ihre guten und schlechten Seiten hat.

In der Gesellschaft war sie wegen ihres Geistes und ihrer Schönheit sehr gesucht. Viele Männer huldigten ihr; doch verlor sie niemals ihr Herz, das ebenso an seiner rechten Stelle blieb wie ihr Verstand.

Allerdings war sie kokett, dabei aber immer vernünftig genug, um niemals das Maß des Erlaubten zu überschreiten. Sie liebte die Komplimente; die Huldigung anderer schmeichelte ihr, obgleich sie so tat, als schenke sie ihr gar keine Beachtung, und wenn sie während eines ganzen Abends im Mittelpunkt der Bewunderung und Schmeicheleien gestanden hatte, schlief sie danach ruhig und still wie eine Frau, die ihren Beruf erfüllt hat. Diese Lebensweise, die schon fast sieben Jahre dauerte, erschöpfte sie nicht und erschien ihr auch nicht gleichförmig, weil sie die fortwährenden Aufregungen des gesellschaftlichen Lebens liebte; zuweilen ließ sie aber doch eine gewisse Leere in ihr zurück. Die Männer in ihrer Umgebung, politische Kapazitäten, Bankiers oder vornehme Nichtstuer, bereiteten ihr denselben Genuß wie die Schauspieler im Theater; sie nahm sie nicht ernst, obwohl sie ihren Beruf, ihre gesellschaftliche Stellung und ihren Rang gebührend achtete.

Der Maler gefiel ihr vor allem wegen jener Eigenschaften, die ihr neu waren. Im Atelier fühlte sie sich sehr behaglich; hier lachte sie aus vollem Herzen, ihr Geist sprühte, und sie war dem Maler dafür dankbar, daß es ihm Freude machte, sie zu malen. Doch gefiel ihr Bertin auch, weil er ein schöner, kraftvoller und berühmter Mann war, denn keine Frau bleibt gleichgültig, wo es sich um Ruhm und körperliche Schönheit handelt, auch wenn sie dies leugnet. Da es ihr schmeichelte, daß dieser bedeutende Mann ihr Beachtung schenkte, neigte sie dazu, ihn vorteilhaft zu beurteilen, und darum entdeckte sie bei ihm einen lebhaften und gebildeten Geist, Taktgefühl, rege Phantasie, wahren Verstand und eine Beredsamkeit, die all das, was die Gräfin sagte, erst ins richtige Licht zu stellen schien.

Der Umgang gestaltete sich immer vertrauter zwischen ihnen. Im Händedruck, den sie beim Betreten des Ateliers austauschten, offenbarte sich mit jedem Tag eine größere Herzlichkeit, und ohne jede Berechnung, ohne jede vorgefaßte Absicht begann die Gräfin mit einem Mal zu fühlen, daß das Verlangen, diesen Mann an sich zu fesseln, in ihr Wurzel gefaßt hatte.

Sie gab diesem Verlangen nach, ohne berechnend oder hinterhältig zu werden. Sie kokettierte bloß mit jener gesteigerten Anmut, die die Frau dem Mann gegenüber, der ihr besser gefällt als die anderen, instinktiv entfaltet. Wenn sie mit ihm sprach, wenn sie ihn anblickte oder ihm zulächelte, so geschah dies mit jenem Zauber des Entzückens, dessen sich das Weib bloß bediente, wenn das Bedürfnis, geliebt zu werden, in ihm erwacht.

Sie sagte ihm schmeichelhafte Dinge, die etwa bedeuteten: „Sie gefallen mir, mein Herr." Sie regte ihn an, nur recht lang zu sprechen, damit er sähe, mit welcher Aufmerksamkeit sie seinen Worten lausche und welches Interesse er in ihr zu erwecken vermöge. Zuweilen legte Bertin den Pinsel aus der Hand, setzte sich neben sie, und in der geistigen Erregung, in die ihn das Bemühen ihr zu gefallen versetzte, sprühte er förmlich von Witz und Humor, und die scherzhaften oder philosophischen Abhandlungen, die je nach seiner Stimmung miteinander abwechselten, wollten fast kein Ende nehmen.

Die Gräfin freute sich, wenn der Maler heiter war; wenn er aber über ernstere Gegenstände sprach, bemühte sie sich, ihm in seinem Gedankengang zu folgen, obgleich ihr dies nicht immer glückte. Selbst wenn sie an andere Dinge dachte, schien sie ihm aufmerksam zuzuhören, als wenn sie ihn verstände und großes Gefallen an seinen Abhandlungen fände. Diese Aufmerksamkeit bewegte den Mann tief, und er war förmlich begeistert, daß er eine so offene und gelehrige Seele gefunden hatte, in die der Gedanke gleich dem befruchtenden Keim Eingang fand.

Das Porträt machte rüstige Fortschritte und versprach sehr gut zu werden, denn der Maler war in jenen unentbehrlichen Seelenzustand geraten, in dem er jede Eigentümlichkeit seines Modells zu entdecken und mit der Begeisterung des echten Künstlers in überzeugendem Eifer wiederzugeben vermag.

Zu ihr geneigt, beobachtete er jede Regung ihres Gesichtes, jeden Schimmer der Haut, den Ausdruck und den Glanz ihrer Augen, jedes Geheimnis des Gesichtes, und er sog sich so voll mit ihrem ganzen Wesen wie ein in Wasser gelegter Schwamm. Und wenn er all den Zauber, den sein Auge gesammelt hatte und der aus seinem Gehirn in seinen Pinsel hinüberflutete, auf die Leinwand übertrug, hielt er zuweilen wie wonnetrunken inne, als wäre sein ganzes Sein mit den Reizen dieser Frau erfüllt.

Die Gräfin, die sich ihrer Wirkung wohl bewußt war, regte dieses Spiel, der immer näher kommende Triumph, an; und schließlich begann sich die Begeisterung des Malers auch ihrer zu bemächtigen.

Diese neue Empfindung weckte in ihrem Leben einen neuen Reiz, eine geheimnisvolle Freude. Sooft sie von Bertin sprechen hörte, begann ihr Herz rascher zu pochen; und gern hätte sie hinausgerufen: „Er ist verliebt in mich!" Diese Lust gehörte allerdings in die Reihe jener Wünsche, die niemals erfüllt werden. Sie war zufrieden, wenn man seine Fähigkeiten lobte, und freute sich noch mehr, wenn man sagte, daß er ein schöner Mann sei. Wenn sie aber ganz allein war und an ihn dachte, so meinte sie, daß sie einen wirklich guten Freund an ihm gefun-

den habe, der sich stets mit dem freundschaftlichen Händedruck begnügen werde.

Mitten im besten Arbeiten pflegte Bertin häufig den Pinsel
wegzuwerfen, die kleine Annette in seine Arme zu nehmen und
deren Gesicht, Augen und Haare mit heißen Küssen zu bedek-
ken, wobei er fortwährend die Mutter anblickte, als wollte er
sagen: „Sie sind es und nicht die Kleine, die ich so küsse!"

Später brachte die Gräfin ihre Tochter nicht immer mit, sondern pflegte auch allein zu kommen. An solchen Tagen wurde
nicht viel gearbeitet, sondern mehr geplaudert.

An einem Nachmittag hatte sich die Gräfin verspätet. Es war
gegen Ende Februar und sehr kalt. Olivier eilte frühzeitig nach
Hause, wie er das jetzt immer tat, wenn er die Gräfin erwartete.
Er wartete auf sie, schritt im Atelier auf und ab, rauchte und
fragte sich seit acht Tagen wohl zum hundersten Mal: „Bin ich
wirklich verliebt?" Er fand darauf keine Antwort, denn er war
noch niemals ernstlich verliebt gewesen. Allerdings hatte er
häufig sehr große Launen, die auch recht lange währten; für
wahre Liebe hatte er sie aber nicht gehalten. Und nun war er
selbst wegen seiner Empfindungen verwundert.

Liebte er sie? Ganz gewiß, denn er hatte sie noch nicht be-
gehrt, ja nicht einmal an die Möglichkeit des Besitzes gedacht.
Wenn bisher die eine oder die andere Frau seinen Beifall gefunden hatte, so überwältigte ihn stets sofort das Verlangen, die
Arme nach ihr auszustrecken und die lockende Frucht zu pflük-
ken; die An- oder Abwesenheit der Betreffenden hatte ihn
niemals in die leiseste seelische Aufregung versetzt.

Jetzt war das anders geworden. Noch hatte er nach der Gräfin
kein Verlangen empfunden; es schien hinter einem anderen,
mächtigerem Gefühl verborgen zu sein. Er glaubte, daß die
Liebe mit Träumereien, mit poetischer Schwärmerei beginne.
Was er aber empfand, entsprang einer unerklärlichen, eher
physischen als moralischen Erregung. Er war nervös, unruhig
und zitterte, wie man zu zittern pflegt, wenn man sich vor einer
Krankheit fürchtet.

Dieses körperliche Fieber, welches auch die Seele erfaßte,
war mit keinerlei Schmerzen verbunden. Er wußte, daß diese
Erregung durch die nach dem Weggehen der Gräfin von Guilleroy zurückgebliebene Erinnerung und die Hoffnung auf das
Wiedersehen hervorgerufen wurde. Wohl hatte er nicht das Ge-

fühl, daß er sich mit der ganzen Macht seines Wesens nach ihr sehne; dagegen dachte er sie sich fortwährend an seiner Seite, als würde sie ihn niemals verlassen. Wenn sie ging, so blieb stets etwas von ihrem Wesen zurück, was ebenso zart wie unfaßbar war. Was war das? Die Liebe? Olivier begann in der ganzen Tiefe seines Herzens nach Klarheit zu suchen. Er fand die Gräfin höchst liebenswert, und dennoch entsprach sie nicht jener Idealvorstellung, welche die blinde Hoffnung in ihm gebildet hatte. Wer verliebt ist, entdeckt im Gegenstand seiner Liebe alle jene moralischen Eigenschaften und physischen Schönheiten, die hinreißend wirken; bei der Gräfin fand er aber diese Eigenschaften nicht vor, obwohl sie ihm sehr gefiel.

Aber weshalb beschäftigte er sich denn mit ihr mehr als mit anderen und in so eigentümlicher Weise?

War er nicht vielleicht ganz einfach in die Falle geraten, die ihm die weibliche Koketterie gestellt und die er schon längst vermutet hatte? War er nicht, von der weiblichen Koketterie verführt, dem eigenartigen Zauber erlegen, den diese den Frauen verleiht?

Er ging hin und her, setzte sich nieder, stand wieder auf, zündete eine Zigarette an, warf sie wieder fort und blickte jeden Augenblick auf die Uhr, deren Zeiger mit der Langsamkeit einer Schnecke der bestimmten Ziffer zurückte.

Wiederholt wurde er von dem Verlangen erfaßt, den gewölbten Glasdeckel zu öffnen und den Zeiger der betreffenden Zahl entgegenzurücken.

Er glaubte, die Tür werde sich dann schneller öffnen und die sehnsüchtig Erwartete eintreten lassen. Dann lachte er sich selbst wegen seines kindischen, hartnäckigen und törichten Verlangens aus.

Endlich richtete er die Frage an sich, ob er ihr Liebhaber sein könnte. Er fand, daß dies ein sonderbarer und kaum ausführbarer Gedanke sei, denn dadurch könnte in seinem Leben eine große Veränderung eintreten und bedeutende Verwirrung erzeugt werden.

Diese Frau gefiel ihm aber trotzdem ausnehmend, und er war sich im klaren darüber, daß er da in eine sonderbare Lage geraten sei.

Jetzt fing die Uhr an zu schlagen, und dieser Schlag ließ sein ganzes Wesen erzittern, doch eher seine Nerven als seine Seele.

Er wartete mit jener Ungeduld, die mit jeder Sekunde zunimmt; die Gräfin war stets pünktlich, innerhalb zehn Minuten wird sie also eintreten. Als die zehn Minuten vergangen waren, wurde er traurig, wie von einem großen Kummer erfaßt; dann begann er sich über den Zeitverlust zu ärgern, bis er endlich zornig zu der Überzeugung gelangte, daß es ihm schmerzlich sein würde, wenn sie nicht kommen sollte. Was also tun? Noch länger warten? . . . Nein! . . . Er wird fortgehen, damit die Frau das Atelier leer findet, wenn sie später noch vorsprechen sollte.

Fortgehen? Gut! Aber wann? Wieviel Zeit soll er ihr noch geben? Wäre es nicht zweckmäßiger, zu bleiben und ihr mit einigen höflichen, kalten Worten zu sagen, daß er nicht zu jenen gehöre, die man warten lassen dürfe? Wie, wenn sie aber gar nicht käme? Dann wird er einen Brief oder ein Telegramm erhalten; möglich auch, daß ein Diener oder ein Dienstmann kommt. Und wenn niemand, wenn nichts kommt? Was wird er dann tun? Ein verlorener Tag! Denn arbeiten könnte er heute nicht mehr. Und dann? . . . Dann wird er zu ihr gehen, denn er fühlt, daß er sie unbedingt sehen muß.

Und das war es! Er empfand das dringende und quälende Bedürfnis, sie zu sehen. Was soll das bedeuten? Liebe? Er empfand keinerlei Begeisterung bei diesem Gedanken, keinen Sinnenreiz, auch keine Schwärmerei, als er sich bewußt war, daß es ihm Kummer bereiten würde, wenn er sie nicht sehen könnte.

Im Treppenhaus des kleinen Palais ertönte die elektrische Klingel, und Olivier Bertin fühlte mit einem Mal seinen Atem stocken; dann machte er vor Freude einen Luftsprung und schleuderte die Zigarre weit von sich.

Die Gräfin trat ein – allein.

Von einem plötzlichen Gedanken bewegt, fragte Bertin:

,,Wissen Sie, Gräfin, welche Frage ich mir vorlegte, als ich hier auf Sie wartete?"

,,Wie soll ich das wissen?"

,,Ich fragte mich, ob ich nicht in Sie verliebt sei."

,,In mich verliebt! Sind Sie von Sinnen?" rief die junge Frau aus. Dabei lächelte sie aber, und ihr Lächeln schien zu sagen: ,,Wie lieb von Ihnen! Das freut mich!"

Dann fuhr sie fort:

,,Sie sprechen nicht im Ernst! Doch lassen Sie hören, weshalb machen Sie solche Scherze?"

„Ich mache keinen Scherz, sondern spreche im Gegenteil sehr ernst. Ich behaupte ja nicht, daß ich verliebt in Sie bin, sondern daß ich auf dem besten Weg bin, es zu werden."

„Was hat Sie auf diesen Gedanken gebracht?"

„Meine Aufregung und Unruhe, wenn Sie nicht anwesend sind; dann wieder meine Seligkeit, wenn Sie kommen."

Die Gräfin setzte sich und sagte:

„Bei solchen Kleinigkeiten brauchen Sie sich nicht zu beunruhigen; solange Sie gut essen und gut trinken, ist keine Gefahr vorhanden."

„Und wenn ich meinen Schlaf und guten Appetit verliere?" fragte Bertin lachend.

„So benachrichtigen Sie mich davon."

„Und dann?"

„Dann werde ich für Ihre Genesung sorgen."

„Ich danke bestens."

In dieser Weise plauderten sie während des ganzen Nachmittags über die Liebe. Am nächsten Tag ebenso. Die Gräfin sah darin einen geistreichen Scherz, der keine Folgen hat, und fragte gleich beim Eintreten recht heiter:

„In welchem Stadium befindet sich Ihre Liebe heute, mein Freund?"

Nun berichtete der Maler in ernstem Ton über Entwicklung und Ausdehnung seines Leidens, über die unablässigen geheimen Verwirrungen, welche die zärtlichen Empfindungen in seinem Innern hervorgerufen hätten und die fortwährend zunähmen. Gleich einem Professor, der einen Vortrag hält, schilderte er all das, was er von einer Stunde zur anderen seit ihrer Trennung empfunden hatte, und voll Interesse, ein wenig bewegt, ja sogar erregt, lauschte sie den Berichten, deren Heldin sie selbst war. Wenn Bertin höflich und mutig all die Leiden beschrieb, die er durchkämpfen mußte, so zitterte seine Stimme stellenweise, und einzelne Worte oder der Tonfall seines Vortrags drückten den ganzen Schmerz seines Herzens aus.

Zitternd vor Neugierde, mit auf den Maler gehefteten Blikken und gierigen Onres lauschte die Gräfin diesen beunruhigenden, doch so angenehm klingenden Dingen, und fortwährend bestürmte sie ihn mit Fragen und zwang ihn zu antworten.

Wenn der Maler zuweilen zu ihr trat, um ihre Haltung zu regeln, erfaßte er gewöhnlich ihre Hand und wollte sie küssen.

327

Aber die Gräfin zog jedesmal die Hand hastig zurück und sagte mit leicht gerunzelter Stirn:

„Vorwärts, vorwärts! Arbeiten Sie!"

Der Maler kehrte dann zu seiner Leinwand zurück; doch vergingen keine fünf Minuten, ohne daß die Gräfin nicht etwas gefragt hätte, was sie wieder zu dem interessanten Thema zurückführte.

Besorgnis erfüllte das Herz der Gräfin. Sie wünschte, geliebt zu werden, doch nicht übermäßig. Sie war überzeugt, daß sie selbst nicht verliebt sei, und darum wollte sie nicht zugeben, daß ihr Freund zu weit gehe; andererseits fürchtete sie wieder, daß sie ihn verlieren könnte, wenn sie ihn zurückweise, nachdem sie ihn anfangs ermutigt hatte. Hätte sie aber dieser zärtlichen, schmeichelnden Freundschaft, dieser fließenden Unterhaltung, durch welche die Liebe schimmerte wie die Goldkörner durch den Sand des Meeresufers, entsagen müssen, so wäre ihr Schmerz groß und herzzerreißend gewesen.

Sooft sie ihre Wohnung verließ, um sich in das Atelier zu begeben, wurde sie stets von großer Freude erfaßt, sie fühlte sich erleichtert und erheitert. Noch rascher schlug aber ihr Herz, wenn sie am Hause Oliviers auf den Knopf der elektrischen Klingel drückte, und niemals berührte ihr Fuß flüchtiger einen Teppich, als wenn sie diese Treppe emporeilte.

Zuweilen war Bertin nervös, häufig auch gereizt.

Als die Gräfin eines Tages wieder eintrat, begann er nicht wie sonst zu malen, sondern setzte sich neben sie und sagte:

„Nun können Sie bereits sehen, Madame, daß die Sache kein Scherz ist und ich Sie wahnsinnig liebe."

Die Gräfin erschrak, und als sie merkte, daß die gefürchtete entscheidende Wendung eingetreten war, wollte sie ihn unterbrechen; Bertin schenkte ihr aber kein Gehör. Die Flut der Gefühle sprengte alle Fesseln, und zwischen Furcht, Angst und Zittern mußte sie ihn anhören. Lange sprach der Maler, doch begehrte er nichts. Er sprach voll trauriger Zärtlichkeit, mit verzweiflungsvoller Ergebung, während er die Hände der Gräfin, die sie ihm ohne Widerstreben überließ, in den seinen hielt. Schließlich kniete er vor ihr nieder, noch bevor sie dessen gewahr wurde, und flehte wirren Blickes, sie möge ihm keinen Schmerz bereiten! Was für einen Schmerz? Die Gräfin verstand es nicht und suchte es auch nicht zu verstehen. Auch sie wurde von einem grausamen Schmerz gepeinigt, da sie ihren Freund leiden sah; doch dieser Schmerz grenzte an Seligkeit. Plötzlich aber sah sie Tränen in den Augen ihres Freundes, was sie so bewegte, daß sie mit dem Ausruf „Oh!" bereit gewesen wäre, ihn gleich einem weinenden Kind in ihre Arme zu schließen. Olivier wiederholte indessen leise, daß es ihr Herz rührte:

„Sehen Sie, sehen Sie, wie sehr ich leide!"

Beim Anblick solchen Kummers und dieser Tränen brach die Gräfin selbst in Schluchzen aus und streckte ihm die bebenden Arme entgegen.

Doch als der Mann sie in seine Arme schloß und seine leidenschaftlichen Küsse auf ihren Lippen brannten, begann sie zu schreien, sich zu wehren und wollte ihn zurückstoßen; doch war es vergebens. Sie fühlte sofort, daß sie verloren sei, denn widerstrebend willigte sie ein, kämpfend ergab sie sich, und während sie ihn an sich drückte, rief sie fortwährend aus:

„Nein, nein, ich will nicht!"

Verwirrt, niedergeschmettert blieb sie sitzen, das Gesicht in beide Hände vergraben; dann sprang sie mit einem Mal empor, stülpte den zur Erde gerollten Hut auf den Kopf, und ohne auf Olivier zu achten, der sie flehend am Kleid zurückzuhalten suchte, floh sie aus dem Raum.

Auf der Straße angelangt, hätte sie sich am liebsten auf den Rand des Bürgersteigs niedergesetzt, so gebrochen fühlte sie sich, und ihre Füße zitterten. Sie winkte einem vorbeirollenden Mietwagen, und nachdem sie dem Kutscher zugerufen hatte: „Fahren Sie langsam und wohin Sie wollen!", sprang sie in den Wagen, drehte ein Fenster herunter, und sich in eine Ecke schmiegend, ließ sie ihren Gedanken freien Lauf.

Eine Weile vernahm sie bloß das Rollen der Wagenräder. Leer starrte sie vor sich hin, schaute die Häuser, die Fußgänger, die Omnibusse und sonstigen Fuhrwerke an, sah aber eigentlich gar nichts davon. Sie dachte auch an nichts, als hätte sie sich eine Frist gegönnt, bevor sie daran zu denken wagte, was ihr widerfahren war.

Nach kurzer Zeit hatte sie ihre Gedanken gesammelt und ihren Mut wiedergefunden, und die ersten Worte, die sich ihr auf die Lippen drängten, waren: „Nun bin ich eine gefallene Frau." Einige Minuten war sie von Entsetzen erfaßt und sich deutlich bewußt, daß sie von einem nicht wieder gutzumachenden Un-

glück betroffen worden war; sie war entsetzt wie ein Mensch, der vom Dach gestürzt ist und sich nicht zu rühren wagt, denn er fühlt, daß seine Füße gebrochen sind, doch will er selbst es noch nicht glauben.

Statt des wahnsinnigen Schmerzes, den sie erwartete und befürchtete, blieb ihr Herz trotz der verhängnisvollen Wendung still und ruhig; gelassen pochte es auch nach der Erschütterung, der ihre Seele zum Opfer gefallen war, und schien an der Verwirrung auch nicht den geringsten Anteil zu nehmen.

Laut wiederholte sie mehrmals, als hätte sie es hören und sich davon überzeugen wollen: „Nun bin ich eine gefallene Frau."

Doch erweckte diese Klage ihres Gewissens nicht den leisesten Widerhall in ihrem Herzen.

Eine Weile ließ sie sich von dem Schaukeln der Wagenfedern wiegen, wobei sie fortwährend darüber nachdachte, was sie in ihrer quälenden Lage anfangen solle. Nein, sie litt nicht. Sie fürchtete nachzudenken, zu klarem Bewußtsein zu erwachen, zu argumentieren und zu begreifen, das war das Ganze. Doch meinte sie in ihrem unklaren, undurchsichtigen Seelenzustand, den der fortwährende Kampf gegen ihre Wünsche und Neigungen in ihr erzeugte, eine eigenartige Ruhe zu finden.

In dieser unnatürlichen Ruhe verharrte sie ungefähr eine halbe Stunde. Schließlich erkannte sie, daß sie vergebens irgendwelche Verzweiflung erwartete, und so raffte sie sich gewaltsam aus dieser Betäubung auf und murmelte: „Merkwürdig, ich empfinde fast gar keinen Kummer!"

Dann machte sie sich wieder Vorwürfe. Sie zürnte sich selbst wegen ihrer Verblendung und ihrer Schwäche. Weshalb hatte sie nicht vorausgesehen, was eingetreten war? Weshalb hatte sie nicht gesehen, daß die Stunde des Kampfes einmal schlagen müsse, da ihr der Mann doch so gut gefiel, um ihm gegenüber schwach zu werden? Wird doch bisweilen selbst das rechtschaffenste Herz mit Sturmesgewalt von der Begierde erfaßt und der Wille wie ein Strohhalm geknickt!

So zankte und eiferte sie mit sich selbst, und schließlich fragte sie sich voll Entsetzen: „Was soll daraus werden?"

Ihr erster Gedanke war, jeden Verkehr mit dem Maler aufzugeben und ihn nie wiederzusehen.

Doch kaum war dieser Gedanke in ihrem Geist aufgetaucht, da wandten sich schon tausend Gründe gegen ihn.

Auf welche Weise sollte sie ein solches Abbrechen erklären? Was sollte sie ihrem Gatten sagen? Würde man nicht bald den wahren Beweggrund herausfinden, der sie dem allgemeinen Gerede preisgeben würde?

Wäre es nicht besser, unter Wahrung des Scheins Olivier Bertin gegenüber die Gleichgültige zu spielen und, Vergessen heuchelnd, ihm zu zeigen, daß sie jenen verhängnisvollen Augenblick aus ihrer Erinnerung und aus ihrem Leben gestrichen habe?

Wird sie aber dessen fähig sein? Wird sie genügend Mut besitzen, um dem Mann, dessen Leidenschaft sie teilt, mit zürnen-

331

dem Staunen ins Auge zu blicken und ihn zu fragen: „Was wollen Sie von mir?"

Lange dachte sie darüber nach, um endlich zu der Überzeugung zu gelangen, daß es keinen besseren Ausweg gäbe.

Am folgenden Tag wird sie zu ihm gehen und ihm unerschrocken mitteilen, was sie von ihm fordert. Sie wird verlangen, daß er sie niemals, auch nicht mit einem Wort, einem Blick oder einer Anspielung, an ihre Schmach erinnert.

Als vernünftiger und intelligenter Mann wird auch er einsehen, sobald sich sein Leid besänftigt hat – denn leiden wird er – daß er in Zukunft für sie das bleiben müsse, was er bisher gewesen ist.

Nachdem sie zu diesem Entschluß gelangt war, nannte sie dem Kutscher ihre Adresse und fuhr nach Hause. Die tiefste Niedergeschlagenheit hatte sich ihrer bemächtigt; sie verlangte nichts weiter, als zu Bett zu gehen, niemanden zu sehen und zu vergessen. In ihrem Zimmer eingeschlossen, lag sie bis zum Abendessen in völliger geistiger Betäubung auf dem Sofa, nur um jenen gefährlichen Gedanken nicht länger nachhängen zu müssen.

Zur gewohnten Stunde begab sie sich in den Speisesaal und war selbst erstaunt über die Ruhe, mit der sie ihren Gatten empfing. Dieser kam mit seiner kleinen Tochter auf dem Arm herein. Die Gräfin reichte ihm die Hand und küßte ihre Tochter, ohne dabei die geringste Befangenheit zu empfinden.

Ihr Gatte erkundigte sich, womit sie den Nachmittag verbracht habe, worauf sie mit größter Ruhe zur Antwort gab, daß sie auch heute wie gewöhnlich dem Maler gesessen sei.

„Wird das Bild schön?" fragte Guilleroy.

„Es verspricht ausgezeichnet zu werden."

Auch heute sprach der Graf über seinen Lieblingsstoff während des Essens. Er berichtete über die Vorgänge im Abgeordnetenhaus und über die Debatte, die der Gesetzentwurf gegen die Verfälschung der Lebensmittel erregt hatte.

Dieses Geplauder, das sie sonst wenig anfochte, regte die Gräfin heute merkwürdig auf und veranlaßte sie, diesen gewöhnlichen, wortreichen Menschen, dem derartige Dinge von Interesse waren, einer eingehenden Betrachtung zu unterziehen. Dabei hörte sie ihm lächelnd zu und antwortete auch in liebenswürdigem Ton, ja, benahm sich diesen Banalitäten gegenüber sogar zuvorkommender, als es gewöhnlich der Fall war.

„Ich habe ihn betrogen", sagte sie sich, während sie ihn so betrachtete. „Er ist mein Gatte, und ich habe ihn betrogen. Das ist sehr merkwürdig; doch was geschehen ist, kann nicht ungeschehen gemacht werden. Ich habe die Augen geschlossen. Einen Augenblick gestattete ich, daß mich ein Mann küßte, und nun bin ich keine rechtschaffene Frau mehr. Während dieser wenigen Minuten, die sich nicht verwischen lassen, habe ich mich jenes schändlichen Vergehens schuldig gemacht, wie es für eine Frau kein schändlicheres geben kann . . . und all das bringt mich nicht zur Verzweiflung. Wenn mir gestern jemand dies gesagt hätte, so hätte ich es einfach nicht geglaubt. Und hätte man es als geschehen hingestellt, so hätte ich gedacht, es würde mir die entsetzlichsten Gewissensqualen bereiten. Und nun empfinde ich gar keine Gewissensbisse!"

Nach dem Abendessen verließ der Graf das Haus.

Nun nahm die Gräfin ihre Tochter in die Arme und küßte sie weinend. Sie vergoß aufrichtige Tränen – Tränen des Gewissens, nicht des Herzens.

Während der ganzen Nacht schloß sie kein Auge. Im Dunkel der Nacht wälzte sie sich auf ihrem Lager hin und her und zermarterte sich ihr Gehirn über die Gefahr, in die das Benehmen des Malers sie stürzen könnte. Sie begann, sich vor der Begegnung des nächsten Tages zu fürchten, ebenso vor dem, was sie Bertin ins Gesicht sagen mußte.

Früh verließ sie ihre Schlafstätte, doch lag sie während des ganzen Vormittags auf dem Sofa und zerbrach sich den Kopf darüber, was sie zu fürchten, was sie zu antworten habe und auf welche Fälle sie vorbereitet sein müsse.

Früher als sonst machte sie sich auf den Weg, damit sie auch unterwegs Zeit zum Nachdenken habe.

Bertin erwartete den Besuch der Gräfin nicht und dachte seit dem Vorabend nach, wie er sich ihr gegenüber verhalten sollte.

Nach dem fluchtartigen Weggehen der jungen Frau, der er den Weg nicht zu verstellen gewagt hatte, war er allein geblieben, und obgleich sie das Haus längst verlassen, vernahm er noch das Geräusch ihrer Schritte, das Rauschen ihres Kleides und das Krachen der von bebender Hand zugeschmetterten Tür.

333

Von einem leidenschaftlichen, heißen Glücksgefühl erfüllt, blieb er aufrecht stehen. Er hatte sie erobert. War es denn möglich, daß sich dies zwischen ihnen ereignet hatte? Nach dieser durch den Triumph verursachten Überraschung begann er sich erst an ihm zu berauschen, und um ihn besser genießen zu können, setzte er sich und streckte sich dann auf der Stelle aus, wo er sie in seinen Armen gehalten hatte.

Lange verharrte er in dieser Lage, von dem Gedanken erfüllt, daß die Gräfin seine Geliebte sei und daß zwischen ihm und jener Frau, nach der er so brennendes Verlangen getragen, binnen weniger Minuten jenes geheimnisvolle Band geknüpft worden war, das zwei Wesen auf immer aneinanderkettet. In jeder Faser seines noch vibrierenden Körpers empfand er die machtvolle Erinnerung jenes kurzen Augenblicks, da sich ihre Lippen berührten und ineinander verschmolzen und beide von dem Schauer, der Leben spendet, erfaßt wurden. An jenem Abend blieb er daheim, um seinen Gedanken ungestört nachhängen zu können; er ging früh zu Bett und zitterte vor Seligkeit.

Als er am nächsten Morgen erwachte, war sein erster Gedanke, was er tun solle. Einer Kokotte oder Schauspielerin hätte er Blumen oder Schmucksachen geschickt; diese Situation aber war neu und verwirrte ihn.

„Kein Zweifel, ich muß ihr schreiben. Aber was?" dachte er. Er begann zu schreiben, strich wieder aus, zerriß wohl zwanzig Briefe und begann neue zu schreiben, fand aber einen jeden geschmacklos, beleidigend und lächerlich.

Gern hätte er in feinen, zarten Worten dem grenzenlosen Dank seiner Seele, seiner leidenschaftlichen Begeisterung, seiner unendlichen Liebe und Ergebenheit Ausdruck verliehen; aber leider fielen ihm nichts als abgedroschene, alltägliche, herbe oder kindische Phrasen ein.

Er gab seine Absicht auf und beschloß, persönlich zur Gräfin zu gehen, sobald die Stunde, in der sie zu ihm zu kommen pflegte, verstrichen sei; denn er glaubte nicht, daß die Gräfin kommen würde.

Er schloß sich in sein Atelier ein und schwelgte im Anblick des Bildes; seine Lippen dürsteten danach, die Leinwand zu küssen, auf der sie verewigt war, und von Zeit zu Zeit schaute er durch das Fenster auf die Straße hinab. Sooft ein weibliches

Kleid in seinem Gesichtskreis auftauchte, begann sein Herz rascher zu schlagen. Wohl zwanzigmal meinte er, sie sei es, und wenn dann die betreffende Dame weiterschritt, mußte er sich immer für einen Augenblick niedersetzen, um sich von seiner Enttäuschung zu erholen.

Plötzlich erblickte er sie, doch wollte er seinen Augen nicht trauen; er nahm daher sein Fernrohr zur Hand, und nachdem er sich Sicherheit verschafft hatte, wurde er von einer solchen Aufregung erfaßt, daß er auf einen Stuhl sank und wartete.

Als die Gräfin eintrat, fiel er vor ihr auf die Knie und wollte ihre Hand erfassen; sie aber zog die Hand hastig zurück, und während sie den Knienden mit dem Ausdruck der Verzweiflung im Gesicht vor sich sah, sprach sie hochmütig:

,,Was tun Sie, mein Herr? Ich verstehe dieses Betragen nicht!"

,,Oh, Madame, ich flehe Sie an . . ." stotterte Bertin.

Aber die Gräfin unterbrach ihn rauh:

,,Stehen Sie auf, Sie machen sich ja lächerlich!"

Verwirrt richtete sich der Maler auf und murmelte:

,,Behandeln Sie mich nicht so . . . ich liebe Sie!"

Nun gab ihm die Gräfin mit einigen kurzen, trockenen Worten ihren Willen kund, um die Situation zu klären.

,,Ich begreife nicht, was Sie damit sagen wollen! Sprechen Sie mir nicht von Liebe, sonst verlasse ich Ihr Atelier und kehre niemals wieder zurück. Und wenn Sie diese Bedingung auch nur ein einziges Mal außer acht lassen, so werden Sie mich nie wiedersehen!"

Bertin war wegen dieser unerwarteten Kälte ganz entsetzt; er starrte vor sich hin, dann aber wurde ihm die Sachlage bewußt, und er erwiderte:

,,Ich werde gehorchen, meine Gnädigste!"

,,Sehr schön!" erwiderte die Gräfin. ,,Das habe ich auch von Ihnen erwartet! Und nun zur Arbeit; es wäre bereits an der Zeit, das Bild zu vollenden!"

Bertin nahm seine Palette zur Hand und begann zu malen; doch seine Hand zitterte, seine tränenfeuchten Augen schauten, ohne etwas zu sehen, und sein Herz krampfte sich so zusammen, daß er beinahe zu weinen begann.

Er hätte gern geplaudert, doch gab ihm die Gräfin kaum Antwort. Einmal versuchte er, ihr ein Kompliment wegen ihrer

Gesichtsfarbe zu machen, doch unterbrach sie ihn so schroff, daß seine Liebe sich augenblicklich in Haß verwandelte. Er erbebte am ganzen Körper, seine Nerven spannten sich, und ohne jeden Übergang begann er, sie zu verabscheuen.

„Ja, ja, so sind die Frauen!" sagte er sich im stillen. „Schlau, veränderlich, unbeständig und schwach wie alle Frauen ist sie auch. Kein Unterschied zwischen ihr und den anderen. Mit den Künsten eines leichtfertigen Weibes hat sie mich an sich gelockt, betört, ohne selbst mir etwas gegeben zu haben; sie reizte mich, um mich dann zurückzustoßen, wandte alle Kunstgriffe einer feigen Kokette an, legte aber sofort andere Farben auf, als sie merkte, daß sie in mir, den sie am Narrenseil geführt, wahnsinnige Begierden erweckt hatte . . . Um so schlimmer für sie. Ich habe sie geküßt, und diesen Kuß kann sie nicht von ihrem Antlitz wischen; sie kann sich also in kein hochmütiges Schweigen hüllen, während ich sie vergessen werde. Wirklich, es wäre eine nette Dummheit gewesen, wenn ich mir eine solche Geliebte, die mit den spitzen Zähnen ihrer Launen an meinem Leben genagt hätte, auf den Hals geladen hätte . . ."

Er bekam Lust, ein bekanntes Lied zu pfeifen, wie er das in Gegenwart seiner Modelle zu tun pflegte. Da seine Nervosität und Niedergeschlagenheit aber mit jeder Minute zunahmen, fürchtete er, irgendeine Dummheit zu begehen, und darum unterbrach er unter dem Vorwand, eine wichtige Besprechung zu haben, die Sitzung. Als sie sich verabschiedeten, waren beide überzeugt, daß sie an diesem Tag durch eine breitere Kluft voneinander getrennt waren als an jenem Abend, da sie sich zum ersten Mal bei der Herzogin von Mortemain gesehen hatten.

Nachdem die Gräfin gegangen war, nahm Olivier Hut und Mantel und verließ das Haus. Die fahle Sonne sandte von dem mit einem grauen Nebelschleier überzogenen Himmel ein trauriges, düsteres Licht auf die Stadt.

Schnell und hastig wanderte der Maler lange Zeit durch die Straßen, wobei er die Vorübergehenden anstieß, denen er nicht ausweichen wollte. Dabei besänftigte sich sein Zorn gegen die Gräfin und wich einer Empfindung von Trauer und Trostlosigkeit. Er wiederholte im stillen all die Vorwürfe, die er ihr gemacht hatte, und erinnerte sich beim Anblick der vorübergehenden Frauen, wie schön und verführerisch sie war. Gleich vielen anderen, die es sich nicht eingestehen wollen, hatte auch er auf irgendein unmögliches Sich-einander-Finden gewartet, auf eine unvergleichliche, seltene, poetische und leidenschaftliche Liebe, von der unser Herz träumt. Hatte er sie nicht in dieser Frau gefunden? Sollte nicht sie es sein, die ihm diese fast unerreichbare Seligkeit gewähren konnte? Weshalb war all dies nicht in Erfüllung gegangen? Weshalb kann der Mensch nicht all das erfassen, was er sucht, wonach er jagt? Oder weshalb kann er bloß einiger Splitter habhaft werden, die diese Jagd nach Täuschungen nur um so schmerzlicher empfinden lassen . . .?

Er zürnte der jungen Frau nicht mehr, sondern dem Schicksal selbst. Weshalb sollte er ihr auch noch zürnen, nachdem er ruhiger geworden war? Welchen Vorwurf könnte er denn gegen sie erheben? Vielleicht, daß sie reizend sei und zu ihm freundlich und gütig war, während er sich ihr gegenüber wie ein Übeltäter benahm?

Traurig kehrte er nach Hause zurück. Am liebsten hätte er sie um Verzeihung gebeten, sich ihr ganz gewidmet, mit ihr die Vergangenheit vergessen. Er dachte also darüber nach, auf welche Weise er ihr zeigen könne, daß er von nun an, sein ganzes Leben hindurch, bis zum Grabe gehorsam sein werde und ihr jeden Wunsch erfülle.

Am nächsten Tag erschien die Gräfin in Begleitung ihrer kleinen Tochter. Ihr Gesicht zeigte ein so melancholisches Lächeln, einen so bekümmerten Ausdruck, daß der Maler in den blauen Augen, die bisher so heiter gewesen, den ganzen Kummer, alle Gewissensbisse und Verzweiflung des weiblichen Herzens zu sehen meinte. Dieser Anblick bewegte ihn tief, und um die junge Frau ihren Kummer vergessen zu lassen, trat er ihr mit rücksichtsvoller Zurückhaltung und mit der zartesten Zuvorkommenheit entgegen, der die Gräfin mit Güte und der matten, gebrochenen Haltung des leidenden Weibes begegnete.

Als Bertin dies sah, hatte er das unwiderstehliche Verlangen, von ihr geliebt zu werden. Er grübelte darüber nach, wie es denn möglich sei, daß ihm die Gräfin nicht noch mehr zürne, und wie sie es fertigbringe, mit der Erinnerung in ihrem Herzen noch hierherzukommen, ihm Gehör zu schenken und Antwort zu geben.

Wenn diese Frau es über sich bringt, ihn wiederzusehen, seine Stimme wieder zu hören und in seiner Gegenwart den einzigen Gedanken, der sie unablässig verfolgen muß, zu ertragen vermag, so kann dieser Gedanke für sie nicht mehr unerträglich sein. Wenn die Frau den Mann haßt, der gegen sie Gewalt anwandte, so kann sie nicht mehr mit ihm zusammentreffen, ohne daß ihr Haß sich steigern und zum Ausbruch kommen wird. Aber auch gleichgültig kann sie nicht bleiben; entweder sie verachtet ihn oder sie verzeiht ihm. Und wenn sie ihm verzeiht, so ist sie nicht mehr weit davon, ihn zu lieben.

Zu diesen klaren und zweifelsfreien Schlüssen gelangte der

Maler, während er an dem Bild gemächlich weiterarbeitete, dabei heiter, stark und unbefangen blieb und sich als Herr der Situation fühlte.

Er brauchte nichts zu tun; nur geduldig und dienstbereit sollte er sein, und eines Tages wird er sie dann erobern.

Er verstand zu warten. Auch er besaß seine kleinen Vorteile, mit denen er die Gräfin zu beruhigen und ihre Achtung zurückzugewinnen vermochte. Es fiel ihm nicht schwer, unter dem Deckmantel der Gewissensbisse seine Liebe zu offenbaren und bei aller höflichen Zuvorkommenheit den Gleichgültigen zu spielen. In dem sicheren Bewußtsein, daß die Stunde seines Glücks früher oder später schlagen müsse, bereitete es ihm förmlich Genuß, die Sache nicht zu beschleunigen, und wenn er die Gräfin mit ihrer Tochter kommen sah, dachte er sich stets, daß sich die Ärmste fürchte.

Er fühlte, daß sie wieder langsam einander näher kamen, und daß der Blick der Gräfin etwas Fremdartiges, etwas Verwirrtes, schmerzlich Süßes ausdrückte, das den Seelenkampf, das Erlahmen der Willenskraft verriet.

Mit der Zeit beruhigte das zurückhaltende Benehmen Bertins die Gräfin, und sie begann wieder allein zu kommen. Nun behandelte sie der Maler als Freundin, als Kameradin, und sprach mit ihr über seine Lebensweise, seine Pläne, über seine Kunst, als wären sie Geschwister.

Diese Unbefangenheit führte die Gräfin irre. Sie ergriff die Rolle der Ratgeberin mit Freuden, da es ihr schmeichelte, anders als die übrigen Frauen behandelt zu werden; innerlich war sie überzeugt, daß diese geistige Vertrautheit seinen Geschmack läutern werde. Selbstverständlich ordnete er sich den Ratschlägen der Gräfin unter, und damit bestärkte er nur noch ihren Glauben, daß sie seine berufene Beraterin sei und er seine Begeisterung nur ihr zu verdanken habe. Das Bewußtsein, einen solchen Einfluß auf den großen Künstler auszuüben, wirkte äußerst wohltuend auf die Gräfin, und allmählich befreundete sie sich mit dem Gedanken, daß sie von dem Maler geliebt werde und daß dies seine Werke beeinflusse.

Eines Abends plauderten sie lange über die Geliebten der großen Künstler, und . . . die Gräfin sank in die Arme Bertins. Dort blieb sie still ruhen, versuchte nicht zu fliehen und erwiderte seine heißen und stürmischen Küsse.

Von da an empfand sie keine Gewissensbisse mehr, dafür aber das Gefühl eines Verlustes, und um die Vorwürfe des nüchternen Verstandes zu beruhigen, begann sie an ein Verhängnis zu glauben. Ihr reines jungfräuliches Herz und ihr unbefriedigtes Seelenleben zogen sie unwiderstehlich zu Bertin; die langsam wirkende Herrschaft der Liebkosungen besiegte ihr Herz, und sie ging auf in ihm mit der ganzen Innigkeit zärtlich veranlagter Frauen, die zum erstenmal lieben.

Bei dem Mann stellte sich der Wechsel der sinnlichen und poetischen Liebe mit vollem Nachdruck ein. Zuweilen schien es ihm, als fliege er und als könne er sich mit ausgebreiteten Armen an den beflügelten, wonnevollen Traum klammern, der stets über unseren Hoffnungen schwebt.

Er vollendete das Bild der Gräfin, welches das beste von allen war, die er je geschaffen hatte, denn hier bot sich ihm die Gelegenheit, jenes Unerklärliche zu sehen und zu beobachten, worin sich die Seele widerspiegelt und unbemerkt über das Gesicht gleitet, wie es selbst der gewandteste Maler niemals oder nur sehr selten zu erfassen vermag.

Monate vergingen und dann Jahre, und die zwischen der Gräfin von Guilleroy und Olivier Bertin bestehenden Bande waren kaum gelockert. Zwar schwellte die Begeisterung nicht mehr wie in der ersten Zeit die Brust des Malers; dagegen war sie einer ruhigen, tiefen Empfindung gewichen, einer Art liebender Freundschaft, die zur Gewohnheit wurde.

Bei der Gräfin dagegen steigerte sich mit jedem Tag die leidenschaftliche Anhänglichkeit, die trotzige Zuneigung, welche jenen Frauen eigen ist, die, wenn sie sich einem Mann einmal zu eigen gegeben, dies rückhaltlos und für alle Zeiten tun. Sie widmen sich vollkommen ihrer einzigen Liebe, und nichts vermag sie darin zu erschüttern.

Nicht nur, daß sie den Geliebten lieben, sondern sie w o l l e n ihn auch lieben, und indem sie den Blick unverwandt auf ihn gerichtet halten, füllt dies ihre Gedanken dermaßen aus, daß sie nichts Fremdes herandrängen kann. In vorgefaßter Absicht verfügen sie über ihr Leben, wie der Mensch, der des Schwimmens kundig ist, seine Hände zusammenbindet, wenn er von der Brücke in das Wasser springt, um zu sterben.

Von dem Augenblick, da sich die Gräfin hingegeben, begann sie an der Beständigkeit Olivier Bertins zu zweifeln. Dieser wurde ihrer Meinung nach durch nichts anderes gefesselt als durch seinen männlichen Willen, seine Laune und den flüchtigen Gefallen, den er an der Frau fand, mit der er eines Tages zufällig zusammengetroffen war. Sie stellte sich den Maler, der ohne Pflichten, Gewohnheiten und Gewissen lebte, als ebenso frei und leicht zu erobern vor wie jeden anderen Mann. Er war ein schöner, gefeierter, berühmter, gesuchter Mann, dem zur Befriedigung seiner leicht zu erweckenden Begierde jede vornehme Dame, deren Liebe nicht unnahbar war, und jede Halbweltdame oder Schauspielerin, die ihre Gunst einem Mann wie Bertin ohne Zögern zuwenden würde, zu Gebote stand. Sie beobachtete jede seiner Bewegungen, jede seiner Handlungen. Ein Blick, ein Wort von ihm vermochte sie ganz außer Fassung zu bringen. Sie war entsetzt, wenn Olivier eine andere Frau bewunderte, wenn er ein schönes Gesicht oder eine schöne Gestalt lobte. Seine Handlungen, die sie nicht kannte, bereiteten ihr Furcht, und was ihr von denselben bekannt wurde, vermehrte dieses Gefühl noch. Bei jeder neuen Zusammenkunft konnte sie ihn, ohne daß er dies merkte, durch gewandte Fragen veranlassen, ihr alles zu berichten, wo er gewesen sei, welche Meinung er über die Personen habe, mit denen er zusammen gewesen war, und welchen Eindruck sie bei ihm hinterlassen hätten. Sobald sie glaubte, daß jemand einen tieferen Eindruck auf ihn gemacht hatte, verstand sie es, sofort mit bewunderungswürdiger List und zahllosen Hilfsmitteln gegen die betreffende Person anzukämpfen.

Mehr als einmal ertappte sie ihren Freund bei kurzen, jeder tieferen Grundlage entbehrenden Liebesabenteuern, wie solche von Zeit zu Zeit in dem Leben eines jeden Künstlers vorkommen. Die Gräfin besaß sozusagen ein Vorgefühl für die Gefahr, noch ehe sie genauere Kenntnis über ein neues Abenteuer Oliviers erhalten hatte; denn der Mann, den eine neue Schwärmerei oder Gefahr reizt, verrät sich durch seinen feierlichen Gesichtsausdruck und sein Augenspiel.

In solchen Zeiten litt sie sehr; Zweifel und Eifersucht raubten ihr den Schlaf. Um ihn zu überraschen, fand sie sich unerwartet bei ihm ein, stellte unbefangene, scheinbar naive Fragen an ihn, horchte ihn aus und suchte seine Gedanken zu erraten.

Wenn sie dann allein war, vergoß sie heiße Tränen, da sie überzeugt war, daß man sie diesmal der Liebe berauben werde, an der sie mit solcher Innigkeit hing; denn in ihrer Liebe schlossen sich für sie alle Hoffnungen, Freuden und Träumereien ein.

Und wenn nach einer solchen flüchtigen Abschweifung der Freund zu ihr zurückkehrte, erfüllte diese neue Huldigung sie mit solch tiefer, stummer Seligkeit, daß sie am liebsten vor dem Altar des Herrn auf die Knie gesunken wäre, um dem Allmächtigen zu danken.

Das Bestreben, ihm besser als jede andere zu gefallen und ihn von jeder anderen Frau fernzuhalten, nahm sie derart in Anspruch, daß ihr ganzes Leben eine einzige Verkettung koketter Künste war. Mit ihrer Schönheit, Eleganz und Anmut kämpfte sie um und für ihn. Sie wollte, daß man überall, wo Bertin von ihr sprechen hörte, ihre reizende Erscheinung, ihren Geist und ihre Kleidung loben solle. Seinethalben wollte sie auch anderen gefallen, und nur um ihn stolz und eifersüchtig zu machen, trachtete sie, auch andere zu erobern. Sooft sie bemerkte, daß er eifersüchtig sei, ließ sie ihn ein wenig leiden; dann aber bereitete sie ihm einen Triumph, der seiner Eitelkeit schmeichelte und seine Liebe von neuem anfachte.

Da sie aber wußte, daß der Mann in der Gesellschaft stets mit einer Frau zusammentreffen konnte, die vielleicht eine größere Anziehungskraft ausübte als sie selbst, nahm sie zu anderen Mitteln ihre Zuflucht. Sie schmeichelte ihm und verwöhnte ihn in jeder Richtung hin, indem sie ihn fortwährend, allerdings in bescheidener Weise, mit Lobeshymnen überhäufte. Sie erging sich stets in Äußerungen der Anerkennung und Bewunderung, so daß dem Maler bei anderen die Freundschaft, ja sogar die Liebe, immer ein wenig kalt und unvollkommen erschien und er schließlich zu der Erkenntnis gelangte, wenn andere ihn auch liebten, ihn doch niemand so gut verstehen könne wie die Gräfin von Guilleroy.

Sie verstand es vortrefflich, ihr Haus und ihren Salon, den Bertin häufig besuchte, mit einem anmutigen Zauber zu erfüllen, daß ihn sein Künstlerstolz nicht weniger hinzog als sein Herz; hierher kam er am liebsten, denn hier gingen seine Wünsche am vollständigsten in Erfüllung.

Die Gräfin trachtete nicht bloß danach, alle Neigungen und Geschmacksrichtungen ihres Freundes zu erraten, um ihm ihr Haus heimisch zu machen, sie übte auch die seltene Kunst aus, in ihrem Freund neue Neigungen zu wecken, seiner Feinschmeckerei in materieller und sinnlicher Hinsicht gleicherweise zu huldigen und ihn zum Mittelpunkt der Liebe und Aufmerksamkeit zu machen. Sie war bemüht, seine Augen durch Eleganz, seinen Geruchsinn durch Wohlgerüche, seine Ohren durch Lobsprüche und seinen Gaumen durch auserlesene Genüsse zu bestechen.

Aber nachdem sie diese egoistischen Junggeselleneigenschaften in seinem Herzen und Gemüt befestigt, seinen zahllosen kleinen tyrannischen Launen gehuldigt hatte, und als sie sicher war, daß keine Mätresse der Welt derart für ihn sorgen und ihm solche Freuden gewähren würde wie sie, wurde sie miteinemmal von Schrecken erfaßt; denn sie machte die Wahrnehmung, daß ihr Freund seines eigenen Heims überdrüssig wurde und zu klagen begann, daß er einsam leben müsse, daß er sie nicht anders und nicht häufiger besuchen könne, als es die gesellschaftlichen Anstandsregeln gestatteten, und daß er demnach gezwungen sei, im Klub und an anderen Orten Zerstreuung zu suchen, um sich Linderung zu verschaffen. Sie erschrak, denn sie fürchtete, daß ihr Freund auf den Gedanken kommen könne, zu heiraten.

An manchen Tagen litt sie so sehr unter diesen Befürchtungen, daß sie gern schon alt gewesen wäre, um diesen Qualen zu entgehen und sich mit den ruhigen, gelassenen Gefühlen der Freundschaft zu begnügen.

Seitdem waren Jahre vergangen, ohne daß eine Trennung des liebenden Paares stattgefunden hätte. Diese Kette, die sie miteinander verband, war stark, und sobald sich einzelne Glieder lockern wollten, wurden sie von der Gräfin sofort wieder gefestigt. Da sie aber unablässig von Eifersucht gequält wurde, beobachtete sie mit wachsamem Auge die Herzensneigungen des Malers, wie man ein Kind zu bewachen pflegt, das zwischen vielen Fahrzeugen eine breite Straße überqueren muß; und täglich zitterte sie vor einem unvorhergesehenen Ereignis, das gleich einem Damoklesschwert über ihrem Haupte hing.

Der Graf, der niemals eifersüchtig gewesen war, fand den vertrauten Umgang zwischen seiner Gattin und dem berühmten Künstler, der überall gern und mit Ehren aufgenommen wurde, ganz natürlich. Infolge des häufigen Zusammentreffens gewöhnten sich die beiden Männer schließlich so aneinander. daß eine aufrichtige Zuneigung zwischen ihnen entstand.

2

Als sich Bertin am Freitagabend bei seiner Freundin zum Essen einfand, mit dem das gräfliche Ehepaar die Heimkehr der Komtesse Annette feierte, traf er in dem im Stil Ludwigs XV. eingerichteten Salon bloß Herrn von Musadieu an, der soeben gekommen war.

Es war ein sehr verständiger alter Herr, aus dem vielleicht ein großer Mann hätte werden können, und der sich niemals darüber trösten konnte, daß er es nicht geworden war.

Als ehemaliger Direktor der kaiserlichen Museen hatte er es seinerzeit durchgesetzt, daß er unter der Republik zum Aufseher der schönen Künste ernannt wurde, was ihn aber nicht daran hinderte, ein Freund der Fürsten und Fürstinnen, sowie der gesamten Aristokratie Europas zu sein und der begeisterte Gönner der verschiedensten Künstler.

Von Natur aus mit lebhaftem Geist und scharfem Blick begabt, wußte er sich mit außerordentlicher Leichtigkeit auszudrücken und die gewöhnlichsten Dinge auf angenehme Weise vorzubringen. Seine vornehme Denkart machte ihn in der guten Gesellschaft heimisch; als geübter Diplomat erkannte er die Menschen auf den ersten Blick, und da er sich täglich in einem anderen Salon bewegte, gewannen seine Kenntnisse und sein Scharfblick immer mehr an Ausdehnung.

Er wußte in allem Bescheid. Er sprach über alles, auch das Alltägliche, mit klarer Sachkenntnis und einer Einfachheit, was ihn bei den Damen der vornehmen Kreise, denen er allerlei gelehrte Dienste leistete, zu einem sehr gesuchten Gesellschafter machte. In der Tat war ihm vieles geläufig, ohne daß er außer den unentbehrlichen Büchern etwas gelesen hatte; dabei stand er aber auf gutem Fuß mit den fünf Akademien, mit allen Gelehrten und Schriftstellern und den wissenschaftlichen Fachleuten, deren Vorlesungen er gewissenhaft besuchte. In seinen Vorträgen war wohlweislich keine Spur der langweiligen oder sich zu sehr in Einzelheiten verlierenden Erklärungen zu finden; dagegen prägte er sich die interessanten Stellen gut ein und machte so die wissenschaftlichen Bücher für seine Bekannten zu einer angenehmen Zerstreuung. Er ließ im Menschen den Eindruck eines Gedankenmagazins, eines großen Lagerraums, zurück, wo man niemals etwas Außerordentliches findet, wo aber stets allerlei wohlfeile und schmackhafte Dinge anzutreffen sind, die den verschiedenen Geschmacksrichtungen entsprechen, angefangen bei den Haushaltsgeräten bis zu den unterhaltenden mechanischen und chirurgischen Instrumenten.

Die Maler, mit denen er durch seine Berufstätigkeit in fortwährender Verbindung stand, fürchteten sich vor ihm und bewarben sich um seine Gunst. Im übrigen aber erwies er ihnen nicht zu unterschätzende Dienste; er ließ ihre Bilder verkaufen, brachte sie in Verbindung mit der vornehmen Gesellschaft, liebte es, sie vorzustellen, zu protegieren, in Mode zu bringen, mit einem von ihnen in vertrautem Verkehr zu stehen und dabei den Abend bei der Herzogin von Galles zu verbringen und das Frühstück mit Olivier Bertin oder einem anderen hervorragenden Künstler einzunehmen.

Bertin, der ihm gewogen war, fand, daß er ein kurzweiliger Patron sei, und pflegte die Bemerkung über ihn zu machen: „Das ist die in Eselshaut gebundene Enzyklopädie unseres Jules Verne."

Die beiden Herren reichten einander die Hände und begannen über Politik und die umlaufenden Kriegsgerüchte zu sprechen, welche Musadieu als sehr beunruhigend bezeichnete; denn es läge im Interesse Deutschlands, die Franzosen zu zermalmen und den von Bismarck seit achtzehn Jahren sehnlichst erwarteten Augenblick möglichst zu beschleunigen. Bertin legte dagegen in nicht anzuzweifelnden Beweisen dar, daß diese Besorgnisse bloß Hirngespinste seien; denn Deutschland würde nicht so töricht sein, seinen Sieg durch ein zweifelhaftes Abenteuer zu kompromittieren, und der Kanzler könne am Abend seines Lebens nicht so unbedacht sein, seinen ganzen Ruhm und seine Erfolge mit einem Schlag aufs Spiel zu setzen.

Herr von Musadieu schien indessen Dinge zu wissen, die er nicht verraten wollte. Übrigens ließ er durchschimmern, daß er an diesem Tag eine längere Unterredung mit einem der Minister und eine Begegnung mit Großfürst Wladimir hatte.

Der Künstler aber blieb beharrlich bei seiner Ansicht und bezweifelte mit ruhigem Spott die Verläßlichkeit der Nachrichten, die von den wohlunterrichteten Personen herrührten. Hinter dem ganzen Kriegsgeschrei steckten wohl nur Börsenspekulationen. Nur Bismarck könnte in dieser Beziehung eine entscheidende Äußerung abgeben; alles andere sei leeres Gerede.

Jetzt trat Herr von Guilleroy ein, schüttelte den Herren herzlich die Hand und entschuldigte sich mit überströmenden Worten, daß er sie hatte warten lassen.

„Und Sie, lieber Herr Abgeordneter", fragte der Maler, „was halten Sie denn von den sich überall in Umlauf befindlichen Kriegsgerüchten?"

Der Graf ereiferte sich förmlich bei der Beantwortung dieser Frage. Als Mitglied des Abgeordnetenhauses wußte er mehr als andere; doch teilte er nicht die Ansichten der Mehrzahl seiner Kollegen. Nein, er glaube nicht an die Möglichkeit eines nahen Konfliktes, außer er werde durch die französische Händelsucht und die Prahlereien der sogenannten Patriotenliga herbeigeführt. In großen Zügen schilderte er Bismarck, den er mit dem heiligen Simon verglich. Man wolle diesen Mann nicht verstehen, weil man die Denkweise anderer stets ihm unterschiebe. Und was hätten denn andere an seiner Stelle getan? Bismarck sei kein Lügner, kein hinterlistiger Diplomat, sondern ein aufrichtiger, rauher Staatsmann, der mit vollem Mund die Wahrheit hinausrufe und seine Absichten kundgebe. ‚Ich will den Frieden', sage er. Das sei wahr; er wolle den Frieden und nichts anderes als den Frieden. Dies bewiesen übereinstimmend seit achtzehn Jahren seine Taten, seine Rüstungen, Bündnisse und die Vereinigung der Nationen gegen die französische Leidenschaftlichkeit. Und im Ton innerster Überzeugung schloß Herr von Guilleroy seinen Vortrag folgendermaßen:

„Er ist ein großer Mann, ein sehr großer Mann, der die Ruhe will, diese aber nur durch Drohungen und Gewalttätigkeiten meint aufrechterhalten zu können. Mit einem Wort, meine Herren, ein großer Tyrann."

„Wer ein Ziel erreichen will, darf von den Mitteln, die zum Ziel führen, nicht zurückschrecken", erwiderte Musadieu. „Ich lasse mich gern belehren und schließe mich der Ansicht an, daß Bismarck den Frieden anstrebt; andererseits aber werden Sie zugeben, daß er, nur um den Frieden zu erhalten, in jeder Minute bereit ist, den Krieg zu erklären. Im übrigen ist dies eine außer Zweifel stehende phänomenale Wahrheit. Die Menschen führen nur Krieg, um Ruhe zu haben."

Jetzt meldete der Diener die Herzogin von Mortemain, und in der weitgeöffneten Flügeltür erschien eine hohe, stattliche Frauengestalt, die majestätischen Schritts in den Salon trat.

Herr von Guilleroy eilte ihr entgegen, küßte ihre Fingerspitzen und fragte:

„Wie befinden Sie sich, Herzogin?"

Die beiden anderen Herren grüßten mit ehrerbietiger Vertraulichkeit, denn die Herzogin war wohl ein wenig heftig, doch im übrigen sehr freundlich.

Als die Witwe des Generals, Herzogs von Mortemain, Mutter einer einzigen, an den Herzog von Salia verheirateten Tochter und selbst eine Tochter des uradeligen und mit märchenhaften Reichtümern gesegneten Marquis Farandal, empfing sie in ihrem in der Rue de Varennes gelegenen Palast alle hervorragenden Persönlichkeiten der Welt, die bei ihr zusammentrafen und sich bei ihr begrüßten. Keine fürstliche Persönlichkeit reiste durch Paris, ohne an ihrem Tisch gespeist zu haben, und kein Mann konnte sich eines bedeutenderen Rufes erfreuen, ohne sich vorher um die Bekanntschaft der Herzogin beworben zu haben. Sie mußte jeden neu auftauchenden Stern sehen und mit ihm sprechen, um sich ein Urteil über ihn bilden zu können. Dies erfreute sie, bot ihr Abwechslung und hielt die in ihr brennende Flamme der stolzen und wohlwollenden Neugierde wach.

Als sie Platz genommen hatte, wurden neue Gäste gemeldet: Herr und Frau Baron von Corbelle.

Beide waren noch jung, der Baron dick und kahlköpfig, die Baronin eine schmächtige, elegante, brünette junge Frau.

Die beiden Ehegatten erfreuten sich einer Ausnahmestellung in der französischen Aristokratie, die sie bloß ihren sorgfältig gewählten Verbindungen zu verdanken hatten. Sie waren von gewöhnlichem, niedrigem Adel, ohne jede Klugheit, doch von maßloser Verehrung für alles, was vornehm und elegant war. Sie bekannten die besten royalistischen Gefühle, achteten alles, was geachtet, und verabscheuten alles, was verabscheut wurde; sie verstießen niemals gegen die gesellschaftlichen Dogmen, waren niemals im Zweifel über irgendeine Frage der Etikette und hatten sich mit alldem den Ruf erworben, den Gipfelpunkt des *high life* zu bilden. Ihre Ansichten wurden in Anstandsdingen wie Gesetzesparagraphen geachtet, und ihre Anwesenheit in einem Haus verlieh ihm den Ruf besonderer Achtbarkeit und Vornehmheit.

Im übrigen waren sie Verwandte des Grafen.

„Nun", wandte sich die Herzogin einigermaßen erstaunt an Herrn von Guilleroy, wo ist Ihre Frau?"

„Nur einen Augenblick noch, wenn ich bitten darf. Sie bereitet bloß eine kleine Überraschung vor, wird aber sofort hier sein", lautete die Antwort des Hausherrn.

Als die Gräfin von Guilleroy in den ersten Monaten ihrer Ehe in die vornehmen Kreise eingeführt und der Herzogin von Mortemain vorgestellt wurde, gewann sie sofort ihre Sympathie. Dieses Freundschaftsverhältnis währte jetzt bereits zwanzig Jahre ohne eine Unterbrechung, und wenn die Herzogin „meine Kleine" sagte, konnte man am Tonfall ihrer Stimme merken, wie sehr dieser Zärtlichkeitsausdruck ihr aus tiefstem Herzen kam. Bei ihr war die Gräfin auch mit dem Maler bekanntgeworden.

Jetzt kam Herr von Musadieu näher und fragte:

„Haben Sie schon die Ausstellung der ‚Unmäßigen' besichtigt, Herzogin?"

„Nein; was ist das übrigens?"

„Eine neue Künstlervereinigung. Sie stellen die verschiedenen Phasen des Rausches dar. Es sind zwei besonders gelungene Charakterisierungen darunter."

Geringschätzig erwiderte die Herzogin:

„Ich mag die schlechten Witze dieser Herren nicht."

Bei ihrer gewalttätigen, selbstherrlichen und heftigen Natur betrachtete die Herzogin keines Menschen Ansicht für maßgebend, sondern richtete sich nach ihrer eigenen, die wiederum der Gewissenhaftigkeit entsprang, mit der sie ihre gesellschaftliche Stellung auffaßte. Ohne sich dessen bewußt zu sein, betrachtete sie die Künstler und Gelehrten als von Gott erschaffene gescheite, aber nur wegen des Geldes arbeitende Menschen, die bloß dazu da seien, die vornehmen Leute zu unterhalten oder ihnen sonstwie zu Diensten zu stehen. Sie beurteilte sie auch danach, ob sie ihre Bewunderung erregten, das heißt je nachdem der Anblick eines Bildes, die Lektüre eines Buches oder die Erklärung einer neuen Erfindung sie befriedigte.

Sie war groß, stark rötlich, sprach sehr laut, und man hielt ihr Benehmen für vornehm, weil sie durch nichts in Verlegenheit geriet und alles zu sagen wagte, was sie dachte. Sie verteidigte die ganze Welt, die des Thrones verlustig gegangenen Fürsten,

denen zu Ehren sie Empfänge veranstaltete, und vergaß auch den Allmächtigen nicht, indem sie der Geistlichkeit und den Kirchen reiche Gaben zufließen ließ.

Musadieu aber fuhr fort:

„Haben Sie bereits gehört, Herzogin, daß der Mörder der Marie Lambourg verhaftet wurde?"

Die Herzogin begann sich miteinemmal zu interessieren und antwortete:

„Nein, erzählen Sie!"

Musadieu war ein großer, sehr hagerer Mann, der eine weiße Weste und kleine Diamantknöpfe am Hemd trug, ohne Gesten und in so gewählten Ausdrücken sprach, daß er die gewagtesten Dinge vorbringen konnte, ohne jemand zu verletzen. Er war kurzsichtig und schien trotz seines Kneifers niemand zu sehen.

351

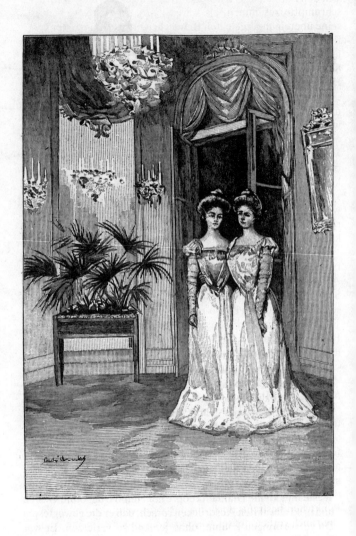

Wenn er sich setzte, meinte man, seine Knochengestalt werde sich den Formen des Armstuhls anschmiegen. Sein Oberkörper schrumpfte zusammen, als wäre er aus Kautschuk gewesen, seine übereinandergelegten Beine glichen zwei ineinander verflochtenen Bändern, und von dem Arm, den er auf der Stuhllehne liegen hatte, hingen gelbe, endlos lange Finger herab. Sein meisterhaft gefärbtes Haupt- und Barthaar gab zu mancherlei Scherzen Veranlassung.

Er berichtete also recht geläufig die Einzelheiten des Mordes und der Verhaftung, und als er gerade bei der Stelle angelangt war, wo der mutmaßliche Mörder die Schmuckgegenstände des ermordeten Freudenmädchens einem anderen leichtfertigen Mädchen geschenkt hatte, wurde die Tür des Salons von neuem geöffnet, und herein traten zwei blonde, in weiße Spitzen gekleidete junge Frauengestalten, die einander wie zwei in sehr verschiedenem Alter stehende Schwestern glichen: die eine etwas allzu reif, die andere etwas allzu jung; die eine etwas allzu rund, die andere etwas allzu schlank. So schritten sie lächelnd, einander umschlugen haltend, herein.

Sie wurden mit allgemeinen Freudenrufen und Beifall empfangen. Außer Olivier Bertin besaß niemand Kenntnis von der Ankunft Annettes, und darum erregte ihr Erscheinen an der Seite ihrer Mutter die größte Überraschung. Von weitem erschien ihre Mutter ebenso frisch, ja sogar noch schöner; denn sie glich einer voll erblühten, dem Verwelken noch nicht nahen Blume, während die Tochter einer Rosenknospe ähnelte, die ihre Schönheit erst zu entfalten beginnt.

Begeistert rief die Herzogin aus:

„Mein Gott, wie entzückend sie so nebeneinander sind! Bemerken Sie, Musadieu, wie sehr sie sich ähnlich sehen?"

Die Anwesenden bildeten zwei Parteien, während sie Mutter und Tochter betrachteten.

Nach Ansicht Musadieus, des Ehepaares Corbelle und des Grafen glichen sich die Gräfin und ihre Tochter bloß in bezug auf Hautfarbe und Haar, und besonders ihre Augen seien einander ähnlich, denn ihr Schnitt sei vollkommen der gleiche und das azurblaue Irishäutchen bei beiden mit kleinen schwarzen Pünktchen bestreut; doch mit der Zeit, wenn das junge Mädchen auch verheiratet sei, würden sie einander kaum mehr ähnlich sehen.

Die Herzogin und Olivier Bertin behaupteten dagegen, daß sie einander in allem glichen, und nur die Differenz der Jahre einen kleinen Unterschied zwischen ihnen mache.

„Wie sehr sie sich in den letzten drei Jahren verändert hat!" bemerkte der Maler. „Ich hätte sie gar nicht erkannt und wage sie nicht mehr zu duzen."

„Das wäre nicht übel!" lachte die Gräfin. „Ich möchte doch sehen, wie Sie Annette gegenüber das ‚Sie' herausbringen!"

Die junge Dame, deren Anmut sich vorerst in schüchterner Schalkhaftigkeit äußerte, erwiderte:

„Ich bin es, die Herrn Bertin nicht mehr mit ‚Du' anzureden wagt."

Ihre Mutter lächelte:

„Behalte diese üble Gewohnheit nur bei, ich gestatte es dir! Ihr werdet bald wieder befreundet sein!"

Doch Annette schüttelte den Kopf.

„Nein, nein, das würde mich verwirrt machen", erklärte sie.

Die Herzogin küßte das Mädchen und musterte sie mit Interesse und Sachkenntnis.

„Laß einmal sehen, Kleine, blicke mich freundlich an!" sprach sie dann. „Ja, ja, der Blick ist genau derselbe wie der deiner Mutter; mit der Zeit wirst du ganz niedlich werden, sobald du mehr entwickelt bist. Du mußt dicker werden, wenn auch nicht um vieles; heute bist du noch etwas zu dürr."

„Oh, sagen Sie ihr das nicht!" unterbrach die Gräfin.

„Und weshalb denn nicht?"

„Es ist so angenehm, schlank zu sein! Ich werde demnächst eine Abmagerungskur beginnen."

Die Herzogin wurde ärgerlich und in ihrer Erregung vergaß sie ganz die Gegenwart eines jungen Mädchens.

„Immer nur die Mode der knochigen Gestalten, weil man dieselben besser kleiden kann als das Fleisch! Ich gehöre zur Generation der dicken Frauen, wie Sie mich da vor sich sehen. Heutzutage aber ist die Generation der mageren Frauen in Mode! Das erinnert mich an die sieben mageren ägyptischen Kühe. Ich verstehe die Männer gar nicht, die an Eurem spindeldürren Gerippe Gefallen finden. Zu meiner Zeit waren sie anspruchsvoller."

Sie verstummte inmitten des allgemeinen Lächelns; dann aber fuhr sie fort:

„Betrachte deine Mutter, Kleine; so ist es gerade recht! Bemühe dich, ihr ähnlich zu werden!"

Darauf begab man sich in den Speisesaal, und als alle ihre Plätze eingenommen hatten, nahm Musadieu den Faden der lebhaften Unterhaltung von neuem auf.

„Ich behaupte, daß die Männer mager sein müßten, denn ihnen sind solche Leibesübungen vorbehalten, welche Gewandtheit und Leichtigkeit erfordern, und hierbei wäre ein großer Bauch sehr nachteilig. Bei den Frauen verhält sich die Sache anders. Was meinen Sie, Corbelle? Sie sind doch auch meiner Ansicht?"

Der arme Baron geriet in arge Verlegenheit, denn die Herzogin war dick, seine Frau dagegen mehr als mager. Die Baronin aber kam ihrem Gatten zu Hilfe und stimmte entschieden für die Mageren. Im vergangenen Jahr hätte sie gegen die beginnende Körperfülle ankämpfen müssen, sie aber bald besiegt.

„Wie haben Sie das fertiggebracht?" fragte die Gräfin.

Nun erläuterte die Baronin die Lebensweise der eleganten Damen der Gegenwart. Während des Essens dürfe man nicht trinken. Erst eine Stunde nach beendeter Mahlzeit sei eine Tasse sehr heißen Tees erlaubt. Diese Methode sei bei jedem von sicherem Erfolg begleitet. Dann führte sie staunenswerte Beispiele an, wie die dicksten Frauen innerhalb dreier Monate abmagerten und so dünn wurden wie eine Messerklinge.

Die Herzogin aber rief entsetzt aus:

„Mein Gott, welch ein Blödsinn, sich so zu quälen! Sie trinken gar nichts? Nicht einmal Champagner? Lassen Sie hören, Bertin, was sagen Sie, der Künstler, dazu?"

„Ich, Madame, bin Maler, mir ist's egal. Wäre ich Bildhauer, so würde ich dagegen protestieren."

„Aber als Mann, was ist Ihnen lieber?"

„Mir? . . . Ich . . . ziehe die etwas korpulente Eleganz vor, was meine Köchin ‚ein aufgepäppeltes Huhn' nennt. Man soll ja nicht dick, sondern nur voll und fein sein."

Der Vergleich erregte allgemeines Gelächter; die Gräfin aber blickte ihre Tochter ungläubig an und murmelte:

„Das stimmt nicht; es ist schön, mager zu sein, und die Frauen, die mager bleiben, altern nicht."

Auch darüber wurde noch lange debattiert, und die Gesellschaft spaltete sich in zwei Parteien. In dem einen Punkt waren alle einig, daß eine sehr dicke Frau aus den verschiedensten Gründen nicht zu rasch abmagern dürfe.

Diese Bemerkung gab Anlaß, über die Damen der vornehmen Kreise Musterung abzuhalten und über ihre Reize, Schönheit und Anmut eine neue Debatte zu eröffnen. Musadieu sprach die Palme der Schönheit der blonden Marquise Lochrist zu, während Bertin von der brünetten Frau Mandélière behauptete, daß sie mit ihrer hohen Stirn, den sinnenden Augen und dem etwas großen Mund keine Konkurrentin unter den Damen habe.

Bertin, der neben dem jungen Mädchen saß, wandte sich ihm plötzlich mit den Worten zu:

„Paß gut auf, Annette! All das, was wir jetzt sprechen, wirst du jede Woche wenigstens einmal zu hören bekommen, bis du alt geworden bist. In acht Tagen wirst du alles auswendig wissen, was man in den vornehmen Kreisen über die Politik, die Frauen, das Theaterrepertoire und ähnlichen Dingen denkt. Nur die Namen und die Titel der Werke werden zeitweilig andere sein. Sobald du die Meinungen von uns allen vernommen hast, wirst du diejenigen, die du für richtig ansiehst, ruhig zu den deinen machen und brauchst dann niemals wieder zu denken, brauchst nichts anderes zu tun, als der Ruhe zu pflegen."

Statt zu antworten, blinzelte ihn die Kleine nur aus den schalkhaften Augen an, die von einem jungen, lebhaften, jetzt aber noch gezügelten Geist zeugten.

Die Herzogin und Musadieu aber, die mit den Ideen wie mit Gummibällen spielten, obgleich sie sich stets in demselben Kreis bewegten, protestierten im Interesse des Denkens und der menschlichen Regsamkeit gegen die Worte des Malers.

Nun bemühte sich Bertin, den Beweis zu erbringen, daß selbst die intelligentesten Mitglieder der vornehmen Kreise wertlose, unfruchtbare und ergebnisarme geistige Fähigkeiten besäßen, daß ihre Überzeugung auf schwankender Basis ruhe, daß ihr Interesse für geistige Dinge schwach und kalt, ihre Geschmacksrichtung aber zweifelhaft und veränderlich sei.

Bertin war durch die teilweise echte, teilweise künstliche Entrüstung hingerissen, die in erster Linie der Drang zur Beredsamkeit in ihm erregte und die seine vom Wohlwollen gewöhnlich verblendete, klare Urteilskraft noch erhöhte. Er führte aus, daß jene Menschen, deren Lebensbeschäftigung einzig und allein aus Besuchen und Tafelfreuden bestehe, folgerichtig leichtsinnige und liebenswürdige, doch überaus alltägliche Individuen werden müßten, deren Gemütsruhe kaum von Sorgen, Nachdenken oder gar Wissensdurst beeinträchtigt werden könnte.

Er wies darauf hin, daß diese Menschen für gar nichts eine echte, tiefe und aufrichtige Zuneigung besäßen, daß ihre geistige Bildung gleich null und ihr Wissen bloß oberflächlich sei; sie blieben Puppen, die mit ihren einstudierten Gebärden als die Auslese, als die Blüte der Gesellschaft gelten möchten, aber in Wahrheit weit davon entfernt seien. Er bewies, daß ihre Neigungen sich nach den Regeln des Anstandes und nicht nach der Wirklichkeit richteten, daß sie in Wahrheit gar nichts liebten und daß selbst der Luxus, mit dem sie sich umgaben, bloß eine Befriedigung ihrer Eitelkeit, nicht aber die der Bedürfnisse ihres Körpers bezwecke. Man speise schlecht bei ihnen und bekomme schlechte Weine zu trinken.

„Sie leben", so schloß er seine Beweisführung, „ohne zu sehen, was um sie geschieht, verständnislos für die Wissenschaft, unvermögend, die Natur zu erfassen, unfähig, wahres Glück zu genießen. Die Schönheiten der Welt und der Kunst, von denen sie so viel sprechen, vermögen sie nicht ausfindig zu machen; sie glauben überhaupt nicht daran, weil sie die wahren Freuden des Lebens und der Seele nicht kennen. Sie sind nicht fähig, sich in solchem Maße für etwas zu erwärmen, daß sie nur dies eine lieben, und sie sind nicht imstande, sich so lange für etwas zu interessieren, bis sie die darin verborgenen Herrlichkeiten entdekken."

Baron von Corbelle fühlte sich berufen, die vornehme Gesellschaft zu verteidigen. Doch unterzog er sich dieser Aufgabe mit unmotivierten und leicht zu widerlegenden Beweisen, die sich so wenig halten konnten wie der Schnee im Feuer. Zum Schluß verglich er die Aristokratie mit Rennpferden, die, offen gestanden, keinerlei Zweck und Nutzen hätten und trotzdem der Gattung der Pferde zum Ruhm gereichten.

Bertin, der sich diesem Gegner gegenüber ein wenig befangen fühlte, hüllte sich anfangs in ein höfliches, doch verächtliches Schweigen. Aber je länger der Baron sprach, desto mehr ärgerte er sich über dessen Dummheit, so daß er nicht länger an sich halten konnte. Gewandt fiel er ihm in die Rede, und ohne

357

etwas wegzulassen, schilderte er mit großer Genauigkeit die Lebensweise eines vornehmen Mannes vom Morgen bis zum Abend.

Diese fein ausgeführten und von scharfer Auffassung zeugenden Details boten ein Bild unwiderstehlicher Komik. Man glaubte ihn vor sich zu sehen, den von seinem Kammerdiener angekleideten Herrn, wie er irgendeinen alltäglichen Gedanken mit seinem Barbier bespricht, und wie er sich während des Morgenritts bei den Reitknechten nach dem Befinden seiner Pferde erkundigt, wie er dann später durch die Alleen des Boulogner Wäldchens schlendert, ohne sich um etwas anderes zu kümmern als um die Personen, die er grüßen und deren Gruß er annehmen soll, wie er dann mit seiner Gattin frühstückt und während der Spazierfahrt am Nachmittag neben ihr sitzt und nichts weiter zu berichten weiß als die Namen der Bekannten, denen er heute begegnete. Man meinte ihn leibhaftig vor sich zu sehen, wie er den ganzen Tag in den verschiedenen Salons verbringt und im Verkehr mit seinesgleichen seine geistigen Fähigkeiten übt, wie er bei diesem oder jenem Herzog speist und mit ihm über die europäische Lage debattiert, und wie er zum Schluß seine Abende hinter den Kulissen des Theaters totschlägt und die schüchternen Ansprüche des Weltmanns dadurch befriedigt, daß er sich einbildet, sich an einem unanständigen Ort zu befinden.

Das Abbild gelang vortrefflich, der darin enthaltene Spott verletzte niemand, und alle lachten herzlich darüber.

Die Herzogin, die in das dicken Personen eigentümliche herzliche Lachen ausgebrochen war, vermochte kaum zu sprechen und brachte endlich unter Tränen hervor:

„Nein, das ist zu komisch; ich muß so lachen, daß es noch mein Tod sein wird."

Bertin war in Feuer geraten und meinte:

„Oh, Madame, in der vornehmen Gesellschaft stirbt niemand am Lachen. Die Herrschaften lachen ja kaum, sondern geben sich aus bloßer Höflichkeit den Anschein, als würden sie lachen und sich gut unterhalten. Sie verziehen den Mund auf sehr geschickte Art, ihr Lachen kommt aber nicht aus dem Herzen. Gehen Sie nur in die Volkstheater, meine Herrschaften! Dort werden Sie sehen, was lachen heißt. Begeben Sie sich unter die sich amüsierenden Spießbürger und Sie werden sehen, was man unter Gelächter versteht! Suchen Sie die Kasernen auf, und dort werden Sie sehen, wie sich die Mannschaft mit Tränen in den Augen und hochrot vor Vergnügen beim Anhören einer närrischen Erzählung auf ihren Bänken wälzt! In unseren Salons aber wird nicht gelacht. Hier ist alles nur Schein, selbst das Lachen."

Musadieu fiel ihm ins Wort.

„Entschuldigen Sie, das nenne ich zu streng geurteilt! Sie selbst, mein lieber Freund, scheinen eine besondere Vorliebe für die Gesellschaft zu haben, die Sie so köstlich verspotten."

„Das ist allerdings wahr", erwiderte Bertin lächelnd.

„Nun denn?"

„Ich verachte mich ein wenig wie die Mißgeburt einer zweifelhaften Gattung."

„All dies ist leeres Geschwätz", erklärte die Herzogin.

Der Maler verbat sich diesen Ausdruck, worauf die Herzogin der ganzen Debatte ein Ende machte, indem sie behauptete, daß jeder Künstler aus den Menschen Karikaturen zu machen liebe.

Darauf nahm die Unterhaltung einen allgemeinen Charakter an. Man sprach über alles, über alltägliche und angenehme, freundliche und diskrete Dinge. Als dann die Gräfin nach beendeter Mahlzeit die Gläser vor sich stehen sah, rief sie aus:

„Nun sehen Sie, ich habe keinen Tropfen getrunken; jetzt wollen wir aber auch aufpassen, ob ich abmagern werde."

Die Herzogin geriet in Zorn und wollte sie zwingen, wenigstens einige Schluck Wasser zu trinken; doch gelang ihr dies nicht.

„Oh, die kleine Törin!" rief sie ärgerlich aus, „ihre Tochter hat ihr den Kopf verdreht. Bitte, Guilleroy, verhindern Sie doch, daß Ihre Gattin sich mit solchen Torheiten abgibt!"

Der Graf, der gerade darin vertieft war, Herrn von Musadieu eine neue amerikanische Dreschmaschine zu erklären, hatte auf das Gespräch der anderen nicht geachtet und fragte jetzt:

„Was für Torheiten, Herzogin?"

„Ihre Frau will mit aller Gewalt abmagern."

Der Graf richtete einen wohlwollenden, gleichgültigen Blick auf seine Gattin und sagte:

„Ich pflege ihr niemals zu widersprechen und ihr auch sonst keine Hindernisse in den Weg zu legen."

Die Gräfin stand auf und ließ sich von ihrem Nachbarn den Arm reichen; der Graf reichte den seinigen der Herzogin, und so begaben sich alle in den großen Salon, da das Damenzimmer für die Empfänge bei Tag bestimmt war.

Der Salon war ein sehr geräumiges und helles Zimmer. Die Wände bedeckte eine schöne breite Seidentapete mit antikem Muster, blaßblauem Grund und weiß- und goldgestreiftem Rand, die beim Licht der Lampen und Kronleuchter einen lebhaften, angenehmen Anblick bot. In der Mitte der Hauptwand hing das von Olivier Bertin gemalte Porträt der Gräfin. Das anmutige Lächeln des jungen Frauengesichts, der sanfte Blick der Augen und der Zauber des blonden Haares verliehen dem Raum ein wohnliches, lebendiges Gepräge. Gleich dem Sichbekreuzigen, wenn man eine Kirche betritt, war es im übrigen Sitte und Gebot des Anstands geworden, daß die Eintretenden dieses Meisterwerk und das Modell selbst bewunderten.

Musadieu versäumte es niemals. Seine Meinung, die infolge seiner amtlichen Stellung die eines Sachverständigen war, war von großer Wichtigkeit, und im übrigen sah er es auch für seine Pflicht an, die Trefflichkeit dieses Bildes aus eigenster Überzeugung hervorzuheben.

„In der Tat", sagte er, „dies ist das schönste moderne Bild, das ich kenne. Es hat eine außergewöhnliche, bewunderungswürdige Lebenstreue."

Graf von Guilleroy, der schon gewöhnt war, das Lob dieses Bildes zu vernehmen, und der überzeugt war, ein Meisterwerk zu besitzen, trat jetzt näher, um sich an seinem Anblick zu ergötzen, und die ganze Gesellschaft erging sich in allen möglichen Ausdrücken rückhaltsloser Bewunderung.

Jedes Auge heftete sich auf das Bild und war entzückt. Bertin, der an dieser Art der Huldigungen längst gewöhnt war und ihnen nicht mehr Wichtigkeit zuschrieb, als wenn sich auf der Straße jemand nach seinem Befinden erkundigte, stellte jetzt, aus Interesse, die vor dem Bild befindliche Reflektorlampe zurecht, die der Diener unachtsamerweise etwas schief plaziert hatte.

Danach setzten sich alle, und als der Graf in die Nähe der Herzogin kam, wandte sich diese mit den Worten an ihn:

„Ich glaube, mein Neffe wird mich abholen, und ich möchte Sie bitten, ihm eine Tasse Tee anzubieten."

Die Wünsche der beiden Familien waren schon seit einiger Zeit dieselben, ohne daß man bisher über die Sache gesprochen oder auch nur Anspielungen gemacht hätte.

Der Bruder der Herzogin von Mortemain, der Marquis von Farandal, war durch das Spiel materiell beinahe zugrunde gerichtet, als er vom Pferd stürzte und dies mit dem Leben bezahlte. Er hinterließ einen Sohn und eine Witwe. Dieser Sohn war jetzt ein achtundzwanzigjähriger junger Mann und einer der gewandtesten Arrangeure im Gesellschaftstanz von Europa, weshalb er auch mehr als einmal nach Wien und London berufen worden war, um durch seine Tänze den Glanz der Bälle zu erhöhen, die dieser oder jener Prinz veranstaltete. Obwohl ohne Vermögen, war er wegen einer Stellung, seiner Familie, seines Namens und seiner Abstammung aus königlichem Blut einer der gesuchtesten und meist beneideten Männer von Paris.

Inzwischen hatte sich die Notwendigkeit ergeben, diese allzu junge, dem Tanz und sonstigem Sport huldigende Persönlichkeit auf ernstere Bahnen zu lenken und die gesellschaftlichen Erfolge mittels einer reichen, aber sehr reichen Heirat durch politische Erfolge zu ersetzen. Brachte es der Marquis erst zum Abgeordneten, so wird diese Tatsache ihn zu einer Hauptstütze des künftigen Thrones und zu einer Säule der Partei machen.

Die wohl unterrichtete Herzogin kannte das ungeheure Vermögen des Grafen von Guilleroy, der, um Reichtümer zu erwerben, in einem einfachen Miethaus wohnte, trotzdem es ihm als reichem, vornehmem Herrn ein leichtes gewesen wäre, einen der schönsten Paläste von Paris sein eigen zu nennen. Sie besaß Kenntnis von seinen glücklichen Spekulationen, seinen gewandten Finanzoperationen und seiner Beteiligung an den gewinnbringendsten Unternehmungen, und so war der Gedanke in ihr aufgekeimt, ihren Neffen mit der Tochter des Deputierten aus der Normandie zu verheiraten, dem diese Verbindung einen bedeutenden Einfluß auf die aristokratische Gesellschaft in der Umgebung der königlichen Prinzen sichern mußte. Guilleroy, der eine sehr reiche Heirat eingegangen war und, dank seiner Gewandtheit, das eigene Vermögen vervielfacht hatte, lenkte seinen Ehrgeiz nun in eine andere Richtung.

Er glaubte an eine Wiederkehr des Königs und wollte sich bis dahin eine Stellung erringen, die ihm ein volles Genießen dieses Ereignisses ermöglichen sollte.

Als einfacher Deputierter käme er nicht in Betracht; als Schwiegervater des Marquis Farandal, dessen Vorfahren die getreuesten und vertrautesten Freunde des französischen Herrscherhauses gewesen waren, würde er dagegen in erster Linie berücksichtigt werden.

Die Freundschaft, die die Herzogin der Gattin des Grafen entgegenbrachte, verlieh diesem Bund einen noch innigeren Charakter, und weil der Graf fürchtete, daß der Zufall den Marquis mit einem anderen jungen Mädchen bekannt machen und er an diesem Gefallen finden könnte, ließ er seine Tochter ohne zu säumen nach Hause kommen, um die Ereignisse, die sich vorbereiteten, zu beschleunigen.

Die Herzogin von Mortemain besaß eine Art Vorahnung von diesem Plan und wurde stillschweigend eine Bundesgenossin des Grafen; sie wußte nichts von der unvermuteten Heimkehr Annettes, hatte aber ihren Neffen für diesen Abend zu dem gräflichen Ehepaar bestellt, damit er sich allmählich daran gewöhne, in ihrem Salon zu erscheinen.

Dieser beiderseitige Herzenswunsch des Grafen und der Herzogin war heute zum ersten Mal zart angedeutet worden, und als sie voneinander schieden, war der Verschwägerungsbund zwischen ihnen geschlossen.

In der anderen Ecke des Salons wurde gelacht. Musadieu berichtete gerade der Baronin Corbelle über die Vorstellung einer Negergesandtschaft bei dem Präsidenten der Republik, als Marquis von Farandal gemeldet wurde.

Der Marquis blieb an der Tür stehen und klemmte sein Monokel mit rascher, gewandter Bewegung in das rechte Auge, als wolle er den Salon einer eingehenden Musterung unterziehen, oder aber, als wolle er der anwesenden Gesellschaft Zeit gönnen, auf ihn aufmerksam zu werden. Dann ließ er mit einer unmerklichen Bewegung der Wange und Augenbraue das runde Glas an das Ende der haardünnen Seidenschnur herabgleiten, um sich lebhaften Schrittes der Gräfin von Guilleroy zu nähern, deren Hand er mit tiefer Ehrfurcht an seine Lippen zog. Nachdem er seiner Tante dieselbe Huldigung erwiesen hatte, reichte er den anderen der Reihe nach die Hand und grüßte mit eleganter Leichtigkeit nach rechts und links.

Der Marquis war eine hohe, schlanke Gestalt mit rötlichem Schnurrbart, etwas gelichtetem Scheitel und dem Gang eines

363

englischen Sportsmannes. Auf den ersten Blick mußte jedermann wahrnehmen, daß man sich da einem Mann gegenüber befinde, dessen einzelne Körperteile ausnahmslos eine bedeutend größere Übung hinter sich hatten als der Kopf, und daß dieser junge Mann mit Vorliebe nur solche Dinge betrieb, bei denen man Körperkraft entwickeln und Leibesübung betätigen konnte. Dabei war er aber gebildet, hatte einiges gelernt und sich auch heute noch mit dem Studium solcher Wissenszweige befaßt, die ihm später nützlich waren: der Weltgeschichte, bei der er ein besonderes Gewicht auf die Jahreszahlen legte, während ihm die Ereignisse selbst sehr geringfügig schienen, sodann mit den Grundbegriffen der Nationalökonomie, soweit ein Parlamentsmitglied ihrer bedarf – mit einem Worte mit allem, was das Abc der in der maßgebenden Gesellschaft geführten Unterhaltung erforderte.

Musadieu hielt große Stücke auf ihn und behauptete, daß er es noch sehr weit bringen werde.

Bertin würdigte seine Kraft und seine Gewandtheit. Beide besuchten denselben Fechtsaal, häufig gemeinsam und trafen im Boulogner Wäldchen einander beinahe täglich, wenn sie ihre Spazierritte unternahmen. Zwischen ihnen hatte sich die Sympathie der gleichen Geschmacksrichtung entwickelt, jene gewisse, sozusagen instinktive Offenheit, die ein angenehmer, beiden zusagender Verkehr zwischen zwei Männern erzeugt.

Als man den Marquis Annette von Guilleroy vorstellte, erfaßte ihn sofort eine Ahnung von den Plänen seiner Tante, und während er sich vor der jungen Dame verbeugte, musterte er sie mit dem schnellen Blick des Sachverständigen.

Er fand, daß sie recht niedlich sei und besonders für die Zukunft viel verspreche. Er hatte bereits so viele Gesellschaftstänze im Leben arrangiert, daß er sich in der Beurteilung junger Mädchen eine bedeutende Sachkenntnis angeeignet hatte, und gleich dem gewandten Weinhändler, der jungen Wein versucht, vermochte er fast mit mathematischer Genauigkeit anzugeben, wieviel man von der Schönheit des betreffenden jungen Mädchens erwarten könne.

Er wechselte einige nichtssagende Worte mit Annette, ließ sich dann neben der Baronin von Corbelle nieder und begann mit ihr zu plaudern.

Die Gesellschaft löste sich frühzeitig auf, und nachdem alles

gegangen war, suchte das junge Mädchen sein Lager auf; die Lampen wurden ausgelöscht, und die Dienstleute begaben sich zur Ruhe. Durch den bloß von zwei brennenden Kerzen erhellten Salon begab sich der Graf zu seiner Gattin und besprach mit ihr, die halb schlafend in ihrem Lehnsessel lag, ausführlich seine Hoffnungen, erläuterte ihr seine in Zukunft zu befolgende Haltung, die Möglichkeiten der nächsten Zukunft und die in Verbindung stehenden Kombinationen.

Spät nachts zog er sich in sein Zimmer zurück, und entzückt über den gelungenen Abend, murmelte er, als er zu Bett ging, vor sich hin:

„Ich glaube, die Sache ist erledigt."

3

„Wann kommst Du, liebster Freund? Seit drei Tagen schon habe ich Dich nicht gesehen, und dies scheint mir sehr lange zu sein. Meine Tochter nimmt mich stark in Anspruch; doch weißt Du ja, daß ich Dich nicht mehr entbehren kann."

Wiederholt las der Maler, der mit Skizzieren beschäftigt war und einen Gegenstand zu einem neuen Bild suchte, den Brief der Gräfin, öffnete dann ein Fach seines Schreibtisches und legte den Brief zu den übrigen, die sich seit Beginn ihres Verhältnisses bedeutend angesammelt hatten.

Die Freiheit des gesellschaftlichen Lebens ermöglichte es ihnen, sich täglich zu sehen. Von Zeit zu Zeit besuchte die Gräfin den Künstler, und während ihr Freund arbeitete, saß sie eine oder zwei Stunden in dem Lehnstuhl, in dem sie ihm früher Modell gesessen. Da ihr aber etwaige Bemerkungen von seiten der Dienerschaft unangenehm gewesen wären, richtete sie es ein, daß die täglichen Zusammenkünfte entweder in ihrer eigenen Wohnung oder im Salon irgendeiner bekannten Familie stattfanden.

Diese Begegnungen wurden stets vorher vereinbart, was der Gräfin im übrigen nur natürlich erschien.

Zweimal wöchentlich speiste der Maler mit mehreren guten Freunden bei der Gräfin; montags kamen sie gewöhnlich in der Oper zusammen, dann verabredeten sie eine Begegnung bei dieser oder jener Dame, und der Zufall fügte es, daß sie dort stets zur selben Stunde anwesend waren. Bertin wußte auch, an welchen Abenden die Gräfin daheim blieb, und dann nahm er den Tee stets bei ihr ein, denn er fühlte sich nur bei ihr heimisch und behaglich. Obwohl die lodernde Flamme der Jugendliebe längst erloschen war, empfand er ein unendliches Glücksgefühl

366

an ihrer Seite; ihn erfüllte die zärtliche Liebe dieser Frau mit ruhiger Befriedigung und er hatte sich so daran gewöhnt, täglich mit ihr zusammenzutreffen, einige Minuten neben ihr zu verbringen, ein paar Worte mit ihr zu wechseln und seine Gedanken mit ihr auszutauschen, daß ihm dies bereits zum Lebensbedürfnis geworden war.

Zu dieser Zuneigung gesellte sich auch eine Art Selbstsucht und das Verlangen nach Familienleben, dem lebhaften Haus, nach den gemeinsamen Mahlzeiten und den gemütlichen Abenden, an denen es sich so behaglich mit den alten Bekannten plaudern läßt, ferner das Verlangen nach jenem vertraulichen Umgang, das in jedem Menschen wurzelt und den Junggesellen von Tür zu Tür, vom Kamin des einen Freundes zu dem des anderen wandern läßt, wo er ihn zu finden hofft.

In diesem Haus, in dem er verwöhnt wurde und in dem er alles vereinigt fand, konnte er seine Einsamkeit vergessen.

Seit drei Tagen hatte er seine Freunde nicht gesehen, die durch die Heimkehr ihrer Tochter offenbar stark in Anspruch genommen waren, und er begann sich bereits zu langweilen, sogar zu ärgern, weil man ihn nicht schon früher gerufen hatte, während er von sich aus ohne Einladung nicht kommen wollte.

Der Brief der Gräfin rüttelte ihn förmlich auf. Es war drei Uhr nachmittags, und er brach sofort auf, um seine Freundin noch daheim zu finden, bevor sie ihre Spazierfahrt antrat.

Er klingelte seinem Diener, der sofort erschien.

,,Was haben wir für Wetter, Josef?''

,,Sehr schönes.''

,,Warm?''

,,Ja, Herr Bertin.''

,,Gib mir eine weiße Weste, einen blauen Rock und einen grauen Hut!''

Bertin kleidete sich stets sehr elegant, und obwohl er seine Kleider von einem Schneider ersten Ranges bezog, verrieten die Art und Weise, wie er sie trug, sein Gang, die in die weiße Weste eingeschlossene Brust und der ein wenig zurückgeschobene hohe graue Filzhut sofort den Künstler und Junggesellen.

Als er bei der Gräfin ankam, meldete ihm der Diener, daß die gnädige Frau gerade ausfahren wolle. Dies verletzte ihn ein wenig, doch wartete er.

Nach alter Gewohnheit schritt er in dem von schweren Vor-

367

hängen verdunkelten großen Salon auf und ab. Auf dem mit
goldenen Füßen versehenen Filigrantischchen lag in künstlicher
Unordnung eine Menge unnützer, schöner und kostspieliger
Kleinigkeiten: antike Dosen aus Gold, Statuetten aus Elfenbein, aus oxydiertem Silber angefertigte, ganz moderne Gegenstände, deren drolliger Ernst auf englischen Geschmack hin-
deutete, winzige Kochherde, auf einem eine Katze, die aus einem Schüsselchen Milch nascht, eine Zigarrentasche, die ein
Stück Brot nachahmt, eine Kaffeemaschine als Streichholzbe-
hälter, ferner ein Schmuckkästchen mit allerlei kleinen Puppen,
Halsbändern, Armspangen, Ringen, Broschen, Ohrringen aus
Diamanten, Rubinen und Saphiren und zahllosen anderen winzigen Schmuckgegenständen, die aus den Händen von Liliputa-
nern hervorgegangen zu sein schienen.

Bertin nahm den einen oder den anderen Gegenstand, den er
selbst bei feierlichen Anlässen geschenkt hatte, zur Hand, betrachtete ihn sinnend und legte ihn wieder zurück.

In einer Ecke des Salons stand vor einem runden Sofa ein
Tisch mit einem Fuß, auf dem Bücher in Prachtbänden lagen.
Auf demselben Tisch lag ein etwas zerknittertes Exemplar der
,,Revue des Deux-Mondes'', dessen umgebogene Ecken von
häufigem Gebrauch zeugten, sowie andere, noch gar nicht auf-
geschnittene Zeitschriften, wie zum Beispiel die ,,Arts moder-
nes'', die man bloß wegen ihres ungemein hohen Preises hält;
sie kosten jährlich vierhundert Franken. Auch das ,,Feuille li-
bre'' benannte Heft mit seinem dünnen blauen Umschlag, in
dem zumeist die Arbeiten der neuen, der ,,verweichlichten
Richtung'' huldigenden Dichter veröffentlicht werden, lag da.

Zwischen den beiden Fenstern stand ein zierlicher Schreibtisch im Geschmack des vorigen Jahrhunderts, an dem die Gräfin nur solche Briefe zu beantworten pflegte, die sofort erledigt
werden mußten und einliefen, wenn Gäste anwesend waren.
Die auf dem Schreibtisch liegenden und von häufigem Gebrauch zeugenden Werke von Musset, Goethe und Lescaut ließen auf die geistige und moralische Bildung der Eigentümerin
schließen. Daß sie sich aber nicht scheute, auch sensationelle
und komplizierte Lektüre zu lesen oder sich in die Geheimnisse
der Psychologie zu vertiefen, bewiesen die Werke wie ,,Les
fleurs du mal'', ,,Le rouge et noir'', ,,La femme au XVIII. siècle''
und noch andere mehr.

Neben den Büchern sah man ein Meisterwerk der Goldschmiedekunst und Stickerei: einen überaus prachtvoll gearbeiteten Handspiegel, dessen Rücken eine herrliche, in Gold und Silber ausgeführte Arbeit bildete, die auf dunklem, gesticktem Samt ruhte.

Bertin nahm den Spiegel zur Hand und betrachtete sich. Seit einigen Jahren war er ungemein gealtert, und trotzdem ihm sein Gesicht jetzt origineller vorkam als früher, stimmten ihn die feinen Fältchen und Runzeln und die fahle Gesichtsfarbe doch etwas traurig.

In diesem Augenblick wurde die Tür hinter ihm geöffnet, und die Stimme Annettens sagte:

„Guten Tag, Herr Bertin."

„Guten Tag, Kleine; wie geht es dir?"

„Danke, sehr gut! Und Ihnen?"

„Wie! Du willst mich nicht duzen?"

„Es ist mir wirklich peinlich."

„Aber rede doch nicht so!"

„Nein, nein, es ist mir peinlich. Sie bringen mich in Verlegenheit."

„Weshalb?"

„Weil . . . weil Sie weder genügend jung noch genügend alt sind."

„Diesem Argument muß ich mich beugen", erwiderte der Maler lachend.

Annette errötete bis über die Ohren und fuhr verwirrt fort:

„Mama wird sofort hier sein und läßt Sie fragen, ob Sie Lust hätten, mit uns in den Park zu kommen?"

„Gewiß! Werdet ihr allein sein?"

„Nein, die Herzogin von Mortemain kommt mit."

„Sehr angenehm, ich gehe also auch."

„Und ich hole meinen Hut, wenn Sie gestatten."

„Geh nur, mein Kind!"

Als Annette hinausgegangen war, trat die Gräfin verschleiert, zum Ausgehen bereit, ein. Sie streckte ihm beide Hände entgegen und sagte:

„Du läßt dich ja gar nicht mehr sehen! Wo steckst du denn immer, Olivier?"

„Ich wollte dich jetzt nicht belästigen."

Der Ton, in dem die Gräfin den Namen „Olivier" aussprach, barg den vollen Ausdruck der Liebe und des Vorwurfs in sich.

„Du bist die beste Frau der Welt", fügte der Maler hinzu, gerührt von dieser Betonung seines Namens.

Damit schwand der leise Unmut, der die Herzen ein wenig erfüllt hatte, und im leichten Ton fuhr die Gräfin fort:

„Jetzt holen wir die Herzogin ab, und dann machen wir eine Rundfahrt im Boulogner Wäldchen. Ich muß ja Annette alles zeigen."

Der Landauer stand vor der Treppe, und als sich Bertin den beiden Frauen gegenüber gesetzt hatte, rollte der Wagen an.

Man fuhr den zur Madeleine führenden großen Boulevard entlang. Ein strahlender Frühlingshimmel lächelte auf die Menschheit.

Die laue Luft und die angenehmen Sonnenstrahlen versetzten die Männer in eine behagliche Stimmung und lockten das Lächeln der Liebe auf die Lippen der Frauen. Die Straßenkinder und Bäckerjungen, die ihre Körbe auf die Bänke niedergestellt hatten, um sich freier bewegen zu können, sprangen mutwillig umher. Hunde jagten einander wie toll im Kreise, die Kanarienvögel in den Fenstern der Torwärter sangen, daß ihnen fast die kleine Kehle barst, und nur die vor die Mietwagen gespannten Schindmähren trotteten wie immer müde und kraftlos einher.

„Wie schön ist doch das Leben!" seufzte die Gräfin.

Der Maler war in die Betrachtung von Mutter und Tochter versunken. Allerdings waren sie verschieden voneinander, sahen sich aber zugleich sehr ähnlich – aus demselben Blut stammend, aus demselben Leib gebildet und von demselben Geist beseelt. Besonders aber hafteten ihre Augen, diese mit schwarzen Pünktchen besprengten blauen Augen, mit dem gleichen Blick auf ihm, wenn er zu ihnen sprach, so daß er beinahe von beiden gleichzeitig dieselbe Antwort erwartete. Sobald er sie aber zum Lachen gebracht und zum Sprechen veranlaßt hatte, gelangte er zu seiner nicht geringen Überraschung zu der Erkenntnis, daß er zwei ganz verschiedene Frauen vor sich habe, deren eine bereits gelebt hat, während die andere sich erst anschickt zu leben. Was wird aus diesem Kind werden, wenn sein junger Geist unter dem Einfluß des jetzt noch schlummernden Geschmacks und der noch nicht geweckten Neigungen sich entwickeln und inmitten der Ereignisse der Welt und der Gesellschaft sich erschließen wird? Dies konnte er nicht voraussehen. Die junge Dame ist eine unbekannte und unerfahrene, schöne neue Erscheinung, die sich jetzt für das Glück und die Liebe vorbereitet, die gleich einem kleinen Kahn den Hafen erst verlassen will, während die Mutter Leben und Liebe bereits kennengelernt und gekostet hat und nun dahin zurückkehrt, von wo die andere auslaufen will.

Rührung erfaßte ihn bei dem Gedanken, daß er es war, den sich diese noch immer schöne Frau gewählt hatte, und die ihn auch jetzt noch liebte.

Er richtete einen dankbaren Blick auf seine Freundin, die ihn verstand, und auch er meinte in der leichten Berührung des Kleides der Gräfin ihren schweigenden Dank zu erkennen.

„Gewiß! Das Wetter ist herrlich!" gab Bertin leise zur Antwort.

Aus der Rue de Varennes, von wo sie die Herzogin abholten, fuhren sie nach dem Palais des Invalides und gelangten über die Seine und die Champs Elysées zu dem Arc de Triomphe, wo sie sich mit einemmal von einer ganzen Wagenburg umgeben sahen.

Das junge Mädchen, das jetzt den Rücksitz neben Bertin einnahm, blickte mit großen, neugierigen Augen auf die Wagenflut, und wenn die Gräfin oder die Herzogin mit einem schweigenden Nicken des Kopfes einen Gruß erwiderte, so fragte es eifrig: „Wer ist das?" worauf ihm Bertin zur Antwort gab: „Es sind die Pontaiglins" oder „die Puicolcis" oder „die Gräfin von Lochrist"; einmal nannte er „die schöne Frau Mandélière".

Unter dem Gerassel der Wagenmenge gelangten sie jetzt in die ins Wäldchen führende Allee. Hier konnten sich die Wagen bereits freier bewegen, und alle schienen dem gleichen Ziel zuzustreben. Die Mietwagen, die schweren Landauer und feierlichen Karossen rollten in schöner Ordnung hintereinander her, mit einemmal brach eine einspännige Viktoria aus der langen, schier endlosen Reihe hervor und in rasender Schnelligkeit, ohne Rücksicht auf Bürger und Aristokraten, überholte sie alle. In dem Wagen saß eine junge Frau, deren helle, kühne Toilette einen merkwürdig angenehmen Duft in den Wagen zurückließ, an denen sie vorbeigekommen war.

„Wer ist diese Dame?" fragte Annette.

„Ich weiß es nicht", erwiderte Bertin, während die Gräfin und die Herzogin ein flüchtiges Lächeln wechselten.

Die Bäume begannen zu sprießen; die Nachtigallen, die in diesem schönsten Park von Paris heimisch sind, schlugen bereits in dem jungen Laub; und als der Wagen der Gräfin, in der Nähe des Teiches angelangt, durch die zahllosen Equipagen behindert, im Schritt fahren mußte, begann ein schier endloses Grüßen, Lächeln und freundschaftliches Kopfnicken. Das Ganze hatte den Anschein, als gleite eine mit lauter vornehmen Herren und Damen besetzte Flotte auf dem Teichspiegel dahin. Unablässig wandte die Herzogin den Kopf nach rechts und links, um die von den hohen Hüten beschatteten und verdeckten Gesichter besser sehen zu können, und es schien, als halte sie über die an ihr vorbeikommenden Menschen Musterung, um sich all das ins Gedächtnis zurückzurufen, was sie von ihnen wußte und dachte.

„Sieh mal, Kleine, hier kommt abermals die schöne Frau Mandélière, die anerkannte Schönheit der Republik!"

Die anerkannte Schönheit, die angesichts des unantastbaren Ruhmes scheinbar ganz gleichgültig blieb, saß in einem leichten, auffallenden Wagen, in dem sie die großen, dunklen Augen, die von schwarzem Haar beschattete niedrige Stirne und die trotzigen, etwas aufgeworfenen roten Lippen zur allgemeinen Besichtigung und Bewunderung darbot.

„Sie ist aber doch eine schöne Frau", bemerkte Bertin.

Die Gräfin, die es nicht liebte, wenn ihr Freund andere Frauen pries, zuckte leicht mit den Schultern, gab aber keine Antwort; das junge Mädchen dagegen, in dem der Instinkt des Wetteiferns mit einemmal erwachte, war kühner und sagte:

„Ich meinerseits finde nicht, daß sie schön ist."

Der Maler wandte sich hastig zu ihr und fragte:

„Wie! Du findest, daß sie nicht schön ist?"

„Gewiß finde ich das; sie sieht aus, als hätte man sie in einen Eimer Tinte getaucht."

Die Herzogin war ganz entzückt über diese Antwort.

„Bravo, Kleine! Und dabei huldigt die Hälfte der Pariser Männer schon seit sechs Jahren dieser Negerin. Ich glaube aber, daß sie uns damit nur ärgern wollen. Da sieh dir lieber die Gräfin von Lochrist an!"

Die kleine blonde Gräfin, die große braune Augen hatte und deren ganze Erscheinung fein und miniaturartig anmutete, saß ganz allein in einem eleganten Landauer und erwiderte lächelnd die Grüße, die ihr zuteil wurden. Ihre lieblichen Züge bildeten schon seit sechs oder sieben Jahren den Gegenstand ungeteilter Bewunderung für ihre Getreuen.

Annette aber war noch immer nicht zufrieden.

„Oh", sagte sie, „ganz jung ist sie nicht mehr."

Bertin, der sich bei den täglich geführten Debatten stets den Widersachern der Gräfin anschloß, ärgerte sich über diese boshafte Bemerkung.

„Ei", sprach er, „sie mag dir gefallen oder nicht, reizend ist sie, und ich wünsche dir, du mögest auch eine so schöne Frau werden, wie sie ist."

„Lassen wir das, lieber Bertin", meinte die Herzogin; „Sie beachten die Frauen erst, wenn sie die dreißig bereits überschritten haben. Die Kleine hat vollkommen recht; Sie lobpreisen die Frauen erst, wenn sie schon verblüht sind."

„Entschuldigen Sie, Frau Herzogin", rief der Maler aus, „wirklich schön ist die Frau erst, wenn sie vollkommen entwikkelt ist und ihre Empfindungen zum Ausdruck gelangt sind."

Ausführlich legte er dar, daß die erste Frische weiter nichts sei als die oberflächliche Glanzschicht der heranreifenden Schönheit, und bewies, daß der Weltmann von keiner Täuschung befangen sei, wenn er der sich in voller Blüte befindlichen jungen Frau nur geringe Aufmerksamkeit schenke; vollkommen recht habe er aber, wenn er die Frau erst dann für „schön" erkläre, sobald sie die letzte Epoche ihrer Blütezeit erreicht habe.

Die Gräfin fühlte sich durch diese Auslegung Bertins geschmeichelt und sprach:

„Er hat recht; er urteilt als Künstler. Ein junges Gesicht ist sehr lieblich, aber immer auch etwas alltäglich."

Der Maler spann das begonnene Thema fort, daß das Gesicht, sobald es den unbestimmten Reiz der Jugend verliere, Form, Charakter und Ausdruck gewinne.

Nach jedem Wort nickte die Gräfin zustimmend mit dem Kopf, und je eifriger, je beredter der Künstler ihre Sache verfocht, desto lebhafter unterstützte ihn die Gräfin mit Blicken und Gebärden, als hätten sie ein Schutz- und Trutzbündnis gegen irgendeine gemeinsame Gefahr, eine drohende falsche Meinung, geschlossen. Annette war von dem sich ihr darbietenden Anblick so in Anspruch genommen, daß sie nicht einmal auf die beiden achtete. Ihr heiteres, lächelndes Gesicht war ernst geworden, und die Schönheit des Schauspiels, das sich vor ihren Augen entrollte, betäubte sie dermaßen, daß sie nicht einmal zu sprechen vermochte. Das von den Sonnenstrahlen vergoldete junge Laub der Bäume, die zahllosen schönen Wagen, dieses herrliche, heitere Leben – alles schien für sie bestimmt zu sein.

Wenn sie täglich hierherkommt, wird man auch sie kennen, auch sie grüßen und sie beneiden. Und wenn die Männer von ihr sprechen, wird man vielleicht auch von ihr sagen, daß sie schön sei. Mit den Blicken suchte sie die Männer und Frauen heraus, die ihr die Vornehmsten zu sein schienen, und erkundigte sich nach ihren Namen; sie beschäftigte sich mit nichts anderem als mit dem Klang dieser Namen, von denen sie schon so häufig in den Zeitungen oder in der Geschichte gelesen hatte und die deswegen Ehrfurcht und Bewunderung in ihr erregten. Sie vermochte es nicht zu fassen, daß sie hier so viele berühmte Personen zu gleicher Zeit sah, und glaubte es beinahe nicht, daß all dies wahr sei, meinte vielmehr einer Theatervorstellung beizuwohnen. Die Mietwagen erweckten eine mit Abscheu vermischte Verachtung in ihr, verletzten und reizten sie, und mit einemmal sagte sie:

„Hier sollten außer vornehmen Luxuswagen keinerlei andere fahren dürfen!"

„Und was würde dann aus der Freiheit, Gleichheit, Brüderlichkeit werden, mein Fräulein?" fragte Bertin.

Annette schnitt eine Grimasse, als wollte sie sagen: „Darum sollen sich andere kümmern!" Tatsächlich aber erwiderte sie:

„Für die Mietwagen könnte ein anderer Spazierort bestimmt werden, zum Beispiel das Wäldchen von Vincennes."

„Du bist noch weit zurück, Kleine, und weißt nicht, daß wir jetzt sehr demokratisch gesinnt sind. Wenn du das Boulogner Wäldchen übrigens von jeder Beimischung frei sehen willst, so komme am Morgen; dann wirst du die Blüte der Vollblutaristokratie hier antreffen."

Darauf beschrieb Bertin einige seiner Bilder, die er gemalt hatte, beschrieb das Wäldchen zur Morgenzeit mit seinen Reitern und Amazonen, den engen Kreis der vornehmen Gesellschaft, in der man sich gegenseitig kennt, einander beim Vornamen anspricht, miteinander verwandt ist, die gegenseitigen Vorzüge und Fehler anzuführen weiß – mit einem Wort, wo man sich genau so benimmt, als wenn man mit allen zusammen in einem Stadtviertel oder in demselben kleinen Dorf wohne.

„Kommen Sie oft hierher?" fragte Annette den Maler.

„Sehr oft, denn dies ist die angenehmste Zerstreuung, welche Paris zu bieten vermag."

„Am Morgen kommen Sie zu Pferde hierher?"

„Natürlich."

„Und nachmittags machen Sie Besuche?"

„Ja."

„Wann arbeiten Sie also?"

„Wann ich arbeite? . . . Dazu finde ich zuweilen auch Zeit, zumal ich ohnehin bloß besondere, meiner Geschmacksrichtung entsprechende Spezialitäten pflege. Ich bin der Maler der schönen Frauen, muß sie also sehen und ihnen auch ein wenig folgen."

Noch behielt Annette ihre ernste Miene bei und fragte:

„Zu Fuß oder zu Pferde?"

Bertin maß das junge Mädchen mit einem schelmischen und zugleich befriedigten Blick, als wollte er sagen: „Sieh, sieh, du entwickelst schon Geist? Du machst ja herrliche Fortschritte!"

Seit einigen Minuten ließ ein kühler Windhauch die Baumzweige und flatternden Frauenkleider erzittern. Wie auf ein gegebenes Zeichen und beinahe mit derselben Bewegung schoben die Damen ihre nach rückwärts gezogenen Überröcke herunter, während die Pferde in rascherem Trabe von einem Ende des Wäldchens zu dem anderen zu gelangen suchten, als hätte die kühle Brise auch sie angetrieben, und unter dem silberhellen Klingen der schärfer angezogenen Gebisse machten sie kehrt, um in dem von den Strahlen der untergehenden Sonne geröteten, schief fallenden Regen in die Stadt zurückzukehren.

„Gehen Sie jetzt nach Hause?" fragte die Gräfin den Maler, dessen Gewohnheiten ihr genau bekannt waren.

„Nein, ich gehe in den Klub."

„So werden wir Sie im Vorüberfahren dort absetzen."

„Sehr liebenswürdig, ich danke bestens."

„Und wann laden Sie uns mit der Herzogin zum Frühstück zu sich?"

Dieser Lieblingsmaler der Pariserinnen, dem seine Bewunderer den Beinamen „der realistische Watteau" gaben, während ihn seine Neider „den Photographen der Kleider und Mäntel" nannten, veranstaltete in seinem Atelier häufig kleinere und größere Mahlzeiten für die schönen Damen, die er malte, und auch für andere, die bekannt und berühmt waren und die dazu beitrugen, daß die im Hause des Junggesellen veranstalteten Festlichkeiten ungemein interessant wurden.

„Übermorgen? Gut! Was denken Sie, liebe Herzogin?" fragte Frau von Guilleroy.

„Vortrefflich! Sie sind sehr liebenswürdig. Herr Bertin denkt niemals an mich, wenn er Unterhaltungen veranstaltet. Man merkt es bei ihm, daß ich nicht mehr jung bin."

Die Gräfin, die gewöhnt war, das Haus des Malers gewissermaßen als das ihre zu betrachten, fiel ihr ins Wort:

„Niemand wird dabei anwesend sein, außer uns vier Personen, die hier im Wagen sitzen: die Herzogin, Annette, ich und Sie, nicht wahr, erhabener Meister?"

„Niemand, bloß wir vier", erwiderte der Maler, aus dem Wagen steigend, „und dabei sollen die Herrschaften nach Elsässer Art zubereitete Krebse bekommen."

„Oh, Sie werden mir die Kleine mit diesen pikanten Speisen ganz verderben!"

Vor dem Wagenschlag stehend, grüßte Bertin die Damen, dann eilte er in die Vorhalle des Klubs, warf seinen Stock und Mantel den dort umherlungernden Dienern zu, die eine so militärische Haltung einnahmen, als schritte ein General die Front des Regiments ab; dann stieg er die breite Treppe hinauf, an einer zweiten Dienerschar vorüber, die kurze Hosen und seidene Strümpfe trug, stieß eine Tür auf und fühlte sich mit einem Mal ganz jung und elastisch, als er vom Ende des Flurs her das Klirren der einander kreuzenden Degenklingen, das Stampfen der Füße und kräftige Männerstimmen vernahm.

„Vorwärts . . . Drauf . . . Getroffen . . . Vorwärts . . . Auf-
gepaßt . . .“

Im Fechtsaal standen die Fechter einander gegenüber, in
graue Leinwandblusen und sich eng an die Knöchel schmie-
gende Hosen gekleidet, mit einem die Brust schützenden Le-
derharnisch und den Bauch verdeckenden Schurz, den Arm zu-
rückgebogen, während die durch den Fechthandschuh ins Riesenhafte vergrößerte rechte Hand das dünne biegsame Florett
mit größter Gewandtheit handhabe.

Andere hatten sich keuchend, das Gesicht von der Anstrengung hochgerötet, niedergesetzt, trockneten sich mit dem Taschentuch den Hals und plauderten dabei miteinander; andere
wiederum saßen auf dem viereckigen Sofa in der Mitte des Saales und beobachteten den Angriff Liverdys gegen Landa und
den Kampf des Fechtmeisters Taillade mit dem großen Rocdiane.

Bertin fühlte sich hier ganz heimisch und lächelnd drückte er
der Reihe nach die sich ihm entgegenstreckenden Hände.

„Ich rechne auf Sie“, rief ihm Baron von Baverie zu.

„Ich stehe Ihnen zur Verfügung, lieber Freund“, erwiderte er
und begab sich in das kleine Nebenzimmer, um sich umzuklei-
den.

Schon seit langer Zeit hatte er sich nicht so stark und elastisch
gefühlt wie heute, und da er überzeugt war, daß er ausgezeichnet fechten werde, nahm er das Umkleiden mit der Ungeduld
eines Schulkindes vor. Als er dann auf den Kampfplatz trat,
griff er seinen Gegner mit großem Ungestüm an, so daß er ihn in
zehn Minuten elfmal traf und derart erschöpfte, daß der Baron
um Gnade flehte. Dann focht er noch mit Punifiacon und zum
Schluß mit seinem Kollegen Amaury Maldant.

Die darauf folgende kalte Dusche, die seinen erhitzten Körper beinahe erstarren ließ, erinnerte ihn an die Bäder, die er vor
zwanzig Jahren nahm, wenn er an kühlen Herbsttagen zum
nicht geringen Schrecken der Passanten kopfüber von der
Brücke in die Seine sprang.

„Ißt du hier?“ fragte ihn Maldant.

„Ja.“

„Wir, das heißt Liverdy, Rocdiane und Landa, haben einen
Tisch belegt; beeile dich, es ist schon ein Viertel nach sieben!“

Im Speisesaal wimmelte es von Herren.

Hier hausten alle vornehmen Nachtvögel von Paris, die Nichtstuer so gut wie die Arbeitenden – mit einem Wort: all die Personen, die von zwei Uhr an nicht mehr wissen, was sie mit der Zeit beginnen sollen, und die nur deshalb in dem Klub speisen, um sich dem einen oder dem anderen anzuschließen.

Als die fünf guten Freunde beisammensaßen, wandte sich der Bankier Liverdy, ein kräftiger, stämmiger Vierziger, mit den Worten an Bertin:

„Du hast ja heute mit einer wahren Wut gefochten."

„Ja, heute wäre ich fähig, Wunder zu vollbringen", gab der Maler zur Antwort.

Die anderen lächelten, und Maldant, der Landschaftsmaler, ein kleiner, kahlköpfiger Herr mit grauem Bart, bemerkte scherzhaft:

„Mir geht es genau so. Im Monat April fühle ich stets neue Lebenskraft in mir; mein Blut gerät in Wallung, im Frühling setze ich wohl auch ein halbes Dutzend frische Blätter an – zu Blüten oder Früchten aber bringe ich es niemals wieder."

Marquis von Rocdiane und Graf von Landa versicherten ihn ihres Beileids. Beide waren älter als er, doch hätte selbst das geübteste Auge ihr Alter nicht bestimmen können; es waren das eben Männer, die ihr ganzes Leben im Klub, im Sattel und mit dem Degen in der Faust verbrachten und deren Muskeln infolge der fortwährenden Übung aus Stahl zu sein schienen. Sie rühmten sich auch, in jeder Richtung hin jünger zu sein als die verweichlichte neue Generation.

Der edle Rocdiane war allerdings in jedem Salon anzutreffen; doch erfreute er sich des Rufes, in der Art des Gelderwerbs nicht allzu wählerisch zu sein, was nach Ansicht Bertins gar nicht zu verwundern war, da er sehr viel Zeit in den Spielhöllen verbrachte. Er hatte geheiratet, sich aber auch wieder von seiner Gattin getrennt, die ihm ein ansehnliches Jahresgehalt ausgesetzt hatte; er war Direktionsrat bei belgischen und portugiesischen Banken und trug im übrigen in seiner an Don Quichotte erinnernden, energischen Gestalt die ein wenig schäbige Würde des Edelmanns zur Schau, der keine andere Pflicht kennt, als sich von Zeit zu Zeit von dem Blut der in seinen Duellen eingeheimsten geringfügigen Verletzungen zu reinigen.

Graf von Landa war ein Riese, der auf seine mächtige Gestalt und breite Schultern recht stolz war. Obwohl verheiratet und

Vater zweier Kinder, konnte er sich nur sehr schwer entschließen, wöchentlich dreimal zu Hause zu speisen; die übrigen Tage verbrachte er mit seinen Freunden im Klub.

Seiner Ansicht nach bildete der Klub eine Familie, und zwar für solche Personen, die noch keine Familie haben und niemals eine haben werden, so wie für jene, die sich im Kreise der eigenen Familie langweilen.

Die Unterhaltung wandte sich jetzt den Frauen zu, und zwar schrittweise; zuerst wurden Anekdoten erzählt, dann Erinnerungen aufgetischt und endlich vertrauliche Äußerungen laut, die bis zur Prahlerei gingen.

Marquis von Rocdiane lieferte eine eingehende Beschreibung seiner Geliebten, der den besten Kreisen angehörenden Damen, deren Namen er nur darum nicht nannte, damit man sie um so leichter erriet.

Liverdy, der Bankier, nannte seine Mätressen dagegen beim Vornamen in Verbindung mit allerlei Bemerkungen, wie zum Beispiel: „Gerade war ich bei der Frau eines Diplomaten bei der interessantesten Stelle angelangt", oder er sagte: „Als ich sie eines Abends verließ, sagte ich ihr: ‚Meine liebe kleine Margarete . . .'" Bei solchen Gelegenheiten brach er plötzlich lächelnd ab und fügte dann hinzu: „Da habe ich mich schön verplappert; man müßte allgemein einführen, jede Frau ‚Sophie' zu nennen."

Olivier Bertin war sehr zurückhaltend und erwiderte auf die an ihn gerichteten Fragen:

„Ich begnüge mich mit meinen Modellen."

Die anderen gaben sich den Anschein, als würden sie seinen Worten Glauben schenken, und Landa, der jeder Schürze nachlief, geriet ordentlich in Feuer bei dem Gedanken an die sich auf der Straße herumtreibenden appetitlichen Büsten und die jungen Frauen, die dem Maler für zehn Franken in der Stunde nackt Modell stehen.

In dem Maße wie sich die Flaschen leerten, erhitzten sich die alten Herren, wie sie von den jüngeren Mitgliedern des Klubs genannt wurden, und gerötet, angeeifert zitterten sie förmlich vor Verlangen und innerlichem Feuer.

Nach dem Kaffee wurde Rocdiane geschwätziger und berichtete ziemlich indiskrete Fälle, wobei er die Damen der vornehmen Welt aus dem Spiele ließ, um die der Halbwelt zu preisen.

„Paris", erklärte er mit einem Gläschen Kümmelgeist in der erhobenen Hand, „ist die einzige Stadt, in welcher der Mann nicht alt wird, die einzige Stadt, in welcher der Mann selbst mit fünfzig Jahren, sofern er solid und guterhalten ist, ein achtzehnjähriges, engelschönes Mädchen mit heiterem Temperament findet, das ihn lieben wird."

Landa, der nach dem Likör seinen alten Rocdiane wiederfand, stimmte ihm begeistert bei und zählte eine ganze Liste reizender Mädchen auf, die ihn noch jeden Tag geliebt hatten.

Liverdy aber, der ein Zweifler war und den Wert der Frauen besser zu kennen meinte, sagte:

„Ja, gesagt mögen sie es haben."

„Sie haben es mir auch bewiesen, lieber Freund", erwiderte Landa triumphierend.

„Diese Beweise zählen nicht."

„Mir genügen sie."

„Ei, sie glauben aber selbst, daß sie uns lieben!" rief Rocdiane aus. „Meinst du denn, daß ein niedliches junges Ding von zwanzig Jahren, das sich seit fünf oder sechs Jahren in Paris seines Lebens freut, wo der Schnurrbart von uns allen ihm den Genuß des Kusses beigebracht hat, noch einen Unterschied zwischen einem Mann von sechzig und einem von dreißig Jahren zu machen vermag? Ach, erwidere mir doch nichts! Es wäre reine Wortverschwendung! Solch ein Wesen hat schon zu viel gesehen und erfahren! Seht ihr, ich würde wetten, daß eine solche Dame in der Tiefe ihres Herzens einen alten Bankier inniger liebt als einen jungen Stutzer. Ob sie dies wohl weiß? Ob sie überhaupt daran denkt? Haben denn die Männer hier ein Alter? Ich versichere euch, daß Leute wie wir während des Ergrauens geradezu jünger werden, und je mehr sich Salz und Pfeffer in unseren Haaren mengt, desto eifriger behaupten und beweisen es die Damen, daß sie uns lieben, desto fester glauben sie daran."

Gesättigt und unter der feurigen Wirkung der geistigen Getränke erhoben sich die Herren vom Tisch und begannen zu erörtern, auf welche Weise der Abend verbracht werden sollte. Bertin empfahl den Zirkus, Rocdiane schlug das Hippodrom vor, Maldant bevorzugte das Edentheater und Landa meinte, man solle in die Folies-Bergères gehen. Plötzlich drangen von weitem Violintöne an ihre Ohren.

„Teufel, wir haben heute Musik im Klub?" fragte Rocdiane.

„Ja", erwiderte Bertin, wollen wir nicht noch zehn Minuten warten, ehe wir aufbrechen?"

„Gewiß, bleiben wir also!"

Damit schritten sie durch einen Salon, dann durch einen Billardsaal und endlich durch ein Spielzimmer in einen logenartigen Raum, wo bereits vier Herren sinnend und träumerisch in bequemen Sesseln saßen, während unten im Saal inmitten der langen Reihen leerer Stühle zehn oder zwölf Herren herumstanden oder sitzend miteinander plauderten.

Der Kapellmeister gab ein kurzes Zeichen mit seinem Dirigentenstab, und das Orchester setzte ein.

Bertin war ein leidenschaftlicher Verehrer der Musik, wie man ein leidenschaftlicher Verehrer des Opiums ist. Seine Träume entführten ihn häufig in das Reich der Töne.

Sobald die Tonfluten der Instrumente an sein Ohr drangen, überfiel ihn eine Art nervöser Trunkenheit, die seinen Leib und seine Seele in ein merkwürdiges Vibrieren versetzte. Seine Phantasie berauschte sich an den Melodien. Mit geschlossenen Augen, übereinandergeschlagenen Beinen und herabhängenden Armen lauschte er der Musik, und die verschiedensten Bilder zogen an ihm vorüber.

Das Orchester spielte eine Symphonie von Haydn; und sobald der Maler die Augen schloß, befand er sich wieder in dem Wäldchen, mitten in der ihn umdrängenden Wagenflut, der Gräfin und ihrer Tochter gegenüber; er hörte die Stimmen der beiden, vernahm ihre Worte, empfand die wiegende Bewegung des Wagens und atmete die mit dem Duft der Baumzweige gesättigte Frühlingsluft.

Sein Nachbar sprach ihn dreimal an und störte ihn in seinen Träumereien, die sich aber immer wieder weiterspannen, dem Schiffsrad gleich, das sich weiter um seine Achse zu drehen beginnt, sooft es auch stehenbleibt.

Er wanderte weit fort mit den vor ihm sitzenden Frauen; bald saß er mit ihnen in der Eisenbahn, bald im Ausland an der Table d'hôte irgendeines Gasthofes. Während des ganzen Konzerts sah er stets die beiden Frauen vor sich, als seien ihre Gesichtszüge bei der Spazierfahrt durch die Sonnenstrahlen auf dem Grund seiner Augen photographiert worden.

Die eingetretene tiefe Stille, das Geräusch der zurückgeschobenen Stühle und menschliche Stimmen verscheuchten diese Traumbilder, und als Bertin umsichblickte, sah er seine vier schlummernden Freunde, die vor gespannter Aufmerksamkeit und hohem Genuß eingeschlafen waren.

Er weckte sie und fragte:

„Nun, was tun wir jetzt?"

„Ich", erwiderte Rocdiane aufrichtig, „möchte am liebsten noch ein wenig hier schlummern."

„Ich auch", fügte Landa hinzu.

„Ich aber gehe nach Hause, denn ich bin ein wenig müde", fügte Bertin hinzu und stand auf.

Er fühlte sich im Gegenteil sehr frisch, wollte aber aus dem Klub fortkommen, weil er fürchtete, daß man sich wie gewöhnlich zum Kartenspiel niedersetzen werde.

Er begab sich nach Hause, und nach einer ruhig verbrachten Nacht, die Künstler in jenen geistigen Schaffensdrang zu versetzen pflegt, den sie Begeisterung nennen, beschloß er am nächsten Tag, keinen Schritt vor die Tür zu setzen und bis zum Abend zu arbeiten.

Er hatte einen ausgezeichneten Tag, einen jener leicht schaffenden Tage, da die Ideen aus den Fingerspitzen zu strömen und von selbst auf die Leinwand überzugehen scheinen.

Bei geschlossenen Türen, in der tiefen Stille seines jedermann unzugänglichen Palastes, abgesondert von der Welt, in der anheimelnden Ruhe des Ateliers, reinen Auges und heiteren, lebhaften Geistes, genoß er das Glück, das der Künstler empfindet, wenn sein Werk bei guter Stimmung in ihm geboren wird. Während dieser der Arbeit gewidmeten Stunden gab es für ihn nichts als die Leinwandfläche, auf der unter den liebkosenden Strichen seines Pinsels ein Bild entstand, und bei diesem Höhepunkt seines Einfallsreichtums wurde er sich eines eigenartigen Eindrucks bewußt: sein ganzes Wesen berauschte sich an der Lust des Lebens. Am Abend war er förmlich erschöpft und, mit dem angenehmen Gedanken an das Frühstück des nächsten Tages beschäftigt, begab er sich zu Bett.

Die glänzend gedeckte Tafel war reich mit Blumen geschmückt, das Menü zu Ehren der Gräfin von Guilleroy, der großen Feinschmeckerin, mit großer Sorgfalt zusammengestellt, und trotz des energischen Protestes der Damen zwang der Maler seine Gäste, Champagner zu trinken.

„Die Kleine wird das nicht vertragen", befürchtete die Gräfin.

„Du lieber Gott", meinte die nachsichtige Herzogin, „einmal muß es doch ein jeder versuchen!"

Nach dem Frühstück kehrte man in das Atelier zurück. Alle waren ein wenig angeregt infolge der ungezwungenen Unterhaltung und fühlten sich so leicht, als wären ihnen an den Füßen mit einemmal Flügel gewachsen.

Die Herzogin und die Gräfin hatten am Nachmittag Sitzung in dem „Verein französischer Mütter"; bevor sie jedoch hingingen, wollten sie das junge Mädchen nach Hause bringen. Bertin bat aber, ihm zu erlauben, mit Annette einen kleinen Spaziergang zu machen und sie dann nach Hause zu begleiten. So brachen sie zu zweit auf.

„Wählen wir den längsten Weg!" schlug das junge Mädchen vor.

„Willst du ein wenig durch den Monceaupark bummeln? Es ist das ein sehr drolliger Ort, und wir werden an den Kindern und den Ammen unsere Freude haben."

„Sehr gern; weshalb denn nicht?"

Über die Avenue Vélasquez gelangten sie zu dem monumentalen vergoldeten Gittertor, Wahrzeichen und Eingangspforte für den eleganten Park, der im Herzen von Paris, von herrlichen Palästen umgeben, in seiner grünen Pracht Lust und Erholung gewährt.

In den breiten Alleen, die sich in sorgfältig gezirkelten Linien zwischen den Rasenflächen und Sträuchern hinziehen, saß unter dem dichten Laub eine Menge von Frauen und Männern auf eisernen Stühlen und betrachtete die Vorübergehenden, während auf den Grasplätzen und auf den sich gleich Bächen schlängelnden Wegen zahllose Kinder umhersprangen, Reifen trieben, über Schnüre sprangen und unter der achtlosen Aufsicht der Dienstmädchen und der besorgten Obhut der Mütter tausenderlei Spiele trieben.

Die mächtigen Bäume, deren Äste gleich Blätterriesen gen Himmel emporragen, die ungeheuren wilden Kastanien, zwischen deren dunkelgrünem Laub weiße und rote Blütenbüschel zu sehen sind, und die prächtigen Platanen mit ihren künstlerisch abgerundeten Stämmen säumen herrlich und das Auge entzückend die welligen Rasenflächen ein.

Es war sehr warm. Die Turteltauben hüpften girrend von einem Ast zum andern, und die Sperlinge tummelten sich in den vom Besprengen des Rasens zurückgebliebenen Wassertümpeln. Die weißen Statuen auf ihren Sockeln schienen ebenfalls freudigen Anteil an der wiederkehrenden Schönheit der Natur zu nehmen.

Schäumend braust ein Wasserfall an einer schönen Felsengruppe herab. Um einen Baumstamm, dem man die Form einer Säule gegeben hat, ranken sich die verschiedensten Schlingpflanzen; auf einem Grabstein ist eine Inschrift zu lesen, und die auf den Rasenplätzen aufgestellten steinernen Säulen gemahnen so wenig an die Akropolis wie der elegante kleine Park an einen Urwald.

Seit Jahren fand sich Olivier Bertin fast täglich hier ein, um die Art der Pariserinnen in ihrem wirklichen Rahmen zu beobachten.

„Dieser Park ist für die ‚festliche Kleidung' bestimmt", pflegte er zu sagen; „wer schlecht gekleidet ist, nimmt sich hier scheußlich aus." Er war imstande, stundenlang hier herumzuschlendern; er kannte bereits jede Pflanze und jeden Stammgast des Parks.

Neben Annette schritt er durch die Alleen, wobei seine Augen unablässig das bunte Treiben am Ufer des Teiches beobachteten.

„Oh, der herzige Junge!" rief die junge Dame.

Ihr Blick fiel auf einen blondhaarigen kleinen Knaben, dessen schöne blaue Augen ebenfalls mit Entzücken auf ihr ruhten.

Dann hielt sie förmlich Musterung über die übrigen Kinder, und die Freude, die sie bei dem Anblick der lebenden Puppen empfand, machte sie gesprächig und mitteilsam.

Langsam schritt sie dahin und teilte Bertin unbefangen ihre Beobachtungen über die Kinder, die Ammen und die Mütter mit. Das frohe Jauchzen der drallen, gesunden Kinder bewegte sie, und der Anblick bleicher, kränklicher Kinder erregte ihr Mitleid.

Aufmerksam hörte Bertin ihr zu; dies amüsierte ihn mehr als die Kleinen. Die Kunst vergaß er aber nicht darüber.

„Großartig, entzückend!" murmelte er; denn er war im klaren mit sich, daß eine solche Parkszene mit den Ammen, Kindern und Müttern ein höchst wirksames Bild ergeben müsse. „Wie kommt es nur, daß mir dies nicht schon früher eingefallen ist?" Und zu Annette gewandt, fragte er:

„Gefallen dir diese kleinen Rangen?"

„Mir gefallen sie ganz außerordentlich."

Bertin empfand es ahnungsvoll, daß dieses junge Mädchen am liebsten alle Kinder in seine Arme geschlossen, geküßt und liebkost hätte, und im Geiste beobachtete er bereits das Erwachen der schlummernden Mutterliebe. Er konnte nicht genug über den geheimen Instinkt staunen, der sich in dem jungen Frauenherzen bereits entwickelte.

Er nützte die Mitteilsamkeit Annettens und begann sie dies und jenes zu fragen. Voll lieblicher Naivität gestand sie ihm, welchen Hoffnungen sie sich über ihre bevorstehenden Siege und Erfolge in der Gesellschaft hingebe und was für Pferde sie sich wünsche, die sie fast so genau wie ein echter Roßtäuscher kannte; denn in Roncières besaß die Familie ein sehr schönes Gestüt. Ob und wen sie zum Bräutigam erhalte, kümmerte sie allerdings ebensowenig wie die Wohnung, die ihr in jedem Stock zur Verfügung stand.

Unter solchen Gesprächen waren sie am Teich angelangt, auf dessen glattem Spiegel zwei Schwäne und vier Gänseriche mit

einer Würde einherschwammen, als wären sie aus Porzellan, und sie kamen bei einer jungen Dame vorüber, die auf einer Bank saß, ein Buch auf den Knien hielt und mit zum Himmel erhobenem Blick in tiefe Gedanken versunken war. Gleich einer Wachspuppe saß das häßliche, schlichte, einfach gekleidete Mädchen da, wahrscheinlich eine Erzieherin, die nicht gefallen wollte, sondern in der Welt der Träume lebte, in die sie vielleicht durch ein Wort oder einen bezaubernden Satz entführt worden war. Offenbar spannen sich ihre Hoffnungen in der Weise fort, wie das Abenteuer im Roman sie angeregt hatte.

Überrascht blieb Bertin stehen und sagte:

„Es ist so schön, dermaßen in Träume zu versinken!"

Sie schritten an ihr vorüber und kamen wieder zurück, ohne daß die Sinnende sie wahrgenommen hätte, so tief war sie in ihre schweifenden Gedanken versunken.

„Sag' mal, Kleine", fragte der Maler Annette, „wäre es dir sehr lästig, mir ein- oder zweimal zu sitzen?"

„O nein, im Gegenteil!"

„Betrachte aufmerksam dieses Fräulein da, das in tiefes Sinnen versunken ist!"

„Die Dame auf der Bank?"

„Ja. Du setzt dich auch auf eine Bank, nimmst ein geöffnetes Buch in den Schoß und versuchst so in Gedanken vertieft zu erscheinen, wie es diese Dame hier tut. Hast du schon einmal wachend geträumt?"

„O ja!"

„Und wovon hast du geträumt?"

Bertin hätte ihr sozusagen gern die Beichte abgenommen; Annette aber wollte auf seine Fragen nicht antworten. Sie wich denselben aus und beobachtete die Schwäne, die einem Stück Brot nacheilten, das ihnen eine Dame zugeworfen hatte, und sie schien so verlegen zu sein, als hätte man eine wunde Stelle an ihr berührt.

Um dem Gespräch eine andere Richtung zu geben, erzählte sie über ihre Lebensweise in Roncières, über ihre Großmutter, der sie täglich mit lauter Stimme vorgelesen hatte und die jetzt allein geblieben und sicherlich sehr traurig war.

Der Maler lauschte ihrem Geplauder und fühlte sich heiter wie ein Vogel, so heiter wie er noch nie gewesen war. Alles, was ihm dieses kleine Mädchen erzählte, all die nichtigen, sinnlosen

390

Ereignisse, welche die ersten Jahre eines heranreifenden jungen Mädchens erfüllen, amüsierten und interessierten ihn außerordentlich.

„Setzen wir uns!" sagte er.

Sie ließen sich am Teichufer nieder, und sofort erschienen die Schwäne, in Erwartung eines Leckerbissens.

In Bertin erwachten Erinnerungen, längst vergangene, in Vergessenheit geratene Erinnerungen, die plötzlich an die Oberfläche tauchen, ohne daß man einen Grund dafür anzugeben weiß. Und diese Erinnerungen aus der Vergangenheit traten jetzt so rasch und so stark in den Vordergrund, als hätte eine geheimnisvolle Hand sie in ihm wachgerufen.

Er begann darüber nachzugrübeln, weshalb sein ganzes Wesen, allerdings in der Vergangenheit häufiger als in der Gegenwart, schon so oft in Erregung gekommen war. Dieses plötzliche Aufwallen war stets auf einen einfachen materiellen Grund zurückzuführen – einen Geruch, zuweilen ein Parfüm. Wie oft hatte der Duft, den er aus den Kleidern einer an ihm vorübergehenden Dame einatmete, längst vergessene Begebenheiten in ihm wachgerufen! Oder es geriet ihm unter seinen alten Parfümfläschchen eins in die Hand, das ihn an irgendein Ereignis seines Lebens erinnerte. Jeder noch so flüchtige Duft, mochte er aus Häusern, von der Straße, aus Feld und Flur, von einzelnen Möbelstücken herrühren, mochte er angenehm oder unangenehm, der Duft der lauen Sommernacht oder der kalten Winternacht sein – ein jeder weckte Erinnerungen in ihm, als hätte der Duft die vergangenen Ereignisse ebenso in sich verschlossen, wie die Balsamkräuter die Mumien unversehrt erhalten.

Hatte der feuchte Rasen oder die Kastanienblüte die Vergangenheit in ihm erweckt? Nein! Also was denn? Oder hat er diese Lebhaftigkeit seinem Auge zu verdanken? Was hat er denn gesehen? Nichts! Vielleicht glich eine der ihm entgegenkommenden Frauen einer Gestalt der Vergangenheit und brachte, ohne daß er sie erkannt hätte, sämtliche Saiten der jungen Jahre zum Vibrieren. Oder vielleicht irgendein Ton? Auch das war schon geschehen, daß ein Klavier, das er unverhofft vernahm, die Stimmen unbekannter Personen, ja sogar die Klänge einer irgendein abgedroschenes Lied quiekenden Drehorgel ihn plötzlich um zwanzig Jahre verjüngten und ihn in Rührung versetzten.

Die augenblickliche Ursache aber hielt fortwährend, beunruhigend lange an. Was ist denn um und neben ihm, wodurch sein Blut in solche Wallung gerät?

„Es ist ein wenig kühl", sprach er, „gehen wir weiter!"

Sie standen auf und spazierten weiter, die auf den Bänken sitzenden armen Leute betrachtend, denen die Stühle zu kostspielig sind.

Jetzt wandte Annette auch ihnen ihre Aufmerksamkeit zu und begann über deren Leben und Beschäftigung nachzudenken, ja sogar sich darüber zu wundern, daß sie mit einem so kläglichen Aussehen in diesen schönen öffentlichen Garten kamen.

Das erinnerte Olivier noch mehr an die vergangenen Jahre. Es schien ihm, als schwirre eine Fliege um seine Ohren und summe unablässig von den verblaßten Begebenheiten der entschwundenen Zeiten.

Das junge Mädchen bemerkte seine Versunkenheit und fragte:

„Was ist Ihnen? Sie scheinen traurig zu sein."

Bertin erbebte bis in die Tiefe seiner Seele. Wer hatte zu ihm gesprochen? Die Tochter oder die Mutter? Die Mutter, nicht mit ihrer jetzigen, sondern mit ihrer früheren Stimme, die sich dermaßen verändert hatte, daß er sie kaum mehr erkannte.

Lächelnd gab er zur Antwort:

„Mir ist gar nichts, du amüsierst mich köstlich; du bist sehr nett und erinnerst mich ganz an deine Mutter."

Wie hatte ihm nur dieses Echo der einst so vertrauten Stimme, das jetzt von diesen jungen Lippen ertönte, nicht schon früher auffallen können?

„Sprich nur weiter!" bat er zärtlich.

„Worüber denn?"

„Erzähle mir, was du gelernt hast, was dich deine Erzieher gelehrt haben! Hast du sie mögen?"

Annette begann zu plaudern.

Bertin hörte ihr aufmerksam zu, und immer größer wurde seine Befangenheit. Er forschte und horchte, und zwischen den einzelnen Sätzen dieses Mädchens, das seinem Herzen beinahe fremd war, meinte er ein Wort, einen Ton, ein Lachen zu vernehmen, das scheinbar in jungen Jahren von der Mutter auf die Tochter übergegangen war. Manchmal überraschte ihn eine einzelne Betonung, daß er beinahe zusammenschrak. Freilich herrschte in den Stimmen dieser beiden Frauen ein genügender Unterschied, daß man die darin verborgene Gleichheit nicht sofort wahrnehmen konnte, und aus diesem Grund verwechselte er sie auch nicht miteinander; um so auffallender war es jetzt also, als er von den Lippen der Tochter die Stimme der Mutter zu vernehmen meinte. Sein neugieriges Auge hatte bis jetzt bloß die Ähnlichkeiten der Gesichtszüge entdeckt; nun aber verwirrte ihn diese geheimnisvolle Stimme so sehr, daß er sich die Frage vorlegte, ob es nicht die um zwölf Jahre jüngere Gräfin sei, die zu ihm spreche.

Wandte er sich aber infolge dieser Halluzination wieder dem Mädchen zu und begegneten sich ihre Blicke, so spürte er auch jene Zärtlichkeit, die der Blick der Mutter in der ersten Zeit ihrer Bekanntschaft in ihm wachgerufen hatte.

Dreimal schon hatten sie die Runde um den Park gemacht

und waren dabei stets denselben Personen, denselben Kindern und Ammen begegnet.

Annette begann sich daher mit den Palästen zu beschäftigen, die den Park umgeben, und erkundigte sich nach ihren Eigentümern. Sie wollte von jedem etwas wissen. Sie fragte voll neugierigen Eifers und mit einem Interesse, das ihr Gesicht strahlen ließ; sie lauschte den Aufklärungen, die er ihr erteilte und die sie sich tief ins Gedächtnis prägte, nicht nur mit den Ohren, sondern auch mit den Augen.

Beim Pavillon zwischen den sich auf den Boulevard öffnenden Tore sah Bertin, daß vier Uhr vorbei war.

„Oh", sprach er, „wir müssen nach Hause gehen!"

Langsam weiterschlendernd, gelangten sie auf den Boulevard Malesherbes, wo der Maler sich von dem jungen Mädchen verabschiedete und in Richtung nach der Place de la Concorde ging, um am jenseitigen Ufer der Seine einen Besuch abzustatten.

Er summte eine heitere Weise vor sich hin und wäre gern gelaufen und über Bänke gesprungen, so leicht und behend fühlte er sich. Paris erschien ihm schöner und herrlicher denn je. „Es ist kein Zweifel, der Frühling spendet überall neues Leben."

Er befand sich in einer Stimmung, in der die angeregte Phantasie alles mit größerem Genuß auffaßt, das Auge besser sieht und empfänglicher ist für Eindrücke, der Mensch freudiger blickt und lebhafter empfindet, so als hätte eine allmächtige Hand die ganze Welt neu belebt und aufgefrischt.

Und während sein Blick über zahllose drollige Kleinigkeiten hinschweifte, dachte er bei sich: „Wer sollte also glauben, daß es Augenblicke gibt, wo ich keinen Gegenstand zu einem neuen Bild finde!"

Er fühlte seine geistigen Fähigkeiten so leicht und frei, daß ihm sein ganzes bisheriges künstlerisches Schaffen sehr alltäglich vorkam und er sich fähig fühlte, dem Leben in wahrer und unmittelbarer Weise Ausdruck zu verleihen. Das Bedürfnis zu arbeiten bemächtigte sich seiner so plötzlich, daß er umkehrte und nach Hause eilte.

Als er aber vor seiner begonnenen Leinwand stand, schwand der Schaffensdrang, der soeben noch so heiß durch seine Adern gerollt war. Er fühlte sich erschöpft, setzte sich auf das Sofa und versank ins Sinnen.

Jene glückliche Gleichmütigkeit, in der er gelebt hatte, die Sorglosigkeit des zufriedenen Menschen, dessen Bedürfnisse fast ausnahmslos befriedigt sind, war allmählich aus seinem Herzen gewichen, und eine große Leere war zurückgeblieben. Er fand, daß sein Haus öde und sein Atelier verlassen sei, und wenn er umsichblickte, glaubte er den Schatten eines weiblichen Wesens zu sehen, das ihm lieb und anheimelnd schien. Schon längst hatte er die Ungeduld des Liebenden vergessen, der das Erscheinen der Geliebten erwartet. Nun begann er sie mit einemmal zu entbehren; er empfand ihre Abwesenheit und sehnte sich danach, sie an seiner Seite zu sehen.

Tiefe Rührung erfaßte ihn bei dem Gedanken an die Liebe, die sie einander in die Arme geführt hatte. Hier in diesem geräumigen Zimmer, in dem die Geliebte so oft geweilt hatte, entdeckte er zahllose Erinnerungen an ihre Handlungen, Bewegungen und Worte. Er entsann sich gewisser Tage, gewisser Stunden und gewisser Augenblicke und meinte die leichte Berührung ihrer früheren Liebkosungen und Umarmungen zu empfinden.

Unfähig, länger noch an der gleichen Stelle zu verweilen, begann er auf und ab zu schreiten, und dachte, daß er trotz der Freundschaft, die sein ganzes Leben ausfüllte, allein, ganz allein geblieben war. Nach den langen Arbeitsstunden blickte er um sich, gewahrte aber nichts und fühlte nichts als die kalten Wände seines Zimmers. Da er kein weibliches Wesen um sich hatte und mit der Geliebten nur verstohlen und mit größter Vorsicht zusammentreffen konnte, war er gezwungen, seine freie Zeit an den verschiedensten öffentlichen Orten zu verbringen, an denen man für Geld und gute Worte Gelegenheit findet, die Zeit auf irgendeine Weise totzuschlagen. Er war Stammgast im Klub, im Zirkus, im Hippodrom und besuchte Bälle und Theater, nur um nicht nach Hause gehen zu müssen, was er eigentlich am liebsten getan hätte, wenn die Geliebte hätte an seiner Seite leben können.

Früher hatte er in den Stunden rasender Leidenschaft schwer darunter gelitten, daß er die Geliebte nicht bei sich behalten konnte, während er sich später, als die Glut gedämpft war, ohne Murren in sein Los und die freie Lebensweise schickte. Nun aber begann er sie wieder zu entbehren, als wäre seine Liebe zu neuer Glut erwacht.

Sollte ihn diese unvermutete, fast sinnlose Wiederkehr der Liebe nur deshalb so mächtig befallen haben, weil draußen milde Frühlingsluft wehte oder weil er vorhin die damalige, jugendliche Stimme der geliebten Frau zu erkennen glaubte? Das Verlangen, sie zu sehen, überfiel ihn heute wie ehedem mit fieberhafter Gewalt; er begann an sie zu denken, wie es jugendliche Verliebte tun, sah sie in der verlockendsten Gestalt vor sich, und damit reizte er sich selbst noch mehr, so daß er sich schließlich entschloß, sie noch einmal aufzusuchen, obwohl er sie heute bereits einmal gesehen hatte.

Die Stunden schlichen träge dahin, und als er die Richtung nach dem Boulevard Malesherbes einschlug, erfaßte ihn lebhafte Angst: wenn er sie nun nicht daheim antrifft und gezwungen ist, den Abend allein zu verbringen, so wie es ihm schon mehr als einmal zugestoßen ist, was dann?

Seine Frage, ob die Gräfin zu Hause sei, wurde vom Diener bejaht, was ihn mit lebhafter Freude erfüllte.

„Ich bin es, meine Damen", sprach er mit strahlendem Gesicht, als er in den kleinen Salon trat, wo die Frauen unter dem rosenroten Schirm einer hohen schlanken Lampe arbeiteten.

„Wie! Sie sind's?" rief die Gräfin aus.

„Ja, ich bin's! Ich fühlte mich so einsam und bin darum hierher gekommen."

„Das ist sehr liebenswürdig von Ihnen."

„Erwarten Sie vielleicht jemanden?"

„Nein ... vielleicht ... man kann nie wissen."

Bertin setzte sich und betrachtete mit einer gewissen Geringschätzung die Strickerei aus dicker Wolle, an der die Damen mit langen hölzernen Nadeln fleißig arbeiteten, und fragte dann:

„Was wird das?"

„Eine Decke."

„Für Arme?"

„Natürlich."

„Das ist sehr häßlich."

„Aber gut warm."

„Mag sein; doch ist es sehr häßlich, besonders in einem Salon im Stil Ludwigs XV., wo alles schön ist und dem Auge wohltut. Würden Sie nicht für Arme arbeiten, so müßten Sie Ihren Wohltätigkeitssinn – allerdings in eleganterer Form – Ihren Freunden gegenüber betätigen."

„Mein Gott, diese Männer!" sagte die Gräfin achselzuckend. „Man arbeitet jetzt doch überall an solchen Decken."

„Ich weiß es, weiß es leider nur zu gut. Man kann jetzt am Abend nirgends mehr einen Besuch machen, ohne auf den hübschesten Tischchen und elegantesten Möbeln diese häßliche, lange graue Wurst liegen zu sehen. In diesem Jahr ist eine sehr geschmacklose Wohltätigkeit in Mode."

Die Gräfin breitete die Handarbeit über den neben ihr stehenden leeren seidenüberzogenen Lehnsessel, um sich zu überzeugen, ob ihr Freund wirklich recht habe; dann meinte sie gleichgültig:

„Das Ding ist wirklich häßlich."

Damit fuhr sie mit der Arbeit fort. Die Köpfe der nebeneinander sitzenden beiden Frauen waren über die Arbeit geneigt, und die ganz nahe stehende Lampe verbreitete ihre Strahlen so, daß sie ihre Haare, Wangen, Kleider und die hurtig strickenden weißen Hände mit einem rosenroten Schimmer übergoß. Sie begleiteten ihre Arbeit mit der oberflächlichen, doch unablässigen Aufmerksamkeit, welche für die an Handarbeiten gewöhnte Frauen zutrifft: das Auge folgt den Bewegungen der Finger, ohne daß der Geist daran beteiligt ist.

In den vier Ecken des Salons standen auf vergoldeten Sokkeln, in antiker Ausführung, weitere vier chinesische Porzellanlampen, deren Licht durch die über die Glaskugeln gestülpten durchsichtigen Spitzenschirme angenehm gedämpft wurde.

Bertin ließ sich in einem sehr niedrigen, kleinen Sessel nieder, in dem er kaum Platz hatte, den er aber mit Vorliebe benutzte, wenn er mit der Gräfin plauderte, da er so beinahe zu ihren Füßen saß.

„Heute nachmittag haben Sie mit Annette einen langen Spaziergang im Park gemacht", bemerkte die Gräfin.

„Ja, wir haben wie zwei alte Freunde miteinander geplaudert. Ich habe Ihre Tochter sehr gern, denn sie gleicht Ihnen ungemein. Zuweilen spricht sie die Worte in einer Weise aus, daß man meint, Sie sprechen zu hören."

„Mein Gatte sagte schon oft dasselbe."

Bertin betrachtete die beiden Frauen, wie sie, vom Lampenlicht umflossen, arbeiteten, und der peinigende Gedanke, daß sein Heim – trotz des lodernden Kamins und der hell brennenden Lampe – kalt, öde, still und verlassen sei, überfiel ihn aber-

398

mals und mit einer Gewalt, als hätte er die ganze Last seiner Einsamkeit jetzt zum erstenmal empfunden.

Oh, wie gern wäre er der Gatte statt der Geliebte dieser Frau gewesen! Früher hätte er sie am liebsten entführt und sie für alle Zeiten ihrem Gatten geraubt. Heute beneidete er den betrogenen Gatten, war eifersüchtig auf ihn, weil er stets an ihrer Seite weilen und die Freuden des Familienlebens genießen konnte. Während sein Blick auf ihr ruhte, schwoll ihm das Herz bei der Erinnerung an die sie miteinander verknüpfenden zärtlichen Gefühle. In der Tat, er liebte sie sehr, ja sogar noch mehr, noch viel mehr liebte er sie heute als früher. Er mußte ihr seine neu belebte Liebe offenbaren, überzeugt, daß die Gräfin darüber sehr erfreut sei, und darum konnte er es kaum erwarten, daß Annette zu Bett geschickt wurde.

Er sehnte sich danach, mit ihr allein zu sein, zu ihren Füßen zu liegen, um seinen Kopf auf ihre Knie zu legen und diese zarten Hände in die seinen zu schließen. Er blickte auf die Uhr, sprach kein Wort mehr und dachte bei sich, daß die Eltern einen großen Fehler begehen, wenn sie erlauben, daß kleine Mädchen den Abend in Gesellschaft von Erwachsenen verbringen.

Jetzt hörte man Schritte in der Stille des Nebenzimmers und der Diener, dessen Kopf zwischen den Türvorhängen zum Vorschein kam, meldete:

„Herr Musadieu!"

Kaum konnte Bertin seine Wut verbergen, und als er dem Direktor der schönen Künste die Hand reichte, hätte er ihn am liebsten beim Kragen genommen und zur Tür hinausgestoßen.

Musadieu brachte viele Neuigkeiten: Das Ministerium stehe am Rande des Sturzes, über Rocdiane würden allerlei Gerüchte verbreitet. Hier blickte er auf das junge Mädchen und fügte hinzu:

„Dies werde ich später ausführlicher darlegen."

Die Gräfin blickte auf die Uhr, und als sie sah, daß es bald zehn sei, wandte sie sich zu ihrer Tochter:

„Es ist Zeit, zu Bett zu gehen, mein Kind."

Schweigend faltete Annette ihre Arbeit zusammen, legte sie in ein Körbchen, küßte ihre Mutter, und nachdem sie den beiden Herren die Hand gereicht hatte, verließ sie ganz ruhig das Zimmer.

Jetzt sprach die Gräfin:

„Nun erzählen Sie, was Sie wissen."

„Man erzählt allgemein, daß der Marquis von Rocdiane, der sich in aller Freundschaft von seiner Gattin getrennt hat, ein ebenso originelles wie sicheres Mittel gefunden hat, um den Jahresbetrag, den er von seiner Gattin bezieht, der ihm aber nicht genügt, zu verdoppeln. Die Marquise war so ungeschickt, sich bei einem Ehebruch ertappen zu lassen, und nun ist sie gezwungen, das von seiten des Polizeikommissars aufgenommene Protokoll für eine bedeutende Summe, die dem verdoppelten Jahresgehalt gleichkommt, zurückzukaufen."

Neugierig und unbeweglich verharrend, hatte die Gräfin zugehört; die unterbrochene Arbeit war in ihren Schoß geglitten.

Bertin, den die Anwesenheit Musadieus noch wütender gemacht hatte, seit das junge Mädchen nicht mehr da war, geriet jetzt ganz außer Fassung, und mit der Entrüstung des wohlunterrichteten Mannes erklärte er die ganze Sache für eine schamlose Erfindung. Auch er habe bereits davon sprechen gehört, doch nichts erwähnen wollen, denn solch ein unbegründetes, haltloses Geschwätz sollte kein rechtschaffener Mensch wiederholen. Er war aufgestanden und förmlich in Hitze geraten wegen dieser Klatschereien; dabei bediente er sich solch heftiger Ausdrücke, als hätte er aus der Sache eine persönliche Angelegenheit machen wollen.

Rocdiane sei sein Freund, und wenn man ihm in gewissen Fällen auch seinen Leichtsinn zum Vorwurf machen könne, so sei doch niemand berechtigt, ihn ehrloser Handlungen zu beschuldigen oder auch nur zu verdächtigen.

Musadieu war überrascht; er wurde verlegen, verteidigte sich, wich zurück und ließ sich in Erklärungen ein.

„Entschuldigen Sie", sagte er, „doch habe ich die Sache erst vor einer halben Stunde bei der Herzogin von Mortemain gehört."

„Von wem? Sicherlich von einer Frau?" fragte Bertin.

„O nein, sondern vom Marquis von Farandal!"

„Vom Marquis? Das wundert mich nicht im geringsten", warf der Maler höhnisch ein.

Eine Pause trat ein. Die Gräfin hatte wieder zu stricken begonnen; endlich fing Bertin in ruhigem Ton von neuem an:

„Ich weiß bestimmt, daß das Ganze bloß grundloses Geschwätz ist."

In Wahrheit aber wußt er gar nichts, denn er hörte zum erstenmal von der Sache.

Musadieu empfand das Gefährliche der Situation; er begann bereits zum Rückzug zu blasen und sprach gerade davon, daß er noch heute einen Besuch bei Baron von Corbelle machen müsse, als Graf von Guilleroy eintrat, der im Kasino gegessen hatte und von dort nach Hause kam.

Niedergeschlagen, verzweifelt nahm Bertin seinen Platz wieder ein und grübelte darüber nach, wie er den Gatten von sich schütteln solle.

„Haben die Herrschaften nichts von dem großen Skandal vernommen, von dem heute die ganze Welt spricht?" fragte der Graf.

Und da niemand antwortete, fuhr er fort:

„Man erzählt, daß Rocdiane seine Gattin in sträflichem Umgang mit einem Herrn angetroffen habe und sich für diese Unbesonnenheit habe teuer bezahlen lassen."

Nun wiederholte Bertin niedergeschlagen und in traurigem Ton, eine Hand in sanfter, freundschaftlicher Weise auf Guilleroys Knie gelegt, all das, was er vorhin Musadieu ins Gesicht geschleudert hatte.

Halb überzeugt und ärgerlich darüber, daß er unbedacht und leichtsinnigerweise ein unbestimmtes Gerücht wiederholt habe, das zugleich kompromittierend sei, brachte der Graf Entschuldigungen vor und betonte seine Unschuld.

Nun stimmten mit einemmall alle darin überein, daß die Welt in bedauernswerter Leichtfertigkeit bereit sei, zu verdächtigen und zu verleumden. Innerhalb fünf Minuten waren alle überzeugt, daß jedes geflüsterte Gerücht eine Lüge sei, daß die Frauen niemals einen Geliebten hätten, daß die Männer niemals ehrlos zu Werk gingen, daß der Schein also stets viel häßlicher sei als die Wahrheit.

Zwei Diener, deren Schritte durch Teppiche gedämpft wurden, brachten ein Teetischchen und einen schönen silbernen Samowar, aus dem der Dunst des heißen Wassers stieg.

Die Gräfin stand auf, bereitete mit Sorgfalt und Vorsicht, wie es die russischen Frauen tun, den heißen Trank, reichte Musadieu und Bertin je eine Schale und bot ihnen zugleich Sandwich, Gänseleberpastete und englisches Teegebäck an, das auf silberner Schüssel gereicht wurde.

Der Graf ging selbst zu dem kleinen Tisch, wo verschiedene Liköre, Rum, Zuckerwasser und Gläser standen, bereitete sich ein Glas Grog und verschwand darauf in der Tür des Nebenzimmers.

Bertin, der seit der Ankunft Guilleroys Musadieu nicht mehr zürnte und ihm, um ihn zu versöhnen, allerlei schmeichelhafte Dinge gesagt hatte, befand sich jetzt wieder allein mit ihm und der Gräfin und hatte abermals das Verlangen, den lästigen Besuch hinauszuwerfen, der im Gespräch ordentlich warm geworden war, Anekdoten erzählte, allerlei Klatschereien vorbrachte und selbst neue erfand. Immerfort und voll Ungeduld blickte der Maler auf die Uhr, deren Zeiger sich der Mitternachtsstunde näherte. Die Gräfin bemerkte die Richtung seiner Blicke, verstand sofort, daß er mit ihr allein sein möchte, und als Dame der vornehmen Welt, die, dank ihrer Gewandtheit wortlos, bloß mit einer Bewegung, einer Miene, mit dem Ausdruck der Langeweile im Auge den Gang der Unterhaltung zu lenken, den Ton und die Atmosphäre des Salons zu beherrschen und dem Gast verständlich zu machen vermag, ob er gehen oder noch bleiben solle, verbreitete sie auf einmal eine so kalte Luft um sich, als hätte man das Fenster geöffnet.

Musadieu empfand diesen eisigen Luftzug des Geistes, und ohne sich die Sache erklären zu können, hatte er plötzlich das Verlangen, den Salon der Gräfin zu verlassen.

Anstandshalber folgte Bertin dem guten Beispiel. Gemeinschaftlich schritten beide Männer durch den großen Salon, begleitet von der Gräfin, die unablässig mit dem Maler plauderte. An der Schwelle des Vorzimmers hielt die Gräfin Bertin ein wenig zurück, um ihm etwas zu erklären, während Musadieu mit Hilfe eines Dieners in seinen Mantel schlüpfte. Frau von Guilleroy sprach noch immer mit Bertin; der Direktor der schönen Künste aber wartete einige Sekunden in der von einem anderen Diener offengehaltenen Tür, die zur Treppe führte, und da er sich nicht länger von dem Diener anstarren lassen wollte, ging er endlich.

Die Tür schloß sich lautlos hinter ihm, worauf die Gräfin mit vollkommener Unbefangenheit fragte:

„Weshalb gehen Sie denn eigentlich schon so früh fort? Es ist ja noch nicht Mitternacht, bleiben Sie noch eine kleine Weile!"

Und sie kehrten miteinander in den kleinen Salon zurück.

402

„Mein Gott, dieses Rhinozeros hat mich ganz aus dem Häuschen gebracht!" rief der Maler aus, sobald sie allein waren.

„Und weshalb?"

„Weil er Sie mir für eine Weile raubte."

„Aber doch nicht ganz!"

„Mag sein, doch war er mir im Weg."

„Sind Sie eifersüchtig?"

„Es ist keine Eifersucht, wenn man jemand lästig findet."

Bertin setzte sich wieder in den kleinen Sessel, und förmlich an die Gräfin geschmiegt, zerdrückte er den Stoff ihres Kleides zwischen den Fingern und berichtete ihr über die heutige Aufwallung seines Herzens.

Überrascht und entzückt hörte ihm die Gräfin zu und streichelte zärtlich das graue Haar ihres Freundes, als hätte sie damit ihre Dankbarkeit ausdrücken wollen.

„Wie gern möchte ich immer an deiner Seite leben!" sagte Olivier und dabei dachte er fortwährend an den Gatten, der sich zweifellos in einem Nebenzimmer zur Ruhe begeben hatte und schlief. Dann fügte er hinzu:

„Wahrlich, nur durch die Ehe können zwei Leben für immer aneinander gefesselt werden."

„Mein armer Olivier!" sagte die Gräfin, gleichsam ihren Freund und auch sich selbst bedauernd.

Bertin legte den Kopf auf die Knie der Gräfin und blickte voll Liebe zu ihr empor. Doch lag in seinem Blick jetzt der Ausdruck einer traurigen, schmerzlichen und weniger heißen Liebe als vorhin, als der Gatte, das junge Mädchen und Musadieu ihn von seiner Freundin getrennt hatten.

Noch immer streichelte die Gräfin das graue Haar Oliviers, und jetzt sagte sie lächelnd:

„Mein Gott, wie grau Sie sind! Die letzten schwarzen Haare sind jetzt auch verschwunden."

„Leider! Das geht bei mir sehr rasch."

Die Gräfin fürchtete, ihren Freund verletzt zu haben und fügte schnell hinzu:

„Ihr Haar ist sehr früh grau geworden; seit ich Sie kenne, erinnert Ihr Haar stets an ein Gemisch von Salz und Pfeffer."

„Das ist wahr."

Um ihn den Kummer, den sie ihm vielleicht wider Willen verursacht hatte, gänzlich vergessen zu lassen, neigte sich die

Gräfin zu Bertin, faßte seinen Kopf zwischen beide Hände und bedeckte seine Stirn mit zahllos heißen Küssen.

Dann blickten sie einander an und jeder suchte im Auge des anderen den Ausdruck seiner Liebe.

„Wie gern möchte ich einen Tag mit dir allein verbringen!" sagte Bertin, den das Verlangen nach einem vertrauten Beisammensein ungemein peinigte.

Er hatte vorhin gedacht, daß das Weggehen der anwesenden Personen genügen werde, um die am Morgen erwachten Gefühle zu befriedigen, und als er mit der Geliebten allein war und die Glut ihrer Küsse auf der Stirn und durch das Kleid die süße Wärme ihres Körpers fühlte, bemächtigte sich seiner dieselbe Unruhe, dasselbe unbekannte Verlangen nach Liebe.

Und jetzt dachte er, daß er fern von hier, von diesem Haus vielleicht irgendwo im Freien draußen, wo sie ganz allein wären und sich niemand in ihrer Nähe befände, diese Unruhe seines Herzens besänftigen könnte.

„Sie sind ein großes Kind, mein lieber Freund!" erwiderte die Gräfin. „Wir sehen einander ja beinahe täglich."

Bertin bat sie, es zu ermöglichen, mit ihm irgendwo im Freien, in der Umgebung von Paris, zu frühstücken, wie sie dies wiederholt getan hatte.

Die Gräfin wunderte sich über diese Laune, die sie nur schwer befriedigen konnte, seit ihre Tochter zu Hause war.

Doch wolle sie den Versuch machen, sobald ihr Gatte nach Roncières reise, was allerdings erst nach Eröffnung der Kunstausstellung, das heißt am nächsten Samstag, stattfinden werde.

„Und wo werde ich Sie bis zu diesem Wochenende sehen können?"

„Morgen abend bei Corbelle. Außerdem kommen Sie am Donnerstag, um drei Uhr hierher, wenn es Ihre Zeit erlaubt, und ich glaube, daß wir am Freitag zusammen bei der Herzogin speisen werden."

„So ist's recht! Lebe wohl, Geliebte!"

Damit stand er auf, blieb wieder stehen und konnte sich nicht zum Weggehen entschließen. Er hatte sozusagen nichts von alldem erreicht, weswegen er hierhergekommen war, nichts von dem gesagt, was er sagen wollte; die Gefühle sprengten ihm fast die Brust, ohne zum Ausdruck zu gelangen.

„Lebe wohl!" wiederholte er, beide Hände seiner Freundin umfassend.

„Lebe wohl, lieber, teurer Freund!"

„Ich liebe dich!"

Die Antwort der Gräfin bestand in einem Lächeln, mit dem die Frau dem Mann all das, was sie ihm gegeben, zurückzurufen vermag.

Bebenden Herzens sprach der Maler zum drittenmal: „Lebe wohl!" und ging.

4

Man war versucht zu glauben, daß an diesem Tag sämtliche Fahrzeuge nach dem Palais de l'Industrie pilgerten. Seit neun Uhr morgens fuhren aus allen Straßen, von allen Brücken und Boulevards die Wagen ohne Ausnahme zum Künstlerhaus, wohin alle Künstler von Paris die gesamte vornehme Gesellschaft der Hauptstadt zur Besichtigung der aus dreitausendvierhundert Bildern bestehenden Ausstellung eingeladen hatten.

An den Türen herrschte ein förmliches Gedränge, und ohne auf die herrlichen Werke der Bildhauerkunst zu achten, eilte man unverzüglich in die Bildersäle. Schon beim Aufgang fiel das Auge auf die an den Wänden des Treppenhauses hängenden Bilder, die teils wegen ihrer ungewöhnlichen Größe keinen anderen Platz erhalten konnten, weil man sie nicht zurückzuweisen wagte, zur Ausschmückung der Vorhallen dienten.

Im viereckigen Salon wimmelte es von Besuchern. Die Maler, die die Gäste empfingen, machten sich durch ihre Hast, durch ihr lautes Sprechen und ihre energischen Bewegungen bemerkbar. Sie faßten ihre Bekannten am Ärmel, zerrten an ihnen mit der den Sachverständigen eigentümlichen charakteristischen Unruhe und deuteten mit ausdrucksvoller Gebärde auf einzelne Bilder.

Es gab die verschiedenartigsten Typen unter ihnen: lange, hagere Jünglinge, das Haar bis zu den Schultern herabhängend und mit breitkrempigen, weißen, schwarzen und grauen, weichen und festen Hüten in den unmöglichsten Formen; dann wieder kleine, lebhafte, stämmige oder kränklich aussehende

406

Gestalten mit seidenen Halstüchern und in Samtröcken oder in den absonderlichsten Kostümen, die nur von den sogenannten Farbenreibern getragen werden.

Weiter sah man Gruppen von eleganten, stutzerhaften Boulevardkünstlern; Gruppen von Akademikern, die, je nach Geschmacksrichtung oder entsprechend den Begriffen von Eleganz, bald riesengroße, bald winzige Rosetten in den Knopflöchern trugen; ferner Gruppen von Malern aus biederem Bürgerstand, die von ihren triumphierenden Angehörigen umringt waren.

An den vier riesigen Hauptwänden des Saales waren Bilder ausgestellt, die ihm zur Zierde gereichten und durch ihre Farbenpracht, ihre funkelnden Rahmen, durch die mit glänzendem Lack überzogenen leuchtenden Farben und das von oben hereinfallende helle Licht einen überwältigenden Eindruck auf den Eintretenden ausübten.

Der Eingangstür gegenüber befand sich das Porträt des Präsidenten der Republik, während auf der anderen Wand das Bild eines Generals in bunter, goldstrotzender Uniform, mit einem mit Straußenfedern geschmückten Hut und roten Hosen, in friedlicher Nachbarschaft mit einer Anzahl unter Weidenbäumen im Wasser plätschernder nackter Nymphen hing. Ein Bischof aus dem Altertum, der einen heidnischen König exkommuniziert, eine mit Pestkranken und Toten angefüllte Straße einer orientalischen Stadt und Dantes Hölle fesselten und erregten mit unwiderstehlicher Gewalt den Blick und die Aufmerksamkeit des Besuchers.

In dem riesengroßen Hauptsaal sah man außerdem noch einen Reiterangriff, Jägergruppen im Wald, Kühe auf der Weide, zwei Herren aus dem vorigen Jahrhundert, die sich in einer Straßenecke duellieren, eine auf einem Stein sitzende wahnsinnige Frau, einen Geistlichen, der dem Sterbenden die letzte Ölung reicht, Schnitter, Bäche, Sonnenuntergänge, Mondscheinnächte und noch manches andere, was man seit Bestehen der Welt malt, gemalt hat und malen wird, so lange die Welt noch besteht.

Mit einer Gruppe anderer hervorragender Künstler stand Olivier Bertin zwischen den Mitgliedern der Jury und des Instituts und plauderte. Er hatte ein unbehagliches Gefühl, denn trotz der zahlreichen schmeichelhaften Äußerungen und Glückwünsche war er wegen seines ausgestellten Werkes besorgt, da er innerlich überzeugt war, daß es nicht gelungen sei.

Plötzlich erblickte er die Herzogin von Mortemain, die gerade zur Tür hereintrat. Er eilte ihr entgegen, und die Herzogin fragte ihn:

„Ist denn die Gräfin nicht hier?"

„Ich habe sie nicht gesehen."

„Und Herr Musadieu?"

„Habe ich auch nicht gesehen."

„Musadieu hat versprochen, mich um zehn Uhr im Treppenhaus zu erwarten, um mich durch die Säle zu führen."

„Gestatten Sie mir, Herzogin, ihn zu vertreten?"

„Nein, nein! Ihre Freunde haben Sie nötig! Wir sehen uns ja bald wieder, da ich damit rechne, daß wir gemeinsam frühstükken."

Jetzt kam Musadieu herbeigeeilt und bat um Verzeihung. Jemand hatte ihn in der Abteilung für Bildhauerkunst zurückgehalten. Er war beinahe atemlos vor lauter Eile und sprach keuchend:

„Bitte hierher, Herzogin, wir fangen rechts an."

Gerade waren die beiden in dem anstoßenden Saal verschwunden, als Gräfin von Guilleroy am Arm ihrer Tochter eintrat. Ihre Augen suchten Olivier Bertin.

Der Maler erblickte sie sofort; er eilte ihnen entgegen, grüßte und sagte:

„Mein Gott, wie schön Sie sind! Mein Ehrenwort, Annette wird täglich schöner! Sie hat sich während der letzten acht Tage ganz verändert."

Er betrachtete sie prüfend und sagte:

„Die Züge sind viel weicher geworden, viel reifer, der Teint ist heller und reiner. Sie ist schon mehr eine Pariser Dame als ein kleines Mädchen."

Nach dieser Bemerkung ging er auf die wichtigeren Tagesereignisse über.

„Beginnen wir von rechts", sagte er, „wir folgen dann der Herzogin."

Die Gräfin, die, mit allen Seiten einer Künstlerlaufbahn vertraut, so befangen war, als hätte sie selbst ausgestellt, fragte nervös:

„Nun, was spricht man?"

„Die Ausstellung ist sehr schön, sehr beachtenswert. Bonnat ist ausgezeichnet, die beiden Karolus Duran herrlich und ein Puvis de Chavannes hervorragend. Roll ist überraschend schön und ganz neu, Gervax höchst aufnehmenswert. Ferner haben wir noch viel Schönes von Berand, Bazin, Dury und anderen."

„Und von Ihnen?" forschte die Gräfin.

„Ich habe viel Schmeichelhaftes gehört, bin aber selbst nicht sehr zufrieden."

„Sie sind niemals zufrieden."

„O doch, zuweilen! Aber heute glaube ich bei meiner Ehre, daß ich recht habe.

„Weshalb?"

409

„Ich weiß es selbst nicht."

„Lassen Sie uns das Bild ansehen!"

Als sie bei dem Bild anlangten – es stellte zwei kleine Bauernmädchen dar, die in einem Bach badeten – stand eine Gruppe von Bewunderern davor. Vor Freude strahlend flüsterte die Gräfin dem Maler zu:

„Das ist ja entzückend schön, ein wahrer Kunstschatz! Noch niemals haben Sie Schöneres gemalt."

Bertin war für jedes Wort dankbar, das sein Leid linderte, seine Wunde kühlte, und liebevoll schmiegte er sich an die Gräfin. Instinktiv fielen ihm allerlei Argumente ein, um sich zu überzeugen, daß seine Freundin recht habe, die mit dem feinen Geschmack und dem geübten Auge der Pariserin zutreffend urteilte. Um die eigenen innerlichen Befürchtungen zu zerstreuen, vergaß er, daß er seit zwölf Jahren seiner Freundin den Vorwurf machte, daß sie allzu sehr dem modernen Geschmack huldige, den herrschenden Anschauungen und Farbenmischungen, am wenigsten aber der Kunst, der einzig wahren Kunst, die frei von jeglicher Anspielung und den Vorurteilen der Welt ist.

„Gehen wir weiter!" sprach Bertin und führte die Damen aus einem Saal in den andern, die Bilder zeigend und erläuternd und ganz glücklich, daß er sich in der Gesellschaft der beiden Frauen befand.

„Wieviel Uhr ist es?" fragte die Gräfin plötzlich.

„Halb eins."

„Dann müssen wir zum Frühstück eilen. Sicherlich wartet die Herzogin bei Ledoyen bereits auf uns; sie hat es mir auf die Seele gebunden, Sie mitzubringen, wenn sie Ihnen in der Ausstellung nicht begegnen sollte."

Der von jungen Bäumen und exotischen Gewächsen umgebene Gasthof glich einem wild bewegten Ameisenhaufen. Durch die offenen Türen und Fenster vernahm man allenthalben die verschiedensten Töne, unzusammenhängendes Rufen, das Klirren von Gläsern und Tellern. Die Gäste drängten sich um die rechts und links in langen Reihen aufgestellten Tische, in Erwartung der Speisen oder bereits mit dem Essen beschäftigt, das von den hin- und hereilenden Kellnern aufgetragen wurde.

Die Menschenmenge, die sich unter der den Saal umschließenden Galerie drängte, glich einer Herde. Alles lachte, schwatzte, aß und amüsierte sich, begeisterte sich am Wein und schwelgte im Frohsinn, der an manchen Tagen, wie aus Sonnenstrahlen, in Paris erwacht.

Ein Kellner führte die Gräfin, Annette und Bertin in ein Sonderzimmer, wo die Herzogin bereits wartete.

Als man eintrat, erblickte der Maler sofort neben der Herzogin deren Neffen, den Marquis von Farandal, der lächelnd und furchtbar dienstfertig herbeieilte, um der Gräfin und deren Tochter Schirm, Hut und Mantel abzunehmen. Dies ärgerte Bertin, und er war nahe daran, unangenehme und beleidigende Dinge zu sagen. Die Herzogin beteuerte, die Begegnung mit ihrem Neffen sei eine zufällige.

Musadieu aber war nicht zugegen, da ihn der Kultusminister mit sich genommen hatte. Bertin geriet förmlich in Wut bei dem Gedanken, daß dieser Geck Annette heiraten und in ihren Umarmungen schwelgen könne. Dies ärgerte und reizte ihn so, als wäre der Marquis damit seinen Rechten nahegetreten und wolle ihm seiner heiligen und geheimen Rechte berauben.

Als man sich zu Tische setzte, wandte der Marquis, der einen Platz neben dem jungen Mädchen erhalten hatte, ihr seine ungeteilte Aufmerksamkeit zu, als sei er ermächtigt worden, Annette den Hof zu machen.

Seinen neugierigen Blick erklärte der Maler für keck und forschend, sein Lächeln für vertraulich, seine Zuvorkommenheit für zudringlich und anmaßend. In seinen Worten, in seinem ganzen Benehmen meinte er eine Sicherheit zu erkennen, die das Vorzeichen der bevorstehenden vollständigen Besitznahme zu sein pflegt.

Wie es schien, unterstützten und billigten die Herzogin und die Gräfin dieses anspruchsvolle Verhalten, denn sie blickten sich lächelnd und verständnisvoll an.

Nach dem Frühstück kehrte man in die Ausstellung zurück. In den Sälen herrschte ein solches Gedränge, daß es unmöglich zu sein schien, Zutritt zu erhalten. Die Ausdünstung der menschlichen Körper, der unangenehme Geruch der Kleider machte die Atmosphäre schwer und drückend. Niemand achtete mehr auf die Bilder, sondern nur auf die Gesichter und Toiletten; ein jeder suchte seine Bekannten, und nur wenn der Ruf der die Ordnung aufrechterhaltenden jüngeren Maler, „Achtung, meine Herren! Achtung, meine Damen!" ertönte, entstand eine Bresche in der dichten Menge.

Fünf Minuten später waren die Gräfin und Bertin von den übrigen getrennt; der Maler wollte sie suchen, die Gräfin aber lehnte sich auf seinen Arm und sagte:

„So hat es sich ganz gut getroffen! Lassen wir sie nur! Wir sind übereingekommen, uns um vier Uhr im Büfett zu treffen, wenn wir zufällig voneinander getrennt werden sollten."

„Das ist wahr", meinte der Maler zustimmend. Doch war er zerstreut und konnte den Gedanken nicht loswerden, daß der Marquis Annette begleite und sie mit seinen geschmacklosen Schmeicheleien belästige.

„Liebst du mich noch?" flüsterte ihm die Gräfin zu.

„Gewiß, gewiß, wie sollte ich nicht!" erwiderte Bertin befangen, und sein Auge suchte über die zahllosen Köpfe hinweg den grauen Hut des Marquis von Farandal.

Die Gräfin merkte, daß ihr Freund zerstreut war, und um seine Aufmerksamkeit zu fesseln, fügte sie hinzu:

„Wenn du wüßtest, wie sehr ich dein ausgestelltes Bild bewundere! Es ist ein Meisterwerk!"

Bertin lächelte und vergaß sofort die jungen Leute, um nur an seine Befürchtungen von heute morgen zu denken.

„Findest du wirklich?"

„Ja, unter allen Bildern gefällt mir deins am besten."

„Es hat mir viel Qual bereitet."

Mit freundlichen, schmeichelnden Worten umgarnte die Gräfin neuerdings ihren Freund, denn sie wußte sehr gut, daß nichts eine solche Macht über den Künstler auszuüben vermag wie die unausgesetzte zärtliche Schmeichelei. Die süßen Worte belebten und elektrisierten den Maler; mitten im Getümmel begann er lebhaft zu plaudern, und er sah und hörte niemanden außer seiner Freundin.

Um ihr seinen Dank zu zeigen, flüsterte er ihr zu:

„Ich hätte närrische Lust, dich zu küssen."

Eine süße Wärme erfüllte die Brust der Gräfin, und den heißen Blick auf den Freund gerichtet, fragte sie nochmals:

„Liebst du mich denn noch?"

„Ja, ich liebe dich, teure Any."

„Besuche mich häufiger am Abend! Da meine Tochter jetzt zu Hause ist, werde ich seltener ausgehen."

Seit die Gräfin das unverhoffte Neuerwachen der Liebe ihres Freundes fühlte, war sie von unendlichem Glücksgefühl beseelt. Je älter Olivier und je weißer sein Haar wurde, desto mehr schwand ihre Befürchtung, daß er sich in eine andere Frau verlieben könne; doch fürchtete sie, er könnte des Alleinseins müde werden und heiraten. Diese noch von früher stammende Sorge wurde immer größer und weckte unausführbare Pläne in ihrem Geist; sie wollte ein Mittel ausfindig machen, um ihren Freund in ihrer nächsten Nähe zu wissen, damit er die langen Winterabende nicht in der kalten, leeren Öde seiner einsamen Wohnung zubringen müsse. Bei sich konnte sie ihn nicht immer behalten, und darum schlug sie ihm Zerstreuungen vor; sie schickte ihn ins Theater und in Gesellschaften, denn lieber noch wollte sie ihn unter Frauen als in seinem traurigen Heim wissen. Ihren Gedanken Ausdruck verleihend, sagte sie:

„Ach, wie würde ich dich verwöhnen, wenn ich dich stets bei mir haben könnte! Versprich mir, recht oft zu kommen, wenn ich nirgends mehr hingehen werde."

„Ich verspreche es dir."

In diesem Augenblick flüsterte eine Stimme ganz in der Nähe:

„Mama!"

Die Gräfin erbebte und wandte sich zurück. Annette, die Herzogin und der Marquis waren ihnen nachgekommen.

„Es ist vier Uhr", sagte die Herzogin, „ich bin müde und möchte gern schon fortgehen."

„Ich gehe auch", erwiderte die Gräfin, „ich sinke fast um vor Müdigkeit."

Sie schritten zusammen bis zur inneren Treppe, die von jener Galerie herabführte, wo die Zeichnungen und Aquarelle untergebracht sind und die sich rings um den riesigen Wintergarten hinzieht, in dem die Werke der Bildhauerkunst ausgestellt sind.

Von der Spitze dieser Treppe kann man die langen Reihen der in dem Wintergarten aufgestellten Statuen, die grünen Wipfel der exotischen Bäume und die ruhelose schwarze Menschenflut überblicken. Lebhaft heben sich die weißen Marmorstatuen von der dunklen Masse der Hüte und Schultern ab.

Als sich Bertin beim Ausgang von den Damen verabschiedete, fragte die Gräfin ganz leise:

„Sie kommen also heute abend?"

„Ganz bestimmt", erwiderte der Maler und kehrte in die Ausstellung zurück, um mit seinen Kollegen die Tagesereignisse zu besprechen.

Gruppenweise umstanden die Maler und Bildhauer die vor dem Büfett aufgestellten Statuen, und wie alljährlich wurde auch heute debattiert, wurden mit den gleichen Argumenten dieselben oder wenigstens sehr ähnliche Werke angegriffen oder verteidigt. Olivier beteiligte sich gewöhnlich lebhaft an der Diskussion, denn er war bekannt wegen seiner raschen und treffenden Bemerkungen, und verstand es vortrefflich, mit seinen Angriffen andere in Verlegenheit zu bringen; einen besonderen Ruf genoß er aber als geistvoller Theoretiker, worauf er sehr stolz war. Heute suchte er sich vergebens zu erwärmen, denn

414

alles, was er gewohnheitshalber vorbrachte, interessierte ihn ebensowenig wie das, was er zu hören bekam. Er hatte Lust fortzugehen; das viele Sprechen war ihm lästig, denn er kannte alle Schliche genau und wußte, womit man gegen oder für die Fragen der antiken Kunst zu argumentieren pflegte.

Er war stets ein großer Freund von solchen Debatten gewesen, die ihm einen besonderen Genuß bereiteten; heute war er aber ausnahmsweise zerstreut, auf seinem Herzen lastete ein leiser Kummer, der zwar keine tiefergehende Spuren zurückläßt, der aber, was man auch tun und sagen mag, vorhanden ist und auf die Seele ebenso einwirkt wie eine unsichtbare Stecknadel, die sich in den Körper bohrt.

In diesem Gemütszustand vergaß er sogar seine Bedenken über die ,,Badenden Frauen" und dachte an nichts weiter als an das seiner Ansicht nach unpassende Benehmen des Marquis gegen das junge Mädchen.

Doch was hatte ihn das zu kümmern? Mit welchem Recht befaßte er sich damit? Weshalb möchte er denn diese von vornherein beschlossene und von allen Teilen für befriedigend und wünschenswert erklärte Heirat verhindern? Aber er konnte durch keinerlei Vernunftgründe das unbehagliche Gefühl loswerden, das über ihn gekommen war, als der Marquis von Farandal, als angehender Bewerber, mit dem jungen Mädchen sprach und ihm zulächelte.

Als er am Abend desselben Tages bei der Gräfin erschien und sie allein mit ihrer Tochter antraf, beide beim Lampenlicht mit der für die Armen bestimmten Arbeit beschäftigt, konnte er sich kaum zurückhalten, eine spöttische Bemerkung über den Marquis zu machen und Annette seine ganze Banalität, die sich unter der glatten Außenseite des ,,Schick" verbarg, vor Augen zu führen.

Bei diesen abendlichen Besuchen hatte man schon längst jeden Zwang abgelegt und eine gewisse Bequemlichkeit schuf mehr als einmal eine kurze schläfrige Pause. In dem kleinen Sessel, mit übereinandergeschlagenen Beinen und zurückgelehntem Kopf, versank der Maler häufig in tiefes Sinnen, und in der vertrauten Ruhe des Beisammenseins ließ er Geist und Körper neue Kräfte sammeln. Jetzt aber hatte sich unversehens wieder jene Lebhaftigkeit bei ihm eingestellt, wie bei solchen Männern, die jemandem gefallen und ihn erfreuen wollen und in Gegenwart gewisser Personen nach gewählteren und treffenderen Worten suchen, um ihre Gedanken, durch die sie den Gefallen jener erringen möchten, auszudrücken. Jetzt ließ er die Unterhaltung nicht mehr stocken, sondern hielt sie durch sein geistvolles Geplauder in Gang und gestaltete sie immer lebhafter. Und wenn es ihm gelang, bei der Gräfin und ihrer Tochter ein herzliches Lachen zu erregen, oder wenn er sah, daß sie, von seinen Worten überrascht oder bewegt, den Blick auf ihn richteten und ihre Arbeit niederlegten, um ihm mit gespanntem Interesse zuzuhören, so erfaßte ihn ein unendliches Glücksgefühl über seinen Erfolg, der ihm seine Mühe reich belohnte.

Von da an suchte er sie immer auf, wenn er sie allein wußte, und nie hatte er angenehmere Abende verbracht als zu dieser Zeit.

Diese anhaltende Aufmerksamkeit zerstreute die ständigen Befürchtungen der Frau von Guilleroy, die selbst alle ihre Fähigkeiten aufbot, ihren Freund noch enger an sich zu binden. Sie lehnte Einladungen zu Diners, Bällen und Theatervorstellungen ab, nur um sich den bescheidenen Genuß zu verschaffen, während des Nachmittagspazierganges einen kleinen blauen Zettel mit den Worten „Auf baldiges Wiedersehen!" in den Briefkasten zu werfen. Anfangs schickte die Gräfin ihre Tochter erbarmungslos zu Bett, sobald die Uhr die zehnte Stunde geschlagen hatte, um ihrem Freund möglichst früh den Genuß des Alleinseins zu bieten. Als sie aber eines Tages merkte, daß ihr Freund ganz erstaunt war und sie lachend bat, Annette nicht mehr als ein ungezogenes kleines Kind anzusehen, verlängerte sie ihre Anwesenheit um eine viertel, dann um eine halbe und endlich um eine ganze Stunde. Wenn sich das junge Mädchen dann entfernt hatte, blieben auch sie nicht mehr lange beisammen, als wäre der Zauber, der sie im Salon vereint gehalten, mit Annette selbst verschwunden.

Bertin schob nun seinen bevorzugten kleinen Sessel zu den Füßen der Gräfin, setzte sich und legte den Kopf schmeichelnd in den Schoß der Freundin, während sie ihre Hand dem Maler reichte. Da jetzt seine geistige Erregung mit einemmal gedämpft schien, hörte er auf zu sprechen und ruhte sich in süßem Schweigen von den Mühen des Tages aus.

Mit dem feinen Verständnis der Frauen wurde es der Gräfin bald klar, daß Annette fast dieselbe Anziehungskraft wie sie

416

selbst auf ihren Freund ausübte, und weit entfernt, deswegen aufgebracht zu sein, freute sie sich, daß der Maler bei Mutter und Kind einen gemeinsamen Zug entdeckt hatte, der der Tochter die Sympathie ihres Freundes sicherte. Sie wünschte daher diese Bande immer fester und spielte die Mama in einer Weise, daß sich Olivier beinahe als Vater des jungenMädchens vorkam, und mit dieser Liebe vermehrte sie nur die Glieder der Kette, die Olivier an ihr Haus fesselte.

Schon begann die Gräfin die noch unsichtbaren, aber durch den eisernen Zahn der Zeit verursachten unzähligen kleinen Lücken wahrzunehmen; ihr stets wachsamer Sinn für Koketterie wurde dadurch noch unruhiger und spornte sie zu eifrigerer Tätigkeit an.

Um ebenso schlank zu sein wie Annette, begann sie jedes Getränk zu meiden, und die Sache schien zu gelingen, denn ihr schlanker Körper verlieh ihr ein so mädchenhaftes Aussehen, daß man Mutter und Tochter, von hinten gesehen, kaum voneinander unterscheiden konnte. Das abgemagerte Gesicht rächte sich aber für diese Tyrannei. Die ausgedehnte Gesichtshaut wurde faltig und erhielt eine gelbliche Farbe, was die herrliche Frische des Kindes um so augenscheinlicher machte. Sie nahm nun Zuflucht zur Schönheitspflege ihres Gesichts, zu den Künsten der Schauspielerinnen, und obwohl ihre Haut nun bei Tag eine etwas zweifelhafte weiße Farbe zeigte, erfreute sie sich abends, bei Lampenlicht, einer um so herrlicheren und reizenderen Färbung und machte sie außerordentlich fein, wie dies bei gut geschminkten Frauen der Fall zu sein pflegt.

Das Bewußtsein, daß ihre Schönheit im Schwinden begriffen sei und sie die Mängel auf künstliche Weise ersetzen müsse, führte eine Veränderung in ihren Gewohnheiten herbei. So viel wie möglich entzog sie sich einem Vergleich bei Tageslicht, um sich ihm mehr bei abendlicher Beleuchtung auszusetzen, die vorteilhafter für sie war. Fühlte sie, daß sie müde und blaß sei, was die Frauen auch unter normalen Umständen älter als sonst erscheinen läßt, so klagte sie über Migräne, die sie verhindere, ins Theater oder sonstwohin zu gehen; an solchen Tagen aber, an denen sie sich frisch und schön fühlte, feierte sie ihre Triumphe und spielte mit der ernsten Bescheidenheit der kleinen Mama die Rolle der älteren Schwester. Um mit ihrer Tochter gleich gekleidet zu sein, ließ sie für sich die Kleidung einer jungen Frau anfertigen, die das junge Mädchen wohl etwas zu alt machten; aber Annette, deren Aussehen mit jedem Tag heiterer und verführerischer wurde, trug sie mit solcher Anmut, daß sie in ihnen noch reizender erschien. Mit Leib und Seele übernahm sie die koketten Kunstgriffe ihrer Mutter, führte instinktiv mit ihr die kleinen Szenen der Gefallsucht auf, wußte, wann sie sie küssen, wann und wie sie sie liebevoll umarmen müsse, und verstand es meisterhaft, mit einer einfachen, natürlichen Bewegung, mit der Findigkeit der kindlichen Liebe anzudeuten, wie schön sie beide seien und wie sehr sie einander ähnlich sähen.

Mit Olivier Bertin, der gewöhnt war, sie stets beisammen zu sehen und fortwährend Vergleiche zwischen ihnen anzustellen, kam es schließlich so weit, daß er sie häufig für einen Augenblick miteinander verwechselte. Zuweilen, wenn das junge Mädchen zu ihm sprach und er gerade anderswo hinschaute, war er gezwungen zu fragen, wer jetzt gesprochen habe; und wenn sie sich zu dritt im Salon, eingerichtet im Stil Ludwigs XV., befanden, machte er häufig den Scherz, daß er die Augen schloß und die beiden Frauen bat nacheinander die gleiche Frage an ihn zu richten, damit er sich überzeugen könne, ob er sie der Stimme nach voneinander zu unterscheiden vermöchte. Die Damen bemühten sich dann besonders, in demselben Tonfall zu sprechen, die gleichen Sätze mit der gleichen Betonung wiederzugeben, und sehr häufig trat der Fall ein, daß der Maler die Sprecherinnen nicht voneinander unterscheiden konnte. Durch die Übung bildete sich eine solche Gleichheit der Sprechweise bei ihnen, daß sogar die Dienstboten die Befehle der Mutter mit einem „Jawohl, gnädiges Fräulein!" und die der Tochter mit einem „Jawohl, gnädige Gräfin!" beantworteten.

Die Gewohnheit, einander im Benehmen und Bewegen nachzuahmen, führte die Ähnlichkeit zwischen ihnen zu einer solchen Vollkommenheit, daß selbst Guilleroy sie fortwährend miteinander verwechselte und fragen mußte: „Bist du es, Annette oder deine Mutter?", wenn er die eine oder die andere aus einiger Entfernung erblickte.

Infolge dieser natürlichen und beabsichtigten, wirklichen und erzwungenen Ähnlichkeit erstand in der Seele und im Herzen des Malers der absonderliche Gedanke, daß diese beiden Wesen, deren eines älter und ihm wohlbekannt, während das andere jung und ihm fast gänzlich unbekannt war, eigentlich dieselbe Person in zwei Gestalten sei, von denen die eine die Gegenwart repräsentierte, während die andere die Vergangenheit darstellte. Von diesem Gedanken erfüllt, lebte Bertin neben den beiden Frauen, beiden gleicherweise zugetan; er pflegte seine für die Mutter neuerdings entstandenen Gefühle und überhäufte die Tochter mit einer Liebe, über deren Natur er sich keine Rechenschaft zu geben suchte.

Zweiter Teil

1

Paris, am 20. Juli, zehn Uhr abends.
„Teurer Freund!
Meine Mutter ist in Roncières gestorben. Um Mitternacht
reisen wir. Kommen Sie uns nicht nach, denn wir verständigen
niemand! Doch bedauern Sie und denken Sie an

Ihre Anny."

Paris, am 21. Juli, Mittag.
„Meine arme Freundin!
Wäre ich nicht gewohnt, Ihre Worte für Befehle anzusehen,
so wäre ich Ihnen nachgereist. Voll tiefen, schneidenden
Schmerzes denke ich seit gestern an Sie. Unablässig schwebt
mir die wort- und lautlose Reise vor, die Sie des Nachts, Ihrer
Tochter und Ihrem Gatten gegenübersitzend, in dem dunklen
Eisenbahnwagen zurückgelegt haben. Mit meinem geistigen
Auge sah ich Sie alle drei unter der fünfarmigen Öllampe, Sie
weinend und Annette schluchzend. Ich wohnte Ihrer Ankunft
im Bahnhof bei, sah Ihre traurige Fahrt zum Schloß, Ihren Eintritt in die hallende Flur, sah Sie die Treppe emporeilen in jenes
Zimmer, an jenes Bett, auf dem sie liegt, sah den ersten Blick,
den Sie auf die Tote warfen, und sah den Kuß, den Sie auf das
arme abgemagerte und starre Gesicht drückten. Und ich dachte
an Ihr Herz, an Ihr armes Herz, dessen Hälfte mein ist, das leidet, von namenlosem Schmerz erfüllt ist, was auch mir in diesem Augenblick unendliches Weh verursacht.
Voll inniger Teilnahme küsse ich Ihre armen tränenvollen
Augen.   *Olivier."*

Roncières, am 24. Juli.
„Teurer Freund!
Ihr Brief hätte mir wohlgetan, wenn mir in dem namenlosen

Unglück, das mich betroffen hat, überhaupt etwas wohltun könnte. Gestern haben wir sie begraben, und seitdem man ihren armen, leblosen Körper aus dem Hause getragen hat, scheint es mir, als stände ich allein auf der Welt da. Man liebt ja seine Mutter, sozusagen ohne es zu wissen, ohne es zu fühlen, weil es so natürlich ist wie das Leben; und wie tief diese Liebe wurzelt, vermag man erst im Augenblick der ewigen Trennung ganz zu erkennen. Kein anderes Gefühl ist mit diesem zu vergleichen, denn jedes andere Gefühl entsteht erst später, während dieses mit dem Augenblick der Geburt in uns einzieht; jedes andere Gefühl im Leben ist vom Zufall abhängig, bloß die Liebe zur Mutter lebt in uns, in unserem Blut vom ersten Tage an. Und dann verlieren wir mit ihr nicht nur die Mutter, sondern auch die Hälfte unseres Lebens, denn die Jugendjahre gehörten ihr ebenso wie uns selbst. Nur sie kannte sie genauso wie wir, nur sie kannte eine Menge längst vergessener Einzelheiten, die mit den ersten süßen Regungen unseres Herzens zusammenhingen. Nur zu ihr konnte ich mich äußern: ‚Erinnerst du dich, Mama, an die Porzellanpuppe, die ich von der Großmutter bekam?‘ Wie behaglich konnten wir zu zweit über die kleinen mutwilligen Streiche plaudern, die – unzählig – nur noch in meinem Herzen leben! So starb denn ein Teil meines eigenen Ichs, noch dazu der ältere und bessere Teil. Ich verlor das Herz, in dem das kleine Mädchen gelebt hat, das ich einst gewesen. Nun erinnert sich niemand mehr an die kleine Anna in kurzem Kleidchen mit den Pausbacken und dem silberhellen Sachen.

Und vielleicht ist der Tag gar nicht mehr weit, daß auch ich von hier weg muß und meine süße Annette allein auf der Welt zurücklasse, wie jetzt Mama mich hier gelassen hat. Wie traurig, schmerzlich und grausam ist das alles! Und doch denkt der Mensch nicht daran, blickt nicht um sich, achtet nicht, wie der Tod jeden Augenblick eine Person aus unserer Umgebung dahinrafft und auch uns bald dahinraffen wird. Wenn wir dies sehen oder daran denken würden, wenn wir uns nicht zerstreuen, uns nicht des Lebens freuen und uns nicht durch all das, was vor unseren Augen geschieht, blenden lassen würden, so wären wir unfähig, weiterzuleben, denn der Anblick des endlosen Metzelns und Mordens müßte uns zum Wahnsinn treiben.

Ich bin so gebrochen, so verzweifelt, daß ich zu gar nichts Kraft habe. Tag und Nacht denke ich unablässig an meine liebe, gute Mutter, die man, zwischen vier Brettern verschlossen, in die schwarze Erde versenkte und Schnee und Regen aussetzte. Sie, deren gütiges, altes Gesicht ich voll Seligkeit geküßt habe, ist nichts weiter mehr als Staub und Verwesung. Oh, mein teurer Freund, wie entsetzlich, wie furchtbar ist dies alles!

Als ich meinen Vater verlor, wurde meine Heirat beschlossen, und darum empfand ich den Verlust nicht in solchem Maße wie heute. Ja, bemitleiden Sie mich, denken Sie an mich und schreiben Sie mir! Ich bedarf Ihrer mehr denn je.

Anny."
Paris, am 25. Juli.

„Meine arme Freundin!

Ihr Kummer bereitet mir einen furchtbaren Schmerz. Auch ich sehe die Welt nicht in rosenrotem Licht. Seitdem Sie fern sind, fühle ich mich verloren, verlassen; ich habe niemanden, dem ich mich anschließen, niemanden, bei dem ich Zuflucht finden könnte. Alles ermüdet, langweilt und ärgert mich. Unaufhörlich denke ich an Sie und an unsere Annette. Beide sind Sie fern, während ich Ihrer Nähe so dringend bedarf.

Es ist merkwürdig, wie schwer mir Ihre gegenwärtige Abwesenheit fällt und in welchem Maße Sie mir fehlen. Niemals, nicht einmal in meinen jungen Jahren, waren Sie mir soviel und alles wie jetzt. Schon seit längerer Zeit hatte ich ein Vorgefühl dieser Lage, die nichts anderes sein kann als der Einfluß der herbstlichen Sonnenstrahlen. Was ich jetzt empfinde, ist so eigenartig, daß ich es Ihnen schildern muß. Denken Sie, seitdem Sie fort sind, bin ich unfähig, einen Spaziergang zu unternehmen. Früher, selbst während der letzten Monate, streifte ich oft stundenlang durch die Straßen, zerstreute ich mich durch die Beobachtung der Menschen und genoß die sich mir darbietenden Schauspiele; das Umherschlendern tat mir wohl. Häufig schritt ich gedankenlos dahin, ohne zu wissen wohin; ich wanderte bloß einher, um die frische Luft einzuatmen, um eben zu gehen und zu träumen. Nun bin ich unfähig dazu. Sobald ich die Straße betrete, beschleicht mich eine geheime Angst; ich komme mir vor wie ein Blinder, der seinen leitenden Hund verloren hat. Ich werde unruhig wie der Wanderer, der sich im Wald verirrt hat, und bin gezwungen, nach Hause zu gehen. Paris erscheint mir leer, unausstehlich und lärmend. Ich frage mich: ,Wohin soll ich gehen?' und die Antwort lautet: ,Nirgendwohin.' Um es kurz zu machen, ich bin nicht imstande, ziellos herumzulaufen. Der bloße Gedanke, einen Spaziergang zu unternehmen, langweilt und ermüdet mich. Und dann begebe ich mich mit meiner Melancholie in den Klub.

Wissen Sie, was der Grund von alldem ist? Einzig und allein der, daß Sie nicht hier sind. Darüber bin ich mir vollkommen im klaren. Wenn Sie in Paris sind, so gibt es keinen ziellosen Spaziergang für mich, denn es ist möglich, daß ich Ihnen in der nächsten Straße begegne. Wenn ich Sie nicht sehe, so kann ich wenigstens Annette sehen, die Ihr leibhaftiges Ebenbild ist. Sie beide, die eine sowohl wie die andere, füllen die Straßen mit Hoffnung für mich, mit der Hoffnung nämlich, Sie irgendwo erblicken oder Ihren Spuren folgen zu können. Nur dann ist die Stadt angenehm für mich, und nur dann läßt der Anblick der Frauen, deren Gestalt der Ihrigen gleicht, mein Herz pochen, meine Aufmerksamkeit steigern, meine Augen suchen und meine Sehnsucht nach Ihnen größer werden.

Meine arme Freundin! Sie werden mich sicherlich für einen Egoisten erklären, mich, der ich als alter, girrender Täuberich so viel von meiner Einsamkeit spreche, während Sie bittere Tränen vergießen. Verzeihen Sie es mir! Doch bin ich so daran gewöhnt, von Ihnen geführt und behütet zu werden, daß ich um Hilfe rufe, sobald ich Sie nicht an meiner Seite habe.

Ich küsse voll Demut Ihre Hände, damit Sie meiner in Mitleid gedenken.

Olivier.''

Roncières, am 30. Juli.

„Mein Freund!

Ich danke Ihnen für Ihren Brief! Ich bedarf so sehr der Gewißheit, daß Sie mich lieben! Ich habe fürchterliche Tage verbracht. Wahrlich, ich hatte gemeint, der Kummer würde mich töten. Er bohrte sich in meine Brust wie ein schwerer Stein, wurde immer größer und verursachte mir einen Schmerz, der mich zu ersticken drohte. Der herbeigeholte Arzt milderte die Nervenanfälle ein wenig, die mich tagsüber fünf- bis sechsmal befielen. Er gab mir Morphiumspritzen, die mich fast dem Wahnsinn nahebrachten. Dazu kam noch die Hitze, die mich so aufregte, daß ich nahe daran war, den Verstand zu verlieren. Seit dem Gewitter vom vergangenen Freitag bin ich ein wenig ruhiger. Ich muß bemerken, daß ich seit dem Tag des Begräbnisses gar nicht mehr geweint habe, und während des Gewitters, dessen Nahen mich ganz außer Fassung gebracht hatte, fühlte ich mit einemmal die Tränen langsam, tropfenweise, brennend über meine Wangen rollen. Oh, wie schmerzlich sind diese ersten Tränen! Sie peinigten mich, als seien es Krallen, und in der Kehle würgte es mich, daß ich kaum atmen konnte. Von da an begannen meine Tränen reichlicher, aber lindernd, zu fließen. Die auf meiner Brust ruhende Felsenlast des übergroßen Kummers begann zu weichen, bis sie der Tränenstrom meiner Augen völlig hinwegschwemmte.

Von da an weine ich Tag und Nacht, und das hat mich gerettet. Der Mensch müßte wirklich sterben oder verrückt werden, wenn er nicht weinen könnte. Auch ich fühle mich sehr verlassen. Mein Mann unternimmt Ausflüge in die Umgebung, und ich habe ihn gebeten, Annette mitzunehmen. Möge dem Kind doch einiger Trost und Zerstreuung geboten werden! Sie entfernen sich zu Pferde oder mit dem Wagen mitunter sogar bis auf zehn Meilen von Roncières, und trotz ihrer Trauer kehrt meine Tochter stets wie eine gerötete Rose zurück; ihre Augen strahlen vor Lebenslust, und die Landluft und die Anstrengung des Reitens elektrisieren sie förmlich. Wie schön ist es, in diesem Alter zu stehen! Ich glaube, wir bleiben noch zwei oder drei Wochen hier; dann kehren wir – trotz August – aus einem auch Ihnen wohlbekannten Grund nach Paris zurück.

Was nun noch von meinem Herzen geblieben ist, sende ich Ihnen.

Ihre Anny.“
Paris, am 4. August.

„Länger halte ich es nicht mehr aus, geliebte Freundin!

Sie müssen früher zurückkehren, denn ich fühle, daß mir sonst etwas widerfährt. Ich frage mich, ob ich nicht krank sei, so sehr widert mich alles an, was ich früher mit Vergnügen oder mit Gleichgültigkeit behandelt habe. Außerdem herrscht in Paris eine Hitze, die jede Nacht einem acht oder zehn Stunden währenden türkischen Bade ähnlich macht. Aus diesem Dampfbadschlaf erwache ich müde und erschöpft, spaziere dann eine oder zwei Stunden lang vor der weißen Leinwand herum in der Absicht, etwas zu malen; doch fehlt es mir an Gedanken, mein Auge sieht nichts, meine Hand bewegt sich nicht.

Ich bin kein Maler mehr! . . . Dieses vergebliche Bemühen, etwas zu schaffen, zu arbeiten, erschöpft mich ganz. Ich bestelle meine Modelle hierher, lasse sie ihre Stellung einnehmen, und wenn ich sehe, daß ihre Haltungen und ihre Bewegungen dieselben sind, die ich schon so unzählige Mal wiedergegeben habe, lasse ich sie sich wieder ankleiden und gehen. Aufrichtig gestanden, ich bin bereits unfähig, etwas Neues zu sehen und zu ersinnen, und hierunter leide ich, als wäre ich erblindet. Was ist das? Die Erschöpfung des Auges oder des Geistes? Die Ermüdung der künstlerischen Tätigkeit oder eine Lähmung der Sehnerven? Wer weiß! Mich dünkt, daß ich mein Forschen nach jenen glücklichen Gefilden beendet habe, deren Entdeckung mir anvertraut wurde. Ich sehe nichts anderes mehr, als was die ganze Welt kennt, erzeuge bloß, was bereits jeder schlechte Maler erzeugt hat, habe keine Visionen, keine Beobachtungsgabe mehr! Vor gar nicht langer Zeit wimmelte es noch in meinem Geist von neuen Ideen, und ich hätte sie auf so verschiedene Weise auszuführen verstanden, daß ich nicht recht wußte, für welche ich mich entscheiden soll. Nun sind diese Ideen mit einemmal verflüchtigt; meine Bemühungen sind unfruchtbar und ohnmächtig geworden. Die Menschen, mit denen ich zusammentreffe, erwecken mein Interesse nicht mehr, ich entdecke in ihnen nicht mehr den Charakter und jene Eigentümlichkeiten, die ich so sehr zu beobachten und auf der Leinwand wiederzugeben liebte. Von Ihrer Tochter glaube ich aber noch ein gutes Porträt malen zu können. Vielleicht deshalb, weil sie Ihnen so sehr ähnlich sieht, daß ich in der Erinnerung Sie beide miteinander verwechsle? Ja, vielleicht deshalb!

Wenn mich dann die Anstrengung, einen Mann oder eine Frau darzustellen, die nicht mehr den übrigen wohlbekannten Modellen gleichen, ermüdet hat, begebe ich mich irgendwohin zum Frühstück, weil ich nicht mehr den Mut habe, mich in meinem Speisezimmer allein zu Tisch zu setzen.

Der Boulevard Malesherbes sieht aus wie eine in eine tote Stadt eingeschlossene Waldallee. Jedes Haus atmet gähnende Leere. Die Straßenbesprenger schicken dem Wagen weiße Regenstrahlen nach, welche die Alleen in einen Morast verwandeln, aus dem dann ein feuchter Teerdampf und halbverschwommener Stallgeruch emporsteigt; im Monçeaupark sieht man dagegen von einem Ende zum anderen bloß vereinzelte,

425

bescheidene Gestalten dahinschlendern, Diener oder Handwerker. Die Schatten der Platanen nehmen auf dem heißen Pflaster die absonderlichsten Formen an, die an ausgegossenes, halb verdunstetes Wasser erinnern. Die regungslosen Baumblätter und deren Umrisse bilden graue Flecken auf dem Asphalt, die sind Symbole der ermüdeten, dampfenden, schlaftrunkenen Stadt, die gerade so schwitzt wie der in der Sonnenhitze auf einer Bank schlafende Arbeiter. Ja, der arme Patron schwitzt, und ein entsetzlicher Geruch steigt aus den Kanalöffnungen, den Ventilatoren der Küchen und Keller und aus den Pfützen, in denen der Straßenkehricht weiterschwimmt. Ich er-

innere mich an die Sommermorgen in Ihrer Villa, wo eine unabsehbare Menge von kleinen Feldblumen blüht, die die Luft mit
einem herrlichen Duft erfüllen, und noch niedergeschlagener
kehre ich in einen Gasthof ein, wo kahlköpfige, dickbäuchige
Herren mit aufgeknöpfter Weste, fahler Gesichtsfarbe und
schweißbedeckter Stirn dem Essen frönen. Jedes Nahrungsmit-
tel leidet an Hitze, die Melone zerfließt auf dem Eis, das Brot ist
weich, das Fleisch zerfällt, das Gemüse ist verkocht, der Käse
ranzig und das Obst überreif. Von Ekel erfaßt, gehe ich nach
Hause, um ein wenig zu schlafen, bis ich zum Abendbrot in den
Klub gehen kann.

Dort treffe ich immer Adelmans, Maldant, Rocdiane, Landa
und andere, die mich alle langweilen und quälen wie die Töne
einer Drehorgel. Seit fünfzehn Jahren höre ich ununterbrochen
dieselben Gespräche; ein jeder prahlt mit den eigenen Schwä-
chen und verspottet die des anderen. Im übrigen scheint das Kasino ein Ort zu sein, den man aufsucht, um sich zu zerstreuen.
Ich müßte einen Umtausch meiner Ohren und Augen vornehmen, da sie mich bis zum Überdruß gesättigt haben. Meine Kameraden jagen immer nur Eroberungen nach; sie rühmen sich
ihrer und beglückwünschen sich gegenseitig zu den Erfolgen.

Ich gähne hier mehr, als Minuten zwischen acht Uhr und Mitternacht sind; dann gehe ich nach Hause schlafen, und während
ich meine Kleider ausziehe, denke ich unablässig daran, daß ich
die Sache morgen von neuem durchmachen muß.

Ja, meine teure Freundin, ich bin in dem Alter, in dem das
Junggesellenleben unerträglich wird, denn für mich gibt es
nichts Neues mehr unter der Sonne. Der unverheiratete Mann
muß jung, neugierig und von Sehnsucht erfüllt sein; ist er dies
nicht mehr, so beginnen die Gefahren des ledigen Standes für
ihn. Mein Gott, wie sehr liebte ich früher meine Freiheit, als ich
Sie noch nicht mehr als diese liebte! Wie lästig fällt sie mir heute! Für einen Junggesellen wie mich bedeutet die Freiheit überall nur eine Leere, sie ist der Weg des Todes, auf dem sich gar
nichts befindet, was den Menschen hindern könnte, das Ende zu
schauen. Unablässig lege ich mir die Frage vor: Was soll ich tun,
wohin soll ich gehen, um nicht allein zu sein? Und dann wan-
dere ich von einem Kameraden zum anderen, drücke eine Hand
um die andere und bettle um Freundschaft. Ich sammle die einzelnen Bruchstücke, die dennoch niemals ein Ganzes werden

wollen . . . Sie, meine geliebte Freundin, besitze ich allerdings, aber mein sind Sie nicht. Vielleicht entstand gerade Ihretwegen die Angst und Herzbeklemmung, unter der ich leide, in meinem Innern, denn das, wonach ich mich sehne, fehlt mir: Ihre dauernde Nähe. Mir fehlt es, daß ich nicht unter einem Dach dieselbe Luft mit Ihnen einatmen kann, daß unsere Hoffnungen, Freuden und Leiden nicht die gleichen sind, daß unsere Herzen nicht von derselben Trauer und derselben Wonne erfüllt werden, und daß wir auch die materiellen Sorgen nicht gemeinsam tragen können. Ich besitze Sie, ab und zu. Aber ich möchte dauernd bei Ihnen sein, alles mit Ihnen teilen, gar nichts besitzen, was nicht uns beiden gemeinsam gehört; ich möchte fühlen, daß all das, wovon ich lebe, ebensosehr Ihr Eigentum ist wie das meine – das Glas, woraus ich trinke, der Stuhl, auf dem ich sitze, das Brot, wovon ich esse, und das Feuer, das mich erwärmt.

Leben Sie wohl und kehren Sie je eher desto lieber zurück! Ich leide sehr unter Ihrer Abwesenheit.

Olivier.“

Roncières, am 8. August.

„Mein teurer Freund!

Ich bin krank und so erschöpft, daß Sie mich gar nicht erkennen würden. Ich glaube, ich habe zu viel geweint. Ich muß mich ein wenig ausruhen, bevor ich zurückkehre, denn in meinem gegenwärtigen Zustand möchte ich mich nicht gern sehen lassen. Mein Gatte reist übermorgen nach Paris zurück, und von ihm werden Sie Näheres über uns hören. Er rechnet darauf, daß er Sie irgendwohin zum Essen mitnehmen kann, und beauftragte mich, Sie zu bitten, ihn gegen sieben Uhr zu Hause zu erwarten.

Was mich betrifft, so kehre ich zu Ihnen zurück, sobald ich mich wohler fühle und nicht mehr diese Grabesmiene habe, vor der ich mich selber fürchte. Außer Annette habe ich auf dieser weiten Welt nur Sie, geliebter Freund, und jedem von euch beiden möchte ich mich ganz hingeben, ohne dem einen oder dem anderen zu schaden.

Ihre Anny.“

Als Bertin diesen Brief, aus dem er erfuhr, daß die Heimkehr verschoben worden war, durchgelesen hatte, wurde er von einem brennenden Verlangen erfaßt, sofort einen Wagen zu besteigen, zur Bahn zu fahren und nach Roncières zu reisen; dann aber erinnerte er sich, daß Guilleroy am nächsten Tage eintreffen sollte. Er zwang sich daher, geduldig zu sein, und erwartete die Ankunft des Gatten fast mit derselben Ungeduld, als wenn die Gattin selbst gekommen wäre.

Niemals hatte er Guilleroy so sehr geliebt wie in diesen vierundzwanzig Stunden des Wartens, und als er ihn endlich eintreten sah, eilte er ihm mit ausgebreiteten Armen entgegen und rief:

„Oh, mein lieber Freund, wie freut es mich, Sie endlich wiederzusehen!"

Auch der andere freute sich über das Wiedersehen, besonders aber, daß er wieder in Paris war, denn während seines dreiwöchentlichen Aufenthaltes in der Normandie war sein Leben nicht gerade heiter gewesen.

Die beiden Männer setzten sich in einer Ecke des Ateliers auf ein kleines Sofa und drückten einander abermals gerührt die Hände.

„Wie geht es der Gräfin?" fragte Bertin.

„Nicht gut. Sie hatte große Aufregungen; der Tod ihrer Mutter hat sie ungemein erschüttert, und sie kann sich leider nur sehr schwer erholen. Ja, ich gestehe offen, daß mir ihr Zustand sogar ein wenig Sorge macht."

„Weshalb kommt sie denn nicht zurück?"

„Ich weiß es nicht. Ich konnte sie nicht bewegen, mit mir zu kommen."

„Was tut sie während des ganzen Tages?"

„Du lieber Gott, sie weint und phantasiert von ihrer Mutter. Das ist nichts für sie. Es wäre mir sehr lieb, wenn ich bei ihr eine Luftveränderung durchsetzen und sie veranlassen könnte, den traurigen Ort, an dem sich dies zugetragen hat, zu verlassen. Sie verstehen doch?"

„Und Annette?"

„Oh, Annette ist wie eine Blütenknospe!"

Ein freudiges Lächeln erhellte die Züge Oliviers, als er hinzufügte:

„Ist sie sehr traurig?"

„Traurig ist sie wohl sehr; doch wissen Sie ja, daß der Kummer bei einem Alter von achtzehn Jahren nicht lange vorhält."

Nach einer kleinen Pause, die jetzt eintrat, fragte Guilleroy:

„Wo wollen wir essen, lieber Freund? Ich habe das Bedürf-

nis, ein wenig zu reden, Menschen zu sehen und zu hören."

„Für den Zweck scheint mir zu dieser Jahreszeit das Café des Ambassadeurs am geeignetsten."

Damit gingen sie Arm in Arm zu den Champs Elysées. Guilleroy, der wie jeder Vollblutpariser nach einem Landaufenthalt gleichsam zu neuem Leben erwachte, entdeckte neue Reize und neue Überraschungen und bestürmte Olivier mit tausend Fragen über das Tun und Lassen der Gesellschaft. Nach einigen gleichgültigen Antworten, die deutlich seine Langeweile verrieten, brachte Bertin das Gespräch wieder auf Roncières und bemühte sich, von dem Grafen alles zu erfahren, damit er sich ein genaues Bild machen konnte, ehe die Erinnerung verblaßte.

Gewitterschwere Wolken türmten sich am Horizont, und schon begann es zwischen den Baumzweigen unheilverkündend zu rauschen. Von der Terrasse des Café des Ambassadeurs, blickten die beiden Männer auf die noch leeren Bänke und

430

Stühle, die unter ihnen innerhalb des geschlossenen Raumes vor einer kleinen Bühne aufgestellt waren, auf der die Sängerinnen bei dem bleichen Licht der elektrischen Lampen und dem dämmernden Glanz der sinkenden Sonne ihre kostbaren Kleider und rosigen Wangen bewundern lassen. Warmer Speisegeruch schwebte von einem leisen Windhauch getragen zwischen den hohen Kastanienbäumen und wich einem angenehmeren Duft, wenn eine Dame, begleitet von einem Herrn in schwarzem Salonanzug, an ihnen vorbeischritt, um den für sie bestimmten Platz einzunehmen.

Freudestrahlend murmelte der Graf:

„Oh, hier ist's bedeutend angenehmer als auf dem Lande!"

„Und ich", erwiderte Bertin, „möchte viel lieber auf dem Lande sein als hier."

„Sie scherzen wohl?"

„Beileibe nicht! Paris erscheint mir dieses Jahr wie infiziert."

„Mein lieber Freund, das ist Paris immer."

Der Abgeordnete schien über alle Maßen zufrieden zu sein. Der heutige Tag bedeutete für ihn einen jener so seltenen Tage, da ernste Männer Dummheiten begehen dürfen. Er beobachtete zwei an einem Nebentisch sitzende Mädchen, die sich mit drei eleganten jungen Leuten amüsierten, und er forschte Olivier in schlauer Weise über all die bekannten Frauen zweifelhaften Rufes aus, deren Namen er täglich nennen hörte. Dann bemerkte er mit einem tiefen Seufzer des Bedauerns:

„Sie glücklicher Mensch, daß Sie unverheiratet geblieben sind! Was mögen Sie alles sehen und genießen!"

Der Maler wehrte sich dagegen und wie jeder Mensch, den ein bestimmter Gedanken quält, empfand er das Bedürfnis nach einem Vertrauten. Er schilderte Guilleroy daher seinen Kummer und seine Einsamkeit. Als er ihm alles enthüllt hatte, die ganze Tonleiter seiner Schmerzen, und ihm, um das eigene Herz zu erleichtern, rückhaltslos gesagt hatte, wie sehr er sich nach der Liebe und Teilnahme einer Lebensgefährtin sehne, gab der Graf seinerseits zu, daß das eheliche Leben auch seine guten Seiten habe. Er gewann seine Rednergabe wieder, rühmte in schwungvollen Worten das Glück seines Familienlebens und hob die Gräfin in die Wolken, wozu Olivier häufig ernst und zustimmend mit dem Kopf nickte.

Er war glücklich, daß er von ihr sprechen hörte; zugleich war er eifersüchtig auf das Familienglück des Grafen, der es aber nur aus Pflichtgefühl pries, und darum sprach der Maler, von tiefer Überzeugung durchdrungen:

„Ja, Sie sind ein sehr glücklicher Mensch."

Der Graf fühlte sich geschmeichelt, stimmte der Bemerkung seines Freundes bei und fuhr dann fort:

„Es wäre mir in der Tat sehr lieb, wenn meine Frau nach Paris zurückkäme, denn ich ängstige mich wirklich um sie! Sehen Sie mal, wenn Ihnen Paris schon gar so langweilig ist, so könnten Sie nach Roncières gehen und die beiden zurückbringen. Meine Frau wird auf Sie hören, denn Sie sind Ihr bester Freund, während der Gatte . . . nun, Sie wissen ja . . ."

Ganz entzückt warf Olivier ein:

„Ich könnte mir nichts Besseres wünschen . . . glauben Sie, daß meine Anwesenheit der Gräfin nicht unangenehm sein wird?"

„O nein, durchaus nicht! Gehen Sie nur hin!"

„Ich bin bereit dazu. Morgen reise ich mit dem um ein Uhr abgehenden Zug. Soll ich telegraphieren?"

„Nein, das werde ich besorgen. Ich werde meine Frau verständigen, damit Sie ein Wagen beim Bahnhof erwarte."

Nach dem Essen gingen sie auf dem Boulevard spazieren; nach einer knappen halben Stunde aber verließ der Graf, dringende Geschäfte vorschützend, den Maler.

2

In tiefe Trauer gekleidet saß die Gräfin mit ihrer Tochter eben beim Frühstück in dem großen Speisesaal von Schloß Roncières. An den Wänden hingen in alten, erblindeten Goldrahmen die sehr primitiv ausgeführten Porträts der Ahnen der Familie Guilleroy, deren eines einen geharnischten Ritter, das zweite einen Edelmann in straffer Hofkleidung, das dritte einen französischen Gardeoffizier mit der Puderperücke und das vierte einen Obersten aus der Zeit der Restauration darstellte. Zwei Lakaien bedienten, unhörbar auftretend, die beiden schweigsamen Frauen, während die Fliegen, kleinen schwarzen Punkten gleich, eine summende Wolke um den Kronleuchter über dem Tisch bildeten.

„Öffnet die Fenster!" befahl die Gräfin, „es ist etwas kühl im Zimmer."

Sofort öffneten die Diener die vom Fußboden bis zur Decke reichenden drei Flügelfenster.

Ein weicher, warmer Lufthauch drang durch die Öffnungen ein, und das leise herübertönende Geräusch des entfernten Dorfes und der Duft des dörrenden Heus vermengten sich mit der etwas feuchten Luft des von den dicken Schloßmauern umgebenen Saales.

„Oh, wie wohl tut das!" rief Annette aus und atmete die frische Luft mit vollen Zügen ein.

Die beiden Frauen schauten zum Fenster hinaus. Ihre Augen hafteten auf den weiten grünen Rasenflächen des Parkes und auf den vereinzelt hervorragenden Bäumen, zwischen denen man einen Ausblick auf die bis an den Rand des Horizonts sich erstreckenden Getreidefelder hatte. Der blaue Himmel darüber wurde durch den aus der Erde emporsteigenden leichten Dunst verhüllt.

„Nach dem Frühstück wollen wir einen Spaziergang machen", sagte die Gräfin. „Am Bachrand entlang können wir zu Fuß bis nach Berville kommen, während es auf der freien Ebene zu heiß wäre."

„Ja, Mama, und Julio nehmen wir mit, damit er die Schnepfen aufstöbert."

„Du weißt, daß Papa das nicht liebt und es sogar verboten hat."

„Aber Papa ist ja jetzt in Paris! Es ist so drollig, wenn Julio auf der Lauer steht. Sieh nur, wie er die Kühe quält und beunruhigt! Mein Gott, wie drollig!"

Damit schob sie den Stuhl zurück, rannte zum Fenster und rief hinaus: „Vorwärts, Julio, vorwärts!"

Auf dem Rasen lagen drei wohlgenährte Kühe, wiederkäuend und ermattet von der Hitze. Ein schlanker, weiß und rot gesprenkelter Jagdhund, dessen lange Schlappohren bei jeder Bewegung wie toll herumflogen, stürmte in närrischen Sprüngen, unter lustigem Gebell und mit geheuchelter Wut von einer Kuh zur andern und wollte in neckischem Spiel die schwerfälligen Tiere zum Aufstehen bewegen, was ihnen aber durchaus nicht gefallen wollte. Es war das sicherlich ein Lieblingsspiel des Hundes, der es niemals unterließ, sooft er die ruhig daliegenden

Tiere erblickte. Diese fürchteten sich zwar nicht, schauten aber nicht besonders freundlich mit den großen, feuchten Augen auf ihren Angreifer, wobei sie die Köpfe zurückwenden mußten, um den Bewegungen des Hundes zu folgen.

Vom Fenster aus rief ihm Annette zu:

„Faß sie, Julio, faß sie!"

Der gereizte, angefeuerte Hund bellte noch stärker und wagte sich ganz nahe an die Kühe heran, als wolle er sie beißen. Die armen Tiere wurden unruhig und zuckten immer nervöser mit der Haut, um die Fliegen zu verscheuchen.

Jetzt nahm Julio mit einemmal einen Ansatz und, unvermögend, noch rechtzeitig einzuhalten, sprang er über eine der Kühe hinweg. Das arme dicke Tier erschrak, hob erst den Kopf empor und richtete sich dann mit schwerer Mühe in die Höhe. Als die beiden anderen dies sahen, befolgten sie das Beispiel, während Julio einen Siegestanz um sie vollführte und Annette ihm Lobsprüche spendete.

„Bravo, Julio, bravo!"

„Komm, mein Kind, zum Frühstück!" mahnte die Gräfin.

Das junge Mädchen hatte die Hand schützend vor die Augen gehalten und meldete jetzt:

„Da kommt der Telegraphenbote."

Auf dem zwischen dem reifen Getreide und dem Heu sich hinziehenden, kaum sichtbaren Fußpfad schien eine blaue Bluse dahinzugleiten und sich mit raschen Schritten dem Schloß zu nähern.

„Mein Gott!" murmelte die Gräfin, „es wird doch keine schlimme Botschaft sein!"

Der Schrecken, den die Depesche seinerzeit in ihr erweckt hatte, als sie die Nachricht vom Tod der geliebten Mutter überbrachte, bemächtigte sich ihrer abermals. Die Finger zitterten, und kaum vermochte sie das blaue Papier zu öffnen, aus Furcht, ein neues Unglück zu erfahren, das ihre Tränen wiederum entfesseln könnte.

Annette aber, von jugendlicher Neugier erfüllt, freute sich über jede Neuigkeit. Ihr Herz, das den Schmerz des Lebens jetzt zum ersten Mal kennengelernt hatte, erwartete nur Freudiges von der schwarzen Tasche, die um die Schulter des Postboten hing und die in den Straßen der Stadt ebenso viele Neugierde erregt wie auf den Fußpfaden der Dörfer.

Die Gräfin konnte nicht mehr essen; ihre Gedanken weilten

bei dem Boten, der sich ihnen näherte und ihnen vielleicht eine Nachricht überbrachte, die einem Dolchstoß gleich ihr Herz durchbohrte. Die mit lebhafter Neugier verbundene Angst nahm ihr fast den Atem, und sie grübelte darüber, was es denn für eine dringende Nachricht sein könne. Worauf bezog sie sich? Von wem rührte sie her? Im Geist erschien ihr Olivier. Er war doch nicht krank? Wie, wenn er gestorben wäre?

Die zehn Minuten, die sie warten mußte, dünkten ihr eine Ewigkeit; endlich konnte sie die Depesche öffnen, sah die Unterschrift ihres Gatten und las die folgende Mitteilung: „Teile Dir mit, daß Freund Bertin um vier Uhr in Roncières ankommt. Sende Wagen zur Station. Gruß. Guilleroy.‟

„Nun, Mama, welche große Neuigkeit?‟ fragte Annette.

„Olivier Bertin kommt zu Besuch.‟

„Oh, wie nett! Und wann?‟

„Noch heute.‟

„Um vier Uhr vielleicht?‟

„Ja.‟

„Oh, wie liebenswürdig von ihm!‟

Die Gräfin aber war bleich geworden. Seit einer Zeit wurde eine Befürchtung in ihr immer stärker und die unerwartete Ankunft des Malers bedrohte sie mit der gleichen Gefahr wie alles andere, wovor sie sich fürchtete.

„Du wirst ihn mit dem Wagen abholen‟, sprach sie zu ihrer Tochter.

„Und du, Mama, du kommst nicht mit?‟

„Nein, ich erwarte ihn zu Hause.‟

„Weshalb? Es wird ihn vielleicht verletzen.‟

„Ich fühle mich nicht ganz wohl.‟

„Soeben wolltest du doch mit mir einen Spaziergang nach Berville unternehmen.‟

„Allerdings, doch das Frühstück tat mir nicht gut.‟

„Das wird vorübergehen.‟

„Nein, nein, ich gehe in mein Zimmer, und sobald ihr angelangt seid, benachrichtige mich!‟

„Ja, Mama.‟

Die Gräfin gab den Befehl, daß der Wagen zur bestimmten Stunde bereit sei und man das Gastzimmer in Ordnung bringe, worauf sie sich in ihr Zimmer zurückzog und einschloß.

Bisher hatte sie den Schmerz des Lebens nicht gekannt; nur

die Liebe, die sie für Olivier empfand, und der Gedanke, sich auch dessen Neigung zu sichern, hatten sie beunruhigt. Dies war ihr bis jetzt gelungen, und sie war in dem Kampf um ihn stets Siegerin geblieben. Aus diesem Grund war auch ihr vom Erfolg und den Lobsprüchen umschmeicheltes Herz das anspruchsvolle Herz der eleganten Gesellschaftsdame geworden, die sich im Besitz sämtlicher Reize der Welt wähnt. Bei der glänzenden Heirat, zu der sie ihre Zustimmung gegeben hatte, hatte die Zuneigung keinerlei Rolle gespielt, darum sah sie in *dieser* Liebe die Schöpferin ihres Glücks. Und wenn sie sich schon von diesem sträflichen Verhältnis hatte umgarnen lassen, teils aus Neigung, teils um sich für ihr alltägliches, einförmiges Eheleben zu entschädigen, so wollte sie es auch für sich behalten und gegen die möglicherweise täglich eintretenden Überraschungen schützen. Sie hatte also die sich bietende Gelegenheit mit dem Wohlwollen einer schönen Frau ergriffen; sie war nicht abenteuerlich veranlagt, nicht gequält von einem Sehnen nach Neuem, Unbekanntem, sondern als zärtliche und fürsorgliche Frau zufrieden mit der Gegenwart. Wegen ihrer natürlichen Veranlagung ängstigte sie sich um den kommenden Tag, und sie verstand zu genießen, was ihr die sparsame und weise Einsicht des Schicksals zu genießen erlaubte.

Allmählich aber, und ohne es sich selbst einzugestehen, hatte sich eine dumpfe Ahnung des Vergänglichen und des nahenden Alters in ihre Seele eingeschlichen. In Gedanken kehrte sie immer wieder zu dieser Vorstellung zurück; da sie aber nur zu gut wußte, daß es auf diesem Weg kein Ende gebe und daß nicht mehr innehalten könne, wer ihn einmal betreten, ließ sie sich, hingegeben dem Instinkt der Gefahr, mit geschlossenen Augen fortreißen, nur um die Reinheit ihres Idealbildes zu wahren und den schwindelnd tiefen Abgrund, die Verzweiflung über ihre Ohnmacht nicht sehen zu müssen.

So lebte sie lächelnd, mit einer Art geheuchelten Stolzes, daß sie so lange schön geblieben war, und wenn Annette in der vollen Frische ihrer achtzehn Jahre an ihrer Seite erschien, litt sie durchaus nicht darunter. Sie war im Gegenteil stolz darauf, daß man angesichts des in seiner ersten Blüte prangenden, schönen jungen Mädchens ihren gereiften Reizen den Vorzug gab.

Ja, sie glaubte sogar an der Schwelle einer friedlichen, glücklichen Epoche zu stehen, als der Tod ihrer Mutter sie wie ein schwerer Keulenschlag traf. In den ersten Tagen übermannte sie die Verzweiflung so stark, daß sie gar nicht an etwas anderes zu denken vermochte. Vom frühen Morgen bis spät abends beschäftigte sie sich mit der Toten, rief sich unzählige Kleinigkeiten ins Gedächtnis zurück, ihre Redeweise, die wohlbekannten geliebten Gesichtszüge, die früher getragenen Kleidungsstücke und sonstige zahllose kostbaren Erinnerungen an die Vergangenheit, die den schmerzlichen, krankhaften Träumereien neue Nahrung boten. Und als auf diese Weise der Höhepunkt ihrer Verzweiflung eingetreten war, daß sie jeden Augenblick von Nervenkrämpfen befallen wurde, brach sie mit einemmal in Weinen aus, und nun strömten die Tränen unaufhaltsam aus ihren Augen, Tag und Nacht.

Als ihre Kammerzofe eines Morgens die Läden und Vorhänge öffnete und sie fragte, wie es ihr gehe, erwiderte Frau von Guilleroy, die sich ganz gebrochen und erschöpft fühlte:

„Ach, gar nicht gut, ich vermag mich kaum zu halten."

Die Zofe, die ihr eine Tasse Tee reichte und beim Anblick des bleichen Gesichts ihrer Herrin von Rührung erfaßt wurde, stammelte in aufrichtigem, traurigem Ton:

„In der Tat, Frau Gräfin, Sie sehen sehr schlecht aus. Sie täten gut daran, sich ein wenig zu schonen."

Der Ton, in dem sie diese Worte sprach, bohrte sich wie ein Dolchstoß in das Herz der Gräfin, und kaum hatte die Dienerin das Zimmer verlassen, erhob sie sich und stellte sich vor den großen Wandspiegel. Sie war entsetzt beim Anblick ihres Spiegelbildes; sie erschrak über die eingesunkenen Wangen, die roten Augen, die Verwüstung, die der seit einigen Tagen in ihr wühlende Schmerz angerichtet hatte. Ihr Gesicht, das sie so genau kannte, so oft und in so vielen Spiegeln gesehen hatte, dessen Anmut und Lächeln und Ausdruck in jeder Gemütsstimmung ihr so vertraut waren, dessen Blässe sie schon so oft verschwinden gemacht und dessen kleine Mängel, besonders die feinen Falten, die sich bei hellem Tageslicht unbescheidenerweise um die Augen zu zeigen wagten, sie zu verbergen verstand, – dieses Gesicht erschien ihr mit einemmal als ein anderes, ein fremdes, ein ganz neues Gesicht, das unwiederbringlich krank und verstört ist.

Um sich besser zu sehen und um sich von dem unerwarteten Unglück zu überzeugen, brachte sie den Spiegel so nahe an ihre

Stirn, daß ihr Hauch die Glasfläche trübte und das bleiche Gesicht, das sie betrachten wollte, beinahe verschwinden ließ. Sie mußte mit ihrem Taschentuch den leichten Nebel entfernen und, von einem eigenartigen Gefühl erfaßt, unterzog sie das veränderte Gesicht einer eingehenden und geduldigen Prüfung. Mit leichten Fingern glättete sie die Gesichtshaut, strich sich über die Stirn, kämmte das Haar zurück und zog das Augenlid nach außen, um das Weiße besser sehen zu können. Dann öffnete sie den Mund und betrachtete die etwas gelben, glanzlosen Zähne, zwischen denen an einzelnen Stellen die goldene Plombe hervorglänzte; und der Anblick des blassen Zahnfleisches, die Farbe des Gesichts, besonders aber die gelbe Haut an den Schläfen machte sie ganz traurig.

Die Betrachtung ihres Aussehens nahm sie so in Anspruch, daß sie das Öffnen der Tür gar nicht merkte und am ganzen Leib erzitterte, als sie die Stimme der Dienerin hinter sich vernahm:

„Frau Gräfin haben Ihren Tee zu trinken vergessen."

Verlegen, überrascht und auch etwas beschämt, wandte sich die Gräfin zurück, während die Dienerin, die ihre Gedanken erriet, hinzufügte:

„Frau Gräfin haben geweint und nichts schadet dem Teint so sehr wie Tränen. Das Wasser wird zu Blut."

„Das Alter trägt auch dazu bei", erwiderte die Gräfin traurig.

„Oh, Frau Gräfin", rief die Zofe aus, „bei Ihnen kommt das Alter noch nicht in Betracht! Sie haben bloß ein paar Tage Ruhe nötig, und alles ist wieder in Ordnung. Doch müssen Sie unbedingt Spaziergänge machen und vor allem nicht weinen."

Die Gräfin kleidete sich sofort an, begab sich in den Park hinunter und trat zum ersten Mal seit dem Tod ihrer Mutter in das kleine Treibhaus, in dem sie sich früher mit den Blumen zu beschäftigen liebte; dann eilte sie zum Bach hinunter und promenierte an seinem schattigen Ufer bis zum Frühstück.

Als sie am Frühstückstisch ihrem Gatten gegenüber, an der Seite ihrer Tochter Platz genommen hatte, fragte sie, um ihre Meinung zu hören:

„Heute fühle ich mich bedeutend wohler und ich bin auch weniger blaß, wie?"

„Du siehst noch immer recht kläglich aus", gab ihr der Graf zur Antwort.

Das Herz der Gräfin krampfte sich bei diesen Worten zusammen; sie war nahe daran, in Weinen auszubrechen; ihre Augen füllten sich mit Tränen, denn sie hatten sich bereits an das Weinen gewöhnt.

Seit diesem Tag, wie auch an den folgenden, wenn sie an ihre Mutter oder an sich selbst dachte, fühlte sie jeden Augenblick, daß ihr ein Schluchzen die Kehle zusammenschnürte und Tränen in die Augen traten; damit aber die hervorbrechenden Tränen keine Furchen in den Wangen zurückließen, drängte sie dieselben zurück und versuchte mit übermenschlicher Anstrengung, ihren Gedanken eine andere Richtung zu geben. Sie bezwang ihre Tränen, wehrte den Kummer ab, sprach sich selbst Trost zu, suchte sich zu zerstreuen, nur um sich nicht mehr mit den traurigen Dingen zu befassen, und all dies bloß aus dem Grund, wieder in den Besitz ihrer gesunden Gesichtsfarbe zu gelangen.

Sie wollte um keinen Preis nach Paris zurückkehren, damit Olivier Bertin sie nicht zu Gesicht bekomme, ehe sie ihr normales Aussehen wieder erlangt hatte. Da sie zu der Erkenntnis gelangte, daß sie übermäßig abgemagert sei und Frauen in ihrem Alter eine gewisse Rundung nicht entbehren können, wenn sie die Frische ihres Gesichts zu erhalten wünschen, so suchte sie durch ausgedehnte Spaziergänge in den Wiesen und nahe gelegenen Wäldern sich Appetit zu verschaffen; und obwohl sie müde und ohne Hunger nach Hause kam, zwang sie sich, viel zu essen.

Der Graf, der schon gern nach Paris zurückgekehrt wäre, verstand diese Hartnäckigkeit nicht. Angesichts ihrer entschlossenen Weigerung erklärte er, daß er allein zurückreise; die Gräfin möge ihm folgen, wann sie wolle.

Am Tag darauf erhielt sie die Depesche, die ihr die Ankunft Oliviers meldete.

Sie fürchtete den ersten Blick des Freundes in solchem Maße, daß sie am liebsten geflohen wäre. Sie hätte gern noch eine oder zwei Wochen gewartet. Bei sorgfältiger Pflege kann sich ein Gesicht innerhalb einer Woche ganz verändern. Der Gedanke aber, am hellichten Tag im Freien, im Glanz der Augustsonne, neben der jugendlichen Frische ihrer Tochter vor Olivier erscheinen zu müssen, beunruhigte so, daß der Entschluß sofort in ihr feststand, ihm nicht entgegenzufahren, sondern seine Ankunft in dem halb finsteren Zimmer abzuwarten.

In ihrem Zimmer eingeschlossen, begann sie nachzudenken. Von Zeit zu Zeit bewegte ein warmer Windhauch die Vorhänge. Das Summen der Insekten erfüllte die Luft. Noch nie im Leben hatte sie eine solche Trauer empfunden. Dies war nicht mehr der große, niederschmetternde Schmerz, der ihr das Herz brach und unter dessen Last sie vor dem leblosen Körper der geliebten Mutter zusammenbrach. Dieser Schmerz, den sie niemals verwinden zu können geglaubt hatte, war innerhalb einiger Tage so gering geworden, daß nur noch die Erinnerung an ihn zurückgeblieben war; nun aber riß sie die tiefe Melancholie mit sich, die sich ganz allmählich entwickelt hatte, dafür aber niemals weichen würde.

Ein unwiderstehlicher Drang zu weinen erfaßte sie . . . aber sie wollte nicht. Sooft ihre Augenlider feucht wurden, trocknete sie sie eilends, stand auf, schritt hin und her, betrachtete den Park und die über den Bäumen schwebenden Raben, deren schwarze Flügel sich so scharf von dem blauen Himmelsgewölbe abhoben.

Dann schritt sie am Spiegel vorüber, musterte sich, verwischte die Tränenspuren, blickte auf die Uhr und dachte darüber nach, auf welchem Weg Olivier ankommen werde.

Wie jede Frau, die sich von einer wirklichen oder nur eingebildeten seelischen Angst hinreißen läßt, hing sie mit fast sinnloser Liebe an ihrem Freund. Er bedeutete ihr ja alles, alles, was ein heiß und innig geliebtes Wesen uns bedeuten kann, wenn wir zu altern beginnen.

Plötzlich vernahm sie Wagenrollen aus der Ferne, und zum Fenster eilend, sah sie die mit den schnellfüßigen, edlen Pferden bespannte leichte, offene Kutsche um den Rasenplatz fahren. Neben Annette saß Olivier, der beim Anblick der Gräfin sein Taschentuch schwenkte, was Frau von Guilleroy mit beiden Händen winkend erwiderte. Dann eilte sie mit pochendem Herzen, aber glücklich und vor Freude bebend, hinunter, um ihn zu sehen und mit ihm zu sprechen.

Im Vorzimmer begegneten sie einander.

Aus einem unwiderstehbaren Antrieb breitete Bertin die Arme aus und rief in aufrichtiger innerlicher Erregung:

„Oh, meine arme Freundin, gestatten Sie, daß ich Sie in meine Arme schließe und Ihnen einen Kuß auf die Stirne drükke!"

Mit geschlossenen Augen lehnte die Gräfin an seiner Brust, und während Bertin einen Kuß auf ihre Wange drückte, flüsterte sie ihm die Worte zu:

„Ich liebe dich, mein Teurer!"

Dann blickte er sie an, ohne ihre Hände loszulassen, die er in den seinen hielt, und sprach:

„Sehen wir einmal dieses traurige Antlitz!"

Die Gräfin fühlte sich schwach werden, aber der Maler fügte hinzu:

„Ja, etwas bleich sehen wir schon aus, doch das tut nichts."

Wie um ihm zu danken, stammelte die Gräfin:

„Oh, mein lieber, teurer Freund . . ."

Weiter fand sie keine Worte.

Jetzt wandte sich Olivier zurück, um die inzwischen verschwundene Annette zu suchen, und fragte dann:

„Es ist sehr sonderbar, Ihre Tochter in Trauer gekleidet zu sehen."

„Weshalb?" fragte die Gräfin zurück.

„Weshalb?" rief der Maler förmlich begeistert aus. „Sie ist ja das Ebenbild Ihres von mir gemachten Porträts! Sie sieht genau so aus, wie Sie ausgesehen haben, als ich Sie zum ersten Mal bei der Herzogin erblickte. Erinnern Sie sich noch an die Tür, als Sie an meinen Augen vorüberzogen, wie eine Fregatte an den Kanonen einer Festung vorüberzieht? Als ich vorhin am Bahnhof die Kleine erblickte, in tiefer Trauer, mit dem glänzenden Haar um das Gesicht, da drang mir alles Blut zum Herzen. Ich dachte in Tränen ausbrechen zu müssen! Es ist zum Verrücktwerden, wenn jemand Sie so kannte wie ich, wenn jemand Sie mit solchen Augen angeschaut hat wie ich, der ich Sie inniger als jeder andere liebe, der ich Ihr Bild verewigt habe und der ich jetzt mit einemmal diese überwältigende Ähnlichkeit vor mir sehe! Ich denke mir, daß Sie das Engelchen nur deshalb allein zur Bahn geschickt haben, um mir diese Überraschung zu bereiten. Mein Gott, mein Gott, ich war aber auch in höchstem Grad überrascht! Ich sage Ihnen, es ist geradezu unfaßbar!"

Und laut rufend fügte er hinzu:

„Annette! Nanne!"

Die Stimme des jungen Mädchens antwortete von draußen, wo es den Pferden Zucker gab:

„Hier bin ich! Hier!"

„Komm nur mal her!"

Annette eilte herbei.

„Komm nur, stelle dich mal neben deine Mutter!"

Die junge Dame stellte sich hin, Bertin verglich die beiden miteinander und wiederholte mechanisch, ohne Überzeugung: „Ja, es ist unfaßbar, unfaßbar!"

Die beiden Damen sahen einander viel weniger ähnlich als bei der Abreise. Die Jugend der Tochter kam in der dunklen Kleidung noch mehr zur Geltung, während die Mutter den

Glanz und die Frische des Gesichtes und der Haare, die den Maler bei der ersten Begegnung geblendet und entzückt hatten, schon längst eingebüßt hatte.

Dann begaben sich Bertin und die Gräfin in den Salon; beide schienen sehr glücklich zu sein.

„Ah, welch herrliche Idee war es von mir, hierherzukommen!" sagte Olivier, fügte aber sogleich verbessernd hinzu: „Es war eigentlich nicht meine Idee, sondern die Ihres Gatten. Er beauftragte mich, Sie beide nach Hause zu bringen. Und wissen Sie, was ich Ihnen vorschlage? . . . Nicht? – Sie wissen es nicht? . . . Nun denn, ich schlage Ihnen im Gegenteil vor, noch hier zu bleiben. Paris ist unausstehlich in dieser Hitze, während die Luft auf dem Land eine herrliche ist. Herrgott, ist's hier aber schön!"

Als die Dämmerung anbrach, schien sich der Park förmlich zu erholen. Leise wiegten sich die Baumzweige im Abendwind, und dem Erdboden entstiegen leichte Dünste, die einen durchsichtigen, duftigen Schleier über den Horizont zogen. Die drei Kühe weideten still und eifrig, während einige Pfauen unter lautem Flügelschlag auf einen der vor den Fenstern des Schlosses stehenden Zedernbäume flogen, auf dem sie zu übernachten pflegten. In dem nahe gelegenen Dorf bellten Hunde, und in der ruhigen Luft der Dämmerung vernahm man von allen Seiten die Töne lebender Wesen, den Gesang der von der Feldar-

beit heimkehrenden Bauernmädchen und die kurzen, eintönigen Zurufe der ihre Herden heimtreibenden Hirten.

Unbedeckten Hauptes und mit glänzenden Augen atmete der Maler die erfrischende Luft ein, und bei dem fragenden Blick der Gräfin rief er entzückt aus:

„Dies ist das wahre Glück!"

Die Gräfin trat näher zu ihm und sagte:

„Es währt niemals lange."

„So erfassen wir es, wenn es sich uns bietet!"

„Bisher waren Sie kein Freund des Landaufenthaltes", bemerkte die Gräfin lächelnd.

„Ich bin es jetzt, weil ich Sie hier antreffe. Ich könnte nicht mehr an einem Ort leben, wo Sie nicht sind. Wenn man jung ist, kann man auch aus der Ferne lieben, durch Briefe, in Gedanken, aus lauter Begeisterung, vielleicht auch deshalb, weil man das Leben noch vor sich hat oder weil mehr Leidenschaft als Herzensbedürfnis bei der Sache ist; in meinem Alter dagegen wird die Liebe bereits zur Gewohnheit, zur Befürchtung der Seele, die nur noch mit einem Flügel fliegt und sich nicht mehr zur ehemaligen Höhe des Ideals emporzuschwingen vermag. Das Herz kennt keine Begeisterung mehr, sondern nur egoistische Wünsche. Und dann fühle ich ganz deutlich, daß ich nicht mehr viel Zeit zu verlieren habe, wenn ich noch etwas genießen will."

„Oh, mein Alter!" sprach die Gräfin und faßte nach seiner Hand.

Der Maler wiederholte:

„Ja, ja, ich bin alt. Alles spricht dafür: mein Haar, meine Natur, die so veränderlich ist, die Niedergeschlagenheit, die mich befällt. Sehen Sie, die Traurigkeit ist etwas, das ich bisher bloß vom Hörensagen gekannt habe. Wenn mir im Alter von dreißig Jahren jemand gesagt hätte, daß ich eines schönen Tages ohne Grund traurig und mit allem unzufrieden sein werde, so hätte ich es nicht geglaubt. Und das ist ein weiterer Beweis dafür, daß auch mein Herz gealtert ist."

Voll tiefer Bewegung erwiderte die Gräfin:

„Oh, mein Herz ist noch ganz jung. Es hat sich gar nicht verändert, und wenn doch, so ist es nur jünger geworden. Vorher war es zwanzig Jahre alt, jetzt zählt es nur sechzehn."

So plauderten sie noch lange miteinander, in der Nische des

offenen Fensters so nahe nebeneinander wie vielleicht noch nie. In der süßen vertraulichen Abenddämmerung verschmolzen ihre Seelen miteinander.

„Frau Gräfin, es ist aufgetragen", meldete der eintretende Diener.

„Haben Sie es meiner Tochter gemeldet?"

„Das gnädige Fräulein befindet sich bereits im Speisesaal."

Alle drei setzten sich an den Tisch. Die Vorhänge waren zugezogen, und die beiden großen, mit je sechs Kerzen versehenen Armleuchter beleuchteten Annettes Gesicht und ließen ihren Kopf wie mit Goldstaub bedeckt erscheinen. Bertin betrachtete sie fortwährend und konnte sich nicht sattsehen an ihr.

„Mein Gott, wie schön sie in dem schwarzen Kleid ist!" bemerkte er, zur Mutter gewandt, doch die Tochter bewundernd, als wolle er der Mutter dafür danken, daß sie ihm diesen Genuß bereitet habe.

Als man nach dem Essen in den Salon zurückkehrte, war der Mond bereits hinter den Bäumen aufgestiegen. Der dunkle Park glich einer Insel, und die sich ringsum ausdehnenden Rasenflächen und Wiesen erschienen unter dem leichten Dunstschleier, der über ihnen schwebte, wie ein verborgenes Meer.

„Mama, gehen wir spazieren!" bat Annette.

Die Gräfin willigte ein.

„Julio nehme ich mit mir."

„Das magst du tun, wenn du willst."

Dann brach die kleine Gesellschaft auf. Voran schlenderte das junge Mädchen und neckte sich mit Julio. Als man am Rasenplatz vorbeikam, vernahm man das Atmen der Kühe, die erwacht waren und die Köpfe hoben, weil sie die Gegenwart ihres Quälgeistes witterten. Etwas entfernter ließ der Mond zwischen den Zweigen der Bäume einen feinen Strahlenregen durchdringen, der an den Blättern entlangglitt und den Kiespfad in fahlgelbes Licht tauchte. Annette und Julio sprangen in der stillen, heiteren Nacht umher; ihre Herzen waren gleichermaßen leer und fröhlich, und dies äußerte sich in den tollen Sprüngen, die sie vollführten.

An den freien Stellen, wo der strahlende Glanz des Mondes voll zur Wirkung kam, schwebte das junge Mädchen wie eine Erscheinung dahin, den Maler derart bezaubernd, daß er kein Auge von der dunklen Gestalt mit dem leuchtenden Gesicht

wenden konnte. Wenn sie seinen Blicken entschwand, so drückte er die Hand der Gräfin, und gelangten sie unter dichteren Schatten, so drückte er häufig seine Lippen auf die ihren, als hätte Annettes Anblick seine Liebessehnsucht jedesmal aufs neue entfacht.

Endlich erreichte man die Grenzen des Weidelandes, von wo man die Baumgruppen der entfernten Dörfer nur undeutlich sehen konnte. Über dem milchweißen Nebel, in den die Wiesen gehüllt waren, schien sich der Horizont ins Endlose zu dehnen. Und die nächtliche Ruhe und der große, weite Raum in seinem anheimelnden Frieden waren belebt von unbeschreibbaren Hoffnungen und unnennbaren Erwartungen, welche die Sommernächte so unsagbar angenehm machen. Hoch oben am Himmelsgewölbe glichen die kleinen, langen, feinen Wolken silbernen Schuppen. Blieb man für einige Minuten regungslos stehen, so konnte man in der nächtlichen Stille ein unbestimmtes, jedoch unaufhörliches Summen vernehmen, tausenderlei leise Töne, deren Harmonie im ersten Augenblick als Stille erschien.

Eine Wachtel ließ auf freiem Feld ihren Doppelruf ertönen, und mit gespitzten Ohren stürmte Julio in Richtung des Gesanges davon. Gebückt, mit verhaltenem Atem und leichten Schritten folgte Annette dem Hunde

„Ach!" sprach die Gräfin, als sie mit dem Maler allein war, „weshalb verfliegen Augenblicke wie diese so schnell? Nichts vermag der Mensch zurückzuhalten. Man hat kaum Zeit gehabt, sich des Genusses bewußt zu werden, da ist er bereits zu Ende."

Olivier küßte ihre Hand und meinte lächelnd:

„Heute abend will ich nicht philosophieren, sondern mich ganz dem Augenblick hingeben."

„Du liebst mich nicht, wie ich dich liebe", flüsterte die Gräfin.

„Ach, sagen Sie das nicht . . ."

Die Gräfin fiel ihm ins Wort:

„Nein, o nein! Du liebst in mir, wie du vor dem Abendbrot selbst ganz treffend bemerkt hast, die Frau, die den Wünschen deines Herzens entspricht, die Frau, die dir niemals Kummer bereitete, sondern nur Glück in dein Leben brachte. Dies weiß ich, und ich fühle es auch. Ja, es freut mich unaussprechlich zu wissen, daß ich dir nützlich und förderlich gewesen bin. In mir liebst du und hast du all das geliebt, was angenehm in und an mir ist: meine Fürsorge für dich, meine Bewunderung deiner Kunst, meine Bemühungen, dir zu gefallen, meine Leidenschaft und bedingungslose Hingabe. Aber ich selbst bin es nicht, verstehe mich wohl, die du liebst. Oh, ich fühle es, wie man einen kalten Luftzug empfindet! Du liebst in mir tausend Kleinigkeiten, du liebst meine Schönheit, die allmählich von mir weicht, meine Ergebenheit, meine Klugheit, den Geist, den man mir zuschreibt, meinen Ruf, du liebst mich um der Verehrung willen, die mein Herz dir entgegenbringt; doch liebst du mich nicht um meiner selbst willen, verstehst du wohl, du liebst nicht mich!"

Der Maler lachte herzlich:

„Ganz verstehe ich nicht! Sie überschütten mich mit unerhörten Vorwürfen, teure Freundin, und ich . . ."

Aber die Gräfin unterbrach ihn mit einiger Heftigkeit:

„O, mein Gott, wie gern möchte ich dir verständlich machen, wie sehr ich dich liebe! Ich suche nach Worten und vermag keine zu finden. Wenn ich an dich denke, was ich immer tue, so erfaßt eine namenlose Trunkenheit Leib und Seele; ich möchte dein sein und habe das unwiderstehliche Verlangen, dir alles zu eigen zu geben, was ich mein nenne. Ich möchte mich opfern für dich, denn es gibt ja nichts Herrlicheres auf Erden, als immer und alles zu geben, wenn man liebt – alles: Leben, Leib und Gedanken, alles, was man besitzt, – und zu fühlen, daß man geben kann, und bereit zu sein, noch weitere Opfer zu bringen, wenn es sein muß. Ich liebe dich so sehr, daß es sogar wohltut, deinetwegen zu leiden; meine Befürchtungen und Seelenqualen, meine Eifersucht und der Kummer, den ich deshalb empfinde, weil du mich nicht mehr liebst wie früher – all das ist mir sogar lieb und teuer. Ich liebe in dir ein von mir entdecktes Wesen, ein Wesen, welches nicht der Welt gehört, welches nicht bewundert wird, welches niemand kennt; ein Wesen, das mein ist, das sich nicht verändern kann, das nicht alt wird und das ich gar nicht mehr inniger lieben kann, denn meine Augen sehen bloß dich und sonst niemanden auf der Welt . . . Doch all das läßt sich nicht erklären, nicht in Worte kleiden, denn es fehlen die richtigen Worte dafür."

Ganz leise hatte Bertin, während die Gräfin sprach, die Worte gemurmelt:

„Meine süße, teure, einzige, geliebte Anny!"

In großen Sprüngen kam Julio gestürmt, ohne die Wachtel gefunden zu haben, die bei seiner Annäherung verstummt war. Keuchend vom eiligen Lauf folgte ihm Annette.

„Ich kann nicht mehr", sprach sie, „Sie müssen mir als Stütze dienen, Herr Maler."

Damit hängte sie sich an den freien Arm Oliviers, und so schritten alle drei langsam weiter unter den dunklen Bäumen, ohne daß jemand ein Wort sprach. Wie verzaubert durch sie und von ihrer weiblichen Ausstrahlungskraft durchdrungen, fühlte sich Bertin glücklich und zufrieden. Er wollte sie gar nicht sehen, da er sie in seiner Nähe wußte, und schloß sogar die Augen, um sie besser zu fühlen. Sie begleiteten und führten ihn, und er schritt nur vor sich hin, ebenso verzaubert von der einen an seiner rechten, wie von der anderen an seiner linken Seite, ohne zu wissen, welche rechts und welche links schritt, welche die Mutter und welche die Tochter war. Mit einer gewissen unbewußten, reinen Sinnenfreude überließ er sich diesem Eindruck. Ja, er bemühte sich sogar, sie miteinander zu verwechseln, damit er sie selbst in Gedanken nicht unterscheiden könne und seine Wünsche von diesem Zauber der Verwicklung getragen würden. Mutter und Tochter, die sich so ähnlich sahen, konnten ja nur eins sein! Und wurde die Tochter nicht geboren, um seine alte Liebe zur Mutter zu verjüngen?

Als er beim Eintritt in das Schloß die Augen öffnete, schien es ihm, als hätte er eben die schönsten Augenblicke seines Lebens genossen, als hätte er jetzt die eigenartigste und vollkommenste Erregung durchkostet, die ein Mann empfinden kann.

„Ach, welch herrlicher Abend!" sprach er, sobald man sich um die Lampe versammelt hatte.

Annette brach in die Worte aus:

„Ich bin nicht im mindesten schläfrig; bei so herrlichem Wetter könnte ich die ganze Nacht spazierengehen."

Die Gräfin blickte auf die Uhr und sagte:

„Es ist halb zwölf und du mußt zu Bett gehen, mein Kind."

Man wünschte sich gegenseitig gute Nacht, und jeder zog sich in sein Zimmer zurück.

Als am nächsten Morgen das Zimmermädchen zur gewohnten Stunde die Vorhänge zurückgezogen und ihrer Herrin den Tee gereicht hatte, sprach sie zufrieden:

„Gnädige Gräfin sehen heute bereits viel besser aus."

„Finden Sie?"

„Gewiß! Das Gesicht ist viel ruhiger."

Ohne in den Spiegel geschaut zu haben, wußte die Gräfin, daß die Dienerin die Wahrheit gesprochen hatte. Ihr Herz war ruhig, sie fühlte das Pochen nicht, und auch die Lust am Leben war wiedergekehrt. Das Blut in ihren Adern pulsierte nicht mehr überhastet und fieberhaft wie in den letzten Tagen, verursachte ihr nicht mehr im ganzen Körper Schwäche und Unruhe, sondern erfüllte sie mit einem angenehmen Gefühl des Wohlbefindens und glücklichen Selbstvertrauens.

Als sich die Dienerin entfernt hatte, eilte die Gräfin zum Spiegel. Sie war über ihr Aussehen ein wenig überrascht, denn sie fühlte sich so wohl, daß sie sich nach einer einzigen Nacht um Jahre verjüngt zu sehen hoffte. Doch erkannte sie bald das Törichte dieser Hoffnung. Bei noch näherer Betrachtung gelangte sie zu der Überzeugung, daß die ganze Veränderung nur darin bestehe, daß die Gesichtsfarbe etwas frischer, die Augen weniger matt und die Lippen geröteter seien als vor einigen Tagen. Weil ihr Gemüt jetzt aber ruhiger geworden war, grämte sie sich nicht weiter darüber, sondern dachte lächelnd, daß nach einigen Tagen alles in Ordnung sein würde.

Trotzdem blieb sie lange, sehr lange vor dem Toilettentisch sitzen, wo auf einer mit Spitzen besetzten weißen Batistdecke ein sehr schön geschliffener Kristallspiegel stand; ringsherum lagen alle „Hilfswerkzeuge der Schönheit", aus Silber und Elfenbein, mit Grafenkrone und Monogramm versehen. Da sah man die verschiedenartigsten, niedlichsten Instrumente für allerlei geheime und zarte Bedürfnisse, sonderbar gestaltete, an chirurgische Instrumente gemahnende scharfe Dinge aus feinstem Stahl oder aus Flaumfedern, dann wieder aus der Haut unbekannter Tiere angefertigte Gegenstände, alles Dinge, um die Spuren des duftenden Reispuders, der fetten Gesichtssalben und der verschiedenen oft sehr stark duftenden Waschwasser zu entfernen.

Lange befaßte sie sich mit der Toilettenkunst; mit gewandten, geübten Fingern behandelte sie so leicht wie ein Hauch bald die Lippen, bald die Schläfe, hier die nicht ganz tadellos aufgetragenen Farbschattierungen verbessernd, dort die Wimpern pflegend oder das Feuer des Auges unterstützend. Als sie

endlich fertig geworden war und hinabging, war sie fast sicher, daß der erste Eindruck auf ihren Freund zufriedenstellend sein würde.

„Wo ist Herr Bertin?" fragte sie in der Vorhalle den Diener.

„Herr Bertin befindet sich im Obstgarten, wo er mit dem gnädigen Fräulein Rasentennis spielt", lautete die Antwort.

Schon von weitem vernahm die Gräfin das Zählen.

Die tiefe Stimme des Malers und der helle Sopran des jungen Mädchens meldeten nacheinander:

„Fünfzehn . . . dreißig . . . vierzig . . . mit, zwei mehr . . . Spiel . . ."

Der Obstgarten, in dem sich der Rasentennis-Platz befand, bildete ein Viereck und war vom Gemüsegarten und den zum Schloß gehörenden Wirtschaftsgebäuden umgeben. Auf drei Seiten wurde er von langen Blumenbeeten begrenzt, die mit allerlei blühenden exotischen Gewächsen, einer Unmasse von Rosenstöcken, Heliotropen, Fuchsien, Resedasträuchern und sonstigen köstlich duftenden Blumenarten bepflanzt waren; sie verliehen der Luft, wie der Maler bemerkte, einen gewissen honigartigen Geschmack und waren von summenden goldgelben Bienen umschwärmt, deren Strohpalast sich neben der Wand des Gemüsegartens befand.

Genau in der Mitte des Obstgartens waren einige Apfelbäume entfernt worden für den Tennisplatz, der durch ein geteertes Netz in zwei Lager geteilt wurde.

In ihrem schwarzen, aufgeschürzten Kleidchen, das den zarten Knöchel und selbst den Ansatz des Beines sehen ließ, wenn sie herbeilief, um den fliegenden Ball zu erhaschen, eilte Annette auf der einen Seite des Lagers unbedeckten Hauptes, mit funkelnden Augen und erhitzten Wangen hin und her, erschöpft und keuchend von der Anstrengung und den Schwierigkeiten, die ihr der gewandte Gegner bereitete.

In einer weißen Flanellhose, die an den Hüften mit einer blauen Seidenschärpe mit dem ebenfalls weißen Flanellhemd verbunden war, eine weiße, helmartige Mütze auf dem Kopf, erwartete Bertin kaltblütig den Ball, berechnete genau den Fall desselben und fing ihn ruhig auf, ohne zu laufen und mit der vornehmen Gelassenheit, die außer dem lebhaften Interesse und der ihm angeborenen Geschicklichkeit für jede seiner Handlungen charakteristisch war.

Annette sah als erste ihre Mutter.

„Guten Morgen, Mama", rief sie ihr entgegen, „bitte, warte einen Moment, bis wir die Partie beendet haben!"

Diese kurze Ablenkung ihrer Aufmerksamkeit war ihr Verderben; der Ball, der ihr niedrig und schnell, fast rollend entgegenflog, berührte den Boden und fiel außerhalb des Spielraums nieder.

„Gewonnen!" rief Bertin, dem das überraschte junge Mädchen vorwarf, er habe sich ihre momentane Zerstreutheit zunutze gemacht. Inzwischen setzte Julio, dem man beigebracht hatte, die fortgerollten Bälle ebenso herbeizuholen wie die zwischen das Röhricht fallenden Wachteln, dem rollenden Ball nach, faßte ihn leicht zwischen den Zähnen und brachte ihn schwanzwedelnd zurück.

Jetzt erst begrüßte der Maler die Gräfin. Doch in seinem Eifer, das Spiel neu zu beginnen, warf er nur einen flüchtigen Blick auf das mit solcher Sorgfalt gepflegte Gesicht und fragte dann:

„Gestatten Sie mir, weiter zu spielen, liebe Gräfin? Ich bin erhitzt und fürchte, mich zu erkälten und Rheumatismus zu bekommen."

„Gewiß, spielen Sie nur weiter", erwiderte die Gräfin und setzte sich auf ein Heubündel, das am Morgen aufgeschichtet worden war. Traurig sah sie den Spielenden zu.

Gereizt durch den dauernden Verlust, war ihre Tochter gänzlich in Hitze geraten; sie schrie bald triumphierend, bald ärgerlich, und dabei sprang sie unablässig umher, rannte von einem Ende des Kampfplatzes zum anderen, wobei sich ihre Haarflechten wiederholt auflösten und wirr auf ihre Schultern fielen. Wenn dies geschah, klemmte sie ihren Ballschläger zwischen die Knie, raffte ihr Haar zusammen und nestelte es mit raschen, ungeduldigen Bewegungen mit Haarnadeln in wenigen Sekunden auf dem Scheitel fest.

Bewundernd rief Bertin der Gräfin von weitem zu:

„Nun, ist sie nicht entzückend schön und frisch wie der Morgentau?"

Ja, sie war jung; sie konnte laufen, sich erhitzen, ihr Haar konnte herunterfallen, sie konnte alles tun, alles wagen, denn ihr stand alles gut.

Als sie mit doppeltem Eifer zu spielen begannen, dachte die Gräfin, die immer trauriger wurde, darüber nach, wie Olivier an dem kindischen Spiel, bei dem er wie eine junge Katze den Bällen nachlief, ein größeres Vergnügen finden konnte, als daran, ruhig zu sitzen und die Nähe der Geliebten zu genießen. Und als die Glocke zum Frühstück rief, schien ihr das Herz von einer schweren Last befreit.

„Ich habe mich amüsiert wie ein junger Student", erklärte

der Maler, als er Arm in Arm mit ihr in das Schloß zurückkehrte.

„Es tut unendlich gut, jung zu sein oder sich jung zu fühlen. Ach ja, es gibt nichts Besseres! Wenn man nicht mehr gern herumtollt, ist's zu Ende."

An diesem Tag hatte die Gräfin das Grab ihrer Mutter noch nicht besucht. Als man sich daher vom Tisch erhob, machte sie den Vorschlag, zum Friedhof zu gehen. Und so schritten alle drei dem Dorf zu.

Auf dem Weg dahin mußten sie zuerst durch den Wald, den ein Bach durchfloß, der wegen der massenhaften Frösche „Froschbach" genannt wurde. Dann hatten sie wieder über Wiesen zu schreiten, bevor sie die Kirche erreichten. Sie erhob sich mitten in einer Häusergruppe, in der Bäcker, Metzger, Gastwirte und sonstige bescheidene Handwerker wohnten, bei denen die Dorfbewohner ihre Einkäufe besorgten.

Unterwegs sprach man nur wenig; jeder dachte an die Tote, und das bedrückte die Gemüter. Am Grabhügel knieten die beiden Frauen nieder und beteten lange. Tief gebückt verharrte die Gräfin regungslos und preßte das Taschentuch an die Augen, denn sie fürchtete, sie könne in Weinen ausbrechen, und dann würden die Tränen über ihre Wangen fließen. Heute betete sie nicht wie bisher, als riefe sie den Geist ihrer Mutter an und würde mit der Toten sprechen. Heute stammelten ihre Lippen nur andachtsvoll die geheiligten Worte des Paternoster und Avemaria. Heute war sie unfähig und auch nicht in der Stimmung, eine traurige Unterredung, bei der sie niemals Antwort erhielt, mit dem teuren, entschwundenen Wesen anzuknüpfen, dessen irdische Überreste in diesem Grab ruhten. Ihr Herz wurde jetzt von anderen Leiden gepeinigt, von anderen Leidenschaften bewegt, durchwühlt und zerstreut, und voll unklaren, unausgesprochenen Flehens stieg ihr inbrünstiges Gebet zum Himmel empor. Sie flehte Gott, den allmächtigen Gott, den Vater aller irdischen Wesen, an, er möge sich ihrer erbarmen, wie er sich jener erbarmt, die er zu sich genommen hat.

Sie hätte nicht zu sagen vermocht, was sie von ihm erflehe, so unklar und verworren waren ihr selbst noch ihre Sorgen; sie war sich aber bewußt, daß sie Gottes Beistand, eine übernatürliche Hilfe, angesichts der nahenden Gefahren und unausweichbaren Leiden nötig hatte.

Annette sprach mit geschlossenen Augen einige Vaterunser, dann versank sie in Träumereien, denn sie wollte sich nicht früher erheben als ihre Mutter.

Olivier Bertin aber betrachtete die beiden Frauen. Vor seinen Blicken breitete sich ein herrliches, entzückendes Bild aus und er durfte keine Skizze davon entwerfen.

Auf dem Rückweg sprach man über das Leben, nicht über jene poetischen Erwartungen, doch mit einer verzagten und sentimentalen Philosophie, die sich in den Gesprächen solcher Männer und Frauen findet, denen das Leben manches Leid auferlegt hat.

Annette, für die solche Geistesprobleme noch zu hoch waren, entfernte sich jeden Augenblick von ihren Begleitern, um am Wegsaum Blumen zu pflücken, was Olivier, der sie gern immer an seiner Seite gesehen hätte, gar nicht recht war. Er wandte keinen Blick von ihr. Es ärgerte ihn, daß die Farben der Blumen für das Mädchen von größerem Interesse waren als seine Gespräche. Es bereitete ihm Unbehagen, daß er Annette nicht ebenso fesseln konnte wie ihre Mutter, und er sehnte sich, die Hand auszustrecken, sie an sich zu ziehen und ihr zu verbieten, sich von ihm zu entfernen. Er fühlte, daß dieses Mädchen zu lebhaft, zu jung, zu sorglos und zu frei sei, frei wie ein junger Hund, der nicht gehorcht, nicht zurückkehren will, in dessen Adern der Instinkt der Unabhängigkeit und der Freiheit wohnt, den weder Worte noch Peitsche gebändigt haben.

Um ihre Aufmerksamkeit zu fesseln, begann er von heiteren Dingen zu sprechen, richtete zuweilen Fragen an sie und bemühte sich, das Verlangen nach Mitteilung und die weibliche Neugier in ihr zu wecken; doch als wäre die launenhafte Brise des Himmels, die über die wogenden Kornähren dahinstrich, auch in Annettens Köpfchen gedrungen und hätte ihre Aufmerksamkeit mit sich entführt, kehrte das Mädchen immer wieder, nach einer mit zerstreutem Blick gegebenen gewöhnlichen Antwort, zu ihren Blumen zurück. Bertin wurde dadurch ganz außer Fassung gebracht, seine Geduld riß, und als Annette zu ihrer Mutter zurückkehrte und sie bat, den bereits gebundenen Blumenstrauß zu halten, bis sie einen neuen gesammelt hätte, erfaßte der Maler sie beim Ellbogen und hielt sie fest, damit sie nicht entfliehen konnte. Lachend wollte sich Annette losmachen und bot ihre ganze Kraft auf, sich zu befreien. Da

460

nahm Olivier, von männlichem Instinkt getrieben, seine Zuflucht zu dem Hilfsmittel der Schwachen, und nicht imstande, die Aufmerksamkeit des Mädchens auf andere Weise zu erregen, machte er sich dessen natürliche Eitelkeit und Koketterie zunutze.

„Sag mir mal", fragte er, „welches ist deine Lieblingsblume? Ich lasse dir aus derselben eine Brosche anfertigen."

Annette zögerte, sie war überrascht.

„Brosche, wie das?"

„Eine Brosche aus Steinen, deren Farbe mit der der Blume übereinstimmt: aus Rubinen, wenn es eine Klatschrose, aus Saphiren, wenn es eine Kornblume ist, und daneben ein kleines Blatt aus Smaragden."

Schöne Versprechungen und Geschenke heitern die Miene einer Frau jederzeit auf; auch das Gesicht der jungen Dame strahlte vor Freude.

„Mein Liebling ist die Kornblume; die ist so niedlich."

„Also gut, es bleibt bei der Kornblume. Sobald wir nach Paris zurückkehren, bestellen wir die Brosche."

Jetzt wich Annette nicht mehr von seiner Seite. Der Gedanke an den Schmuck, den sie bereits zu sehen meinte, fesselte sie an den Maler. Neugierig fragte sie:

„Dauert es lange, bis man eine solche Brosche angefertigt hat?"

Bertin lachte, als er die Kleine gefangen sah. Dann erwiderte er:

„Ich weiß es nicht, das hängt von der Beschaffenheit ab. Jedenfalls werden wir die Sache beim Juwelier möglichst beschleunigen."

„Jetzt könnte ich sowieso keinerlei Schmuck tragen, weil ich in Trauer bin."

Bertin nahm den Arm des jungen Mädchens in seinen, drückte ihn an sich und sagte:

„So hebst du die Brosche auf, bis die Trauerzeit zu Ende ist; inzwischen aber hindert dich nichts daran, dich an ihrem Anblick zu freuen."

Wie am vergangenen Abend ging der Maler auch jetzt zwischen den beiden Damen und sprach abwechselnd bald zu der einen, bald zu der anderen, um in ihre einander so ähnlichen, mit schwarzen Punkten gesprenkelten blauen Augen blicken zu können. Jetzt, bei hellem Sonnenschein, verwechselte er die Gräfin nicht mit Annette, verwechselte aber um so mehr das Mädchen mit der aufs neue auftauchenden Erinnerung an die Mutter, wie sie früher gewesen war. Gern hätte er beide geküßt, die eine, um von Gesicht und Schultern wieder einiges von jener rosigen Frische zu kosten, in der er früher mit solchem Behagen geschwelgt und die er heute wiederum in wunderbarer Weise vor sich sah, und die andere, weil er sie noch immer liebte und die Macht der Gewohnheit deutlich empfand. Ja, in diesem Augenblick fühlte er sogar, daß das Verlangen nach der Mutter, das schon seit geraumer Zeit ein gedämpfteres geworden war, beim Anblick der neu erwachten Jugend in ihm wuchs und auch seine Liebe zu ihr wieder zum Durchbruch kam.

Annette wandte sich wieder ihren Blumen zu. Als hätte die Berührung des weichen Mädchenarmes ihn beruhigt, rief Olivier sie zwar nicht zurück, beobachtete aber jede ihrer Bewegungen mit jener Freude, die man beim Anblick eines Menschen oder eines Gegenstandes empfindet, der das Auge entzückt und den Geist berauscht. Als Annette mit einem Strauß in der Hand zurückkehrte, atmete der Maler tiefer und betrachtete sie voll Entzücken, wie man die Morgenröte betrachtet oder der Musik lauscht. Zuweilen erbebte er vor Wonne, wenn sich das junge Mädchen bückte, wenn es sich aufrichtete, oder wenn es mit beiden Armen seine Haare ordnete. Mit jeder Stunde wurden die Erinnerungen an die Vergangenheit lebhafter. Das Lachen, die Anmut und die Bewegungen des jungen Mädchens waren so, daß er bei diesem Anblick die Wonne der einst gegebenen und empfangenen Küsse neu zu spüren glaubte und die längst verschwommenen Eindrücke der Vergangenheit wie Träume in seiner Phantasie auftauchten. Sein wirkliches Alter stimmte nicht mit dem Alter seines Herzens überein. Seine Empfindungen erwachten aufs neue, und ohne Zögern verwechselte er das Gestern mit dem Morgen, die Erinnerung mit der Hoffnung.

Er grübelte darüber nach, ob die Gräfin in ihrer vollen Blüte auch so reizend gewesen sei und ob sie auch diesen unwiderstehlichen Zauber auf ihn ausgeübt habe – den Zauber des frei umherschweifenden Rehes. Nein, die Gräfin war bedeutend kurzweiliger, doch weniger unbändig gewesen! Als Mädchen, das in der großen Stadt lebte, und später als Frau, die in den vornehmsten Kreisen verkehrte, hatte sie weder Landluft geatmet noch unter freiem Himmel gelebt, sondern war im Schatten der Häusermauern zu einer herrlichen Blume herangeblüht.

Als man im Schloß angelangt war, ließ sich die Gräfin in einer Fensternische vor einem kleinen Tisch nieder und begann Briefe zu schreiben. Annette begab sich in ihr Zimmer, während Bertin wieder hinausging, um mit der Zigarre im Mund, auf den Rücken gelegten Händen und langsamen Schritten im Park umherzuschlendern. Doch entfernte er sich nur so weit, daß er die weiße Stirnseite oder das Giebeldach des Schlosses noch sehen konnte, denn wenn die Baumäste oder Gebüsche das Haus verdeckten, empfand er einen Schatten im Herzen, wie wenn die Sonne von einer Wolke verdeckt wird. Und erblickte er das Haus von neuem zwischen den grünen Zweigen, so blieb er für einige Minuten stehen, um die Vorhänge an einem gewissen Fenster zu betrachten, worauf er seinen Spaziergang fortsetzte.

Er fühlte sich erregt und glücklich. Und was machte ihn glücklich? Alles.

Die Luft erschien ihm so rein, das Leben so schön und angenehm. Er meinte, seine Kinderjahre aufs neue zu durchleben, er wäre gern gelaufen und den flatternden gelben Schmetterlingen nachgejagt. Er pfiff Operettenmelodien vor sich hin und wiederholte mehrmals Gounods berühmtes Lied: „Laß mich versinken in den Anblick deines Angesichtes!", da er in diesen Worten eine solche Tiefe des Ausdrucks zu entdecken meinte wie noch nie.

Dann grübelte er wieder darüber nach, wie er sich denn so schnell verändern konnte. Gestern, in Paris, war er noch mit allem unzufrieden, alles ärgerte ihn und ekelte ihn an, während er heute ruhig und mit allem zufrieden war. Fast schien es ihm, als hätte ein guter Geist sein ganzes Gemüt umgewandelt. „Mein Gott, wie weise würde dieser gute Geist handeln, wenn er mich auch körperlich verändern und ein wenig jünger machen wollte!" dachte er im stillen.

Mit einemmal erblickte er Julio, der an einem Strauch herumschnupperte; er rief ihn zu sich, und als der Hund den schönen Kopf an ihn schmiegte, setzte er sich auf den Rasen nieder, um ihn bequem streicheln und liebkosen zu können. Dann nahm er ihn auf den Schoß, umarmte ihn und wurde von einer

463

förmlichen Rührung erfaßt, wie die Frauen, deren Herz bei jeder Gelegenheit überläuft.

Nach dem Essen unternahmen sie nicht wie abends zuvor einen Spaziergang, sondern verbrachten den Abend im traulichen Salon.

„Wir müßten doch in die Stadt zurückkehren", bemerkte die Gräfin mit einemmal.

„Oh, sprechen Sie noch nicht darüber!" rief Olivier aus. Solange ich nicht hier war, dachten Sie gar nicht daran, Roncières zu verlassen, und nun, seit ich hier bin, denken Sie an nichts anderes als an die Heimkehr."

„O nein, lieber Freund, doch können wir zu dritt nicht in aller Ewigkeit hierbleiben."

„In aller Ewigkeit – davon ist auch gar keine Rede, sondern nur ein paar Tage. Wie oft habe ich wochenlang hier bei Ihnen gewohnt!"

„Allerdings! Doch unter anderen Umständen! Da stand das Haus nämlich für jedermann offen."

Hier mischte sich Annette schmeichelnd in das Gespräch ein:

„Oh, Mütterchen, bloß ein – zwei Tage noch, bis ich das Rasentennis-Spiel gründlich gelernt habe. Zwar bin ich böse, wenn ich verliere; um so größer ist aber meine Freude, wenn ich gewinne."

Noch am Morgen desselben Tages war die Gräfin entschlossen, den Besuch ihres Freundes bis zum Sonntag zu verlängern, und nun wollte sie um jeden Preis fort, ohne sich über den Grund klar zu sein.

Dieser Tag, von dem sie soviel Gutes erhofft hatte, hatte eine unerklärliche, peinigende Traurigkeit in ihrem Herzen zurückgelassen, eine unmotivierte, fortwährende, zähe und verworrene Furcht, als würde sie von einer bösen Ahnung gequält.

In ihrem Zimmer grübelte sie über diesen neuen Anfall von Schwermut nach. Hatte sie vielleicht eine unbemerkbare, innerliche Erregung durchgemacht, die so flüchtig ist, daß der Geist sie nicht wahrnimmt, aber das Herz auf die empfindsamste Weise erzittert? Vielleicht. Doch wie war sie gewesen? Zwar erinnerte sie sich an ein wiederholt empfundenes Unbehagen, das sie manchmal bei den schnell wechselnden Gefühlen überraschte, doch müßte sie tatsächlich sehr kleinlich veranlagt sein, wenn solche Nichtigkeiten ihre Seele verzagen ließen.

„Ich bin anspruchsvoll", dachte sie im stillen, „ich habe keinen Grund, mich so zu quälen."

Sie öffnete das Fenster, um die frische Nachtluft einzuatmen, lehnte sich hinaus und schaute zum Mond empor.

In diesem Augenblick zwang sie das Geräusch leichter Schritte hinabzublicken. Unten ging Olivier auf und ab.

„Weshalb hat er gesagt, daß er sich in sein Zimmer zurückziehe?" fragte sich die Gräfin in Gedanken: „Weshalb sagte er mir nicht, daß er später wieder hinausgeht? Weshalb bat er mich nicht, mit ihm zu gehen? Er weiß, wie sehr ich mich darüber gefreut hätte. Worüber denkt er also nach?"

Der Gedanke, daß ihre Gesellschaft bei diesem Spaziergang dem Freund nicht erwünscht sei, daß er lieber allein, mit der Zigarre im Mund, die Einsamkeit der stillen Sommernacht genoß, dies erfüllte ihr Herz mit neuer Bitternis.

Gerade wollte sie das Fenster schließen, um den Maler nicht länger zu sehen und nicht in Versuchung zu geraten, ihn anzusprechen, da schaute Olivier zu ihr hinauf.

„Ei, ei, Gräfin, Sie betrachten die Sterne!" rief er.

„Ja, und Sie auch, wie ich sehe", erwiderte die Gräfin.

„Oh, ich nicht! Ich rauche nur ein wenig."

Die Gräfin aber konnte nicht dem Verlangen widerstehen, ihn zu fragen:

„Weshalb haben Sie mir nicht gesagt, daß Sie noch einen Spaziergang unternehmen wollten?"

„Ich wollte bloß meine Zigarre zu Ende rauchen, dann gehe ich sofort hinein."

„Also, gute Nacht, mein Freund!"

„Gute Nacht, Gräfin!"

Die Gräfin schleppte sich zu dem niederen Sofa, setzte sich und brach in Tränen aus. Als die Dienerin, der sie geläutet hatte, um ihr beim Auskleiden behilflich zu sein, die verweinten, geröteten Augen ihrer Herrin sah, bemerkte sie teilnahmsvoll:

„Ach, gnädige Gräfin, durch dieses Weinen verderben Sie sich für morgen wieder das Gesicht!"

Die Gräfin verbrachte eine schlechte Nacht; aufregende, fieberhafte Träume quälten sie. Beim Erwachen öffnete sie, noch ehe sie geläutet hatte, mit eigener Hand Läden und Fenster, um sich im Spiegel zu betrachten. Ihre Züge hatten sich verschärft, ihre Augenlider waren geschwollen und die Farbe

466

ihres Gesichts schien gelblich fahl. In ihrer Brust tobte ein so schwerer Kummer, daß sie sich am liebsten für krank ausgegeben hätte und im Bett geblieben wäre, um bis zum Abend von niemandem gesehen zu werden. Dann wurde sie auf einmal wieder von einem unwiderstehlichen Verlangen erfaßt, unverzüglich mit dem ersten Zug dieses helle Land zu verlassen, wo in der freien, klaren Luft die untilgbaren Spuren der Verwüstungen des Lebens und des Kummers zu scharf hervortreten. In Paris lebt man im Halbdunkel der Zimmer, wo die schweren Vorhänge selbst zur Mittagsstunde nur ein sanftes, gedämpftes Licht eindringen lassen. Dort würde sie wieder die schöne Frau wie früher sein mit der zarten Blässe, die ihr so gut stand. Und da tauchten das gerötete, frische Gesicht und der zerzauste Kopf Annettes vor ihr auf, wie sie Rasentennis spielte, und mit einem Schlag wurde sie sich klar über die unbekannte, unerklärliche Befürchtung, unter der sie so schwer gelitten hatte. Sie war doch nicht eifersüchtig auf die Schönheit ihrer Tochter? Nein, ganz gewiß nicht; doch fühlte sie, was sie sich zum ersten Mal in ihrem Leben gestand, daß sie sich bei vollem Tageslicht niemals wieder an ihrer Seite zeigen dürfe.

Sie läutete, und noch ehe sie ihren Tee getrunken hatte, erteilte sie die für eine Abreise erforderlichen Befehle. Sie schrieb Eilbriefe, bestellte sogar telefonisch das Abendessen, beglich die während ihres Landaufenthaltes entstandenen Rechnungen, gab die letzten Anweisungen und hatte in einer knappen Stunde alles erledigt.

Als sie hinunterging, wurde sie von Olivier und Annette, die bereits Kenntnis von der Sache erhalten hatten, mit neugierigen Fragen bestürmt. Als sie aber merkten, daß die Gräfin keinen bestimmten Grund für die Abreise anführen wollte oder konnte, wurden beide etwas ärgerlich und schmollten, bis man im Bahnhof von Paris voneinander Abschied nahm.

Die Gräfin reichte dem Maler die Hand und fragte:

„Kommen Sie morgen zum Essen zu uns?"

Ein wenig zürnend gab Bertin zur Antwort:

„Natürlich komme ich! Es war allerdings nicht schön von Ihnen, was Sie getan haben. Einen so herrlichen Ort werden wir so bald nicht finden können."

3

Als die Gräfin mit ihrer Tochter allein im Wagen saß, der sie nach Hause brachte, fühlte sie sich sofort ruhiger werden, als sei eine große Last von ihrem Herzen gewichen. Sie atmete leichter, lächelte und erkannte voll Freude die Einzelheiten der Stadt, die jedem Vollblutpariser so tief in Herz und Seele gegraben sind. Längs des Boulevards fiel ihr jeder Laden und jedes Firmenschild ins Auge, und fast meinte sie den so oft hinter seinem Schaufenster erblickten Ladeninhaber zu erkennen. Sie fühlte sich gerettet! Wovor? Sie war beruhigt! Worüber? Ihr Selbstvertrauen war zurückgekehrt! Weshalb?

Als der Wagen vor der Treppe hielt, stieg die Gräfin mit großer Leichtigkeit aus und suchte, fast eilend, den Schatten des Treppenhauses, dann den des Salons auf und begab sich schließlich in das wohltätige Halbdunkel ihres Zimmers. Einige Minuten blieb sie in ihrer Freude stehen; sie fühlte sich in Sicherheit in dieser unbestimmten, nebelhaften Beleuchtung von Paris, die ebensoviel ahnen wie sehen läßt, und in der man so viel zeigen kann, wie man will, und verbergen, was man für gut findet. Die Erinnerung an das im vollen Glanz der Sonne prangende Land hallte wie ein vergangenes Leiden in ihrer Seele weiter.

Beim Eintritt in den Speisesaal küßte ihr Gatte sie liebevoll und sagte lächelnd:

„Ich wußte, daß Freund Bertin euch zurückbringen würde. Es war sehr klug gehandelt, daß ich ihn euch holen schickte."

In ernstem, doch eigentümlich gedämpften Ton, den sie stets anschlug, wenn sie, ohne zu lachen, einen Scherz machte, erwiderte Annette:

„Es bereitete dem Armen wirklich eine ungeheure Mühe, da Mama kaum dazu zu bewegen war."

Die Gräfin geriet ein wenig in Verwirrung, doch gab sie keine Antwort.

An diesem Abend wurde niemand empfangen, und am nächsten Tag begab sich die Gräfin von einem Laden in den anderen, um die für die Trauer erforderlichen Gegenstände einzukaufen. Seit ihren Jugendjahren, man könnte sagen, seit ihrer Kindheit, war sie eine große Freundin der langwierigen Proben vor den Spiegeln der vornehmen Konfektionsgeschäfte gewesen . . . Sooft sie ein solches Geschäft betrat, freute sie sich bei dem Gedanken, daß man hinter diesen Kulissen von Paris das Anprobieren der Kleider bis in die kleinsten Einzelheiten mit solcher Gewissenhaftigkeit vornahm. Sie schwärmte für das Kleiderrauschen der „Salonfräulein", die zu ihrer Bedienung herbeieilten, liebte ihr Lächeln und ihre Fragen; in ihren Augen waren Schneiderinnen, Hutmacherinnen und Miedererzeugerinnen gar wichtige Personen, und sie behandelte sie als Künstlerinnen, wenn sie ihnen ihre Wünsche mitteilte und um ihre Meinung bat. Noch lieber überließ sie sich aber den jungen Mädchen, die sie aus- und wieder anzogen, während sie sich vor der Glasfläche hin- und herbewegten, die ihre anmutige Gestalt widerspiegelte. Der leise Schauer, den die leichte Berührung ihrer Finger auf der Haut, an den Schultern oder in den Haaren hervorrief, war einer der auserlesensten Genüsse der vornehmen Dame.

Doch trat sie ihre Rundfahrt an diesem Tag mit einer gewissen Sorge an; der Gedanke, mit unverschleiertem, unbedecktem Haupt vor diesen aufrichtigen Spiegeln zu erscheinen, erschreckte sie. Schon der erste Besuch bei der Modehändlerin beruhigte sie ein wenig. Die drei Hüte, die sie ausgesucht hatte, kleideten sie vorzüglich, und als die Modehändlerin voll Überzeugung ausrief „Blondinen, meine gnädigste Gräfin, sollten die Trauer niemals ablegen!", entfernte sie sich ganz zufrieden und setzte ihre Besuche in den übrigen Geschäften voll Selbstvertrauen fort.

Daheim fand sie eine Karte der Herzogin vor, die während ihrer Abwesenheit die Nachricht hinterlassen hatte, daß sie am Abend nochmals vorsprechen werde. Sie schrieb einige Briefe, und als sie später auf ihrem Sofa in Träumereien versank, kam sie zu dem überraschenden Ergebnis, daß die einfache Ortsveränderung genügt hatte, ihr großes Unglück in die entfernteste Vergangenheit zurückzudrängen. Sie wollte gar nicht glauben, daß sie erst am Tag zuvor aus Roncières zurückgekehrt sei; seit ihrer Ankunft in Paris war ihre Stimmung so umgeschlagen, als hätte diese kleine Übersiedlung Wunden geheilt.

Als sich Bertin zum Abendessen einfand, rief er aus:

„Heute sind Sie entzückend schön!"

Dieser Ausruf erfüllte ihr ganzes Wesen mit dem warmen, weichen Wellenschlag des Glücks.

Nach dem Essen forderte der Graf, der ein leidenschaftlicher Billardspieler war, Bertin zu einer Partie auf, und die beiden Frauen folgten den Herren in das Billardzimmer, wo der Kaffee aufgetragen wurde.

Das Spiel war noch in vollem Gang, als die Herzogin gemeldet wurde, worauf sie sich alle in den Salon begaben. Zu gleicher Zeit erschien das Ehepaar Corbelle, das in erheuchelt weinerlichem Ton seine Teilnahme aussprach. Nach den weinerlichen Worten schien es, als wolle die ganze Gesellschaft in Tränen ausbrechen; doch wich die Rührung bald einer anderen Strömung. Die Stimmung wurde auf einmal heiter, und jeder begann so natürlich zu plaudern, daß der Schatten der Traurigkeit, der die Gemüter verdunkelte, wie auf ein Zauberwort verschwand.

Bertin stand auf, nahm Annette bei der Hand, führte sie vor das Bild der Gräfin, das von einer Reflektorlampe beleuchtet wurde, und sagte:

„Mein Gott, ist es möglich? Mein Gott, ist es möglich? Dies ist ja eine förmliche Auferstehung! Wie kommt es nur, daß ich es nicht sofort beim Eintreten bemerkte? Oh, verehrte Gräfin, ich sehe Sie wieder vor mir aus jener Zeit, als Sie die erste Trauer tragen mußten und ich Sie kennenlernte! Diese Annette in Trauerkleidung ist ganz die Mutter von früher! Wie merkwürdig! Ohne dieses Bild wäre das gar nicht wahrgenommen worden. Ihre Tochter sieht Ihnen in Person sehr ähnlich, noch mehr aber diesem Bild!"

Musadieu, der von der Heimkehr der Gräfin Kenntnis erhalten hatte und einer der ersten sein wollte, ihr seine Teilnahme auszusprechen, trat in diesem Augenblick ein.

Die Worte erstarben aber auf seinen Lippen, als er das vor dem Bild stehende junge Mädchen sah, das lebende Ebenbild des Porträts.

„Ach!" rief er endlich aus, „dies ist eines der wunderbarsten Ereignisse, die ich je erlebt habe!"

Das Ehepaar Corbelle, dessen Überzeugung sich stets nach der anderer Personen richtete, verlieh nun auch seinem Entzücken Ausdruck, obgleich mit geringerem Eifer.

Das Herz der Gräfin krampfte sich zusammen, und dieses Gefühl machte sich immer mehr geltend. Die Äußerungen, die diese Leute in ihrer Überraschung laut werden ließen, schienen

einen Druck auf ihr Herz auszuüben und ihr dadurch Schmerz zu bereiten. Schweigend betrachtete sie ihre vor dem Porträt stehende Tochter, und etwas wie Schwäche überkam sie. Am liebsten wäre sie in die Worte ausgebrochen: „Aber schweigt doch, um Himmels willen! Ich weiß ohnehin, daß sie mir ähnlich sieht."

Während des ganzen Abends blieb sie traurig und niedergeschlagen; wieder hatte sie ihr Selbstvertrauen verloren, das bereits in sie zurückgekehrt war.

Als sie gerade mit Bertin plauderte, meldete der Diener den Marquis von Farandal. Der Maler, der ihn eintreten und sich der Gräfin nähern sah, erhob sich, flüchtete hinter den Stuhl der Hausfrau und murmelte:

„Na, wenn dieses Kamel hier ist, so räumen wir das Feld!"

Dann schlich er an der Wand entlang bis zur Tür, schlüpfte hinaus und verschwand.

Nachdem Frau von Guilleroy den neuen Gast begrüßt hatte, suchte sie mit den Augen Olivier, um das begonnene interessante Gespräch fortzusetzen. Da sie ihn aber nirgends fand, fragte sie:

„Wie, der große Meister hat uns verlassen?"

„Ich glaube, mein Kind", gab der Graf ihr zur Antwort. „Es schien mir, als sei er davongeschlichen."

Die Gräfin war überrascht, dachte ein wenig nach und begann dann mit dem Marquis zu plaudern.

Bald darauf entfernten sich die Gäste aus Rücksicht auf die Hausfrau, zumal das Haus nach dem Todesfall nur ihnen offen stand.

Als die Gräfin zu Bett gegangen war, tauchten die Seelenqualen, von denen sie bereits auf dem Lande gepeinigt worden war, von neuem auf. Nur, daß sie ihr jetzt verständlicher geworden waren und sie darüber im klaren war: sie fühlte, daß sie alt sei.

Heute abend war sie zum ersten Mal zu der Erkenntnis gelangt, daß in ihrem Salon, wo sie bisher geherrscht hatte, wo sie bewundert, gefeiert, umworben und geliebt worden war, nun ein anderes weibliches Wesen, ihre Tochter, ihren Platz einnehme. Mit überwältigender Deutlichkeit wußte sie, daß die Verehrungen von jetzt an Annette galten. Sie mußte die Erfahrung machen, daß in dem Königreich, wie man das Haus einer schönen Frau zu nennen pflegt, in dem sie bisher keinen Schatten geduldet hatte, und wo den ihr Ähnlichen der Zutritt nur erlaubt worden war, damit sie aus ihnen Vasallen mache, jetzt mit einemmal ihre Tochter die Königin sei. Wie sonderbar doch dieses Herzklopfen war, als sich jedes Auge auf Annette richtete, die Bertin an der Hand vor das Bild geführt hatte! Es schien ihr, als sei sie plötzlich vom Erdboden verschwunden, als habe man sie ihres Thrones beraubt, sie von ihm gedrängt. Jeder hatte nur für Annette Augen, ihr selbst wandte sich niemand mehr zu. Sie war so sehr daran gewöhnt, Schmeicheleien und bewundernde Worte zu vernehmen, wenn man ihr Bild pries, war so sicher, Anerkennung zu hören, der sie zwar keinen besonderen Wert zuschrieb, die aber ihrer Eitelkeit schmeichelte, daß dieser unerwartete Abfall, diese rückhaltlos ihrer Tochter gewidmete Verehrung und Bewunderung sie tiefer verletzten, schmerzten und erregten, als wenn sie den Kampf gegen irgendeine andere Konkurrenz hätte aufnehmen müssen.

Sie war allerdings so veranlagt, daß sie sich nach jeder Krisis erholte, und so kam ihr auch jetzt der beruhigende Gedanke, daß sie nicht mehr diesem ewigen Vergleich ausgesetzt sei, sobald ihr geliebtes Töchterchen verheiratet wäre und nicht mehr mit ihr unter einem Dach wohnen würde.

Trotzdem war es ein schwerer Schlag, und während der ganzen Nacht lag sie im Fieber, unfähig, ein Auge zu schließen.

Am anderen Morgen war sie erschöpft, gleichsam gebrochen. Sie hatte den unabweisbaren Wunsch, Trost, Hilfe und Stütze bei jemand zu suchen, der ihre Schmerzen, ihre seelischen und körperlichen Leiden, zu heilen vermöchte.

Sie fühlte sich tatsächlich so unwohl und schwach, daß sie ihren Arzt zu Rate zog. Vielleicht war sie ernstlich krank, denn ein natürlicher Zustand war es durchaus nicht, daß sie innerhalb weniger Stunden alle Phasen des Leidens und der Mutlosigkeit durchgemacht hatte.

Sie ließ also ihren Arzt holen. Gegen elf Uhr vormittags kam er. Es war dies einer jener ernsten, in den vornehmen Kreisen heimischen Ärzte, deren Titel und Auszeichnungen für ihre Wissenschaft bürgen, deren gewandte Behandlungsweise der Tüchtigkeit gleichkommt und denen so gewinnende Worte zu Gebote stehen, daß sie dadurch besser als durch Arznei auf die Frauen wirken. Der Arzt trat ein, grüßte, betrachtete seine Patientin prüfend und sprach lächelnd:

„Bedenklich ist die Sache auf keinen Fall. Mit solchen Augen, deren sich gnädigste Gräfin rühmen können, ist man niemals sehr krank."

Die Gräfin war ihm für diese Einleitung dankbar und berichtete eingehend über ihre Schwäche, ihre Melancholie und machte ihn zum Schluß auf ihr beunruhigend schlechtes Aussehen aufmerksam.

Teilnahmsvoll hörte der Arzt seiner Patientin zu, und als wäre ihm dieses Frauenleiden genau bekannt gewesen, beobachtete und untersuchte er sie, ohne sich nach etwas anderem als nach ihrem Appetit zu erkundigen; mit den Fingerspitzen betastete er ihre unverhüllten Arme und Schultern, und mit der Gründlichkeit des erfahrenen Arztes jede Frage berührend, wurde ihm die geheime Angst der Gräfin klar, daß die Sorge mehr ihrer Schönheit als ihrer Gesundheit galt.

„Sie sind nervös und blutarm, gnädigste Gräfin", erklärte der Arzt zum Schluß. „Dies wundert mich übrigens nicht, da Sie in letzter Zeit einen großen Kummer hatten. Ich werde einiges verordnen, wodurch alles wieder ins Geleise kommt. Vor allem aber müssen Sie nahrhafte Speisen genießen und statt Wasser bloß Bier trinken. Gehen Sie früh zu Bett und machen Sie ausgedehnte Spaziergänge! Schlafen Sie viel und werden Sie etwas dicker! Dies ist alles, meine gnädige Frau und schöne Patientin, was ich Ihnen raten kann."

Voll lebhaftem Interesse lauschte die Gräfin den Worten des Arztes und bemühte sich, jeden seiner Hintergedanken zu erraten. Seine letzten Worte erregten mehr als alles andere ihr Interesse, und lebhaft sprach sie:

„Ja, das ist wahr, ich bin mager geworden. Vor einiger Zeit wurde ich beunruhigend stark, so daß ich eine strenge Diät befolgte, und das rächt sich jetzt vielleicht."

„Ganz ohne Zweifel. Es hat gar keine Bedeutung, mager zu sein, wenn man es immer gewesen ist; will man aber aus Prinzip mager werden, so zieht dies stets Nachteile mit sich. Zum Glück läßt sich die Sache beheben. Auf Wiedersehen, Frau Gräfin!"

Schon fühlte sie sich wohler und leichter. Sie befahl, zum Frühstück Bier zu holen, und zwar aus der Hauptniederlage, um es frischer zu haben. Gerade erhob sie sich vom Tisch, als Bertin gemeldet wurde.

„Ich bin's schon wieder", sprach er beim Eintreten, „doch

474

kam ich nur, um zu fragen, ob Sie am Nachmittag etwas vorhaben."

„Nein, gar nichts! Weshalb?"

„Und Annette?"

„Auch nicht!"

„Möchten Sie also gegen vier Uhr zu mir kommen?"

„Gerne! Doch wozu?"

„Ich habe eine Skizze von der ‚Träumerin' begonnen, von der ich Ihnen bereits gesprochen habe, als ich Sie fragte, ob Ihre Tochter mir einige Sitzungen gewähren könnte. Es wäre von großem Vorteil, wenn sie mir heute wenigstens eine Stunde sitzen wollte. Abgemacht also?"

Die Gräfin zögerte, da sie sich peinlich berührt fühlte, ohne zu wissen, weshalb. Dann aber erwiderte sie:

„Einverstanden, mein Freund. Um vier Uhr sind wir bei Ihnen."

„Ich danke. Sie sind die Güte selbst."

Und damit ging er, um eine Leinwand vorzubereiten, und um sich in die Idee des Bildes zu versenken, damit er sein Modell möglichst wenig ermüde.

Nun erledigte auch die Gräfin, ohne Begleitung, ihre Einkäufe. Sie ging die Hauptverkehrsstraßen hinunter und langsam wieder den Boulevard Malesherbes hinauf, denn die Füße versagten ihr fast den Dienst. Als sie an der Kirche des heiligen Augustin vorbeikam, hatte sie das Verlangen, einzutreten und sich auszuruhen. Sie stieß die schwere Tür auf, atmete mit Wohlbehagen die ihr aus dem geräumigen Kirchenschiff entgegendringende kühle Luft und setzte sich auf eine Bank.

Sie war religiös wie viele Pariserinnen. Sie glaubte rückhaltslos an Gott, da sie sich die Existenz des Weltalls ohne die Existenz eines Schöpfers nicht vorstellen konnte. Da sie aber wie alle Welt die Zeichen der Göttlichkeit in der um sich befindenden Natur erblickte, stellte sie sich den Allvater ungefähr nach seinem Wirken vor, ohne irgendwelche klare Begriffe zu haben.

Sie glaubte in aller Aufrichtigkeit an ihn, betete ihn an und fürchtete sich gewissermaßen auch vor ihm, denn sie hatte keinerlei Vorstellung von seinem Willen und seinen Absichten, zumal sie den Priestern, in denen sie bloß die Söhne von Bauern sah, die sich dem Waffendienst entziehen wollten, nur ein sehr beschränktes Vertrauen entgegenbrachte. Da ihr Vater, ein unverfälschter Pariser Spießbürger, sie zu keinerlei Frömmigkeiten angehalten hatte, war sie ihnen bis zu ihrer Verheiratung auch nur lässig nachgekommen. Erst als ihre neue Stellung eine strengere Einhaltung der Pflichten gegenüber der Kirche forderte, hatte sie sich den leichten Anforderungen gern gefügt.

Sie war Präsidentin zahlreicher vornehmer Wohltätigkeitsvereine und erschien jeden Sonntag in der um ein Uhr zelebrierten Messe, wobei sie selbst mit dem Klingelbeutel sammeln ging oder durch einen Abbé, den Vikar ihres Sprengels, sammeln ließ.

Häufig hatte sie aus Pflichtgefühl gebetet. Manchmal hatte sie gebetet, weil ihr Herz bedrückt und traurig war, wenn sie fürchtete, daß Olivier sie verlassen könne. Ohne dem Himmel die Ursache ihrer Verzagtheit anzuvertrauen, erbat sie sich von ihm, den sie mit der gleichen Heuchelei behandelte wie ihren Gatten, daß er ihr beistehen möge. Beim Tod ihres Vaters und dann kürzlich bei dem ihrer Mutter war sie von heißer Inbrunst und leidenschaftlicher Andacht erfaßt worden, sobald sie sich in aufrichtigem Flehen zu ihm wandte, der tröstet und über allen wacht.

Heute nun hatte sie in dieser Kirche, in die sie der Zufall führte, mit einemmal das heiße Verlangen nach einem Gebet, doch nur um für sich selbst zu beten, wie jüngst am Grab ihrer Mutter. Sie brauchte von irgendeiner Seite Hilfe, und da rief sie nun Gott an, wie sie am Morgen den Arzt hatte rufen lassen.

Lange kniete sie in der Kirche, deren tiefe Stille nur von Zeit zu Zeit durch das Geräusch leiser Schritte unterbrochen wurde. Doch plötzlich erwachte die Erinnerung in ihr, als hätte eine Uhr in ihrem Innern geschlagen; sie zog ihre kleine Taschenuhr hervor, fuhr zusammen, als sie sah, daß es bereits vier Uhr sei, und entfernte sich eiligst von dem geweihten Ort, um ihre Tochter zu holen, auf die Olivier bereits mit Ungeduld warten mochte.

Sie trafen den Künstler in seinem Atelier, wo er auf der Leinwand die Stellung seiner ‚Träumerin‘ studierte. Er wollte genau das wiedergeben, was er im Monçeaupark gesehen hatte, als er mit Annette umhergeschlendert war: ein armes, sinnendes Mädchen mit einem offenen Buch auf den Knien. Lange konnte er sich nicht entscheiden, ob es schön oder häßlich sein sollte. War es häßlich, konnte er mehr Charakter hineinlegen,

476

mehr Gedanken hineinzaubern und einer gewissen Philosophie Ausdruck verleihen; malte er es schön, würde das Bild besser gefallen, mehr Reiz verbreiten und in höherem Maße bezaubern.

Der Wunsch, eine Studie nach seiner kleinen Freundin zu entwerfen, gab den Ausschlag. Die hübsche Träumerin wird früher oder später ihren poetischen Traum verwirklichen, während sie, wenn sie häßlich wäre, verurteilt bliebe, in alle Ewigkeit und hoffnungslos zu träumen.

Als die beiden Damen eingetreten waren, sagte Olivier, sich die Hände reibend:

„Nun, Fräulein Nani, da werden wir jetzt gemeinsam arbeiten.“

Die Gräfin zeigte eine sorgenvolle Miene. Sie setzte sich in einen Lehnsessel und sah Olivier zu, der einen eisernen Gartenstuhl in die richtige Beleuchtung rückte. Dann öffnete er seinen Bücherschrank, um ein Buch zu holen, fragte aber nach einigem Zögern:

„Was liest Ihre Tochter?“

„Mein Gott, was Sie wollen! Geben Sie ihr einen Band Viktor Hugo!“

„‚Die Legende der Jahrhunderte‘?“

„Meinetwegen!“

Er wandte sich zu dem jungen Mädchen und sagte:

„Da setze dich her, Kleine, und nimm diesen Band Gedichte zur Hand! Schlage die . . . die dreihundertundsechsunddreißigste Seite auf, wo du ein Gedicht finden wirst ‚Arme Leute‘. Lies es ganz langsam, Wort für Wort, wie man die besten Weine tropfenweise trinkt, lasse das Gedicht rückhaltlos auf dich einwirken und berausche dich an ihm! Lausche aufmerksam auf die Stimme deines Herzens! Dann schließe den Band, hebe den Blick, denke und träume . . . Ich werde inzwischen mein Arbeitszeug zurechtmachen.“

Damit begab er sich in eine Ecke, um seine Palette vorzubereiten; doch während er auf die glatte Fläche die Bleihülsen ausleerte, aus denen unter dem Druck seiner Finger sich dünne Farbenstrahlen schlängelten, wandte er sich von Zeit zu Zeit zurück, um das in seine Lektüre vertiefte junge Mädchen zu beobachten.

Sein Herz krampfte sich zusammen, seine Finger zitterten, er

478

wußte nicht mehr, was er tat; er vermengte die Farben, indem er die kleinen bunten Häufchen auf der Platte durcheinanderwühlte, denn angesichts dieser Erscheinung, dieser Auferstehung, wurde er nach zwölf Jahren, an dem gleichen Ort, von einer ungeheuren Erregung erfaßt.

Jetzt hatte sie aufgehört zu lesen und blickte vor sich hin. Näher gekommen, entdeckte er in ihren Augen zwei helle Tropfen, die sich langsam lösten und über die runden Wangen rollten. Er erbebte so mächtig, daß er nicht an sich halten konnte und mit den leise gemurmelten Worten sich zu der Gräfin wandte:

„Großer Gott, wie schön sie ist!"

Doch mehr vermochte er beim Anblick des leichenblassen, verzerrten Gesichtes der Gräfin nicht hervorzubringen.

Mit weit aufgerissenen Augen, aus denen ein namenloser Schrecken sprach, sah sie auf ihn und ihre Tochter. Von Unruhe erfaßt, trat er näher und fragte:

„Was ist Ihnen?"

„Ich will mit Ihnen sprechen."

Schon hatte sie sich erhoben und zu Annette gesagt:

„Warte einen Augenblick, mein Kind, ich will bloß Herrn Bertin etwas sagen!"

Dann schritt sie rasch in den kleinen Salon, in dem er häufig seine Besucher warten ließ. Er folgte ihr, verwirrt, ohne zu begreifen. Kaum waren sie allein, stürzte sie auf ihn zu, erfaßte seine beiden Hände und stammelte:

„Olivier, ich bitte dich, laß sie nicht mehr Modell sitzen!"

„Aber weshalb denn?" murmelte er verwirrt.

Ihre Worte überstürzten sich, als sie ihm erwiderte:

„Weshalb? Weshalb? Er fragt es noch! Du empfindest es also nicht? Du nicht? Oh, ich hätte es schon früher erraten sollen! Doch habe ich es erst in diesem Augenblick entdeckt . . . Jetzt kann ich dir aber gar nichts sagen . . . nichts . . . nichts. Hole meine Tochter! Sag ihr, ich sei sehr unwohl. Laß einen Wagen holen und komme in einer Stunde zu mir! Ich werde dich allein empfangen."

„Aber was ist dir denn?"

Sie schien einem Nervenzusammenbruch nahe.

„Laß mich, hier kann ich nicht sprechen! Hole meine Tochter und schicke um einen Wagen!"

Er mußte gehorchen und kehrte in das Atelier zurück. Ahnungslos hatte Annette wieder zu lesen begonnen, ergriffen noch von der zarten und traurigen Dichtung. Olivier sagte zu ihr:

„Deiner Mutter ist es nicht gut. Als sie in den kleinen Salon trat, wurde sie von Krämpfen befallen. Geh hinein zu ihr! Ich hole etwas Äther."

Damit eilte er hinaus, um aus seinem Schlafzimmer ein Fläschchen zu holen.

Als er zurückkehrte, fand er die beiden Frauen schluchzend. Gerührt durch die „armen Leute", ließ Annette ihrer Ergriffenheit freien Lauf, während die Gräfin etwas Erleichterung darin fand, daß sie ihren Schmerz mit diesem sanften Kummer, ihre Tränen mit denen ihrer Tochter vereinigen konnte.

Er wartete eine Weile, weil er, um die beiden nicht zu stören, nicht zu sprechen wagte, und betrachtete beide, ergriffen von einer unerklärlichen Wehmut.

Endlich fragte er:

„Geht es Ihnen bereits besser?"

„Ja, ein wenig", lautete die Antwort der Gräfin. „Es wird schon vorübergehen. Haben Sie einen Wagen holen lassen?"

„Ja, er wird sofort zur Stelle sein."

„Ich danke Ihnen, mein Freund. Die Sache wird vorübergehen. Ich hatte nur zuviel Kummer in der letzten Zeit."

„Der Wagen ist da", meldete nach wenigen Augenblicken ein Diener.

Von geheimen Befürchtungen erfüllt, geleitete Bertin seine Freundin, die noch bleich und schwach war und deren Herz er meinte pochen zu hören, bis zur Tür.

Als er allein war, legte er sich die Frage vor: „Was ist ihr denn? Was hat diesen Ausbruch herbeigeführt?"

Er grübelte lange nach, tastete an der Wahrheit herum, ohne sich zu getrauen, den Schleier fortzuziehen. Endlich aber wagte er den Gedanken. „Sollte sie vielleicht meinen", fragte er sich, „daß ich ihrer Tochter den Hof mache? Das wäre doch zu stark!" Und während er diese Annahme mit ebenso sinnvollen wie rechtschaffenen Argumenten bekämpfte, wurde er zornig, weil sie dieser schönen, fast väterlichen Neigung den Anschein der Galanterie unterschieben konnte, wenn auch nur für einen Augenblick. Er ereiferte sich immer mehr gegen die Gräfin, da er durchaus nicht dulden konnte, daß sie ihn einer solchen Schurkerei, einer so schändlichen Niedertracht beschuldigte, und er nahm sich auch vor, sie seine Entrüstung empfinden zu lassen, wenn er ihr nachher gegenübertrat.

Bald darauf verließ er das Haus, um sich zu ihr zu begeben. Es drängte ihn, sich mit ihr auseinanderzusetzen. Auf dem ganzen Weg legte er sich, unter zunehmendem Zorn, die Argumente und Sätze zurecht, mit denen er sich rechtfertigen und wegen eines derartigen Verdachtes rächen wollte.

Sie lag auf dem Sofa mit einem von Leid entstellten Gesicht.

„Wohlan, meine liebe Freundin", sprach er trocken, „erklären Sie mir die absonderliche Szene von vorhin."

Sie aber erwiderte mit erstickter Stimme:

„Wie, es ist dir noch nicht klar geworden?"

„Nein, ich gestehe es offen."

„Olivier, ich bitte dich, blicke selbst in dein Herz!"

„In mein Herz?"

„Ja, in die Tiefe deines Herzens."

„Ich verstehe dich nicht, erkläre er deutlicher."

„Halte scharfe Umschau in deinem Herzen, ob sich nichts darin findet, was für dich und für mich gefährlich ist."

„Ich wiederhole dir, daß ich dich nicht verstehe. Ich sehe wohl, daß in deiner Phantasie ein Gespenst sein Unwesen treibt; in meinem Gewissen aber finde ich nichts."

„Ich spreche nicht von deinem Gewissen, sondern von deinem Herzen."

„Und ich kann keine Rätsel lösen. Ich bitte dich abermals, erkläre es näher."

Nun hob sie beide Hände, erfaßte die des Malers und sprach sehr langsam, als zerreiße jedes Wort ihr Herz:

„Hüte dich, mein Freund, denn die Leidenschaft für meine Tochter verblendet dich!"

Er entriß ihr mit heftiger Gebärde die Hände, und mit der Lebhaftigkeit eines Unschuldigen, der sich gegen eine schmähliche Verleumdung wehrt, mit lebhaften Gesten und einer zunehmenden Erregung verteidigte er sich, indem er sie seinerseits anklagte, ihn derart verdächtigt zu haben.

Sie ließ ihn lange reden. Schließlich meinte sie:

„Aber ich verdächtige dich ja gar nicht, mein Freund, du weißt nicht, was sich in deinem Innern zuträgt, wie es auch mir bis heute nachmittag unbekannt war. Du sprichst genau so, als hätte ich dich beschuldigt, du wolltest Annette verführen. O nein, das nicht! Ich weiß, wie rechtschaffen du bist, aller Achtung und jeden Vertrauens würdig. Ich bitte dich, flehe dich an, in dein Herz zu schauen, ob die Sympathie für meine Tochter nicht ein wenig verschieden von dem Gefühl der Freundschaft ist."

Er wurde böse, und immer erregter, begann er abermals seine Rechtschaffenheit zu beteuern, wie er es unterwegs sich selbst gegenüber getan hatte.

Sie wartete, bis er mit seinen Einwänden zu Ende war; dann erwiderte sie ohne Unmut, aber auch ohne in ihrer Überzeugung erschüttert worden zu sein, mit entsetzlich bleichem Gesicht und kaum vernehmbar:

„Olivier, ich weiß ja das alles ganz gut, was du mir sagst, und ich denke es mir ebenso wie du. Doch bin ich leider überzeugt, daß ich mich in keinem Irrtum befinde. Höre mich an, denke nach und verstehe mich wohl! Meine Tochter sieht mir zu ähnlich; sie ist zu sehr all das, was ich selbst einmal gewesen bin, als du mich zu lieben begonnen hast, daß du sie nicht auch lieben solltest."

„Du wagst es also", rief er erregt aus, „mir eine solche Anklage ins Gesicht zu schleudern, weil du ein ebenso lächerliches wie unhaltbares Argument anführst, das lautet: ,Er liebt mich, meine Tochter sieht mir ähnlich – folglich wird er auch sie lieben.'"

Als er aber sah, daß das Gesicht der Gräfin immer größere Qualen verriet, fügte er ruhiger hinzu:

„Aber so bedenke doch, meine teure Any, daß mir die Kleine nur aus dem Grund so sehr gefällt, weil ich dich in ihr sehe. Ich liebe nur dich, nur dich, wenn ich sie anblicke."

„Ja, und gerade das bereitet mir solche Qualen, das flößt mir eine solche Furcht ein. Noch bist du dir über deine Gefühle nicht klar; in einiger Zeit aber wirst du dich nicht mehr täuschen können."

„Any, ich gebe dir die Versicherung, daß dies Wahnsinn ist."

„Willst du Beweise?"

„Ja."

„Trotz meiner dringenden Bitten warst du schon seit drei Jahren nicht in Roncières; doch bist du ohne Zögern dahin

483

gekommen, als dir der Vorschlag gemacht wurde, uns abzuholen."

„Ach, das ist nett! Du machst es mir zum Vorwurf, daß ich dich dort unten nach dem Tod deiner Mutter nicht allein gelassen habe, zumal da ich wußte, daß du krank seiest."

„Also gut, ich will mich nicht an diesen Punkt klammern. Dafür ein anderer Beweis. Der Wunsch, Annette zu sehen, ist ein so gebieterischer, daß du den heutigen Tag nicht verstreichen lassen konntest, ohne mich aufzufordern, sie zu dir zu bringen, angeblich damit sie dir Modell sitze."

„Und du kannst dir das nicht damit erklären, daß ich eigentlich nur dich sehen wollte?"

„Jetzt argumentierst du schon wider dein besseres Wissen. Du suchst dich selbst zu überzeugen, wirst mich aber nicht täuschen. Noch eins! Weshalb hast du dich vorgestern abend so hastig entfernt, als der Marquis von Farandal eintrat? Du erinnerst dich doch?"

Er zögerte; dieser Einwurf überraschte und beunruhigte ihn; er fühlte sich gleichsam entwaffnet und erwiderte langsam:

„Einen triftigen Grund könnte ich allerdings nicht nennen . . . ich war wohl sehr müde . . . Und dann, um aufrichtig zu sein, dieser Hohlkopf macht mich ungeduldig."

„Seit wann?"

„Seit jeher."

„Entschuldige, denn gerade du hast sein Lob gesungen. Früher erfreute er sich deiner Sympathie. Sei doch ganz aufrichtig, Olivier!"

Bertin dachte ein wenig nach, dann sagte er langsam, als hätte er nach Worten gesucht:

„Ja, es ist möglich, daß die große Liebe, mit der ich an dir hänge, sich so sehr auch auf die Deinen erstreckt, daß ich über diesen Menschen anderer Meinung geworden bin. Wenn ich selten mit ihm zusammenkomme, ist er mir ganz gleichgültig; dagegen wäre es mir sehr peinlich, wenn ich ihn täglich bei euch antreffen müßte."

„Das Haus meiner Tochter wird nicht das meine sein. Im übrigen lassen wir das jetzt! Ich kenne deine rechtschaffene Seele und weiß, daß du darüber, was du jetzt von mir vernommen hast, lange nachdenken wirst. Hast du einmal über die Sache nachgedacht und wirst du mit dir im reinen sein, so wirst du auch

484

einsehen, daß ich dich auf eine große Gefahr aufmerksam gemacht habe und daß du ihr noch ausweichen kannst. Du wirst darum auf deiner Hut sein. Und nun sprechen wir über andere Dinge, wenn du willst."

Aber Bertin konnte eine unbehagliche Empfindung nicht los werden. Er mußte nachdenken, obwohl er nicht wußte, was er denken solle. Eine Viertelstunde noch zog sich die Unterhaltung zögernd hin, worauf er sich verabschiedete.

4

Langsam begab sich Olivier nach Hause. Er war so erregt, als hätte er irgendein beschämendes Familiengeheimnis erfahren. Er versuchte, sein Herz zu prüfen, klar zu sehen, in dem geheimen Buch seines Innern zu lesen, dessen vertraute Blätter anscheinend übereinander geklebt waren, so daß Unberufene sie nur dann lesen konnten, wenn sie sie mit den Fingern auseinanderrissen. Daß er in Annette nicht verliebt sei, das war einmal sicher. Die Gräfin, deren argwöhnische Eifersucht unablässig auf der Lauer war, erblickte die Gefahr schon von weitem und meldete sie an, noch bevor sie existierte. Kann diese Gefahr aber nicht morgen, übermorgen, in einem Monat eintreten? Gerade auf diese aufrichtige Frage bemühte er sich, eine aufrichtige Antwort zu erhalten. Gewiß hatte die Kleine den Instinkt der Liebe in ihm angeregt; nur daß beim Mann solche Anregungen häufig und zahlreich sind und man die unschuldigen mit den gefährlichen nicht verwechseln darf. So war er zum Beispiel ein großer Freund der Tiere, besonders der Katzen, und er konnte ihr samtweiches Fell nicht berühren, ohne den unwiderstehlichen sinnlichen Drang zu empfinden, den weichen, wellenartigen Rücken der Tiere zu streicheln und ihr knisterndes Fell zu küssen. Die Anziehungskraft, die ihn an das junge Mädchen fesselte, glich jenem unerklärlichen, unschuldigen Verlangen, welches das menschliche Nervensystem in unablässiger und nie ruhender Bewegung hält. Die Frische des jungen Mädchens, der Reiz ihres jugendlichen Alters blendeten die Augen des Künstlers ebenso wie die des Mannes, und sein Herz, das von den süßen Erinnerungen an das mit der Gräfin

485

gepflogene langjährige Verhältnis erfüllt war, wurde nun erschüttert, als wäre es aus tiefem Träumen erwacht. Und sollten es tatsächlich Träume gewesen sein? Wirklich? Dieser Gedanke bot ihm endlich die gesuchte Erklärung. Nach langen Jahren erwachte er jetzt aus seinen Träumen. Hätte er die Kleine ohne sein Vorwissen geliebt, so hätte er in ihrer Gegenwart eine Verjüngung seines eigenen Wesens empfunden, er wäre ein anderer Mensch geworden, und die Flamme eines neuen Verlangens hätte in ihm gelodert. Dieses Kind aber fachte bloß das alte Feuer an. Die Mutter ist es, die er auch jetzt noch liebt, zweifellos mehr als vorher, – und zwar gerade wegen der Tochter, die die Verkörperung dessen ist, was die Mutter war.

Diese Überzeugung begründete er mit folgender beruhigenden Sophistik: der Mensch liebt nur einmal! Allerdings gerät das Herz häufig in Wallung beim Anblick eines anderen Wesens, denn jedes flößt ihm entweder Sympathie oder Antipathie ein. All diese Einflüsse erzeugen die Freundschaft, erwecken die Launen, das Verlangen nach Besitz, heftige und vergängliche Leidenschaften, doch nicht die wahre Liebe! Damit diese Liebe Wurzel fasse, ist es notwendig, daß die beiden Wesen so sehr füreinander geschaffen seien, die Geschmacksrichtung eine so gemeinsame, die geistige, körperliche und seelische Sympathie eine so übereinstimmende sei, daß all dies zusammen ein unentrinnbares Band der Gemeinsamkeit bilde. Kurz, wen man liebt, ist nicht so sehr Frau X. oder Herr Y., sondern ein Mann oder eine Frau, ein namenloses, von der großen Mutter Natur gezeugtes Wesen, dessen Herz und Geist, dessen Gestalt, seelische Anlagen und ganzes Gebaren gleich einem Magnet unseren Organismus, unsere Augen und Lippen, unser Herz und unsere Gedanken, unsere sinnlichen und geistigen Wünsche an sich ziehen. Man liebt ein „Musterbild", das heißt die Vereinigung sämtlicher menschlicher Vorzüge, die uns bei anderen Personen vereinzelt gefallen, in einer einzigen Person.

Für ihn war die Gräfin von Guilleroy dieses Musterbild gewesen, und die Dauer dieses Verhältnisses, dessen er niemals überdrüssig geworden war, bewies ihm dies zur Genüge. Nun glich Annette in physischer Hinsicht dem, was ihre Mutter gewesen, in solchem Maße, daß man sie miteinander verwechseln konnte. Es war gar nicht zu verwundern, daß sich sein männliches Herz ein wenig überrumpeln ließ, doch ohne sich hinreißen zu lassen. Er hatte eine Frau geliebt, angebetet. Aus dieser Frau ging eine andere hervor, die ihr beinahe gleich war. Er konnte es wirklich nicht verhindern, daß er auf die zweite einen kleinen Rest der leidenschaftlichen Zuneigung übertrug, die ihn für die erste erfüllt hatte. Da war doch nichts Schlimmes dabei, da drohte doch keine Gefahr! Nur sein Blick und seine Erinnerung ließen sich durch diese scheinbare Auferstehung täuschen; aber sein Instinkt ließ sich nicht irreführen, denn er hatte nie die leiseste Anwandlung nach dem Besitz des jungen Mädchens empfunden.

Trotzdem erhob die Gräfin den Vorwurf, daß er auf den Marquis eifersüchtig sei. Entsprach dies der Wahrheit? Wieder unterzog er sein Gewissen einer strengen Prüfung, und da stellte er fest, daß er in der Tat ein wenig eifersüchtig sei. Doch was war daran verwunderlich? Ist man nicht jeden Augenblick auf Männer eifersüchtig, die sich um die Gunst irgendeiner Frau bewerben? Empfindet man nicht auf der Straße, im Restaurant oder im Theater irgendwie Unmut gegen den Herrn, der mit einem schönen Mädchen am Arm vorbeigeht oder eintritt? Wer eine Frau besitzt, ist ein Nebenbuhler. Der Betreffende ist ein befriedigtes Männchen, ein Sieger, den die übrigen Männer beneiden. Und wenn er für Annette eine durch seine Liebe zur Mutter etwas übertriebene Sympathie empfand, so war es doch auch natürlich, daß er gegen den zukünftigen Gatten einen gewissen Haß in sich erwachen fühlte. Doch werde er diese häßliche Empfindung ohne Zweifel meistern können. Aber in seinem Herzen blieben Unzufriedenheit und Ärger gegen sich selbst und gegen die Gräfin zurück. Wird ihr tägliches Zusammensein nicht durch die häßlichen Gedanken, die in ihr spukten, beeinträchtigt werden? Wird er nicht mit größter Genauigkeit über jedes Wort, jede Handlung, jeden Blick, jede Bewegung dem jungen Mädchen gegenüber wachen müssen? Denn alles, was er tut und was er sagt, wird der Mutter verdächtig erscheinen. In ärgerlicher Stimmung kam er daheim an und in seiner Gereiztheit mußte er wohl zehn Streichhölzer anreiben, um endlich seine Zigarette in Brand zu setzen. Vergebens begann er zu arbeiten. Seine Hand, sein Auge, sein Geist waren so widerspenstig, als wäre er des Malens entwöhnt, als hätte er es vergessen und diese Kunst niemals betrieben. Er nahm ein klei-

487

nes begonnenes Bild vor – eine Straßenecke, an der ein blinder Mann singt –, um es zu vollenden. Doch der Maler fühlte sich so gleichgültig und so unfähig zu jeder Arbeit, daß er sich mit der Palette in der Hand vor das Bild setzte und es so lange gedankenlos anstarrte, bis er ganz vergaß, was er eigentlich hatte tun wollen.

Die Zeit verging sehr langsam, die Minuten erschienen ihm endlos; und Ungeduld fieberte in ihm. Was sollte er anfangen, bis er zum Abendessen ins Kasino gehen konnte, da er nicht zu arbeiten vermochte? Der Gedanke an die Straße, an die Vorübergehenden, an die rollenden Wagen und Verkaufsläden erfüllte ihn schon im voraus mit Überdruß und Langeweile, und an einen Besuch bei fremden Leuten dachte er schon gar nicht, da ihn ein Haß gegen seine sämtlichen Bekannten erfüllte.

Was sollte er also tun? Sollte er in seinem Atelier auf und abgehen und bei jeder Wendung den vorwärts hüpfenden Zeiger der Uhr betrachten? Wie gut kannte er bereits diese Reise von der Tür bis zum Schrank und wieder zurück! In den Stunden der Begeisterung, des Eifers, des Entzückens, in den Stunden des leichten und fruchtbaren Schaffens bereitete ihm diese Wanderung nur Vergnügen; doch in den Stunden des Überdrusses und der Arbeitsunlust, in jenen jammervollen Stunden, da ihm die kleinste Handbewegung zu viel war, glich diese Wanderung dem Spaziergang eines in seine Zelle eingeschlossenen Gefangenen. Wenn er wenigstens eine Viertelstunde auf dem Sofa schlafen könnte! Doch nein, er wird nicht schlafen, sondern sich so lange aufregen, bis er vor Erschöpfung zittert. Woher stammt denn auf einmal diese üble Laune?

„Ich muß doch verdammt nervös sein, wenn mich eine solche Geringfügigkeit derart aufregt!" sagte er sich im stillen.

„Wird vielleicht Lektüre helfen?" fragte er sich dann. Der Gedichtband, in welchem Annette gelesen hatte, lag noch auf dem eisernen Stuhl. Bertin schlug das Buch auf und las zwei Seiten, verstand aber keine Silbe davon, was er gelesen hatte. Die Verse schienen ihm in einer fremden Sprache geschrieben. Er geriet förmlich in Eifer, begann immer wieder zu lesen, – doch vergebens, der Sinn der Worte blieb ihm unverständlich.

„Ich glaube, ich bin gar nicht zu Hause", sagte er sich.

Auf einmal kam ihm ein guter Gedanke, und er wußte, wie er die zwei Stunden bis zum Abendessen verbringen konnte. Er ließ sich ein warmes Bad bereiten, streckte sich aus und blieb so lange in dem lauwarmen Wasser, bis sein Diener mit den Kleidern hereinkam und ihn aus seinem Halbschlummer weckte. Darauf begab er sich in das Kasino, wo die gewohnte Gesellschaft bereits versammelt war. Man empfing ihn unter Freudenrufen und mit offenen Armen, da er sich schon seit mehreren Tagen nicht hatte sehen lassen.

„Ich komme vom Land", erklärte Bertin.

Außer Maldant, dem Landschaftsmaler, waren die Herren erklärte Feinde des Landlebens. Zwar pflegten Rocdiane und Landa auf die Jagd zu gehen, doch bereiteten ihnen Wald und Flur nur Vergnügen, wenn sie Fasanen, Wachteln oder Schnepfen schießen konnten, oder wenn sie sahen, daß die angeschossenen Hasen sich wie geübte Clowns fünf- oder sechsmal überstürzten. Abgesehen von diesem Zeitvertreib, den sie auch nur im Herbst und im Winter genießen konnten, erklärten die Herren den Landaufenthalt für unerträglich. „Ich ziehe die Umarmung schöner Mädchen dem Pflücken von Gänseblümchen entschieden vor", pflegte Rocdiane zu sagen.

Das Abendessen verlief wie gewöhnlich lärmend und heiter. Bertin sprach viel, weil er sich anregen wollte, und alle amüsierten sich über ihn. Als er aber seinen Kaffee getrunken und mit dem Bankier Liverdy die herkömmliche Billardpartie zu sechzig Punkte absolviert hatte, entfernte er sich. Eine Weile schlenderte er zwischen der Madeleinekirche und der Rue Taitbout umher, schritt dreimal am Vaudevilletheater vorbei, grübelte darüber nach, ob er hineingehen solle oder nicht, wollte endlich einen Wagen besteigen, um nach dem Hippodrom zu fahren, ließ aber gleich darauf auch diesen Plan fallen und nahm die Richtung zum neuen Zirkus. Unterwegs machte er mit einemmal kehrt, ohne jeden Grund und jede Ursache, und in seine Gedanken vertieft, eilte er den Boulevard Malesherbes entlang und verlangsamte vor dem Palais der Gräfin von Guilleroy seine Schritte.

„Sie wird es vielleicht absonderlich finden, wenn ich heute abend zu ihr zurückkehre?" dachte er im stillen. Doch söhnte er sich bald mit dem Gedanken aus, da er gar nichts Auffallendes daran fand, wenn er sich ein zweites Mal nach ihrem Befinden erkundigte.

Die Gräfin befand sich mit Annette im kleinen Salon und arbeitete noch immer an der für die Armen bestimmten Decke. Als sie ihn eintreten sah, fragte sie einfach:

„Ei, Sie sind es, lieber Freund?"

„Ja, ich war besorgt um Sie und wollte nach Ihnen sehen. Wie befinden Sie sich?"

„Ich danke, ziemlich wohl."

Nach diesen Worten schwieg die Gräfin eine Weile, worauf sie mit Nachdruck fragte:

„Und Sie?"

Mit einem befangenen Lächeln erwiderte Bertin:

„Oh, ich fühle mich sehr, sehr wohl. Ihre Befürchtung hatte nicht den geringsten Grund."

Die Gräfin legte ihre Strickarbeit nieder und sah mit einem flehenden und dennoch zweifelnden Blick zu ihrem Freund.

„Ich spreche in größtem Ernst", fügte der Maler hinzu.

„Um so besser", versetzte die Gräfin.

Bertin empfand in diesem Hause zum ersten Mal jenes Unbehagen, jene Gedankenlosigkeit, die auch am Nachmittag vor seiner Leinwand wie lähmend auf ihn gewirkt hatte.

Jetzt wandte sich die Gräfin zu ihrer Tochter und sagte:

„Du kannst fortfahren, mein Kind; Herrn Bertin ist das nicht unangenehm."

„Womit beschäftigte sich denn Annette?" fragte Olivier.

„Sie übte eine Symphonie."

Annette erhob sich, um sich an den Flügel zu setzen. Bertin folgte mit den Augen ihren Bewegungen, wie er es immer im Banne ihrer Schönheit zu tun pflegte. Da fühlte er den Blick der Mutter auf sich ruhen, und schnell drehte er den Kopf und gab sich den Anschein, als suche er etwas in dem dunklen Winkel des Salons.

Frau von Guilleroy nahm eine kleine goldene Dose, die sie von Bertin als Geschenk erhalten hatte, aus ihrem Arbeitskörbchen und bot Bertin die darin enthaltenen Zigaretten an:

„Rauchen Sie, lieber Freund! Sie wissen ja, wie sehr ich das liebe, wenn wir allein sind."

Bertin gehorchte, während die ersten Töne des Klaviers vernehmbar wurden. Das Stück war eine Komposition in altem Stil, lieblich und leicht, eine jener Melodien, die die mondscheinhellen Frühlingsnächte dem Künstler eingeben.

„Von wem ist das?" fragte Olivier.

„Von Mehul", erwiderte die Gräfin. „Die Komposition ist nur wenig bekannt, aber sehr schön."

Immer größer wurde Bertins Verlangen, auf Annette zu blicken; doch wagte er es nicht. Er hätte nur eine kleine Bewegung ausführen müssen, denn auch so sah er die beiden Kerzenflammen, welche die Noten beleuchteten; doch kannte er den Gedankengang der Gräfin zu genau und las so klar in ihrem Innern, daß er lieber regungslos verharrte und mit scheinbar großem Interesse den grauen Rauchwolken nachschaute, die er aus seiner Zigarre vor sich hinblies.

„Das ist alles, was Sie mir zu sagen haben?" fragte Frau von Guilleroy leise.

„Nehmen Sie es mir nicht übel", bat Bertin lächelnd. „Sie wissen ja, daß mich die Musik hypnotisiert, daß sie meine Gedanken mit sich entführt. Später werde ich sprechen."

„Warten Sie; vor dem Tod meiner Mutter habe ich etwas für Sie einstudiert. Ich habe es Ihnen niemals vorgespielt, werde es aber vortragen, sobald die Kleine mit ihrem Stück zu Ende ist. Sie werden erkennen, welch eigenartige Komposition das ist."

Die Gräfin spielte ausgezeichnet, mit bewunderungswerter Auffassung. Hier lag eine der Quellen ihrer Macht, die sie auf die Sinne des Meisters ausübte.

Als Annette die liebliche Symphonie Mehuls beendet hatte, stand die Gräfin von ihrem Platze auf, setzte sich an das Klavier, und nun ertönte unter ihren Händen eine klagende Melodie, voll abwechselnden, unversiegbaren Leides, in die sich ein einziger, immer wiederkehrender Ton mischte, der mit seinem durchdringenden monotonen Klang an den Schrei eines unausgesetzt verfolgten Wesens erinnerte.

Oliviers Augen hafteten aber an der ihm gegenüber sitzenden Annette, und so vernahm und verstand er gar nichts von der Musik.

Fortwährend, unablässig betrachtete er das junge Mädchen; er sättigte sich an dem Anblick, wie man sich mit der bevorzugten Speise satt ißt, die man nicht wieder vorgesetzt erhält, saugte sich voll mit ihrem Bild, wie man sich mit gutem, frischem Wasser satt trinkt, wenn man durstig ist.

„Nun?" fragte die Gräfin. „War das schön?"

„Wunderbar, großartig! Von wem ist das?" rief Bertin, wie aus einem Traum erwacht.

„Das wissen Sie nicht?"

„Nein!"

„Wie, Sie sollten es nicht kennen; Sie?"

„Glauben Sie mir, daß ich es nicht kenne."

„Es ist von Schubert."

Nun bemerkte Bertin mit innerster Überzeugung:

„Ich wundere mich nicht im geringsten. Die Komposition ist so herrlich, daß ich Ihnen unendlich dankbar wäre, wenn Sie das Stück noch einmal spielen wollten."

Die Gräfin erfüllte seinen Wunsch, und Bertin versank abermals in den Anblick Annettes, lauschte aber der Musik, um eine gesteigerte Freude genießen zu können.

Als dann die Gräfin auf ihren früheren Platz zurückkehrte, ließ Olivier, wie es die natürliche Verschlagenheit der Männer mitsichbringt, seinen Blick nicht mehr auf dem rosigen Antlitz des jungen Mädchens ruhen, das, mit der Strickarbeit beschäftigt, seiner Mutter gegenübersaß.

Doch wenn er auch Annette nicht sah, genoß er die Wonne ihrer Gegenwart, wie man die angenehme Wärme des Ofens empfindet, und das Verlangen, sie verstohlen anzublicken, wenn die Gräfin die Augen abwandte, wich keine Sekunde von ihm. Dieses Verlangen glich auf ein Haar dem des Studenten, der zu dem auf die Straße gehenden Fenster stürzt, sobald der Professor den Rücken wendet.

Er verabschiedete sich sehr bald, denn die Worte versagten ihm ebenso wie die Gedanken, und er fürchtete, daß seine Schweigsamkeit ungünstig ausgelegt werden könnte.

Auf der Straße empfand er den Wunsch, ein wenig umherzuschlendern, denn die eben gehörte Musik hallte noch lange in ihm und stimmte ihn so melancholisch, daß er den der Melodie zugrunde liegenden Sinn immer deutlicher zu erfassen wähnte. Eine Weile klang ihm die schmerzliche Weise noch in den Ohren, doch immer leiser wie das Echo aus der Ferne, bis sie endlich ganz verstummte, damit der Gedanke dem Motiv gleichsam Worte verleihe und ausziehe, eine Art harmonischen Ideals zu suchen.

Am Ende des äußeren Boulevards wandte er sich nach links, erblickte den in feenhafter Beleuchtung strahlenden Monceaupark und trat in die von elektrischen Lampen erhellte Mittelallee, durch die ein Nachtwächter langsam dahinschlich. Zuweilen rollte ein verspäteter Mietwagen vorüber. Ein Mann saß auf einer von dem bläulichen Licht der elektrischen Lampen übergossenen Bank, vertieft in die Lektüre einer Zeitung. Die auf den Rasenflächen und zwischen den Bäumen aufgestellten Lampen verbreiteten ein kaltes, intensives Licht, das diesen wahrhaft großstädtischen Garten in einen bleichen Schimmer hüllte.

Mit den Händen auf dem Rücken schritt Bertin durch die Allee und dabei dachte er an den Spaziergang, den er vor nicht zu langer Zeit mit Annette an diesem Ort gemacht hatte, als er die überraschende Ähnlichkeit mit ihrer Mutter erkannte.

Er setzte sich auf eine Bank, atmete mit Behagen den erfri-

schenden Geruch des besprengten Rasens und überließ sich rückhaltslos all jenen leidenschaftlichen Hoffnungen, die in der Seele des Jünglings die unzusammenhängende Skizze des nicht abgeschlossenen Liebesromanes bilden. Früher waren ihm solche Abende nichts Unbekanntes gewesen, die der ungezügelten Phantasie geweihten Abende, an denen er sich nach Herzenslust seinen eingebildeten Abenteuern überlassen konnte; heute aber war er überrascht, daß diese Stimmung, die mit seinem Alter nicht mehr vereinbar war, ihn wieder überfallen konnte.

Aber wie die Melodie Schuberts, so grub sich auch die sonderbare Anschuldigung der Gräfin in seine Erinnerung ein, und er suchte sie in ihrer tiefsten Tiefe zu ergründen. Dieses unausgesetzte Grübeln regte ihn auf. Er hatte scheinbar, wenn er an das junge Mädchen dachte, sanften, süßen Träumereien den Weg zu seiner Seele geöffnet, die er jetzt nicht mehr von sich weisen konnte. Er trug Annettes Wesen ebenso in seinem Innern, wie er seinerzeit einen gewissen Zauber der Gräfin in seinem Atelier festzuhalten versuchte.

Die Macht dieser Erinnerung machte ihn ungeduldig. Er stand auf und murmelte:

„Es war recht einfältig von Any, mich darauf aufmerksam zu machen; das Resultat ist nun, daß ich fortwährend an die Kleine denke."

Er begab sich nach Hause, voll Unruhe über sich selbst. Als er sich ins Bett legte, fühlte er sofort, daß er nicht schlafen würde, denn in seinen Adern hämmerte es wild. Er fürchtete die Schlaflosigkeit, jene schwächende Schlaflosigkeit, die von einer Gemütserregung herrührt, und darum versuchte er ein Buch zu Hilfe zu nehmen. Wie oft war er bereits nach einer kurzen Lektüre eingeschlafen! Er stand deshalb wieder auf und suchte aus seinem Bücherkasten irgendein langweiliges Buch. Wider Willen erwachte inzwischen seine geistige Tätigkeit, die nach einer anregenden Lektüre verlangte. Darum suchte er unter den Büchern nach einem Autor, der seiner Gemütsverfassung und seinen Erwartungen entsprach. Balzac, den er verehrte, beachtete er jetzt gar nicht; Hugo paßte ihm nicht; Lamartine, der ihn sonst immer weich stimmte, schien ihm jetzt förmlich kindisch; um so eifriger aber wandte er sich Musset, dem Dichter der Jugend, zu. Er nahm einen Band an sich, und als er wieder im Bett lag, vertiefte er sich mit der Gier eines Trunksüchtigen in die Lektüre, um sich an den leicht begeisternden Gedichten zu berauschen, die wie Vogelsang den Morgen des Daseins bejubeln, doch vor der Mittagssonne verstummen, da sie nur am frühen Morgen Stimme und Atem besitzen. Gierig las er die Verse des Dichters, der ein vom Leben berauschter Mann war und seine Trunkenheit mit so schmetternden und dennoch ungekünstelten Liebesposaunen der Welt verkündete, daß er zum Echo der von sehnsüchtigem Verlangen erfüllten jugendlichen Herzen wurde. Bisher hatte Bertin die natürliche Anmut und Lieblichkeit dieser Gedichte noch nicht völlig erfaßt, da sie die Sinne zu verführen verstehen, das Verständnis aber nicht mit sich reißen. Von diesen geistsprühenden Versen ergriffen, fühlte er sich wie

zwanzigjährig. In seiner Seele erwachten neue Hoffnungen, und mit der Überschwenglichkeit des Jünglings las er fast den ganzen Band zu Ende. Die Uhr verkündete mit lautem Schlag die dritte Morgenstunde, als Bertin voll Überraschung die Entdeckung machte, daß er noch immer nicht schläfrig sei. Er stand auf, um das offenstehende Fenster zu schließen und das Buch auf den Tisch zu legen. In diesem Augenblick empfand er offenbar durch die kühle Nachtluft und gleichsam als Wink des Schicksals einen stechenden Schmerz in den Gelenken, den die Kur in Aix nicht ganz hatte beheben können. Ungeduldig schleuderte er den Gedichtband weg und murmelte ärgerlich: „Geh zum Teufel, alter Narr!" Darauf legte er sich nieder und blies die Kerze aus.

Am nächsten Tag begab er sich nicht zu der Gräfin und faßte den festen Entschluß, sich zwei Tage lang nicht bei ihr blicken zu lassen. Doch was er auch anfangen wollte, ob er malte, Spaziergänge unternahm, Besuche machte, – überall quälte ihn die beunruhigende Erinnerung an die beiden Frauen.

Da er sich selbst untersagt hatte, sie zu besuchen, erleichterte er sich die Sache, indem er an sie dachte und es gar nicht zu hindern suchte, daß Herz und Gedanken sich mit Erinnerungen an sie förmlich vollsogen. So ereignete es sich oft, daß er im Geist die Gestalten der beiden Frauen auf sich zukommen sah, einzeln, wie er sie kannte, daß sie dann wieder vor ihn traten, eine um die andere, verschmolzen in eine Gestalt, in ein Antlitz, das weder der Mutter noch der Tochter glich, sondern jenem einst geliebten Wesen gehörte, das er jetzt und immerdar wahnsinnig lieben würde.

Nun erfaßten ihn wieder Gewissensbisse, weil er sich in solcher Art auf den steilen und gefährlichen Pfad der Rührseligkeit drängen ließ. Um diesen süßen Träumen zu entkommen und sich loszureißen, zwang er seine Gedanken, sich mit allen möglichen Gegenständen zu beschäftigen. Vergebens waren aber alle diese Bemühungen. Jede Ablenkung führte ihn an denselben Punkt zurück, an dem er mit einer schönen blonden Gestalt zusammentraf, die auf ihn zu warten schien. Es war ein ungewisser, unausweichlicher Sturm, der ihn von rückwärts, von vorn, von allen Seiten angriff, vor dem er sich nicht retten konnte, wohin er sich auch wandte.

Wie auf dem Spaziergang in Roncières verwechselte er die beiden Gestalten abermals im Geist, sobald er sie sich ohne zu überlegen vergegenwärtigte. Er grübelte über die merkwürdige Empfindung nach, die sein ganzes Sein aufrüttelte. „Überlegen wir einmal", sprach er zu sich selbst, „liebe ich Annette vielleicht mehr, als erlaubt ist?" Und in der Tiefe seines Herzens erkannte er, daß er sich für ein junges weibliches Wesen begeisterte, dessen Züge Annette glichen, das aber doch nicht sie war, und sich selbst beruhigend, sagte er sich: „Nein, nein, ich liebe die Kleine nicht, sondern bin nur ein Sklave ihrer Ähnlichkeit."

Die in Roncières verbrachten zwei Tage lebten gleich einer Quelle von Glück, Trunkenheit und Wärme in seiner Erinnerung. Die geringsten Einzelheiten standen klarer und deutlicher vor ihm als an dem Tag selbst, an dem sie sich ereigneten. In seiner Erinnerung sah er auf einmal den Pfad vor sich, den sie vom Kirchhof nach Hause schritten, und sah das junge Mädchen, wie es die Feldblumen zu einem Strauß band. Plötzlich fiel ihm ein, daß er Annette eine Brosche in Form einer Kornblume aus Saphiren versprochen habe, sobald sie nach Paris zurückgekehrt seien.

Zu Ende waren alle feste Entschlüsse; und ohne zu zögern, griff er nach seinem Hut, in Gedanken an die Freude, die er jetzt bereiten werde, eilte er aus dem Hause.

Im Palais auf dem Boulevard Malesherbes vernahm er vom Diener, daß die Gräfin ausgegangen, das Fräulein aber zu Hause sei.

Diese Nachricht erfüllte ihn mit großer Freude.

,,Melden Sie mich dem gnädigen Fräulein", sagte er zu dem Diener.

Damit eilte er mit leichten Schritten in den Salon, als hätte er gefürchtet, daß man ihn hören könnte.

Gleich darauf erschien Annette.

,,Guten Tag, Meister", sprach sie ernst.

Bertin drückte ihr lachend die Hand, setzte sich neben sie und sagte:

,,Errate, weshalb ich hier bin."

Annette dachte einige Minuten nach.

,,Ich weiß es nicht", erwiderte sie schließlich.

,,Ich bin gekommen, um dich mit deiner Mutter zum Juwelier zu führen, damit wir dort die Brosche aus Saphiren bestellen, die ich dir in Roncières versprochen habe."

Das Gesicht des jungen Mädchens strahlte förmlich vor Freude.

,,Oh", sprach sie, ,,und Mama mußte gerade jetzt fortgehen. Doch wird sie bald nach Hause kommen. Sie erwarten sie doch, wie?"

,,Ja, wenn es nicht zu lange dauert."

,,Sieh mal einer, wie ungalant Sie sind! Zu sagen, die mit mir verbrachte Zeit werde Ihnen zu lang! Sie behandeln mich ja, als wäre ich ein Schulmädchen!"

,,O nein . . . gewiß nicht, du irrst sehr."

Bertin hätte gern gefallen wollen, wäre gern galant und geistreich erschienen, wie er es in dem goldenen Zeitalter seiner Jugend gewesen war. Er empfand das instinktive Verlangen, die gesamten Fähigkeiten, die ein lebendes Wesen besitzt, als Beweis anzuführen, wie der Pfau seinen Schweif zu einem Rad ausbreitet und der Dichter Lobeshymnen auf die Liebe schreibt. Die wortreichsten Phrasen perlten von seinen Lippen wie in seiner Glanzzeit, und er sprach, wie er früher zu sprechen gewußt. Angesteckt durch dieses Feuer hielt ihm die Kleine wacker stand und antwortete mit der ganzen Schelmerei und Gewandtheit, die in ihrer Natur lag.

Sie debattierten gerade über einen ziemlich gleichgültigen Gegenstand, als der Maler im Eifer der Rede ausrief:

„Das haben Sie mir schon oft gesagt und ich habe Ihnen immer erwidert . . .“

„Ei, ei, Sie duzen mich nicht mehr; Sie verwechseln mich wohl mit Mama . . .“

Bertin wurde rot, schwieg und sagte dann:

„Deine Mutter hat nämlich auch schon oft über diesen Gegenstand mit mir gestritten.“

Die Redegewandtheit des Künstlers war versiegt; er wußte nicht mehr, was er sagen solle, und begann sich vor dem jungen Mädchen zu fürchten.

„Da ist die Mama!“ rief Annette aus, die das Öffnen der Vorzimmertür vernommen hatte.

Olivier geriet in eine Verlegenheit, als sei er auf verbotenen Wegen ertappt worden. Er berichtete daher sofort, daß er sich an sein gegebenes Versprechen erinnert habe und gekommen sei, um mit den beiden Damen zum Juwelier zu gehen.

„Ich bin mit meiner kleinen Kutsche hier“, sagte er, „und werde mich auf den rückwärtigen Sitz setzen.“

Dann verließen alle drei das Haus, und nach wenigen Minuten hielten sie vor dem Laden Montaras.

Während seines ganzen Lebens hatte Bertin auf vertrautem Fuß mit Frauen gestanden; sie liebten ihn, und er beobachtete sie und beschäftigte sich immer mit ihnen. Er hatte daher Gelegenheit, ihren Geschmack kennenzulernen. Er kannte die Fragen der Mode und der Toilette bis in die geringsten Einzelheiten ebenso genau wie die Frauen selbst; er teilte darum auch ihre Empfindungen, und sooft er in einen Laden trat, in dem die anmutigen und feinen Hilfsmittel der weiblichen Schönheit feilgeboten werden, empfand auch er den Genuß, der bei solchen Gelegenheiten das Herz der Frau durchströmt. Wie die Frauen selbst fand auch er das größte Interesse an den koketten Dingen, die ihrer Putzsucht dienten; wohlgefällig betrachtete er die Kleiderstoffe, rieb die Spitzen gern zwischen den Fingern, und selbst die unbedeutendsten der eleganten, aber unnützen Kleinigkeiten entgingen nicht seiner Aufmerksamkeit. In den Juwelierläden überkam ihn, wie vor dem Allerheiligsten einer Kirche, vor den blitzenden Glasschränken eine feierliche Stimmung und eine gewisse Ehrfurcht erfaßte ihn an dem mit grünem Tuch überzogenen Verkaufstisch, auf dem die schlanken Finger des Juweliers die glänzenden Edelsteine zeigen.

Vor diesem ernsten Tisch, auf den beide mit natürlicher Anmut einen Arm stützten, ließ er die Gräfin und ihre Tochter Platz nehmen, trug dann dem Juwelier seinen Wunsch vor und ließ sich Blumen darstellende Musterbilder zeigen.

Dann legte der Juwelier seinen Vorrat an Saphiren vor, aus denen vier Stücke ausgewählt werden mußten. Dies nahm viel Zeit in Anspruch. Mit der Spitze des Fingernagels schoben die Damen die kleinen Steine auf dem grünen Tuch hin und her, hoben sie behutsam auf, hielten sie gegen das Licht und prüften sie mit dem Kennerblick des Sachverständigen. Nachdem die Saphire ausgesucht und beiseite gelegt worden waren, wurden die für die Blätter erforderlichen drei Smaragde ausgesucht und schließlich wurde ein kleiner Diamant gewählt, der den im Kelch der Blume glitzernden Tautropfen darstellen sollte.

Olivier, der vor Freude, ein Geschenk machen zu können, beinahe trunken war, wandte sich jetzt mit der begeisterten Frage an die Gräfin:

„Würden Sie mir wohl die hohe Ehre erweisen, zwei Ringe auszusuchen?"

„Ich?"

„Ja, einen für Sie und einen für Annette. Gestatten Sie, daß ich Ihnen dieses kleine Geschenk als Zeichen meiner Dankbarkeit für die in Roncières verbrachten zwei Tage überreiche."

Die Gräfin weigerte sich, Bertin bat und flehte. Es entspann sich eine lange Debatte, ein Kampf zwischen Wort und Argument, der mit Bertins Sieg endete.

Der Ladeninhaber brachte eine ungeheure Menge von Ringen herbei, die verschiedensten wertvollen Stücke in besonderen Etuis, stellte dann andere in großen viereckigen Etuis auf farbigem Samtgrund in den verschiedensten Preislagen nebeneinander. Der Maler selbst saß zwischen den Frauen und half eifrig beim Auswählen.

501

Unbemerkt und angenehm verflog die Zeit bei dieser lieblichen Beschäftigung, die fesselnder war als die schönste Unterhaltung der Welt, zerstreuend und abwechselnd wie ein Theaterstück, dabei aufregend und reizvoll für das weibliche Herz.

Dann wurde abermals gewählt, debattiert und nach kurzem Zögern entschied sich das Urteil der drei Richter für eine kleine goldene Schlange, die zwischen dem feinen Rachen und dem zusammengerollten Schwanz einen schönen Rubin hielt.

Freudig stand Olivier auf und sagte:

„Ich lasse Ihnen meinen Wagen da, meine Damen; ich habe verschiedene Gänge zu besorgen und muß gehen."

Aber Annette bat ihre Mutter, sie möchten bei diesem schönen Wetter zu Fuß nach Hause gehen. Die Gräfin war einverstanden, und nachdem sie Bertin für sein Geschenk gedankt hatten, verließen sie den Laden.

Heiter gestimmt durch die erhaltenen Geschenke, schritten die beiden Frauen eine Weile schweigend nebeneinander her; dann begannen sie über die Schmuckgegenstände zu sprechen, die ihnen gezeigt worden waren. Noch meinten sie ihren Glanz und die verlockenden Strahlen zu sehen, und das Gesehene bereitete ihnen auch jetzt noch einen Genuß. Rasch schritten sie zwischen den Spaziergängern dahin, die im Sommer, gegen fünf Uhr abends, die Boulevards zu überfluten pflegen. Die Männer drehten sich um, um Annette nachzusehen, und gaben ihrer Bewunderung durch ein leises Gemurmel Ausdruck. Seit der Trauer, die Annettes Schönheit so sehr zur Geltung brachte, ging die Gräfin heute zum erstenmal zu Fuß mit ihrer Tochter durch die Straßen, und das Aufsehen, das sie erregte, die gemurmelten Schmeicheleien, das Geflüster der Bewunderung, das vernehmbar wird, sobald eine schöne Frau an einer Gruppe von Herren vorüberschreitet, preßten ihr das Herz zusammen und erweckten in ihr dasselbe drückende Gefühl, wie es sie im Salon überkam, wenn man Annette mit ihrem Porträt verglich. Gegen ihren Willen beobachtete sie schon von weitem die Blicke, die an ihr flüchtig vorüberglitten, um an der blonden Gestalt neben ihr haften zu bleiben. Sie sah, sie erriet in den Augen die plötzlich aufquellende stumme Verehrung, die blühende Jugend und reizvolle Anmut erregen, und dachte im stillen: „Auch ich war so schön, wenn nicht schöner."

Dann erinnerte sie sich auf einmal an Olivier, und das Verlangen, aus dieser Menschenmenge zu flüchten, überwältigte sie geradeso wie seinerzeit in Roncières. Sie wollte sich nicht in dieser Beleuchtung und mitten in einer Menschenmenge zeigen, wo die Männer sie gar nicht beachteten. Fern und doch so nah waren die Tage, da sie einen Vergleich mit ihrer Tochter suchte, ja sogar herausforderte. Wem käme es unter den Vorübergehenden in den Sinn, sie heute miteinander zu vergleichen? Nur ein einziger konnte vielleicht daran gedacht haben, der Mann, der mit ihnen im Juwelierladen gewesen war. Oh, welche Pein! Ob er nicht fortwährend über diesen Vergleich nachgrübelt? Sicher war nur, daß Bertin sie nicht nebeneinander sehen konnte, ohne an die Zeit zu denken, da die Gräfin als schöne, junge Frau zu ihm zu Besuch kam und überzeugt war, daß sie geliebt wurde.

„Ich fühle mich unwohl", sagte Frau von Guilleroy. „Nehmen wir einen Wagen, mein Kind!"

„Was ist dir, Mama?"

„Nichts Besonderes; doch weißt du ja, daß ich seit dem Tod deiner Großmutter häufig von diesem plötzlichen Unwohlsein befallen werde."

5

Fixe Ideen haben die Hartnäckigkeit einer unheilbaren Krankheit. Nisten sie sich in der Seele ein, so zehren sie an ihr in ihrer Verderben bringenden Qual und lassen ihr nicht einmal Zeit, an etwas anderes zu denken, sich für etwas anderes zu interessieren oder an etwas anderem Gefallen zu finden. Was die Gräfin daheim oder woanders, allein oder in Gesellschaft auch tun mochte, sie konnte sich keinen Augenblick von dem Gedanken frei machen, der in ihr erwacht war, als sie mit ihrer Tochter vom Juwelier kam: „Ist es denn möglich, daß Olivier, der uns beide täglich sieht, sich nicht fortwährend damit beschäftigt, Vergleiche zwischen uns anzustellen?"

Ohne Zweifel mußte er immer daran denken, denn die Ähnlichkeit, die sich in Stimme und Bewegung vielleicht noch mehr als in den Gesichtszügen ausdrückte, war ihm jederzeit gegenwärtig. Jedesmal, wenn Olivier sie besuchte, sah die Gräfin ihm diesen Vergleich sofort am Gesicht an und knüpfte ihre Kommentare daran. Zu solchen Zeiten wäre sie gern verschwunden, um nicht zusammen mit ihrer Tochter gesehen zu werden.

Übrigens litt sie in jeder Hinsicht, denn sie fühlte sich im eigenen Hause nicht heimisch. Das schmerzliche Bewußtsein des Thronverlustes, das an jenem Abend über sie gekommen war, als jedes Auge in ihrem Bild nur die Tochter, nicht die Mutter sah, war wieder erwacht, tiefer und brennender denn je, und trieb sie fast zur Verzweiflung. Dauernd machte sie sich selbst den Vorwurf, daß sie sich von ihrer Tochter befreien möchte wie von einem unbequemen und hartnäckigen Gast; dabei kämpfte sie mit unbewußtem Eifer und großer Gewandtheit darum, den geliebten Mann für sich behalten zu können.

Da man wegen der Trauer die Vermählung Annettes nicht beschleunigen konnte, überfiel sie die undeutliche, aber entsetzliche Furcht, ein unvorhergesehenes Ereignis könnte diese Heirat unmöglich machen; darum wollte sie jetzt im Herzen ihrer Tochter Liebe zu dem Marquis erwecken.

All die kleinen diplomatischen Kunstgriffe, die sie seit so langer Zeit bei Olivier anwandte, nahm sie nun noch mehr in Anspruch. Ihr Hauptbestreben war es jetzt, die Sympathie der beiden jungen Leute für einander zu wecken, ein Zusammentreffen der beiden Männer aber zu vermeiden.

Da der Maler wegen seiner Arbeit das Frühstück zu Hause einnahm und sich meistens nur abends bei seinen Freunden einfinden konnte, lud die Gräfin den Marquis häufig zum Frühstück ein. Gewöhnlich erschien der Marquis von Farandal bei der Rückkehr von seinem Morgenritt und brachte stets den Duft der reinen, frischen Luft mit sich. Lebhaft plauderte er über allerlei Ereignisse in den vornehmen Kreisen, die täglich in den Gartenalleen des eleganten Paris vorkommen. Annette hörte ihm gern zu. Die Tagesneuigkeiten bereiteten ihr einen besonderen Genuß, da sie der Marquis lebendig und sehr geschickt verhüllt vorzutragen verstand. Auf diese Weise entstand in kurzer Zeit eine gewisse Vertrautheit, eine liebevolle Freundschaft zwischen ihnen, die durch ihre gemeinsame leidenschaftliche Liebe für Pferde natürlich noch erhöht und gefestigt wurde.

Hatte sich der Marquis verabschiedet, so ergingen sich der Graf und die Gräfin in diskreten Lobeshymnen über ihn; sie berichteten alles, was erforderlich war, damit das junge Mädchen verstand, daß es nur von ihr abhinge, die Gattin des Marquis zu werden, selbstverständlich nur, wenn er ihr gefiele.

Annette war sich bald darüber im klaren, und nach kurzem Nachdenken gestand sie aufrichtig, daß sie gern bereit sei, die Gattin dieses hübschen Mannes zu werden, der außer sonstigen Wünschen ihr auch den erfüllte, jeden Morgen an seiner Seite auf einem Vollblutrenner dahinstürmen zu dürfen.

Und so wurden sie natürlich eines Tages nach einem herzlichen Lächeln und Händedruck ein Brautpaar und sprachen über ihre Heirat wie über eine längst beschlossene Sache. Der Marquis begann Geschenke zu bringen. Die Herzogin behandelte Annette wie ihr leibliches Kind. In den stillen Tagesstunden wurde die ganze Angelegenheit mit dem Einverständnis aller beteiligten Parteien, in aller Ruhe und Vertraulichkeit, verhandelt, während der Marquis, der verschiedene Beschäftigungen hatte und durch Dienst, Verpflichtungen und Verbindungen auch sonst stark in Anspruch genommen war, am Abend nur äußerst selten vorsprach.

Dies war die Stunde Oliviers. Er aß regelmäßig jede Woche einmal bei seinen Freunden zu Abend, ohne daß er es unterlassen hätte, manchmal zwischen zehn und zwölf Uhr nachts auf eine Tasse Tee bei ihnen vorzusprechen.

Sobald er eintrat, wurde die Gräfin von Sehnsucht erfaßt. Unablässig beobachtete sie, welche Vorgänge sich im Herzen ihres Freundes abspielten. Jedem Blick und jeder Bewegung des Malers gab die Gräfin die gleiche Deutung, und immer wieder tauchte der Gedanke in ihr auf: „Unmöglich, daß er das Mädchen nicht liebt, wenn er uns so nebeneinander sieht!"

Auch Bertin brachte Geschenke. Es verging nicht eine einzige Woche, ohne daß er mit zwei Paketen erschienen wäre für Mutter und Tochter. Und während die Gräfin die Pakete öffnete, die häufig sehr wertvolle Dinge enthielten, krampfte sich ihr Herz schmerzlich zusammen. Sie kannte das Verlangen, Geschenke zu machen, sehr gut. Aber als Frau war ihr das nicht möglich.

Einmal hatte der Maler diese Krisis bereits durchgemacht. Sehr oft hatte sie ihn hereinkommen gesehen, mit demselben Lächeln, derselben Bewegung, ein Paket in der Hand. Später hatte es aufgehört, und jetzt begann es von neuem. Doch wem zuliebe? Darüber gab es keinen Zweifel. Ihretwegen diesmal nicht!

Bertin sah angegriffen aus, er schien förmlich zusammenzuschrumpfen. Die Gräfin zog daraus den Schluß, daß er innerlich leide. Sie verglich das Hereinkommen, die Haltung und das Benehmen des Malers mit dem des Marquis, der an der lieblichen Anmut Annettes ebenfalls Gefallen zu finden begann. Sie waren einander nicht gleich. Farandal war verliebt, Olivier Bertin liebte. So schien es der Gräfin wenigstens in diesen Stunden der

Qual, während sie in den kurzen Augenblicken der Erleichterung neuerdings zu hoffen begann, daß sie sich getäuscht habe.

Gern hätte sie den Freund, wenn sie allein mit ihm war, ausgefragt, ihn gebeten und beschworen, er möge mit ihr sprechen, ihr alles gestehen, ihr nichts verheimlichen. Es wäre ihr lieber gewesen, alles zu wissen und zu weinen, wenn ihre Befürchtung zutraf, statt unter der Ungewißheit zu leiden und nicht in diesem verschlossenen Herzen lesen zu können, in dem, wie sie deutlich spürte, eine neue Liebe wuchs.

Dieses Herz, das sie höher schätzte als ihr Leben, über das sie seit zwölf Jahren gewacht und mit ihrer Liebe und Zärtlichkeit behütet hatte, bis sie es endgültig besiegt, erobert und ihr eigen sah bis an ihr Lebensende, dieses Herz wandte sich infolge eines unvorhergesehenen, furchtbaren Geschickes von ihr ab. Ja, es verschloß sich mit einemmal vor ihr und barg ein Geheimnis in sich. Sie vermochte nicht mehr mit trauten Worten in die kühle Stätte einzudringen, die bisher nur für sie offen gestanden, um seine Liebe für sich zu bewahren. Was sollte also die Liebe, was die rückhaltlose Hingabe, wenn die Person, die unser ganzes Wesen, unser ganzes Sein und alles, was uns teuer ist auf der Welt, besitzt, sich mit einemmal und nur deshalb von uns wendet, weil ein anderes Gesicht ihr Gefallen erregte, und wenn wenige Tage genügen, daß sie sich uns entfremdet?

Fremd?! Olivier fremd?! Er sprach doch mit denselben Worten, in demselben Ton zu ihr wie früher. Und dennoch hatte sich etwas zwischen sie gedrängt, etwas Unerklärliches, Unfaßbares, Unbesiegbares, ein Nichts beinahe, doch ein solches Nichts, das den Schleier lüftet, sobald der Wind eine andere Richtung nimmt.

In der Tat entfernte er sich von ihr, jeden Tag mit einem Schritt und mit jedem Blick, den er Annette zuwarf. Bertin selbst suchte in seinem Herzen nicht klar zu sehen. Wohl empfand er das Aufwallen der Liebe, jene unwiderstehliche Anziehungskraft, wollte sie aber nicht verstehen und überließ sich dem Gang der Dinge, den Zufälligkeiten des Lebens.

Er dachte an nichts weiter als an jene Mahlzeiten und Abende, die er in Gesellschaft der beiden Frauen während des Trauerjahres verbringen konnte. Er traf bei ihnen nur gleichgültige Personen, wie Musadieu und das Ehepaar Corbelle, Personen, in deren Gegenwart er sich mit seinen Freundinnen sozusagen allein wähnte; dagegen traf er mit der Herzogin und dem Marquis, die während der Vormittagsstunden erschienen, nicht mehr zusammen, und so vergaß er sie gern und meinte, die Vermählung sei auf unbestimmte Zeit verschoben worden.

Im übrigen sprach Annette in Gegenwart des Malers niemals über den Marquis von Farandal. Ob sie dies aus einer gewissen instinktiven Scheu oder infolge eines Scharfblickes tat, wie er den Frauenherzen eigen ist, blieb ein Geheimnis.

So verstrich eine Woche um die andere, ohne irgendeine Veränderung in dem gewohnten Gang der Dinge herbeizuführen. Endlich kam der Herbst und mit ihm die Eröffnung der Parlamentssitzungen, die wegen der gespannten politischen Lage früher als sonst ihren Anfang nahmen.

Am Eröffnungstag wollte Graf von Guilleroy nach dem Frühstück, das bei ihm eingenommen wurde, die Herzogin von Mortemain, den Marquis von Farandal und Annette mit sich in die Sitzung nehmen, während die Gräfin, deren Kummer mit jedem Tag größer wurde, erklärte, daß sie zu Hause bleibe.

Nach dem Frühstück erhob man sich vom Tisch und nahm den Kaffee im großen Salon ein, wo man heiter und guter Dinge war. Der Graf, erfreut über die beginnenden Parlamentsarbeiten, in denen er seine einzige Zerstreuung suchte und fand, sprach beinahe geistvoll über die augenblickliche Lage und die Schwierigkeiten der Republik; der Marquis, der entschieden ganz verliebt war, antwortete ihm mit großer Begeisterung, während sein Auge unverwandt auf Annette ruhte, und die Herzogin freute sich in gleicher Weise über die Verliebtheit ihres Neffen wie über die verzweifelte Lage der Regierung. Der zum ersten Mal geheizte Ofen verbreitete eine angenehme Wärme, die von den Vorhängen, Wänden und Tapeten aufgesaugt wurde, und den Blumenkörben entströmte ein lieblicher Duft. Man fühlte sich ganz behaglich, heimisch und zufrieden in diesem geschlossenen Raum, durch den auch der Geruch des schwarzen Kaffees schwebte.

Da öffnete sich die Tür und Olivier Bertin trat ein. Der Maler war so erstaunt, daß er an der Schwelle stehenblieb. Seine Überraschung glich der eines betrogenen Gatten, der seine Gattin bei einem Treubruch ertappt.

Eine Wut und Erregung bemächtigten sich seiner, daß sein liebeskrankes Herz fast entzwei barst. Alles, was man ihm verheimlicht hatte, und alles, was er selbst vermutet hatte, wurde ihm mit einemmal klar, als er den Marquis als Bräutigam in diesem Hause erblickte.

In seiner Erbitterung durchschaute er alles, was er bisher nicht hatte wissen wollen und was man ihm nicht gesagt hatte. Er grübelte auch gar nicht darüber nach, weshalb man ihm die Heiratsvorbereitungen verheimlicht hatte; er erriet es ohnehin, und sein harter Blick begegnete dem der Gräfin, die bis in die Schläfen errötete. Sie hatten einander verstanden.

Als sich Bertin niedersetzte, verstummte die ganze Gesellschaft für einige Minuten, denn seine unerwartete Erscheinung hatte lähmend auf den Schwung des Geistes gewirkt. Die Herzogin war die erste, die zu ihm sprach; aber der Maler antwortete mit rauher, sonderbar fremdartiger Stimme. Kalt blickte er die im Salon anwesenden Personen an, die abermals zu plaudern begannen, und sagte bei sich: „Sie haben mit mir gespielt; das sollen sie mir teuer bezahlen!" Am meisten zürnte er der Gräfin und Annette, deren unschuldige Verstellung ihm mit einemmal klar wurde.

Der Graf blickte auf die Uhr und rief:

„Oh, es ist Zeit zu gehen!" Und zu dem Maler gewandt, fügte er hinzu: „Wir gehen zur Eröffnung des Parlaments, nur meine Frau bleibt zu Hause. Kommen Sie mit uns, ich würde mich unendlich freuen!"

„Ich danke", erwiderte Olivier trocken; „ich gehe nicht. Ihr Parlament hat kein Interesse für mich."

Jetzt trat Annette dazwischen und sprach schmeichelnd:

„Oh, kommen Sie, teurer Meister! Ich bin überzeugt, daß Sie uns besser unterhalten werden als diese Herren Abgeordneten."

„Nein, ich gehe nicht! Man wird sich auch ohne mich amüsieren."

Annette merkte, daß ihr alter Freund unzufrieden und zornig war, und darum drang sie noch länger in ihn, um herzlich und liebenswürdig zu erscheinen.

„Doch, doch, Herr Maler, kommen Sie nur! Ich versichere Ihnen, daß ich für meine Person Sie nicht entbehren kann."

Die folgenden wenigen Worte drangen so hastig über die Lippen des Malers, daß er sie weder zurückdrängen, noch ihren Tonfall mildern konnte.

509

„Bah!" sagte er, „Sie können mich ebensogut entbehren wie andere."

Annette war ein wenig überrascht über den Ton seiner Worte, rief aber aus:

„Nun, fängt er schon wieder an, mich nicht zu duzen!"

Ein krampfhaftes Lächeln, das für die ganze Bitternis seines Herzens zeugte, kräuselte die Lippen Bertins. Er verneigte sich und sagte:

„Früher oder später muß ich mich ohnehin daran gewöhnen."

„Weshalb?"

„Weil Sie heiraten werden und Ihr Gatte, wer er auch sein mag, das Recht haben wird, das vertrauliche ‚Du' von meiner Seite aus zu mißbilligen."

Hier mischte sich die Gräfin in den Streit und sagte:

„Über diesen Punkt wird man sich noch verständigen. Hoffentlich wird Annette nicht die Gattin eines Mannes, der so unklug wäre, an der Vertrautheit eines guten alten Freundes Anstoß zu nehmen."

„Gehen wir, gehen wir, sonst kommen wir zu spät!" drängte der Graf.

Die Personen, die gehen wollten, erhoben sich; man reichte sich aus Gewohnheit die Hände, die Damen küßten sich, wie das Sitte war, und damit ging man.

Die Gräfin und Olivier blieben allein.

„Setzen Sie sich, mein Freund", sprach Frau von Guilleroy sanft.

Bertin aber erwiderte beinahe wütend:

„Danke, ich setze mich nicht, denn ich gehe auch."

„Weshalb?" flüsterte die Gräfin flehend.

„Weil dies nicht meine Stunde ist. Ich bitte auch um Entschuldigung, daß ich zu so ungelegener Zeit gekommen bin, noch dazu ohne vorhergehende Anmeldung."

„Olivier, was ist Ihnen?"

„Gar nichts; es tut mir bloß leid, das gemütliche Beisammensein der Gesellschaft gestört zu haben."

Die Gräfin erfaßte die Hand ihres Freundes.

„Was wollen Sie damit sagen, Olivier? Sie sind ja gerade gekommen, als die übrigen aufbrechen wollten, um der Eröffnung des Parlaments beizuwohnen. Nur ich bin zu Hause geblie-

510

ben . . . Im Gegenteil, du hattest eine gute Ahnung, gerade heute zu kommen, wo ich allein zu Hause bin."

„Ja, es ist wahr, ich hatte eine Ahnung!" bemerkte der Maler höhnisch.

Die Gräfin erfaßte seine beiden Hände, und ihm fest ins Auge blickend, flüsterte sie in leisem, doch durchdringendem Ton:

„Gestehe, daß du sie liebst!"

Bertin riß seine Hände los, und unfähig, seine Ungeduld länger zu meistern, rief er aus:

„Aber du bist ja von Sinnen, daß du dich fortwährend mit diesen Dingen quälst!"

Wieder erfaßte ihn die Gräfin, diesmal am Arm, verkrampfte ihre Finger in das Tuch seiner Jacke und fuhr flehend fort:

„Olivier, bekenne es, gestehe es! Glaube mir, es wäre mir lieber, alles zu wissen! . . . Oh, du hast keine Ahnung davon, welches Leben ich führe!"

Bertin zuckte die Achseln.

„Was willst du? Was soll ich tun? . . . Bin ich schuldig, wenn du den Kopf verlierst?"

Die Gräfin klammerte sich an ihn und zerrte ihn in den zweiten Salon, wo sie niemand hören konnte. Sie zwang ihn, sich auf das runde Sofa zu setzen, und ließ sich selbst neben ihm nieder.

„Olivier, mein Freund, mein einziger Freund! Ich bitte dich, sage mir, daß du sie liebst. Ich sehe es ja aus allem, was du tust. Ich vermute es, daß du sie liebst, kann aber den Zweifel nicht länger ertragen. Es wird mich zwar das Leben kosten, doch will ich es aus deinem Mund hören."

Da sich der Maler noch immer wehrte, fiel die Gräfin zu seinen Füßen nieder; ihre Stimme glich einem Röcheln:

„Oh, mein Freund, mein einziger Freund! Ist es wahr, daß du sie liebst?"

Bertin wollte sie aufrichten und rief:

„Nein, nein, glaube mir, nein! Ich schwöre dir, nein!"

Die Gräfin preßte ihre Hand auf den Mund des Malers, während sie stammelte:

„Oh, lüge nicht! Ich leide so sehr!"

Sie legte ihren Kopf auf die Knie des Mannes und schluchzte herzzerreißend.

Bertin sah nichts mehr vor sich als einen weißen Halsansatz, eine Menge grau melierten blonden Haares, und sein ganzes Wesen wurde von unendlichem Schmerz und Mitleid ergriffen.

Mit voller Hand faßte er in das schöne Haar, strich es aus dem Gesicht und blickte in zwei tränenvolle Augen. Dann küßte er diese Augen, während er mehrmals flüsterte:

„Any, Any, meine süße, teure Any!"

Jetzt bemühte sich Any zu lächeln und sagte mit vor Schluchzen erstickter Stimme:

„Oh, mein Geliebter, sage mir nur ein Mal, ob du mich noch ein wenig liebst."

Bertin küßte sie immer noch.

„Ja, ich liebe dich, meine süße Any!"

Die Gräfin erhob sich, nahm wieder Platz neben ihm, erfaßte seine beiden Hände, und ihm ins Auge blickend, sprach sie gütig:

„Wie lange ist's schon her, daß wir uns lieben! Das darf nicht auf diese Weise enden!"

Bertin drückte sie an sich und fragte:

„Weshalb sollte es überhaupt enden?"

„Weil ich alt bin und Annette allzusehr dem ähnlich sieht, was ich war, als du mich kennenlerntest."

Nun war die Reihe am Maler, seine Hand auf den schmerzlich zuckenden Mund zu drücken, wobei er sagte:

„Schon wieder! Bitte, sprich nicht darüber! Ich schwöre dir, daß du dich irrst!"

„Wenn du mich ein wenig lieben würdest!"

„Ich liebe dich, Any!"

Dann saßen sie eine lange Zeit schweigend nebeneinander, mit verschlungenen Händen, sehr gerührt und sehr traurig.

Endlich unterbrach die Gräfin das Schweigen mit den leise gemurmelten Worten:

„Ach, die Zeit meines Lebens, die mir noch bleibt, wird keine heitere sein!"

„Ich werde mich bemühen, sie zu einer um so glücklicheren zu gestalten."

Der Schatten, der sich bei bewölktem Himmel schon vor Eintritt der Dämmerung bemerkbar macht, begann sich auszubreiten und der graue Nebel des Herbstabends verdunkelte allmählich den Salon.

Jetzt schlug die Uhr.

„Wir sind schon lange hier", sprach Frau von Guilleroy. „Du mußt gehen, denn es könnte jemand kommen, und wir befinden uns in keiner empfangsfähigen Stimmung."

Er stand auf, schloß sie in seine Arme und küßte sie wie einst auf den halb geöffneten Mund, worauf sie Arm in Arm wie zwei Ehegatten in den ersten Salon zurückkehrten.

„Lebe wohl, mein Freund!"

„Lebe wohl, teure Any!"

Die Tür schloß sich hinter ihm.

Er stieg die Treppe hinunter und wandte sich der Madeleinekirche zu, ohne zu wissen, was er tat, wie betäubt von einem schweren Schlag auf sein Haupt, mit schwankenden Füßen und schmerzlich pochendem Herzen. Zwei oder drei Stunden, vielleicht sogar vier, lief er gerade vor sich hin, in einer Art seelischer Ratlosigkeit und körperlicher Ohnmacht, die ihm genau so viel Kraft übrigließ, um einen Fuß vor den anderen zu setzen. Darauf begab er sich nach Hause, um nachzudenken.

Er liebte das kleine Mädchen also! Nun verstand er alles, was er in ihrer Gegenwart empfunden, seit ihrem Spaziergang im Monceaupark, als er aus ihrem Mund eine Stimme vernommen hatte, die ihn so sehr an eine andere erinnerte, an eine Stimme, die damals sein Herz erweckte. Dann erinnerte er sich an den langsamen, doch um so unwiderstehlicheren Wiederbeginn einer noch nicht erkalteten Liebe, den er sich selbst nicht eingestehen wollte.

Was sollte er tun? Was konnte er überhaupt tun? Sobald sie verheiratet sei, werde er möglichst jede Begegnung meiden, das wäre alles. Inzwischen aber wolle er seine Besuche im Hause der Eltern fortsetzen, damit niemand etwas vermutete, und sein Geheimnis vor jedermann verbergen.

Er aß zu Hause, was er vielleicht noch niemals getan hatte, und ließ den großen Ofen in seinem Atelier heizen, da es in der Nacht kalt zu werden schien. Er befahl sogar, den Kronleuchter anzuzünden, als fürchte er sich vor der Dunkelheit, und schloß sich ein. Welch sonderbare, tief reichende, unsäglich traurige Stimmung war es doch! Er empfand sie in seiner Kehle, in der Brust, in all seinen erschlafften Muskeln und in seiner verzagten Seele. Die Wände des Ateliers übten einen Druck auf seinen Geist aus; hier hatte sich sein ganzes Leben als Künstler und als Mann abgespielt. Jedes Bild, das an der Mauer hing, bedeutete

514

einen Erfolg, jedes Möbelstück barg eine Erinnerung in sich. Erfolge und Erinnerungen gehörten aber zu den vergangenen Zeiten. Und sein Leben? Wie kurz und leer und dennoch wie inhaltsreich erschien es ihm! Er hatte Bilder gemalt, immer nur Bilder, nichts als Bilder, und hatte eine Frau geliebt. Er erinnerte sich an die hinreißenden Abende, die er in diesem Atelier verbracht hatte, nachdem die Geliebte von ihm gegangen war. Ganze Nächte hindurch war er auf und ab geschritten, vom Fieber erfüllt. Die Freude über die glückliche Liebe, die Freude über die weltlichen Erfolge, die Trunkenheit des Ruhmes, all dies hatte dazu beigetragen, ihm köstliche, unvergeßliche Stunden innersten Triumphes zu bereiten.

Er hatte eine Frau geliebt, und diese Frau hatte ihn wieder geliebt. Durch sie hat er die geheimnisvolle Welt der Liebesbeweise kennengelernt. Sie hatte sein Herz fast mit Gewalt erschlossen, und nun vermochte er es nicht mehr zu verschließen. Eine andere Liebe war jetzt gegen seinen Willen durch diese Öffnung eingezogen, eine andere oder vielmehr dieselbe Liebe, angeregt durch ein neues Antlitz, dieselbe Liebe, gesteigert durch die ganze Macht, die den Wunsch zu lieben mit beginnendem Alter ergreift.

Er liebte also das junge Mädchen. Vergebens versuchte er, es zu leugnen. Er liebte Annette in dem verzweiflungsvollen Bewußtsein, daß ein anderer Mann sie sein eigen nennen werde, daß sie ihm nicht einmal das geringste Mitleid zuwenden und niemals wissen werde, was er für sie leide. Bei diesem immer wiederkehrenden Gedanken, den er nicht mehr von sich weisen konnte, hätte er gern wie ein wildes Tier, wie ein an seine Kette geschmiedeter Hund aufgeheult, denn er fühlte sich ebenso ohnmächtig, ebenso geknechtet und gefesselt wie dieser. Je länger er nachdachte, desto größer wurde seine Aufregung. Da er den Schmerz der aufgerissenen Wunde nicht zu ertragen vermochte, suchte er Linderung in der Erinnerung an die alte Liebe, jene erste große Leidenschaft. Er holte die Kopie des Bildes vor der Gräfin hervor, die er seinerzeit für sich selbst angefertigt hatte, breitete es auf der Staffelei aus und versenkte sich in den Anblick des Werkes. Er bemühte sich, sie wieder in derselben Gestalt vor sich zu sehen, in der er sie einst geliebt hatte. Doch vergebens, immer sah er nur Annette auf der Leinwand. Die Mutter verblaßte, verschwand und ließ an ihrer Stelle diese

515

Gestalt zurück, die ihr so merkwürdig ähnlich war. Dort stand sie, die Kleine, mit dem helleren Blondhaar, dem mutwilligeren Lächeln, der spöttischen Miene, und deutlich fühlte der Maler, daß dieses Gesicht in Seele und Ausdruck ganz das jenes jungen Wesens sei.

Dann stand er auf, und stellte, um den Spuk zu bannen, das Bild dahin zurück, von wo er es genommen hatte. Von unsäglicher Traurigkeit erfüllt, ging er in sein Schlafzimmer, um das Schubfach seines Schreibtisches zu holen, in dem er sämtliche Briefe der Geliebten aufbewahrte. Er betrachtete diesen aus Brettern angefertigten engen Sarg, in dem die Briefumschläge gestapelt waren, von denen jeder nur einen Namen, den seinen, trug. Er dachte daran, daß auf diesen vergilbten Papieren die Liebe zweier Wesen, die Geschichte zweier Herzen aufgezeichnet sei, und als er sich über sie neigte, schlug ihm ein Modergeruch, der eigenartig schwermütige dumpfe Geruch des verschlossenen Papiers, entgegen.

Er wollte die Briefe noch einmal lesen und holte von unten einen Bündel der ältesten hervor. Als er einen nach dem anderen öffnete, stiegen die Erinnerungen, die seine Seele bewegten, in ihm auf. Er erkannte viele Briefe wieder, die er wochenlang bei sich getragen hatte. Beim Überfliegen der kleinen Schriftzüge erinnerte er sich an die lieblichen Variationen der längst vergessenen Herzensergüsse. Plötzlich geriet ihm ein feines gesticktes Taschentuch in die Hand. Was war das? Einige Minuten dachte er nach, dann fiel es ihm ein. Ein Mal hatte die Gräfin bei ihm geweint, weil sie eifersüchtig war, und da hatte er es ihr entwendet, um das mit Tränen getränkte Taschentuch als Andenken aufzubewahren.

Lauter traurige, traurige Dinge. Arme Frau!

All diese Erinnerungen stiegen wie Wolken aus der Tiefe des Faches und der Vergangenheit; es war doch nichts weiter, als der unfaßbare Dunst der verlöschten Wirklichkeit. Er empfand einen tiefen Schmerz, und über die Briefe geneigt, schluchzte er bitterlich, wie man den Toten nachweint, die nicht mehr sind.

Die alte Liebe hatte aber in seinem Herzen ein neues, jugendliches Feuer entzündet, den Keim einer neuen, unwiderstehlichen Liebe, die ihm das strahlende Gesicht Annettes vor Augen brachte. Die Mutter hatte er mit dem leidenschaftlichen Aufwallen der freiwillig übernommenen Knechtschaft geliebt;

dieses junge Mädchen aber begann er wie ein Sklave, wie ein alter, zitternder Sklave, zu lieben, der die ihm angelegten Fesseln niemals abschütteln wird.

Dies empfand er in seinem innersten Herzen und wurde deswegen von Entsetzen erfaßt. „Doch wie und weshalb konnte mich dieses kleine Mädchen so in Fesseln schlagen?" grübelte er. „Ich kenne es ja so wenig! Es hat kaum die Kinderschuhe ausgetreten, sein Herz und seine Seele schlummern noch in jugendlicher Unbekümmertheit, während ich selbst beinahe am Abend meines Lebens stehe!"

Wie konnte ihn dieses Kind mit seinem Lächeln und seinen Haarlocken so bezaubern? Ach, das Lächeln und das Haar dieses kleinen Mädchens weckten das Verlangen in ihm, ihm zu Füßen zu fallen und die Stirn in den Staub zu neigen!

Wissen wir denn, weshalb manche weibliche Gestalt wie ein Zaubertrank auf uns wirkt? Unsere Augen scheinen trunken und wir sind berauscht, wie wahnsinnig; man sieht nur das eine Bild vor sich und möchte mit ihm sterben.

Wie schwer leidet der Mann manchmal unter jenem unfaßbaren und grausamen Eindruck, den dieses oder jenes Gesicht auf sein Herz ausgeübt hat!

Wieder begann Olivier Bertin auf und ab zu schreiten; es war bereits spät und das Feuer im Ofen ausgebrannt. Durch die Fensterritzen drang die kalte Außenluft herein. Nun ging er zu Bett, vermochte aber bis zum anbrechenden Morgen kein Auge zu schließen, sondern litt und grübelte nach.

Er stand frühzeitig auf, ohne zu wissen weshalb, oder was er anfangen solle. Die Erregung seiner Nerven brachte es mit sich, daß er sich hin und her drehte wie eine Wetterfahne. Er suchte nach Zerstreuung und Beschäftigung, dabei fiel ihm plötzlich ein, daß mehrere Mitglieder seines Kasinos heute, wie allwöchentlich einmal, im türkischen Bad zusammenkämen, von wo sie dann nach der Massage gemeinschaftlich zum Frühstück gingen. Er kleidete sich daher rasch an und verließ das Haus.

Auf der Straße merkte er, daß eine schneidende Kälte herrschte, eine Kälte, die in einer einzigen Nacht die letzten Überreste des Sommers vernichtet.

Längs des Boulevards ging ein Regen gelber Blätter von den Bäumen nieder. Zwischen den breiten Alleen und den prächtigen Palästen fielen die Blätter in dichter Menge, als wäre jeder

Stiel durch eine scharfe Eisenklinge vom Zweig getrennt worden. Die Straßendämme und Fußwege waren von den Blättern vollkommen bedeckt und erinnerten nach wenigen Stunden an Urwaldpfade. Das welke Laub knisterte unter den Füßen und wurde vom Wind in kleinen, weichen Häufchen zusammengeweht.

Es war einer jener Übergangstage, an denen das Wetter umschlägt.

Beim Eintritt in das Türkenbad wirkte die angenehme Wärme nach der Eiskälte draußen wohltuend auf Bertin. Eilig entkleidete er sich, band die leichte Schürze vor, die ihm der

519

Badediener überreichte, und verschwand hinter der sich weit öffnenden Tür.

Nachdem er einen von zwei orientalischen Lampen erleuchteten, in maurischem Stil gehaltenen Flur durchschritten hatte, schlug ihm ein warmer Dunststrom entgegen, den er so gierig einatmete, als hätte er bis jetzt die Luft entbehren müssen. Da eilte ein kraushaariger Neger, dessen Anzug aus einem einzigen Gürtel bestand und dessen glänzend schwarzer Körper und mächtige Muskeln darum sichtbar waren, an das andere Ende des Flurs, um den schweren Vorhang an einer Tür fortzuziehen, durch die Bertin in das große, runde Dampfbad trat, in dem eine geheimnisvolle, fast religiöse Stille herrschte. Der mit steinernen Platten ausgelegte kreisrunde Saal, dessen Wände aus Steinwürfeln mit arabischen Zeichnungen bestanden, erhielt sein Licht von oben durch eine mit farbigen Scheiben versehene Kuppel.

Männer jeden Alters wandelten, fast nackt, hier auf und ab, langsam und still, ohne ein Wort zu sprechen; andere saßen mit gekreuzten Armen auf den Marmorbänken, und wieder andere plauderten leise miteinander.

In der heißen Luft versagte einem fast der Atem. Etwas Geheimnisvolles lag über diesem stickigen, luxuriös ausgestatteten Raum, in dem der menschliche Körper erhitzt wurde, und in welchem schwarze und kupferfarbene arabische Masseure geschäftig hin und her eilten.

Als ersten erblickte Bertin Graf von Landa. Wie ein römischer Zirkusathlet schritt er auf und nieder, die Arme voller Stolz auf seiner breiten Brust gekreuzt. Er war an das Dampfbad gewöhnt und fühlte sich hier ungefähr wie ein Schauspieler auf der Bühne, dem man Beifall spendet, während er mit Kennermiene die vielbesprochenen Muskeln aller starken Männer von Paris musterte.

„Guten Tag, Bertin!" sagte er.

Sie reichten sich die Hände, worauf Landa hinzufügte:

„Ein ausgezeichnetes Wetter für ein Dampfbad."

„In der Tat."

„Hast du Rocdiane gesehen? Er ist auch da. Ich habe ihn abgeholt und mußte ihn aus dem Bett ziehen. Oh, sieh dir nur dieses Gerippe an!"

Ein kleiner, magerer Herr mit krummen Beinen und dünnen

520

Armen schritt an ihnen vorbei und veranlaßte diese beiden Musterbilder männlicher Kraft zu einem mitleidigen Lächeln.

Nun sahen sie Rocdiane, der den Maler erblickt hatte, auf
sich zukommen.

Alle drei setzten sich auf eine lange Marmorbank und begannen wie in einem Salon miteinander zu plaudern. Die Diener
reichten Trinkwasser. Man konnte das Plätschern der Duschen
und das Schlagen der Masseure vernehmen, die die nackten
Körper bearbeiteten. Die aus jeder Ecke des weiten Raumes
hervorbrechenden Wasserströme erinnerten an das Rauschen
eines Platzregens im Sommer.

Fortwährend grüßten neue Ankömmlinge die drei Freunde
oder wechselten einen Händedruck mit ihnen. Unter anderen
sah man da den dicken Herzog von Harrison, den kleinen Fürsten Egilati und den Baron Flach.

Plötzlich rief Rocdiane aus:

„Da ist ja Farandal.“

Mit in die Hüften gestemmten Händen kam der Marquis in
jener Leichtigkeit daher, die den ausnehmend schön gebauten
Männern eigen ist, die sich durchaus nicht beengt fühlen.

„Der Bursche ist ein förmlicher Gladiator“, murmelte
Landa.

Rocdiane aber wandte sich an Bertin:

„Ist es wahr, daß er die Tochter deines Freundes Guilleroy
heiratet?“

„Ich glaube, ja“, erwiderte der Maler.

Diese Frage in diesem Augenblick, an diesem Ort und angesichts dieses Menschen brachte einen verzweifelten Aufruhr im
Herzen Oliviers. Der Schrecken über diese unverhüllte Wahrheit erfaßte ihn mit solcher Gewalt, daß er für einen Augenblick
ein grimmiges Verlangen verspürte, sich auf den Marquis zu
stürzen und ihn zu erdrosseln.

Er erhob sich und sagte:

„Ich bin müde und gehe in die Abreibekammer.“

Gerade ging ein Araber an ihm vorbei.

„Bist du frei, Achmed?“ fragte er ihn.

„Ja, Herr Bertin.“

Er entfernte sich rasch, nur um dem Marquis nicht die Hand
reichen zu müssen.

Allerdings verweilte er kaum eine Viertelstunde in dem behaglichen ruhigen Raum, wo zwischen exotischen Gewächsen und plätschernden Springbrunnen bequeme Ruhebetten aufgestellt waren. Er hatte das Gefühl, als werde er verfolgt, als käme der Marquis ihm nach und werde ihn zwingen, ihm die Hand zu drücken, freundlich mit ihm zu tun und ihn zu duzen.

Darum weilte er auch bald wieder auf dem Boulevard zwischen den gelben Blättern. Sie fielen nicht mehr herab, denn ein starker Windstoß hatte auch die letzten von den Zweigen gefegt. Der von ihnen gebildete rote und gelbe Teppich zitterte, bewegte sich und wurde in förmlichen Wellen von den andauernden heftigen Windstößen von einem Gehweg zum andern geworfen.

Auf einmal jagte ein Geheul über die Hausdächer, der Jammerruf des daherbrausenden Orkans, und zugleich stockte die von der Madeleinekirche herrasende Windsbraut beim Eingang des Boulevards.

Das ganze gefallene Laub, das den Orkan zu erwarten schien, hob sich bei seinem Nahen. Die Blättermasse floh vor ihm her, wirbelte toll durcheinander und erhob sich in wildem Drehtanz bis zu den Dächern. Der Sturm trieb sie vor sich her wie eine Herde, eine tolle Herde, die ihrer Sinne beraubt daherstürmt. Und als die große Blätter- und Staubwolke hinter dem Malesherbesviertel verschwunden war, blieb die ganze breite Straße kahl, rein und leergefegt zurück.

„Was soll aus mir werden? Was soll ich tun, wohin gehen?" dachte Bertin im stillen. Er wanderte nach Hause, weil ihm nichts Besseres in den Sinn kam.

Ein Zeitungskiosk erregte seine Aufmerksamkeit. Er kaufte wohl ein Dutzend Zeitungen, in der Hoffnung, wenigstens ein paar Stunden lang zu lesen.

„Ich frühstücke zu Hause", sagte er daheim zu seinem Diener und begab sich in sein Atelier.

Als er sich aber niedersetzte, fühlte er, daß er nicht fähig sei, dazubleiben, da er wie ein wütendes Tier an Leib und Seele erregt war.

Mit unruhigem Blick überflog er die Zeitungen; sie konnten ihn aber keinen Augenblick fesseln. Die Berichte, die er las, waren nur für das Auge da, ohne daß er wußte, was er las. Inmitten eines Artikels, den er gar nicht verstand und auch gar nicht zu verstehen suchte, ließ ihn mit einemmal der Name Guilleroy zusammenfahren. Es handelte sich um eine Parlamentssitzung, in der auch der Graf einige Worte gesprochen hatte.

Seine hierdurch rege gewordene Aufmerksamkeit entdeckte jetzt den Namen des berühmten Tenors Montrosé, der Ende Dezember in der großen Oper singen wird. „Dies verspricht ein außerordentlicher Musikgenuß zu werden", schrieb das Blatt weiter, „denn Montrosé, der seit sechzehn Jahren schon fern von Paris weilt, hat in ganz Europa und Amerika unvergleichliche Triumphe gefeiert; bei der Vorstellung wird unter anderem auch die große schwedische Sängerin Helsson mitwirken, die man in Paris seit fünf Jahren nicht gehört hat."

Eine Idee tauchte in Bertin auf, die aus der Tiefe seines Herzens zu kommen schien, er wollte Annette die Freude bereiten, dieser Vorstellung beizuwohnen. Dann fiel ihm ein, daß die Trauer der Gräfin seinen Plan verhindern werde, und er dachte darüber nach, auf welche Weise er ihn dennoch ausführen könne. Dazu gab es nur ein Mittel. Man mußte eine Loge auf der Bühne nehmen, wo man fast nicht gesehen werden kann, und wenn die Gräfin auch in diesem Fall nicht mitkommen wollte, so könnte Annette noch immer in Begleitung ihres Vaters und der Herzogin kommen. In diesem Fall müßte die Loge der Herzogin angeboten werden. Dann müßte er aber auch den Marquis einladen. Er zögerte und überlegte lange.

Sicher war, daß die Heirat eine beschlossene Sache war und sogar der Zeitpunkt der Hochzeit bereits feststand. Er war sich über die Eile seiner Freundin im klaren; er sah auch ein, daß die Gräfin ihre Tochter in der denkbar kürzesten Zeit zur Marquise von Farandal machen werde. Er konnte nichts, absolut nichts dagegen tun, konnte das Entsetzliche weder verhindern noch verzögern noch etwas daran ändern! Er mußte es stillschweigend geschehen lassen. Wäre es nicht besser, wenn er sich bemühen würde, seine Qualen zu verbergen, zufrieden zu erscheinen und sich nicht wie vorhin von seiner Leidenschaft hinreißen zu lassen? Ja, er wollte auch den Marquis einladen und dadurch zugleich die Zweifel der Gräfin zerstreuen.

Sobald er sein Frühstück beendet hatte, begab er sich in die Oper, um die Loge hinter dem Vorhang zu mieten, worauf er in das Palais Guilleroy eilte.

Die Gräfin erschien sofort, und noch unter dem Einfluß der weichen Stimmung begrüßte sie ihn freudig:

„Wie liebenswürdig von Ihnen, daß Sie gekommen sind!"

„Ich bringe Ihnen sogar etwas mit."

„Was denn?"

„Eine Loge auf der Bühne des Opernhauses für die einzige Vorstellung, welche Montrosé und die Helsson veranstalten werden."

„Oh, mein Freund, wie leid tut mir das! Und meine Trauer?"

„Du trauerst ja schon seit vier Monaten."

„Glaube mir, daß ich nicht gehen kann."

„Und Annette? Bedenke, daß sich eine solche Gelegenheit vielleicht niemals wieder bietet."

„Mit wem könnte sie gehen?"

„Mit ihrem Vater und der Herzogin, die ich noch einladen werde. Dem Marquis werde ich auch einen Sitz anbieten."

Die Gräfin blickte ihm tief ins Auge und ein wahnsinniges Verlangen erfaßte sie, ihn zu küssen. Sie wollte ihren Ohren nicht trauen und fragte:

„Dem Marquis?"

„Ja, ja!"

Sie willigte sofort ein, worauf der Maler gleichgültig fortfuhr:

„Ist der Zeitpunkt der Vermählung bereits angesetzt worden?"

„Ungefähr. Wir haben guten Grund, die Sache möglichst zu beschleunigen, zumal sie bereits vor Mamas Tod vereinbart worden war. Erinnerst du dich?"

„Gewiß, ich erinnere mich sehr genau. Und wann soll die Vermählung stattfinden?"

„Anfangs Januar. Verzeih mir, daß ich dir das nicht schon früher mitgeteilt habe."

Jetzt kam Annette herein. Bertins Herz zuckte zusammen, als hätte es einen elektrischen Schlag erhalten. In seine Liebe mischte sich mit einemmal ein Anflug von Bitterkeit und erweckte jene merkwürdige leidenschaftliche Gereiztheit in ihm, die die Liebe erzeugt, wenn sie von der Eifersucht aufgestachelt wird.

„Ich habe Ihnen etwas mitgebracht", sagte er.

„Es bleibt zwischen uns beiden also entschieden beim ‚Sie'?" fragte Annette.

Bertin nahm eine Miene väterlicher Würde an, als er erwiderte:

„Hören Sie mich an, mein Kind! Ich weiß von den Ereignissen, die sich vorbereiten. Ich versichere Ihnen, daß das vertraute Duzen schon in kurzer Zeit ein Ende nehmen müßte; es ist daher besser, sich sobald wie möglich daran zu gewöhnen."

Das junge Mädchen zuckte unzufrieden mit den Achseln, während die Gräfin schwieg und ihr Blick in die Ferne zu schweifen schien. Dann fragte Annette:

„Was haben Sie mir gebracht?"

Bertin berichtete über die angekündigte Vorstellung und die Einladung, die er für sie habe. Die junge Dame war entzückt, fiel ihm wie ein mutwilliger Junge um den Hals und küßte ihn herzhaft auf die Wangen.

Der Maler glaubte, ohnmächtig zu werden, und bei der Berührung des kleinen, duftigen Mundes empfand er nur zu deutlich, daß er von seinem Leid niemals genesen werde.

Ungeduldig wandte sich die Gräfin an ihre Tochter:

„Du weißt doch, daß dein Vater auf dich wartet."

„Ja, Mama, ich gehe schon."

Damit stürmte sie davon, mit beiden Händen Küßchen werfend.

Als sie das Zimmer verlassen hatte, fragte Olivier:

„Werden sie Reisen machen?"

„Ja, drei Monate lang."

Unwillkürlich murmelte Bertin:

„Um so besser."

„Dann werden wir unsere alte Lebensweise von neuem aufnehmen können", bemerkte die Gräfin.

„Ich hoffe es wenigstens", stotterte der Maler.

„Inzwischen aber vernachlässige mich nicht ganz!" bat Frau von Guilleroy.

„Gewiß nicht, Geliebte!"

Die Rührung von tags zuvor, als sie ihren Freund weinen sah, und seine eben gegebene Äußerung, den Marquis mit in die Loge zu nehmen, weckten neue Hoffnungen im Herzen der Gräfin.

Sie dauerten allerdings nicht lange. Es war noch keine Woche vergangen, als die Gräfin abermals mit qualvoller und eifersüchtiger Aufmerksamkeit das furchtbare Leid beobachtete, das den Mann zerwühlte und in seiner Miene zum Ausdruck kam. Sie verstand alles, begriff alles, denn sie selbst hatte bereits die Schmerzen durchgemacht, die sie bei ihrem Freund entdeckte, und Annettes Anwesenheit zu jeder Stunde des Tages zeigte die Nutzlosigkeit all ihrer Bemühungen.

Alles lastete zu gleicher Zeit auf ihr: die Jahre und ihre Trauer, Ihr tätiger, reger Geist und die gewandte Koketterie, die ihr während ihres ganzen Lebens zum Sieg verholfen hatten, schienen förmlich gelähmt in diesem schwarzen Trauerkleid, das ihre Blässe und veränderten Gesichtszüge noch mehr hervortreten ließ, während gerade das Trauerkleid die strahlende Jugend ihrer Tochter nur noch besser zur Geltung brachte. Wie weit erschien ihr der tatsächlich noch gar nicht ferne Zeitpunkt, als sie ihren Stolz darein gesetzt hatte, sich mit ihrer Tochter ganz gleich zu kleiden, wie sie das bei der Ankunft Annettes in Paris getan hatte! Jetzt hätte sie sich am liebsten dieses Trauergewand, das sie verunstaltete und zugleich quälte, vom Leib gerissen.

Wären ihr alle Quellen der Eleganz zu Gebote gestanden und hätte sie die feinen farbigen Stoffe auswählen und verwenden dürfen, die so gut zu ihrer Gesichtsfarbe paßten und ihren schwindenden Reizen solche Macht verliehen, wie sie ihre Tochter von Natur aus in so verschwenderischem Maß besaß, so wäre es ihr zweifellos möglich gewesen, sich im günstigsten Licht erscheinen zu lassen.

Sie kannte ganz genau die aufregende Wirkung der Abendgarderoben und die sinnliche Wirkung der weichen, üppigen Morgengewänder. Ferner wußte sie, wie verführerisch der Hausanzug wirkt, den die Frauen anlegen, wenn sie während des Tages vertraute Freunde zum Essen empfangen. Er verleiht ihnen einen gewissen warmen, sinnlichen Reiz und erinnert daran, daß sie erst wenige Minuten vorher aus dem warmen Bett geschlüpft sind.

Wozu auch nur einen Versuch machen in diesem Friedhofsgewand, diesem Sträflingsanzug, der sie beinahe noch ein Jahr verhüllen wird! Ein Jahr! Noch ein ganzes Jahr würde sie in dieser scheußlichen schwarzen Farbe stecken! In dieser schwarzen Kleidung würde sie während eines ganzen Jahres von Tag zu Tag, von Stunde zu Stunde, von Minute zu Minute fühlen, wie das Alter an sie heranschlich! Was sollte innerhalb eines Jahres aus ihr werden, wenn sich ihr armer kranker Körper unter den Qualen der Seele auch weiterhin so veränderte?

Diese Gedanken ließen sie gar nicht mehr zur Ruhe kommen; sie verbitterten ihr alles, was ihr hätte Genuß bereiten sollen, sie verwandelten alles in Schmerz, was sonst für sie Freude bedeutet hätte. Sie verdarben ihr jeden Genuß, jedes Vergnügen, jede Abwechslung. Unablässig peinigte sie das Verlangen, die Last von sich zu schütteln, die sie niederdrückte, denn ohne diesen furchtbaren Alpdruck könnte sie noch glücklich und froh sein, könnte sie noch blühend aussehen. Sie fühlte, daß ihre Seele noch frisch und heiter, ihr Herz noch jung und von Lebenslust erfüllt sei, daß sie sich gieriger denn je nach dem Glück sehne und ihr Liebesbedürfnis groß sei.

Und nun wandte sich alles von ihr, was schön, gut, wonnevoll und poetisch war, was das Leben verschönte und genußreich gestaltete, und nur, weil sie zu altern begann. Alles war zu Ende! Und trotzdem lebten noch das Empfindungsvermögen des jungen Mädchens und die Leidenschaftlichkeit der jungen Frau in ihr. Nichts alterte an ihr außer der jämmerlichen Haut, dieser Decke des Gerippes, die allmählich zerfiel, verfilzte, wie der Stoff, mit dem das Holzgestell der Möbel überzogen war. Dieses Bewußtsein wich nicht von ihr, wurde beinahe zur körperlichen Qual. Das Gefühl des Alterns gestaltete sich fast zur fixen Idee bei ihr. Sie spürte das langsame Ausbreiten der Falten auf der Stirn, der Runzeln an Hals- und Gesichtshaut und der zahllosen feinen Linien, die die schlaffe Gesichtshaut bedecken. In ihrer entsetzlichen Angst vor dem raschen Altwerden hatte sie das unwiderstehliche Bedürfnis, sich vor dem Spiegel eingehend zu betrachten. Mit weitgeöffneten Augen starrte sie ihr Spiegelbild durchdringend an und betastete mit den Fingern ihr Gesicht, als wollte sie sich von diesen untilgbaren Spuren der Jahre selbst überzeugen. Dieser Seelenzustand machte sich nur zeitweilig bei ihr geltend, sooft sie daheim oder anderswo die blinkende Glasfläche erblickte. Sie blieb auf der Straße stehen, um sich in den Schaufenstern der Kaufläden zu betrachten, die ihr stets als Spiegel dienten. Das entwickelte sich mit der Zeit zu einer Krankheit, einer Leidenschaft bei ihr, und in der Tasche führte sie eine Puderdose aus Elfenbein mit sich, unter deren Deckel ein winziger Spiegel angebracht war, den sie sich bei jedem Spaziergang wiederholt vor die Augen hielt.

Diese Leidenschaft machte sich auch bemerkbar, wenn sie etwas schreiben oder lesen oder ihren Gedanken eine andere

Richtung geben wollte, wenn sie sich bemühte, sich auf andere Weise zu beschäftigen. Alles war vergebens. Das Verlangen, sich zu sehen, ließ ihr keine Ruhe; sie warf gar bald das Buch oder die Feder fort, die sie gerade in der Hand hielt, um aus einem unwiderstehlichen Drang heraus nach dem silbernen Handspiegel auf dem Schreibtisch zu greifen. In dem ovalen Rahmen nahm sich ihr Gesicht wie ein Porträt aus dem vorigen Jahrhundert aus, wie ein ehemals farbenfrisches, doch von der

Sonne gebleichtes Pastellbild. Lange betrachtete sie sich, legte dann den kleinen Gegenstand mit müder Bewegung aus der Hand und versuchte, sich einer Arbeit zuzuwenden; doch kaum hatte sie zwei oder drei Seiten gelesen oder einige Zeilen geschrieben, so kehrte der Wunsch, sich zu betrachten, peinigend und unwiderstehlich wieder, und abermals streckte sie die Hand nach dem Spiegel aus.

Sie behandelte ihn wie ein aufregendes kleines Spielzeug, das die Hand nicht loszulassen vermag; sie benutzte ihn jeden Augenblick und drehte ihn zwischen den Fingern, selbst wenn sie Gäste empfing, trotzdem sie ihn wie ein lebendes Wesen haßte, so daß sie ihn in ihrer nervösen Aufregung beinahe mit Scheltworten schmähte. Erbittert über den mit dem Glasstück geführten Kampf schmetterte sie den Spiegel eines Tages gegen die Wand, daß er in Trümmer ging.

Nach kurzer Zeit hatte ihr Gatte den Spiegel wieder herstellen lassen und in noch prächtigerem Rahmen zurückgebracht. Die Gräfin war gezwungen, den Spiegel anzunehmen. Sie schloß ihn aber mit Absicht in einen Schrank ein.

In ihrem Zimmer untersuchte sie jeden Morgen und jeden Abend ebenso gründlich wie geduldig die sich in aller Stille vollziehende verhaßte Zerstörung ihres Gesichts.

Wenn sie sich zu Bett legte, konnte sie nicht schlafen; sie zündete daher eine Kerze an, und mit offenen Augen daliegend, dachte sie darüber nach, daß die Schlaflosigkeit und der Kummer in unrettbarer Weise das furchtbare Werk der schnell schwindenden Zeit beschleunigen. In der Stille der Nacht lauschte sie auf das Ticken der Uhr, das mit seiner regelmäßigen, monotonen Stimme zu sagen schien: „ver – geht . . . ver – geht . . . ver – geht", und ihr Herz wurde von einem so heftigen Krampf erfaßt, daß sie ihre Decke auf den Mund drückte und schmerzlich ächzte.

Früher hatte zwar auch sie wie die anderen Menschen gewußt, daß die Jahre verstreichen und Veränderungen mit sich bringen; auch sie hatte so gut wie jeder andere in jedem Winter, Frühling und Sommer gesagt: „Seit vergangenem Jahr habe ich mich sehr verändert." Da sie aber schön war und ihre Schönheit unverändert blieb, kümmerte sie sich wenig darum. Aber statt den Verlauf der Jahre ruhig und gleichmäßig hinzunehmen, merkte sie auf einmal, daß die Minuten mit erschreckender

529

Schnelligkeit dahinschwinden. Ihr wurde plötzlich bewußt, daß die Stunden, zwar unbemerkt, doch unaufhaltsam, verstreichen, und daß es die eilenden Sekunden sind, die an Seele und Leib des Menschen nagen.

Nach so jammervoll verbrachten Nächten fand sie nur etwas Ruhe zwischen den Kissen, wenn ihr Zimmermädchen am Morgen die Fensterläden öffnete und das Morgenlicht einströmte. Dann schlummerte sie ein, von Müdigkeit überwältigt; sie lag halb schlafend, halb wachend, in vollständig geistiger Erschöpfung da, und dieses Losgelöstsein weckte in ihr aufs neue die instinktive und gleichsam von der himmlischen Fürsorge gespendete Hoffnung, die dem Herzen und dem Geist des Menschen bis zu seiner letzten Stunde Heiterkeit und Ausdauer verleiht.

Seit einiger Zeit schon hatte sie, sobald sie ihr Lager verließ, den unabweisbaren Wunsch, zu Gott zu beten und von ihm Trost und Erleichterung zu erbitten und zu erhalten.

Sie sank vor einem meisterhaft in Holz gearbeiteten Christus, ein Geschenk Oliviers, auf die Knie und schickte mit geschlossenen Augen und jener Seelenstimme, mit der man zu sich selbst zu sprechen pflegt, ein heißes, schmerzerfülltes Gebet zu dem göttlichen Märtyrer. In ihrem inbrünstigen Flehen, Gott möge sie erhören und ihr helfend beistehen, zweifelte sie, wie jeder Christ, nicht daran, daß Gott sie erhöre und von ihren Leiden vielleicht sogar gerührt sei. Sie verlangte ja nichts, was Gott für andere noch nicht getan hatte, verlangte nicht, er möge sie bis an ihr Lebensende im Besitz ihrer jugendlichen Reize, Anmut und Frische lassen, sondern sie flehte nur um ein wenig Ruhe und einen geringen Aufschub. Sie wußte ebensogut, daß sie alt werden müsse, wie daß sie sterben müsse. Aber weshalb so schnell? Es gibt Frauen, die sehr lange schön bleiben. Konnte er sich daher nicht auch ihrer erbarmen und sie unter jene einreihen? Wie gut wäre es, wenn Christus, der doch auch so viel gelitten hatte, sie der Gnade teilhaftig werden ließe, ihr wenigstens noch zwei oder drei Jahre lang all das zu lassen, was sie brauchte, um zu gefallen.

Dieses Gebet kleidete sie nicht in Worte, sondern schickte es bloß in stummem, schmerzlichem Flehen zum Herrn.

Vom Betschemel aufstehend, setzte sie sich dann vor ihren Toilettentisch, und mit dem gleichen Eifer, den sie beim Gebet

531

zeigte, handhabe sie nun den Reispuder, die Salben, Feilen, Stifte und Bürsten, mit deren Hilfe sie ihre tägliche Wachsfigurenschönheit herstellte.

6

Auf den Boulevards vernahm man aus jedem Mund die beiden Namen „Emma Helsson" und „Montrosé". Je näher man zur Oper kam, desto häufiger hörte man sie. Die ungeheuren Ankündigungszettel auf den Anschlagsäulen fielen den Vorübergehenden schon von weitem ins Auge, und in der Luft lag sogar etwas Feierliches wie der Vorbote eines auserlesenen Festes.

Um das monumentale Gebäude, der „Nationalmusikakademie", drängte sich eine unabsehbare Menschenmenge und bewunderte die prächtige weiße Außenseite und die hohe, durch unsichtbare elektrische Lampen taghell erleuchtete Säulenhalle.

Auf dem Platz vor dem Gebäude sorgten berittene Polizisten der Republik für Ordnung, und hinter den herabgelassenen Glasscheiben der aus allen Ecken und Enden von Paris herrollenden zahllosen Wagen leuchteten für eine Weile lichte Kleider und bleiche Köpfe auf.

Die ein- und zweispännigen eleganten Kutschen reihten sich unter den frei gehaltenen Arkaden auf, rollten vor, verweilten kurze Zeit und entließen die Damen der großen Welt in ihren mit Pelzen, Federn oder wertvollen Spitzen verbrämten Abendmänteln, eine kostbare und höchst aufgeputzte Menschheit.

Die berühmte Haupttreppe war in ihrer ganzen Höhe der Aufstieg in ein Feenreich von wunderbar gekleideten Damen, von deren Hälsen, Armen und Ohren die blitzenden Diamanten ganze Lichtgarben ausstrahlten und deren Schleppkleider sich majestätisch über die Treppenstufen breiteten.

Das Theater füllte sich frühzeitig, denn das Publikum wollte sich keinen Laut der beiden berühmten Künstler entgehen lassen. Im Parterre hatte sich unter dem strahlenden elektrischen Kronleuchter eine große Menschenmenge niedergelassen, und das dumpfe Brausen der mehr oder weniger gedämpften Stimmen erfüllte den weiten Raum.

Aus der Bühnenloge, die die Herzogin, Annette, der Graf, Bertin, der Marquis und Musadieu bereits eingenommen hatten, konnte man bloß die Kulissen sehen, vor denen Menschen plaudernd umherstanden oder lärmend hin und her liefen, Maschinisten in blauer Bluse, elegante Herren im Frack und Schauspieler in ihren Kostümen. Doch hinter dem gewaltigen, noch geschlossenen Vorhang vernahm man das dumpfe Brausen des Zuschauerraums, fühlte die Anwesenheit der unruhigen und erregten Menschenmenge, deren Unruhe durch den mächtigen Vorhang bis zu den Dekorationen zu dringen schien.

„Faust" sollte gegeben werden.

Musadieu erzählte Anekdoten über die erste Vorstellung dieser Oper in der „Komischen Oper" und den halben Anfangserfolg, dem jedoch bald ein glänzender Triumph folgte. Er sprach von den damals Mitwirkenden und der Art ihres Gesanges in den einzelnen Partien. Halb zu ihm gewandt, hörte Annette mit der eifrigen Neugierde der Jugend zu, während sie von Zeit zu Zeit einen liebevollen Blick auf ihren Verlobten richtete, der in wenigen Tagen ihr Gatte werden sollte. Sie liebte ihn jetzt, wie unschuldige Herzen zu lieben pflegen, das heißt, sie liebte die Zukunftshoffnungen in ihm. Der Genuß dieser ersten Wonne des Lebens und das heiße Verlangen nach dem Glück erregten und erheiterten sie.

Und Olivier, der alles sah, alles wußte, alle Leidensstationen der geheimen Liebe durchkostet hatte, eifersüchtig und in unendlicher Ohnmacht auf jener Stufe menschlichen Leides, da ein Herz erzittert, als würde es auf glühenden Kohlen geröstet, Olivier stand im Hintergrund der Loge und betrachtete die beiden mit dem Blick eines zum Tode Verurteilten.

Die drei Hammerschläge ertönten, das kurze Klopfen des Dirigentenstabes des Kapellmeisters auf dem Notenpult beendete mit einemmal alle Unruhe und Bewegung. In der eingetretenen tiefen Stille ertönten die ersten Takte der Ouverture und erfüllten den weiten Saal mit jenem unsichtbaren, unwiderstehlichen Mysterium der Musik, das den Körper durchdringt, die Seele und die Nerven in ein erdachtes und ein wirkliches Fieber versetzt und der Luft jene reine, melodische Strömung mitteilt, daß man den Wohllaut der Schwingungen zu hören und ihn einzuatmen glaubt.

Olivier setzte sich hinten in die Loge; er empfand einen Schmerz, wie wenn diese Töne noch tiefere Wunden in seine Seele rissen. Als der Vorhang in die Höhe ging, nahm er sich von neuem zusammen.

Auf der Bühne erschien das Studierzimmer des Gelehrten mit Dr. Faust, in Gedanken versunken. Olivier hatte die Oper mindestens schon zwanzigmal gehört und kannte jede Arie auswendig, so daß er seine Aufmerksamkeit statt der Bühne dem Zuschauerraum zuwandte. Zwischen den die Loge verbergenden Kulissen heraus konnte er zwar nur einen sehr kleinen Bruchteil des Zuschauerraumes erblicken; da sich aber dieser Bruchteil vom Parterre bis zur Galerie fortsetzte, sah er dennoch sehr viele Leute, darunter mehr als einen Bekannten. Die Gruppe der im Parterre nebeneinander aufgereihten Herren mit weißer Halsbinde bestand aus bekannten Weltmännern,

534

Künstlern, Journalisten und all jenen Personen, die niemals an solchen Orten fehlen, wo die elegante Welt sich einfindet. Am Balkon und in den Logen entdeckte er gleichfalls bekannte Damen, deren Namen er der Reihe nach aufzählen konnte. In einer Proszeniumsloge saß die wirklich entzückend schöne Gräfin Lochrist, etwas entfernter von ihr putzte eine junge Frau, Marquise von Ebelin, ihr Opernglas. „Wirklich eine schöne Erscheinung!" sagte Bertin bei sich.

Jeder lauschte mit größter Aufmerksamkeit und Sympathie Montrosé, dem Tenor, der als Faust von Zweifeln über das Dasein gequält wird.

„Welch eine Lüge!" dachte Olivier. „Während Faust, der hehre, geheimnisvolle Faust, von dem furchtbaren Abscheu singt, der ihn gegen die Gottheit, die er verleugnet, erfüllt, ermißt diese Menschenmasse hier nur die Frage, ob sich die Stimme Montrosés nicht verändert hat." Im übrigen zeigte Olivier dieselbe Aufmerksamkeit wie alle anderen für die Vorstellung, und trotz der banalen Worte des Textes weckte die Musik Empfindungen in der Tiefe seiner Seele, die auch ihn ein Traumbild erblicken ließen, wie es Goethes Faust vorschwebte.

Er hatte seinerzeit das Gedicht gelesen, es sehr schön gefunden, sich aber nicht besonders ergriffen gefühlt; jetzt durchschaute er aber plötzlich die ganze Tiefe dieses Rätsels, und es schien ihm, als wäre er an diesem Abend selbst Faust geworden.

Anmutig auf die Brüstung der Loge gestützt, lauschte Annette mit ganzer Seele. Die lauten Kundgebungen des begeisterten Publikums wurden immer stürmischer, denn die Stimme Montrosés war schöner und klangvoller denn je.

Bertin hatte die Augen geschlossen. Alles, was er seit einem Monat gesehen, alles, was er erfahren, alles, was er im Leben angetroffen, all das betrachtete er bloß als einen Tribut seiner Leidenschaft. Die Welt und sich selbst hatte er ihr hingeworfen. Was ihm gefallen und schön geschienen hatte, was er für lieblich und anmutig hielt, hatte er im Geist sofort seiner Freundin zugeschrieben und kein Gedanke bewegte sein Herz, der ihn nicht an seine Liebe erinnert hätte.

In Gedanken versunken, hörte er zu. Die Klagen Fausts weckten ein Echo in seiner Brust; auch in ihm erwachte die Sehnsucht nach dem Tod, das Verlangen, seinem Leid ein Ende zu bereiten, abzurechnen mit den aus seiner unendlichen Liebe

strömenden Qualen und Schmerzen. Er betrachtete das feine
Profil Annettes, dann erblickte er hinter ihr den Marquis von
Farandal, der gleichfalls Annette bewunderte. Bertin fühlte,
daß er alt und verloren sei. Ach, welch entsetzliche Pein, von
jetzt an nichts mehr erwarten, nichts mehr erhoffen zu können,
mit dem Bewußtsein leben zu müssen, daß er gar kein Recht
mehr habe, noch etwas zu begehren, daß er am Abend seines
Lebens angelangt sei, wie ein ausgedienter Beamter, der seine
Laufbahn beendet hat, sich zur Ruhe setzt und nicht mehr in
Betracht kommt!

Ein Applaussturm brach los. Montrosé feierte einen glänzenden Triumph. Aus der Erde stieg Laberrière als Mephisto
vor ihm auf. Olivier, der den Sänger in dieser Rolle noch nie gehört hatte, begann aufmerksam zu werden. Die Erinnerung an
Aubin mit seinem dramatischen Baß und an Faures herrlichen,
bezaubernden Bariton lenkte seine Gedanken ein wenig ab.

Plötzlich aber fühlte er sich mit unwiderstehlicher Macht ergriffen durch den Gesang Montrosés, die Worte Fausts an den
Satan:

,,Einen Schatz begehr' ich, der alles andere in sich birgt:
Mich dürstet's nach Jugend."

Und danach trat Faust als stattlicher Jüngling in prächtigem
Seidengewand, mit dem Schwert an der Seite und dem Feder-
barett auf dem Haupt, vor das begeisterte Publikum. Ein allgemeines Gemurmel wurde vernehmbar; Montrosé sah ausgezeichnet aus und gefiel besonders den Frauen.

Olivier aber beschlich ein unbehagliches Gefühl, denn infolge der Verwandlung verschwand der dem Gedicht Goethes
eigentümliche Teufelszauber. Der Maler sah jetzt nur noch ein
Feenbild vor sich, mit schönen Gesangseinlagen, und begna-
dete Sänger, die ihm nichts anderes geben konnten als ihre
Stimme. Dieser schöne Mann in dem seidenen Gewand, der mit
seinem Körper und seiner Stimme prahlte, machte einen unangenehmen Eindruck auf ihn. Es war nicht mehr Faust, der
schreckliche und unwiderstehliche Ritter, der Margarete verführen wird.

Olivier setzte sich auf seinen Platz zurück, und die vorher
vernommenen Worte kamen ihm in den Sinn:

,,Einen Schatz begehr' ich, der alles andere in sich birgt:
Mich dürstet's nach Jugend."

Diese Worte murmelte er vor sich hin, und schmerzlich hallten sie wider in seiner Seele, sein Blick war unverwandt auf den weißen Halsansatz Annettes geheftet, und die ganze Bitternis unerreichbarer Wünsche überkam ihn.

Montrosé beschloß den ersten Akt mit vollendeter Kunst, und die Begeisterung brach mit voller Macht los. Ein minutenlanger Beifallssturm und Bravorufen brausten durch das Haus. In jeder Loge konnte man sehen, wie die Damen in die behandschuhten Hände klatschten und die hinter den Damen stehen Herren ,,Bravo!" riefen und aus Leibeskräften applaudierten.

Zweimal ging der Vorhang in die Höhe und wieder hinunter, ohne daß sich die Begeisterung gelegt hätte. Als man ihn aber zum drittenmal niedergehen ließ und dadurch der Zuschauerraum von der Bühne mit den Logen getrennt wurde, applaudierten die Herzogin und Annette noch einige Sekunden weiter, wofür der Künstler mit einer bescheidenen Verbeugung besonders dankte.

,,Oh, er hat uns bemerkt!" sagte Annette.

,,Welch herrlicher, bewunderungswürdiger Künstler!" rief die Herzogin aus.

Bertin, der sich ein wenig nach vorn gebeugt hatte, blickte dagegen gereizt und verächtlich dem gefeierten Schauspieler nach, der wie ein echter Bühnenheld die Hand in die Hüfte gestemmt, mit wiegenden elastischen Schritten zwischen den Kulissen verschwand.

Man sprach nur von ihm. Seine Erfolge bei Frauen hatten dasselbe Aufsehen erregt wie seine Kunst. Er war in allen Hauptstädten gewesen, und überall pochte den Frauen das Herz, wenn er die Bühne betrat. Man erzählte sich, er kümmere sich nicht besonders um den Gefühlskult, den man mit ihm treibe, sondern begnüge sich mit seinen musikalischen Triumphen. Da Annette anwesend war, berichtete Musadieu nur in verhüllten Worten über die Lebensgeschichte des schönen Sängers; die Herzogin verstand ihn aber trotzdem und billigte die vielen Torheiten, die der Mann begangen hatte, denn der Künstler hatte ihr höchstes Wohlgefallen erregt. Lachend bemerkte sie noch:

,,Wie könnte man einer solchen Stimme auch widerstehen?"

Olivier, der bereits wütend war, erwiderte spöttisch:

,,Ich verstehe wirklich nicht, wie man sich für einen solchen

Wanderschauspieler begeistern kann, der nicht existierende, merkwürdige menschliche Typen darstellt, niemals er selbst ist, nur eine geschminkte Wachspuppe, die jeden Abend ihre Rolle gleichmäßig herunterleiert."

„Sie beneiden ihn", gab die Herzogin zurück. „Die Herren Maler und sonstigen Künstler der vornehmen Kreise wüten förmlich über die Schauspieler, weil sie die größeren Triumphe feiern."

Dann wandte sie sich an Annette und fragte:

„Nun, Kleine, du trittst erst jetzt in das Leben und siehst noch mit unbefangenen, gesunden Augen. Sage du uns also, wie dir dieser Tenor gefällt."

„Ich für meine Person finde ihn großartig", lautete die im Ton der Überzeugung gegebene Antwort.

Nach den drei Hammerschlägen, die den Beginn des zweiten Aktes ankündigten, ging der Vorhang in die Höhe und die Bühne, die jetzt den Markt darstellte, wurde sichtbar.

Die Triller der Helsson waren einfach großartig. Auch sie sang, als hätte sich ihre Stimme gekräftigt, und ihr Spiel erschien sicherer und ausdrucksvoller als es früher gewesen war. Sie hatte sich zu einer wirklich großen, ausgezeichneten und hervorragenden Sängerin entwickelt, deren Ruf mit dem Bismarcks und Lesseps' wetteiferte.

Als ihr Faust entgegeneilte und mit berückender Stimme die schmelzenden Worte sprach:

„Mein schönes Fräulein, darf ich's wagen,
Meinen Arm und Geleit Ihr anzutragen?"

und die schöne, reizende, blonde Margarete erwiderte:

„Bin weder Fräulein, weder schön,
Kann ungeleitet nach Hause gehn . . .",

da war das ganze Publikum förmlich aufgelöst vor Entzücken.

Als der Vorhang herabgelassen wurde, wollten die Beifallsbezeugungen kein Ende nehmen; auch Annette klatschte mit solchem Eifer, daß Bertin Lust hatte, ihre Hände festzuhalten und sie so zu zwingen, mit dem Applaudieren einzuhalten. Neue Qual war über das Herz des Malers gekommen. Während des Zwischenaktes sprach er kein Wort, weil er mit seinen galligen Gedanken und Hirngespinsten den verhaßten geschminkten Sänger, der dieses Kind so aufzuregen verstand, bis in sein Ankleidezimmer verfolgte.

Jetzt hob sich der Vorhang über der Gartenszene, und ein förmlicher Liebesschauer schien das Haus zu durchdringen, denn diese Musik, zart wie der Hauch eines Kusses, wurde noch niemals herrlicher interpretiert als durch die beiden Gefeierten des Abends. Es waren nicht mehr die berühmten Künstler Montrosé und Helsson, sondern zwei Idealgestalten, ineinander verschmelzend, mit zwei verschiedenen Stimmen, der Stimme des liebenden Mannes und der überirdischen Stimme des sich hingebenden Weibes, die das Hohelied der Zartheit und Liebe sangen.

Als Faust die Worte sprach:

„Laß, laß mich dies holde Angesicht schauen . . .",

drückte der Gesang, der von seinen Lippen strömte, eine solche Anbetung, so viel Leidenschaft und Flehen aus, daß tatsächlich jedes Herz für einen Augenblick von Liebessehnsucht erfaßt wurde.

Olivier erinnerte sich, daß er im Park von Roncières, unter den Fenstern des Schlosses selbst diese Worte gestammelt hatte. Damals waren sie ihm ein wenig alltäglich und abgedroschen erschienen; heute aber drängten sie sich auf seine Lippen wie ein letzter Aufschrei der Leidenschaft, ein letztes Gebet, eine letzte Hoffnung und letzte Gnade in seinem Leben.

Dann achtete er auf gar nichts mehr, vernahm auch gar nichts mehr. Der Höhepunkt der wildesten Eifersucht hatte ihn erfaßt, denn er sah, wie sich Annette mit dem Taschentuch die Augen trocknete.

Sie weinte. Ihr Herz war also erwacht, ihr kleines Frauenherz, das bis jetzt gar nichts gekannt hatte, war erfaßt und erschüttert worden. Hier, in seiner Nähe, doch ohne seine Person in diese Handlung einzubeziehen oder an ihn zu denken, war in dem jungen Mädchen die Liebe erwacht, die ihrem ganzen Wesen ihr Gepräge verleihen wird, erweckt durch diesen jämmerlichen, schreienden Komödianten.

Jetzt zürnte er dem Marquis von Farandal nicht mehr, diesem Toren, der nichts sah, nichts wußte und nichts verstand! Um so mehr haßte er aber den sich in seinen engen Beinkleidern windenden Mann, der in die schlummernde Seele des jungen Mädchens Licht gebracht hatte.

Gern hätte er es zurückgerissen wie einen Menschen, der Gefahr läuft, von scheu gewordenen Pferden zu Boden geschleudert zu werden, hätte es gern am Arme gefaßt, mit sich geschleppt und gesagt: „Gehen wir fort von hier, weit fort; um Gottes willen, gehen wir fort!"

Wie das Mädchen schwieg und bebte! Und er, wie entsetzlich litt er! Er hatte schon einmal gelitten, doch nicht in solchem Maß, nicht so fürchterlich. Er erinnerte sich an alles, denn ihn quälten alle Schmerzen der Eifersucht; die aufgebrochene Wunde blutete von neuem. In Roncières war diese Wunde entstanden, als auf dem Rückweg vom Kirchhof Annette ihm entschlüpft war und er zum erstenmal das Gefühl hatte, daß er keine Macht über dieses kleine Mädchen habe, das frei und unabhängig war wie ein Reh. In jenen Augenblicken aber, als ihn die Kleine damit reizte, daß sie umherlief, um Blumen zu pflücken, hatte er das starke Verlangen, ihren unbändigen Mutwillen zu zügeln und ihren Körper in seiner Nähe zu behalten, während ihm heute ihre Seele entschlüpfte, die Seele, der man keine Fesseln anlegen kann. Schon oft hatte er diese qualvolle, verzehrende Erregung, die er jetzt von neuem kennenlernte, durchgemacht. Er erinnerte sich an all die schmerzlichen Gedanken, die seiner Eifersucht entsprangen und die ihn wie leise Hiebe während des ganzen Tages quälten. Sooft das junge Mädchen etwas sagte, verlangte oder an etwas Gefallen fand, wurde er von Eifersucht erfaßt; er war immerfort eifersüchtig; er war eifersüchtig auf alles, was den Blick, die Zeit, die Aufmerksamkeit des Mädchens in Anspruch nahm, was ihre Heiterkeit, Neugierde, Liebe und Bewunderung erregte, denn all das machte ihn ärmer. Er war eifersüchtig auf alles, was Annette ohne ihn tat, wovon er keine Kenntnis hatte; war eifersüchtig auf ihre Spaziergänge, ihre Lektüre, auf alles, was ihr von Interesse war. Er war eifersüchtig auf einen jungen Offizier, der in Afrika eines Heldentodes starb und mit dem sich die Pariser acht Tage lang beschäftigten; war eifersüchtig auf einen Romanschriftsteller, den man damals allgemein feierte, eifersüchtig auf einen jungen, unbekannten Dichter, den Annette zwar noch niemals gesehen hatte, dessen Verse aber Musadieu rezitierte, er war mit einem Wort eifersüchtig auf jeden Mann, den man, wenn auch nur flüchtig, vor dem jungen Mädchen lobte, denn wenn man eine Frau liebt, duldet man nicht, daß diese Frau auch nur mit einem Fünkchen von Interesse an einen anderen Mann denkt. Der Mann möchte im Herzen und in den

Augen der Angebeteten allein auf der Welt sein. Diese Frau soll keinen andern sehen, kennen und achten.

Auf dieselbe Art litt Olivier auch bei dem Sänger, der in diesem Theatersaal scheinbar Liebe weckte und verbreitete. Er war wütend über alle, die den Künstler feierten; er zürnte den Frauen, die er in heller Begeisterung in ihren Logen sitzen sah, und zürnte den Männern, diesen Toren, die diesen eitlen Windbeutel förmlich verherrlichten.

Dies ein Künstler! Man nennt ihn einen Künstler, einen großen Künstler! Und dieser Tagedieb, dieser fremde Gedanken interpretierende Affe erntet Erfolge wie sie jene, die selbst schaffend wirken, niemals kennengelernt haben. Das nennt man Gerechtigkeit! Das ist wieder ein Beweis mehr für die Bildung der höheren Kreise, für den Gedankengang dieser anspruchsvollen, unwissenden Kunstfreunde, für die die Meister der schöpferischen Kunst bis zu ihrer Todesstunde arbeiten. Bertin sah es mit an, wie man applaudierte, schrie und sich begeisterte. Die alte Feindseligkeit, die im tiefsten Herzen dieses stolzen Günstlings des Glücks stets gegärt und gewühlt hatte, verwandelte sich in glühenden Haß gegen diese hohlköpfigen Machthaber, deren Macht nur auf Grund ihrer Geburt und ihres Vermögens bestand.

Bis zum Schluß der Vorstellung verhielt er sich schweigsam, mit seinen Gedanken beschäftigt; als der letzte Applaussturm verhallt war, bot er seinen Arm der Herzogin, während der Marquis den seinen Annette reichte. Auf der großen Treppe schritten sie mitten in einer ganzen Menschenflut, in einem Katarakt von nackten Schultern, prachtvollen Abendkleidern und schwarzen Fräcken, die sich stoßweise vorwärtsbewegten, langsam die Stufen hinunter. Darauf bestiegen die Herzogin, das junge Mädchen, sein Vater und der Marquis die bereitstehende Kutsche, während Olivier Bertin mit Musadieu allein auf dem Opernplatz zurückblieb.

Plötzlich fühlte Bertin eine gewisse Sympathie für diesen Mann oder jene natürliche Zuneigung, die man empfindet, wenn man in fernen, fremden Ländern einen Landsmann trifft, denn auch er fühlte sich jetzt verlassen und verloren inmitten dieser fremden, gleichgültigen Menschenmenge.

Er schob seinen Arm unter den des alten Herrn und fragte: „Sie gehen doch nicht schon nach Hause? Der Abend ist

wunderschön; machen wir noch einen kleinen Spaziergang!"

„Sehr gerne!"

Inmitten der Menschenflut, die nach Theaterschluß gegen Mitternacht für eine kurze Zeit die Boulevards bedeckt, schritten sie dem Madeleineviertel zu.

In Musadieu wirbelte eine Menge wichtiger Gedanken, die sich aber samt und sonders um die gleichen gesellschaftlichen Themen drehten, von Bertin scherzhaft „die Speisekarte Musadieus" genannt; unter diesen wählte er sich zwei oder drei der ihm am interessantesten dünkenden aus, um seine Redegewandtheit leuchten zu lassen. Der Maler ließ ihn schwatzen, so viel er wollte, ohne auf ihn zu achten, und hielt ihn nur am Arm fest, da er sicher war, daß er bald mit ihm über Annette sprechen konnte. Inzwischen aber schritt er dahin, ohne um sich zu blicken, einzig und allein nur den Gedanken an seine Liebe hingegeben. Er war völlig erschöpft von dem Eifersuchtsanfall, der ihn an Leib und Seele tief gebrochen hatte.

So wird er denn immer mehr und schwerer leiden müssen, ohne daß ihm irgendwelche Hoffnung bliebe. Leere, inhaltslose Tage wird er nacheinander durchleben und nur von weitem sehen können, wie glücklich sie ist, wie sehr sie geliebt wird, und sicherlich auch, wie sehr sie selbst lieben wird. Vielleicht wird sie auch einen Geliebten haben, wie ihre Mutter ihn hatte. In der Seele Bertins erschlossen sich viele Quellen des Leides und Kummers, er wurde von vielen Unglücksfällen heimgesucht, rings um ihn her türmte sich eine solche Menge an Übel, dem er nicht ausweichen konnte, daß er ganz niedergeschmettert war, sich verloren sah und in seiner Verzweiflung meinte, es gäbe auf dem ganzen Erdenrund keinen unglücklicheren Menschen als ihn. Er erinnerte sich an die kindlichen Vorstellungen der Dichter, die das fruchtlose Bemühen des Sisyphus, den ewig ungestillten Durst des Tantalus, das zerfleischte Herz des Prometheus ersonnen hatten. Oh, wenn sie eine Ahnung von der Liebe eines alten Mannes zu einem jungen Mädchen gehabt hätten, und Verständnis dafür, sie würden ohne Zweifel den furchtbaren Kampf besungen haben, der heimlich im Herzen eines alten Mannes tobt, wenn er nicht mehr geliebt werden kann!

Musadieu sprach noch immer, und unter dem Druck des ihn vollkommen beherrschenden Gedankens fiel ihm Bertin plötzlich, fast unwillkürlich, mit den Worten in die Rede:

,,Annette sah heute abend vorzüglich aus.‘‘

,,Ja, sie ist reizend . . .‘‘

Und um Musadieu zu verhindern, den Faden des unterbrochenen Gedankenganges wieder aufzunehmen, warf der Maler rasch ein:

,,Sie ist schöner als seinerzeit ihre Mutter war.‘‘

Der andere stimmte zerstreut bei, indem er mehrmals wiederholte: ,,Ja, ja . . .‘‘, ohne daß dieser neue Gedanke in seinem Geist Wurzel gefaßt hätte.

Olivier bemühte sich, das Interesse des alten Herrn zu wecken. Da er Musadieus schwache Seite kannte und wußte, was ihn am meisten interessierte, sagte er:

„Wenn Annette verheiratet ist, wird ihr Salon zu den vornehmsten von Paris gehören."

Dies war genug. Der Weltmann, für den sich der Direktor der schönen Künste hielt, begann die Stellung, die die Marquise von Farandal in der französischen Gesellschaft einnehmen werde, wissenschaftlich zu erörtern.

Bertin hörte ihm zu und im Geist sah er Annette vor sich, wie sie in einem großen, hell erleuchteten Salon, von Damen und Herren umgeben, die Rolle der Hausfrau spielte. Auch diese Vorstellung weckte seine Eifersucht.

Jetzt schritten sie den Boulevard Malesherbes hinauf. Als sie am Palais Guilleroy vorbeikamen, schaute Olivier zu den Fenstern hinauf. Zwischen den Vorhängen drang heller Lichtschein auf die Straße, und er hatte den Verdacht, daß die Herzogin und der Marquis zum Tee geladen seien. Eine ungeheure Wut kam über ihn und bereitete ihm neue Qualen.

Noch immer ging er mit Musadieu Arm in Arm. Durch zeitweise eingeschobene Bemerkungen stachelte er den alten Herrn immer wieder auf, seine Ansichten über die zukünftige junge Marquise darzulegen. Diese alltägliche, gewöhnliche Stimme, die er da von ihr sprechen hörte, zauberte ihm in der dunklen Nacht das reizende Antlitz vor seine Augen.

In der Avenue de Villiers, vor dem Tor des Malers, fragte er: „Kommen Sie hinauf mit mir?"

„Ich danke, nein. Es ist schon spät, und ich gehe nach Hause, um mich niederzulegen."

„Ach was, kommen Sie hinauf für eine halbe Stunde, wir werden noch ein wenig plaudern!"

„Nein, nein, es ist wirklich schon zu spät!"

Olivier erfaßte Entsetzen bei dem Gedanken, nach so vielen Erschütterungen jetzt allein bleiben zu müssen. Er freute sich, daß er jemand gefunden hatte.

„Kommen Sie nur", sprach er, „Sie können sich ein Studienbild aussuchen. Es ist ohnehin schon seit langer Zeit meine Absicht, Ihnen eins zu schenken."

Musadieu wußte, daß die Maler nur selten in der Laune sind, solche Geschenke zu machen, und daß sie Versprechen dieser

Art sehr leicht vergessen; darum beeilte er sich, die Gelegenheit zu ergreifen. Als Direktor der schönen Künste besaß er eine sehr geschmackvoll zusammengestellte Bildersammlung.

„Also gut, ich folge Ihnen."

Der aus seinem Schlaf geweckte Diener brachte Grog herbei, und die Unterhaltung drehte sich eine Weile um die Malerei. Bertin zeigte eine Anzahl Studienbilder und bat Musadieu, sich eins auszusuchen, was ihm am besten gefalle. Der wackere Herr schwankte eine geraume Zeit, weil ihn das Gaslicht verwirrte und die Farben nicht deutlich unterscheiden ließ. Endlich entschied er sich für eine Gruppe auf der Straße spielender Mädchen. Darauf wollte er sofort gehen und das Geschenk mit sich nehmen.

„Ich schicke es Ihnen nach Hause", sagte Bertin.

„Nein, nein, ich nehme es lieber mit, um mich noch heute vor dem Schlafengehen an seinem Anblick zu ergötzen."

Er war durch nichts zurückzuhalten, und Bertin blieb allein in seinem Palais, dem Gefängnis seiner Erinnerungen und schmerzlichen Gedanken.

Als der Diener am nächsten Morgen mit dem Tee und den Zeitungen eintrat, sah er seinen Herrn aufrecht im Bett sitzen und mit so bleichem Gesicht vor sich hinstarren, daß er ihn erschrocken fragte:

„Fühlen Sie sich unwohl, Herr Bertin?"

„Nein, ich habe bloß etwas Kopfschmerzen."

„Wünschen Sie, daß ich Ihnen etwas bringe?"

„Ich brauche nichts. Was ist für Wetter draußen?"

„Es regnet, Herr Bertin."

„Es ist gut, du kannst gehen."

Wie immer stellte der Diener die Teetasse auf den dazu bestimmten Tisch, legte die Zeitungen daneben und verließ das Zimmer.

Olivier griff nach dem „Figaro" und begann zu lesen. Der Leitartikel handelte von der „Modernen Malerei". Es war dies ein überschwengliches Loblied auf drei oder vier junge Maler, die man als Koloristen für unerreicht und dazu berufen darstellte, die Reformatoren und Neubegründer der Kunst zu sein.

Wie alle ältere, erfahrene Künstler, war auch Bertin auf die Neulinge nicht gut zu sprechen. Er zürnte ihnen, weil sie sich gewaltsam bemerkbar machen wollten, und bezweifelte ihr

546

Können. So begann er denn von Anfang an mit einem gewissen Vorurteil den Artikel zu lesen, dessen Inhalt ihn immer mehr aufregte, und es wirkte geradezu wie ein Peitschenhieb auf ihn, als er weiter unten seinen Namen las und in Verbindung mit demselben die wenigen Worte: „Die an die Rumpelkammer gemahnende Kunst des Herrn Olivier Bertin . . .“

Bertin war zu jeder Zeit für Lob und Tadel sehr empfänglich gewesen. Innerlich verletzte es ihn, trotz seiner wohlberechtigten Eitelkeit, mehr, wenn er angegriffen wurde, als daß es ihn freute, wenn man ihn lobte, eine natürliche Folge seines Mangels an Selbstvertrauen. Als er seine größten Triumphe gefeiert hatte, wurde ihm so viel Weihrauch gestreut, daß er die kleinen Nadelstiche daneben gar nicht beachtete; heute aber hatten die neuen Künstler die Oberhand, sowie deren Bewunderer und Förderer, so daß die Lobeshymnen immer seltener wurden, die Verunglimpfungen aber um so lauter auftraten. Er fühlte sich unter die alten Maler gereiht, die von den jungen nicht mehr als Meister angesehen werden, und da er ebenso verständig wie scharfsinnig war, verletzte ihn die geringste Bemerkung fast ebenso wie der unverhüllteste Angriff.

Doch war sein künstlerischer Stolz noch niemals dermaßen verletzt worden wie durch diesen Artikel. Sein Atem stockte, als er ihn immer wieder las, um ihn bis in die geringsten Einzelheiten zu verstehen. Neben einigen anderen Kollegen wurde er mit schändlicher Unverfrorenheit in den Papierkorb geworfen, und selbst während des Ankleidens murmelte er andauernd die Worte vor sich hin, die ihm förmlich an den Lippen zu kleben schienen: „Die an die Rumpelkammer gemahnende Kunst des Herrn Olivier Bertin . . .“

Eine solche Traurigkeit und Niedergeschlagenheit hatten ihn noch niemals in eine derartige seelische Verzweiflung gestürzt, ihm noch niemals so klar wie heute zum Bewußtsein gebracht, daß alles zu Ende sei, seine körperlichen Fähigkeiten so gut wie die geistigen. Bis zwei Uhr nachmittags blieb er in einem Lehnsessel vor dem Kamin sitzen, die Füße gegen das Gitter gestemmt, unfähig, sich zu bewegen oder etwas zu tun. Dann erwachte das Verlangen nach Trost in ihm; er wollte eine Freundeshand drücken, in treue Augen blicken, bedauert und liebkost werden. Er begab sich daher zur Gräfin.

Als er in den Salon trat, war Annette allein anwesend. Sie

stand mit dem Rücken zur Tür und schrieb die Adresse eines Briefes. Neben ihr auf dem Tisch lag ein auseinandergefalteter „Figaro". Bertin sah die Zeitung zugleich mit dem Mädchen und blieb betroffen stehen, ohne es zu wagen, eine Bewegung zu machen. Wie, wenn auch Annette jenen Artikel gelesen hätte! Jetzt wandte sich die junge Dame zurück und gleichsam noch versunken in ihre offenbar der Kleider gewidmeten Gedanken, sprach sie in verwirrtem, hastigem Ton:

„Ach, guten Tag, Meister! Entschuldigen Sie, wenn ich Sie verlassen muß! Oben wartet die Schneiderin auf mich, da ich einiges mit ihr zu besprechen habe. Sie wissen ja, daß die Schneiderin eine gar wichtige Person ist, besonders vor der Hochzeit. Inzwischen schicke ich Ihnen als Tausch die Mama, die augenblicklich die Beratungen mit meiner Künstlerin führt. Sollte ich Mama wieder brauchen, so entführe ich Sie Ihnen für einige Minuten."

Damit lief sie aus dem Salon, um ihre Eile recht deutlich zum Ausdruck zu bringen.

Dieses rasche Entfernen, ohne ein freundliches Wort, ohne einen liebenden Blick für ihn zu haben, für ihn, der sie so sehr . . . so unaussprechlich liebte, nahm ihm alle Fassung. Wieder fiel sein Blick auf den „Figaro" und er sagte sich: „Gewiß hat auch sie diesen Artikel gelesen, in dem ich herabgesetzt und verächtlich behandelt werde. Die Kleine hat jede Achtung für mich verloren; ich bin nichts und niemand mehr für sie."

Er trat zwei Schritte auf die Zeitung zu, als wolle er ihr einen Schlag versetzen. Dann blieb er stehen und dachte: „Vielleicht hat sie ihn noch nicht gelesen; sie ist so beschäftigt. Sicherlich wird man aber am Abend während des Essens in ihrer Gegenwart davon sprechen und die Lust in ihr erwecken, den Artikel zu lesen."

Unwillkürlich, fast unbewußt raffte er das Zeitungsblatt zusammen und ließ es mit der Gewandtheit eines Diebes in seine Tasche gleiten.

Jetzt trat auch die Gräfin ein. Als sie die bleichen, verzerrten Züge Oliviers sah, erriet sie sofort, daß ihr Freund die Grenzen des Schmerzes erreicht habe.

Mit der rückhaltlosen Aufwallung ihres Herzens, ihres armen, schmerzzuckenden Herzens, stürzte sie auf ihn zu. Sie legte ihm die Hände auf die Schultern, blickte ihm mit einem

Ausdruck, in dem sich ihre ganze Seele widerspiegelte, in die Augen und sprach:

„Oh, wie unglücklich sind Sie!"

Diesmal wollte Bertin kein Hehl aus seinem Seelenzustand machen und stammelte mit von Schluchzen erstickter Stimme:

„Ja . . . ja . . . ja!"

Die Gräfin fühlte, daß ihr Freund weinen werde; sie zog ihn daher in die dunkelste Ecke des Salons, wo hinter einer antiken spanischen Wand zwei Armsessel standen. Sie setzten sich beide hinter diesen gestickten Schirm, der die Ecke wegen des trüben, regnerischen Wetters noch dunkler machte.

Traurig über diesen Schmerz, noch mehr aber, weil sie den Freund aufrichtig bedauerte, fuhr die Gräfin fort:

„Mein armer Freund, wie sehr leidest du!"

Bertin legte den bereits ganz ergrauten Kopf auf die Schulter seiner Freundin und sagte:

„Mehr als du denkst!"

„Oh, ich wußte es", murmelte die Gräfin voll Trauer. „Ich habe alles kommen gesehen, die Sache entstehen und wachsen gesehen."

Bertin meinte, die Gräfin sage das als Vorwurf, und fiel ihr ins Wort:

„Es ist nicht meine Schuld, Any."

„Ich weiß, ich weiß es sehr gut. Ich will dir ja auch keinen Vorwurf machen . . ."

Sie neigte sich zu ihm, schmiegte sich zärtlich an ihn und drückte ihre Lippen auf seine Augen, in denen bittere Tränen standen.

Sie erschauerte, als hätte sie damit einen Tropfen der Verzweiflung getrunken, und wiederholte mehrmals unsäglich traurig:

„Mein armer Freund . . . mein armer Freund . . . mein armer Freund . . ."

Nach einer kurzen Pause fügte sie hinzu:

„Es ist das die Schuld unserer Herzen, die nicht alt werden wollen. Ich weiß, ich fühle ja, wie stark meines noch empfindet."

Bertin wollte sprechen, vermochte aber nicht, denn das Schluchzen erstickte seine Stimme. Gegen ihren Willen vernahm die Gräfin das unterdrückte Schluchzen und mit einemmal überfiel sie die Angst um ihre eigene Liebe, die schon lange in ihr wühlte und an ihr zehrte, und in demselben Ton, in dem man ein großes Unglück anzukündigen pflegt, sagte sie:

„Mein Gott, wie sehr du sie liebst!"

Abermals wiederholte Bertin:

„Ach ja, ich liebe sie sehr."

Einige Minuten dachte die Gräfin nach, dann fügte sie hinzu:

„Mich hast du niemals in diesem Maß geliebt, nicht wahr?"

Olivier leugnete nichts, denn er durchlebte jetzt eine jener Stunden im Leben, in der man die nackte Wahrheit gesteht, und darum murmelte er bloß:

„Nein, damals war ich noch sehr jung."

„Sehr jung? Weshalb?"

„Weil das Leben damals zu schön, zu angenehm war. So verzweifelt kann man nur in unserem Alter lieben."

„Empfindest du an ihrer Seite dasselbe, was du seinerzeit an meiner Seite empfunden hast?" forschte die Gräfin weiter.

„Ja und nein . . . im Grunde genommen ist es aber eigentlich dasselbe. Ich habe dich geliebt, wie man eine Frau nur lieben kann, und sie liebe ich wie dich, denn du bist sie, nur daß diese Liebe etwas Unwiderstehliches, etwas Vernichtendes an sich hat, was stärker ist als der Tod. Ich werde von ihren Flammen umhüllt wie das brennende Haus vom Feuer."

Die Gräfin fühlte, daß ihr Mitleid zu weichen begann, und sprach tröstend:

„Mein geliebter Freund, noch einige Tage, und Annette wird verheiratet und abgereist sein. Sobald du sie nicht mehr siehst, wirst du genesen."

Bertin schüttelte den Kopf und sagte:

„Oh, das ist alles vergebens! Ich bin verloren, verloren für alle Zeiten!"

„Aber nein, das kann nicht sein! Du wirst sie drei Monate lang nicht sehen und das wird genügen. Drei Monate haben genügt, damit du sie glühender und heißer liebtest als mich, die du doch seit zwölf Jahren kennst."

Vollkommen verzweifelt flehte Bertin:

„Any, verlaß mich nicht! Nicht wahr, du wirst mich nicht verlassen?"

„Was soll ich tun, Geliebter?"

„Laß mich nicht allein!"

„Ich werde zu dir kommen, sooft du es wünschst."

„Nein, nein, behalte mich häufiger hier!"

„Dann wirst du ja auch mit ihr zusammen sein."

„Und mit dir!"

„Du darfst sie vor ihrer Heirat nicht mehr sehen."

„Oh, Any!"

„Oder wenigstens sehr selten."

„Kann ich heute abend hierbleiben?"

„Nein, mein Freund; in dem Zustand, in dem du dich gegenwärtig befindest, kannst du nicht hierbleiben. Du mußt dich zerstreuen, mußt in den Klub, ins Theater, irgendwohin gehen; nur hier kannst du nicht bleiben."

„Ich bitte dich, erlaube es mir!"

„Nein, Olivier, es ist nicht möglich! Außerdem haben wir zum Abendessen Gäste, deren Anblick dich noch mehr aufregen würde."

„Die Herzogin und . . . er?"

„Ja."

„Aber den gestrigen Abend habe ich auch mit ihnen verbracht."

„Das war gestern, heute würdest du dich nicht behaglich fühlen."

„Ich verspreche dir, daß ich sehr ruhig sein werde."

„Nein, nein, es ist unmöglich!"

„Dann gehe ich."

„Weshalb eilst du so?"

„Ich muß mir Bewegung verschaffen."

„Nun ja, mache dir nur möglichst viel Bewegung, bis du ganz erschöpft bist, und dann gehe zu Bett!"

Bertin stand auf und sagte:

„Lebe wohl, Any!"

„Lebe wohl, Geliebter! Morgen vormittag komme ich zu dir. Soll ich, wie früher, eine große Unvorsichtigkeit begehen und zum Schein um zwölf Uhr zu Hause frühstücken, um zwei Stunden später mit dir zu speisen?"

„Ach ja, wie sehr sehne ich mich danach! Wie gut du bist!"

„Ich bin gut, weil ich dich liebe."

„Ich liebe dich auch."

„Oh, sprich nicht mehr davon!"

„Lebe wohl, Any!"

„Lebe wohl, mein teurer, geliebter Freund! Auf Wiedersehen morgen!"

„Lebe wohl!"

Wiederholt küßte Bertin die Hände der Gräfin, dann ihre Stirn und endlich ihre Lippen. Jetzt flossen keine Tränen mehr aus seinen Augen, auch seine Haltung hatte an Sicherheit gewonnen. Ehe er den Salon verließ, umarmte er die Gräfin, preßte sie an sich, und seine Lippen auf ihre Stirn drückend,

553

schien er die Liebe, die diese Frau für ihn empfand, einatmen und in sich hineinsaugen zu wollen.

Dann entfernte er sich hastig, ohne umzuschauen. Die Gräfin sank in einen Sessel und begann herzzerbrechend zu schluchzen. So wäre sie bis spät abends allein geblieben, wenn nicht Annette sie plötzlich gerufen hätte. Um einige Minuten Zeit zum Trocknen ihrer Tränen zu gewinnen, sagte sie:

„Ich muß rasch ein paar Zeilen schreiben, mein Kind. Gehe nur hinauf, nach wenigen Minuten komme ich nach!"

Bis zum Abend beschäftigte sich die Gräfin mit den Vorbereitungen. Am Abend fanden sich die Herzogin und der Marquis zu einem traulichen Familienessen ein.

Man war gerade zu Tisch gegangen und sprach über die gestrige Vorstellung, als der Kammerdiener eintrat und drei mächtige Blumensträuße überreichte.

„Mein Gott, was ist das?" fragte die Herzogin verwundert.

„Ach, wie schön!" rief Annette aus. „Wer mag wohl der Spender sein?"

„Sicherlich Olivier Bertin", erwiderte die Mutter.

Seit Bertin sie verlassen hatte, dachte sie unablässig an ihn. Er war ihr so traurig und niedergeschlagen erschienen, sie sah sein grenzenloses Unglück so klar vor sich, liebte ihn so innig, daß ihr das Herz unter dem Druck einer leisen, düsteren Ahnung fast zersprang.

Wirklich war bei jedem Blumenstrauß die Karte des Malers, für die Gräfin, die Herzogin und Annette.

Jetzt richtete die Herzogin die Frage an die Hausfrau:

„Ist Ihr Freund Bertin vielleicht krank? Er hat gestern sehr schlecht ausgesehen."

„Ja, ich bin seinetwegen ein wenig besorgt", gab Frau von Guilleroy zur Antwort, „obwohl er über nichts klagt."

„Es geht ihm genau so wie uns", fügte der Graf hinzu, „er beginnt alt zu werden. Außerdem räumen die Junggesellen gewöhnlich auf einen Schlag das Feld; sie werden von den Jahren schlimmer mitgenommen als die Ehemänner. Ja, seit einiger Zeit hat er sich bedeutend verändert."

„Ach ja", bestätigte die Gräfin seufzend.

Jetzt unterbrach Farandal sein vertrauliches Geflüster mit Annette, um die Bemerkung zu machen:

„Im heutigen ‚Figaro' ist ein sehr unangenehmer Artikel über ihn erschienen."

Jeder Angriff, jede nachteilige Anspielung, die der Kunst ihres Freundes galt, brachte die Gräfin außer Fassung.

„Oh", sprach sie, „Männer wie Bertin brauchen sich nicht an derartige Grobheiten zu kehren."

Guilleroy aber fragte überrascht:

„Alle Wetter! Ein unangenehmer Artikel, der sich auf Olivier bezieht? Ich habe ihn gar nicht gelesen. Auf welcher Seite befindet er sich denn?"

„Auf der ersten; er ist der Leitartikel und ‚Moderne Malerei‘ betitelt“, erwiderte der Marquis.

„Dann habe ich ihn natürlich nicht gelesen, wenn er über Malerei handelt.

Jeder lächelte, denn ein jeder wußte, daß Guilleroy sich außer um Politik und Landwirtschaft um nichts sonst kümmerte.

Die Unterhaltung wandte sich anderen Dingen zu; dann begab man sich in den Salon, um den Kaffee einzunehmen. Die Gräfin beachtete ihre Gäste fast gar nicht, gab ihnen kaum eine Antwort, sondern hing fortwährend dem Gedanken nach, was Olivier jetzt wohl mache. Wo ist er? Wo speist er? Wo treibt er sich herum mit seinem kranken Herzen? Es tat ihr bitter leid, daß sie ihn hatte fortgehen lassen, statt ihn bei sich zu behalten; im Geist sah sie ihn trauernd und allein durch die Straßen schweifen, um dem eigenen Leid zu entfliehen.

Solange die Herzogin und der Marquis anwesend waren, sprach sie beinahe nichts, denn dauernd wurde sie von unbestimmten, düsteren Ahnungen gequält, und als sie endlich zu Bett ging, lag sie mit offenen Augen in der Dunkelheit da und dachte an ihn.

Eine lange Weile mochte sie so dagelegen sein, als sie den Ton der Klingel zu hören meinte. Sie zitterte, richtete sich auf und lauschte. Jetzt ertönte die Klingel zum zweitenmal in der stillen Nacht.

Sie sprang aus dem Bett und drückte mit aller Kraft auf den Knopf, um ihre Kammerfrau zu wecken. Darauf eilte sie mit einer brennenden Kerze in der Hand in das Vorzimmer.

Durch die Tür fragte sie:

„Wer ist da?“

Eine fremde Stimme antwortete ihr:

„Ich habe einen Brief zu übergeben.“

„Einen Brief? – Von wem?“

„Von einem Arzt.“

„Von welchem Arzt?“

„Das weiß ich nicht, es ist ein Unglück geschehen.“

Nun zögerte die Gräfin nicht länger, sie öffnete die Tür und stand einem Mietkutscher mit einem Hut aus Wachsleinwand auf dem Kopf gegenüber. Der Mann hielt einen Brief in der Hand, auf dem die Gräfin beim Übernehmen folgende Adresse las:

„Herrn Grafen von Guilleroy. – Sehr dringend."

Die Schrift war ihr unbekannt.

„Kommen Sie herein, mein Freund; setzen Sie sich und erwarten Sie mich!" sprach die Gräfin und eilte fort.

Vor der Tür ihres Gatten pochte ihr Herz so heftig, daß sie kein Wort hervorbringen konnte. Mit dem Leuchter klopfte sie gegen die Tür, erhielt aber keine Antwort, da der Graf in tiefem Schlummer lag.

Nun begann sie in nervöser Ungeduld mit den Füßen gegen die Tür zu stoßen, bis endlich eine schläfrige Stimme von innen ertönte:

„Wer ist das? Wieviel Uhr ist es?"

„Ich bin es", erwiderte die Gräfin, „ich muß dir einen dringenden Brief übergeben, den ein Kutscher gebracht hat. Es hat sich ein Unglück ereignet."

„Warte, bitte, einen Augenblick, ich komme sofort."

Nach wenigen Minuten stand der Graf, in einen Schlafrock gehüllt vor seiner Frau. Mit ihm zugleich erschienen auch zwei Diener, die durch das Klingeln geweckt worden waren und nun erschraken, als sie im Speisesaal einen fremden Menschen auf einem Stuhl sitzen sahen.

Der Graf nahm den Brief in die Hand, drehte ihn zwischen den Fingern und murmelte:

„Was mag das sein? Ich verstehe nicht . . ."

„So lies doch!" drängte die Gräfin in fieberhafter Erregung.

Der Graf riß den Umschlag ab und faltete den Brief auseinander um im nächsten Augenblick einen Schreckensruf auszustoßen und mit entsetzten Augen auf seine Gattin zu blicken.

„Um Gottes willen, was ist geschehen?" fragte sie.

„Ein großes Unglück ist geschehen . . . ein großes Unglück! . . . Bertin ist von einem Wagen überfahren worden", murmelte der Graf kaum vernehmbar, da er aufs höchste erregt war.

Ein Schrei entfuhr der Gräfin:

„Ist er tot?"

„Nein nein lies selbst!"

Die Gräfin riß ihm förmlich den Brief aus den Händen und las folgendes:

„Mein Herr!

Ein großes Unglück hat sich zugetragen. Unser Freund, der

große Künstler Olivier Bertin, ist von einem Omnibus überfahren worden und die Räder gingen über seinen Leib. Noch kann ich mich nicht genau und bestimmt über die Folgen dieses Unfalls aussprechen, der möglicherweise keine weiteren Folgen haben wird, vielleicht aber schon nach kurzer Zeit einen traurigen Ausgang nimmt. Herr Bertin bittet nun Sie, Herr Graf, ihn mit Ihrer Frau Gemahlin unverzüglich besuchen zu wollen. Ich hoffe, Herr Graf, daß Sie und Ihre Frau Gemahlin nicht zögern werden, dem Wunsch unseres gemeinsamen Freundes nachzukommen, der vielleicht noch vor Tagesanbruch ausgelitten haben wird.

Dr. von Rivil.“

Mit weit aufgerissenen, entsetzten Augen starrte die Gräfin vor sich hin. Dann raffte sie sich, wie die meisten Frauen, die in schweren Stunden Mut und Entschlossenheit zeigen, wie vom elektrischen Schlag getroffen, gewaltsam zusammen und wandte sich an ihr Zimmermädchen:

„Rasch, rasch, ich will mich ankleiden!“

„Welches Kleid soll ich zurechtlegen?“ fragte die Dienerin.

„Ist mir ganz gleichgültig, welches.“

Und zu ihrem Gatten gewandt, fügte sie hinzu:

„Jacques, in fünf Minuten sei bereit!“

Sie eilte in ihr Zimmer. Dabei erblickte sie den Mietkutscher, der noch immer wartete, und fragte ihn:

„Haben Sie Ihren Wagen unten?“

„Ja, Frau Gräfin.“

„Es ist gut, wir werden ihn benutzen.“

Damit stürzte sie in ihr Ankleidezimmer.

In wahnsinniger Hast warf sie ihre Kleider über, die sie nur notdürftig an ihrem Körper befestigte; dann schlang sie vor dem Spiegel ihr Haar in einen Knoten und nestelte ihn eilig zusammen, wobei sie ihre bleichen Züge und verstörten Augen betrachtet, ohne an sie zu denken. Nachdem sie sich noch in einen weiten Mantel gehüllt hatte, eilte sie wie von Sinnen zu ihrem Gatten, der aber noch nicht fertig war.

„Gehen wir, gehen wir!“ drängte sie ihn. „Bedenke, daß er inzwischen sterben kann!“

Erschrocken, stolpernd folgte ihr der Graf und tastete auf der Treppe nach den Stufen, um nicht zu fallen.

Der Wagen rollte davon. Unterwegs wurde kein Wort gesprochen. Die Gräfin zitterte, ihre Zähne schlugen klappernd zusammen. Es regnete. Die Pflastersteine glänzten feucht; einsam und öde lag der Boulevard in der stillen, traurigen Nacht. Vor dem Hause des Malers fanden sie das Tor offen stehen; die Nische des Portiers war beleuchtet, doch niemand zu sehen.

Auf der Treppe wurden sie von Doktor von Rivil, einem kleinen, behäbigen, sehr sorgfältig gekleideten und sehr höflichen Herrn erwartet, der ihnen entgegeneilte.

Atemlos fragte die Gräfin in abgerissenen Worten:

„Nun, Doktor?"

„Ich will hoffen, gnädigste Gräfin, daß die Sache weniger gefährlich und nicht so ernst ist, wie ich im ersten Augenblick gedacht habe."

„Er wird also nicht sterben?" rief die Gräfin aus.

„Nein! Ich hoffe wenigstens, nein."

„Bürgen Sie für ihn? Sind Sie überzeugt davon?"

„Nein! Ich sage nur, hoffentlich. Hoffentlich nur eine Quetschung des Unterleibes, ohne jede innerliche Verletzung."

„Was nennen Sie ‚innerliche Verletzung'?"

„Wenn Teile der Bauchhöhle oder der Brust verletzt sind."

„Und wie wissen Sie, daß das hier nicht der Fall ist?"

„Ich setze es bloß voraus."

„Und wenn Sie sich täuschen?"

„Oh, das wäre sehr gefährlich!"

„Könnte er dann sterben?"

„Ja."

„Sehr schnell?"

„Ja. In wenigen Minuten, sogar Sekunden. Doch seien Sie unbesorgt, Frau Gräfin; ich bin überzeugt, daß unser Freund in zwei Wochen wiederhergestellt ist."

Die Gräfin hatte ihm mit größter Aufmerksamkeit zugehört, um alles zu erfahren; dann fügte sie hinzu:

„Welch eine innerliche Verletzung könnte er erlitten haben?"

„Einen Riß der Leber zum Beispiel."

„Das wäre wohl sehr gefährlich?"

„Allerdings . . . doch wäre ich sehr überrascht, wenn jetzt eine solche Komplikation eintreten würde. Gehen wir hinein zu ihm, das wird ihm wohltun, denn er wartet mit größter Ungeduld auf Sie und den Herrn Gemahl."

Was die Gräfin beim Eintreten in das Zimmer auf den ersten Blick wahrnahm, war ein todblasser Kopf zwischen den weißen Kissen. Einige Kerzen und der Schein des Feuers erleuchteten das Profil, und in diesem bleifarbenen Gesicht sah die Gräfin zwei Augen, die auf sie gerichtet waren.

Dieses eingefallene, verzerrte Gesicht erinnerte so sehr an einen Sterbenden, daß die Gräfin all ihren Mut, ihre Willensstärke und ihren festen Entschluß schwinden fühlte. Der Mann, den sie noch vor wenigen Stunden in strotzender Lebensfülle gesehen hatte, sollte diese gespenstische Gestalt da vor ihr sein?

„Oh, mein Gott!" stammelte die Gräfin zwischen den Zähnen und schritt zitternd vor Schrecken auf ihn zu.

Bertin versuchte zu lächeln, um sie zu beruhigen; doch hatte dieser Versuch bloß zur Folge, daß sich sein Gesicht in entsetzlicher Weise verzerrte.

Als die Gräfin an sein Bett trat, legte sie ihre Hände zärtlich auf die Oliviers; sie stammelte:

„Oh, mein armer Freund!"

„Es ist nichts", erwiderte er, ohne auch nur den Kopf zu bewegen.

Jetzt erst konnte ihn die Gräfin näher betrachten und die Veränderung, die sich ihren angstvollen Blicken darbot, erfüllte sie mit Verzweiflung. Der Kranke war so bleich, als hätte er keinen Tropfen Blut mehr in den Adern. Seine Wangen waren eingefallen, und die Augen lagen so tief in ihren Höhlen, als hätte man sie künstlich nach innen gezogen.

Bertin sah das Entsetzen seiner Freundin und sprach seufzend:

„Ich befinde mich in einem schönen Zustand, nicht wahr?"

Noch immer starrte ihn die Gräfin fassungslos an und fragte endlich:

„Wie ist das geschehen?"

Das Sprechen fiel Bertin ungeheuer schwer, und sein ganzer Körper wurde von nervösen Zuckungen erschüttert.

„Ich hatte nicht auf den Weg geachtet", brachte er mühsam hervor, „hatte an andere Dinge gedacht . . . an ganz andere Dinge . . . ja . . . ein Omnibus kam dahergerollt . . . er warf mich nieder, und die Räder fuhren mir über den Bauch."

Die Gräfin hörte ihrem Freund zu, und der Unfall stand so lebhaft vor ihren Augen, daß sie entsetzt aufschrie:

„Haben Sie geblutet?"

„Nein. Ich habe bloß eine kleine Quetschung erlitten . . . und das hat mich ein wenig erschüttert."

„Wo ereignete sich das Unglück?"

„Das weiß ich nicht; es mag sehr weit draußen gewesen sein."

Der Arzt rückte einen Sessel an das Bett und die Gräfin setzte sich. Der Graf aber blieb aufrecht am Fußende des Bettes stehen und wiederholte immer wieder zwischen den Zähnen:

„Oh, mein armer Freund . . . mein armer Freund . . . welch furchtbares Unglück!"

Er war wirklich tief betrübt, denn er hatte Olivier herzlich gern.

„Aber wo ist das geschehen?" fuhr die Gräfin fort.

„Ich weiß es selbst nicht, oder besser gesagt, ich verstehe das Ganze nicht", erwiderte der Arzt. „Das Unglück ereignete sich bei den Gobelins, schon ganz außerhalb von Paris. So erzählte mir wenigstens der Mietkutscher, der ihn nach Hause brachte. Er habe den Kranken aus einer Apotheke geholt, die sich in jenem Stadtteil befindet und in die man den Verletzten gegen neun Uhr abends geschafft hatte."

Er neigte sich über Bertin und fragte:

„Ist es wahr, daß sich das Unglück in der Nähe der Gobelins ereignete?"

Bertin schloß die Augen, als wolle er nachdenken; dann erwiderte er leise:

„Ich weiß es nicht."

„Aber wohin wollten Sie denn gehen?"

„Ich erinnere mich nicht mehr, ich lief nur ziel- und sinnlos durch die Straßen."

Die Gräfin bot ihre ganze Willenskraft auf, um das Schluchzen zu unterdrücken, das jeden Augenblick aus ihrer Brust zu brechen drohte. Einige Sekunden hielt sie dann mit einer Kraft, die ans Übermenschliche grenzte, ihren Atem an, holte aus ihrer Tasche ein Taschentuch, preßte es an ihre Augen und brach in bitterliches Weinen aus.

Sie hatte dieses Unglück vorausgesehen, eine Ahnung gehabt. Ein unerträgliches Gefühl der Niedergeschlagenheit überfiel sie: die Gewissensbisse, daß sie Olivier nicht bei sich behalten hatte, sondern erbarmungslos auf die Straße hinauswies, wo er, vor Schmerz und Kummer ohne Sinnen, unter die Räder des Wagens geriet.

Als Bertin sie weinen sah, sprach er in dumpfem Ton:

„Weinen Sie nicht, das tut mir sehr weh."

Mit einer übermenschlichen Anstrengung unterdrückte die Gräfin ihr Schluchzen; sie nahm das Taschentuch vom Gesicht und mit weit geöffneten Augen blickte sie auf ihren Freund, ohne daß sich ein Zug ihres Gesichtes verändert hätte; unaufhaltsam rollten die Tränen über ihre Wangen.

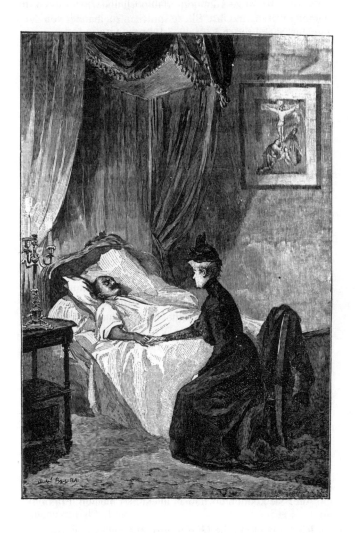

Beide sahen einander unverwandt an, während ihre Hände fest verschlungen auf der Decke ruhten. Sie schauten sich an, ohne sich darum zu kümmern, daß noch andere Personen im Zimmer waren, und ihre Blicke sprachen zueinander von dem unmenschlich großen Leid ihrer Herzen.

Zu gleicher Zeit zogen an ihren Augen alle Erinnerungen der Vergangenheit vorüber, die Erinnerung an ihre zerstörte Liebe und an all das, was sie miteinander verbunden und getrennt hatte, sowohl im Leben als auch in ihrem Denken und Fühlen.

Sie blickten einander an und hatten den dringenden Wunsch, miteinander zu sprechen und die tausend vertrauten, traurigen Kleinigkeiten zu vernehmen, die sich noch auf ihre Lippen drängten. Die Gräfin fühlte, daß sie um jeden Preis die beiden hinter ihr stehenden Männer entfernen müsse, und um dies zu ermöglichen, mußte irgend ein Mittel, eine List sogar, angewandt werden. Ohne den Blick von Olivier zu wenden, begann sie nachzudenken.

Ihr Gatte und der Arzt sprachen leise miteinander. Sie verhandelten darüber, wem die Pflege des Kranken übergeben werden sollte.

Jetzt wandte sich die Gräfin an den Arzt und fragte:

„Haben Sie eine Krankenpflegerin mitgebracht?"

„Nein, ich möchte lieber einen Medizinstudenten schicken, da der für diese Situation ein größeres Interesse zeigt."

„Schicken Sie mir, bitte, beide! Man kann nie vorsichtig genug sein. Vielleicht könnten die Betreffenden noch im Lauf der Nacht kommen, da Sie ja ohnehin nicht bis zum Morgen hier bleiben können."

„Ich muß wirklich nach Hause gehen, da ich schon seit vier Stunden hier bin."

„Auf dem Heimweg werden Sie aber die Güte haben, uns einen Studenten und eine Krankenschwester zu schicken."

„Es ist das eine sehr schwierige Sache während der Nacht; versuchen werde ich es aber auf alle Fälle."

„Es muß unter allen Umständen geschehen. Mein Gatte wird Sie begleiten und die beiden Personen hierher bringen, einerlei, ob freiwillig oder nicht!"

„Aber Sie können doch nicht allein hier bleiben, Frau Gräfin."

„Ich?" erwiderte die Gräfin in so entschiedenem Ton, daß

jeder Widerspruch von vornherein ausgeschlossen schien. Dann legte sie mit einer Würde, die keinen Einwurf duldete, die Dringlichkeit der Situation dar. Der Arzt und die Pflegerin müßten unter allen Umständen vor Ablauf einer Stunde hier sein, damit man auf alle unvorhergesehenen Fälle vorbereitet sei. Damit sie aber sofort kämen, müßte jemand da sein, der sie aus dem Schlaf wecke und herbringe. Und dies vermöge nur ihr Gatte. Während dieser Zeit wolle sie bei dem Kranken bleiben, weil dies ihre Pflicht und ihr gutes Recht zugleich sei. Sie erfülle damit nur das Amt der Frau und der Freundin. Außerdem wünsche sie es selbst so und niemand könne sie davon zurückhalten.

Dies war sehr klug gesprochen. Die Herren billigten ihre Worte und handelten nach ihrem Wunsch.

Um endlich mit dem Kranken allein zu sein, stand die Gräfin auf, damit die Herren sich schneller entfernten. Aufmerksam lauschte sie den Anordnungen des Arztes, damit sie in seiner Abwesenheit keinen Fehler begehe. Neben der Gräfin stand der Diener des Malers, und hinter ihm seine Frau, die Köchin, die beim Anlegen des ersten Verbandes bereits Hilfe geleistet hatte. Auch sie bestätigten mit einem Kopfnicken, daß sie die Anweisungen des Arztes verstanden hätten. Wie eine Lektion wiederholte die Gräfin die ärztlichen Verordnungen, worauf sie die beiden Männer zum Gehen drängte. Dabei wiederholte sie, an ihren Gatten gewandt, einige Male:

„Komm bald zurück, ich bitte dich!"

„Ich nehme Sie in meinem Wagen mit, der unten wartet, Herr Graf", sprach der Arzt. „Sie kommen dadurch rascher an Ort und Stelle und können in einer Stunde wieder hier sein."

Bevor sich der Arzt entfernte, untersuchte er den Verletzten noch einmal gründlich, um sich selbst über seinen Zustand zu beruhigen.

Guilleroy zögerte noch immer und fragte:

„Finden Sie nicht, daß es unbedacht ist, was wir jetzt tun wollen?"

„Nein, eine Gefahr ist jetzt nicht vorhanden. Der Kranke braucht nur Ruhe. Die Frau Gräfin wird die Güte haben, darauf zu achten, daß der Kranke nur wenig spricht und auch zu ihm möglichst wenig gesprochen wird."

Die Gräfin erschrak und fragte hastig:

„Er darf also nicht sprechen?"

„Gewiß nicht, Frau Gräfin! Setzen Sie sich in einen Sessel und bleiben Sie bei ihm! Der Kranke wird sich dadurch nicht allein fühlen und das wird ihm guttun; ermüdet darf er aber nicht werden, weder durch Reden noch durch Nachdenken. Gegen neun Uhr morgen früh spreche ich wieder vor, Frau Gräfin. Inzwischen habe ich die Ehre, mich zu empfehlen."

Der Arzt entfernte sich mit einer tiefen Verbeugung; ihm folgte der Graf, der sich noch einmal an seine Gattin wandte:

„Rege dich nicht nutzlos auf, mein Kind! In einer Stunde bin ich zurück, dann können wir nach Hause gehen."

Nachdem die beiden Männer gegangen waren, lauschte die Gräfin auf die verhallenden Schritte; dann hörte sie, wie das Tor hinter ihnen geschlossen wurde und der Wagen sich in Bewegung setzte.

Der Diener und die Köchin waren im Zimmer geblieben, um weitere Befehle entgegenzunehmen. Die Gräfin entließ beide mit den Worten:

„Sie können gehen; wenn ich etwas nötig haben sollte, werde ich Ihnen läuten."

Als sich das Ehepaar entfernt hatte, blieb sie mit dem Verletzten endlich allein.

Sie trat dicht an das Bett heran, und um ihn besser sehen zu können, schob sie beide Hände unter das Kissen, auf dem der Kopf des Geliebten ruhte. Dann neigte sie sich so nahe zu ihm, daß ihr Atem sein Gesicht berührte, und fragte ihn flüsternd:

„Du hast dich selbst unter den Wagen geworfen?"

Mit einem erzwungenen Lächeln erwiderte Bertin:

„Nein, der Wagen hat sich auf mich geworfen."

„Das ist nicht wahr, du hast es getan."

„Nein, ich versichere dir, der Wagen hat es getan."

Nach einigen Minuten, Minuten, in denen sich die ganze Seele durch Blicke offenbart, sprach die Gräfin flüsternd:

„Mein teurer, geliebter Olivier! Wenn ich bedenke, daß ich dich fortgehen ließ, daß ich dich nicht bei mir behalten habe!"

Etwas bestimmter gab Bertin zur Antwort:

„Früher oder später wäre es ohnehin geschehen."

Noch immer schauten sie einander an, als wollten sie gegenseitig ihre geheimsten Gedanken erraten. Dann fügte Olivier leise hinzu:

„Ich glaube nicht, daß ich's aushalte. Ich leide furchtbar."

„Du leidest sehr, Geliebter?"

„Sehr!"

Die Gräfin neigte sich noch tiefer zu ihm hinunter und bedeckte erst seine Stirn, dann seine Augen und Wangen mit leichten, zärtlichen, hauchweichen Küssen. Dies währte lange, sehr lange. Der Kranke duldete schweigend diese Flut von Liebe und Zärtlichkeit, die ihn sichtlich stärkte und erfrischte, denn sein von Schmerzen verzerrtes Gesicht zeigte eine gewisse Erleichterung, und es zuckte weniger als vorher. Dann sagte er:

„Any!"

Die Gräfin hielt mit dem Küssen inne, um zu lauschen.

„Was willst du, Geliebter?"

„Du mußt mir etwas versprechen."

„Alles, was du willst."

„Versprich mir, wenn ich bis morgen nicht sterbe, daß du Annette ein Mal, nur ein einziges Mal, hierher bringst! Ich möchte sie so gern sehen, bevor ich sterbe . . . Bedenke . . . daß ich . . . morgen um diese Zeit . . . meine Augen . . . vielleicht schon für alle Ewigkeit . . . geschlossen habe . . . und dich nie wieder sehen werde . . . weder dich . . . noch sie . . ."

Die Gräfin meinte, das Herz müsse ihr brechen, und darum unterbrach sie ihn:

„Oh, schweige . . . schweige . . . ja, ja, ich verspreche es dir, ich bringe sie her."

„Schwörst du es mir?"

„Ich schwöre es dir, Geliebter . . . Aber ich flehe dich an, schweige, sprich nichts! Du quälst mich entsetzlich . . . schweige!"

Hier wurde der Kranke mit einemmal von einem furchtbaren Krampfanfall geschüttelt. Als er vorüber war, sprach er:

„Wir haben nur noch wenige Minuten des Beisammenseins; verlieren wir keine Sekunde, nützen wir sie zum Abschied. Ich habe dich so sehr geliebt."

Tief seufzend antwortete die Gräfin:

„Und wie sehr habe ich dich immer geliebt!"

Olivier fuhr fort:

„Ich war nur durch dich glücklich. Nur die letzten Tage waren schlimm . . . Doch du hast keine Schuld daran getragen . . . Ach, meine arme Any! . . . Wie traurig ist das Leben manchmal . . . und wie schwer ist es dennoch zu sterben!"

567

„Schweige, Olivier, ich flehe dich an, schweige!"

„Ich wäre ein sehr glücklicher Mensch gewesen, wenn du keine Tochter gehabt hättest . . . "

„Schweige . . . um der Barmherzigkeit willen . . . schweige . . ."

Aber er schien eher laut zu denken als zu ihr zu sprechen:

„Ach, wer das Leben erfunden hat und die Menschen erschaffen, war entweder blind oder sehr schlecht . . ."

„Olivier, ich flehe dich an . . . wenn du mich jemals geliebt hast, schweige . . . sprich nicht so . . . ."

Bertin blickte die über ihn geneigte Freundin an, die ebenso bleich wie der Sterbende war, und schwieg.

Dann setzte sich die Gräfin in den Sessel, faßte die auf der Bettdecke ruhenden Hände des Leidenden und sagte:

„Nun darfst du überhaupt nicht mehr sprechen. Mache nicht die geringste Bewegung und denke ebenso an mich, wie ich an dich denke!"

Wieder blickten sie sich an, regungslos, nur durch die Berührung ihrer heißen Hände aneinandergefesselt. Von Zeit zu Zeit preßte die Gräfin die fieberheiße Hand, die sie in ihrer hielt, was Bertin durch eine leise Bewegung der Finger erwiderte. Jeder einzelne Druck der Hand bedeutete etwas, galt irgendeinem Punkt der Vergangenheit und weckte die schemenhaften Erinnerungen an ihre Liebe. In jedem Druck lag eine verborgene Frage, eine geheimnisvolle Antwort – lauter traurige Fragen und traurige Antworten, von denen sich jede auf die alte Liebe bezog und an sie erinnerte.

In dieser Stunde, die vielleicht die letzte sein konnte, dachte sie an die lange Geschichte ihrer Leidenschaft. Im Zimmer war nichts vernehmbar als das Knattern des Feuers im Kamin.

Plötzlich rief Bertin entsetzt, als wäre er aus einem Traum erwacht:

„Deine Briefe?"

„Was ist mit ihnen?"

„Ich hätte sterben können, ohne sie vernichtet zu haben."

„Ach, was kümmert mich das! Mag man sie finden und lesen, es macht mir nichts aus."

„Ich will es aber nicht. Stehe auf, Any! Öffne das untere Fach meines Schreibtisches; dort befinden sich alle. Nimm sie heraus und verbrenne sie!"

Die Gräfin rührte sich nicht und blieb trotzig sitzen, als hätte man ihr befohlen, eine Feigheit zu begehen.

„Any, ich bitte dich, tue es", fuhr Olivier fort. „Wenn du es nicht tust, bereitest du mir Schmerz, machst du mich zornig und wütend. Bedenke, in wessen Hände die Briefe geraten kön-

569

nen . . . vielleicht eines Advokaten oder eines Dieners . . . Sie
können sogar in die Hände deines Gatten gelangen! . . . Und
das will ich nicht! . . ."

Noch immer zögernd erhob sich die Gräfin und sagte:

„Nein, das ist etwas Entsetzliches, was du da von mir ver-
langst. Es kommt mir vor, als würdest du mir befehlen, unsere
Herzen zu verbrennen."

Der Maler aber flehte mit vor Angst verzerrtem Gesicht. Und
als die Gräfin sah, wie sehr er litt, ging sie schweren Herzens
zum Schreibtisch. Sie öffnete das bezeichnete Fach und fand es
bis zum Rand angefüllt mit den übereinander gelegten Briefen;
auf jedem Umschlag erkannte sie die aus zwei Zeilen beste-
hende Aufschrift, die sie so oft geschrieben hatte. Die beiden
Zeilen, die Namen des Mannes und der Straße, kannte sie so
genau wie den eigenen Namen, so genau, wie der Mensch eben
einige Worte kennt, die ihm das Glück und die gesamten Hoffnungen des Lebens bedeuten. Lange, lange betrachtete sie die
viereckigen Dinge, die all das enthielten, was sie von der Liebe
zu sagen vermochte, was sie mit ein wenig Tinte auf weißes Papier bannen konnte, um es ihm zu schenken.

Mit einer gewaltigen Anstrengung drehte der Leidende seinen Kopf, um ihr mit den Blicken zu folgen; dann bat er noch
einmal:

„Verbrenne sie, schnell!"

Die Gräfin griff mit beiden Händen nach den Briefen und
hielt, was sie erfaßte, einige Sekunden lang vor sich hin. Das
Bündel, das sie zusammengerafft hatte, erschien ihr unsagbar
schwer, lebend und tot zugleich, denn es enthielt so viel des Er-
lebten, des Süßen, Genossenen und Erträumten. Sie hielt jetzt
die Seele ihrer Seele, das Herz ihres Herzens, das ganze Wesen
ihres liebenden Wesens in Händen, und da kam es ihr noch
einmal so recht zum Bewußtsein, mit welcher Hingabe sie diese
Briefe geschrieben hatte, welche Begeisterung, Trunkenheit
und Anbetung sie für den, dem sie galten, empfunden hatte und
wie innig sie all diese Empfindungen in Worte zu kleiden verstand.

Wieder ertönte Oliviers Stimme:

„Verbrenne sie, Any, verbrenne sie!"

Mit beiden Händen schleuderte die Gräfin in einer einzigen
Bewegung die Briefpakete in den Kamin; sie flatterten ausein-

ander und fielen auf das brennende Holz. Dann raffte sie andere und wieder andere Bündel zusammen, bückte sich und richtete sich wieder auf, rasch hintereinander, um mit dieser schrecklichen Arbeit schneller fertig zu werden.

Als der Kamin angefüllt und das Fach des Schreibtisches leer geworden waren, blieb die Gräfin aufrecht stehen und sah zu, wie die Flammen an dem Briefberg zu lecken begannen. Das Feuer glitt erst an den Rändern der Umschläge entlang, verbog die Ecken, versengte die Ränder, erlosch dann, begann von neuem zu brennen und dehnte sich immer mehr aus. Rings um die weiße Pyramide bildete sich ein glänzend roter Feuerring, der das Zimmer mit lebhaftem Schein erfüllte, und dieser lebhafte Schein, der die aufrecht stehende Frau und den im Bett liegenden Mann beleuchtete, war das Sinnbild ihrer brennenden Liebe. Es war ihre Liebe, die da zu Asche wurde.

Die Gräfin wandte sich um und sah im leuchtenden Glanz des Feuers ihren Freund, der gestützt auf den Rand des Bettes, mit unsicherem Blick ihren Bewegungen folgte.

„Bist du mit allem fertig?" fragte er leise.

„Ja."

Ehe die Gräfin die Feuerstelle verließ, warf sie einen letzten Blick auf die angerichtete Verwüstung und auf den halb verzehrten Papierberg, der schwarz und zusammengeschrumpft war. Da sah sie etwas Rotes herabfließen. Es sah wie Blut aus, das aus dem Herzen der Briefe zu tropfen schien und langsam den Flammen entgegenrollte, eine purpurrote Spur hinter sich lassend.

Bei diesem Anblick wurde die Gräfin von maßlosem Entsetzen erfaßt und sie taumelte zurück, als hätte sie jemand ermordet gesehen. Dann erst wurde ihr klar, daß der Siegellack der Briefe geschmolzen sei.

Nun wandte sie sich zu dem Verletzten, hob seinen Kopf behutsam empor und bettete ihn vorsichtig in die Mitte des Kissens. Immerhin war das eine Bewegung gewesen, und die Schmerzen traten mit doppelter Gewalt auf. Er keuchte schwer, fürchterliche Qualen verzerrten sein Gesicht, und er schien gar nicht zu wissen, daß seine Freundin bei ihm war.

Die Gräfin wartete, bis sich der Kranke etwas beruhigt hatte und die geschlossenen Augen öffnen würde, dann wollte sie noch einige Worte an ihn richten.

Endlich fragte sie:

„Leidest du sehr?"

Der Kranke gab keine Antwort.

Nun neigte sich die Gräfin zu ihm und berührte mit dem Finger seine Stirn, damit er die Augen öffne. Tatsächlich öffnete der Leidende die Augen, doch war ihr Blick unstet, als sei Bertin dem Wahnsinn nahe.

Entsetzt widerholte die Gräfin:

„Leidest du . . . Olivier? Antworte mir! Soll ich um Hilfe rufen? . . . Strenge dich an, sprich etwas . . . nur ein Wort!"

Nun meinte sie zu hören, wie der Kranke murmelte:

„Bringe sie her . . . Du hast geschworen, daß du sie herbringen willst."

Darauf begann er, sich herumzuwälzen; wie im Krampf zog sich sein ganzer Körper zusammen, sein Gesicht verzerrte sich durch heftige Zuckungen.

Wieder fragte die Gräfin:

„Mein Gott, Olivier, was ist dir? Olivier, soll ich Hilfe rufen?"

Dieses Mal vernahm der Sterbende ihre Worte, denn er erwiderte:

„Nein . . . nichts . . . nichts . . ."

Es schien in der Tat, als spüre er eine Erleichterung, als leide er weniger und werde von einer dumpfen Schlaftrunkenheit erfaßt. In der Hoffnung, daß er jetzt endlich ein wenig schlafen werde, setzte sich die Gräfin neben ihn und wartete. Der Kranke rührte sich nicht, sein Kinn berührte die Brust, der Mund stand offen, kurz und röchelnd ging sein Atem. Nur seine Finger machten zeitweilig eine unwillkürliche Bewegung, wie im Krampf, und das brachte die Gräfin so außer Fassung, daß sie vor Schmerz beinahe laut aufschrie. Dies war kein sanfter, bewußter Händedruck mehr, der, statt der müden Lippen, den Kummer der Herzen verdolmetschte, sondern ein fürchterlicher, unlösbarer Krampf, der die Qualen des Körpers verriet.

Die Gräfin begann sich zu fürchten; maßloses Entsetzen bemächtigte sich ihrer, und ein wahnsinniges Verlangen erfaßte sie, aufzuspringen, zu schreien, um Hilfe zu rufen; doch wagte sie keine Bewegung zu machen, um die Ruhe ihres Freundes nicht zu stören.

Das Geräusch von Wagenrädern drang an ihr Ohr; sie lauschte, ob der Wagen nicht vor dem Tor stehen bleibe und ihr Gatte komme, um sie aus diesem entsetzlichen Alleinsein zu befreien.

Als sie ihre Hand aus der Bertins ziehen wollte, empfand sie einen leisen Druck und vernahm einen schweren Seufzer. Nun beschloß sie, ruhig zu warten, um ihn nicht zu stören.

Im Kamin erlosch das Feuer unter der schwarzen Asche der verbrannten Briefe, die Kerzen waren niedergebrannt und man hörte das Krachen eines Möbelstückes.

Im ganzen Hause herrschte tiefe Stille; alles schien ausgestorben; nur die im Treppenhaus stehende Uhr, die mit pünktlichem Schlag die viertel, halben und ganzen Stunden verkündete, besang die unaufhaltsam dahinschwindende Zeit.

Regungslos saß die Gräfin da; die entsetzliche Furcht, die sich in ihrer Seele eingenistet hatte, wurde immer größer. Ein Alpdruck quälte sie, furchtbare Gedanken zogen durch ihren Geist und sie fühlte, wie die Finger Oliviers in ihrer Hand immer kälter wurden.

Kann das Wahrheit sein? Nein, gewiß nicht! Doch woher kommt das Gefühl, daß diese Berührung eine unerklärlich kalte, eisige ist? Fast wahnsinnig vor Entsetzen sprang sie auf, um das Gesicht des Freundes genauer zu sehen ... Es war erstarrt, leblos, unempfindlich gegen alle irdischen Schmerzen; ewiges Vergessen hatte ihn von jedem Leid erlöst.

BIBLIOTHEK DER WELTLITERATUR

GUY DE MAUPASSANT

FETTKLÖSSCHEN

DAS HAUS TELLIER

»Fettklößchen«, die Novelle, die Maupassants Ruhm begründete, und »Das Haus Tellier« bilden den zweiten Band einer illustrierten Gesamtausgabe der Romane und Novellen von Maupassant mit sämtlichen Illustrationen der französischen Ausgaben von 1901 bis 1906.

416 Seiten, DM 12,80.

ISBN 3-8118-0020-5

M.V.
BIBLIOTHEK
DER WELT-
LITERATUR

ALESSANDRO MANZONI

DIE VERLOBTEN I + II

Lucia und Renzo, ein junges Paar aus einem Dorf beim Comer See, stehen kurz vor der Trauung. Doch ein tyrannischer Adliger weiß die Hochzeit zu verhindern. Die beiden müssen fliehen, und ein Zusammenkommen scheint unmöglich.

2 Bände im Schuber. Mit den 400 Illustrationen von Gustave Doré zur Erstausgabe von 1840. 768 Seiten, DM 19,80.

ISBN 3-8118-0027-2

M.V.
BIBLIOTHEK
DER WELT-
LITERATUR

CONRAD FERDINAND MEYER

ANGELA BORGIA

Conrad Ferdinand Meyer, einer der großen schweizerischen Erzähler des 19. Jahrhunderts, gilt als Meister der historischen Novelle. »Angela Borgia« spielt in der Zeit der italienischen Spätrenaissance; der Autor stellt hier zwei völlig gegensätzliche Frauengestalten, Lukrezia und Angela Borgia, einander gegenüber. 320 Seiten, DM 9,80.

ISBN 3-8118-0018-3